WINKLER
WELTLITERATUR
DÜNNDRUCK
AUSGABE

Artemis & Winkler

Else Lasker-Schüler

Werke

Lyrik · Prosa · Dramatisches

Artemis & Winkler

Else Lasker-Schüler. Werke in einem Band. Lyrik · Prosa · Dramatisches. Herausgegeben, mit Nachwort, Anmerkungen und Zeittafel von Sigrid Bauschinger.

ISBN Leinen 3-538-05131-3 Leder 3-538-5631-5

Satz: Filmsatz Schröter GmbH, München; Druck und Bindung: Friedrich Pustet, Regensburg. Gedruckt auf Dünndruckpapier der Papierfabrik Bolloré Technologies, Thonon. Printed in Germany.

LYRIK

STYX

Mutter

Ein weißer Stern singt ein Totenlied
        In der Julinacht,
Wie Sterbegeläut in der Julinacht.
Und auf dem Dach die Wolkenhand,
Die streifende, feuchte Schattenhand
Sucht nach meiner Mutter.
Ich fühle mein nacktes Leben,
Es stößt sich ab vom Mutterland,
So nackt war nie mein Leben,
So in die Zeit gegeben,
Als ob ich abgeblüht
Hinter des Tages Ende,
        Versunken
Zwischen weiten Nächten stände,
Von Einsamkeiten gefangen.
Ach Gott! Mein wildes Kindesweh!
... Meine Mutter ist heimgegangen.

Weltflucht

Ich will in das Grenzenlose
        Zu mir zurück,
Schon blüht die Herbstzeitlose
        Meiner Seele,
Vielleicht – ist's schon zu spät zurück!
O, ich sterbe unter Euch!
Da Ihr mich erstickt mit Euch.
Fäden möchte ich um mich ziehn –

Wirrwarr endend!
Beirrend,
Euch verwirrend,
Um zu entfliehn
Meinwärts!

Nervus erotis

Daß uns nach all' der heißen Tagesglut
Nicht eine Nacht gehört...
Die Tuberosen färben sich mit meinem Blut,
Aus ihren Kelchen lodert's brandrot!

Sag' mir, ob auch in Nächten Deine Seele schreit,
Wenn sie aus bangem Schlummer auffährt,
Wie wilde Vögel schreien durch die Nachtzeit.

Die ganze Welt scheint rot,
Als ob des Lebens weite Seele blutet.
Mein Herz stöhnt wie das Leid der Hungersnot,
Aus roten Geisteraugen stiert der Tod!

Sag' mir, ob auch in Nächten Deine Seele klagt,
Vom starken Tuberosenduft umflutet,
Und an dem Nerv des bunten Traumes nagt.

Dasein

Hatte wogendes Nachthaar,
Liegt lange schon wo begraben.
Hatte zwei Augen wie Bäche klar,
Bevor die Trübsal mein Gast war,
Hatte Hände muschelrotweiss,
Aber die Arbeit verzehrte ihr Weiss.
Und einmal kommt der Letzte,

Der senkt den unabänderlichen Blick
Nach meines Leibes Vergänglichkeit
Und wirft von mir alles Sterben.
Und es atmet meine Seele auf
Und trinkt das Ewige . . .

Viva!

Mein Wünschen sprudelt in der Sehnsucht meines Blutes
Wie wilder Wein, der zwischen Feuerblättern glüht.
Ich wollte, Du und ich, wir wären eine Kraft,
Wir wären eines Blutes
Und ein Erfüllen, eine Leidenschaft,
Ein heisses Weltenliebeslied!

Ich wollte, Du und ich, wir würden uns verzweigen,
Wenn sonnentoll der Sommertag nach Regen schreit
Und Wetterwolken bersten in der Luft!
Und alles Leben wäre unser Eigen;
Den Tod selbst rissen wir aus seiner Gruft
Und jubelten durch seine Schweigsamkeit!

Ich wollte, dass aus unserer Kluft sich Massen
Wie Felsen aufeinandertürmen und vermünden
In einen Gipfel, unerreichbar weit!
Dass wir das Herz des Himmels ganz erfassen
Und uns in jedem Hauche finden
Und überstrahlen alle Ewigkeit!

Ein Feiertag, an dem wir ineinanderrauschen,
Wir beide ineinanderstürzen werden,
Wie Quellen, die aus steiler Felshöh' sich ergiessen
In Wellen, die dem eignen Singen lauschen
Und plötzlich niederbrausen und zusammenfliessen
In unzertrennbar, wilden Wasserheerden!

Chaos

Die Sterne fliehen schreckensbleich
Vom Himmel meiner Einsamkeit,
Und das schwarze Auge der Mitternacht
Starrt näher und näher.

Ich finde mich nicht wieder
In dieser Todverlassenheit!
Mir ist: ich lieg' von mir weltenweit
Zwischen grauer Nacht der Urangst . . .

Ich wollte, ein Schmerzen rege sich
Und stürze mich grausam nieder
Und riß mich jäh an mich!
Und es lege eine Schöpferlust
Mich wieder in meine Heimat
    Unter der Mutterbrust.

Meine Mutterheimat ist seeleleer,
Es blühen dort keine Rosen
Im warmen Odem mehr. –
. . . Möcht einen Herzallerliebsten haben!
Und mich in seinem Fleisch vergraben.

Mein Drama

Mit allen duftsüßen Scharlachblumen
Hat er mich gelockt,
Keine Nacht mehr hielt ich es im engen Zimmer aus,
Liebeskrumen stahl ich mir vor seinem Haus
Und sog mein Leben, ihn ersehnend, aus.
Es weint ein blasser Engel leis' in mir
Versteckt – ich glaube tief in meiner Seele,
    Er fürchtet sich vor mir.
Im wilden Wetter sah ich mein Gesicht!

Ich weiß nicht wo, vielleicht im dunklen Blitz,
Mein Auge stand wie Winternacht im Antlitz,
Nie sah ich grimmigeres Leid.
... Mit allen duftsüssen Scharlachblumen
Hat er mich gelockt,
Es regt sich wieder weh in meiner Seele
Und leitet mich durch all' Erinnern weit.
Sei still, mein wilder Engel mein,
Gott weine nicht
Und schweige von dem Leid,
Mein Schmerzen soll sich nicht entladen,
Keinen Glauben hab' ich mehr an Weib und Mann,
Den Faden, der mich hielt mit allem Leben,
Hab' ich der Welt zurückgegeben
Freiwillig!
Aus allen Sphinxgesteinen wird mein Leiden brennen,
Um alles Blühen lohen, wie ein dunkler Bann.
Ich sehne mich nach meiner blind verstoss'nen Einsamkeit,
Trostsuchend, wie mein Kind, sie zu umfassen,
Lernte meinen Leib, mein Herzblut und ihn hassen,
Nie so das Evablut kennen
Wie in Dir, Mann!

Du, mein

(Meinem Bruder Paul zu eigen)

Der Du bist auf Erden gekommen,
Mich zu erlösen
Aus aller Pein,
Aus meiner Furie Blut,
Du, der Du aus Sonnenschein
Geboren bist,
Vom glücklichsten Wesen
Der Gottheit

Genommen bist,
Nimm mein Herz zu Dir
Und küsse meine Seele
Vom Leid
Frei.

Mein Kind

Mein Kind schreit auf um die Mitternacht
Und ist so heiss aus dem Traum erwacht
Wie meine sehnende Jugend.

Gäb' ihm so gern meines Blutes Mai,
Spräng' nur mein bebendes Herz entzwei.

– Der Tod schleicht im Hyänenfell
Am Himmelsstreif im Mondeshell.

Aber die Erde im Blütenkeusch
Singt Lenz im kreisenden Weltgeräusch.

Und wundersüss küsst der Maienwind
Als duftender Gottesbote mein Kind.

Meinlingchen

(Meinem Jungen zu eigen)

Meinlingchen sieh mich an –
Dann schmeicheln tausend Lächeln mein Gesicht,
Und tausend Sonnenwinde streicheln meine Seele,
Hast wie ein Wirbelträumchen
Unter ihren Fittichen gelegen.

Nie war so lenzensüß mein Blut,
Als Dich mein Odem tränkte,
Die Quellen Edens müssen so geduftet haben
Bis Dich der Muttersturm
Aus süssem Dunkel
Von meinen Herzwegen pflückte
Und Dich in meine Arme legte,
In ein Bad von Küssen.

Ballade

(Aus den sauerländischen Bergen)

Er hat sich
In ein verteufeltes Weib vergafft,
In sing Schwester!

Wie ein lauerndes Katzentier
Kauerte sie vor seiner Thür
Und leckte am Geld seiner Schwielen.

Im Wirtshaus bei wildem Zechgelag
Sass er und sie und zechten am Tag
Mit rohen Gesellen.

Und aus dem roten, lodernden Saft
Stieg er ein Riese aus zwergenhaft
Verkümmerten Gesellen.

Und ihm war, als blicke er weltenweit,
Und sie schürte den Wahn seiner Trunkenheit
Und lachte!

Und eine Krone von Felsgestein,
Von golddurchädertem Felsgestein,
Wuchs ihm aus seinem Kopf.

Und die Säufer kreischten über den Spass.
»Gott verdamm' mich, ich bin der Satanas!«
Und der Wein sprühte Feuer der Hölle.

Und die Stürme sausten wie Weltuntergang,
Und die Bäume brannten am Bergeshang,
Es sang die Blutschande ...

Und sie holten ihn um die Dämmerzeit,
Und die Gassenkinder schrie'n vor Freud'
Und bewarfen ihn mit Unrat.

Seitdem spukt es in dieser Nacht,
Und Geister erscheinen in dieser Nacht,
Und die frommen Leute beten. –

Sie schmückte mit Trauer ihren Leib,
Und der reiche Schankwirt nahm sie zum Weib,
Gelockt vom Sumpf ihrer Tränen.

– Und der mit der schweren Rotsucht im Blut
Wankt um die stöhnende Dämmerglut
Gespenstisch durch die Gassen,

Wie leidender Frevel,
Wie das frevelnde Leid,
Überaltert dem lässigen Leben.

Und er sieht die Weiber so eigen an,
Und sie fürchten sich vor dem stillen Mann
Mit dem Totenkopf.

DER SIEBENTE TAG

Die Liebe

Es rauscht durch unseren Schlaf
Ein feines Wehen, Seide,
Wie pochendes Erblühen
Über uns beide.

Und ich werde heimwärts
Von deinem Atem getragen,
Durch verzauberte Märchen,
Durch verschüttete Sagen.

Und mein Dornenlächeln spielt
Mit deinen urtiefen Zügen,
Und es kommen die Erden
Sich an uns zu schmiegen.

Es rauscht durch unseren Schlaf
Ein feines Wehen, Seide –
Der weltalte Traum
Segnet uns beide.

»Täubchen, das in seinem eigenen Blute schwimmt«

Als ich also diese Worte an mich las,
Erinnerte ich mich
Tausend Jahre meiner.

Eisige Zeiten verschollen – Leben vom Leben,
Wo liegt mein Leben –
Und träumt nach meinem Leben.

Ich lag allen Tälern im Schoß,
Umklammerte alle Berge,
Aber nie meine Seele wärmte mich.

Mein Herz ist die tote Mutter,
Und meine Augen sind traurige Kinder,
Die über die Lande gehen.

»Täubchen, das in seinem eigenen Blute schwimmt«.
Ja, diese Worte an mich sind heiße Tropfen,
Sind mein stilles Aufsterben
»Täubchen, das in seinem eigenen Blute schwimmt«.

In den Nächten sitzen sieben weinende Stimmen
Auf der Stufe des dunklen Tors
Und harren.

Auf den Hecken sitzen sie
Um meine Träume
Und tönen.

Und mein braunes Auge blüht
Halberschlossen vor meinem Fenster
Und zirpt. –
»Täubchen, das in seinem eigenen Blute schwimmt«.

Eva

Du hast deinen Kopf tief über mich gesenkt,
Deinen Kopf mit den goldenen Lenzhaaren,
Und deine Lippen sind von rosiger Seidenweichheit,
Wie die Blüten der Bäume Edens waren.

Und die keimende Liebe ist meine Seele.
O, meine Seele ist das vertriebene Sehnen,

Du liebzitterst vor Ahnungen –
... Und weißt nicht, warum deine Träume stöhnen.

Und ich liege schwer auf deinem Leben,
Eine tausendstämmige Erinnerung,
Und du bist so blutjung, so adamjung ...
Du hast deinen Kopf tief über mich gesenkt –.

Unser stolzes Lied

Aber fremde Tage hängen
Über uns mit kühlen Bläuen,
Und weiße Wolkenschollen dräuen,
Das goldene Strahleneiland zu verdrängen.

Auch wir beide sind besiegte Siegerinnen,
Und Kronen steigen uns vom Blut der Zeder,
Propheten waren unsere Väter,
Unsere Mütter Königinnen.

Und süße Schwermutwolken ranken
Sich über ihre Gräber lilaheiß in Liebeszeilen,
Unsere Leiber ragen stolz, zwei goldene Säulen,
Über das Abendland wie östliche Gedanken.

Unser Kriegslied

Unsere Arme schlingen sich entgegen
Durch das Leben in runden Schwingen,
Durch das Spiel von Feuerringen,
Zwei Äste sich durch Bogenwegen.

Unsere Seelen tragen scharfe Blüten
Und aus ihren Kelchen steigen

Weihedüfte ... und die Himmel neigen
Ihre Häupter mit den blauen Güten.

Unsere Willen sind zwei harte Degen
Und sie haben nie verfehlt gestritten,
Und wir dringen bis zum Erzkreis vor, in seiner Mitten
Fällt nach dürren Ewigkeiten Freudenregen,

Alles Sehnen nieder, und vor unserm Schilde
Stürzt das blinde Dämmergraugebilde.
Unsere Adern schmettern wie Posaunen!

Unsere Augen blicken sich in Blicken,
Wie zwei Siege sich erblicken –
Und die Nacht des Tages voll in Lichterstaunen.

Mein stilles Lied

Mein Herz ist eine traurige Zeit,
Die tonlos tickt.

Meine Mutter hatte goldene Flügel,
Die keine Welt fanden.

Horcht, mich sucht meine Mutter,
Lichte sind ihre Finger und ihre Füße wandernde Träume.

Und süße Wetter mit blauen Wehen
Wärmen meine Schlummer

Immer in den Nächten,
Deren Tage meiner Mutter Krone tragen.

Und ich trinke aus dem Monde stillen Wein,
Wenn die Nacht einsam kommt.

Meine Lieder trugen des Sommers Bläue
Und kehrten düster heim.

Verhöhnt habt ihr mir meine Lippe
Und redet mit ihr.

Doch ich griff nach euren Händen,
Denn meine Liebe ist ein Kind und wollte spielen.

Einen nahm ich von euch und den zweiten
Und küßte ihn,

Aber meine Blicke blieben rückwärts gerichtet
Meiner Seele zu.

Arm bin ich geworden
An eurer bettelnden Wohltat.

Und ich wußte nichts vom Kranksein,
Und bin krank von euch,

Und nichts ist diebischer als Kränke,
Sie bricht dem Leben die Füße,

Stiehlt dem Grabweg das Licht,
Und verleumdet den Tod.

Aber mein Auge
Ist der Gipfel der Zeit,

Sein Leuchten küßt
Gottes Saum.

Und ich will euch noch mehr sagen,
Bevor es finster wird zwischen uns.

Bist du der Jüngste von euch,
So solltest du mein Ältestes wissen.

Auf deiner Seele werden es fortan
Alle Welten spielen.

Und die Nacht wird es wehklagen
Dem Tag.

Ich bin der Hieroglyph,
Der unter der Schöpfung steht.

Und ich artete mich nach euch,
Der Sehnsucht nach dem Menschen wegen.

Ich riß die ewigen Blicke von meinen Augen,
Das siegende Licht von meinen Lippen –

Weißt du einen schwereren Gefangenen,
Einen böseren Zauberer, denn ich.

Und meine Arme, die sich heben wollen,
Sinken ...

Weltende

Es ist ein Weinen in der Welt,
Als ob der liebe Gott gestorben wär,
Und der bleierne Schatten, der niederfällt,
Lastet grabesschwer.

Komm, wir wollen uns näher verbergen ...
Das Leben liegt in aller Herzen
Wie in Särgen.

Du! wir wollen uns tief küssen –
Es pocht eine Sehnsucht an die Welt,
An der wir sterben müssen.

DIE NÄCHTE TINO VON BAGDADS

Das Lied meines Lebens

Sieh in mein verwandertes Gesicht ...
Tiefer beugen sich die Sterne.
Sieh in mein verwandertes Gesicht.

Alle meine Blumenwege
Führen auf dunkle Gewässer,
Geschwister, die sich tödlich stritten.

Greise sind die Sterne geworden ...
Sieh in mein verwandertes Gesicht.

MEINE WUNDER

Nun schlummert meine Seele –

Der Sturm hat ihre Stämme gefällt,
O, meine Seele war ein Wald.

Hast du mich weinen gehört?
Weil deine Augen bang geöffnet stehn.
Sterne streuen Nacht
In mein vergossenes Blut.

Nun schlummert meine Seele
Zagend auf Zehen.

O, meine Seele war ein Wald;
Palmen schatteten,
An den Ästen hing die Liebe.
Tröste meine Seele im Schlummer.

Ankunft

Ich bin am Ziel meines Herzens angelangt.
Weiter führt kein Strahl.
Hinter mir laß ich die Welt,
Fliegen die Sterne auf: Goldene Vögel.

Hißt der Mondturm die Dunkelheit –
... O, wie mich leise eine süße Weise betönt ...
Aber meine Schultern heben sich, hochmütige Kuppeln.

Leise sagen –

Du nahmst dir alle Sterne
Über meinem Herzen.

Meine Gedanken kräuseln sich,
Ich muß tanzen.

Immer tust du das, was mich aufschauen läßt,
Mein Leben zu müden.

Ich kann den Abend nicht mehr
Über die Hecken tragen.

Im Spiegel der Bäche
Finde ich mein Bild nicht mehr.

Dem Erzengel hast du
Die schwebenden Augen gestohlen;

Aber ich nasche vom Seim
Ihrer Bläue.

Mein Herz geht langsam unter
Ich weiß nicht wo –

Vielleicht in deiner Hand.
Überall greift sie an mein Gewebe.

Ein alter Tibetteppich

Deine Seele, die die meine liebet,
Ist verwirkt mit ihr im Teppichtibet.

Strahl in Strahl, verliebte Farben,
Sterne, die sich himmellang umwarben.

Unsere Füße ruhen auf der Kostbarkeit,
Maschentausendabertausendweit.

Süßer Lamasohn auf Moschuspflanzenthron,
Wie lange küßt dein Mund den meinen wohl
Und Wang die Wange buntgeknüpfte Zeiten schon?

Und suche Gott

Ich habe immer vor dem Rauschen meines Herzens gelegen,
Nie den Morgen gesehen,
Nie Gott gesucht.
Nun aber wandle ich um meines Kindes
Goldgedichtete Glieder
Und suche Gott.

Ich bin müde vom Schlummer,
Weiß nur vom Antlitz der Nacht.
Ich fürchte mich vor der Frühe,
Sie hat ein Gesicht
Wie die Menschen, die fragen.

Ich habe immer vor dem Rauschen meines Herzens gelegen;
Nun aber taste ich um meines Kindes
Gottgelichtete Glieder.

Heimweh

Ich kann die Sprache
Dieses kühlen Landes nicht,
Und seinen Schritt nicht gehn.

Auch die Wolken, die vorbeiziehn,
Weiß ich nicht zu deuten.

Die Nacht ist eine Stiefkönigin.

Immer muß ich an die Pharaonenwälder denken
Und küsse die Bilder meiner Sterne.

Meine Lippen leuchten schon
Und sprechen Fernes,

Und bin ein buntes Bilderbuch
Auf deinem Schoß.

Aber dein Antlitz spinnt
Einen Schleier aus Weinen.

Meinen schillernden Vögeln
Sind die Korallen ausgestochen,

An den Hecken der Gärten
Versteinern sich ihre weichen Nester.

Wer salbt meine toten Paläste –
Sie trugen die Kronen meiner Väter,
Ihre Gebete versanken im heiligen Fluß.

Meine Mutter

War sie der große Engel,
Der neben mir ging?

Oder liegt meine Mutter begraben
Unter dem Himmel von Rauch –
Nie blüht es blau über ihrem Tode.

Wenn meine Augen doch hell schienen
Und ihr Licht brächten.

Wäre mein Lächeln nicht versunken im Antlitz,
Ich würde es über ihr Grab hängen.

Aber ich weiß einen Stern,
Auf dem immer Tag ist;
Den will ich über ihre Erde tragen.

Ich werde jetzt immer ganz allein sein
Wie der große Engel,
Der neben mir ging.

GOTTFRIED BENN

Der hehre König Giselheer
Stieß mit seinem Lanzenspeer
Mitten in mein Herz.

O, deine Hände

Sind meine Kinder.
Alle meine Spielsachen
Liegen in ihren Gruben.

Immer spiel ich Soldaten
Mit deinen Fingern, kleine Reiter,
Bis sie umfallen.

Wie ich sie liebe
Deine Bubenhände, die zwei.

Giselheer dem Heiden

Ich weine –
Meine Träume fallen in die Welt.

In meine Dunkelheit
Wagt sich kein Hirte.

Meine Augen zeigen nicht den Weg
Wie die Sterne.

Immer bettle ich vor deiner Seele;
Weißt du das?

Wär ich doch blind –
Dächte dann, ich läg in deinem Leib.

Alle Blüten täte ich
Zu deinem Blut.

Ich bin vielreich,
Niemandwer kann mich pflücken;

Oder meine Gaben tragen
Heim.

Ich will dich ganz zart mich lehren;
Schon weißt du mich zu nennen.

Sieh meine Farben,
Schwarz und stern

Und mag den kühlen Tag nicht,
Der hat ein Glasauge.

Alles ist tot,
Nur du und ich nicht.

Giselheer dem Knaben

An meiner Wimper hängt ein Stern,
Es ist so hell
Wie soll ich schlafen –

Und möchte mit dir spielen.
– Ich habe keine Heimat –
Wir spielen König und Prinz.

Giselheer dem König

Ich bin so allein
Fänd ich den Schatten
Eines süßen Herzens.

– Oder mir jemand
Einen Stern schenkte –

Immer fingen ihn
Die Engel auf
So hin und her.

Ich fürchte mich
Vor der schwarzen Erde.
Wie soll ich fort?

Möchte in den Wolken
Begraben sein,
Überall wo Sonne wächst,

Liebe dich so!
Du mich auch?
Sag es doch – – –

Lauter Diamant

Ich hab in deinem Antlitz
Meinen Sternenhimmel ausgeträumt.

Alle meine bunten Kosenamen
Gab ich dir,

Und legte die Hand
Unter deinen Schritt,

Als ob ich dafür
Ins Jenseits käme.

Immer weint nun
Vom Himmel deine Mutter,

Da ich mich schnitzte
Aus deinem Herzfleische,

Und du so viel Liebe
Launig verstießest.

Dunkel ist es –
Es flackert nur noch
Das Licht meiner Seele.

Das Lied des Spielprinzen

Wie kann ich dich mehr noch lieben?
Ich sehe den Tieren und Blumen
Bei der Liebe zu.

Küssen sich zwei Sterne,
Oder bilden Wolken ein Bild –
Wir spielten es schon zarter.

Und deine harte Stirne,
Ich kann mich so recht an sie lehnen,
Sitz drauf wie auf einem Giebel.

Und in deines Kinnes Grube
Bau ich mir ein Raubnest –
Bis – du mich aufgefressen hast.

Find dann einmal morgens
Nur noch meine Kniee,
Zwei gelbe Skarabäen für eines Kaisers Ring.

Hinter Bäumen berg ich mich

Bis meine Augen ausgeregnet haben,

Und halte sie tief verschlossen,
Daß niemand dein Bild schaut.

Ich schlang meine Arme um dich
Wie Gerank.

Bin doch mit dir verwachsen,
Warum reißt du mich von dir?

Ich schenkte dir die Blüte
Meines Leibes,

Alle meine Schmetterlinge
Scheuchte ich in deinen Garten.

Immer ging ich durch Granaten,
Sah durch dein Blut

Die Welt überall brennen
Vor Liebe.

Nun aber schlage ich mit meiner Stirn
Meine Tempelwände düster.

O du falscher Gaukler,
Du spanntest ein loses Seil.

Wie kalt mir alle Grüße sind,
Mein Herz liegt bloß,

Mein rot Fahrzeug
Pocht grausig.

Bin immer auf See
Und lande nicht mehr.

Giselheer dem Tiger

Über dein Gesicht schleichen die Dschungeln.
O, wie du bist!

Deine Tigeraugen sind süß geworden
In der Sonne.

Ich trag dich immer herum
Zwischen meinen Zähnen.

Du mein Indianerbuch,
Wild West,
Siouxhäuptling!

Im Zwielicht schmachte ich
Gebunden am Buxbaumstamm –

Ich kann nicht mehr sein
Ohne das Skalpspiel.

Rote Küsse malen deine Messer
Auf meine Brust –

Bis mein Haar an deinem Gürtel flattert.

Klein Sterbelied

So still ich bin,
All Blut rinnt hin.

Wie weich umher.
Nichts weiß ich mehr.

Mein Herz noch klein,
Starb leis an Pein.

War blau und fromm!
O Himmel, komm.

Ein tiefer Schall –
Nacht überall.

O Gott

Überall nur kurzer Schlaf
Im Mensch, im Grün, im Kelch der Winde.
Jeder kehrt in sein totes Herz heim.

– Ich wollt die Welt wär' noch ein Kind –
Und wüßte mir vom ersten Atem zu erzählen.

Früher war eine große Frömmigkeit am Himmel,
Gaben sich die Sterne die Bibel zu lesen.
Könnte ich einmal Gottes Hand fassen
Oder den Mond an seinem Finger sehn.

O Gott, o Gott, wie weit bin ich von dir!

Höre

Ich raube in den Nächten
Die Rosen deines Mundes,
Daß keine Weibin Trinken findet.

Die dich umarmt,
Stiehlt mir von meinen Schauern,
Die ich um deine Glieder malte.

Ich bin dein Wegrand.
Die dich streift,
Stürzt ab.

Fühlst du mein Lebtum
Überall
Wie ferner Saum?

Wo mag der Tod mein Herz lassen?

Immer tragen wir Herz vom Herzen uns zu.
Pochende Nacht
Hält unsere Schwellen vereint.

Wo mag der Tod mein Herz lassen?
In einem Brunnen, der fremd rauscht –

In einem Garten, der steinern steht –
Er wird es in einen reißenden Fluß werfen.

Mir bangt vor der Nacht,
Daran kein Stern hängt.

Denn unzählige Sterne meines Herzens
Vergolden deinen Blutspiegel.

Liebe ist aus unserer Liebe vielfältig erblüht.
Wo mag der Tod mein Herz lassen?

Ich bin traurig

Deine Küsse dunkeln, auf meinem Mund.
Du hast mich nicht mehr lieb.

Und wie du kamst –!
Blau vor Paradies;

Um deinen süßesten Brunnen
Gaukelte mein Herz.

Nun will ich es schminken,
Wie die Freudenmädchen
Die welke Rose ihrer Lende röten.

Unsere Augen sind halb geschlossen,
Wie sterbende Himmel –

Alt ist der Mond geworden.
Die Nacht wird nicht mehr wach.

Du erinnerst dich meiner kaum.
Wo soll ich mit meinem Herzen hin?

Palmenlied

O du Süßgeliebter,
Dein Angesicht ist mein Palmengarten,
Deine Augen sind schimmernde Nile
Lässig um meinen Tanz.

In deinem Angesicht sind verzaubert
Alle die Bilder meines Blutes,
Alle die Nächte, die sich in mir gespiegelt haben.

Wenn deine Lippen sich öffnen,
Verraten sie meine Seligkeiten.

Immer dieses Pochen nach dir –
Und hatte schon geopfert meine Seele.

Du mußt mich inbrünstig küssen,
Süßerlei Herzspiel;
Wir wollen uns im Himmel verstecken.

O du Süßgeliebter.

Dem Barbaren

Deine rauhen Blutstropfen
Süßen auf meiner Haut.

Nenne meine Augen nicht Verräterinnen,
Da sie deine Himmel umschweben;

Ich lehne lächelnd an deiner Nacht
Und lehre deine Sterne spielen.

Und trete singend durch das rostige Tor
Deiner Seligkeit.

Ich liebe dich und nahe weiß
Und verklärt auf Wallfahrtzehen.

Trage dein hochmütiges Herz,
Den reinen Kelch den Engeln entgegen.

Ich liebe dich wie nach dem Tode
Und meine Seele liegt über dich gebreitet –

Meine Seele fing alle Leiden auf,
Dich erschüttern ihre schmerzlichen Bilder.

Aber so viele Rosen blühen,
Die ich dir schenken will;

O, ich möchte dir alle Gärten bringen
In einem Kranz.

Immer denke ich an dich,
Bis die Wolken sinken;

Wir wollen uns küssen –
Nicht?

Dem Barbaren

Ich liege in den Nächten
Auf deinem Angesicht.

Auf deines Leibes Steppe
Pflanze ich Zedern und Mandelbäume.

Ich wühle in deiner Brust unermüdlich
Nach den goldenen Freuden Pharaos.

Aber deine Lippen sind schwer,
Meine Wunder erlösen sie nicht.

Hebe doch deine Schneehimmel
Von meiner Seele –

Deine diamantnen Träume
Schneiden meine Adern auf.

Ich bin Joseph und trage einen süßen Gürtel
Um meine bunte Haut.

Dich beglückt das erschrockene Rauschen
Meiner Muscheln.

Aber dein Herz läßt keine Meere mehr ein.
O du!

Von weit

Dein Herz ist wie die Nacht so hell,
Ich kann es sehn
– Du denkst an mich – es bleiben alle Sterne stehn.

Und wie der Mond von Gold dein Leib
Dahin so schnell
Von weit er scheint.

MEINEM SO GELIEBTEN SPIELGEFÄHRTEN SENNA HOY

Senna Hoy

Seit du begraben liegst auf dem Hügel,
Ist die Erde süß.

Wo ich hingehe nun auf Zehen,
Wandele ich über reine Wege.

O deines Blutes Rosen
Durchtränken sanft den Tod.

Ich habe keine Furcht mehr
Vor dem Sterben.

Auf deinem Grabe blühe ich schon
Mit den Blumen der Schlingpflanzen.

Deine Lippen haben mich immer gerufen,
Nun weiß mein Name nicht mehr zurück.

Jede Schaufel Erde, die dich barg,
Verschüttete auch mich.

Darum ist immer Nacht an mir,
Und Sterne schon in der Dämmerung.

Und ich bin unbegreiflich unseren Freunden
Und ganz fremd geworden.

Aber du stehst am Tor der stillsten Stadt
Und wartest auf mich, du Großengel.

MEINE SCHÖNE MUTTER BLICKTE IMMER AUF VENEDIG

Gebet

Ich suche allerlanden eine Stadt,
Die einen Engel vor der Pforte hat.
Ich trage seinen großen Flügel
Gebrochen schwer am Schulterblatt
Und in der Stirne seinen Stern als Siegel.

Und wandle immer in die Nacht...
Ich habe Liebe in die Welt gebracht –
Daß blau zu blühen jedes Herz vermag,
Und hab ein Leben müde mich gewacht,
In Gott gehüllt den dunklen Atemschlag.

O Gott, schließ um mich deinen Mantel fest;
Ich weiß, ich bin im Kugelglas der Rest,
Und wenn der letzte Mensch die Welt vergießt,
Du mich nicht wieder aus der Allmacht läßt
Und sich ein neuer Erdball um mich schließt.

HEBRÄISCHE BALLADEN

Versöhnung

Es wird ein großer Stern in meinen Schoß fallen ...
Wir wollen wachen die Nacht,

In den Sprachen beten,
Die wie Harfen eingeschnitten sind.

Wir wollen uns versöhnen die Nacht –
So viel Gott strömt über ...

Kinder sind unsere Herzen,
Die möchten ruhen müdesüß.

Und unsere Lippen wollen sich küssen,
Was zagst du?

Grenzt nicht mein Herz an deins –
Immer färbt dein Blut meine Wangen rot.

Wir wollen uns versöhnen die Nacht,
Wenn wir uns herzen, sterben wir nicht.

Es wird ein großer Stern in meinen Schoß fallen ...

Mein Volk

Der Fels wird morsch,
Dem ich entspringe
Und meine Gotteslieder singe ...

Jäh stürz ich vom Weg
Und riesele ganz in mir
Fernab, allein über Klagegestein
Dem Meer zu.

Hab mich so abgeströmt
Von meines Blutes
Mostvergorenheit.
Und immer, immer noch der Widerhall
In mir,
Wenn schauerlich gen Ost
Das morsche Felsgebein,
Mein Volk,
Zu Gott schreit.

Abel

Kains Augen sind nicht gottwohlgefällig,
Abels Angesicht ist ein goldener Garten,
Abels Augen sind Nachtigallen.

Immer singt Abel so hell
Zu den Saiten seiner Seele,
Aber durch Kains Leib führen die Gräben der Stadt.

Und er wird seinen Bruder erschlagen –
Abel, Abel, dein Blut färbt den Himmel tief.

Wo ist Kain, da ich ihn stürmen will:
Hast du die Süßvögel erschlagen
In deines Bruders Angesicht?!!

Abraham und Isaak

Abraham baute in der Landschaft Eden
Sich eine Stadt aus Erde und aus Blatt,
Und übte sich mit Gott zu reden.

Die Engel ruhten gern vor seiner frommen Hütte,
Und Abraham erkannte jeden;
Himmlische Zeichen ließen ihre Flügelschritte.

Bis sie dann einmal bang in ihren Träumen,
Meckern hörten die gequälten Böcke,
Mit denen Isaak Opfern spielte hinter Süßholzbäumen.

Und Gott ermahnte: Abraham!
Er brach vom Kamm des Meeres Muscheln ab und Schwamm,
Hoch auf den Blöcken den Altar zu schmücken.

Und trug den einzigen Sohn gebunden auf dem Rücken!
Zu werden seinem großen Herrn gerecht –
... Der aber liebte seinen Knecht.

Hagar und Ismael

Mit Muscheln spielten Abrahams kleine Söhne
Und ließen schwimmen die Perlmutterkähne;
Dann lehnte Isaak bang sich an den Ismael

Und traurig sangen die zwei schwarzen Schwäne
Um ihre bunte Welt ganz dunkle Töne
Und die verstoßne Hagar raubte ihren Sohn sich schnell.

Vergoß in seine kleine ihre große Träne,
Und ihre Herzen rauschten wie der heilige Quell,
Und übereilten noch die Straußenhähne.

Die Sonne aber brannte auf die Wüste grell
Und Hagar und ihr Knäblein sanken in das gelbe Fell
Und bissen in den heißen Sand die weißen Negerzähne.

Jakob und Esau

Rebekkas Magd ist eine himmlische Fremde,
Aus Rosenblättern trägt die Engelin ein Hemde
Und einen Stern im Angesicht.

Und immer blickt sie auf zum Licht,
Und ihre sanften Hände lesen
Aus goldenen Linsen ein Gericht.

Jakob und Esau blühn an ihrem Wesen
Und streiten um die Süßigkeiten nicht,
Die sie in ihrem Schoß zum Mahle bricht.

Der Bruder läßt dem jüngeren die Jagd
Und all sein Erbe für den Dienst der Magd –
Um seine Schultern schlägt er wild das Dickicht.

Jakob

Jakob war der Büffel seiner Herde.
Wenn er stampfte mit den Hufen,
Sprühte unter ihm die Erde.

Brüllend ließ er die gescheckten Brüder!
Rannte in den Urwald an die Flüsse!
Stillte dort das Blut der Affenbisse.

Durch die müden Schmerzen in den Knöcheln
Sank er vor dem Himmel fiebernd nieder,
Und sein Ochsgesicht erschuf – das Lächeln.

Joseph wird verkauft

Die Winde spielten müde mit den Palmen noch,
So dunkel war es schon um Mittag in der Wüste,
Und Joseph sah den Engel nicht, der ihn vom Himmel
grüßte,
Und weinte, da er für des Vaters Liebe büßte,
Und suchte nach dem Cocos seines schattigen Herzens doch.

Der bunte Brüderschwarm zog wieder nach Gottosten,
Und er bereute seine schwere Untat schon,
Und auf den Sandweg fiel der schnöde Silberlohn.
Die fremden Männer aber ketteten des Jakobs Sohn,
Bis ihm die Häute drohten mit dem Eisen zu verrosten.

So oft sprach Jakob inbrünstig zu seinem Herrn,
Sie trugen gleiche Bärte, Schaum, von einer Eselin gemolken.
Und Joseph glaubte jedesmal, – sein – Vater blicke aus den
Wolken ...
Und eilte über heilige Bergeshöhen, ihm nachzufolgen,
Bis er dann ratlos einschlief unter einem Stern.

Die Käufer lauschten dem entrückten Knaben,
Des Vaters Andacht atmete aus seinem Haare;
Und sie entfesselten die edelblütige Ware.
Und drängten sich, zu tragen Kanaans Prophet in einer
Bahre,
Wie die bebürdeten Kamele durch den Sand zu traben.

Ägypten glänzte feierlich in goldenen Mantelfarben,
Da dieses Jahr die Ernte auf den Salbtag fiel.
Die kleine Karawane – endlich – nahte sie dem Ziel.
Sie trugen Joseph in das Haus des Potiphars am Nil.
An seinem Traume hingen aller Deutung Garben.

Pharao und Joseph

Pharao verstößt seine blühenden Weiber,
Sie duften nach den Gärten Amons.

Sein Königskopf ruht auf meiner Schulter,
Die strömt Korngeruch aus.

Pharao ist von Gold.
Seine Augen gehen und kommen
Wie schillernde Nilwellen.

Sein Herz aber liegt in meinem Blut;
Zehn Wölfe gingen an meine Tränke.

Immer denkt Pharao
An meine Brüder,
Die mich in die Grube warfen.

Säulen werden im Schlaf seine Arme
Und drohen!

Aber sein träumerisch Herz
Rauscht auf meinem Grund.

Darum dichten meine Lippen
Große Süßigkeiten,
Im Weizen unseres Morgens.

Moses und Josua

Als Moses im Alter Gottes war,
Nahm er den wilden Juden Josua
Und salbte ihn zum König seiner Schar.

Da ging ein Sehnen weich durch Israel –
Denn Josuas Herz erquickte wie ein Quell.
Des Bibelvolkes Judenleib war sein Altar.

Die Mägde mochten den gekrönten Bruder gern –
Wie heiliger Dornstrauch brannte süß sein Haar;
Sein Lächeln grüßte den ersehnten Heimatstern ...

Den Moses altes Sterbeauge aufgehn sah,
Als seine müde Löwenseele schrie zum Herrn!

Saul

Über Juda liegt der große Melech wach.
Ein steinernes Kameltier trägt sein Dach.
Die Katzen schleichen scheu um rissige Säulen.

Und ohne Leuchte sinkt die Nacht ins Grab ...
Sauls volles Auge nahm zur Scheibe ab.
Die Klageweiber treiben hoch und heulen.

Vor seinen Toren aber stehen die Kananiter!
Er zwingt den Tod, den ersten Eindring nieder!
Und schwingt mit fünfmalhunderttausend Mann die Keulen.

David und Jonathan

In der Bibel stehn wir geschrieben
Buntumschlungen.

Aber unsere Knabenspiele
Leben weiter im Stern.

Ich bin David,
Du mein Spielgefährte;

O, wir färbten
Unsere weißen Widderherzen rot!

Wie die Knospen an den Liebespsalmen
Unter Feiertagshimmel.

Deine Abschiedsaugen aber –
Immer nimmst du still im Kusse Abschied.

Und was soll dein Herz
Noch ohne meines –

Deine Süßnacht
Ohne meine Lieder.

David und Jonathan

O Jonathan, ich blasse hin in deinem Schoß ...
Mein Herz fällt feierlich in dunklen Falten;
In meiner Schläfe pflege du den Mond,
Des Sternes Gold sollst du erhalten.
Du bist mein Himmel mein, du Liebgenoß.

Ich hab so säumerisch die kühle Welt
Fern immer nur im Bach geschaut ...
Doch nun, da sie aus meinem Auge fällt,
Von deiner Liebe aufgetaut ...
O Jonathan, nimm du die königliche Träne,
Sie schimmert weich und reich wie eine Braut.

O Jonathan, du Blut der süßen Feige,
Duftendes Gehang an meinem Zweige,
– Du Ring in meiner Lippe Haut.

Abigail

Im Kleid der Hirtin schritt sie aus des Melechs Haus
Zu ihren jungen Dromedarenherden.
Im edlen Wettlauf mit den wilden Pferden
Trieb sie die Silberziegen vor die Stadt hinaus,
Bis sich die Abendamethysten reihten um die Erden,
Sich nach der Tochter bangte König Saul.

Sie setzte das verirrte Tier nicht aus
Der Wüste hungernder Schakale,
Und trug am Arme blutiger Bisse Male;
Entriß das Böcklein noch der Löwin Maul.
– Der blinde Seher sah es jedesmal voraus . . .
Die Gräser zitterten im Judatale.

Im Schoß des Vaters schlief die kleine Abigail,
Wenn über Juda lauschte Israels Gebieter,
Hinüber zu dem feindlichen Hethiter.
– Der Skarabäus seiner Krone wurde faul. –
Treu aber hütete der Mond des Melechs Güter,
Und seine Krieger übten sich im Pfeil.

Bis der Allmächtige blies den goldenen Hirten aus.
»Den Vater Abraham« . . . erklärte ernst der Melech seinem Kinde:
»Der blieb in seinem ewigen Scheine ohne Sünde.«
Und auch sein spätes Sternlein glitzerte ganz hell und weiß;
Man konnte es noch funkeln sehen im Winde:
»Einst trug sein Vater es, ein Osterlämmlein, hin auf seines Herrn Geheiß.«
Als auf den Feldern blühte jung der Reis,
Schloß Saul die mächtigen Judenaugen beide,
Und seiner Abigail begegnete ein Engel auf der Weide,
Der kündete: »Jehovah blies die Seele deines Vaters aus« . . .

Esther

Esther ist schlank wie die Feldpalme,
Nach ihren Lippen duften die Weizenhalme
Und die Feiertage, die in Juda fallen.

Nachts ruht ihr Herz auf einem Psalme,
Die Götzen lauschen in den Hallen.

Der König lächelt ihrem Nahen entgegen –
Denn überall blickt Gott auf Esther.

Die jungen Juden dichten Lieder an die Schwester,
Die sie in Säulen ihres Vorraums prägen.

Boas

Ruth sucht überall
Nach goldenen Kornblumen
An den Hütten der Brothüter vorbei –

Bringt süßen Sturm
Und glitzernde Spielerei
Über Boas Herz;

Das wogt ganz hoch
In seinen Korngärten
Der fremden Schnitterin zu.

Ruth

Und du suchst mich vor den Hecken.
Ich höre deine Schritte seufzen
Und meine Augen sind schwere dunkle Tropfen.

In meiner Seele blühen süß deine Blicke
Und füllen sich,
Wenn meine Augen in den Schlaf wandeln.

Am Brunnen meiner Heimat
Steht ein Engel,
Der singt das Lied meiner Liebe,
Der singt das Lied Ruths.

Zebaoth

Gott, ich liebe dich in deinem Rosenkleide,
Wenn du aus den Gärten trittst, Zebaoth.
O, du Gottjüngling,
Du Dichter,
Ich trinke einsam von deinen Düften.

Meine erste Blüte Blut sehnte sich nach dir,
So komme doch,
Du süßer Gott,
Du Gespiele Gott,
Deines Tores Gold schmilzt an meiner Sehnsucht.

Sulamith

O, ich lernte an deinem heiligen Munde
Zu viel der Seligkeiten kennen –
Schon fühl ich die Lippen Gabriels
Auf meinem Herzen brennen – –
Und die Nachtwolke trinkt meinen tiefen Cederntraum.

O, wie dein Leben mir winkt...
Und ich vergehe mit blühendem Herzeleid –
Verwehe im Weltraum in Zeit und Ewigkeit –
Und meine Seele verglüht in den Abendfarben Jerusalems.

An Gott

Du wehrst den guten und den bösen Sternen nicht –
All ihre Launen strömen.
In meiner Schläfe schmerzt die Furche,
Die tiefe Krone mit dem düsteren Licht.

Und meine Welt ist still –
Du wehrtest meiner Laune nicht.
. . . Gott, wo bist du? . . .

Ich möchte nah an deinem Herzen lauschen,
Mit deiner fernsten Nähe mich vertauschen,
Wenn goldverklärt in deinem Reich
Aus tausendseligem Licht,
Alle die guten und die bösen Brunnen rauschen.

KONZERT

Ein Lied an Gott

Es schneien weiße Rosen auf die Erde,
Warmer Schnee schmückt milde unsere Welt;
Die weiß es, ob ich wieder lieben werde,
Wenn Frühling sonnenseiden niederfällt.

Zwischen Winternächten liegen meine Träume
Aufbewahrt im Mond, der mich betreut –
Und mir gut ist, wenn ich hier versäume
Dieses Leben, das mich nur verstreut.

Ich suchte Gott auf innerlichsten Wegen
Und kräuselte die Lippe nie zum Spott.
In meinem Herzen fällt ein Tränenregen.
Wie soll ich dich erkennen lieber Gott . . .

Da ich dein Kind bin, schäme ich mich nicht,
Dir ganz mein Herz vertrauend zu entfalten.
Schenk mir ein Lichtchen von dem ewigen Licht! – – –
Zwei Hände, die mich lieben, sollen es mir halten.

So dunkel ist es fern von deinem Reich
O Gott, wie kann ich weiter hier bestehen.
Ich weiß, du formtest Menschen, hart und weich,
Und weintetest gotteigen, wolltest du wie Menschen sehen.

Mein Angesicht barg ich so oft in deinem Schoß –
Ganz unverhüllt: du möchtest es erkennen.
Ich und die Erde wurden wie zwei Spielgefährten groß!
Und dürfen »du« dich beide, Gott der Welten, nennen.

So trübe aber scheint mir gerade heut die Zeit
Von meines Herzens Warte aus gesehen;
Es trägt die Spuren einer Meereseinsamkeit
Und aller Stürme sterbendes Verwehen.

Letzter Abend im Jahr

Es ist so dunkel heut,
Man kann kaum in den Abend sehen.
Ein Lichtchen loht,
Verspieltes Himmelchen spielt Abendrot
Und weigert sich, in seine Seligkeit zu gehen.
– So alt wird jedes Jahr die Zeit –
Und die vorangegangene verwandelte der Tod.

Mein Herz blieb ganz für sich
Und fand auf Erden keinen Trost.
Und bin ich auch des Mondes Ebenich,
Geleitetest auch du im vorigen Leben mich,
Und sah ich auch den blausten Himmel in Gottost.

Es ruhen Rand an Rand einträchtig Land und Seen,
– Das Weltall spaltet sich doch nicht –,
O Gott, wie kann der Mensch verstehn,
Warum der Mensch haltlos vom Menschtum bricht,
Sich wieder sammeln muß im höheren Geschehn.

Abschied

Der Regen säuberte die steile Häuserwand,
Ich schreibe auf den weißen, steinernen Bogen
Und fühle sanft erstarken meine müde Hand
Von Liebesversen, die mich immer süß betrogen.

Ich wache in der Nacht stürmisch auf hohen Meereswogen!
Vielleicht entglitt ich meines Engels liebevoller Hand,
Ich hab' die Welt, die Welt hat mich betrogen;
Ich grub den Leichnam zu den Muscheln in den Sand.

Wir blicken all' zu *einem* Himmel auf, mißgönnen uns das Land? –
Warum hat Gott im Osten wetterleuchtend sich verzogen,
Vom Ebenbilde Seines Menschen übermannt?

Ich wache in der Nacht stürmisch auf hohen Meereswogen!
Und was mich je mit Seiner Schöpfung Ruhetag verband,
Ist wie ein spätes Adlerheer unstät in diese Dunkelheit geflogen.

Gott hör . . .

Um meine Augen zieht die Nacht sich
Wie ein Ring zusammen.
Mein Puls verwandelte das Blut in Flammen
Und doch war alles grau und kalt um mich.

O Gott und bei lebendigem Tage,
Träum ich vom Tod.
Im Wasser trink ich ihn und würge ihn im Brot.
Für meine Traurigkeit gibt es kein Maß auf deiner Waage.

Gott hör . . . In deiner blauen Lieblingsfarbe
Sang ich das Lied von deines Himmels Dach –
Und weckte doch in deinem ewigen Hauche nicht den Tag.
Mein Herz schämt sich vor dir fast seiner tauben Narbe.

Wo ende ich? – O Gott!! Denn in die Sterne,
Auch in den Mond sah ich, in alle deiner Früchte Tal.
Der rote Wein wird schon in seiner Beere schal . . .
Und überall – die Bitternis – in jedem Kerne.

Gedenktag

Das Meer steigt rauschend übers Land,
Inbrünstig fallen Wasser aus den Höhen.
Still brennt die Kerze noch in meiner Hand.

Ich möchte meine liebe Mutter wiedersehen ...
Begraben hab' ich meinen Leib im kühlen Sand,
Doch meine Seele will von dieser Welt nicht gehen.

Und hat sich von mir abgewandt.
Ich wollte immer ihr ein Kleid aus Muscheln nähen;
In meinen rauhen Körper wurde sie verbannt.

Doch meine liebe Mutter gab sie mir zum Pfand.
Ich suche meine Seele überall auf Zehen;
Die nistete an meiner roten Felsenwand,
Und noch in meinem Auge irrt ihr Spähen.

Weihnachten

Einmal kommst du zu mir in der Abendstunde
Aus meinem Lieblingssterne weich entrückt
Das ersehnte Liebeswort im Munde
Alle Zweige warten schon geschmückt.

O ich weiß, ich leuchte wieder dann,
Denn du zündest meine weißen Lichte an.

»Wann?« – ich frage seit ich dir begegnet – »wann?«
Einen Engel schnitt ich mir aus deinem goldenen Haare
Und den Traum, der mir so früh zerrann.
O ich liebe dich, ich liebe dich,
Ich liebe dich!

Hörst du, ich liebe dich – – –
Und unsere Liebe wandelt schon Kometenjahre,
Bevor du mich erkanntest und ich dich.

MEIN BLAUES KLAVIER

An meine Freunde

Nicht die tote Ruhe –
Bin nach einer stillen Nacht schon ausgeruht.
Oh, ich atme Geschlafenes aus,
Den Mond noch wiegend
Zwischen meinen Lippen.

Nicht den Todesschlaf –
Schon im Gespräch mit euch
Himmlisch Konzert .....
Und neu Leben anstimmt
In meinem Herzen.

Nicht der Überlebenden schwarzer Schritt!
Zertretene Schlummer zersplittern den Morgen.
Hinter Wolken verschleierte Sterne
Über Mittag versteckt –
So immer wieder neu uns finden.

In meinem Elternhause nun
Wohnt der Engel Gabriel .....
Ich möchte innig dort mit euch
Selige Ruhe in einem Fest feiern –
Sich die Liebe mischt mit unserem Wort.

Aus mannigfaltigem Abschied
Steigen aneinandergeschmiegt die goldenen Staubfäden,
Und nicht ein Tag ungesüßt bleibt
Zwischen wehmütigem Kuß
Und Wiedersehn!

Nicht die tote Ruhe –
So ich liebe im Odem sein .....!
Auf Erden mit euch im Himmel schon.
Allfarbig malen auf blauem Grund
Das ewige Leben.

Meine Mutter

Es brennt die Kerze auf meinem Tisch
Für meine Mutter die ganze Nacht –
Für meine Mutter .....

Mein Herz brennt unter dem Schulterblatt
Die ganze Nacht
Für meine Mutter .....

Jerusalem

Gott baute aus Seinem Rückgrat: Palästina
aus einem einzigen Knochen: Jerusalem.

Ich wandele wie durch Mausoleen –
Versteint ist unsere Heilige Stadt.
Es ruhen Steine in den Betten ihrer toten Seen
Statt Wasserseiden, die da spielten: Kommen und Vergehen.

Es starren Gründe hart den Wanderer an –
Und er versinkt in ihre starren Nächte.
Ich habe Angst, die ich nicht überwältigen kann.

Wenn du doch kämest .....
Im lichten Alpenmantel eingehüllt –
Und meines Tages Dämmerstunde nähmest –
Mein Arm umrahmte dich, ein hilfreich Heiligenbild.

Wie einst wenn ich im Dunkel meines Herzens litt –
Da deine Augen beide: blaue Wolken.
Sie nahmen mich aus meinem Trübsinn mit.

Wenn du doch kämest –
In das Land der Ahnen –
Du würdest wie ein Kindlein mich ermahnen:
Jerusalem – erfahre Auferstehen!

Es grüßen uns
Des »Einzigen Gottes« lebendige Fahnen,
Grünende Hände, die des Lebens Odem säen.

An mein Kind

Immer wieder wirst du mir
Im scheidenden Jahre sterben, mein Kind,

Wenn das Laub zerfließt
Und die Zweige schmal werden.

Mit den roten Rosen
Hast du den Tod bitter gekostet,

Nicht ein einziges welkendes Pochen
Blieb dir erspart.

Darum weine ich sehr, ewiglich .....
In der Nacht meines Herzens.

Noch seufzen aus mir die Schlummerlieder,
Die dich in den Todesschlaf schluchzten,

Und meine Augen wenden sich nicht mehr
Der Welt zu;

Das Grün des Laubes tut ihnen weh.
– Aber der Ewige wohnt in mir.

Die Liebe zu dir ist das Bildnis,
Das man sich von Gott machen darf.

Ich sah auch die Engel im Weinen,
Im Wind und im Schneeregen.

Sie schwebten ....
In einer himmlischen Luft.

Wenn der Mond in Blüte steht
Gleicht er deinem Leben, mein Kind.

Und ich mag nicht hinsehen
Wie der lichtspendende Falter sorglos dahinschwebt.

Nie ahnte ich den Tod
– Spüren um dich, mein Kind –

Und ich liebe des Zimmers Wände,
Die ich bemale mit deinem Knabenantlitz.

Die Sterne, die in diesem Monat
So viele sprühend ins Leben fallen,
Tropfen schwer auf mein Herz.

Mein blaues Klavier

Ich habe zu Hause ein blaues Klavier
Und kenne doch keine Note.

Es steht im Dunkel der Kellertür,
Seitdem die Welt verrohte.

Es spielen Sternenhände vier
– Die Mondfrau sang im Boote –
Nun tanzen die Ratten im Geklirr.

Zerbrochen ist die Klaviatür .....
Ich beweine die blaue Tote.

Ach liebe Engel öffnet mir
– Ich aß vom bitteren Brote –
Mir lebend schon die Himmelstür –
Auch wider dem Verbote.

Gebet

Oh Gott, ich bin voll Traurigkeit .....
Nimm mein Herz in deine Hände –
Bis der Abend geht zu Ende
In steter Wiederkehr der Zeit.

Oh Gott, ich bin so müd, oh, Gott,
Der Wolkenmann und seine Frau
Sie spielen mit mir himmelblau
Im Sommer immer, lieber Gott.

Und glaube unserm Monde, Gott,
Denn er umhüllte mich mit Schein,
Als wär ich hilflos noch und klein,
– Ein Flämmchen Seele.

Oh, Gott und ist sie auch voll Fehle –
Nimm sie still in deine Hände .....
Damit sie leuchtend in dir ende.

Die Verscheuchte

Es ist der Tag im Nebel völlig eingehüllt,
Entseelt begegnen alle Welten sich –
Kaum hingezeichnet wie auf einem Schattenbild.

Wie lange war kein Herz zu meinem mild...
Die Welt erkaltete, der Mensch verblich.
– Komm bete mit mir – denn Gott tröstet mich.

Wo weilt der Odem, der aus meinem Leben wich?
Ich streife heimatlos zusammen mit dem Wild
Durch bleiche Zeiten träumend – ja ich liebte dich.....

Wo soll ich hin, wenn kalt der Nordsturm brüllt?
Die scheuen Tiere aus der Landschaft wagen sich
Und ich vor deine Tür, ein Bündel Wegerich.

Bald haben Tränen alle Himmel weggespült,
An deren Kelchen Dichter ihren Durst gestillt –
Auch du und ich.

Ich weiß

Ich weiß, daß ich bald sterben muß
Es leuchten doch alle Bäume
Nach langersehntem Julikuß –

Fahl werden meine Träume –
Nie dichtete ich einen trüberen Schluß
In den Büchern meiner Reime.

Eine Blume brichst du mir zum Gruß –
Ich liebte sie schon im Keime.
Doch ich weiß, daß ich bald sterben muß.

Mein Odem schwebt über Gottes Fluß –
Ich setze leise meinen Fuß
Auf den Pfad zum ewigen Heime.

Herbst

Ich pflücke mir am Weg das letzte Tausendschön . . . . .
Es kam ein Engel mir mein Totenkleid zu nähen –
Denn ich muß andere Welten weiter tragen.

Das ewige Leben *dem*, der viel von Liebe weiß zu sagen.
Ein Mensch der *Liebe* kann nur auferstehen!
Haß schachtelt ein! wie hoch die Fackel auch mag schlagen.

Ich will dir viel viel Liebe sagen –
Wenn auch schon kühle Winde wehen,
In Wirbeln sich um Bäume drehen,
Um Herzen, die in ihren Wiegen lagen.

Mir ist auf Erden weh geschehen . . . . .
Der Mond gibt Antwort dir auf deine Fragen.
Er sah verhängt mich auch an Tagen,
Die zaghaft ich beging auf Zehen.

Dem Verklärten

Ach bitter und karg war mein Brot,
Verblichen –
Das Gold meiner Wangen Bernstein.

In die Höhlen schleiche ich
Mit den Pantern
In der Nacht.

So bange mir in der Dämmerungweh . . .
Legen sich auch schlafen
Die Sterne auf meine Hand.

Du staunst über ihr Leuchten –
Doch fremd dir die Not
Meiner Einsamkeit.

Es erbarmen sich auf den Gassen
Die wilden Tiere meiner.
Ihr Heulen endet in Liebesklängen.

Du aber wandelst entkommen dem Irdischen
Um den Sinai lächelnd verklärt –
Fremdfern vorüber meiner Welt.

Und

Und hast mein Herz verschmäht –
In die Himmel wärs geschwebt
Selig aus dem engen Zimmer!

Wenn der Mond spazieren geht,
Hör ichs pochen immer
Oft bis spät.

Aus Silberfäden zart gedreht
Mein weiß Gerät –
Trüb nun sein Schimmer.

Ein Liebeslied

Komm zu mir in der Nacht – wir schlafen engverschlungen.
Müde bin ich sehr, vom Wachen einsam.
Ein fremder Vogel hat in dunkler Frühe schon gesungen,
Als noch mein Traum mit sich und mir gerungen.

Es öffnen Blumen sich vor allen Quellen
Und färben sich mit deiner Augen Immortellen .....

Komm zu mir in der Nacht auf Siebensternenschuhen
Und Liebe eingehüllt spät in mein Zelt.
Es steigen Monde aus verstaubten Himmelstruhen.

Wir wollen wie zwei seltene Tiere liebesruhen
Im hohen Rohre hinter dieser Welt.

In meinem Schoße

In meinem Schoße
Schlafen die dunkelen Wolken –
Darum bin ich so traurig, du Holdester.

Ich muß deinen Namen rufen
Mit der Stimme des Paradiesvogels
Wenn sich meine Lippen bunt färben.

Es schlafen schon alle Bäume im Garten –
Auch der nimmermüde
Vor meinem Fenster –

Es rauscht der Flügel des Geiers
Und trägt mich durch die Lüfte
Bis über dein Haus.

Meine Arme legen sich um deine Hüften,
Mich zu spiegeln
In deines Leibes Verklärtheit.

Lösche mein Herz nicht aus –
Du den Weg findest –
Immerdar.

An Apollon

Es ist am Abend im April.
Der Käfer kriecht ins dichte Moos.
Er hat *so* Angst – die Welt *so* groß!

Die Wirbelwinde hadern mit dem Leben,
Ich halte meine Hände still ergeben
Auf meinem frommbezwungenen Schoß.

Ein Engel spielte sanft auf blauen Tasten,
Langher verklungene Phantasie.
Und alle Bürde meiner Lasten,
Verklärte und entschwerte sie.

Jäh tut mein sehr verwaistes Herz mir weh –
Blutige Fäden spalten seine Stille.
Zwei Augen blicken wund durch ihre Marmorhülle
In meines pochenden Granates See.

Er legte Brand an meines Herzens Lande –
Nicht mal sein Götterlächeln
Ließ er mir zum Pfande.

VERSE AUS DEM NACHLASS

Dämmerung

Ich halte meine Augen halb geschlossen
Graumütig ist mein Herz und wolkenreich
Ich suche eine Hand der meinen gleich
Mich hat das Leben, ich hab es verstoßen
Und lebe angstvoll nun im Übergroßen
Im irdischen Leibe schon im Himmelreich.
Und in der Frühe war ich blütenreich
Und über Nacht froh aufgeschossen
Vom Zauber eines Traumes übergossen –
Nun färben meine Wangen meine Spiegel bleich.

[*Ich falte meine Hände*]

Ich falte meine Hände in der Abendstunde
Und auch dasselbe höre ich aus aller Juden Judenmunde
Die wir am Freitagabend knieen vor den Kerzen:
Erbarm dich, lieber Vater, und erweiche ihre Herzen.
Mein Leib und meine Seele sollen weiter fasten.

[*Ein einziger Mensch*]

Ein einziger Mensch ist oft ein ganzes Volk
Doch jeder eine Welt
Mit einem Himmelreich wenn
Er der Eigenschaften uredelste pflegt:
Gott
Gott aufsprießen läßt in sich

Gott will nicht begossen sein
Mit Blut.
Wer seinen Nächsten tötet
Tötet im Herzen aufkeimend Gott
Wir können nicht mehr schlafen in den Nächten

[*Ich bin so müde*]

Ich bin so müde
Und es senken sich
Gottes Augenlider
Ewiger Friede
Über mein Herz.

Engel meiner Brüder
Heben mich
Aus dieser Welt voll Schmerz.

Ich bin so müde
Tag und Nächte trennen sich.

Ich lasse meinen Leib gehüllt in Flieder
Dem letzten Tag des März.

Ich schaue Gott im Himmelssüde...
So stirbt der Mensch und du und ich.

Ich liege wo am Wegrand übermattet...

Ich liege wo am Wegrand übermattet –
Und über mir die finstere, kalte Nacht,
Und zähl schon zu den Toten, längst bestattet.

Wo soll ich auch noch hin von Grauen überschattet?
– Schutzengel haben nur auf Kinder acht.
Doch glaubt ich, daß ihr Menschen lieb mich hattet.

Die ich vom Monde euch mit Liedern still bedacht,
Und weite Himmel blauvertausendfacht.
Nur weil ihr Gott zur Ehre alles tatet.

Die heilige Liebe, die ihr blind zertratet,
Ist ja Sein Ebenbild –! Ihr habt es umgebracht.
Zu dem ihr herzhinpochend einst wallfahrtet.

Darum auch lebten du und ich in einem Schacht,
Und – doch im Paradiese blumumblattet –
Und wir erlagen hold versunken schwarzer Magiermacht.

Ich schlafe in der Nacht –

Ich schlafe in der Nacht an fremden Wänden
Und wache in der Frühe auf an fremder Wand.
Ich legte mein Geschick in harten Händen
Und reihe Tränen auf, so dunkle Perlen ich nie fand.

Ich habe einmal einen blauen Pfad gekannt
Doch weiß ich nicht mehr wo ich mich vor dieser Welt befand.
Und – meine Sehnsucht will nicht enden! ...

Vom Himmel her sind beide wir verwandt
Und unsere Seelen schweben übers Heilige Land
In *einem* Sternenkleide leuchtend um die Lenden.

PROSA

DAS PETER HILLE-BUCH

Petrus der Felsen

Ich war aus der Stadt geflohen und sank erschöpft vor einem Felsen nieder und rastete einen Tropfen Leben lang, der war tiefer als tausend Jahre. Und eine Stimme riß sich vom Gipfel des Felsens los und rief: »Was geizst Du mit Dir!« Und ich schlug mein Auge empor und blühte auf, und mich herzte ein Glück, das mich auserlas. Und vom Gestein zur Erde stieg ein Mann mit hartem Bart- und Haupthaar, aber seine Augen waren samtne Hügel. Und kleine Kobolde kletterten über seinen Rücken und beklopften ihn mit ihren Hämmerchen und nannten ihn Petrus. Und wir stiegen ins Tal hinab, und der Mann mit dem harten Bart- und Haupthaar fragte mich, von wo ich käme – aber ich schwieg; die Nacht hatte meine Wege ausgelöscht, auch konnte ich mich nicht auf meinen Namen besinnen, heulende hungrige Norde hatten ihn zerrissen. Und der mit dem Felsennamen nannte mich Tino. Und ich küßte den Glanz seiner gemeißelten Hand und ging ihm zur Seite.

Petrus und ich auf der Wanderung

Als wir auf die Landstraße kamen, begegnete uns ein Mann mit einem kurzen schwarzen Bart, der trug ein großes Buch auf dem Rücken und er sagte, seine Seele trüge er also bei sich. Und als er das große Buch aufschlug, war es voll von eitlen Buchstaben, die sich reimten. Und da Petrus wieder stehen blieb und mit den jungen Bäumen sprach, die an beiden Seiten der Chaussee standen, geschah es, daß der Mann mit der eitlen Seele mich verleiten wollte, Petrus nicht zu folgen. »Er kennt die Wege dieser Erde nicht, und haltloser ist er noch tausendmal mehr, wie Du es bist, und zwei Herumtreiber wird man Euch aufhalten an der nächsten Ecke.« Aber ich hielt meine Blicke fest auf den Gefundenen gerichtet, wie auf ein leuchtendes Land, wie auf ein Himmelreich mit blauen Gärten. Und als der Mann sah, daß er nichts ausrichten konnte, begann er mich zu schmähen, bis er von einem Graben verschlungen wurde.

Petrus und ich auf der Wanderung

Vor einem Häuschen bei der Stadt wollte ich mich von Petrus eine Weile trennen – dort wohnte meine Schwester. Aber er trat durch das kleine Zauntor in den Garten. Und es kamen uns zwei liebliche Mädchen entgegen – das Bübchen in ihrer Mitte hatte sich von ihren Händen losgerissen, kletterte wie ein Wiesel auf einen Birnbaum, munteren Spatzen nach, von einem Ast zum andern. Es war mein Bübchen. Und Petrus fragte die beiden Mädchen, wie sie hießen. »Sage und Haidekraut.« Es sind meiner Schwester Kinder. Und zu Sage sagte Petrus: »Dein Gesichtchen ist ein schöner Blumenstrauß.« Denn Sage hatte Augen wie silberne Ähren und einen Malvenblütenmund, und wie Rosen glühten ihre Wangen. Und Haidekraut hob fragend ihr Gesichtchen: »Und Du, erzähle Deiner Mutter, bist ein sonnenfarbenes Prinzeßchen.« Und als ich in den Flur des Häuschens trat, sprangen die beiden lieblichen Mädchen hinter mir her: »Mutti, Mutti, der liebe Gott ist draußen im Garten!« Aber meine Schwester hatte uns kommen sehn und war sehr nachdenklich. Ich wußte, daß die Majestät Petrus sie beängstigen würde – und sie erfaßte sorgenvoll meine Hände: »Willst Du nicht bei uns bleiben?«

Aber Petrus wandte sein Antlitz, und plötzlich war es hell über dem kleinen Blumengarten. Doch meine Schwester senkte betrübt den Kopf; ich riß mich los, streichelte Sage und Haidekraut, küßte meinen kleinen Wildfang und ging dem Herrlichen nach. Als ich mich umwandte, sah ich meine

Schwester am Fenster stehen; ihre Augen waren verwundert aufgetan; sie blickte noch lange, lange hinter unsern Flug.

Petrus und ich auf der Wanderung

Dann standen wir vor einem Herrenhaus. »Hier wohnt Onit von Wetterwehe,« sagte Petrus, und ich ging ihm nach durch das knarrende Tor. Ausgestreckt in der heißesten Sonne fanden wir den jungen Fürsten mitten im hohen Grase liegen, und vor ihm kauerte sich ein runder, zusammengeballter, rotköpfiger Schläfer; der hielt im Traume Possengespräche, und dem jungen Fürsten rannen die Tränen über die Wangen. »Nun, was meinst Du zu solch einem Tyrannen, dessen Narr sich am hellichten Tage schlafen legen muß, um ihm die Langeweile mit blödsinnigem Kauderwelsch zu vertreiben.« Und Onit von Wetterwehe sprang auf, als er Petrus' Stimme hörte, umarmte ihn und betrachtete mich neugierig. »Wer ist sie?« »Ja, das möchtest Du gerne wissen – gefunden habe ich sie – irgend ein fremder, gebräunter Stern hat sie wohl aus der Hand fallen lassen.« Und von der andern Seite des Gartens näherten sich drei Gestalten, die waren groß und schlank, und Petrus nannte den schönsten der beiden Jünglinge Antinous und den andern Grimmer von Geyerbogen, und Najade hieß der Brüder blauäugige Schwester. Und wir verwunderten uns und waren uns gut.

Petrus und der Mond

Wir standen auf einem kleinen Hügel in der Nähe der Stadt und blickten in unsere Fernen. Auf die silberdunkle Linie zeigte Petrus, die Himmel und Erde vereinte. Er sagte: »Von dort bin ich gekommen.« Und es war mir offenbar: eine wandernde Landschaft ist er, die ersehnte Heimat der Jubelnden. Und als ich zu ihm reden wollte, erreichten ihn meine Augen nicht, höher war er gewachsen wie der Mond – und er hielt ihn in der Hand, den größten goldenen Reichsapfel. Ich rief. Da kamen alle die Knaben, die Petrus liebten, und die Mädchen, die um ihn wie um eine steinerne Urgestalt Tänze tanzten und blickten zu ihm auf. Aber er hatte den glänzendsten Stern zurück in die Wolken geworfen, und ein heftiger Regen ergoß sich. Wir stiegen den Hügel herab und traten unter breitlaubige Baumriesen. Die andern sahen wir fliehen zurück in die Stadt.

Petrus-Poseidon

»Ich würde mich gar nicht wundern, wenn ich eines Tages die Füße in Goldpantoffeln trage und eine Krone von Rubinen in meinen Haaren liegt. Und in den bunten Spiegelgalerien meines Palastes spiegele ich tausend und ein Mal mein strahlendes Geschmeide.« Und Petrus gütig: »Erzähle noch mehr, Prinzessin!« Aber mein Blut zeigte aus allen Poren auf mich, da ich noch an Nichtigkeiten dachte neben der Herrlichkeit, an deren Seite ich strömen durfte. Und Petrus-Poseidons Gesicht kam und ging und sein Bart war wie Schaum. »Warum sollst Du nicht von Flittergold träumen,« sagte er, »manchmal dünkt es mich, Du bist noch zu jung, um ins Meer zu fließen.« Aber ich eilte zu ihm und erfaßte stürmisch seine Hand.

Petrus und ich beim Prunkmahl Onits von Wetterwehe

Als wir kamen, eilten uns schwarze Diener in farbigen Festgewändern entgegen. Aber Petrus wehrte ihrer Beflissenheit: »Ihr wollt mich doch nicht meiner letzten Haut berauben?« Also betrat er in seinem grauen Mantel den goldenen Prunksaal, und ich lehnte an seiner Seite. Musikanten in bunten Vogelmasken zwitscherten zwischen blühenden Palmenbäumen auf ihren Zauberflöten, und Spaßmacher sprangen behende über die Galaschleppen der schönen Frauen, ihre Kautschukglieder verrenkten sich zu allerlei drolligen Figuren. Und Tabak, der Narr, saß auf der Tafel in einer großen Kristallschüssel, sein grüner Mund unzählige Male im Tausendschliff gewulstet. Und als wir in der Mitte des Saales standen, wo sich die vielen fremden Fürstlichkeiten paarten, senkte sich eine fremde Wolke schwer auf seine üppige Laune. Die schönen Prinzessinnen verbargen ihre verdutzten Gesichter in den Spitzen ihrer Seidenmäntel, indessen sich die Kavaliere um den erblaßten Gastgeber drängten; der aber eilte uns entgegen. »Ich habe meinen Hermelin zu Hause gelassen!« sagte Petrus lächelnd, und Onit von Wetterwehe wandte sich zu seinen Gästen: »Er hat ihn vergessen anzulegen vor lauter goldenem Träumen.« Und Antinous und Grimmer von Geyerbogen und Najade umringten uns und riefen die Zagenden herbei; dem rotäugigen Zwillingspaar mit den weißen Atlashaaren war Petrus schon im Traume erschienen und auch dem jungen König Otteweihe war also geschehn, seine schüchternen Augen blühten wie Knospen halb erschlossen. Aber einen Freudenschrei stieß der Häuptling Bugdahan aus – Petrus kannte seine wilden, blutigen Schlachtengesänge wohl. Und Raba kam, Bugdahans Schwester, und umarmte mich. Und von den Jerusalemitern traten einige zu uns heran; Onit liebte die dichtenden Söhne Zebaoths. Sie hatten blasse Wangen und schwermütige Lider, und der älteste mit den tröstenden Augen nannte sich Ben Ali Brom. Und Petrus zur Rechten saß Antinous und ich an der Seite seines Herzschlags. Und über uns gebärdete sich einer von den Musikanten unbändig, als er Petrus erblickte, sprang über die bunten Vogelköpfe, über das Geländer der Galerie herunter in den Saal und spielte Petrushymnen auf seiner Bratsche, am Rosenholz seines Stuhles gelehnt. Und Negerknaben mit langen Ohrgehängen reichen Edelspeisen auf goldenen Tabletts, Paradiesvögel mit blauen Früchten. Und Wein, aus Königstrauben gewonnen, gießen sie aus Smaragdkrügen in Prunkbecher – auf dem Grunde formen sich Perlen. Und neben Onit von Wetterwehe saß Weißgerte, die schönste der Prinzessinnen; ihr weißer Hals – Alpenschnee. Und rosige und blaue Libellen, die durch die Taumellüfte des Raumes schwebten, setzten sich auf ihre Flechten, sanken in ihre kleinen zitternden Stirnlocken und nippten Süße. »Du fragst mich,« antwortete Onit von Wetterwehe, »wer der vergötterte Bettelmann und sein Kind sind? Du wirst es mir bald selbst sagen.« Aber Weißgerte kräuselte ihre schlanken Prinzessinnenlippen, bog sich mit schillernder Tanzlustigkeit zu ihm über die blaue Seide der Tafel: »So stoß mit mir auf die Liebe an, Meister, wenn Du Dich nicht über sie erhoben hast.« Und Petrus schwang seinen Pokal, daß er in wilden Strömen überrann, aus seinem Barte lockten knisternde Sterne. Und Tabak, der Narr, hatte sich auf den Rand der Kristallschüssel gesetzt – er schielte unaufhörlich auf ihn – sein Blick stank. Aber Onit entführte mich dem seltsamen Mahle in seine weißen Rosengärten; dort zeigte er mir die Hecke, hinter der Dornröschen hundert Jahre im Zauberschlaf gelegen hatte. Und ein winziger, verrunzelter Zwerg spazierte über die glitzernden Kieswege; es war der kleinste, der um Schneewittchen war. Bimbam machte immer sein bemooster Kopf, und er sagte zu allem, was man ihn fragte, schon »ja«. Und den großen goldenen Schlüssel zu Onits Märchensammlung trug er um den Hals, und ich mußte das Kleid Scheherezadens anlegen. Und als wir zurück in den Prachtsaal traten, erkannten mich die Gäste nicht. Aber um Petrus knieten all die stolzen Prinzessinnen, und Weißgerte küßte den Saum seines schlichten Mantels, und die Kavaliere kredenzten selbst einen Becher. Und Petrus erfüllte den Wunsch der Lauschenden und erzählte ihnen, warum er unvermählt geblieben sei. Und als er am Vorabend der Herzensfeier seine Auserwählte vor ihrer Burg begehrte – stolz blickte der blaue See – »und in der Schlinge ihres Halses erstickte meine sündige Ungeduld. Sie war eine Schwanenjungfrau, Weißgerte. Aber als ich durch Arabien kam, trieb ich dem Kalifen die bösen Teufel aus, die sein Gehirn mit glühenden Nadeln pickten, und wie ein mächtiger Palmenbaum umfing mich seine Gunst. Aus einem Morgenschlummer holten mich seine Sklaven auf einer Karawane weißer Kamele, Brautschau zu halten unter seinen Töchtern. Ihre Schönheit wurde im Lande gepriesen; aber als sie im Geschmeide den Kalifensaal betraten und ihre Schleier lüfteten, fiel ich in eine vierzigtägige Ohnmacht. Sie hatten alle Totenköpfe. Und meine dritte Flamme war ein träumendes Prinzeßchen, goldblond, wie Du bist, Weißgerte. Das bat mich in der Zeit der Brautschaft, es nur alle dreißig Tage zu besuchen. Aber die Sehnsucht trieb mich, einmal vor der Zeit seine Lippen zu küssen – da hatte mein Prinzeßchen nur ein halbes Gesicht – es war ein Mondmädchen.«

Und als Petrus seine Liebesabenteuer zu erzählen beendet hatte, versteckten sich die schönen Prinzessinnen hinter den Säulen und Nischen des Saales; die Kavaliere lächelten beklommen, und selbst seinen Lieblingen bangte. Und Weißgerte sagte zu Onit von Wetterwehe: »Satan ist er... Ich fürchte mich vor ihm.« Und sie verlangte, Buße zu tun für ihre übermütige Rede bei der Tafel; als sie nicht nachließ, in Petrus-Satan zu drängen, sagte er: »Wohlan, wenn Dich zu büßen sehnt, schöne Fürstin, magst Du mit Deiner kleinen goldenen Zahnbürste die Zinnen Deines Palastes putzen.« Und dann setzte Petrus den funkelnden Pokal noch einmal an den Mund; der Wein lohte auf in bunten, zischenden Flammen, und er schwang den Kragen seines Mantels um mich: wir schwebten über die Kronen der Gäste hinweg.

Petrus und der Nazarener

Und der Silberstern hing am Morgenhimmel und viele von den Jünglingen begleiteten uns, auch Onit, der fürstliche Gastgeber, und sein Leibarzt Kraft und auch der rundliche Tafelnarr und Antinous und Grimmer von Geyerbogen, und dicht hinter uns schritten Goldwarth, der unbändige der Musikanten, und der stille junge König Otteweihe, der wandte sich zu Petrus: »Alle hast Du mit Deinen leuchtenden Reden beschenkt, Meister, willst Du mich nicht auch reich machen?« »Das will ich tun, König Otteweihe,« und Petrus sagte ihm: »Dein Herz ist ein Wald von blühendem Geschweige.« Und leise verhallten die Schritte hinter uns; aber jubeln hörten wir die Jünglinge, und das waren goldene Klänge. Und als wir uns nach einer Weile nach ihnen umsahen, konnten wir sie gar nicht unterscheiden. »Echte Müßiggänger sind's, diese sorglose Bande.« Und wie eine bunte Schleife waren sie in der Ferne, die sich auflöste, verwickelte und sich wieder band. »Wie eine spielende Schleife...« sagte Petrus und lächelte. Und ich war so müde – ging mit geschlossenen Augen weiter, aber meine Gedanken konnten nicht schlafen. Und frische Winde kamen und tanzten mit meiner Müdigkeit dem Morgenläuten entgegen, und aus Petrus' Palmsonntagaugen standen selige Erinnerungen auf – ich hob mich andächtig auf meine Zehen, hineinzuschaun. Und als wir vor der Kirche standen, öffnete er das schwere Portal. Mütter beteten zur Mutter, und Kinder legten Blumen nieder vor dem Sternenknaben, und ich sah zum ersten Male Männer aus Stein, die Petrus ähnelten; sie hatten auch rauhes Haupthaar und trugen lange Bärte und hielten den Kopf gesenkt, aber sie hatten keinen Gipfel wie er. Und am Kreuz harrte der Nazarener; er litt unendlich, so festgenagelt, so blutgenagelt, so hergegeben... »Nimm ihn vom Kreuz, nimm ihn vom Kreuz!« – Und draußen betete die Erde zur Sonne, und auf der Treppe standen die Jünglinge und erwarteten uns; schön waren sie, und selbst der rundliche Narr glich einer schnurrigen Groteske eines seltenen altheidnischen Schmuckes aus kaiserlichem Schatze.

Petrus und der Schäfer

Der Himmel füllte sich mit Blau. Die Kühle duftete, es war Mai. Petrus und ich ließen uns über den kleinen Fluß setzen, und als wir am andern Ufer waren, kam uns ein junger Schäfer entgegen mit seinen mäenden Zöglingen: »Na, das schwarze, das Du auf dem Rücken trägst, ist wohl Dein Lieblingsschäfchen?« Und der Knabe nickte... »Es ist meins, die andern Lämmer sind dem Gutsherrn seine.« »Verzeihlich wie eine Mutter handelt er,« sagte Petrus, und der zärtliche Hirte schaute sich noch lange Zeit neugierig um nach dem Knecht Ruprecht mit dem wilden Grimmbart. Und ich zeigte ihm zum erstenmal mein Kind. Es saß wie ein kleiner Reiter auf meiner Schulter. Petrus hatte es nie gesehen, aber nun, da er es in die Höhe hob, sagte er: »Deines Kindes Auge ist ein klarer Stern,« und er wußte auch nun, warum ich so oft um die Abendzeit allerlei flüstere und singe: Wurzel-Purzellieder.

Petrus-Geburtstag

Am folgenden Tage... war der Petrus-Tag, da er an ihm geboren war. Und in der Frühe schon kamen seine Lieblinge und brachten ihm Geschenke, und auch die andern Knaben und Mädchen bekränzten ihn mit Rosen und goldenem Laub. Und wir setzten uns alle im Kreise um ihn, nur Klein-Pull fehlte. Der war von meiner Schulter heruntergeklettert, und wir hörten ihn leise mit einem kleinen Bürschchen murmeln hinter einem großen Eichenstamm. Und das kleine Bürschchen sah in seiner weiten Kapuze aus wie ein Erdmännchen, und niemand von uns hatte es kommen sehen. »Wenn Du mir Deinen Himbeerstrauch für Petrus seinen Geburtstag schenkst, so schenke ich Dir ein Döschen mit einem kleinen Döschen darin.« Aber das Erdmännchen schüttelte das Köpfchen und aß eine rote, süße Himbeere von seinem Strauch! »Ich schenke Dir ein Döschen,« rief Klein-Pull ungeduldig, »mit einem kleinen Döschen darin, und in dem kleinen Döschen ist noch ein kleineres Döschen, und in dem kleineren Döschen ist noch ein ganz, ganz kleineres Döschen darin, und ein ganz kleines Döselinken ist in dem ganz, ganz...« Auf einmal fing er laut an zu schreien, denn das Erdmännchen hatte in der Zeit alle die süßen, roten Himbeeren aufgegessen, sprang auf und lief in den Wald hinein.

*Am Nachmittag vor der Geburtstags-
feier ereignete sich folgendes:*

Die Jünglinge waren noch nicht erschienen, aber Raba und Najade bestellten den Tisch mit Schüsseln voll Näschereien und Krügen mit rotem und goldenem Wein und schmückten mit Girlanden das Waldhäuschen. Und vor seiner Efeupforte wandelten auf und ab das herrliche Geburtstagskind und ich. Seine braunen Augen waren zwei Himmel, daher kam es auch, daß alle, die ihn sahen, – glaubten. Und wir bemerkten eine Schar Müßiggänger kommen, die waren in heftigem Wortwechsel. Und als sie uns gewahrten, beschleunigten sie ihre Schritte, und ich erkannte unter ihnen Jene, die sich dünkten, mit mir verwandt zu sein, und sie baten mich, ihnen meinen Sohn zu zeigen. Aber Raba guckte aus der kleinen Luke des Waldhäuschens und lächelte ob ihrer List. Und da ich mich also weigerte, wurden sie jähzornig und bewarfen meine Scham. Und Petrus schritt grimmig unter ihnen, sein Bart ballte sich. Und es geschah, daß Klein-Pull den Jünglingen vorausgeeilt war, und Petrus setzte ihn auf seine Hand und hob ihn über die Köpfe der Hämischen: »Ihr fragt nach dem Stern und kennt die Höhe nicht… aber hier seht ihn Euch an, ihrer Schulter entstiegen ist er!« Die Jünglinge schlugen die lästigen Feinde – nur Antinous blieb gläubig an meiner Seite. Und dann kehrte die Sonne heim mit silberner Armbrust, und wir tranken im Waldhaus den roten und goldenen Wein und aßen die süßen Bäckereien. Und Petrus trank aus einem schweren Riesenbecher, der sang immer Schelmenlieder, ein Geschenk seiner Lieblinge, und zwei der stärksten Negerknaben Onits von Wetterwehe mußten ihn jedesmal an seine Lippen setzen, wenn Petrus durstete.

Petrus setzt Klein-Pull in die Sonne

Und Klein-Pull hatte alle schäumenden Reste aus den Bechern getrunken und schlich heimlich wieder unter den Haselnußstrauch und holte tief Atem und knurrte, als ob er schliefe. Aber in der Nacht hörte ihn Raba wimmern und weckte mich, und sie legte ihre stillen Hände auf meines Sohnes Stirn – die taten Wunder. Und ich mußte mich an seine Seite setzen neben Rabas Schoß und ihm Geschichtchen von allen Tieren erzählen und namentlich immer wieder die drollige eine von der Pavianmutter mit ihrem Kind. Auf der Kiste im Käfig sitzen sie beide – die Pavianin hält ihr schönes Paviänchen im Arm und singt:

Schlafe, schlafe
Mein Rosenpöpöchen,
Mein Zuckerläuschen,
Mein Goldflöhchen,
Morgen wird die Kaiserin aus Asien kommen
Mit Zucker, Schokoladen und Bombommen,
Schnell, schnell,
Hase-Hase machen,
Sonst kriegt Blaumäulchen nichts von den Sachen.

Und morgens setzte Petrus den blassen kleinen Pull auf einen bunten Blumenhügel, und die Sonne spielte mit ihm in ihrem kurzen, goldpunktierten Fransenkleidchen Fangeball.

Der Häuptling Bugdahan besucht uns in der Kalkfelsenschlucht

Und wir saßen in der Kalkfelsenschlucht wie in einem weißen Riesenkessel und erwarteten Bugdahan. Und Petrus rief ihm entgegen, indessen sich der Häuptling quälte, die steile Wand zu erklimmen: »Willkommen, Sam Bugdahan, wir machen es unsern Gästen nicht leicht, zu uns zu gelangen.« Aber des Häuptlings Wangen glänzten; seine knolligen Augen waren aus den Höhlen getreten, und von seiner Dichterstirn perlte die Freude. Gold hat sein Vater in den Urwäldern gegraben, und die Lust an Abenteuern hat sich in seinem Sohne vergeistigt. Und als er uns seine Kriegsgesänge vorgetragen hatte, meinte Petrus, er habe ganz deutlich gerostete Speere knarren und den Bumerang durch die Lüfte sausen hören. Und ich reichte unserm Gast einen frischen Trunk, ihm zur Ehre in einem Becher aus australischem Holz geschnitzt. »Unter seinem blühenden Schatten haben deine Väter Menschenhühnerfleisch gegessen, Häuptling Bugdahan.« Und er lachte so heftig über meinen kannibalischen Einfall, daß Petrus und ich ebenfalls in Lachlust verfielen, der kein Ende abzusehen war. »Mädchen, Du gefällst mir, willst du nicht meiner Schwester Raba Gesellschaft leisten?« Ich steckte ihm meine Zunge heraus, die wurde immer breiter und röter, und ich habe Petrus nie sich so herzlich freuen sehen, zumal Bugdahan mich für einen Freudengötzen seines Glaubens hielt. »Mit dem muß man zu spaßen verstehen!«

Und er begann, seine steifen Glieder für den Heimweg zu üben; pustend purzelte er über die Felslehne – ich formte in der Zeit Bälle aus Erde und Lehm und bombardierte ihn, bis er auf der Landstraße war.

Petrus und ich im Tempel Jehovahs

Von der Chaussee steil auf stiegen viele Männer und Frauen mit ihren Kindern. Auf der Höhe steht der Sternentempel. Heute ist der Versöhnungstag des Jehovahvolkes. »Ehern und weich ist unser Tempel, süß und schwermütig seine Gesänge.« Und Petrus sagte: »Wir wollen auf die Höhe steigen.« Und die Wangen der Männer und Frauen wurden blaß und freudezitterten, als sie ihn sahen mit den leuchtenden Feiertagaugen und dem ewigen Barte. Und der Priester sang, und tausend Stimmen antworteten: unendlich wie die Wellen der Flüsse Babylons. Leise las Petrus die hebräischen Gesänge der Bibel: »Wundervoll ist die Gestalt dieser alten

Sprache; wie Harfen stehen die Schriftzeichen, und etliche sind gebogen aus feinen Saiten.« Ich berührte seine Hand und zeigte auf die vielen Silbersterne des weißen seidenen Vorhangs: er verbarg Allerheiligstes. Schweigend gingen wir nebeneinander über die rissigen Steinstufen des Tempels hinaus in die wehende Wärme. Die Birken der Chaussee berührten sich innig mit den Ästen. Und ich pflückte Petrus die Blumen, die am Wege standen.

Petrus in der Höhle

Auf den Bergen konnten wir nicht mehr sein und auch nicht auf den Wiesen, und die Bäume der Wälder glichen mächtigen Eissäulen. Und wir froren und waren ohne Obdach. Und die Jünglinge hatten sich entzweit mit ihren Angehörigen, die sie ihres säumenden Wandels wegen schalten. Und Onit von Wetterwehe war mit seinem Leibarzt Kraft und seinem Tafelnarr über die Meere gefahren. Aber eines Tages kam Bugdahan, der Häuptling; er hatte eine Höhle entdeckt, nahe seinem Zelte. Und wir machten uns auf – Bugdahan an der Spitze, dann kamen Petrus und ich; uns folgten Antinous, Najade und Grimmer von Geyerbogen und ihnen: Goldwarth und sein Freund, der Jerusalemiter mit den tröstenden Augen. Und es gesellten sich noch viele von den anderen Jünglingen zu uns, die obdachlos waren und die von unserer Unterkunft wußten. Und wir zimmerten für Petrus einen Sessel aus weißem Birkenholz und polsterten ihn mit Farnen und Moos. Und in der Frühe losten wir untereinander, wer tagsüber auf Raub ausgehen werde. Und wir brachten süße Sahne und Weizenbrote heim, die wir vor den Türen reicher Häuser fanden, plünderten große Kaufläden, und Grimmer raubte für Petrus einen Pelz, der wog einen Zentner schwer. Und die Abende wurden gefeiert; wir saßen um kleine Feuer, rauchten aus Pfeifen und tranken von den eroberten Weinen, und Petrus lehrte uns Zigeunerlieder.

Petrus und der Arzt

Durch den blanken, grauen Himmel sahen wir deutlich Lenzblau sprießen. Petrus liegt am Rande eines Waldes; unter ihn haben wir seinen großen Mantel gebreitet. Und noch immer waren die Jünglinge nicht zu sehen, die um den Fiebernden wußten. Nur der eine saß an seiner Seite und ich zu seinen Füßen, und wir betrachteten ihn mit Sorgen. Von der rotleuchtenden Arzenei reichte ihm Antinous, Südwein, den er so liebte. Aber wenn er hustete, suchten wir ängstlich unsere Hände und lächelten uns scheu an über den gewaltigen Körper herüber, wie über ein hochatmendes Meer. Petrus schlief. »Ich liebe dich,« sagte Antinous, »und ich möchte Deine Augen küssen, die sind wie Brombeeren.« Zaghaft näherten wir uns und verbargen uns hinter dem Schlafenden, hinter dem harten Gekrause seines Hauptes. Aber als wir wieder nachdenklich an unsern Plätzen saßen und die Augen auf zu Petrus hoben, erschraken wir heftig über seine Blässe. Und ich lief achtlos über die hohe Weizensaat; zu Raba wollte ich, daß sie mich ihr zauberblaues Sprüchlein lehre. Unermüdlich werde ich es hersagen, unzählige Male auf jeder Perle meiner Kette, bis das Wolkenfenster droben aufspringt und sich Tausendwärme über Petrus neigt. Aber der Weg, der zu den steilen Felsgehängen führte, war versperrt; umkehren mußte ich, aber ich freute mich, als ich sah, daß alle seine Lieblinge ihn umgaben. Und der Leibarzt Onits von Wetterwehe war es, der sich über seine wogende Brust unter den Tannenzweigen beugte und hin und her wankte vom heftigen Stoß des mächtigen Petrusherzens: »Euer rauher Nordsturm ist mit keinem Kraut zu vertreiben und nicht mit bitteren Pillen zu bombardieren, aber Mairegen will ich Euch verschreiben und Sonne!«

Und Onits Negerknaben trugen Petrus auf ihren Schultern in einer goldenen Sänfte in den weißen Rosengarten. Dort grünten schon die Zweige und seidige Vögelinen sangen. Und um Mittag kam im Strahlenkleid die wiegsame, goldene Frau und reichte Petrus den leuchtenden Pokal.

Petrus-Noah

Fleißige Engeljungfrauen spinnen feinen Seidenregen und sie gönnen sich keine Feierstunde. Wir sitzen zwischen alten zusammengezimmerten Brettern am Ufer eines Flusses – Petrus hebt die Hand und zeigt auf die schwere Finsternis. Zwei schwarze Märzwolken hebt die nächtliche Frau des Westens aus ihrem schwärzesten Keller, die sehen aus wie große Wasserkessel, und ein Heulen beginnt und das furchtbare Kreischen und Toben in der Höhe. »Das sind die Teufelchen,« erklärt Petrus, »und es wird nicht mehr zu lange dauern und wir haben, plumps, die Bescherung hier unten.« Und wirklich, die kleinen Teufelchen gossen die großen Wolkenkessel rücksichtslos auf die Erde, und die wilden Wasser überschwemmten die Wiesen und Wälder, und der Fluß unter uns erwachte und träumte nicht mehr. Und seine Stille schäumte, und wir waren so hoch mit den Fluten gewachsen bis zu den Tannenkronen der Wälder ringsum. Das schwankende morsche Dach über uns begann einzustürzen, und meine Kleider waren durchfeuchtet, aber Petrus saß und dichtete von singenden Blüten im Sonnenschein. Kein Tropfen näßte seine Hand, und sein Bart lag wie eine stille Welle: »Meine wilde, schwarze Taube, die ich mit mir nahm«, sagte Petrus und lächelte. Und die Tage und Nächte vergingen, und der spielende Streit nahm kein Ende. Aber wenn die Teufelchen müde waren und die Jungfrauen wieder ihre zarte Regenseide spannen, schwang ich mich über das eingesunkene Dach unserer Arche und pflückte die jungen grünen Tannenzäpfchen, die aßen wir; aber wenn die Lärmmacher wieder an die Reihe kamen mit ihrem Wassergeplätscher, hüllte ich mich in den großen Mantel von Petrus ein und lehnte mich an seinen Schoß. Und dann kam ein Morgen, der war sonnig und selig wie ein großes Brautgemach. Die Auen glitzerten von Demanttropfen, und der Fluß genas und träumte wieder, und die Wälder dufteten, trugen neue grüne Kleider und Petrus-Noah erzählte: daß der Frühling der Glaube Gottes sei, der immer wieder zurückkehre in die Welt!

Petrus und die Weide

Er setzte sich unter eine verkrüppelte Weide. »Wie jung Du bist –« sagte ich zu ihm und betrachtete unter dem Gegrau der Baumhexe den Unaussprechlichen. Wie jung er ist in seiner Ewigkeit – Baldur ist er, der Gott mit den jubelnden Hellen! »Warum kommst Du nicht näher?« fragte er mich. Aber ich wartete auf etwas nie Geschehenes. Ein rotwangiger Sturm sprang über den Weg und weckte die schlafende Wurzelgreisin, und ihre zwei haarigen, knorpeligen Äste legten sich über braunleuchtende Locken. »Frühling, Frühling, der Frühling der ist da!« Mädchen wie schimmernde rote und blaue Libellen kamen und helläugige Kinder mit silbernen Glockenspielen, junge mutwillige Lämmer, so sprangen sie und feierten Frühlingsgeburtstag. Blau wehten die Himmelsfahnen.

Petrus und der Mai

Es ist Mai, da blüht ein Silberstrauch, und dort einer mit rosa Blüten, und Petrus muß mir immer sagen, wie sie heißen. Und auf einmal war ich ihm weit vorangegangen – er stand mitten auf der Wiese und dichtete. »Ich werde mich nie von ihm trennen,« sagte ich ganz laut zum hellen Himmel, aber er hörte es gar nicht in seinem Lenzübermut. Doch die Jünglinge hatten es gehört; aus einem Versteck schallte ihr vierlauniges Lachen. Und sie hoben mich über den Dorn und banden mich mit Bastfäden. »Du mußt uns jetzt sagen, wen Petrus von uns am liebsten hat.« Ich weigerte mich, da verbanden sie mir die Augen und greifen sollte ich den Liebling seines Herzens. Und ich konnte nur noch ein kleines Tröpfchen Morgenschein sehn und darunter Antinous, und ich ergriff ihn, und er klatschte in die großen, schlanken Hände und tanzte mit mir einen ungestümen Tanz. »O Du herzige Petrusbotin!« Und er küßte mich unzählige Male. Und dann setzten wir uns alle nebeneinander auf das frische Grün, und sie drangen unbändig in mich, zu gestehen, wen ich von ihnen am liebsten hätte – und ich zeigte nach der Reihe auf jeden von ihnen. »Euer Leben spielt in Tönen vor mir hin, und ich liebe Euer Lied wie das hohe Lied, das alle tausend Jahre wieder aufklingt.« Und die Jünglinge riefen: »Sie hat zuviel von den grünen Lüften getrunken,« – aber ich war tief bewegt, und um meine Rührung zu verbergen, sprach ich salbungsvoll wie ein Prediger. Und hinter dem Zaun stand Petrus und lachte und schwang seinen Riesenbleistift über unsere Köpfe! »Eine Quelle ist Eure Freundin, die nicht mündet, eine Quelle, die aufsteigt und Euch plötzlich überströmt.«

Petrus und meine Liebe

Wir wandelten immer um die Rotdornhecken eines Wundergartens. Ich fühlte auch mein Herz duften. Und Petrus nickte versonnen und ich dachte: Er ist ein Schöpfer, wie er so hinwandelt lächelnd, lächelnd ... Ein Schöpfer, und er sammelte in seinen großen Güten den Honig meines Glückes für eine neue Welt, die er auf der Schulter trug. Manchmal schweiften seine Gedanken hinauf wie eine Schar junger Vögel und ruhten auf einer schmalen Weißwolke, und seine Augen weiteten sich, Sonne zu trinken, frisch von der Natur. Aber wenn ich eine Weile schwieg, dann sah er auf meine Lippen und sie jubelten: »Ich liebe den schönen Antinous und Onit von Wetterwehe mit den seidenen Augen und dem Starrwuchs um den Herzen, und den kecklaunigen Grimmer von Geyerborgen, und Goldwarths Lenzhaare liebe ich, das Sonnengefunkel auf seiner Stirn. Aber nachdenklich machen mich oft diese heftigen Strahlen der Untreue.« Und Petrus legte meine Hand in die seine und sagte: »Freue Dich über Deine springende Liebe, sie ist ein Kind und will spielen.«

Bei der Zauberin Hellmüte

»Man muß sie gesehen haben, wie der Schiffer auf dem Meer den Leuchtturm gesehen haben muß,« sagte Petrus zu mir, und wir schritten durch eine lange, verwitterte Halle in den runden, kühlen Vorhof. Ich habe immer nur von zarten Zauberinnen mit goldenen Haaren gehört; aber Hellmüte war nicht zart und goldgelockt, wie schwere Taue fiel ihr silberdunkles Haar herab zu beiden Seiten ihres stolzen Angesichts. »Hier bringe ich Dir meinen Kameraden, Tino nenne ich sie; es ist die grünrote Ausstrahlung ihres Blutes – oder weißt Du mir ihren älteren Namen zu sagen, Zauberin?« Und Hellmüte küßte mich auf beide Wangen, und als ich ihr meinen Sohn zeigen wollte, saß er nicht mehr auf meiner Schulter. Alle die Seltsamkeiten, die von der Decke hingen und die vielen ungetümen, verzerrten Fratzen an den Wänden – Klein-Pulls Köpfchen guckte furchtsam aus Petrus' großer Manteltasche. Aber die Zauberin holte ihn aus seinem Versteck, zeigte ihm ihren Marabu, der beleidigt in einem Winkel stand. Er hatte grüne Teichnäschereien zu seinem heutigen Namenstag erwartet, und glücklicherweise hatte Pull seinen Zuckerfrosch vom Jahrmarkt bei sich, und indessen sich beide anfreundeten, bewirtete uns ein Indianerknabe im Blätterrock mit weißem Burgunderwein. Und Hellmütens irrende Meeraugen waren auf Petrus gerichtet; aber er hielt den Kopf abgewendet und erzählte von keimenden Inseln. Und immer dazwischen die stumpfe Klappermusik – der Marabu unterhielt sich köstlich mit meinem Pull, und Hellmüte bat mich, ihr den Pull zu schenken! Sein Fez mit der Silberquaste war dem putzigen Gespielen vom Kahlkopf auf den morschen Schnabel gerutscht. Und als auch die Sonne zu spielen begann, entführte mich die Zauberin unbemerkt über Wendeltreppen in einen weiten Raum. »Ich möchte Deinen älteren Namen wissen.« Dort strahlte durch tausendkantig geschliffene Fenster unzähliges Licht. Einen Tropfen Blut meines Herzens entwand sie, zwischen Licht und Licht klärte er sich wie ein Rätsel. Und Hellmüte sann.

Als wir wieder auf der Landstraße waren, sagte Petrus zu mir: »Vordunkel ist Dein Blut; die Zauberin mag nach Deinem ältesten Namen sinnen.« Und wir sprachen zusammen die blaue Sprache, in der sich Himmel und Erde erzählen. Und vor uns die vielen Felder, mit Mairegen überschwemmt! Und wir hatten alle drei den gleichen Wunsch – zogen uns die Schuhe aus, faßten uns an die Hand und wateten durch den warmen Trunk.

Die Zauberin Hellmüte sendet uns Geschenke

Und als Petrus meine finstere Stirn sah, wunderte er sich, da der Tag ein buntes, lustiges Kleid trug und aus schelmischem Blauauge guckte. Ich dachte an die Zauberin Hellmüte. »Mich ärgert es, daß sie nicht vor dem Schuh Deines Fußes verharrt und ihre heimlichen Träume fiebernde Meeresnächte um Dich weben.« Aber Petrus lächelte: »Du bist eine gar strenge Priesterin.« Wir setzten uns auf eine Bank, und über uns hingen unzählige Äste mit geöffneten weißen Dolden. Und Petrus erzählte, daß dieser Strauch ein Fremdling sei und aus dem Lande der Wunderhimmel stamme. Und er nahm seinen Stift und aus seiner Manteltasche die große weiße Papierrolle und dichtete; aber ich blickte über die weiten, grünen Schoße der Wiesen auf zu den Vögeln. Wie silberne Wirbelwinde kreisten sie durch die Lüfte – wer so spielen könnte! Auf einmal stand der Indianerknabe der Zauberin Hellmüte vor uns; er kam durch die Lüfte gesaust, der rothäutige Vogel mit dem bunten Federschmuck in dem schwarzen Glanzhaar, gelbe, rote und grüne Federn. Und er warf sich zu unsern Füßen nieder, und Petrus begrüßte ihn mit allerlei Hurraren seiner Muttersprache. Und der junge Wildling jauchzte: Kulaia, wiwua, malibam! Und von seinem Gürtel löste er einen blühenden Rosenstrauch. »Herr, den sendet Dir Hellmüte, die Zauberin!« Zwischen den Rosen lag ihr stolzer Ring mit den weißen Opalen, aber in den Steinen irrte ein schmerzliches Fieberlicht. Und mir schenkte sie Sandalen aus Löwinnenhaut mit Silberschnallen. Und auch Klein-Pull-Pascha hatte sie nicht vergessen – der Marabu sollte fernerhin sein Spielgefährte sein. »Aber am Zügel mußt Du ihn halten, Master Pull, damit er Dir nicht durchgeht wie mir, der Herumtreiber, der Leckerschnabel«; da kam er endlich bedächtig über den Wiesengraben geschritten. »Ihn lockten Froschsirenen,« sagte Petrus, und wir gingen ihm entgegen, und Pull setzte sich sofort auf den weichen Federrücken und ritt voran durch die lauschigen Baumwege, sich glückstrahlend umwendend nach allen Seiten, ob wir ihn auch sähen! Und wir kamen auf ein großes borsthaariges Feld; eine Schar Jungens mit roten Apfelbäckchen ließen ihre Drachen fliegen, und Pull schoß mit seinem Propfengewehr auf die weißen und roten Papierdrachen, bis sie alle tot waren. Und die Jungens staunten über den sonderbaren großen Vogel und küßten den mutigen kleinen Jägersmann. Petrus freute sich und sagte: »Schließe nie hinter ihm das Tor, die Illusion ist der getreueste Lehrer und die Natur das weiteste Schulzimmer.« Und die ganze Erde lachte, und lauter Blumen aus Sonnenschein fielen vom Himmel. Das war ein herrlicher Tag! Und Pulls Augen strahlten. Und als es dunkel wurde, schlief der Marabu zu seinen Füßen ein, aber ich mußte ihm noch das kleine Lampenliedchen singen:

Lampe Pampe Rampe
Kämmchen Flämmchen Lämmchen Du
Döschen Klöschen Röschen
Kleinchen Meinchen Du.

Petrus und mein Kind

»Morgen gehe ich nach den Rheinlanden,« sagte Petrus zu mir, »was wirst Du so lange treiben?« »Ich werde mit meinem Kind durch die Straßen spazieren gehen, wo Zuckerläden sind.« Und also spazierten wir Hand in Hand durch die warme Luft, und still gingen die Menschen aneinander vorüber. Nur mein Kindchen sprang an meiner Seite wie ein junges, braunes Zieglein. Zuerst fragte es mich, wohin Petrus gegangen sei, so ganz allein, ob er vielleicht den großen Sturm wieder aufdrehe und alle die Kreiselwinde. Dann blieben wir vor einem Zuckerladen stehen; Schonsteinfeger, Pferde, Hunde aus Schokolade und Zucker standen im Schaufenster und alle die roten und die grünen und die gelben und die lila Bonbons immer... Und als wir am Abend heimgingen, schwebte am Himmel droben ein großer Wolkenmann mit langem, langem, flockigem Wolkenbart; Pull erkannte ihn sofort – und einen grauen Mantel trug er – und nickte uns zu und holte aus einer großen Wolkentüte den Mond, der war rot und rund wie ein dickes Himbeerbonbon.

Petrus unter den Arbeitern

Wir gingen durch den Nordosten der Stadt, wo der Lenz nicht blühen kann und erstickt wird zwischen Häuserengen. Und auf den Höfen spielen die Kinder, die armen mit Greisengesichtern und krummen Gelenken, aber ihre kleinen Herzchen sind rot und wollen spielen und jauchzen. Balken haben sie quer übereinander gelegt; es macht ihnen großes Quietschvergnügen, so hoppsasa in den Himmel zu fliegen. Aber als sie Petrus gewahrten, plumpsten sie unsanft auf den harten Asphalt zurück und Lottchen und Lieschen heulten – für den schwarzen Mann hielten sie Petrus. Ich glaube, er war stolz darauf. Und vor dem Eingang des schmucklosen, grauen Hauses erwartete uns Sennulf, der Kämpfer; er stürmte Petrus entgegen, wie ein Sehnender seinem Gott. Aber die versammelten Arbeiter murrten, als sie ihn gewahrten mit den segnenden Augen und dem leuchtenden Barte. »Wir wollen uns nicht vertrösten auf den Himmel der Toten; wir wollen ihn wie die Reichen schon auf Erden haben!« Und ich fürchtete um Petrus, denn manche von ihnen hatten die derben Hände geballt und drohten. Aber er sagte zu mir:

»Ans Kreuz schlagen nur die Heimlichen und die erreichen mich nicht.« Und unter Sennulfs Schritt verdampften die letzten Flüche. Eine gebietende Keuschheit ging von seiner heißen Knabengestalt aus. »Er ist eine dunkle Birke,« – und seine Worte wirbelten über das freiheitshungrige Volk, wie Frühlingslaub vor dem Gewitter. Und am Schluß des Abends traten einzelne an Petrus heran, unter ihnen ein dichtender Handwerker, er hieß Damm. Und viele Jünglinge waren des hohen Gastes wegen gekommen: Ludwill, der Mißtrauische mit den mürrischen Veilchenaugen, und sein Freund, der dürr aufgeschossene Heiligenmaler mit dem Glockenherzen, und Gorgonos, der Starre. Der hatte schillerndes Haar und einen toten Vipermund und zögerte, sich dem Herrlichen zu nähern, und neben ihm stand sein Tänzer und spielte mit dem Armband.

Petrus erprobt meine Leidenschaft

(Ich lege einen Kranz aus Rosen nieder auf das Grab eines Propheten.)

Zwei Ochsen ziehen unseren Karren, und auf dem Rücken des Gescheckten sitzt der Bauernbursch. Er hatte uns mitgenommen. »Kommt man ruff ohne lange Fisematenten!« Wir waren müde von unserer Wanderung und lagen ausgestreckt auf den knarrenden harten Brettern. Und als wir am Ziel waren, reichte Petrus dem jungen Knecht eine große Kognakflasche: »Tu Er einen tüchtigen Schluck zum Dank!« – »Der da sein woll der Herr Pankratius von den gestrengen Herren eener? Mit seen Sturmbart fuhr er im Mai über die uffschießende Saat.« Streng genug sah Petrus aus, und er zeigte auf den stillen Garten des Propheten; weiße Maulbeerbäume und Tragantsträucher umschlossen den Kuppeltempel wie eine rauschende Mauer. »Die Berge des Hochlands von Iran durchstreiften seine Vorfahren«, sagte Petrus, »und er formte in den Wolken den neuen Menschen aus der lachenden

Mittagssonne seiner Heimat. Ein göttlicher Bildhauer fürwahr – und wer sich spiegeln möchte im Auge seiner Schöpfung, muß schon Flügel haben wie er selbst.« Ich lauschte andächtig, denn Petrus' Worte klangen wie eine Feier. Und den Kranz aus roten Rosen legte er um meinen Arm; wir ließen ihn binden in einer Gärtnerei am Wege, er glänzte noch hell nach Freudenschein des Mittags. Und einen Dolch steckte er in meinen Gürtel – ich wußte nicht, warum das geschah. Aber als ich durch das goldne Tor in die Stätte kam, schwollen mir süßliche Eitelkeiten entgegen, statt herber, eingesteinter Lüfte tausendjähriger Königsgräber – über ihre Säume schleichen Katzen wie lichtverlorene Schlummer. Und mich überkam Ekel und Zorn, da ich des Propheten Katzin sah; sie kauerte auf seinem toten Herzen, behaglich, wie auf einem Seidenkissen – ihr Rücken war seiner müden Füße Schemel gewesen. Und als ich zu Petrus zurückkehrte, brannte mein Leib, und er zog den Dolch aus meinem Gürtel, der blutete. Und da meine Hände keine Spuren zeigten, sagte er: »Du wirst meinem Andenken einen Thron bereiten.«

Petrussehnen

Wie die Rasenplätze eingeheckt sind, sie können sich nicht breiten, und die jungen Wasser sind von Dämmen gefangen. »Ähnlich wie ihnen geht es mir, Petrus, darum bin ich betrübt. Aber einmal an einem Herbstabend, Du leertest mit den Jünglingen schäumendes Gold aus Himmeln – ich lag abseits hinter den Gärten im freien Wiesenschoß. Und die Stürme riefen wie Wildvögel, und meine Seele riß alles Lahme von sich, und ich schnellte hin, über Dein Haupt, über die Meere Deiner Ehrfurcht, durch die Rosenreiche Deiner Milde, bis ich rastete auf Deines Herzens Gipfel. Du Gottrinker, so war ich einmal der Trank Deiner Trunkenheit.«

Petrus erinnert mich

»Nun sind wir ein Sternenleben zusammen gewandert,« – erinnerte mich Petrus – »und Du hast mir nie meinen Namen genannt.« Und ich sagte: »Jeder Nachtwolke, jedem Tag habe ich Deinen Namen genannt, und die Sonne hat ihm einen Altar gestickt... und einmal wird mich ein Leben Menschen wie Mauern umschließen, die Deinen Namen hören wollen. Und meine Stimme wird ein Ozean sein. *Du heißt wie die Welt heißt!*« Petrus nickte, und als ich zu ihm aufsah, strahlten unzählige Firmamente aus seinem Angesicht und es war grenzenlos, und ich mußte mich abwenden, um nicht blind zu werden. Aber ich fühlte meine Kraft, die sich losstieß, und ich bäumte mich und streckte mich, und meine Augen blieben weit vor all der Majestät.

Petrus legt einen Bauernsohn in die Erde zurück

Der Himmel glitzert wie ein reifes Ährenfeld. Petrus und ich liegen im Schatten eines Ahornbaumes. Frühherbst ist es, und die Lüfte versieden noch auf dem Sommerherd. Wir denken beide an das Erntefest, und ich schwenke mich wie das flotteste Schunkelpaar tausendmal im Kreis. Und den Gevattern Bauern muß ich nachahmen, wie sie sich die Kartoffelnasen schnäuzen. »Aber kernig sind diese fluchenden Pflügetiere, die haben keine Seele, die ihnen zu schaffen macht.« Männer kamen den schmalen Feldweg geschritten; sie trugen Heugabeln, Sensen und andere Gerätschaften auf dem Bukkel, und vor ihnen schnüffelte ein zottiger Hund. »Na, fluchen könnt Ihr probabel an diesem herrlichen Abend, das muß man Euch lassen.« Der Derbste hatte schon wieder zum Vermaledeien seinen großen Heuschober aufgesperrt, aber der olle verrunzelte Bauer drohte. »Mang de Rippen komm ick Dir,« und dann geheimnisvoll: »Det is eener von de Apostels.« Und weiter meinte er, »der mit'm jroßen Bart könne ihm wohl seggen,« er zeigte auf seine sechs Söhne, »wo der siebente von de sechse herumflaniere. Sin Kopp nämlich hat er immer vor sich jehabt, det hat er von Muttern jeerbt, die hat alle Pflanzens jekennt und alle Vögels, aber von de Männers und de Weibsleut hat se nischt wissen jewollt, und ihre Arbeit ging immer so sachteken weg. Vorichte Nacht is se vor men Bette jeschlichen, so janz dichte ran mit det Sargjesichte, wie ne Heilje hat se jegickt und jeseggt hett se: ›Justav is dot‹. Drimol hett set jeseggt, und da muß's doch wahr sint.« »Allerdings muß das wahr sein!« betonte Petrus, und die sechs Söhne verkrochen sich hinter dem Laubwerk des Ahornbaumes. Aber er rief sie und schritt ihnen voran. Die Garben standen wie goldene Säcke aufrecht, nur einige lagen umgestülpt auf dem borsthaarigen Getreidebogen. »Bauer, Du bist fürwahr ein Krösus,« rief Petrus, und die sechs Söhne bemühten sich plötzlich, hochdeutsch zu sprechen und immer dazwischen wie'n verschlissener Dudelsack det Ollen Fistelstimme: »Justav, Justav min Küken, kluck, kluck, kluck, kluck!« »Wie ihm sein Gewissen zusetzt, er wird schon sein Teil Schuld dran han.« Und als wir das dritte Feld betraten, überrannte der zottige Hund einige Garbensäcke, beschnüffelte die goldblasse, beleckte sie und jammerte wie ein Kind. Und Petrus beugte sich über den goldblassen Körper. »Bauer, hier ist Dein siebenter Sohn. Gold zwischen dem Golde des Herbstes.« Und ich bat Petrus, ihn zu erwecken. Aber er schüttelte ernsthaft den Kopf. »Bauer, Dein Sohn ist tot,« – und zu den Sechsen sich wendend: »Euer Bruder war ein Dichter.« Und der zitternde Hauch, der noch über dem Toten schimmerte, zerfloß. »Sag uns doch, wie heißt der Mann mit dem harten Bart?« Petrus nickte mir abwehrend zu, aber ich sagte zu den Brüdern: »*Der heißt wie die Welt heißt.*« Und der olle Bauer mit dem Wackelkopf meinte: »Ick hew's Euch anfänglich geseggt, det is keener von de unsrige.« Petrus erbat sich den toten Knaben; er ließ ihn noch unter dem scheidenden Tage liegen. Aber als es dunkel wurde, nahm er ihn auf die Schulter, bedeckte seinen Leib mit dem Kragen seines Mantels und schritt den Berg des Dorfes herab. Zwischen der Falte seiner Stirn schlief der Abend, und ich folgte dem großen Erzengel, der unter seinem Flügel den Unverstandenen barg. Nach drei Tagen legte ihn Petrus selbst in die Erde zurück.

Petrus und der Smaragd

Vor uns schimmerte der See in grünen Strahlensplittern. Wir sitzen auf einem niederen Hügel aus Kies und lassen die kleinen Dinger durch unsere Finger gleiten. »Sieh, was ich hier gefunden habe!« rief Petrus, und in der Hand hielt er einen durchsichtigen Stein und prüfte seine Reine. »Einen Smaragd habe ich gefunden! Du glücklicher kleiner Schelm, ich lasse ihn Dir in Strahlen fassen.« Aber ich machte Petrus den Vorschlag, lieber für seinen Ertrag den Sonnenwendtag eichenmetgolden zu feiern. Und wir eilten in die Stadt. Petrus hatte vorher den Edelstein zwischen meine beiden Hände gelegt, sorglich, wie in ein Schmuckkästchen. Im Schaufenster funkelten Diademe und Ketten aus bunten Lichtern und liebliche weiße Perlenringe, und ich schritt zagend hinter ihm in den Juwelenladen und wurde befangen, als die Verkäufer uns neugierig nach unsern Wünschen fragten. Triumphierend aber legte Petrus den kostbaren Fund auf die Oberfläche seiner Hand. »Zwischen Kiesel habe ich ihn gefunden, wie ich ihn nicht strahlender dichten könnte in der Krone einer Königin. Aber Euren Herrn will ich selbst fragen, ob er ihn erstehen will.« Der hatte ihn schon von ferne leuchten sehen und stellte mit ihm eine regelrechte Prüfung an. Von dem braunen Samt seines Ärmels hob er sich herrlich ab. »Ihr bringt mir da einen kostbaren Juwel, Meister; wenn Ihr mit zehn Goldstücken zufrieden seid, so wären wir einig?« Hinter den Glasschränken und hinter den Ladentischen gebückt, versuchten die Verkäufer ihr Lachen zu verbergen, indessen ihr Herr sich immer von neuem freute über das Feuer des Smaragds. Und als wir wieder vor dem Schaufenster standen, legte Petrus die zehn Goldstücke lächelnd in meine Hände,

»für den eichenmetgoldenen Sonnenwendtag.« Aber als ich mich noch einmal vor der Biegung der Straße umwandte, sah ich den galanten Goldschmied, umringt von heitern Gesichtern, vor der Türe seines Goldladens stehen.

Wir feiern eichenmetgolden den Sonnenwendtag

Über dem Waldboden liegt ein wolliger Moosteppich, mit blauen und roten Beeren bestickt, und die Sommerkrone hat sich der letzte nordische Frühlingssprößling aufgesetzt. Männer, halb entblößt, schleppen auf ihren breiten Nacken Fässer voll Met herbei und an den Stangen junge Eberböcke aus Onit von Wetterwehes Jagden und bepflanzen mit Spießen und Gerätschaften unsern grünen Saal. Und Raba und Najade sitzen, eine schwarze Fee und eine blonde Fee, am Rand des Waldes und weben aus Farnen und seidenen Gräsern Gewänder und binden aus Eichenlaub und wilden Rosen Girlanden und einen mächtigen Kranz für Petrus-Wotans Haupt; wie Sonnengehege hängt sein Bart über seine kantige Brust. Und auf meiner Schulter sitzt Klein-Pull und ruft den Jünglingen lauter bunte Einfälle entgegen. Über Bäche und Hecken setzend, nahen sie, mit Bärenhäuten bekleidet. Antinous sieht aus: ein verzauberter Sagenkönig, gelb strotzen die Locken seines Bruders, und Onits Augen eilen voraus, wie schlanke Jagdhunde. Und vor der Schar der Hornbläser schreitet Goldwarth, und zu beiden Seiten über die Waldwege zerstreut, springen Waldschrats, lachende Elfen im Arm tragend, und auch Tabak ist unter ihnen; aber die kleinen Waldfräuleins sträuben sich vor seiner Umarmung; er ist unrein, und sie tragen alle zauberweiße Morgenseide. Aber teilnahmslos blickt Gorgonos der Starre – sein Tänzer in Zitronenfalteratlas umtänzelt ihn, in seinen Ohren glitzern kostbare Ringe. Und ihm folgen die Adalinge, Ritter und Ritterinnen auf herrlichen Rossen und das rubinenäugige Zwillingspaar singend nebeneinander im Silbersattel. Weißgertens Lider sind geheimnisgroß geöffnet. Doch Bugdahans ungeschickte Füße stolpern über die buckligen Baumwurzeln, und neben ihm auf dem Stier reitet sein Vater, der greise Häuptling. Sein linker Arm hängt schlaff über dem Nacken des markigen Tieres. Feindliche Stämme hielten den gefürchteten Krieger als Geisel zurück, an einem Kokusbaum gebunden. Und als er Petrus-Wotan sah, weinte er vor Wonne. Und Petrus-Wotan bat ihn, mich zu segnen. Und Goldwarth hatte seine Mutter mitgebracht, die war von mädchenhafter Anmut, und Petrus sagte zu ihr: »Frouwe Emmelei, du bist so vil jung, ich wähn du seist mit deim son in der wiegen gelegen.« Und immer, wenn Petrus-Wotan die Arme zum Sturm anhob, schmetterten die Fanfaren. Und die Jünglinge bauten Altäre aus gefällten Stämmen und Ästen und ließen Opferrauch aufsteigen. Und die Elfen spielten um Petrus-Wotan Ringelkranz und die Waldschrats trieben ihre Neckereien. Und ich mußte mit dem Tänzer in Schmetterlingsgelb tanzen – wir waren nur Atem. Und in den mächtigen Humpen schäumte der goldträufelnde Honigtrank, und wir aßen das am Spieß gebratene Wild. Aber Petrus-Wotan vermißte Ben Ali Brom, den Jerusalemiter, und Raba, die Häuptlingsschwester, fing bitterlich an zu weinen: Bugdahan habe ihm die bleichen Wangen zerschlagen und ihm den Bart ausgerissen, weil seine Väter damals in Jerusalem die Schmach dem Tode vorzogen. Und der ganze Wald schüttelte sich mit uns vor Heiterkeit, und Gorgonos der Starre lachte, wie es an ihm die Schelmereien seines Tänzers nie vermocht hatten.

Und als der Tag vorübergerauscht war, erzählte uns Petrus-Wotan die Sagen des Nordens und weissagte, und es geschah: indessen eines seiner Augen vom Dunkel ausgelöscht wurde, sich das andere füllte und zwiefach strahlte – eine Mitternachtssonne. Und wir legten uns alle um ihn auf den weichen Waldboden und schliefen.

Mein Traum

Am Morgen, als Petrus-Wotan und die Ritter und die Edeldamen und ihre Knappen, die Elfen und Waldschrats in tiefem Metschlummer lagen, fielen auch meine Augen zu, und ich zerfloß in allerlei Grüngold. – Und über den Boden des Waldes lag er hingestreckt, ein Eichenriese mit sternenjährigem Laubhaupt. Kichernde Elfen tanzten zweigereigeneige um ihn und zupften an seinem Strahlenbart, und eine Horde Waldschrats hatte sich auf seiner Brust versammelt und führte dort Bockskämpfe auf, und ein ganz kleines Waldschrätchen, es trug vorneher ein Butterblümchen um sein rosiges Stengelchen gewunden, versteckte sich in Petrus-Wotans großer Ohrmuschel – es war mein Pull.

Petrus und die Jerusalemiter

Einige Tage nach dem großen Wotanfeste besuchten uns Ben Ali Brom und die andern Jerusalemiter; sie waren wieder in ihrer Heimat gewesen und brachten Petrus und mir Geschenke, Feierkleider und seidene Tücher, geschnitzte Kästchen und Schmuck aus Zedernholz und verzuckerte rote Rosen und andere Näschereien. Und barfuß kamen sie, wie zur Pilgerfahrt. Und Petrus redete viele sonnige Worte mit ihnen. Aber vom Walde her eilten die Jünglinge herbei, die hatten die Wünsche der Juden vernommen und fürchteten, Petrus würde sie erfüllen und ihnen voranziehen ins verlorene Land ihrer Väter. Aber er antwortete ihnen: »Wer seine Heimat nicht in sich trägt, dem wächst sie doch unter den Füßen fort.« Aber der jüngste der Fremdlinge setzte mir seinen Turban auf, und eine Trauer kam über mein Leben, wie die Schwermutwolke über den Goldhimmel, und meine Hände sehnten sich, mit Sternen zu spielen. »Sieh, Deiner Freundin Augen stehen gen Osten,« riefen die Jerusalemiter. Und Petrus schwankte, aber seine Lieblinge lachten über ihre göttliche List – und sie nahmen heimlich ihre Harfen und spielten darauf Mißtöne statt der Lieder lieblicher Zebaothländer. Und Petrus schalt sie. Und wir beide zogen auf die Berge und saßen auf den Gipfeln wie auf dem Buckel großer Dromedare. Sein Bart wehte – eine Königsfahne. Und in der Ferne sahen wir die Jünglinge trotzigen Hauptes heimwärts ziehen; ihnen zur Rechten und Linken gingen die Dichter mit den Turbanen, ihre Gebärden erzählten von Wundern.

Petrus und ich auf den Bergen

Am andern Morgen waren wir in Wolken gehüllt. Und unten am Fuße der Berge gewahrten wir die Jünglinge und die beiden Mädchen Raba und Najade. Aber Petrus spielte mit einem kleinen Tautröpfchen; es glitzerte auf der Oberfläche seiner Zeushand wie ein Käferchen aus Perlmutter, wie ein süßes Seelchen, eine zitternde Tänzerin – immer traumweise.... ein kleines Goldfüßchen zierlich verschwebend. »So hat's doch etwas vom Leben gehabt, wenn es sich auch fürchtete auf meiner grausamen Hand,« – tröstete mich Petrus, denn es lag auf den harten Steinen und war tot. Aber im Innern der Berge donnerte es zu den blauen zeusblitzenden Adern seiner Stirn. Und um die Berge lagen hingestreckt die müden Jünglinge und die beiden Edelmädchen, wie junge Liebesgötter und Göttinnen.

Petrus und ich auf den Bergen

Unten am See an der Felswand lehnte Goldwarth und spielte auf seiner Geige; die andern waren mit dem scheidenden Tag gegangen. »Er liebt Dich,« sagte Petrus, »ein Knabe ist er in Rüstung und trotzen wird er allen Deinen Stürmen.« Und der erste Stern ging auf wie ein silberzitternder Ring, und um den Abendwind gewunden schwebte des treuen Geigers sehnsüchtiges, duftiges Spiel zu uns empor. Und dann war es, als ob er plötzlich versänke in den See.

Petrus und ich auf den Bergen

Über uns blutete die Abendröte, wie ein Schlachtfeld gefallener Kämpfer; aber die sanfte Nacht beugte sich tröstend über die roten, sterbenden Wolken, und ihr großes Goldauge suchte Gott. »Warum schuf er sich gestaltlos, warum tat er das?« »Damit er sich nicht beenge und begrenze,« sagte Petrus, »und er breitet über alles sich.« Und wir stiegen die Wolkenstufen hinan, und Petrus lehrte mich die Namen vieler Sterne, die groß aufleuchteten, wenn er auf sie zeigte. Und ich rief helle Jubeltöne zur Erde – mein Menschenkleid verwehte. Und ich wurde unbändig, als Petrus wieder mit mir zur Erde steigen wollte. »Ich mag nicht mehr unter die Herzen gehen.« Aber er erinnerte mich an Antinous und an seine Liebe zu mir und an die blonden, rosenlockigen Schalklaunen Grimmers. »Und was würde der fürstliche Gastgeber sagen und Goldwarths Geigenspiel klagen. Tausend Hände mußt Du ihnen zum Rosenreigen um den Tag reichen und Dich in den Nächten nach Fluren sehnen. Nichts soll an Dir ungeblüht bleiben, willst Du wie ich, einmal gestillt, das Leben trinken.« Und ich erfaßte seine Hand und versteckte mein Gesicht. Gottwünsche waren die jubelnden Knaben und wie ich ein Tropfen seiner Ewigkeit. Die Auen und Wälder schlummerten in ihrer Grüne, dahinter die hungernde Stadt, ein furchtbares Gebiß von spitzgetürmten grauen Häusern. Und Petrus zeigte auf die hungernde Stadt und betonte: »Sie wird Dich nicht zerreißen um meinetwillen.«

Petrus und ich auf den Bergen

In der Stadt ging die Kunde, Petrus sei mit dem Knaben (sie nannten mich also) in der Nacht oben auf den Bergen vom Blitz erschlagen worden. Und es versammelten sich alle, die um ihn wußten, und noch viele, die ihn zu sehen begierig waren. Und als sie ihn lebend auf der Höhe erblickten, stießen sie in große Hörner und ließen Raketen zum Himmel steigen, die aufklangen unter dem Blau in bunten Sternen. Aber Petrus' Antlitz wurde immer verfaltigter und abgewandter, und es war, als wüchse es in den Himmel hinein und sein Bart hob sich über die Welt. Und ich lag wie ein Ring um seinen Fuß, der war wie Stein. Und Petrus redete zu den Lärmenden, aber ich hörte seine Worte nicht vor dem Dröhnen seiner Stimme; aber das Volk da unten an den Wassern horchte gebannt, und die Wälder ringsum rauschten noch lange und finster:

Der Abend ruht auf meiner Stirne,
Ich habe dich nicht murmeln gehört, Mensch,
Dein Herz nicht rauschen gehört –
Und ist dein Herz nicht die tiefste Muschel der Erde!
O, wie ich träumte nach diesem Erdton.
Ich lauschte dem Klingen deiner Freude,
An deinem Zagen lehnte ich und horchte,
Aber tot ist dein Herz und erdvergessen.
O, wie ich sann nach diesem Erdton …
Der Abend drückt ihn kühl auf meine Stirne.

Petrus und ich auf den Bergen

Schon drei Tage und drei Nächte saßen wir da oben, und manchmal flogen Scharen von wilden Gänsen an uns vorbei und Stürme vertauschten sich über uns; wohin sie wohl rauschen mögen? Und wir spürten keine Sehnsucht nach dem Tal, aber braunverbrannt war unsere Haut, und dörr hing unser Haar über die Schultern herab, und nach Regen sehnten wir uns mit dem Boden, auf dem wir saßen. Und Petrus legte zum erstenmal seinen grauen Mantel ab, und ich sah, wie schmal seine Schultern waren, aber wie gewaltig sein Haupt stieg, wie ein Ruf aus der Höhe über die Erde. »Mit wem redest Du, Petrus?« Seine Lippen bewegten sich leise gegen Westen. »Ich rede mit dem Fernsten, der mich geleiten wird.«

Und dann fragte er mich: »Was wirst Du tun, wenn ich auf einem andern Stern wandle?« Und als Petrus sah, wie traurig ich wurde, senkte er den Kopf und erzählte mir Träume und Märchen aus den Städten der Goldmutter.

Petrus und ich auf den Bergen

Am liebsten hörte ich von der Lagunenstadt, der Lieblingsstadt meiner Mutter; dann stiegen Wohlgerüche auf, die mich einwiegten. Schon ihre Vorfahren mit dem Zeichen Davids waren die Gäste der Dogen gewesen. »Manchmal dünkt es mich,« sagte Petrus, »Du hast dieselben Augen meines tiefsten Traumes.« Auf seinem Herzen stand er geschrieben mit den Sternenlettern meiner Mutter, und die Gondolieri erzählen ihn heute noch den fremden Fahrgästen, wenn sie am St. Markusplatz vorbeigondeln. Vor seinem Dome steht St. Marco. Die golddurchäderte Marmorpalme zu seinen Füßen entfiel seiner Hand, als er aus seiner Nische trat und die fremde Signora segnete. Wie ein blauer Samtbaldachin hing der Himmel über dem Schalkwillen der Stadt. »Und die Sterne haben es sich am Abend erzählt,« sagte Petrus, »per omnia saecula saeculorum«. Und sein Blick versank in Tausendtiefen. Harte Falten umhüllten seinen Leib, und er war nur Gestalt und kein Körper mehr. Ich hatte ihn schon einmal so gesehen in meiner ersten Blüte Blut, ihn nur gefühlt unter lauschendem Herzschlag zwischen zärtlicher Nacht von seidiger Haut umwebt. Und ich fürchtete mich; er war ein Zauberer, und ich stürzte die Berge herab, mir voraus mein Herz, über die Wiesen und Hecken, und ein Turm war mein Kopf; ich konnte mich nicht wiederfinden – – – – – – – – –
– –

Es war im Spätfrühmonat 1903, als mich die Furcht vom Erdältesten vertrieb.

Die Jünglinge finden mich an der Hecke

Vor einer Hecke lag ich, und die Jünglinge standen im Kreise um mich und flüsterten und wunderten sich, daß Petrus nicht bei mir war. Und als ich die Augen aufschlug, sah ich in blasse Gesichter. »Weshalb sind Deine Haare zerzaust und Dein Kleid zerrissen?« Und da ich nicht antwortete, legte Goldwarth seinen Samtrock unter meinen Kopf und bettete mich und streichelte meine zitternden Hände. Und Antinous weinte. Und da kam Bugdahan, der Räuber, und sagte zu ihnen: »In Schwermut ist sie gefallen, fest geschlossen sind ihre Lippen, die am Sonnenwendtag geöffnet standen. Eilt zu dem Leuchtenden und sagt ihm, daß er nicht zögern solle, denn die Seele seiner Freundin sinke in die furchtbarste Schlucht.« Unterdessen ging er und holte seine Schwester Raba, die brachte mir einen Tee aus heilenden Wunderkräutern ihrer Heimat und legte mir einen Stern von Metall auf die Brust und er alles Böses verbanne. Und Najade kam, Antinous' Schwester, und ihre Arme wiegten mich, wie seidene Maiwinde. Aber mein Blut blieb taub und mein Herz blind. Und der Abend blickte mit verschleiertem Auge auf die Erde, und endlich sahen wir die Jünglinge nahen, die gegangen waren, Petrus zu holen; aber sie brachten ihn nicht, und ihre Köpfe hingen wie welke Früchte herab auf der Brust.

Goldwarth tröstet mich in der Schwermut

Es hat eingeschlagen! Und ich erkannte die Stimme von Petrus; noch rollte das Donnerwort kugelab über den Rücken der Welt. Und die Jünglinge jauchzten, da sie wieder in meine Augen sahen. Graue Leinwand hing wie ein Schirm über uns gebreitet, und Scheite von kleinen Ästen brannten, denn die Nacht war nackt und ihr Atem kühl! Najade erhob sich und erinnerte Antinous: »Die Schwestern bangen sich um uns, und weit liegt der Weg noch hinter den Auen.« Und Raba sprach von ihrem alten, besorgten Vater, der nicht schlafen könne, »und schon singt der Frühstern sein Glockenlied.« Und die weißen Fahnenarme winkten von der Burg Onits von Wetterwehe. Die Fürstin Weißgerte steht vor dem Tor und stößt in ihr goldenes Jagdhorn. »Lebe wohl, Tino, grüße den Leuchtenden!« Und die andern Jünglinge folgten ihm. Und als Bugdahan, der Räuber, sah, daß mein Blick sie nicht gehen lassen wollte, sagte er: »Mädchen, Freundschaft ist ein Froschwort!« Aber Goldwarth saß still an meiner Seite. »Hast Du niemanden, der Dich ruft?« Und er küßte meine Wange und sagte: »Ich höre ihr Rufen nicht vor Deinem Schweigen!« Aber Bugdahan warnte ihn und sah schmerzlich auf uns beide. »O Jüngling, wenn Dir Dein goldenes Haar nicht leuchtet, so steht es schlimm um Dich!« Ich fühlte mich wieder von Grüften verschlungen.

Ich suche ihn

Aber als es Morgen wurde und Goldwarth in einen fremden Garten eindrang, mir Blumen zu pflücken, raffte ich mich auf und flüchtete über die weiten Wiesen. Und ich rastete nicht, bis ich die Berge sah und ihn auf dem Gipfel. Ich rief, aber es schallte dumpf zurück, und ich fühlte plötzlich, daß ich ihn nie mehr erreichen würde. Immer wenn ich auf den Bergen stand, wandelte er im Tal, und manchmal glaubte ich, das Tal wandle um ihn, und wenn ich über die spitzen Steine talwärts schritt, stand er oben auf der Höhe. Und ich suchte nach seiner Stimme, denn meine Füße bluteten schon. Endlich in einer späten Abendstunde hörte ich meinen Namen rufen – und dann: »Mädchen, das mich sucht, meines Herzschlags tiefster, es liegt eine schwere Wanderung hinter mir, von Welt zu Welt, ich habe nicht mehr weit bis zum himmlischen Stern.« Ich lauschte noch lange, aber immer dichter sank der Nebel zwischen uns.

Zwei große Engel tragen Petrus ins Tal

Ich saß am Wasser und benetzte mein Gesicht, und die kleinen Kräuselwellen spielten mit meinen müden Händen und Füßen. Ich hatte Petrus schon tagelang nicht gesehen, und ich wußte, daß er am blauen Strand gelandet sei. Und zwei Männer fragten mich nach dem nächsten Weg zur Stadt; sie trugen eine Bahre und hatten ernste, schwebende Augen. Ich ahnte, wen sie trugen, und neigte mich vor dem Verhüllten. Aber als ich die Bahrenträger in der Ferne sah, schrie ich so laut – und der See stand still; die Frühlingswinde erstarrten, und der Himmel fiel auf die Welt herab in wilden Tränen. Und ich zerriß mein Gewand und verbarg mein banges Gesicht in die Erde.

Am Mittag

Und mein Herz war wie ein großer Sarg, aber ein Sturm erhob sich und zerriß das junge Laub der Wälder und schüttelte an die Felsen, und ihre Gipfel schwankten furchtbar. Und meine Haare flogen wie Trauerschleier über den See, immer weiter, bis über die Dächer der Stadt. Da legten sich zwei Arme tröstend um mich; sie trugen zerrissene Ketten – Sennulf der Kämpfer war es. Er hatte vom Kerkerfenster aus die Männer mit den ernsten, schwebenden Augen vorüber schreiten sehen und durch das dichte Linnen das schlafende Antlitz des Herrlichsten erkannt. Und in der Ferne sah ich die Jünglinge heraneilen, sie hatten mich nicht am Fuß der Berge vermutet. Und wir küßten uns alle auf den Mund und weinten.

Am Abend

Zwei rotbäckige Kinder kamen am Abend über die Berge den See entlang geschritten. Der Knabe trug einen großen, großen Bleistift und das Mädchen eine starke Papierrolle und freuten sich über ihren schönen Fund. Ich ließ ihnen beides, denn Petrus liebte die Kleinen.

Ich erschlage Tabak

Am Morgen des Begräbnisses begegnete mir Tabak, der Narr; er grinste, und seine Lippen waren gritzegrün. Und in der Hand hielt er einen Kranz, und statt der Rosen waren kleine Kerzen zwischen den Blüten angebracht. »Den soll Petrus zur Wallfahrt in den Himmel um den Hals tragen, denn für den Abend ist eine Mondfinsternis prophezeit.« Die Jünglinge, die langsam des Weges hinter mir gegangen waren, hatten seine lose Rede gehört und erblichen, aber sie neigten sich stumm vor dem wehmütigen Morgen. Ich aber schritt hastig weiter, dem Grünmaul voran. Hinter die Büsche lockte ich ihn; wutrot brannte der Himmel zwischen dem Laub, und ich erhob meine Faust, die war vom Wetterleuchten gestählt, und erschlug ihn und verscharrte ihn unter Erde und Ästen.

Petrus Grab

Und von allen Richtungen kamen Scharen herbei, Männer, die Petrus kannten, und solche, die ihn nur gesehen hatten, und Frauen, die ihm begegnet waren – sie trugen alle Trauer. Aber wir hatten unsere Feierkleider angelegt, denn Petrus wußte nur vom heiteren Tod zu erzählen, der Hand in Hand mit dem Leben geht. Und seine Lieblinge standen auf dem Erdhügel vor seiner Gruft und hinter ihnen Kraft, der Leibarzt, und Bugdahan mit seinem greisen Vater. Und andächtig auf ihren Knieen lagen die Mädchen und Knaben, die um ihn, wie um eine steinerne Urgestalt, Tänze getanzt hatten. Und die Kavaliere kamen und die Fürstinnen vom Prunkmahle Onits von Wetterwehe; Weißgerte und die Zwillingsprinzessinnen weinten. Und König Otteweihe war zurückgekehrt vom Ozean; er hatte die ahnende Wolke am Himmel vorbeiziehen sehen. Und Gorgonos der Starre lehnte an seinem Tänzer, und Ben Ali Brom und die andern Jerusalemiter beteten. Und Ludwill und den Heiligenmaler mit der läutenden Einfalt und Damm, den Handwerker, erkannte ich und noch viele aus dem schmucklosen, grauen Hause im Südosten der Stadt, die gemurrt haben, als sie Petrus gewahrten. Ich aber stand fern vom Grabe. Und immer neue Wanderer, Reiche und Arme an Krücken betraten den stillen Garten mit den großen Denkmälern, mit den steinernen Stämmen, die nicht blühen und verblühen. Und ich dachte: Wie oft er wohl schon verblüht sein mag, da er so voll von leuchtendem Leben bis in den Himmel hinein blühte. Ich hatte die Augen tief geschlossen, aber Rabas Hand fühlte ich auf der meinen und Najades warmen Atem. Und Hellmüte, die Zauberin, hielt mich umschlungen und forschte bang in meinen Zügen. Ich hörte gläserne Engel singen über dem kühlen Garten, bis seine Hülle im Grabe lag.

Er heißt wie die Welt heißt

Und als die letzten den kühlen Garten verlassen hatten und durch das lächelnde Petruswetter heimwärts wandelten, nahm ich von den Jünglingen Abschied: »Soll Dich nicht einer von uns begleiten?« Sie wußten, mich zog es nach dem Thron der Berge zurück. Und ich blieb drei Tage und drei Nächte. In den Nächten blickte ich in den größten Stern, in den seligen, goldenen Tempel, und am Tage wartete ich auf die Nacht. Und nur einmal näherte sich einer den Bergen (ich kannte ihn nicht); aber als er mich fand, bat er, meine Stirne küssen zu dürfen, da sie sein Bild trug. Aber ich zeigte auf den moosigen Stein der Höhe, auf dem Petrus so oft geruht hatte. Vor dem fiel der Fremdling nieder und betete in der Sprache seiner Heimat. Und am Morgen des vierten Tages schritt ich die Berge herab und mir nach viel schwer Geröll, und ich bog noch einmal den Pfad zu seinem Grabe ein. Unter dem weißen Traumkleide der Frühe umkreiste eine Schar tanzender Teufel sein Grab, und sie versuchten, sich zu verbergen, als sie mich gewahrten. Aber ich winkte ihnen, ihre Totenfeier zu beenden; es waren die treuen Negerknaben Onits von Wetterwehe. Auf dem Grabe blühten noch die Kränze der Trauernden, und die Blumen Rabas und Najadens standen voll von Tränen, und wie ein Beet duftete der Kranz seiner Lieblinge – er trug eine weiße Seidenschleife – darauf in Goldbuchstaben: Dem jubelnden Propheten. Und ich schrieb in die Erde:

Er heißt wie die Welt heißt.

DIE NÄCHTE DER TINO VON BAGDAD

Ich tanze in der Moschee

Du mußt mich drei Tage nach der Regenzeit besuchen, dann ist der Nil zurückgetreten, und große Blumen leuchten in meinen Gärten, und auch ich steige aus der Erde und atme. Eine sternenjährige Mumie bin ich und tanze in der Zeit der Fluren. Feierlich steht mein Auge und prophetisch hebt sich mein Arm, und über die Stirne zieht der Tanz eine schmale Flamme und sie erblaßt und rötet sich wieder von der Unterlippe bis zum Kinn. Und die vielen bunten Perlen klingen um meinen Hals.... oh, machmêde macheiï..... hier steht noch der Schein meines Fußes, meine Schultern zucken leise – machmêde macheiï, immer wiegen meine Lenden meinen Leib, wie einen dunkelgoldenen Stern. Derwi, Derwisch, ein Stern ist mein Leib. Machmêde, macheiï, meine Lippen schmerzen nicht mehr... rauschesüß tröpfelt mein Blut, und immer träumender hebt sich mein Finger – geheimnisvoll, wie der Stengel der Allahblume..... Machmêde macheiï, fächelt mein Antlitz hin und her – streckt sich viperschnell, und in den Steinring meines Ohres verfängt sich mein Tanz. Machmêde, macheiï, machmêde machmêde.............

Das blaue Gemach

Und seit einigen Tagen beginnt meine Krone zu zittern, ich fühle ein leichtes Brennen auf der Stirn, und meine Augen sind halb geschlossen. Ich bin grenzenlos traurig, es ist, als ob sie mich überschütte, die Traurigkeit, wie dumpfes Nebelweinen eine Stadt. Meine dunkelhäutigen Sklavinnen standen wie schwarze Marmorsäulen um mich, und immer verharrte die Liebe vor meiner Seele, wie vor einem Tempel. Um mich zu belustigen, feiert der Khedive Freudenfeste... Dudelsackpfeifer und Flötenspieler machen helle, grüne Musik. Gaukler mit zerzausten Flachsperücken springen katzenbehende über schmale Stufen, klettern auf schwankende Bambusrohre und schwingen sich über die Bogengelände des Palastes. Der Weinschenk und die Speiseträger tragen Krokodilmasken, und Spaßmacher mit buntgeschminkten Händen und Füßen drehen Kreise mit ihren wilden, weiten, schellenbehangenen Röcken. Aber meine Augen sind halb geschlossen, und die harten roten Steine meiner Krone zerfließen – und meine schlanken Sklavinnen biegen sich wie Pinienstämme und lauschen heimlich dem Fieber meines tausendjährigen Herzens. Und wenn du wieder hier in der Heimat bist, Senna Pascha, so wirst du auf der Stirne der großen Pyramide in Hieroglyphen meinen Namen lesen.

Senna Pascha – – – ich sitze auf dem Rosenbeet hinter den silbernen Dachfirnen des Palastes und blicke hinüber – – über einen Wald von Pharaonenbäumen... – – unter der großen leuchtenden Kuppel lag der Harem, und ich starre auf das Fenster meines verlassenen Gemachs mit seinen blauen Wänden. Neben der stolzen, leuchtenden Kuppel erhebt sich die schwere Fahne des Botschafters wie eine fremde, abwehrende Hand. Ich bin endlos traurig – – es ist, als ob ich ersticke unter der Traurigkeit wie unter einer Wüste von Sandtropfen. Ich habe nie eine Prinzessin oder einen Prinzen so geliebt wie mein blaues Gemach. Wie eine Mutter hat mich sein wiegender, blauer Arm umschlungen, und tiefere blaue Augen hat nie ein König des Abend gehabt wie mein hehres, blaues Gemach. Ein blauer Schwan war es, auf dem ich gleitete – – eine Wunderblume war mein süßes blaues Gemach – – hei, eine Tänzerin... immer in seidenen blauen Schritten... zauberleise... und mit der Sonne hat es hellen Schattenschein getanzt und blaue Träume um die Sterne geschlungen, und hast du schon einmal ein Gemach gesehn, das blaue Haare hatte, Senna Pascha? Oh, ein Kuß war mein blaues Gemach und ich sterbe an diesem blauen, blauen Kuß. Und meine scheuen Sklavinnen umfassen sich im Schlaf – – ich singe Lieder aus tödlichen Tönen. Alle Sterne bedecken mein Gesicht .... – – – – – –

O du mein blauer Rauschegarten,

O du meine verlorene blaue Nacht ...

Beim großen Propheten, Senna Pascha, halte mein Geheimnis in deinem Herzen.

Plumm Pascha

Als Plumm Pascha nach Bagdad kam, sah er meinen Sohn Pull im Vorhof des Palastes auf einem weißen Elefanten reiten und hinter ihm seine Gespielen, immer längs der Mauer-Mosaik, immer rund über die grünen und blauen Steine des Vorhofs. Aber als Pull den Fürsten erblickte, sprangen, seinem Winke gehorchend, die kleinen Beduinen von den Rücken ihrer Riesen und warfen sich dem hohen Gast zu Füßen. Plumm Pascha ist der liebenswürdigste Fürst Ägyptens, ihm gefiel das stolze Spiel meines Sohnes, näherte sich ihm mit allerlei Zeremonien, wie vor dem Khediven selbst. Mein Sohn legte ihm huldvoll seine Kette aus jungen Krokodilzähnen um den Hals, ließ sich von dem lächelnden Fürsten aus dem Sattel heben, der ihn auf beide Wangen küßte. »Seine Glieder sind aus Elfenbein. Ich möchte ihn bei mir haben in der Blumenzeit in meinem Palaste an den Katarakten.« – Nach einiger Zeit erhalten wir eine Einladung Plumm Paschas. Ich lasse Pull ein Feierkleid anfertigen aus gelber Indien-Seide mit perlengestickter Borte, und auf seinen braunen Haaren trägt er einen dunkelblauen Fez mit langer Silberquaste. »Seine Glieder sind aus Elfenbein,« hat Plumm Pascha gesagt und Pull quält mich, weil sie nicht aus Zucker sind. Aber kleine Segelschiffe, mit lauter Süßigkeiten beladen, sendet der liebenswürdige Fürst uns zum Willkomm entgegen, und er steht selbst vor dem Tore seines Gartens, meinen Sohn zu empfangen. Durch die weiten Räume des Palastes trägt er ihn auf seiner Schulter und wiehert, wie einer der Hengste der

Ställe. Er läßt sich von ihm die flatternden Haare zerzausen, unternimmt allein mit ihm Fahrten auf dem Nil und füttert zu seiner Belustigung die großen Khedivenfische mit bunten Bonbons. Aber die jungen Prinzen im Harem fürchten sich vor Pulls Tyrannei; er schlägt sie, wenn sie nicht seines Willens sind, und die lieblichen Prinzessinnen weinen. Hinter Nischen hat er wieder alle ihre Puppen versteckt. Plumm Pascha wehrt ihm nicht, und die Haremsdamen betrachten meinen Sohn mit mißbilligen Blicken. Und seit gestern trägt er an seiner Brust den goldenen Elefanten-Orden mit dem Rubinenauge, und das bedeutet, daß ihm alle die Ehren eines Paschas entgegentragen müssen. Und verlobt hat ihn der liebenswürdige Fürst mit seinen Zwillingsprinzessintöchtern, die sind ein und ein halbes Jahr alt und haben noch keine Haare. Aber sie wollen immer mit Pulls langer Silberquaste spielen. – In Bagdad hängen schon zu unserer Ankunft bemalte und bunte befranste Teppiche von den Dächern, und die Stadt ist mit Girlanden geschmückt. Und Plumm Pascha wird täglich schwermütiger, und ich werde mich wohl entschließen müssen, in seinem Palast an den Katarakten zu bleiben und seine neunundsiebzigste Frau zu werden ....

Ached Bey

Ached Bey ist der Kalif, und ich bin Tino und weile im Palaste meines Oheims. Von einem kleinen Kuppelfensterchen aus kann ich ihn betrachten, wenn er auf seinem Dache liegt und die Nacht erwartet. Über Bagdad ruht sein Bart und mit jedem Stern, der aufsteigt am Himmel, entschwindet eine Falte seiner faltenschweren Stirn. Müde Wüstenreisende reiten auf Dromedaren am Palaste vorbei – cha machalâa!! ... im schläfrigen Karawanenton. Mein Oheim, der Kalif, grüßt mit seiner großen Hand. Indessen ich durch heimliche Gänge über verwitterte Steinböden schleiche an vergessenen Götzengebilden vorbei – ich möchte kämpfen mit ihren schaurigen Krallen, aber der Duft der schwarzen Naëmirose seines

Daches schwelgt mir entgegen. Naëmi.... es wissen alle am Hofe von der Jüdin seiner Jugend. – Mein Oheim, der Kalif, hebt seine große Hand: die schwarzen Fächerträger und Sudanneger gehorchen, nur der greise unter den Palastdienern nähert sich demütig seinem Ohre (ich bin unverschleiert), aber mein Oheim, der Kalif, wehrt ihm mit seiner großen Hand. Wir rauchen aus samtumspannten Pfeifen Opium und trinken blaue Getränke aus Diamantkrügen, und ich beuge mich über die Hieroglyphen seiner großen Hand. Am andern Morgen müssen mir meine Sklavinnen Knabenkleider anlegen, und seinen Dolch mit dem smaragdbesetzten Griff trage ich im Gürtel, und wir reiten auf grauen Tierriesen nach den Vorhöfen, dort werden die Verräter des Landes enthauptet...... Mein Oheim, der Kalif, ruht zwischen zwei Marmorsäulen auf einem Kissen, das ist rot wie ein Mal, und er hebt und senkt die große Hand blutstrafend in den Tod. Enthauptete Söhne edler Mohammedanergeschlechter lehnen an Ungläubige, nur der Kopf des jungen Fremdlings sitzt noch trotzig im Nacken. Dreimal holten sie ihn und dreimal brachten sie ihn – die knurrenden Henker – zurück in die vergitterte Nacht. Die große Hand meines Oheims flattert in meinen Schoß, aber ich kann den sich aufbäumenden Hieroglyphen im Pochen seines Pulses nicht deuten. Er senkt endlich seine große Hand. Durch die Risse der Steintore tropft des Fremdlings Blut über die rauhen, breiten Steine der Höfe hinweg bis vor die Füße des Kalifen. Nie hörte ich einen ewigeren Fluß. Er singt, wie die Jehovapriester an ihren Feiertagen, wie der Mosegipfel des Sinai.

Mein Oheim, der Kalif, liegt im Palast tot auf seiner großen Hand.

In den Moscheen beten die Derwische und drehen sich in ihren funkelnden Trauerkleidern – dunkle Sterne, die um seine Seele kreisen. Und morgens kommen die Totenweiber und heulen, und vor dem Palaste stehen schwarzvermummte Frauen und bieten heilige Ware feil, Katzen mit goldglänzenden Fellen (für das Grab des Kalifen), die schläfrigen Augen der Tiere sind von der Farbe der Naëmirose. Und Juden ziehen gen Bagdad, Knaben mit schwermütigen Augen und Mädchen, wilde schwarze Tauben, und sie werfen Steine auf des Fremdlings Grab – ziehen fluchend die Straßen entlang, ballen die Fäuste vor dem Palaste meines Oheims, des Kalifen. Er weilt bei Allah, aber den Juden sehe ich überall wandeln..... wie der Stein unter ihm ist sein Schritt, aber seine Lippen sind geöffnet, rosige Dichterlippen, wie des Tyrannen Lippen, wenn er auf dem Dache lag und an Naëmi dachte, der Jüdin seiner Jugend.

Alle meine schwarzen Perlen sind eingesunken wie Höhlen – von meinem Stirnreif hängen die dunklen Häupter meiner Vorfahren. Meine Lippen sind tot, aber aus meinen Augen steigen Feuersäulen, die drängen aller Sterne Spur nach, seinem singenden Blute nach – ich tanze, tanze einen unendlichen Tanz, der zieht sich wie eine finstere Wolke über Bagdad, ich tanze über die Wellen der Meere, wirble den Sand der Wüste auf, und vor dem Palaste lauscht das Volk und die jüdischen Knaben und Mädchen verstummen ....

Der Tempel Jehovah

Und ich zog meine goldenen Schuhe von den Füßen, und meine Schritte waren unverhüllt. Und ich bestieg den Gipfel des Berges, der herabblickt auf die trunkene Stadt. Und da ich zu den Nächten sang, fiel in meinen Schoß das Gold der Sterne – und ich baute Jehovah einen Tempel vom ewigen Himmelslicht. Erzvögel sitzen auf seinen Mauern, Flügelgestalten, und suchen nach ihren Paradiesliedern. Und ich bin eine tanzende Mumie vor seiner Pforte ....

Minn, der Sohn des Sultans von Marokko

Der Sultan von Marokko trägt einen Mantel von weißer Seide, der ist über der Brust von einem Smaragd in der Größe eines Taubeneis gehalten. Aber sein Sohn kommt barfuß und im staubigen Kamelfell gehüllt, ein Bettler neben seinem königlichen Vater. Mein Vetter im Kamelfell ist sechzehn Jahre alt, Ali Mohammed könnte sein älterer Bruder sein, er ärgert sich nicht, er ist stets zu Scherzen aufgelegt, er hat schöne Zähne, Perlmutter, liebliche Frauenzähne, und er belächelt seines Sohnes mürrische Laune. Auch die Furche zwischen seinen Brauen ist nur ein seltener, huschender Schatten, sieben Häute tiefer schlummert die Nacht in seines Sohnes Stirn. Bei der Tafel weigern sich die Hofleute, neben diesem zu sitzen, und auf dem Dache sein Kissen ist ängstlich gezeichnet. Unter dem lieblichen Himmel des weißen Rosengartens wandelt er auf verbotenen Wegen; das Wandeln durch den weißen Duft ist nur uns Frauen gestattet. Aber ich bitte meinen Vater, den weißbärtigen Pascha, mit meinem Vetter in Kamelshaar am Krontag tanzen zu dürfen. Und ich tanze mit Minn, dem närrischen Sohne des Sultans. Meine Hände liegen quer übereinander, fingergespreizt, ein goldblasser Stern gegen seine zottige Brust gestemmt. »Nun muß ich vom Feste eilen,« klagt traurig mein Vetter, »denn du wirst nicht noch einmal mit mir tanzen wollen.« Ich meine ärgerlich, er glaube wohl, ich leide auch an so närrischen Launen wie er, folge ihm auf den Spitzen meiner beringten Zehe bis an das große Becken im dunklen Sultanshof. »Minn, siehst du mich, ich bin deine Tänzerin?« Und da er schweigt, sage ich verächtlich: »Ich möchte wohl wissen, ob du Heldenschultern unter deinem Bettelmantel versteckst, oder ob mich gar meine Träume necken und deine Arme nicht einmal ein Kätzchen zu bändigen vermögen?« »Oh, ich bin noch tausendmal stärker wie deine Träume dir's schildern, meine stolze Prinzessin, da ich dieses ärmliche Kleid trage und gegen alle stiere Verachtung gleichmütig bleibe. Mich dünkt, ich bin der stärkste Held im ganzen Land.« Er zerrt an der zottigen Naht seines Mantels, eine Masche zerreißt und das ganze Fell sinkt zu Boden. Der Abend färbt seine Glieder zart und sanft. »Wirst du noch einmal mit mir tanzen zum Lohne, da ich meine Rüstung abwarf? Horch, Flötentöne singen die Rosen des weißen Gartens zu unserer Feier.« Sklaven finden uns – und zaudern – auf dem Rand des großen Beckens setzen sich die Frauen, die Gesichte gestreckt, und hinter der Palme stehen unsere Väter, der Sultan Ali Mohammed und Mohammed Pascha, sein älterer, weißbärtiger Bruder. Wir tanzen, bis unsere Füße eins sind im Drehen. Dann läßt mein Vater den schwarzen Dienern, die also gesehen haben mit ihren nackten Augen unseren nackten Tanz, meinen Leib und vor allen Dingen mein Angesicht, er läßt ihnen ihre Zungen durchbohren und die edlen Hofleute blenden im Vorhof des Palastes; den Prinzessinnen geschieht nichts Übles, sie haben nur auf den Prinzen geschaut. Täglich empfängt er von ihnen Geschenke, Armspangen, Gürtel, und auf dem Dache liegen für seine Träume seidengestickte Kissen. Die Frau des Fruchtveredlers reichte ihm ein durchsichtiges Feigenblatt aus Mondstein geschliffen. Aber der huschende Schatten auf der Stirn seines königlichen Vaters krallt sich tief ins Fleisch, finster umschleicht er den Palast bis zur Lichtstunde. Man vermutet, er habe sich vor Schreck in jener Nacht an einer Säule einen seiner Perlmutterzähne ausgeschlagen. Die Frauen des Harems schmachten nicht mehr hinter den Fenstern ihrer Gemächer nach seinem Anblick, aber sie bestechen seines Sohnes wegen die Eunuchen, die ihnen Mannstrachten verschaffen und so ihre Anwesenheit bei der Abendtafel ermöglichen. Ich halte die Augen gesenkt über den trauernden Rosengarten, Minn hat die heilige Tanznacht vergessen zwischen schillernden Schmeicheleien. Nur mein Vater läßt manchmal seinen weißen Bart über meine Hände gleiten und schweigt. Er glaubt, ich habe das alles nur für einen Traum gehalten. Aber die Rosen im weißen Garten sind grau geworden. Zerbissen unter geknickten Ästen liegt Minn. Die Gärtner meinen, »nur eine eifersüchtige Prinzessin könne so grausam gewesen sein«. Ich weiß, wer seine zarten, sanften Glieder zerrissen hat – mein Gemach war grün bescheint vom Smaragd des vorüberschleichenden Seidenmantels – seines Vaters, des Sultans von Marokko.

Der Fakir von Theben

»Innahu gad marâh alleija alkahane fi sijab .....« Priester in weißen Gewändern gingen über die Landstraße, die nach Theben führt; ich beugte mich vor ihrem heiligen Leben und bat sie, mich in ihre Mitte zu nehmen. Und die frommen Männer lächelten gütig, nur der Fakir, er war schon einige Male begraben gewesen und hatte die Kräfte der Erde gesammelt, runzelte die Stirn, als ich meine Bitte aussprach. Er haßte die Frauen, sie zu vertilgen, war eines seiner frommen Werke. Aber er gewahrte meinen Ring am Finger mit dem seltenen Caelumstein. Der entstammte dem Schatze eines besiegten Kriegers aus Latinien. Der Caelum wechselte seine Farbe mit der Zeit des Himmels. In der Frühe schien er traumhaft silbergetönt, am Mittag voll Lilaschwermutssüße, und dann umfing er die Dämmerung und dunkelte mit der Nacht in unzähligen Sternen. Der Fakir blickte unverwandt auf meinen Ring und murmelte unverständliche Worte. Mir bangte. Als wir Theben erreicht hatten und die Frauen ihren Fakir unter den anderen Priestern bemerkten, bebten ihre Leiber wie zur Kindsstunde. Viele von ihnen ließen ihre Krüge fallen und eilten zurück in ihre Wohnungen. Denn die Frau, welche der Fakir mit seiner fleischlosen Hand berührte, blutete vierzig Tage lang. Und das war wie eine Seuche, wenn er sich blicken ließ; es blutete bald ein Viertel der blühendsten Frauen der Stadt. Mich, die in der Gesellschaft der Priester blieb, neben ihm ging, verschonte der grausige Heilige – er blickte auf meinen Ring, in seinen Stein; der freute sich, er glänzte hell wie der Himmel über Theben. Ich aber war sehr betrübt über das Geschick der Stadt, und da keiner ihrer Bewohner wagte, sich dem Fakir zu nähern, fiel ich vor ihm nieder, umklammerte seinen kalten Fuß und bat ihn, meine Schwestern nicht weiter seinem frommen Werke zu opfern. Er blickte gierig auf meinen Ring, in den herrlichen Stein, in dem ich den Himmel trug. Den verlangte er für seine Gnade. Ich schüttelte trotzig den Kopf, und am selben Tage bluteten alle Frauen der Stadt. Und das war wie ein grausiges Meer über Theben, von dem üppigen Grün der Wälder alle die Menschentropfen!!! Und es stand kein Haus, was nicht rot gefärbt war vom Blut seiner Frau und auf zum Himmel schrie. Der Caelum an meinem Finger drohte mir, eine rote Nacht! Und ich fiel vor dem Fakir nieder, küßte seinen kalten Fuß und bat ihn flehentlich, auch mich zu berühren mit seiner fleischlosen Hand. Die ließ sich langsam auf meine Schulter nieder, ich fühlte nicht einmal ihren Moderhauch, sie erstarb im Herabsinken. Er aber wandte sich verächtlich von mir, die ich unwert seines frommen Werkes.

»Muktagirân!« »Silika Unu geivuh....« »Gadivatin« »biwila jati hi!!!«

Der Khedive

Indeszeit Tino, die Dichterin Arabiens, Einlaß begehrte vor dem Tore des Palastes, saßen die Lieblingsfrauen des Khediven um den Springbrunn im Vorraum und freuten sich ihrer Ränke. Und als nach Jahren Mohammed Pascha der Weißbärtige zum Rosenfeste nach der Nilhauptstadt reiste, erzählte ihm seine Tochter Tino auf dem Wüstenwege, wie sie verspottet wurde von dem Torwächter des Khediven. Noch in derselben Nacht weckte Mohammed Pascha sein Gefolge. Auf seinem schweren Elefanten saß er und ritt über die ruhenden Leiber der Würdenträger und Sklaven und sie nicht vergessen sollten diese Stunde. Und sie mußten bis zur Mondneige immer sein Gebot sprechen und es drehte sich schon in ihrem Munde, ein heiliger Tanz. Und als die große Karawane in die grüne Stadt einzog und das Volk auf den Straßen befragte, wie die Prinzessin mit den schillernden Augen heiße, sprachen sie nach ihres Herrn Gebot. Aber die

Lieblingsfrauen des Khediven hatten schon für ihren Gast ein Bad bereitet und es getränkt mit duftendem, giftigem Öl. Und als sie hörten: Tino ist tot – und die fremde Prinzessin, des Paschas Bruders-Tochter, ihrer Freundschaft warte, schmückten sie ihre Schultern mit Ketten und Gehängen und legten sie auf ein Ruhebett von Seide; da träumte sie, ihr Name sei verklungen wie der Ruf des Wüstenvogels. Und als die funkelnde Goldhand am Morgen das blühende Kairo segnete, hatte sie ihren Namen vergessen, und alle die wußten ihn nicht zu nennen, welche gezogen waren mit ihr und ihrem Vater nach Ägypten. Aber die jungen Knospengärten unter ihrem Fenster füllten sich, wenn sie ihnen zur Märchenstunde von Farben singender Erden erzählte.

Aber die großen Feste begannen, da die Frauen teilnahmen einmal im Jahre. Des Weißbärtigen Tochter saß neben dem Herzen des Khediven und ihre Lippen murmelten immer süße Gesänge … um seine Stirne ein leuchtendes Liebesband. Und am letzten Tage des Festes erhob der Khedive des Weißbärtigen Tochter zu seinem Gemahl über alle Frauen seiner Liebe und seines Palastes. Und immer, wenn er sie fragte über ihrer Lippen süßes Gemurmel, verbarg sie ihr Angesicht in den Spitzenkelch des Schleiers. Und ihre Glieder glühten von den rauschenden Farben ihrer Gedanken. Ein Feuerberg war sie, der an seinem Feuer verdorrt, eine bunte Quelle, die nicht von ihrem Schäumen erzählen darf und in ihrem eigenen Gesprudel ertrinkt. Und den Khediven erfüllten die ruhlosen Schatten ihrer Seele mit Sorgen, und er schenkte ihr, um sie zu ermuntern, fünfhundert tanzende Zwerginnen zum Spielzeug – ließ ihnen vor ihrem Fenster ein kleines Städtchen bauen. Und Gärtner sandte er in ihre Heimat, die Blumen von den Ufern des Roten Meeres brachten. Schimmel und Esel aus den Ställen ihres Vaters, und den schweren Elefanten ließ er kommen, der sie und Mohammed Pascha in sein Land getragen hatte.

Und als die Prinzessin ihre Heimatfreuden nahen hörte, das Wiehern ihres Lieblings-Pferdes, die Rufe der mutwilligen kleinen Eseltreiber und das schwere Getrampel des Elefanten vernahm, eilte sie dem köstlichen Zuge entgegen. Und der Khedive gab ein großes Fest; von Dudelsackpfeifern und Flötenspielern waren die Höfe um den Palast gefüllt. Nach ihrer Musik tanzten die Prinzen und Prinzessinnen, und alle im Palast tanzten bis zu den Ziegenknechten. Und die Mauern der Gärten begannen sich zu drehen, und die ganze Stadt tanzte bis zum Ufer des Flusses. Und als der Khedive seine Herzallerliebste zum Tanze holen wollte, lag sie am Rücken des schweren Elefanten gelehnt – Tino ist tot! Und der Goldfinger der Sonne zeigte auf ihren eingeschnittenen Namen in der Haut des Riesentieres. – Von den Gipfeln der Pyramiden sprechen Priester zu allen Rosenmonaten ihre Märchen, und es ist bald niemand mehr im Lande, der sie nicht kennt. Aber die lachenden Locken des Khediven hängen starr um sein Angesicht und wer ihn ansieht, stirbt an seinem Schmerz ....

Mein Liebesbrief

Durch den goldenen Himmel blicken blau die Sterne, aber die Fenster des Harems sind schon dicht verhangen. Meinen schwarzen Perlenohrreif trägt der Eunuche am Daumen – dafür läutet er zeitiger zum Schlaf. Die Frauen träumen schon von ihrem neuen Naschwerk, von verzuckerten, roten Rosen; und der Schlummer liegt auf den Wangen der kleinen Prinzen und Prinzessinnen wie Tauben. Und ich bin heimlich durch den Vorraum des Harems entkommen, die herrlichen Türen des großen Sultansaals schließen sich hinter mir, eherne schützende Arme. Und meine andächtige Freundin wartet auf mich, die schlanke Kerze auf dem Marmortisch; sie ist bereit, für mich ihr Leben zu lassen. – O Abdul, deine Augen schweifen immer über die Dämmerung, und mein Herz ist blau geworden, dunkelblau wie der Garten des Jenseits. Auf dem Gipfel des Balkans sehe ich dich herannahen, wie auf dem Buckel eines Dromedars. Abdul, ich bin verliebt in dich, und das ist viel rauschender, als wenn ich dich lieben würde. Wie der Frühling ist es, verliebt zu sein...... Immer kommen große Stürme über mein Blut; ich fürchte mich vor ihnen, aber sie überjubeln mich mit tausend blühenden Wundern. Und der Schleier vor meinem Antlitz ist zerrissen, zu stürmisch dachte ich an unser Wiedersehn. Aber die Stunde unseres Glückes muß stumm sein – nicht reden, Abdul... Und die Augen geschlossen halten, unsere Liebe selbst darf nichts ahnen, daß sie sich zwischen unsern Lippen verfing. Der große Prophet mag die Ungläubigen deiner neuen Heimat und ihre Lehren nicht, und er könnte aus einer heimlichen Spalte der Nacht lauschen. Aber ich habe einen dunklen Stern auf meine Stirn gemalt, und es wird alles nur ein unsichtbares Keimen sein und unsere Lippen werden Knospen bleiben, Abdul.........................

Der Magier

Vor Bor Ab Balochs Blick stürzten die Tore der feindlichen Städte, und vom zackigen Dolch einer Gewitterschlacht fiel der jüdische Feldherr jehovahgesegnet. Tief im Antlitz senkt sich seines Sohnes Abduls herbes Knabenauge, aber seine Wange lächelt seiner Mutter Lächeln. Unter der Goldrose der Frühe wandelt Abdul Antinous an den Bächen vorbei, darin sich die Königskinder spiegeln. Bagdads Prinzessin blickt ihm entgegen – ein goldenes Samtsegel ist ihre beschattende Hand – Abdul Antinous.....

Alle Sonnen singen vor ihrer Seele, Psalme, die nach seinem ehernen Blute stehn und duften nach dem Lächeln seiner Wange.

Deine Schlankheit fließt wie dunkles Geschmeide.
O du meine wilde Mitternachtssonne,
Küsse mein Herz, meine rotpochende Erde.

Wie groß aufgetan deine Augen sind –
Du hast den Himmel gesehn
So nah, so tief.

Und ich habe auf deiner Schulter
Mein Land gebaut –
Wo bist du?

Zögernd wie dein Fuß ist der Weg –
Sterne werden meine Blutstropfen ....
Du, ich liebe dich, ich liebe dich.

Der Großmogul von Philippopel

Der Großmogul von Philippopel sitzt im Garten des Reichspalastes in der Sultanstadt; kommt ein fremdes Insekt von Abend her und sticht ihn auf die Spitze seiner Zunge. Er hat nämlich die Angewohnheit, sie beim Nachdenken auf der Unterlippe ruhen zu lassen. Und trotzdem die Ärzte dem Unfall keine weitere Bedeutung beilegen, geschieht es dennoch, daß der erhabene Herr sich einbildet, nicht mehr reden zu können. Und auf andere Weise sich verständlich zu machen, lehnt er mit Finsternis ab; das ist ein unabsehbarer Schaden für das Land. Züge von kasteienden Priestern ziehen durch die Straßen Konstantinopels, und auf den Knien vor Allah liegt der Sultan. Seine beiden Söhne ruft er zu sich in sein Privatgemach: »Buben, ihr müßt ein Handwerk erlernen!« –

Könige mit spitzen Krummschnäbeln drohen schon lange den Balkan aufzufressen und allein die Geschicklichkeit des Großmoguls verschanzte die Beute. Und von den Dächern der Häuser und öffentlichen Gebäude, von der Kuppel der großen Moschee rufen Knaben Berichte aus über das Befinden des verstummten Ministers. –

Meine Tante schüttelt behäbig den Kopf, sie sitzt auf ihrem Dach und heißt Diwagâtme. Sie ist eine der dreißig Frauen meines reichen Oheims gewesen, er aber und ihre Nebenfrauen sind an ihrer Klugheit gestorben, neunundzwanzig Mumien um das Grabmal meines Oheims. Ich weile bei ihr ihres wunderherrlichen Sohnes Hassan wegen, denn ich bin eine Dichterin. Hassan und ich weinen immer abends heimlich unter großen Sternen – wir können uns nicht heiraten; Diwagâtme will uns keinen Palast bauen. Aber sie gibt mir den Rat, einen wundertätigen Trost zu erdichten, da es sich nur um das rechte Wort handle, die behexte Zunge des Großmoguls von Philippopel zu lösen. »Ein Honigstrom möge seine Gunst dich umfließen, mein Kind.« Und Krüge mit abendländischem, sündigem Getränk füllt die kluge Tante für die lechzenden Kehlen der grimmigen Türhüter des Reichspalastes. – Fremdgekleidete Weise und Ärzte wandeln zwischen den Säulen der Höfe auf und ab, reißen an ihren Bärten, beraten und streiten sich einander, und dazwischen die näselnden Schreie der Esel aus den Ställen. Und ich gelange unbemerkt zu dem schweigenden Großmogul; und über Kreuz liegen meine Arme auf der Brust und mein Schleier zittert. Aber der erhabene Herr hebt das rotumbartete Haupt näher meinen zaubernden Lippen, und seine Stimme erschallt dröhnender wie je zu seinen Redezeiten. Auf sein Quastenkissen zieht er mich neben sich und er betastet meine Wangen, meine Augen, meine Stirne, und der Schleier zerreißt, und mein Atem flattert nur noch unter seiner schweren Freude. »Wir sind jetzt ein Staat, ein Volk!« ruft er. Aber als die Weisen und Ärzte und die Bürger von den Straßen und der Sultan auf der Schulter seines Schnelläufers in den Garten des Reichspalastes stürmen, senkt der Großmogul von Philippopel abermals sein Haupt und verfällt in Stummheit. Ich aber muß seines schwarzen Dieners Bericht bestätigen. In den großen Saal des Reichspalastes werde ich geführt, dort nehmen Schreiber vom Amte meine erdichteten, wundertätigen Worte auf, und die Staatsmänner bilden einen Chor um mich, und der Sultan nickt dazu immer herablassend mit dem Kopfe, und ich bin schon ganz müde vom Wiederholen meines erdichteten wundertätigen Trostes. Und in eine Glasurne auf blauem Purpursamt bestattet man das fremde Insekt vom Abend, das ich kühn ergriff, als es mich zur selben Stunde wie den Großmogul von Philippopel auf die Spitze meiner Zunge stach und meine Sprache raubte. »Und, o Herr, laß mich schweigen mit dir!« Und ich muß mit ihm aus seiner goldenen Schüssel speisen, aus seinem Pokal trinken, und ein orangegelbes seidenes Beinkleid und einen Mantel, feuerfarbig, wie ihn der Großmogul von Philippopel trägt, ist man im Begriff, mir anzufertigen. Und über uns blühen die Bäume gold, und wenn der erhabene Herr schlummert, denke ich an den wunderherrlichen Hassan. Aber in den kühlen Hallen des Reichspalastes warten die Landesvertreter auf mich. Ich muß ihnen heimlich seine Gutachten ihrer Entwürfe übermitteln, sie geschickt dem Gespräch beimischen, was wir abendlich eng aneinandergeschmiegt zur Insektenstunde führen. Aber ich vergesse des so hochgeschätzten Ministers Entgegnungen ihrer vielen politisch gewürzten Ausdrücke wegen, und von der Brüstung des Reichspalastes wiederhole ich gegenwärtig der versammelten hohen Gesellschaft der Staatsmänner entstellt die neue Steuerfrage betreffend die Zollerhebung von Spezereien fremder Länder. »Aber der erhabene Herr hat sich wiederholt bei mir doch für die zollfreie Einfuhr der Muskatnuß lebhaft ausgesprochen.« Und schon läutet der erhabene Herr, ich bin an seine Anhänglichkeit gefesselt. Und eine Stunde vor dem Monde naht der Sultan, dem Staatsmann den stummen Mund zu küssen, und mich beschenkt er mit seltenen Gaben, und einen Orden hat er für mich erfinden lassen: den wundertätigen Stern mit dem Diamant. Denn der Kredit des Landes ist beträchtlich gestiegen, und die Könige mit den Krummschnäbeln ergriffen schleunigst die Flucht, nachdem sie Bekanntschaft mit den höchst wertvollen, neuen Sprenggeschossen gemacht hatten. – Ich aber höre nichts mehr von dem wunderherrlichen Hassan – freue mich nicht mehr über die Pracht ringsum und nicht mehr über die mir dargebrachten Ehren, und es zerstreut mich, die verdutzten Gesichter der Staatsmänner zu sehen, wenn ich ihnen die Weisheiten meines erhabenen Bruders bringe. Das Todesurteil der Rotte herrenloser Hunde auf den Straßen Konstantinopels trage ich in meinem Herzen – ich aber freue mich schon auf die morgige Sitzung im Reichstagsgebäude. Was der Großmogul von Philippopel geruht zu entfalten, ist heilig wie die Worte des Korans. Also baut man im byzantinischen Stil Wohnstätten für die verwahrlosten, bellenden Geschöpfe. Neger und auch abendländische Arbeiter bezahlt der Staat für die Ausführung der Bauten. Und unter der Angabe berühmter Architekten wachsen kleine Paläste aus den wertvollsten Grundstücken der Hauptstadt. Daß den verlotterten Tieren blaues Blut durch die Adern strömt, bezweifeln die Balkanbewohner keineswegs länger. Die heruntergekommenen Hundearistokraten werden Mode, reiche Haremsdamen kaufen sich zottige Hundeprinzessinnen für tausende Piaster als Schoßspielzeug. Und in allen Erdteilen schon spricht man von dem Luxus der Bosporusstadt, von seinen verborgenen Goldfeldern und Diamantbergen. – Zweimal am Tage küßt Ali Rasmâr nun den stummen Mund. Ich aber rede nur noch in Versen, bis der erhabene Herr in Schlummer verfällt. Acht Stunden hat sein Vortrag über das Projekt der Kanalisation gedauert, das er mir ohne Pause vortrug. O Hassan, du Wunderherrlicher ... Und es strahlte die Mondsichel mit dem ersten Stern über Konstantinopel, als die Weisen und die Ärzte und die Bürger und der Sultan auf der Schulter seines Schnelläufers in den Garten des Reichspalastes eilen durch die kühlen Hallen in den Großen Saal – wohin sie der erhabene Herr zu seinem Vortrag geladen hat. Und ich muß des schwarzen Dieners Bericht bestätigen, ich habe dem Großmogul von Philippopel gesagt, daß ich wieder reden könnte. Aber seine gelben Kuppelaugen, die noch eben dankerfüllt zum Himmel leuchteten, sind aus den Höhlen getreten, seine roten Haare stehen wie wilde Blitze gezückt, als er die Urkunden des Reichsbuches zu durchblättern beginnt. Den Ministern schneidet er mit donnernden Flüchen das Wort ab, sie müssen flüchten, und hinter der Schulter des Schnelläufers hält sich der Sultan verborgen. Leise schleicht die Kunde durch die Sternenstadt: Der Großmogul von Philippopel sei tobsüchtig geworden. Man reißt mir das Gewand vom Körper, den Schleier vom Antlitz, schneidet meine langen Locken ab, und der Sultan hat den Zorn über mich gesprochen – und vertrieben werde ich aus dem Garten des Reichspalastes. Nur einer von den weißen Eseln der Ställe folgt mir. Ich wandle schüchtern neben ihm durch die Nacht – über den Platz – dort wohnt der wunderherrliche Hassan – aber er erkennt mich nicht und höhnt mich, und meine kluge Tante Diwagâtme spreizt ihre Hände abwehrend von ihrem Dache aus. – Und ein Abendländer kommt und fragt mich nach dem Preis eines Eselrittes am Ufer des Bosporus. Eseltreiber bin ich geworden, meinen geschorenen Kopf bedeckt ein alter Fez, ich fand ihn im Sand am Ufer. Und abends liegen wir unter dem großen Mondhaupt, mein Esel und ich, und ich deute mein Geschick, die eingeschnittenen Bilder seiner haarigen Haut! . . . .

Tino an Apollydes

Tino von Bagdad hat schon zweiundfünfzig Monde die Erde nicht unverschleiert gesehen, und sie war müde der blinden Blicke und sie verwünschte ihre braunen, langen Haare und alles, was sie von Eva geerbt hatte. An Apollydes schrieb sie, der war ein schöner Griechenknabe – auf den Plätzen ihrer Stadt pries er die Liebe . . . .

Apollydes und Tino sind Zagende und träumen unter der Mondscheibe

Stille Lichte scheinen durch die gläsernen Wände der Säle, und wir sind ganz allein im gläsernen Schloß, und unsere schlanken Körper sind durchsichtig, sind zart und singen. Aber in unseren Schläfen sickert ein kleiner, roter Blutstropfen auf und nieder und dehnt sich wie ein fließender Reif um unsere Stirnen. Wir sprechen klingende Dinge, aber unsere Lippen bewegen sich kaum, sie sind von heimlicher Farbe, und unsere Augen sind aus Süße zuckender Sommernächte. Wir wissen nicht, in welchem Lande wir sind, heiß ist es, und in der Ferne steigen schwarze Feuer auf, die prangen oben tief in schillernden Rosen. Wir berühren kaum unsere Hände, aber wenn der Blutstropfen hoch steigt in unseren Schläfen, dann drängen sich unsere Lippen zusammen, aber sie küssen sich nicht, sie drohen zu zerbrechen im Wunsch. Nachts liegen wir auf weißen Teppichen und träumen von grausamen Farben – oder Lustgestalten kommen und spielen mit unseren zarten, kühlen Körpern wie mit toten Kindern. Unsere Lokken aber sind verbrannt von der Glut des kleinen Blutstropfens, und unsere Lippen stehen geöffnet und schmerzen. Das Laub in den Gärten summt, und an den Randen der Teiche sitzen seltsame Tiere, Eingeweide, bläuliche, graufahle, und nicken immer mit ihren Zungen; wir stehen auf dem gläsernen Turm des Schlosses und warten auf die Morgenwinde und wanken nur noch, die Seide unserer Gewänder zittert – wir möchten unsere Hände berühren, unsere Lippen küssen, und unsere Augen sind gespannt wie Gewitteräther. Die gläsernen Wände der Säle krampfen sich – wir suchen etwas – zwei kühle Blicke richten sich spitz auf unsere Herzen – Glasdolche sind es, wir sehen sie immer wieder durch verschimmernde Spiegel – sie haben goldene Griffe, zarte Hände – die bewegen sich, sie winken uns – wir möchten uns küssen ... uns küssen! Sie winken – in unseren Schläfen lauscht der Blutstropfen, er streckt seinen Kelch ins Unendliche ....

Apollydes und Tino kommen in eine morsche Stadt

Und als wir aufwachten, stand ein großer Finger am Himmel und zeigte, wo wir gehen sollten. Und wir kamen in eine morsche Stadt, die von einem allahalten Palmenhaupt beschattet war. Und da wir nach ihrem Namen fragten, lachten die greisen Torhüterinnen, und der elefantenhäutige Stadtpfeifer dudelte und schnitt dazu spaßige Geistergrimassen. »Chabâah! Bâah!!« Aber die Mädchen der morschen Stadt nennen sich mit Königinnennamen ihrer Mumien und duften nach dem heiligen Fluß; tanzen alle denselben unermüdlichen

Tanz in staubfälligen Tüchern, chabâah … bâah … nur das Auge inmitten ihres Leibes, das wurzelliebesverschlungene, blickt …………………………………

Tino und Apollydes

»Nun küsse mich!« bat Apollydes – »ich weiß nicht zu küssen, denn unsere Rosengöttin in Hellas war meinem Vater böse, da er der Kriegerin opferte.« Ich verwunderte mich und sagte: »Keiner sprach so schön von Liebe wie du, und solltest nicht küssen können?« Ich selbst zagte, ihn zu küssen. Und er: »Immer träumen meine Lippen von deinem flatternden Taubenmund« …………………………

Im Garten Amri Mbillre

Und als es dunkel wurde, setzten wir uns auf das Seidenbeet im Garten Amri Mbillres, des Königs der namenlosen Stadt. Da begannen meine Augen zu singen, lauter goldene Tränen, Liebeslieder, indes wir uns küßten. Amri Mbillre wandelte dem Monde nach; wie die schlafenden Pfade des Gartens schwebten seine Füße um das Seidenbeet unserer Liebe. Ich warnte Apollydens geöffnete Lippen – aber schon haben sie ihn angerufen. An eine Säule seines Palastes bindete der König den Griechenknaben und schwelgte in seinem blühenden Schmerz. Ich werde meine Krone der rachsüchtigen Liebesgöttin von Hellas, sie zu versöhnen, weihen, denn auf den Plätzen meiner Heimat, wo der schöne Griechenknabe die Liebe pries, versammeln sich die Sterndeuter, aber niemand weiß, wo er geblieben ist, die namenlose morsche Stadt kann keiner nennen; ich habe den Sand des Weges dorthin verstreut mit meinem bangen Atem ………………

Der Sohn der Lîlame

Als Lîlame, die Gemahlin des Großwesirs, noch in ihrem Schoß den kleinen Mêhmêd trug, geschah es, daß unter ihrem Fenster eine Gauklerbande mit hellblauen Flachsperücken ihre Späße trieb. Und als Mêhmêd auf die Welt kam, ringelten sich mitten auf seinem Kahlköpfchen zwei ganz kleine hellblaue Wollhärchen. Seine Mutter Lîlame soll schwermütig darüber geworden sein, und sein Vater, der Großwesir, ließ alle Friseure des Landes in den Palast rufen, aber die standen ratlos um den hellblaukeimenden Haarboden seines Sohnes. Und Mêhmêd wurde der Welt böse, als er zum erstenmal mit seinem Gouverneur durch die Straßen von Konstantinopel spazierte. Die reichen und die armen Leute hielten sich die fetten und die hageren Bäuche vor Lachen. Und einige von ihnen wurden sogar handgreiflich und zupften an den Spitzen seiner hellblauen Locken. Aber als Mêhmêd älter wurde, gewährte es ihm einen unerklärlichen Reiz, durch die lachende Volksmenge zu schreiten. Seiner Locken Blau hob sich grell ab von der Zitronenfarbe seines Turbans. Und in jedem Jahre einmal kam der Tag des großen Köpfens. An dem wurden alle, die sich des Lachens bei seinem Anblick nicht enthalten konnten, in den weiten Vorhof seines Palastes geladen. Der Sohn des Großwesirs saß dort auf einem eisernen Stuhl und zwang seine Opfer, sich noch einmal so ungebührlich zu gebärden, wie sie sich's vor ihm auf den Straßen Konstantinopels hatten zuschulden kommen lassen. Aber die Leute zitterten vor Nöten, und namentlich die Kinder heulten, denn auf einer Wetzbank lagen krummgebogene Schlachtmesser wie blitzende Mondsicheln, in jeder Größe, für jeden Hals passend. Aber es ist noch nie eines von ihnen blutig geworden, denn Mêhmêd erlöste die Qual der Schuldigen, indem er sie vor der Hinrichtung wieder in ihre Wohnungen schickte. Und man betrachtete den Sohn des Großwesirs bald mit scheuen Blicken. Die Lachlustigen verbargen ihre Gesichter, wenn sie ihn von ferne herannahen sahen. Und die alten Weiber auf den Plätzen, die Spezereien und Kräuter feilboten, tuschelten sogar von der Wunderkraft seiner heiligen, hellblauen Haare. Aber Mêhmêd war der Welt böse. Doch weil er sie so liebte, begann er seine außergewöhnlichen Haare mit flüssigem Kalk zu weißen. Und als ich ihn eines Abends also tun sah, trat ich in den Garten zu ihm, er saß am Rand des Spiegelsees, und sein Haupt war wie ein Stückchen Himmel, das in das kleine Wasser gefallen war. »Was beginnt Mêhmêd, mein lieber Vetter?« Und ich wehrte ihn, sein Vorhaben weiter auszuführen, denn ich empfand Allahs Willen im Leuchten seiner hellblauen Haare. »Mêhmêd, du bist ein Weiser und bist ein Narr, da du es nicht weißt. Und wenn du auch die schwarzen Haare deines Vaters oder die goldbraunen Locken Lîlames, deiner Mutter, trügest, dich hätte das gleiche Geschick ereilt.« Ich zeigte in den See. »Deine Stirne ist mit Gold beschrieben, wie sollten die Unwissenden ihre Sprache deuten können, und deine Augen blicken in eine andere Welt.« Und wir stellten noch am Abend eine Probe an, er verbarg seine hellblauen Haare tief im Turban und ich sah recht deutlich durch meinen Schleier, wie sich die Vorüberschreitenden neugierig anstießen und ihre Lachsucht ihm galt. Aber Mêhmêd wandelte seitdem nur noch vor meinem Gitterfenster des Harems auf und ab, bis ich zu ihm in den Garten trat. Seine hellblauen Locken ließ er sich nicht mehr nach Landessitte beschneiden, sie hatten schon seine Lenden erreicht, und eines Abends am Spiegelsee offenbarte er mir, ihn beseele die tiefe Erkenntnis, er sei tatsächlich ein Weiser und größer als alle seine Nebenmenschen, als Mond und Sterne. Und er könnte seine unumstößliche Erleuchtung nur damit begründen, daß er ein Zwilling Allahs sei. Auch würde er ferner nicht mehr über die Straßen Konstantinopels schreiten und die winzigen Menschenhaufen zertreten, das liefe nicht mit seiner Weisheit parallel. Aus verschiedenen Ländern ließ er Geometer kommen, welche die Höhe der Granitsäulen feststellen sollten, auf denen das Dach seines Palastes ruht. Er ging Wetten ein, natürlich gewann er immer. Er war ja beträchtlich größer als die steinernen Träger. Und die Pyramiden jenseits des Ufers hatte er selbst mit Klötzen aus den Baukästen der Haremskinder aufgebaut. Und die mächtige Moscheekuppel war ein Punkt gegen seinen Kopf. Und sein Vater, der Großwesir, erbaute sich an der heiteren Laune seines sonst so schwerbrütenden Sohnes; übersteigen seine Späße doch die Sprünge der Gaukler vor dem Palast. Aber ich wurde täglich schwermütiger, wie Lîlame, seine Mutter. Und es war in aller Frühe, die Priester hatten noch nicht die Gebete verrichtet, als ich Mêhmêds Stimme vor meinem Fenster höre; er schwenkte eine Zeitung triumphierend wie eine Siegesfahne durch die Luft. Und er ließ mir kaum Zeit, die große Neuigkeit zu lesen. Es handelte sich um ein Elefantenriesenmonstrum aus Ostindien. Augenblicklich weilte es in der Kaiserstadt der Deutschen, im Abendland. – Fünfundzwanzig schwarze und fünfundzwanzig Diener seiner Haut mußten sich zur Reise bereit halten und außerdem die Hochgestelltesten im Palaste und ich, seine Base, die ich seine Weisheit zuerst erkannt hatte. Auf der Fahrt über die Gewässer verhielt sich Mêhmêd auffallend schweigend, nur manchmal stieg ein Siegeslächeln jäh wie auf Meileneile über sein Antlitz und verklärte seine hellblauen Haare. – Umzäumt von drei Eisengittern gewahrten wir Goliathofoles, das Riesenmonstrum, und in den Nebenkäfigen die anderen Elefanten, die ihn kopfschüttelnd begafften. Er war gerade im Begriff, zwei Kessel Wasser auszuschlürfen. Auf eine Eingabe hatte die Hauptstadt die Kessel der Gasanstalt dem hohen Gaste zur Verfügung gestellt – und der Westen war ohne Beleuchtung. Goliathofoles war so groß – um gewissenhaft zu berichten: auf seinem Kopf lag Schnee. Aber nichtsdestoweniger verstand er mit seinem Rüssel die Orgel zu drehen und namentlich die Trommel zu schlagen. Heute aber weigerte er sich entschieden, seine Kunststücke dem Publikum vorzutragen, trotz der vielen Zuckerhüte, die für ihn zur Belohnung in Bereitschaft standen. Mêhmêds schmächtige Glieder krampften sich vor Ungeduld, und die fünfundzwanzig schwarzen und die fünfundzwanzig Diener seiner Haut spannten ihre volle Kraft an, um das Vorhaben ihres Herrn zu verhindern, in den Käfig einzudringen. Mit zugespitzten Lippen, girrende Töne flötend, versuchte er das unfolgsame Riesentier zu ermutigen. Biskuitkrümel warf er in sein höhlenaufgesperrtes Mäulchen. Er duckte sich immer kleiner, damit Goliathofoles auch den aufmunternden Trommelwirbel seiner Hände auf dem Gesäß eines seiner Diener vernehmen könne. »Guttes Kiehnd, gutes Kiehnd . . .!«

Einen so köstlichen Prinzen hatten die Menschen der fremden Hauptstadt noch nicht empfangen. Mir aber rannen schmerzende Tränen über das Herz . . . .

Der Dichter von Irsahab

Neunhundertneunundsechzig Jahre war Methusalem alt, als er starb. Noch am Mittag stand er auf dem großen Marktplatz von Irsahab und ließ seine Finger herabhängen, die Zweige seiner langen Armäste, und hielt den bemoosten Kopf trauernd zur Erde gesenkt. Und die Knaben und Mädchen, die sich in seinem lauschigen Versteck küßten, und die Kinder, die ihre Spiele unter seinem Schatten spielten, fürchteten sich vor seiner Düsterkeit. Und dann kam sein Sohn Grammaton und tröstete ihn. Sein Jüngster war es, der Einzige seiner letzten hundertsten Gemahlin, die sich aus Neugierde mit dem himmelalten Greis vermählt hatte. Und so kam es, daß Grammaton aus blauem Auge schaute, weil Methusalem der blauen Ferne näher war wie der Erde. Und Methusalem sagte zu seinem Sohne Grammaton: »Ich werde heute noch sterben, denn ich kann nicht weiter leben ohne Mellkabe, meine Amme.« Mellkabe war am Morgen bestattet worden, und ihre Wiegenlieder schläferten immer aus ihrem Grabe zu Methusalem auf. Und er hörte allerlei Schmeichelnamen und Methusalem sank also ins Grab neben ihr. Und ein alter Rabe setzte sich auf den Rand seiner Stätte, der hieß Henoch und war Methusalems Vater. Nach finsterer Seelenwanderung kam er endlich wieder in Rabengestalt auf die Welt, weil er Wischnu, den Gott des Nachbarvolkes, beleidigt hatte. Und außer diesem hinterließ der Himmelalte drei Söhne und eine unzählige Kindeskinderbrut. Und die beiden ältesten Söhne waren Zwillinge und fünfhundert Jahre alt und Grammaton, sein später Sprößling, der so viel himmlische Güte im Gesicht trug, war zu gleicher Zeit mit dem neuen Sternbild Pegasus geboren. Und Grammaton war ein Dichter und das war sein Unglück, denn er konnte nicht zwei von drei unterscheiden, auch hatte er sich nie mit dem Ein- und Verkauf der Ländereien und Viehherden seines Vaters abgegeben. Und es leuchtete ihm ein, als sein fünfhundertjähriges Brüderpaar ihm auseinandersetzte, daß die Hinterlassenschaft ihres Vaters sich wohl in zwei, aber nicht in drei Teile teilen lasse, und Grammaton verzichtete mit Edeltränen in seinem blauen Auge. Aber seitdem ließ ihm sein Großvater in Rabengestalt keine Ruhe. Er setzte sich auf seine Schulter, auf seinen träumenden Lockenkopf, und einmal hörte ihn Grammaton, der keine Ahnung von der nahen Blutsverwandtschaft des Vogels hatte, in warnendem Tone sprechen. Aber des Schwarzen Verdächtigungen entfachten sein Herz grimmig, bis seine Seele aufging unter Morgenleuchten und sich füllte mit Gold. Und er dachte, ich kann meine goldenen Gedanken nur prägen in Sternen und Zeichen in die Säule, die das Dach meines Vaterhauses trägt. Aber das schlaue Brüderpaar schimpfte ihn einen Heimlichen, der sich vergriff an ihrem Eigentum, und vertrieben wurde er aus Vater Methusalems reichem Garten. Und da die Säule, die das Dach seines Vaterhauses trug, der Tempel seiner Kunst war, begann er seine Brüder zu hassen und er konnte nicht den Tag erwarten, bis einer den anderen erschlug, wie Kain den Abel.

Und sein Haß dehnte sich aus auf die Kinder und Kindeskinder und er streute kranke Saat unter sie und eines riß das andere vom Erdboden fort. Aber ebenso schnell wuchsen sie wieder auf, von Kindeskindeskind aus Kindeskindeskindeskind, und starb der Vater, so ersetzte ihn ein Sohn in der Nacht. Und Grammaton sah ein, die ganze Stadt war mit ihm verwandt, und sein Haß wuchs von Glied zu Glied und er zertrat das mutwillige Zieglein, was ihm in den Weg lief – ehe es wiederkehre einmal auf zukünftigem Sterne als irgendeines kommenden Urneffen SohnesSohnesSohn. Und es gelang ihm, das Geschlecht Methusalem auszurotten, und das waren alle Einwohner der Stadt, und selbst seinen Tempel, die Säule, die das Dach seines Vaterhauses trug, verschonte er nicht. Und nur der Rabe, er konnte nicht mehr sterben, hockte in den Höhlen seiner Schultern, und er, Grammaton, saß auf dem Schwanz eines steinernen Affen und sang:

i! ü! h i i i è!!
i! ü! h i i i è!!

Die sechs Feierkleider

Sechs Feierkleider, aus Traumseide gesponnen, rauschen in meinem Nachtgemach auf goldenen Bügeln in Glasschränken. Ich bin die Prinzessin von Bagdad und wandele in der Großmondzeit durch helle Rosengärten um heimliche Brunnen. Der aufgeblühte Mondstern duftet zwischen Wolkenschwarz – ich lege mich schlummer in seinem Schoß . . . .

GESICHTE

Meine Kinderzeit

Nach der Schule trafen wir uns auf der Wiese und legten dort mühsam Balken quer übereinander. Zwei meiner Spielgefährten setzten sich auf das eine Ende der Schaukel. Willy Himmel und ich aber bestiegen das lange Steckenpferd hoch in der Luft. Die beiden gegenüber flogen dann plötzlich jauchzend in die Höhe, immer wieder, wenn wir zwei, der Willy und ich, Rücken an Rücken gelehnt, den Balken mit unseren kleinen Körpergewichten herabdrückten. Sanken dann wie durch unsere eigenen Hüllen in das Gras des Sommers übergrünt hinein; immer wie ein warmer Faden zog's durch unsere Leiber. Wenn wir genug von diesem Spiel hatten, streckten wir alle die Zungen heraus, wer die längste habe, Walter Kaufmann beteiligte sich sehr überlegen an solchem »Unsinn«! Er war gelehrt, las die »Mappe« und wollte Professor werden. Und Pülle Kaufmann hatte immer eine belegte Zunge, aß seine Suppe nie, denn er lutschte viel Süßholz. Aber oft streckte er seine Zunge schwarz aus dem Mund; das kam vom Lakritz. Willy Himmel aber hatte ein rosiges Zünglein wie ein Engelchen, auch blickte ich neugierig oft in seine goldenen Augen, die waren garnicht angestrichen wie die meinen und die der anderen Jungens.

In der Früh fielen vom Birnbaum eines fremden Gartens mächtige Birnen herunter in unsere kleine Gasse, in Schülers Gasse. Manchmal schlich ich leise auf bloßen Füßen über die Treppe durch den Hausflur an zwei Amoren vorbei und sammelte die dicken Birnen in mein Nachtkittelchen. Einmal traf ich den Pülle, dem ich im Vertrauen von unserer Schlaraffenlandgasse erzählt hatte. Der Pülle Kaufmann trug heute keine Watte in den Ohren wie sonst; er war nämlich auch heimlich von zu Hause ausgerückt, und ich bemerkte sofort seine leeren Ohren und machte ihm einen Vorschlag und betonte dann ganz ernstlich auf die weitabstehenden Löffel weisend:

»Heute mußt du aber gehört haben, Pülle!«

»Wa?« antwortete Pülle genau wie mit den Wattebüscheln in den Höhlen. »Wa?«

»Pülle«, rief ich ungeduldig, »wenn du mir sagst, was ich dir eben anvertraute, schenk ich dir meine Knopfsammlung.« Ich war nämlich müde, immer alles zu wiederholen.

»Wa?« Aber dann sich überstürzend fragte er: »Die ganzen Knöpfe?«

Ich nickte zögernd, mein Angebot reute mich schon. »Du, ich schenk dir unsere große, rosa Muschel aus unserem Gartenzimmer, Pülle, wenn du mir sagst, was ich dir eben sagte.«

Als Bestätigung fiel jedesmal eine reife Birne vom Baum, wir jauchzten dann erschreckt auf. Da bekannte denn endlich der Pülle, er habe genau gehört, daß ich gesagt habe, wir wollen uns zwei ein Häuschen bauen in der kleinen Gasse, darin wir uns verstecken könnten vor den Hunden und vor dem Gewitter.

Mein Vater guckte plötzlich aus dem Fenster, er konnte auch nicht schlafen, wenn die großen Birnen fielen. »Wollt ihr wohl heraufkommen, ihr ungezogenen Kinder, ihr bekommt ja die Masern!« Überhaupt, er konnte furchtbar wettern, unsere niedlichen Körper drohten fast einzustürzen; im Grunde aber wollte er selbst ein paar Birnen verzehren, und wir brachten ihm die allerfettsten; dafür durften wir mit seinen bunten Manschettenknöpfen und allerhand Krimskrams in einer Holzschale spielen. Auch drehte er uns seine Kreisel und Blechenten auf, und wir mußten seine großen Stiefel anziehen. Der Pülle sah dann aus wie der Zwerg mit den Meilenstiefeln.

Am Sonnabend aber brachte mein Vater in seinen Tausendtaschen Knallbonbons mit nach Haus. Am Morgen schon mußte ich meinen sechsjährigen Kameraden holen und wir marschierten mit Herrn Schüler durch seine Marienstadt, die lag hoch auf einem Hügel. Aber bevor wir abzogen, ließen wir die Bonbons knallen; für jedes der Kinder lag in Seidenpapier behutsam eine Kopfbedeckung eingewickelt. Alle die armen Kinder an den Häuserecken beneideten uns; waren wir eigentlich doch nichts anderes als vier Hündchen in bunten Helmen, die Herrn Schüler die Waren tragen mußten für die armen Leute der Marienstadt.

Nachmittags spielten wir dann meist bei Kaufmanns im Garten Soldaten. Aber mit dem Walter hatten wir fast jedes Mal unsere liebe Not. Er mußte zum Mitspielen gezwungen werden; namentlich zum Kriegsspiel, und gerade bei diesem Spiel ergötzten wir uns am meisten. Pülle und Willy besaßen wirkliche Ulanenmützen, aber der Willy lieh dem Walter seine, den Freund zu interessieren, ihn anzuwerben. Wir fertigten uns aus Papier welche an, aber ich mußte Feind sein, weil ich ein Mädchen war, zur Strafe. Sonst bemerkte ich nie von seiten meiner Spielgefährten irgend eine Geringschätzung mir gegenüber und ich fügte mich drein, freiwillig ein französischer General zu werden, denn die Feinde behaupteten, sie könnten dann besser richtig schimpfen, da ich unter meinen Röckchen eine weite, rote Flanellhose trage »Franzos mit der roten Hos«. Nun war ich gereizt genug, den Angriff zu wagen.

Doch vorher rief uns Pülles Mutter, die Seraphine, zum Kaffee in die Stube zu kommen. Sie saß kerzengerade auf ihrem Sessel und strickte, und Kaufmann, Pülles Vater, saß ihr gegenüber und schlief im Sitzen. Wir staunten ihn alle an, bis ihn Seraphine girrend auf die hohe Wanduhr zeigend ermahnte: »Kaufmann, wache auf.« Aber heute konnte Pülles Mutter nicht mit uns gemeinsam schmausen, sie müsse Pülle ein Ohrenspritzchen besorgen gehn. Wir beneideten ihn alle drei darum, aber die alte Köchin nickte mitleidig mit ihrem Warzengesicht, strich dann mein gesticktes Kleidchen zurecht und steckte mir ein Stückchen Zucker in die Tasche, weil ich ein Mädchen sei. Die Jungens aber konnten ihren Neid nicht mehr unterdrücken und da die Mutter Seraphine schon ihr Haus verlassen hatte, ließen sie ihre Wut an mir aus. Der Walter vergaß seine Gelehrsamkeit so weit, daß er in meinen süßen Kaffee spuckte; Willys gelbe Augen zogen sich zusammen wie bei unserer Katze, und der Pülle trat die alte Köchin mit seinem Fuß gegen den Schwammbauch. Immer fielen große Regentropfen aus meinen Augen auf den Boden, und die greise Köchin schnäuzte mein Näschen, daß es aussah wie ein Radieschen. Aus meinem Taschentuch fiel der grüne Zuckerfrosch, den ich wie ein Heiligtum bei mir trug; den opferte ich den kleinen Barbaren, die waren dann bereit, wieder Frieden zu schließen. Willy Himmel, der den Kopf des Frosches schon verzehrt hatte, und das Blättchen, worauf das Zuckertier gesessen hatte, erwischte, schlich dankbar an mich heran und küßte mich auf den Mund.

Wir spielten Domino mit Korintheneinsatz. Jedem Kind schüttete die gutmütige Alte ein Häufchen Korinthen auf den Tisch. Der Walter hatte sich ganz dreist fast alle stibizt. Das Murren richtete sich diesmal gegen ihn. Aber er imponierte uns doch im großen ganzen; leiden mochten wir ihn alle nicht; aber er trug eine Hornbrille. Er erklärte uns, die Affen der Urwälder, die hätten, – er habe es gerade in der Gartenlaube gelesen, – auch einen Nabel wie die Menschen, aber – er hielt inne – an dem Nabel der Affen wüchsen die kleinen Affen wie Blättchen, dann wie Blüten, dann wie Früchte, bis sie einen Schwanz hätten zum Abpflücken. Wir kreischten vor Vertraulichkeit, saßen plötzlich im Kreis, unsere Gesichter legten sich zusammen zu einem Bukett aus Rotbacken. Die einschlafende Köchin knurrte aus dem Schlaf: »Kenger, Öhr mößt Önk nich so unanständig erzählen.« Wir rückten aber nur noch näher zusammen, und der Pülle fragte kichernd, ob Mädchen auch wohl einen Nabel hätten? Er habe einmal ein Märchen gelesen, er log, darin wäre vorgekommen, eine Königstochter habe einen Nabel gehabt wie ein Brunnen so hohl und tief in den Leib herab, und da hätten die Leute der Stadt ihre Wäsche drin gewaschen.

Die drei Ulanen machten viel Feinde zu Gefangenen; ich wurde in die Küche gesperrt und mußte so tun, als ob ich ein ganzes Regiment gefangener Franzosen wäre, die sich aus dem Turm zu befreien versuchten und die Deutschen verhöhnten. Der Walter war am hitzigsten, der Sieg hatte ihn überwältigt, er war Feldmarschall geworden, damit er die Lust nicht verliere; er war furchtbar zu schauen; mein Herz sprang wie die Feinde, die von der Anhöhe des Gartens auf ihren Rossen ins Tal sprengten. Feldmarschall Walter stand schon vor meinem Turmverlies; ich stemmte mit übermenschlicher Anstrengung verzehntausendfacht meinen kleinen Körper an das dröhnende Holz. Mein Röckchen wehte aufgehißt als Fahne im Wind am Fenster. Ich vergaß meinen militärischen Generalsrang, und schrie: »Mama, Mama!!« Ganz still wurde es von draußen, man hörte auch nicht mehr das leise Kichern; die Feinde hatten sich scheint's zurückgezogen. Aber das war eine List des Marschalls Walter gewesen; sein Adjutant Himmel, der mußte verharren; vor der Turmtür leise Wache stehen. Zögernd öffnete ich auf einmal mit einem Ruck meinen Küchenturm; ich sah die goldenen Augen Willys schmelzen vor Schmerz – an einem Fetzen baumelte sein Zeigefinger an der Hand und färbte dann die Steine des Hausflur dunkelrot. Den ohnmächtigen Verwundeten trugen die Kameraden auf Seraphinens Kanapee; in der Zeit nahm ich die Flucht.

Seit dieser Niederlage verfolgten mich die kleinen deutschen Spielsoldaten mit ihrem Haß, standen oft an der Ecke der Austraße, noch dazu mit einem Heer verbündeter Jungens, rissen mir den Schulranzen vom Rücken, warfen mich zur Erde und traten und pufften mich: »Franzos mit der roten Hos! Franzos mit der roten Hos!« Einmal kam Pülles Mutter gerade vorbei, im Sonnenschein und mit ihrem grünen Sonnenschirm; wie die Suppenkasparmutter sah sie aus, als sie den Mund ermahnend ganz rund öffnete: »Pülle –!« Ich wagte garnicht mehr allein auszugehen, auch hatte ich den Ziegenpeter bekommen, und das deutsche Heer geriet in große Scheu vor mir: ich sei verhext von einer bösen Zauberin; aus den Nebengassen nur hörte ich noch manchmal ganz leise das böse Liedchen: »Franzos mit der roten Hos!«

Sterndeuterei

St. Peter Hille in Ehrfurcht

Soll Ihr Leid noch länger mit seinen Sternen in der Hand Ihres Arztes liegen, und wie lange überlassen Sie ihm noch Ihren Verstand? Fragen Sie einmal so im Vorübergehen den Doktor, ob er von Ihrem Sternensystem eine Ahnung hat. Oder wenden Sie sich an einen Irrenarzt, der am gründlichsten Bescheid wissen müßte von der Astronomie des Menschen; sitzt er doch an seinem Pol, wie ein falscher Gott am Scheidewege, wo sich der Stern vom Chaos trennt. Es gibt gar keinen Irrsinn im Sinne der Eisenbärte, aber wer wird mich nicht verspotten, wenn ich behaupte, es gibt eine Veränderung im Chaos des Menschen. Darum sind Ihre Leiden aus keinem anderen Grunde entstanden, als aus allzu wuchtigen Sternenvorgängen. Senkte sich unerwartet Ihre Sonne in eins Ihrer Meere? Jedwede Behandlung Ihres Arztes ohne genaue astronomische Kenntnis Ihres Planeten ist ein Vergehen. Unbeschreiblich friedlich stimmt es, einen Mond in sich zu fühlen, und wer ihn in sich trägt, steht im verwandtschaftlichen Verhältnis mit dem Großgehenden da oben. Nach einem Schwächezustand, den ich überwand, meine Tore standen noch unbefestigt, fühlte ich den Durchgang des Vollmonds dicht an dem meinen vorbei, wie ein leichtes Beben. Nicht dieser Vorgang war ein krankhafter, aber durch die Kraft des Vorgangs erlitt ich Sternenschaden. Ich war noch lange nach diesem Ereignis eingehüllt in schwermütigen Wolkengedanken. Glauben Sie, die Erde leide etwa nicht noch durch die kürzlich erlittene, erduldete Kometkraft? Denken Sie an Maria, durch die Gott schritt. Das wird noch einmal geschehen, noch ewigkeitsmal, immer nach Gottesdrehung, er wendet sich durch Maria. Sie leidet das höchste Fest durch das Gottwillkommen, sieben Schwerter krankt ihr Herz. Wir sind das feinste Werk aus Sonne, Mond und Sternen und aus Gott. Wir sind seine Inspiration, seine Skizze zur großen Welt. Ich spreche nicht in Symbolen, obschon Symbole die

Häute großer Wahrheiten sind. Sie setzen das allzu klare Licht mit gewisser Überlegenheit gern ins Dunkle. Ich möchte aber die Nacht von Ihnen nehmen, wachen Sie auf durch meine Raketensterne! Aber wenn ich Menschen medizinisch behandelte, würde ich sie »regnen« lassen, Luft in weiten Kreisen »atmen« lassen. Mancher Menschplanet erstickt an Dürre. Ich würde die verwandtschaftlichen Sterne ausfindig machen, die mit meinem Planetpatienten in irgendeinem Zusammenhang stehen könnten; namentlich, wenn es sich um eine epidemische Ursache handelte. Den kleinen Mars des Menschen kann man nur mit dem gröberen, großen Mars der Welt impfen. Ich kenne Leute, die unter dem Zusammenstoß ihrer Fixsterne leiden. Es sind schlechte Pächter ihres Leibes. Jeder Schlaganfall ist ein Zerbersten zweier vom Wege geirrter Sterne. Die Folge dieser Folge erst ist der Tod. Ich bitte Sie nicht, an sich herauf und herunter zu suchen; Sie sehen Ihre Sterne nicht, das, was Sie betasten können, ist Chaos. Und weil ich vom Unantastbaren des Menschen spreche, glauben Sie nicht an meine Medizin und halten mich für eine Kurpfuscherin. Aber wer an meine Dichtungen glaubt, die man auch nicht in die Hand nehmen kann und doch vorhanden sind, wird auch nicht zweifeln an den Sternen der Menschen, wovon ich Ihnen erzähle. Sind Sie nicht reicher, als Sie glauben? Ich spreche von Ihrem Unsichtbarsten, von Ihrem Höchsten, das Sie nicht greifen können, wie die Sterne über Ihnen. Sind Sie nicht reicher, als Sie fassen können! Oder haben Sie schon einmal ein Stück Mond gegessen? Sie würden immer nur sein Chaos greifen, wie der Arzt Ihr Fleisch, daraus er keinen Stern formt. Der Doktor hat mich längst überführt, indem er mit dem Messer diese Leiche sezierte: »Der Tote ist an Schwindsucht gestorben, am Zerbersten der Lunge.« Ihr Doktor hat doch keine blasse Ahnung von meiner Medizin. Allerdings ist dieser Tote an Tuberkulose gestorben, an der Folge seiner und des Arztes Unkenntnis seines Sternensystems. Und was ich von einer Epidemie halte? Die ist die Folge der Sintflut im Massenmenschsternensystem, ein Bacchanal tausender Sterne, daran alle Bruchteile, alle ungeordneten, unberufenen Fleischchaosse zersplittern. Ich glaube darum an Wunder, an ungestaltete Medizin. Wer aber kann sie mischen! Jesus von Nazareth tat Wunder, er ergriff die keimenden Sterne und trennte sie von den faulen und erweckte die Erblaßten an ihrer noch verglühenden Sternschnuppe. Der Nazarener wandelte durch das Sternensystem des Menschen und erlebte die Welt so tief und ging in Gott ein, und Gott in ihn, darum man ihn verwechselt noch auf den heutigen Tag mit Gott. Moses der Prophetarzt erkannte den Gott seines Volkes, heilte es und machte es stark. Eine Sage meiner Bücher sagt von einem Derwisch, der sein Herz in die Hand nehmen konnte und doch lebte durch die Kraft seiner Sterne. Wir sind das glühendste Werk von Mond und Sternen, nach unserm Modell hat Gott die große Welt erschaffen, in der wir: Ureigentum in unserer erweiterten Kopie leben ... Ureigentum noch unverblaßt zu begegnen, erlebe ich überraschend oft. Diese testamentarischen Sehenswürdigkeiten, Übertragungen, die an Wert nicht einzuschätzen sind! Ich meine nicht die gemütlichen Hausväter aus der alten, guten Zeit oder den Waldmenschen, oder den aus der nackten Körperkultur oder den Zwiebelasketen. Merkwürdig, daß man gerade in den Irrenanstalten Gesichte erblickt aus allererster Sternzeit; Bilder, alte Meister, Menschen, die erstarrt sind in der Vision. Und kein Arzt weiß sie aus dem Augenblick der Erscheinung zu führen, wie aus engem Rahmen. Ich besuche diese scheintoten Galerien; mich lieben die unverstandenen, verfangenen Gesichte. Etwa weil ich ihnen den richtigen Platz zu geben vermag? O, ihre Angstgefühle! Die andern testamentarischen Gestalten unterscheiden sich von den irrenden Denkmalbildern ihres *ungestörten* Sternenlaufs wegen. Solchen Sterngeschöpfen geschehen Wunder. Wie St. Peter Hille, er hatte noch mit Moses und Jesus von Nazareth gesprochen und mit Buddha, und erzählte von ihnen, wie der Urenkel etwa von seinem Großvater Goethe. Das war der unumstößliche Beweis von der ersten Leuchtkraft Gottes in St. Peter Hille. Ich gehöre nicht zu den Spiritisten; Spiritismus ist Epigonentum,

Nachahmung, gewalttätige Wunder. Um wirkliche Visionen zu erleben, muß man noch in der ersten Leuchtkraft Gottes sein. So ein gotterhaltener Mensch ist fromm und selbst Inspirationen fähig. Aus Isaaks weitem Munde seh' ich viel im Traum Sterne aufsteigen, die er benennt nach Gottes Einverständnis.

Die hungrige Zeit fraß meine Leuchtkraft goldweise. Aber ich kann erzählen von der Astronomie des Menschen, wenn ich auch in meinen ersten zehn Jahren noch zwischen weichem Dunkel, zwischen ungeordneter Nacht, im Chaos lag. Ich war wie ungeboren neben meiner Mutter, noch ganz Chaos.

Das Kind ist nicht fromm, es ist dumpf. Dieser Irrtum! Fromm kann nur der wissende Mensch sein, aber nicht jeder macht die sechs Schöpfungstage in seiner Hülle durch und wird Stern, und wenige nur den Sonntag. Wie viele Heilige gibt es und doch ist jeder Andächtige oder Lauschende, jeder Staunende oder Liebende ein Heiliger. Wenn Jesus von Nazareth die Kinder rief, so fühlte er Verantwortung mit ihnen, mit dem Chaos, das sich entfalten werde. Er wußte, wie weit der Weg zum Sterne war. Die Kinder sind wie die Lämmer so dumpf. Darum beleidigt mich das irrige Wort: Jesus das »Lamm« Gottes. Solche Unschuld ist eine Chaosunschuld, und der Nazarener war der Sonntag der Schöpfung. Der Jude hat sich mit ihm der vollendetsten Welt entledigt. Sagte der Sonntägliche doch zu einem der Mörder am Kreuztag: »Wahrlich, ich sage dir, heute wirst du mit mir im Paradiese sein.« Der Jude, der den Himmlischen verstößt, beweist, daß er ein Bürger ist, genau wie der Mensch des Abendlandes, der den verlornen Gott der Juden aufnahm, ihn sich erzog und erwog nach seinem lammblutenden Wort. Im Menschen bereitet sich immer Fleischdumpfheit, Chaos, Fleischsehnsucht; Gott aber ist ungestaltet, ungerahmt und breitet über alles sich. Wir reden immer zu dem Chaos des Menschen, wollen wir ihn gewinnen, denn der Stern ist böse, darum sind wir alle einmal krampfhaft enttäuscht in Gott. Wir finden in ihm kein Chaos, keinen faßbaren Schlupfwinkel. Er sandte darum seinen Sohn, das heißt, er kam in Menschgestalt zur Erde. Solcher Umgestaltung Demut vom Stern zum Chaos ist nur ein Gott fähig. Nie war solche Dunkelheit je auf Erden und am Himmel und im Menschen, wie in der Zeit des Gottbesuchs. Dem Priester und Pharisäer flößte seine Betastbarkeit Mißtrauen ein, der Armselige umklammerte den vertriebenen »Götzen« aus Fleisch und Blut wie einst am Fuß des Mosesberges das goldene Kalb.

Sie wollen noch wissen, wie lange sich der Menschplanet erhält. Die meisten Menschen werden nicht älter und nicht jünger als sechzig Jahre. Jesus von Nazareth ist gottalt wie die Ewigkeit. Moses war zehntausend Jahre, als die Tochter Pharaos ihn im Korbe fand. Und von dem Propheten St. Peter Hille möchte ich sagen: Niemand wußte um seinen Geburtstag. Meine Mutter war dreimal sechzehn Jahre alt, mein Vater erlebte sechsmal seine tollsten Knabenstreiche. Wie schätzen Sie mich ein? Ich bin David und tue Simsontaten, ich bin Jakob und deute die Träume der Kühe und Ähren. (Oder zweifeln Sie daran, daß mich meine Brüder verkauft haben, das Bürgermillion!) So verwirrt sich die Zeit der Vergangenheit im Menschen. Heute bin ich eine Dichterin, und ich bitte Sie, mir zu verzeihen, daß meine Dichtung keine Gehirnkarte geworden ist mit Farben, lila, grün, rot gefärbt. Meine Bekenntnisse nehmen sie als ein Luxusgeschenk hin, denn ich bin verschwenderisch, das liegt in meinem Sternsystem. Es kommt mir selbst nicht darauf an, einige Monde meines Planeten fallen zu lassen. Auch mit meinem Chaos, ohne das Chaos kommt kein Mensch davon, hat es eine besondere Bewandtnis. Darüber möchte ich schweigen, aber eines kann ich Ihnen sagen, wir Künstler sind einmal bis tief ins tiefste Mark und Bein Aristokraten. Wir sind die Lieblinge Gottes, die Kinder der Marien aller Lande. Wir spielen mit seinen erhabensten Schöpfungen und kramen in seinem bunten Morgen und goldenen Abend. Aber der Spießbürger ist ein Schwerphilister, bleibt Gottes Stiefsohn, unser vernünftiger Bruder, der Störenfried. Er kann nicht heimisch werden mit uns, er und seine Schwester nicht.

Verwechselt die lärmende Bürgerin oder die zur Hure gewordene Magd nicht mit dem spielenden Sternenmädchen, die den Tanz aus nackter Scham tanzt! – – Wohin mir doch heute alle meine Sterne geleuchtet haben! Immer muß ich wiederholen, der Arzt sollte sich auf die Astronomie des Menschen verstehen. Welcher von Ihren Hausärzten wäre imstande, eine Sonnenfinsternis in Ihnen herbeizuführen, geschweige den Stillstand Ihres Planeten?

Ich sehe Ihre Kanäle, Ihre Berge auf Ihren Sternen und Ihren Mond aufgehen hinter Ihrer Stirn. Jeder Schmerz und jedes Freudegefühl, Vernichtung oder Erhebung ist ein neues Bild Ihres Sternensystems. Sie sterben eigentlich an zerborstenen Sternen oder Erkaltung Ihrer Sonne oder an Finsternis. Wenn nur Ihr Leben den Höhepunkt erreicht hat vor dem Zerfall Ihres Chaos: den Himmel. Aber wenn er Ihnen nicht auf den Kopf paßte? Vom Blitzstrahl getroffen, das Chaos gespaltet, einzugehen in die Allmacht ist Seligkeit. So lausche ich auf mich. Aber der Bürger belauert sich, der Kranke in Arzthand betrauert sich, weil er keine Achtung vor dem Schmerz hat. Ich bin müde – wie ich mir entkomme, ein Schatten aus Mond und Sternen, riesengroß fiel ich um Mittag und sinke nun ein in meinen eigenen Planeten. Ich habe einen kritischen Tag hinter mir, manche Menschen wichen mir furchtsam mit den Augen aus. Einem kleinen Mädchen bohrte ich im Anblicken ein Loch in die Brust. Solche Kraft macht traurig. Ich sehne mich nach Glück, nach ihm, nach Hascha-Nid, dem goldhäutigen Sohn des Häuptlings. Der spielt mit sich, treibt und lockt die Sterne über seine Grenzen, ein göttliches Spiel, Wirbel und Wüstenwind. Ich liebe ihn, weil er so reich und rein an Sternen ist, und ich staune vor solch verschwenderischen Launen... Aber das geht Sie nichts an. Gern hätte ich Ihnen noch vom Himmel erzählt. Später, wenn ich ihn erreiche und Gott –

Gott, wo bist du?
Ich möchte nah an deinem Herzen lauschen,
Mit deiner fernsten Nähe mich vertauschen,

Wenn goldverklärt in deinem Reich
Aus tausendseligem Licht
Alle die frühen und die späten Brunnen rauschen.

Handschrift

Für den Künstler der Handschrift ist der Inhalt seines Schreibens nur ein Vorwand, wie für den Maler das Motiv seines Bildes.

Ich habe beobachtet, daß Kinder und Große, so recht in Gedanken versunken, mit der Feder, mit dem Bleistift an zu kritzeln fingen, dann ganz unbewußt bemüht waren, schöne oder verschnörkelte Buchstaben und Worte zu schreiben; sich dann später selbst über die Bedeutung des Geschriebenen wunderten. Auf einmal steht auf dem weißen Rand der Zeitung ein Name im Arabeskenschmuck oder blumenverziert. Dort ist ein Zeitwort auf den Kopf gestellt, ich meine ein xbeliebiges Wort in Spiegelschrift geschrieben. Ich habe dasselbe fesselnde Gefühl beim Ansehen einer interessanten Handschrift wie bei einer guten Federzeichnung oder einem Gemälde. Und doch möchte ich darum die Handschrift nicht mit der Malzeichenkunst in einen Farbentopf oder in ein Tintenfaß werfen. Aber der, welcher sich verzweifelt nach einem Talent sehnt, möge es zunächst in seiner Handschrift suchen. Oft hat schon der Lehrer sie im Keim erstickt. Den meisten bleibt die Schrift nichts wie Inhalt – die Nachricht erfreut ihn, ärgert ihn, namentlich wenn sie noch dazu undeutlich geschrieben ist. Warum höre ich nie jemand sagen: Erklären Sie mir diese oder jene *Handschrift*. Ich meine nicht des sprachlichen Verständnisses wegen, auch nicht aus graphologischem Grunde; rein *künstlerisch*! Wie ja so oft die Frage aufgeworfen wird vor einem Bildnis. Es hat noch nie jemand von einer Handschrift den bornierten Ausruf getan:

»Die ist mir zu hoch!« Und doch gibt es gerade Meister dieser Schulmeisterkunst. Diejenigen sind's, die sich im Klassenzimmer Strafe holten ihrer *Klaue* wegen. Es geht ihnen wie dem Genie, welches die Kunstschule ausspie. Handschrift ist erblich wie jedes Talent. – Für mich kommt kaum der Inhalt eines Briefes in Betracht; ich kann mich für den Schreiber nur seiner Buchstaben wegen interessieren. Und es geschah schon, daß ich ganz entzückt einen unverschämten Brief beantwortete und umgekehrt. Die Schrift ist ein Bild für sich und hat nichts mit dem Inhalt zu tun. *Jeder* lernt schreiben, eine Menge Menschen haben es in ihrer Handschrift zur Kunst gebracht. Und darum auch gibt es in keiner Kunst so viele Epigonen wie in der Kunst der Buchstaben. Für diese Nachahmer ist jeder Buchstabe ein Gestell, dem sie einen Mantel umhängen, den ein anderer gewebt hat, sie verstehn eben ihre Blöße zu bemänteln. Die alltäglichen Epigonen sind reichgewordene Frauen, die sich bemühen, ihre so oft charakteristische Ladenmädchenschrift zentimeterhoch heraufzuschrauben direkt zu hochmütigen Gänsehälsen. Der Mann möchte Bedeutung in seine Schrift legen und ahmt der Hand des ihm Geistigüberlegenen nach. Ungemein sympathisch berührt mich die sogenannte Tatze, die Schrift der Knaben, wenn sie den Aufsatz ins Diarium schreiben. – Hier diese Zeilen hat ein Mädchen vorsichtig und sanft geschrieben. Manchmal lachen auch Briefe oder sind erbittert, die Schrift riecht fast nach Galle. Meines Freundes Brief blinzelt, eine Faunlandschaft. Dein Onkel schreibt eine kleine, rundliche, gleichmäßige Handschrift wie Taler. Geizhals ist er, aber ein Handschriften*künstler* wie mein Freund der Faun. – Interessant sind die spitz auslaufenden Buchstaben auf dieser Seite, jedes Wort ein Wolfsgebiß. Und *doch* kein Tiergemälde. Interessant wirkt auf mich die Korrespondenz, die ich erbrach zugunsten der Kunst, zwischen K. u. W. Alte und neue Meisterstücke. Ich sprach schon einmal in einem Essay über die Kunst in Karl Kraus' Buchstaben. Meine Handschrift hat als Hintergrund den Stern des Orients. Oft sagten mir Theologen, ich schreibe deutsch wie hebräisch oder arabisch. Ich denke an der späten Ägypter Fetischkultur; ihnen ging aus dem Buchstaben schon die Blüte auf, der Zwischenduft, der Handschrift mit Zeichenmalkunst verbindet. Mir fallen noch die Schriften der Chinesen und Japaner ein. – »Die Mitternacht zog näher schon, in stummer Ruh' lag Babylon« – die plötzliche Geister*schrift* an der Wand entsetzte die berauschten Gäste, nicht der Inhalt; das furchtbare Schriftbild war es. Sie erblickten den Inhalt des Fluches. Darum ist auch das Verständnis zur Kunst ein Seltenes und Erhabenes – es liegt uns im Gesicht und geht uns vom Gesicht aus. – Die Kaufmannshandschrift – ich möchte noch vorher fragen, hat schon einer der Leser einmal ein Lebenszeichen vom Dichter Peter Baum bekommen? Nämlich gerade bringt mir der Postbote so ein Sommerbildchen, Buchstaben: Mückenschwarm, der zerstreut in der Sonne tanzt. Seine Karte blendet. – Ich bin bei der Kaufmannshandschrift – phantasielos, nüchtern, sie liegt bewegungslos auf dem Papier. Kühle Tatsache. Der kaufmännische Reisende dreht seinen Buchstaben eitel den Schnurrbart. Stutzig machen mich Briefe, die von einem Geschäftsmann geschrieben sind, und von der Buchführung doppelt abweichen. In dem Schreiber steckt sicherlich das Handschrifttalent. Es gibt auch Launen der Schrift. Kinder, die erst morgen dem Christkind schreiben wollen, da sie heute nicht schön schreiben können. Meiner Mutter Briefe waren schwermütige Zypressenwälder, meines Vaters Schrift reizte zum Lachen, humoristische Zeichnungen aus dem Struwelpeter. Kohlrabenpechschwarze Mohren oder der böse Nikolas steckt die Jungens ins Tintenfaß; gelungene, amüsante Überschwemmungen von Tinte. – Es gibt auch Schriftinspirationen, viele Menschen berauschen sich an ihrer Schrift, und der Inhalt, den sie aufschreiben, ist nur Vortäuschung. Ich schreibe oft, um mich durch meine Schrift zu erinnern, meine Mutter schrieb, um zu träumen, mein Vater, um sich zu ergötzen. Meine Schwestern schrieben zweierlei: die älteste: Reisebilder, die andere: Kinderbilder. Der einzige Plastiker der Handschrift, den ich kannte, war St. Peter Hille, Petrus – er schrieb Michelangelos. Nicht anders ist das mystische Bildnis, als die ausgeschriebene Handschrift zu verstehen, doch die kann wie das Gemälde dilettantisch sein, wenn sie ohne Tiefe und Geist und nur aus Ausübung entstanden ist. – Manche sogenannte schöne Schrift allzu deutlich, Ölbilder nach Sichel. Lieber ist mir schon die Pfote von Aujuste. Ihr Brief und die Antwort vom Schatz geben sich einen Schmatz. Derbe Genrebilder. Vielerlei gibt's davon. Ähnlich wie die Köchin schreibt das Dienstmädchen, die Kellnerin, das kleine Mädchen, die kecke Hure. Aber loser geheftet, unordentlicher ihr Brief, ein leicht schaukelndes Gerippe. Weit eher ist die Demimonde eine Epigonin. Sie stiehlt lächelnd und liebkosend die Buchstaben der Originale oder versteht wie die Sprache auch die Schrift ihres in Fesseln gelegten Herrn zu kopieren und zu belecken. – Habe ich schon gesagt, daß es auch Stilleben in der Handschrift gibt, zehn Seiten lange Briefe, die schlafen, aber deren Inhalt voll Leben sprudeln; *Handschrift*künstler, die schulakademisch erzogen und erwogen sind. – Manche Buchstaben gucken neugierig. – Gewissenhafte Handschriften: Wie die Buchstaben getrennt auseinanderstehen. Der Doktor war vermutlich sehr niedergeschlagen, als er diesen Brief schrieb, seine Handschrift war dünn aufgelegt. – Hochbeglückt, glänzen die Vokale – Lachende Handschrift, Sonne! Ich habe ein kleines Laboratorium von Schreibkaninchen, die ich anrege, mir Briefe zu schreiben. Sie können sich also schon auf meine Erfahrung verlassen, lieber Zuhörer. Trotzdem das Manuskript dieses Aufsatzes mit schwarzer Tinte geschrieben ist, wirkt es blau, tiefblau, liebesblau. Den wissenschaftlichen, langweiligen Inhalt müssen Sie schon in Kauf nehmen – seine Handschrift ist ein Liebesbildnis. Ich dachte nämlich, indem ich über »Handschrift« schrieb, an drei schöne Königssöhne. In Wirklichkeit schrieb ich drei Briefe; den ersten an Zeuxis, den griechischen Maler, der nun in Berlin wohnt. Er sei mein Ideal, aber ich ginge nicht an ihm zugrunde. Ich schrieb dem süßen Prinzen von Afghanistan, daß er mein Typ sei und daß wir ineinander verwachsen wären. Ich schrieb Wilhelm von Kevlaar, daß er mein Symbol war, daß ich am Sterben läge, denn ich hätte an die große Treue geglaubt, an seine Treue zu mir, und er habe sie gebrochen.

Das Manuskript liegt dem interessierten Leser zur Verfügung im Verlag Cassirer.

In der Morgenfrühe

Ich gehe an Mandelbäumen vorbei, aber die blühen in den Gärten fremder Häuser, und die Fenster sind noch geschlossen hinter Spitzengeweben. Ich bin unendlich müde, gewohnheitsmäßig bewegen sich meine Füße vorwärts, Maschinen sind es, und sie müßten eigentlich unverhüllt in blauen Sandalen gehen, denn sie sind von goldzagem Wandel, wie die Sonne, die aufstieg. Ich kenne die Menschen nicht, die mir begegnen, ich weiche ihrem Dünkel aus, und ich brauche nur meinen grauen Mantel abzulegen, um König zu sein. Ich bin unendlich müde, ich glaube, ich bin im tiefsten Leben erkrankt, aber die Vorübergehenden merken es nicht, sie heben auf, was lärmend auf den Straßen liegt, aber sie hören nicht das schmerzliche Murmeln, das tödliche Verrauschen einer Seele. Da liegt ein Nachtfalter vor mir – er stirbt – wie dürftig seine Flügel sind, ein Lumpenhändler war es, ein Vagabund, der sich nachts auf den Straßen herumtrieb und am Feuerrausch der Lampen endete. Er stirbt – ich trete ihn tot. Ich denke an ihn – wenn es für ihn doch einen Himmel, einen blauen Strand gäbe – er würde dort ein schöner Schmetterling sein. Ich bin unendlich müde – wenn ich nun auch eines Morgens so daliege, wie der graubraune Strolch – welcher Fuß würde mich zertreten. Es kommen Männer an mir vorbei in weißen Sportschuhen und Frauen schreiten hastig über den Damm. Ich mag diese Frauen nicht im Ornat, derbgewordene Philisterinnen sind sie – was wissen sie von der Knabenzeit. Aber das kleine Mädchen mit der Bubenbluse, es wird mich übermütig zertreten im Scherzwort, im Frühlingslachen. Ich bin unendlich müde und es beginnt der rücksichtslose Tag. Der Mann aus Glas mit der Vollstrekkungsmappe unterm Arm wartet vor der Haustür auf mich, heute klebt er die Siegel. Ich muß ihn zart am Henkel fassen – so ganz vorsichtig, liebevoll, daß er nur keinen Sprung bekommt. Draußen an dem fremden Hause blühen die Mandelbäume: der Falter ist tot, ich vergaß, ihn vom Weg in einen der Gärten zu werfen.

Elberfeld im dreihundertjährigen Jubiläumsschmuck

Lott es doot, Lott es doot, Liesken leegt om Sterwen, dat et god, dat et god, gäwt et wat tu erwen!« Ich bin verliebt in meine buntgeschmückte Jubiläumsstadt; das rosenblühende Willkomm gilt mir, denn ich bin ihr Kind, die flatternden Fahnen auf den Dächern, aus den Fenstern winken mir zu, lange Rotschwarzweiß-Arme, die mich umfangen wollen. Ich soll überall hereinkommen. Ich bin in Elberfeld an der Wupper in der Stadt der Schieferdächer. Hohe Ziegelschornsteine steigen, rote Schlangen, herrisch zur Höhe, ihr Hauch vergiftet die Luft. Den Atem mußten wir einhalten, kamen wir an den chemischen Fabriken vorbei, allerlei scharfe Arzneien und Farbstoffe färben die Wasser, eine Sauce für den Teufel. Aber nach Newiges zu, wo die Maschinen ruhen, wie frische Drillingsbäche fließt die Wupper zwischen Wiesen und Waldalleen. Aber ich bin verliebt in meine zahnbrökkelnde Stadt, wo brüchige Treppen so hoch aufsteigen, unvermutet in einen süßen Garten, oder geheimnisvoll in ein dunkleres Viertel der Stadt. Ich mag die neuen Bauten nicht – wer aber war die Urpatrizierin des Rokokohauses aus der friderizianischen Zeit? Es lebt noch einbalsamiert zwischen jüngst zur Welt gekommenen Fabrikanten- und Doktorhäusern. Denn jeder etwas wohlhabende Bürger der Stadt besitzt ein Wohnhaus, worüber er Herr ist. Portiersleute gibt es in Elberfeld nicht, frechgewordene Sklaven, die nach Belieben ein- und herauslassen. Selbst viele Arbeiter leben im Eigentum ihrer Mütter. Gequacksalbert hat die Alte an der grünen

Pumpe, noch heute heilt sie Krampfadern und Beingeschwüre. Und das berühmte Geheimmittel gegen die Cholera hat der sterbende Großvater Willig dem Vater ins Ohr gelallt, und der hat es wieder dem Sohn anvertraut, und nun weiß es der Enkel, der wahrscheinlich seiner gesprächigen Mutter wegen taubstumm zur Welt kam. Und überhaupt so seltsame Dinge gingen in der Stadt vor; – immer träumte ich davon auf dem Schulweg über die Au. Manchmal lief ich durch graue, lose Schleier, Nebel war überall; hinter mir kamen schauerliche Männer mit einem Auge oder loser Nacktheit; auch an Ziethens Häuschen mußte ich vorbei, der seine Frau erschlagen haben sollte, »ewwer en doller Gesell wors gewäsen.« Oft ließ ich vor Angst die Bücher fallen oder der Ranzen hing mir nur noch halb auf der Schulter. Nun grünt nicht mehr die von Zäunen umgrenzte Au; Tore verschließen Häuser; kein Schulkind kann mehr auf dem Wege zur Schule träumen, jedes Fenster zur Rechten und zur Linken weckt es auf. Lebt der greise Direktor Schornstein noch, der nicht wie die roten Schornsteine rauchte, aber vor Zorn so oft fauchte? Ich bin verliebt in meine Stadt und bin stolz auf seine Schwebebahn, ein Eisengewinde, ein stahlharter Drachen, wendet und legt er sich mit vielen Bahnhofköpfen und sprühenden Augen über den schwarzgefärbten Fluß. Immer fliegt mit Tausendgetöse das Bahnschiff durch die Lüfte über das Wasser auf schweren Ringfüßen durch Elberfeld, weiter über Barmen zurück nach Sonnborn-Rittershausen am Zoologischen Garten vorbei. Mein Vater mußte an den Sonntagen mit mir dorthin gehen, der bemerkte nicht den Sekundaner mit der bunten Mütze. Auf dem Hügel im Tannenwäldchen am Bärenkäfig versprachen wir uns zu heiraten. – Ich muß an alles denken und stehe plötzlich wie hingehext vor meinem Elternhaus; unser langer Turm hat mich gestern schon ankommen sehen; ich fall' ihm um den Hals wahrhaftig. Leute am Fenster des Hauses bemerken, daß ich weine – sie laden mich ein auf meine Bitte, einzutreten. Schwermütig erkenne ich die vielen Zimmer und Flure wieder. Auf einmal bin ich ja das kleine Mädchen, das immer rote Kleider trägt. Fremd fühlte ich mich in den hellen Kleidern unter den andern Kindern, aber ich liebte die Stadt, weil ich sie vom Schoß meiner Mutter aus sah. Von jeder Höhe der vielen Hügel schwebt noch ihr stolzer Blick, ein Adler; und meines Vaters lustige Streiche stürmen eben um die Ecke der Stadt. »Wat wollt öhr van meck, eck sie jo sing Doochter.« Das rettet mich vor der schon erhobenen Faust eines besoffenen Herumtreibers. Das verwilderte Jahrmarktgesindel rings um mich schwenkt meine Kindheit immer wieder von neuem wie in einer vielseitigen Luftschaukel auf und nieder. Das Geklingel der Karussellmusik, begleitet von Flüchen rauher Mäuler und Kreischen frivoler Weibsbilder, ist zärtlich meinem Ohr. Denn ich bin verliebt in die Stadt der Messen und Karussells. Mein Begleiter versucht mich zu überreden, mit ihm den Riesenjahrmarktplatz zu verlassen. Aber ich muß noch einige Male Karussell fahren. »Lott es doot, Lott es doot«, ich fahr für mein Leben gern; gerade die altmodischen Holztiere sind am fröhlichsten und drehlichsten. Mein Leopard springt auf Raub. Zwischen Aujust und Aujuste die Bewußte, hinter Caal und Caaroline, Alma, Luischen, Amanda. Gar nicht stolz bin ich – sie beginnen mich zu lieben. Ich bin verliebt in meine Stadt, manchmal schrei' ich ganz laut auf, das überzeugt das rohe, arme Gesindel. Den Härrn Schüler haben viele gekannt, er hat sie umsonst wohnen lassen in seinen Häusern. – Wir gehen durch das Tor ins Elberfeld vor »dreihundert« Jahren. Mina singt gerade im Tingeltangel ihre Liebeslieder. In rosanen Atlaspantoffeln stecken ihre Klumpfüße, ein knappes Röckchen bedeckt ihren Allerweltsleib. Diese Undame charakterisiert das Chantant einer ganzen Zeit. Ich entgehe ihrem Spotte nicht, aber ich weiß ihr Achtung einzuflößen. Ist ihr Hals etwa nicht wie Milch? Und zu guter Letzt erkundige ich mich angelegentlich, wo man genau solche Pantoffeln bekommt in der Stadt, wie die ihren sind. »Die sinn ut Engeland bei Paris.« – Nun hinein ins Kölner Hännesken! Gewaltsam zerre ich den Dichter zwischen die Clowns ins Innere des Brettertheaters. »Sie werden noch gestochen werden, wie Ihr Vater einmal.« Durch seine

Uhr ging die Spitze des Metzgermessers. Am andern Morgen führten die jammernden Eltern den heulenden Sohn vor das fieberknarrende Bett meines Vaters. Er wußte, daß sie kommen würden, und drei Gläser und eine Flasche Rotwein standen zum Empfang auf dem Nachttisch. Aber er ächzte vor Schmerz, namentlich, als die fette Metzgersmutter begann, dat et där wackere Härr Schüler verzeehen mödd... Ich bin verliebt in meine Stadt, aber schon muß ich Abschied nehmen wie von einem alten, düsteren Bilderbuch mit lauter Sagen. Niemand hat mich wiedererkannt, auch in Weidenhof der Wirt nicht, der immer einen ganz kleinen Kellner für mich herbeischaffen mußte am Festtag, wenn wir dort Forellen aßen. Und die Einkehr in meine Heimat habe ich einem Dichter in Elberfeld zu verdanken, der kam dorthin lange nach mir. Paul Zechs feine künstlerische Gedichte duften morsch und grün nach der Seele des Wuppertals.

Arme Kinder reicher Leute

Und wo die ganze Erde im grünen Lachen steht und ein großer Spielplatz ist, fallen mir die vielen lieblichen Kindergesichtchen um so schmerzlicher auf, die da weinen im Sonnenschein. Ihre Löckchen flattern zwar lustig aus den feinen Spitzenhäubchen hervor, und viele von den Kleinen stecken in seidenen Tanzkleidchen. Aber sie dürfen sich an der Hand ihrer Begleiterinnen nicht recht freuen, und ihre runden Herzchen möchten hüpfen. Baby hat ein Knöpfchen von seinem Schuh abgerissen, es hat sich so gelangweilt – aber Detta muß ihn am Abend wieder annähen, dafür gibt's eine Saftige. Auf dieselbe Bank setzt sich ein sogenanntes Fräulein, allerdings, sie trägt einen Federhut und hat die Allüren ihrer Dame abgesehen... Sie rückt, den Abstand zwischen ihrer Person und ihren dienenden Kolleginnen zu wahren, vorsichtig an das äußerste Ende der Bank. Wie schon angedeutet, ist sie nicht aus der Gattung der gemeinen Kuhblume (s. Caltha), sie straft gebildeter. Mit einem Roman von Emile

Zola schlägt sie ihre kleine Schutzbefohlene auf den Mund, auf die weißen Zuckerzähnchen. Und nur selten rügen Vorübergehende die brutale Eigenmächtigkeit dieser Donnas.

Lottchen wird über die Straße geschleift, es ist so heiß, seine zweijährigen Beinchen können nicht mehr ausschreiten. »Ick soll dir woll tragen, olle Pute.« Keine der Mütter erbarmt sich seiner, und nur einige Mädchen mit der Schulmappe am Arm oder dem Ranzen auf dem Rücken bleiben entrüstet stehen und versuchen, die Kleine von der Hand ihrer Peinigerin zu befreien, die aber schlägt kreischend um sich – ein Volksauflauf entsteht und nimmt sich der armen dienenden Person an – ich und meine kleinen Verbündeten sind das Gespötte der Straße.

Am Nachmittag begegnen mir die tapferen Schulmädchen wieder, sie führen ihre kleinsten Geschwister spazieren und tummeln sich mit ihnen über die Wiesen; wie zärtlich die mit den langen Zöpfen ihrem Brüderchen die Patschklatschhändchen und das bestaubte Gesichtchen säubert! Und welche Wonne, durch den kühlen Wiesenbach zu waten! Viele von ihnen brauchen nicht erst ihre Füße entblößen – heirassassa wie das Wasser aufspritzt. »Daß nur nicht die neuen Kleider naß werden!« erinnert die Älteste mit den langen Zöpfen. Sie steht noch im Pflichtgefühl zur Puppe. Vierzehn Jahre wird sie nächsten Monat; »ich komme«, erzählt sie mir, »in den Dienst nach der Einsegnung.« Sie hat keine Erfahrungen gemacht, und was sie vom Hörensagen getrübt weiß, ist noch zu verwischen. Ich habe immer solch eine Puppenmutter bei meinem Bengel, für seine sechs Jahre weiß er genug Streiche, ich lache ob seiner Ausgelassenheit, die auch von seiner Kameradin ungestraft bleibt. Sie balgen sich und springen miteinander über die Wege, mutwillige Ziegenböcke. Aber auch besonnen kann seine junge Begleiterin sein. Auf jeden Fall befolgt sie noch schulgewohnt meine Worte und streikt nicht heimlich, wie manche ausgewachsene Personen, die schon aus Oppositionslust das Gegenteil ausführen.

Ja, diese Allzufreien. Arm machen sie manchmal die Kinder der reichen Leute mit ihren gehässigen Launen und niederen Liebeleien. Allerdings gibt es auch noch musterhafte Pädagoginnen unter den Kindermädchen oder »Fräuleins« – ich meine nicht solche, die unter jeden Schritt des Kindes ein Rechenexempel oder ein Abc legen, nein, ich meine jene, die zu spielen verstehen, und die müßten doppelt besoldet werden – welche ungeheuren Summen werden für den Magen ausgegeben, warum nicht für die Seele seines Kindes? Nichts fordert Technik in solch feinem Maße, wie die Kunst des Kindes, »das Spiel« – die bunten Gedanken zu drehen im Krausköpfchen, wie in einem Kaleidoskop. Ja, es gibt vortreffliche »Bonnen«, besorgte und doch heitere Freundinnen der Kinder. Aber wäre es nicht ratsam, weibliche Detektivs anzustellen, verheiratete Frauen, die die Überschreitungen der – minder Trefflichen draußen auf den Wegen beurteilen könnten? Mütter und Väter, sucht einmal euer Kind draußen in der sorglosen Natur, statt nur im Spielzimmer auf, dort werdet ihr die Hüterinnen eurer Kleinen ungeschminkt kennen lernen.

Am Kurfürstendamm

Was mich im vorigen Winter traurig machte …

Blumen werden bald blühen an beiden Seiten des Reitwegs am Kurfürstendamm. Wenn die lieblichen Reiterinnen an all dem Duft vorbeigaloppieren, dann ist es zu spät, ihnen zu sagen, daß die buntlachende Allee gesprengt wurde mit Schweiß und Blut Peitschender und Gepeitschter. Die Pferde vornehmer Landauer tanzen, ihre schwarzen Augen zünden vor Leuchten. Ich beginne sie mit ihren geplagten, wiehernden Brüdern zu beneiden. Die können nicht weiter durch den Hügel an Hügel aufgeworfenen Erdboden; ihre Hufe mußten sich selbst den Schmerzensweg bereiten. Da gibt es kein Pardon! Auch kein Mitleid der Spaziergänger, niemand will was mit den Fuhrleuten zu schaffen haben; in den neumodischen, wogenden Busen der Damen pocht kein Herz. Sie verhindern sogar ihre Männer, sich in Straßenangelegenheiten zu mischen. Manchmal stellen sich Kinder auf zur rechten und linken Seite des Dammes. Für sie ist es eine Unterhaltung, ein wirklicher Kientopp. Heute besah sich ein Schutzmann den unerhörten Vorgang. Aus einem Bäckerladen schickte eine Käuferin für die Pferde alte Semmeln. Ich sah über dem Gesicht des uniformierten Mannes eine kräftige Freude marschieren. Und ich bat ihn, ob er nicht eingreifen wollte. Er erklärte mir, die Fuhrleute sind nicht so schlimm wie ihre Brotgeber. Weigert sich einer der Angestellten, wegen der nicht genügenden Anzahl der Pferde an seinem Karren loszufahren, verliert er seine zwanzig Mark per Woche. »Da lauern schon immer genug Brotlose vor der Türe.« Für die zwanzig Mark. – Sie leben, sie peitschen, sie fluchen dafür. Ihre Roheit besteht das Examen. »Dämlich Vieh, windelweich hau ick dir, faulet Luder!« Die Wut rinnt den Unmenschen über die Backen, den entblößten Hals hinab. Die Rücken der Tiere bluten vor Hieben. Wie sollen sie es anders machen? Verteidigt sie der Schutzmann. Denn es dauern ihn die Treiber ebenso wie die Pferde. Die Treiber, die nur zwanzig Mark verdienen pro Woche und sich so plagen müssen mit dem Vieh. »Es ist doch mal Vieh, es ist doch zum Ziehen da!« Ein paar Bürger stimmen ein in den bequemen Sang. Röhren sollen gelegt werden zum Ablauf des Wassers. Die Blumen, die bald auf beiden Seiten der Alleen wachsen, müssen bewässert werden. Gibt es denn keine Maschinen, die die Erde schließlich aufwälzen können? meint ein sechsjähriger kleiner altkluger Ingenieur. Er hält auch eine Maschine im kleinen aus einem Spielwarengeschäft in der Hand. Die Männer toben. Wilde Australneger sind Engel dagegen mit ihrem Schlachtgeschrei. Ich aber fühle ebenfalls die schwere Schuld, die die Besitzer dieser Fuhrunternehmen trifft. Vorwurfsvoll schielen ihre Knechte über die gefräßigen Pferde auf uns: Sie hätten selbst Hunger. Endlich aber entschließen sie sich, nach all den vergeblichen Peitschenhieben, die Pferde umzuspannen. Zu sechsen geht es doch besser über die holprige Strecke. »Ich hab das gleich gedacht,« gesteht der Schutzmann. »Aber sagen Sie mal was zu den Leuten!« Wenn die lieblichen

Reiterinnen im Sommer auf ihren verwöhnten Schimmeln durch die Allee des Kurfürstendamms reiten, wird der Geranium zu ihren Seiten rot wie die vergossenen Blutstropfen der armen Pferde blühen. Sie hatten alle traurige Augen und ließen die Köpfe hängen.

Lasker-Schüler contra B. und Genossen

Seitdem einige Tageszeitungen um mein lyrisches Gedicht: »Leise sagen«, soviel Lärm geschlagen und mich für geisteskrank erklärt haben, hat sich eine Partei um mich erhoben, die es sich zum Lebenszweck angedeihen läßt, diese gefährliche Behauptung mit allen gerichtlichen Gegenbeweisen aus der Welt zu schaffen. Das Resultat ist: Ich werde beobachtet, nicht allein von einem Psychiater, auch von mir selbst – (ich wollte, ich könnte mir was dafür anrechnen –). Ich kann den ganzen Tag nicht auf einen Namen kommen, auf den Namen meines Urgroßvaters, der Scheik in Bagdad war. Dieser Zustand ist unsäglich unerträglich, als ob man gähnen muß und kann nicht, als ob man in eine Posaune blasen muß und findet die Öffnung nicht. Ich war heute schon überall, wo irgend etwas von Asien zu spüren ist. Auch im orientalischen Seminar war ich beim Rektor, der dachte freundlich über den Namen meines ehrwürdigen Urherrn nach, und alle seine Schüler taten das, und Schülerschüler, Muselmänner, Chinesen, Japaner, Studenten aus Vampur, Koreaner, Sudanesen; es dachten Siamesen, Inder, Serben, Türken, Montenegriner, Talmudisten, Zionisten, auch die beiden Söhne einer Kaffernfamilie dachten, und denken wahrscheinlich jetzt noch nach. Ich habe kein Gedächtnis mehr, seitdem bei mir Gehirnerweichung in Frage genommen ist. Rechts vom Gehirn steht mein Heer – links der Feind. Ich fühle seitdem auch nicht mehr richtig, ich taste; die Sternwarte meines Herzens ist getrübt – und mein Horizont liegt hinter dem Rubikon – und der Verlag Sturm – verweht meinen Geist. Wie soll ich mich beschäftigen? Ist mein Psychiater nicht bei mir, fahr' ich zu ihm heraus und bringe ihm einen Kloß meines Gehirns. Ich muß immer meckern, wenn ich bei ihm bin; er hat einen roten Ziegenbart. Ich konnte mich schon als Kind nicht beschäftigen, meist habe ich mit Knöpfen gespielt, aber ich habe alle verloren oder wo angenäht, und wenn der Psychiater nicht eindringlicher mich beobachtet, werde ich es den Redaktionen der Zeitungen mitteilen, die mich bei der Gehirnerweichung ertappten; sie haben ihn doch für mich engagiert, und er muß seine Pflicht tun.

Ich laufe jetzt so gern über Wiesen; Knaben gewähre ich mit Vorliebe mein Gehirn, solange es noch einigermaßen hartköpfig ist, zur Zielscheibe ihrer Gewehre. Das Sprechen wird mir schwer; wenn ich singen könnte! Dann könnte ich viel besser alles sagen. Aber ich habe zu jung gesungen, die frühe Blüte meines Kehlkopfes war noch nicht befestigt. Sprechen lernte ich schon beim Milchtrinken, aber das Singen hätte ich unterdrücken müssen, Talente sollte man mindestens fünfzehn Jahre im Steckkissen herumtragen. Dabei wird man immer kleiner und schläfriger. Ich bat heute den Psychiater, er solle mich ein bißchen in seinem Kinderwagen herumfahren. Er hat nämlich einen im Nebenzimmer stehen, darin seine Frau ihre Hoffnungen spazierenfährt, schon zwei Jahre, damit er sie nicht verstößt. Von seinem zukünftigen Sohne lasse er sich die Fesseln der Ehe gefallen, aber nicht von seiner Frau, die geht immer in Blau, weil sie den Himmel auf Erden vermißt. Er aber hat mir ein Rasselchen geschenkt, ich hätte viel lieber die Gummipuppe gehabt, für in den Mund zu nehmen. Ich habe einen Brief von mir selbst von früher gefunden, an meine britische Busenfreundin, den lese ich dem Psychiater vor. Seitdem ich diesen Brief geschrieben habe, ist mein Herz graumeliert, und Dr. Ziegenbart sagt: »Lesen Sie!« – »Dear Mabel! Manchmal hab ich so Sehnsucht, ich säß wieder nachmittags an einem großen, runden Tisch neben meiner Mama und so zwischen meinen Schwestern und Brüdern, und oben sitzt mein Papa, und wir trinken zusammen um vier Uhr Kaffee aus der silbernen Kaffeemaschine durch

Filtrierpapier – und so ganz zusammengerückt sitzen wir, wie eine Insel, aus einem Stück. Nichts Fremdes mehr, aber wir fließen ineinander, trotzdem wir Geschwister alle anders waren, und fürchten uns nicht vor dem Tode, weil einer den andern ersetzt. Das ist lange her, ich weiß auch nicht, warum ich daran so oft denke, zumal ich doch Robinson wurde, durchbrannte in die Welt, weil ich dem Robinson auf dem Deckel seiner Geschichte so ähnlich sah. Und ich liebte das Abenteuer, das hat nichts mit der Stube zu tun, und wenn es auch eine herrliche ist. Aber dreimal im Leben hatte ich eine große Sehnsucht, wieder in einer Stube neben Mama und Papa und Geschwistern zu sitzen. Als ich mich zum ersten Male vermählte. Aber ich fiel ins Haus und verletzte mir die Knie, die bluten seitdem. Und das zweitemal, das war noch trauriger; da folgte ich meinem Verlobten in seine Heimatstube. Ich saß neben seiner Schwester; mein Verlobter saß neben seiner Mama, und oben am Tischanfang trank sein Papa den Nachmittagskaffee, und auf einmal sah ich, daß die fremde Mama meinem Verlobten ein großes Stück Kuchen auf den Teller legte, ein Stück Torte mit einer Frucht darauf; und ich bekam ein schmales Stück Torte ohne eine rote Kirsche; da war ich plötzlich ganz klein wie zu Haus und weinte. Und zum dritten Male überkam mich die Sehnsucht, mit meinen Verehrern in ihr Haus zu gehen. Das erinnerte mich am wirklichsten an zu Haus. So viel Geschwister, die sprachen wie meine Schwestern und Brüder und waren schön, aber dann kam ein großer Hund und schnüffelte um den Tisch herum, bis er mich fand; denn einem von den drei Brüdern hatte ich das Herz gefressen. Ich sehne mich nun nicht mehr nach einer Stube, wo eine Mama und ein Papa und Geschwister um den Tisch sitzen und eine Insel sind. Mein Angebeteter verspottet mich und meint, ich ziere mich wie ein Backfisch. Ich habe kein Verlangen mehr nach der heiligen Nachmittagsstube, und ich bin wirklich der Robinson auf dem Deckel seiner Abenteuer. Aber ich möchte noch die ganze Nacht so traurig erzählen. Many greetings, Dein Robinson.« – Wer mich alles in die drei ersten Stuben geführt habe, meint der Psychiater, sei für ihn nicht schwer zu enträtseln, aber den Angebeteten möchte er kennen lernen, der eine Ausnahme bilde, da ich seiner Eltern Stube nicht heimsuchte. Ich verstehe; des Doktors psychologische Weise ist mir sympathisch. Der Psychiater nickt mit dem Kopf; er ist Schriftsteller nebenbei, und hat Momente der Psyche aufzuweisen, die bei Doktoren ohne Drum und Dran nicht vorhanden sind. Sein Ton ist mitleidig, wäre er eine Frau, spräche er wehleidig. Ich habe das Glück, daß er keine Frau ist. Zwischen ihm und seiner Frau fällt ein schwarzer Vorhang, aber über seinem Schreibtisch hängt unverschleiert, aber zahm verblümt, ein deutscher Gelehrter mit einem Bart aus Eichenlaub; sein früherer Universitätsprofessor; den muß er zum Aufreizen seiner Nerven haben. Auch steht in seinem Sprechzimmer eine Lampe, deren Birne streikt, weil sie kein Apfel ist. Der Waschtisch seiner medizinischen Hände läuft nicht, er steht auf Plattfüßen. Mein Zimmer funktioniert viel besser, es liegt am See, an der Waschschüssel. Und dabei spreche ich immer vom Tigris, nicht wahr? Verhöhnt mich nur, liebwerte, wahrhafte Leser; oh, diese Welt mit ihren Flüssen, Nebenflüssen und Überflüssen! Es hat jemand dem Psychiater gesagt, ich sei abnorm eifersüchtig. Das könnte allenfalls ein Symptom von Gehirnerweichung sein. Aber was soll ich mit meinem Mann sprechen, wenn er in der Nacht nach Haus kommt, als Eifersucht. Der Leser soll mir die Frage ganz aufrichtig beantworten, bitte. Ich lehne an seinem Rücken wie vor einem blinden Fenster. Übrigens ist meine Eifersucht nicht subjektiv, sie ist eine Landeigenschaft, ein Kostüm, eine Nationaltracht der Seele. Meinem Psychiater leuchtet die landläufige Logik wirklich ein; ich bin ein für allemal von ihm als gesund entlassen, und brauche mich nicht mehr seinen Beobachtungen zu unterziehen. Der Feind ist verurteilt vom hohen Gerichtshof zu zehn Mark Schadenersatz; hätte er nicht schon Berufung eingelegt, so hätte ich es ihm geraten, denn er soll in schlechten Verhältnissen sein – ich bin zu weich...! Was soll ich nun tun, als über den Namen meines Urgroßvaters nachdenken? Im Augenblick, wo ich glaube, ich habe ihn, kugelt er noch schwerer als Blei in meinen Rachen zurück. Wie ein einbalsamierter Leib. Dabei höre ich den Namen meines Urgroßvaters auf meiner Zunge, eine Melodie, einen Psalm. Ich muß mich zerstreuen, ich werde die Redaktionen, die so lange nun mit mir in Konnex standen, um Verzeihung bitten; ich kann doch nicht dafür, daß ich keine Gehirnerweichung habe! Der Psychiater *glaubt* doch nicht daran! Das Leben ist was furchtbar Schmerzliches; alle meinen, daß es nur was Enttäuschendes ist. Ich meine beides und gaukle mit Geschicken. Und wie das Leben vom Milieu abhängt, wenigstens meins. Läge zum Beispiel das Fenster meines Zimmers statt nach gegenüber, seitwärts mit dem Blick nach dem Westhimmel, wo abends der Mars aufmarschiert, hätte ich Freude am Leben gehabt und wüßte, warum ich lebe – aber so! Wenn ich nun meinen Angebeteten nicht mehr interessiere – ohne Gehirnerweichung –? Er ist ein Sonntagskind, ich bin ein Feiertagskind, das nicht gehalten wird; er findet keine Ruhe in mir. Wir lieben uns, wie die verschiedenen Liebenden auf Erden und im Himmel. Wie selige Engel mit der Pose des Flügels, wie die ersten Menschen, die noch glühend waren, wie zwei große Blumen hinter der Hecke, die nichts wiedersagt, wie zwei Rubinen im Reichsring eines Kaisers und manchmal früh am Morgen wie zwei Schakale. Ich mache mir gar kein Gewissen daraus; alle Romane der Ehe sind Unwahrheiten! In Wirklichkeit gibt es kein Gewissen. Aber, daß ich den Namen meines Blutpächters, meines Urgroßvaters, vergessen habe, darüber mache ich mir heftige Gewissensbisse.

Wenn mein Herz gesund wär –

Kinematographisches

Wenn mein Herz gesund wär, spräng ich zuerst aus dem Fenster; dann ging ich in den Kientopp und käm nie wieder heraus. Es ist mir genau so, als ob ich das große Los gewonnen hab' und noch nicht ausbezahlt bin, oder auf einer Pferdelotterie einen Gaul gewonnen hab' und keinen Stall »umsonst« auftreiben kann. Das Leben ist doch eigentlich ein Wendeltreppendrama, immer so rund herauf und wieder hinunter, immer um sich selbst wie bei den Sternen. Ich bin in freudiger Verzweiflung, in verzweifelter Freudigkeit; am liebsten machte ich einen Todessprung oder einen Jux. Meine Freundin Laurentia zecht wie ein Fuchs, sie studiert die Sprache der alten Herren, ich meine Griechisch und Lateinisch, und macht gute Fortschritte. Aber was geht mich das alles an; ich will nichts wissen, nichts. Wenn es nur nicht klopfen würde!

Das Gehirn wird rein aufgewühlt, es klopft nicht allein unten jeden Freitag und Sonnabend, jedes Stäubchen wird aufgewirbelt, es klopft auch an den anderen Wochentagen, denn ich wohne zwischen Haus und Haus und muß die Brutalität aller Höfe ertragen. Ich sitze immer bei geschlossenen Fenstern und werde gar nichts von dem Sommer haben; ausgehen kann ich nicht, ich schreibe Geistergeschichten; ich habe Schulden. Dabei zieht's, wenn ich die Türen rechts und links und hinter mir auflasse. Ich trage seit dieser Wohnung ein Katzenfell; wenn ich abends wo eingeladen bin, überkommt mich eine furchtbare Angst, ich könnte anfangen zu miauen. Ich hab' gar keine Lust zum Leben mehr, wenn noch die Menschen gerne meine Lyrik lesen wollten; wer sie gern liest, der soll mir doch mal einen netten Brief schreiben. Ich muß nämlich wegen meiner Krankheit in Kleesalz baden, damit man nicht über mich ausrutscht. Ich habe dann immer so eine Langeweile in der Badewanne, und lese gerne schmeichelhafte Briefe an mich. Was einen schlechte Kritiken ärgern! Man hat doch sofort jemand gern, der einem schöne Worte schreibt. Es *gibt* sympathische Geschöpfe auf der Welt. Ich kann nur Weißgesichter nicht leiden, ich habe einen Argwohn gegen Licht. Darum nehme ich mir auch nur schwarze Mägde und Diener. Ich habe zwei Neger und zwei Indianerinnen; Tecofis Vaterhäuptling kommt manchmal nach Berlin und tritt dort mit seiner Truppe im Chât noir auf.

Tecofi fragt mich, wenn sein Vater nach Berlin kommt, ob er bei mir in der Badewanne schlafen könne. Ich hab' nichts dagegen. Mein Somalineger ist königlicher Abstammung, sein Vater besitzt bei Teneriffa Hammelherden. Manchmal schickt er mir ein paar abgezogene Hammel, die kommen als Hautgoutragout hier an. Oßmann, mein jüngerer Neger, sieht aus wie ein sinnender Gorilla im Pflanzenkübel. Böse Spezies, herrlich zu schauen, aber man muß ihn in Ruhe lassen; seit kurzem pfeif' ich auch nicht mehr, wenn er jemandem den Kopf abbeißen soll, er ist zu schade, zu wertvoll, um zu gehorchen, selbst mir. Meine beiden Indianerinnen sind emsige Mädchen, sie sind angestellt von mir, die Fäden meiner Logik zu suchen, die Logik meiner Unterhaltung zu finden. Manchmal suchen sie die ganze Nacht, ich fürchte, sie werden sich einmal in einem Augenblick an meinem Leitfaden aufhängen. Das muß man in Kauf nehmen, dunkle Leute sind schlechte Spürhunde, sie können nichts finden in der Nacht ihrer Haut. Halloh, was tät' ich, wenn mein Herz gesund wär? Ich glaube nicht, daß mein Herz aus Fleisch und Blut ist, rissig sind seine Wände; es hat weniger Augenblickswert als Ewigkeitswert, darum bin ich vollständig unbrauchbar für den Vorbeipassierenden, ich bin nur interessant für den Forscher. Immer klingelt es in den effektvollsten Stellen. »Hier 45,24 wer dort?« »Pharao & Fils, Theaterdirektion, sind Sie Else Lasker-Schüler?« »Leider.« »Frohlocken Sie nicht, verzweifeln Sie nicht, meine Dame, ich frage Sie an, ganz ergebenst, würden Sie ein Engagement am Wintergarten annehmen, monatlich mit einer Gage von 10000 Mark? Das macht im Jahr rund 100000 Mark.« »Sie spaßen wohl, Herr, es ist doch nicht üblich, am Varieté länger als einen Monat die Artisten zu beschäftigen.« »Aber uns liegt daran, meine Gnädigste, Sie an unser Varieté zu fesseln.« »Es handelt sich wohl um meine arabische Szene, Herr Dr. Pharao?« »Ganz recht! Da Sie hoch zu Kamel über Theben sitzen.« »Herr, ich kenne Sie, so einen ungeschminkten Baß gibt es nicht am Varieté.« Schluß! Mein Brief: Herzallerliebster in Adrianopel! Er fragte mich nämlich an, ob ich ihn noch liebe, bittet mich, ihn nicht zu belügen. Ich werde ihm doch keinen Stoff zur Lyrik geben, (er ist Dichter), »ich *liebe* ihn also! Basta!« Könnte ich doch auch ein bißchen nach der Türkei, zumal meine Vorfahren alle in Sänften getragen wurden. Das Gehen wird mir darum schwer. Wo bei Euch die Sohlen schon erkaltet sind, sind sie bei mir noch Glut. Wenn mein Herz gesund wär, was tät' ich dann? Einen Augenblick, bitte! Ich würde mich pudelnackt ausziehen und mich in ein Süßwasser werfen, wo die sanften Fische leben, aber Schuppen kann ich nicht leiden. Oder ich ging nach dem Südpol und wärmte mich mal ganz tüchtig ein. Was soll ich *noch* machen? Ich blieb *gerade* am Wendekreis stehen, *zum Trotz*. Den Sternbildern würde ich Schnurrbärte malen. Ist es nicht himmelschade, daß mein Herz nicht gesund ist? Vom Mond kommen die Herzkrankheiten, namentlich die Neurosen. Alle Krankheiten kommen von oben. Hier unten ist es ganz nett. Darum stürzen auch so viele Aviatiker vom Himmel herab; das Fahrzeug platzt ja gar nicht, die Fallsucht kriegen sie alle, je höher sie die Bazillen der Gestirne einsaugen. Wie die Aviatiker aussehen? Wie die Vögel, ihre Nasen sind Schnäbel und die Köpfe strecken sie in die Höhe. Ein neues Menschengeschlecht. Ich hab' kein Geld, aber darum kann ich mich doch nicht von der Welt abschließen, zumal ich ganz allein umsonst in den Himmel gehen kann. Außerdem bot man mir die Regierung in Theben an; ich regiere sogar schon pro forma. Die Leute in Berlin sagen, ich habe eine fixe Idee. Das heißt, im Grunde eine Beschäftigung. Ich bin der Prinz von Theben. Nur Kaiser Nikita kann mir nachfühlen, was Regieren heißt. Ich habe wie er ein bunt' Volk. Nachts liege ich auf dem Dach, und bei Tage sitze ich unter meiner Palme und regiere. Ich bin für alles verantwortlich; mein Volk schielt noch vor Ungewißheit, es meint, ich mache Ulk, aber auch der Ulk ist mir bitterer Ernst. Ich bevorzuge nichts – nur einige Menschen. Bin ungerecht, weil ich Geschmack habe, künstlerischen Sinn habe; meine Rede ans Volk bedient sich nicht des Punktes, weil ich mich nicht binden will. Ich bin am tolerantesten gegen mich, ich bin gnädig gegen mich,

ich bin einig mit mir, aus Diplomatie, weil sich mein Volk an mich halten muß. Ich denke nur viel, sehr arg, unmittelbar, ich lasse alle meine Gedanken ganz nahe an mich herankommen, damit sie das Fürchten verlernen. Wenn ich nur nicht schon in der Frühe von so vielen muselmännischen Barbieren gestört würde, die mich tätowieren wollen, von abendländischen Malern, die mich porträtieren wollen. Nachts werde ich immer im Schlummer auf meinem Dach gestört von meinen Paschas, die vor Begeisterung meines Regierungsantritts nicht ruhen können. Sie haben immer in der Audienz, die ich ihnen erteilte, eine Frage unaufgeworfen vergessen, die sie treibt. Seitdem ich als regierender Prinz in Theben gewählt bin, bewegen sich viele Ehrgeizige in derselben Tracht und Gebärde in den Straßen der Stadt, die mir zu gleichen trachten. Meine Epigonen! Denn regieren ist auch eine Kunst, eine Eigenschaft, wie die Malerei, die Dichtkunst und die Musik. Die Epigonie aber ist eine Tätigkeit, darum bringt die Epigonie was ein, wie die Arbeit. Ich arbeite nie, ich hasse den Schreibtisch – zwar hab' ich selbst einen – aber er ist nie ganz gewesen. Heute nacht, da meine Neger schlafen, erbrachen die Paschas gewaltsam die Pforte, die zu meinem Dache führt, wegen der Freimarken. Ich wurde in der Nacht noch im Profil (Seite steht mir besser wie en face), im Turban und Regierungsmantel photographiert in allen Farben; auf allen Postämtern meiner Stadt verbreitet man Mich Allerhöchst.

Im neopathetischen Kabarett

Tausend und Einer. Ich habe mich nicht verzählt, las auch, während ich die Köpfe zählte, Armin Wassermann Verse seiner Herzensdichter. Weich und herb, reich und superbe ist seine Sprache; dazu sein schwärmerisches, knabenhaftes Savoyardengesicht! – Ich suche nach einem Stuhl, der im Verborgenen blüht – endlich finde ich so ein Veilchen abseits am Tapetenrand; ich setze mich. Meine Tänzerin Zobeide, die sehr neugierig auf das Kabarett der Neopathetik ist, ruht schon lange müde zwischen weißen, lilagelben, roten und himmelblauen Mädchen; ein Dichter mit Honiglippen und zwei Augen, naschhafte Bienen, als einziger Tasso neben ihr und ihren bräutlichen Schwestern. Es betritt jemand den Ölberg des Saals und predigt über Kunst. Der Vortrag ist geistvoll, wenn man sich auch durch Mimik und Brille in die Schule zurückversetzt glaubt. Noch immer höre ich keine Gedichte von mir – warum lud man mich ein, zumal ich keineswegs objektiv bin? Auf einmal flattert ein Rabe auf, ein schwarzschillernder Kopf blickt finster über die Brüstung des Lesepults. Jakob van Hoddis. Er spricht seine kurzen Verse trotzig und strotzend, die sind so blank geprägt, man könnte sie ihm stehlen. Vierreiher – Inschriften; rund herum müßten sie auf Talern geschrieben stehn in einem Sozialdichterstaat. Ich muß immer ans Geld denken; wie man so runterkommt – wenn Zobeide, meine Tänzerin, ein Portemonnaie bei sich hätte, würde ich doch zu der Menschenhitze kein Glas Limonade trinken. Ich höre, wie ein Vortragender mit triumphierendem Gesicht Stefan Georges Dichtungen als Ruhepunkt bezeichnet. Das muß ich widerlegen. Stefan Georges Gedichte wandeln allerdings, ohne müde zu werden; nicht bunte Karawanen über Sandwege; aus ihnen weht die Kühle endloser Prozessionen zwischen frommen Schlössern und himmelblauen Domen. Die Orthographie der Georgeverse erinnert in ihrer Gleichtönigkeit leicht an englische Sonntagsruhe. War's das, lieber Vortragender? Gern hätte ich die Rede von Kurt Hiller, dem Präsidenten des neopathetischen Kabaretts, gehört.

Zobeide, meine Tänzerin, will noch nicht mit nach Hause kommen.

Im Zirkus

Die junge Reitkünstlerin Miß Ella kehrt in die Manege zurück und schlägt die ausgelassensten Purzelbäume. Und dann kommen Paolo, Luigi und Alberto, die drei Gigerl, und treiben aneinander Gymnastik mit der markigen Beweglichkeit großer Leonharder Hunde. Vier braune, ungarische Pferdeprinzen, deren Haut unter dem Schein der vielen Kristallsterne wie Gold glänzt, tanzen mit wilder Anmut und königlicher Grandezza. »Also ob sie Musik in den schlanken Waden haben!« sagt mein Begleiter zu mir. Und nun das Intermezzo der beiden Clowns. »Er ist mein Bruder,« kreischt Aujust, der blöde Aujust, der amüsante Idiot. Wie ein Gänserich watschelt er in seinen sackweiten Hosen quer durch die Manege. Fräulein Marinka, die sanfte, graziöse Erzieherin auf einem ihrer zwei artigen Pferde sitzend – ringelrangelreihe singen die Geigen – und ihre beiden Zöglinge springen vor Vergnügen. Und wieder ertönt die Musik hoch oben vom Zirkus, das sind heiße Carmentöne, walzerartig in rundem Klingen geblasen. »Hier ist die Verunstaltung erträglich,« sagt mein Begleiter zu mir, »es paßt zum Milieu.« Und immer bunter werden die Klänge... in schimmernde, mattfarbene Stoffe gehüllt kommen reizende Spanierinnen geritten und feurige, spanische Kavaliere. Heißer und tollkühner wird der tanzende Ritt; die bacchantischen Donnas sausen wie Feuerstürme über den Sand, auf dem Rücken ihrer Zauberrosse liegend – indessen die Senores mit liebenswürdiger Höflichkeit, aufrecht zu Pferde, dem Winke ihrer Damen harren.

Aujust! Aujust! Wo bist de, Aujust? Da steht er ja, versteckt hinter der niedrigen Brüstung der Manege, und heult in Trompetentönen, daß alle Herzen Purzelbäume schlagen, und immer höher wächst er, immer höher. »Det hat keenen juten Anbejinn und een langet Uffwehen,« quietscht Aujusten sein Bruder mit den wulstigen Mehlbacken und der Haardüte auf dem spitzen Kopf, indessen Aujust die Manege in Melancholie, langsam wie ein wandelnder Turm, durchschreitet. »Det Luder ist maschuche jeworden, weil der kleine Cohn sinn Vater is!«

Schon harren die drei blonden englischen Reiterinnen in blauer Seide; lovely Girls, drei holde Mädchenenzianen. Hei, wie sie springen, bergauf und herunter von dem Rücken ihres wiehernden Vogels. Nun trägt er sie alle drei über den Sand in tausende Märchen, weithin, in blaue Gärten ... Ich entwand meinem Begleiter die weiße Rose, die über seinem Herzen blühte. »Miß, here! catch it!«

10 Minuten Pause!

»Wie gefällt es dir!« »Es ist wie ein blühendes Abenteuer. Es ist, als ob ich brausenden, dunklen Wein trinke, und ich vergesse alles, was grau ist und hinkt. Ich sitze in einem bunten, jauchzenden Schoß, und um ihn herum wachsen ragende Gefahren, die aber lustige Kleider tragen.« Wir gehen durch die weiten Korridorhallen. Galawagen auf Goldrädern, Riesendrachen aus Papiermaché, zusammengeklappte Bretterhäuser, Fässer, allerlei Gerümpel, Kostüme mit Silberfransen, Steinen und Perlen liegen in übermütiger Unordnung zwischen dem Mobiliar. Wir treten in die Ställe ein: da stehen die herrlichen Schimmel mit der silberschimmernden Haut und den Seidenschweifen, wie helle Rosen des Frühfrühlings. Und dort die finsteren Rappen mit den großen Feueraugen. Eine kleine Treppe führt uns abwärts in die Stallungen der Elefanten – diese grauen, schweren Gebäude aus Fleisch und Knochen mit den winzigen Guckaugenfensterchen. Als wir wieder auf unseren Plätzen saßen, war die Manege mit eisernen Gittern umzäunt. Zwei mächtige Löwen schreiten in den Käfig und hinter ihnen die anderen Könige der Kraft. »Nero! Herkules! Agamemnon! Odysseus! Hektor! Kambyses! Hierher! Dorthin! Willst du! Vite, vite! Ah, mon cher.« – und dann wieder im gebrochenen Deutsch: »Aben Sie die Güte, mein Freund.« Mademoiselle Claire, du grausamste Braut! Mit erhobenem Arm, mit drohender Liebenswürdigkeit beugt sie den Willen ihrer grimmigen Sklaven. Ihr weißer Hals lockt wie Süßigkeit, ihr blendender Hals, das Ideal ihrer brüllenden Verehrer. »Ah, messieurs! Hektor, Agamemnon, Kambyses, dînez, s'il vous plaît.« Und sie tafelt ihnen blutende Leckerbissen. Das gierige Brüllen und Knurren dröhnt durch die weiten Räume des Zirkus in aufwachsender Wildheit. Hastig eilt der Diener herein und wieder heraus aus dem Käfig, Gerätschaften bringt er, Kugeln, Stangen, Fässer holend, Stühle und Tische – aus Gauklern besteht die gefährliche Truppe. »Genug, Madame Claire!« Nero muß sich noch auf dem Seil produzieren. Gewandt, wie ein Seiltänzer dreht er sich, in der Mitte des Seiles angelangt, um sich selbst. »Brav gemacht!« Seine Brüder sind schon alle gefangen in der kleinen Nacht ihrer Wagenherberge, und er allein liegt noch ausgestreckt, wie im Sande der Wüste, und schlummert. »Nero, wache auf! Nero, ich muß bitten« – aber Nero rührt sich nicht, er öffnet zwar seine gelben Augen – und ihn auf den Schultern nach Hause tragend, wie ein müdes Baby, durchschreitet die furchtbare Heilige, die heilige Kriegerin, eine Siegerin das Eisentor.

Als der Direktor seine zwei Perserhengste vorführte, sah ich zwischen den Tönen der tanzenden Musik noch die grimmige Pranke Agamemnons, die nach seiner Schönen ausholte, und das schwärmerische Anschmiegen Neros.

Im Eingang der Manege stehen zwei Riesenelefanten, zwei Schulräte an Ruhe und Würde. Etliche helle und dunkle Pferdchen springen, fleißige Schulbuben, hinter einigen größeren Apfelschimmeln, die ernst und gravitätisch in der Mitte des Zirkus haltmachen. Aber in fauler Gemütsruhe spazieren die kleinen Elefanten herbei, und dann ungeduldig die mutwilligen Zebras mit den glänzenden Streifen auf der Haut. Und nun laufen sie allesamt in verschiedenem Tempo, als ob sie artig das Abc sagen.

Tatrata tönen die Trompeten und die Hörner, Reiter und Reiterinnen in ziegelroten Tuchanzügen galoppieren auf ihren schlanken Rennern über Zäune und Hecken, dem Edelwild nach, den Hirschen und leichtfüßigen Gazellen – und da läuft ja auch der Aujust in rasender Angst durch den weiten Manegeraum und hinter ihm ein Wild mit einer vielästigen Geweihkrone. Die Puste jeht Aujusten aus. Er stöhnt, er schreit und gestikuliert mit allen Vieren. »Herr Stallmeister, retten Sie mir!!!« Und zum Schluß: Mr. Bob, the little gentleman, mit seiner kleinen sechsjährigen Dame auf dem Pferde...

Noch in Hut und Mantel stehen die Zuschauer vor ihren

Plätzen. – Es kann doch eigentlich noch gar nicht aus sein – tuuht, tuuht! Über die Manege des Zirkus senkt sich schwer von der Decke des Zirkus eine Riesenfeuerglocke. Aujust ist durchgebrannt!! Rotumhüllte Clowns, wie in Glut gebadet, wandeln knurrend über den Sand, immer auf und ab; die Anführer tragen Aujustens Herz aus kariertem Zucker auf einem roten Kattunkissen. Aber da steht er ja oben auf dem Olymp: »Aujust, sollst mal runter kommen!« schallen tausend Stimmen durcheinander – aber Aujust steht drohend aufgerichtet, seine Nase ist spitz wie eine Nadel, seine Augen sind wutrot aus den Höhlen getreten. Düstere Zettel fliegen auf das Publikum. Er streikt, er beansprucht im Namen der Clowngesellschaft mit beschränkter Haft erhöhten Lohn – er droht mit juten Witzen. Und mit einem langen Purzelbaum setzt er über unzählige Köpfe lachender Hörer hinweg durch eine der Ausgangstüren. – Die vielen Lichter werden trübe, wie müde Augen – ich und mein Begleiter sind die letzten der Aufbrechenden – der große Zirkus ist ganz allein.

ESSAYS

Peter Hille

»Es dauert höchstens zwanzig Minuten, Peter!« Er nickte lächelnd – aber er vergaß auch sofort wieder, daß er den Kopf nicht hin- und zurückbiegen durfte, von der Zeitung auf und nieder, und so kam's, daß ich entweder das rechte oder das linke Auge nicht an seinem Platz oder die Nase zu lang im Verhältnis zur Stirn zeichnete. Und manchmal nahm er noch seinen Bleistift und beschrieb andächtig den weißen Rand des Zeitungsblattes.

»Du kannst gleich weiterzeichnen, schrecklicher Tyrann du!« sagte er und las mühsam entziffernd sein eigenes Schreiben. Es waren einige steinige Einfälle, die er seinem Myrdin und seiner Viviane ferner vermachen wollte. Und er zog die große vergilbte Papierrolle aus seiner Manteltasche und las von den beiden Menschen, die älter waren als Adam und Eva, von seinem Menschenpaar Myrdin und Viviane. Die sprachen eine Sprache, mit der am ersten Schöpfungstage sich Himmel und Erde erzählten – – sie waren mit der Erde zugleich erschaffen – gewachsen mit der Erde – aus der Erde; ja, das fand auch Peter ... »Da magst du recht haben!«

Und er saß, den Kopf herabgesenkt auf den großen Lehnstuhl nahe dem Ofen in seinem olivenfarbigen Mantel, als ob er die Wärme mit sich nach Hause nehmen wollte.

Eines Abends klingelte es um halber Mitternacht – das sah Peter ähnlich. Seine Augen lachten mutwillig wie Knabenaugen, die einen Streich hinter sich hatten. »Der Verleger hat mir Vorschuß gegeben – Tino, toller Kerl, komm mit! Wir sitzen alle in der Weinrebe.«

Und Peter sah aus wie ein Bacchus, seine Seele war aufgeblüht wie einer der Weinberge in Alt-Athen. Und wir saßen um ihn im Kreise und sangen: fahrende Schüler, wie die Jünger des Weins aus der bacchantischen Szene seines Werkes »Des Platonikers Sohn«. Wir waren der Most, der Lenz des Weines, das Leben, das wildsüße Auf- und Niederbrausen.

»O Wein, du lieber, dummer Wein,
Was willst du da im Kerker sein?
Hervor du rieselnde Sonne,
Und laß die alberne Tonne.

Weißt du denn nicht, du dummer Wein,
Bin Bruder Lustig, frisch vom Rhein,
Ein Kenner erlesener Tropfen,
So laß mich nicht harren und klopfen!«

Am Morgen in meinem Halbschlaf sah ich Peter; durch seinen langen Bart guckten blaue und gelbe Weinaugen mutwilliger kleiner Dionysinnen mit roten Pausbäckchen und kecker Faunbuben mit frechen Schwänzchen. Und die neckten ihn und zupften ihn an seinen langen Kraushaaren, jauchzten und sprangen um den großen Bacchus, und ein ganz kleines, ängstliches Bacchüschen kroch in seine weite, weite Ohrmuschel. Und wir alle saßen zu seinen Füßen, und er erzählte von seiner Frühjugend, von seinen vielen Liebchen – ja, ja, Bacchus mußte verliebt sein.

Einmal an einem Wintermorgen kam Hugo, der Landsknecht, wie ihn Peter seines rauhen Organs und seiner kecken Launen wegen nannte. »Kommen Sie mit, Prinzessin! Peter ist krank, wir wollen ihn besuchen.« »Und wissen Sie auch, Hugo, daß heute sein Geburtstag ist?«

Davon wußte er nichts, der Ungläubige. Und wir zogen gen Norden, und als wir durch das Tor seines Hauses traten, lagen vor uns Treppen, zu besteigen wie künstliche Gebirge aus Brettern. »Na, det is man scheene, dat Se sich bis her verstiegen han – – denken Se so wat, er is mir jestern dot in de Arme jeblieben! . . .« Und Peters gemütliche Wirtin drückte mich an ihren Busen, aus dem der dicke Atem jammerte. Und sie geleitete uns durch die Küche bis an Peters Kammertür, drückte diese behutsam auf und blickte zunächst vorsichtig durch die Spalte. »Nu kommen Se sachte rin!« – – Und da lag der Peter wirklich in seinem Nest halb aufgerichtet: ein kranker grimmiger Geier. Der Kragen seines Mantels hing wie ein dunkler Fittich über dem Bettgestell, und einer der Füße, mit dem Stiefel angetan, scharrte ungeduldig an der senfgelben tapezierten Wand. Als er uns sah, war es, als ob er uns nach und nach erst erkannte, und er fuhr durch seinen Bart wie ein reißender Herbststurm. »Setzt euch, wenn ihr Platz findet, ihr Einbrecher, ihr Störenfriede, setzt euch!« Aber nicht allein der Boden, sondern auch das tausendjährige Sofa war begraben unter großen, gelben Papierflocken. Wir setzten uns auf das kleine Fensterbrett und stellten unsere Füße sündhaft auf die gefüllten Säcke, die, wie wir später hörten, die Manuskripte der Dramen Peters enthielten. »Du, Peter, ich will dir den Doktor holen«, sagte der Landsknecht besorgt. Oh, und das klang so lächerlich, und die dicke Wirtin hatte et och jewollt, »er will aber nich.« »Der Doktor soll mir wohl Sonne oder Mairegen für meinen Katarrh verschreiben?« Und Peter lächelte wieder wie Frühlingsanfang, und auf einmal begann er laut zu reden: »Heute abend muß ich noch ins Theater.« Da fiel seine alte dicke Wirtin vor Schreck auf das tausendjährige Sofa. »Sie wollen im Thiater jehn, Sie?« »Na gewiß«, antwortete Peter und machte die Bewegung, aus dem Nest zu fliegen. In der Küche seufzte die Gute und meinte: »Na, so nötig hat er det Schreiben doch ooch nich, wo er bei uns is!« Und sie brachte ihm zur Fürsorge die dampfende Hafergrütze und zwei Schmalzstullen ins Zimmer. Und dann sich vor uns entschuldigend, sagte sie: »Er ist so reene wie eene Jungfer, ick seh schon, wie se ihm später in de Kirche uffbahren als Heiligen.«

Es war ein kalter Nachmittag; der Mond blähte sich auf zwischen seinen Sternen wie ein goldener Bauch, ein wohlbeleibter Dukatenmillionär. Peter und ich wanderten wohl schon stundenlang durch die Straßen Berlins, durch die Bleiluftgegenden mit den kahlen, grauen Häusern, in denen der Hunger mit seinen tausenden Kindern wohnt. Und über dieser Gegend spazierte behaglich durch das weite Land der Wolken der fette Mond, der satt an Gold getrunkene Mond. »Aber, Tino, ich wußte ja gar nicht, daß du ein kleiner Bebel bist.« »Ja, ich denke an die armen, blassen Kinder, die nie in die Sonne sehen, und an dich, Peter, an dich, dem die Welt ihr jubelndstes, tiefstes Spiel schenkte und das Leben eine Stiefmutter ist.« »O du Fromme,« sagte Peter leise zu mir. Nach einer Weile blieb er unter einer Laterne stehen, nahm ein kleines schwarzes Heftchen aus der großen Manteltasche und schrieb.

Das tat er oft, und ich ging gemächlich des Weges weiter. Wir kamen über einen großen Platz. Vielleicht gaben die schloßartigen Bauten mit den gegossenen Toren, die eisernen Hüter der königlichen Gärten, Peter den Anlaß, mir zu erzählen, daß sein Vater der Fürst S. aus Westfalen sei und seine Mutter eine Leibeigene. Ich war gar nicht verwundert darüber, als ich seine schlanken Hände betrachtete.

»Meine Mutter«, erzählte er weiter, »war eine stille, blasse Frau. Ich kann mich kaum an den Ton ihrer Stimme erinnern; aber als ich meine ›Brautseele‹ dichtete, hörte ich ihr Blut aus meinem Herzen singen, sanft und dann sehnsuchtswild, wie eine einsame Spätherbstblume.« Wir schwiegen beide lange Zeit, über Erinnerungen wandelnd, bis es Abend läutete und die Glocken uns erweckten.

Wir fragten einen Mann, der an uns vorübereilte: »Wie kommen wir aus dem Tiergarten wieder auf die Straße?« Und wir bogen und wendeten uns, bis wir glücklich den Weg wiederfanden. »Sieh, Tino, hier tief im Dickicht habe ich Wochen zugebracht und Dunkelheiten getrunken! Oh, das waren einzige Gottnächte!«

Aber ich sah schmerzlich auf seine eingefallenen Wangen.

Ich ging, meiner Ahnung vertrauend, voraus. Peter studierte indessen noch die Hausnummern gegenüber dem großen

Gebäude, in das ich eintrat. Und wirklich, hier wohnte Gerhart Hauptmann. Er kam mir schon im Treppenflur entgegen, ja, er war es. »Herr Hauptmann, ich bringe Ihnen den Peter Hille lebendig hier; er hätte sicherlich wieder die verabredete Stunde versäumt.« »Sah ihn schon von meinem Fenster aus,« rief Gerhart Hauptmann, »und komme, den Peter selbst heraufzuholen«. Und der Herrliche sagte zu Hauptmann, mir schelmisch zunickend: »Dies ist mein Kamerad, Tino nenne ich sie. Es ist der Name ihres Blutes, die grünrote Ausstrahlung ihrer Seele.« Wir setzten uns, nachdem Hauptmann zärtlich den Mantel von Peter Hilles Schulter genommen hatte. Auf den Tischen lagen überall Journale, die meines Propheten Dichtungen enthielten, auch »Des Platonikers Sohn« fehlte nicht, das wundergroße Schauspiel. Hauptmann schwang es triumphierend in die Höhe. Und ich hörte lauter Melodien; der Dichter Worte wurden Lieder. Und Hauptmanns stolzes Gesicht neigte sich seinem hohen Gaste zu, die Quelle seines Herzens zu erreichen, denn wie aus Leben gehauen saß Peter Hille in dem weiten, klaren Raum, sein Bart wallte ungeheuer.

Karl Kraus

Im Zimmer meiner Mutter hängt an der Wand ein Brief unter Glas im goldenen Rahmen. Oft stand ich als Kind vor den feinen pietätvollen Buchstaben wie vor Hieroglyphen und dachte mir ein Gesicht dazu, eine Hand, die diesen wertvollen Brief wohl geschrieben haben könnte. Darum auch war ich Karl Kraus schon wo begegnet – – in meinen Heimatjahren, beim Betrachten der kostbaren Zeilen unter Glas im goldenen Rahmen. Den Brief hatte ein Bischof geschrieben an meiner Mutter Mutter, ein Dichter. Blau und mild waren seine Augen, und sanftbewegt seine schmalen Lippen und sein Stirnschatz wohlbewahrt, wie bei Karl Kraus; der trägt frauenhaft das Haar über die Stirn gekämmt. Und immer empfangen seine Augen wie des Priesterdichters Augen gastlich den Träumenden. Immer schenken Karl Kraus' Augen Audienz. Ich sitze so gerne neben ihm, ich denke dann an die Zeit, da ich den Schreiber des Briefes hinter Glas aus seinem goldenen Rahmen beschwor. Heute spricht er mit mir. Ich bewundere die goldgelbe Blume über seinem Herzen, die er mir mit feierlicher Höflichkeit überreicht. Ich glaube, sie war bestimmt für eine blonde Lady; als sie an unseren Tisch trat, begannen seine Lippen zu spielen. Karl Kraus kennt die Frauen, er beschaut durch sie zum Denkvertreib die Welt. Bunte Gläser, ob sie fein getönt oder vom einfachsten Farbenblut sind, behutsam behütend, feiert er die Frau. Verkündet er auch ihre Schäden dem Leser seiner Aphorismen – wie der wahre Don Juan, der nicht ohne Frauen leben kann, sie darum haßt – im Grunde aber nur die Eine sucht. Ich begegne Karl Kraus am liebsten unter »kriegsberatenen Männern«. Seine dichterische Strategie sind Strophen feinster Abschätzung. Ein gütiger Pater mit Pranken, ein großer Kater, gestiefelte Papstfüße, die den Kuß erwarten. Manchmal nimmt sein Gesicht die Katzenform eines Dalai-Lama an, dann weht plötzlich eine Kühle über den Raum – Allerleifurcht. Die große chinesische Mauer trennt ihn von den Anwesenden. Seine chinesische Mauer, ein historisches Wortgemälde, o, plastischer noch, denn alle seine Werke treten hervor, Reliefs in der Haut des Vorgangs. Er bohrt Höhlen in den Samt des Vorhangs, der die Schäden verschleiert schwer. Es ist geschmacklos, einen Papst zu hassen, weil sein Raunen Flüsternde stört, weil sein Wetterleuchten Kerzenflackernden heimleuchtet. Karl Kraus ist ein Papst. Von seiner Gerechtigkeit bekommt der Salon Frost, die Gesellschaft Unlustseuche.

Ich liebe Karl Kraus, ich liebe diese Päpste, die aus dem Zusammenhang getreten sind, auf ihrem Stuhl sitzen, ihre abgestreifte Schar, flucht und sucht sie. – Männer und Jünglinge schleichen um seinen Beichtstuhl und beraten heimlich, wie sie den grandiosen Zynismusschädel zu Zucker reiben können. O, diese Not, heute rot – – morgen tot! Unentwendbar inmitten seiner Werkestadt ragt Karl Kraus ein lebendiges, überschauendes Denkmal. Er bläst die Lufttürme um und hemmt die Schnelläufer, den Königinnen mit gewinnendem Lächeln den Vortritt lassend. Er kennt die schwarzen und weißen Figuren von früher her von neuem hin. Mit ruhiger Papsthand klappt er das Schachbrett zusammen, mit dem die Welt zugenagelt ist.

Doktor Benn

Er steigt hinunter ins Gewölbe seines Krankenhauses und schneidet die Toten auf. Ein Nimmersatt, sich zu bereichern an Geheimnis. Er sagt: »Tot ist tot«. Dennoch fromm im Nichtglauben liebt er die Häuser der Gebete, träumende Altäre, Augen, die von fern kommen. Er ist ein evangelischer Heide, ein Christ mit dem Götzenhaupt, mit der Habichtnase und dem Leopardenherzen. Sein Herz ist fellgefleckt und gestreckt. Er liebt Fell und er liebt Met und die großen Böcke, die am Waldfeuer gebraten wurden. Ich sagte einmal zu ihm, Sie sind allerleiherb, lauter Fels, rauhe Ebene, auch Waldfrieden, und Bucheckern und Strauch und Rotrotdorn und Kastanien im Schatten und Goldlaub, braune Blätter und Rohr. Oder Sie sind Erde mit Wurzeln und Jagd und Höhenrauch und Löwenzahn und Brennesseln und Donner. Er steht unentwegt, wankt nie, trägt das Dach einer Welt auf dem Rücken. Wenn ich mich vertanzt habe, weiß ich nicht, wo ich hin soll, dann wollte ich, ich wäre ein grauer Samtmaulwurf und würfe seine Achselhöhle auf und vergrübe mich in ihr. Eine Mücke bin ich und spiele immerzu vor seinem Angesicht. Aber eine Biene möcht ich sein, dann schwirrte ich um seinen Nabel. Lang bevor ich ihn kannte, war ich seine Leserin; sein Gedichtbuch – Morgue – lag auf meiner Decke: Grauenvolle Kunstwunder, Todesträumerei, die Kontur annahm. Leiden reißen ihre Rachen auf und verstummen, Kirchhöfe wandeln in die Krankensäle und pflanzen sich vor die Betten der Schmerzensreichen an. Die kindtragenden Frauen hört man schreien aus den Kreißsälen bis ans Ende der

Welt. Jeder seiner Verse ein Leopardbiß, ein Wildtiersprung. Der Knochen ist sein Griffel, mit dem er das Wort auferweckt.

Oskar Kokoschka

Wir schreiten sofort durch den großen in den kleinen Zeichensaal, einen Zwinger von Bärinnen, tappischtänzelnde Weibskörper aus einem altgermanischen Festzuge; Met fließt unter ihren Fellhäuten. Mein Begleiter flüchtet in den großen Saal zurück, er ist ein Troubadour; die Herzogin von Montesquiou Rohan ist lauschender nach seinem Liede als das Bärenweib auf plumpen Knollensohlen. Denn Treibhauswunder sind Kokoschkas Prinzessinnen, man kann ihre feinen Staub- und Raubfäden zählen. Blutsaugende Pflanzlichkeiten alle seine atmenden Schöpfungen; ihre erschütternde Ähnlichkeitswahrheit verschleiert ein Duft, aus Höflichkeit gewonnen. Warum denke ich plötzlich an Klimt? Er ist Botaniker, Kokoschka Pflanzer. Wo Klimt pflückt, gräbt Kokoschka die Wurzel aus – wo Klimt den Menschen entfaltet, gedeiht eine Farm Geschöpfe aus Kokoschkas Farben. Ich schaudere vor den rissig gewordenen spitzen Fangzähnen dort im bläulichen Fleisch des Greisenmundes; aber auf dem Bilde der lachende Italiener zerrt gierig am Genuß des prangenden Lebens. Kokoschka wie Klimt oder Klimt wie Kokoschka sehen und säen das Tier im Menschen und ernten es nach ihrer Farbe. Liebesmüde läßt die Dame den schmeichelnden Leib aus grausamen Träumen zur Erde gleiten, immer wird sie sanft auf ihren rosenweißen Krallen fallen. Das Gerippe der männlichen Hand gegenüber dem Frauenbilde ist ein zeitloses Blatt, seine gewaltige Blume ist des Dalai-Lamas Haupt. Auch den bekannten Wiener Architekten erkenne ich am Lauschen seiner bösen Gorillenpupillen und seiner stummen Affengeschwindigkeit wieder, ein Tanz ohne Musik. Mein Begleiter weist mit einer Troubadourgeste auf meinen blonden Hamlet; in ironischer Kriegshaltung kämpft Herwarth

Walden gegen den kargen argen Geist. Auf allen Bildern Kokoschkas steht ein Strahl. Aus der Schwermutfarbe des Bethlehemhimmels reichen zwei Marienhände das Kind. Viele Wolken und Sonnen und Welten nahen, Blau tritt aus Blau. Der Schnee brennt auf seiner Schneelandschaft. Sie ist ehrwürdig wie eine Jubiläumsvergangenheit: Dürer, Grünewald.

Oskar Kokoschka ist eine junge Priestergestalt, himmelnd seine blauerfüllten Augen und zögernd und hochmütig. Er berührt die Menschen wie Dinge und stellt sie, barmherzige Figürchen, lächelnd auf seine Hand. Immer sehe ich ihn wie durch eine Lupe, ich glaube, er ist ein Riese. Breite Schultern ruhen auf seinem schlanken Stamm, seine doppelt gewölbte Stirn denkt zweifach. Ein schweigender Hindu, erwählt und geweiht – seine Zunge ungelöst.

Max Brod

Das Volk wird nie nach ihm schreien; er sättigt nicht, er ist überhaupt nicht zum Essen, man kann höchstens eine seiner Hände streicheln oder seinen Mund küssen – er hat einen schüchternen Kindermund. Der erzählt immer von sich, immer so hübsche Geschichten, die sich am Ende des Pfades reimen, und viele, viele Wege geht er mit den Mädchen in seinen Gedichten. In Grimms Märchen ist er gemalt, wie er als Kind aussah, in Hänsel und Gretel. Ich hatte Max Brod eine Nelke mitgebracht, die trug er in der Hand, als er in den Saal kam, und ich bildete mir ein, er lese mir ganz alleine vor inmitten der königlichen Gemälde; ringsum an den Wänden: Van Gogh. Ich weiß den Namen seines Schauspiels nicht, aus dem er erzählte. Aber immer war es die Liebe, die über seine Lippen kam – mein Herz ging blau auf unter den vielen lauschenden Herzen. Max Brod ist ein Liebesdichter. Auch der andere Aufzug seines Schauspiels war ein Liebesgedicht, ein vielstimmiges, ein streitendes. Ich glaube, man kann nur Liebesgedichte in »Prag« schreiben, wo so viele Bögen und Wälle sind; und lauter graue Figuren treten aus den alten

Häusern hervor – die Steingespenster führen die Herzen bange zusammen. Ich habe manchmal Sehnsucht nach Prag, schon um mit Max Brod und meinem Paul Leppin durch die Gewölbe ihrer Heimat zu wandeln, wo die alten Häuser wie Mumien stehen, zur Rechten und Linken.

Alfred Kerr

Silvester 1908 bin ich Alfred Kerr begegnet unter künstlichen Balkansternen, zwischen schleierverhüllten Angesichten schöner Haremsfrauen und fezbedeckter Häupter weißgekleideter Muselmänner. »Wissen Sie, wer der Beduinenfürst war?« (Wir grüßten uns nach des Bosporus Zeremoniell und Sitte.) »Reißen Sie mich nicht immer aus meinen morgenländischen Illusionen,« antwortete ich meiner Begleiterin. Später hörte ich, der Araber mit dem Seidenmantel sei Alfred Kerr gewesen. Am besten gefallen mir seine Gedichte, sie sind humorsüß und fallen ihm in die Hand. Aber seine allerschönste Dichtung war ein spanisches Essay; jedes Wort trug eine Abendrotrose im Haar, jedes Wort war eine Senora, erhob sich und tanzte.

Über den Kurfürstendamm sehe ich ihn manchmal nach der Kolonie heimwärts gehen. Dort wohnt Alfred Kerr in einer Villa, die beneidet wird, sonst pflegt man die meisten Kolonisten ihrer Villa wegen zu beneiden. Heimlich birgt dieses nachtumheckte Schlößchen seinen Dichter. Spät muß der Kritisierende die Kritik niederschreiben, die sind blaunervig wie er selbst und duften nach melancholischer Ironie. Wir haben uns beiden nur immer das Schönste gesagt, wir kennen uns nur im Gruß. Mich dünkt, er träumt von »Heinrich« wie ein einziger Sohn, der sich einen Bruder wünscht. Er träumt immer von seinem Bruder Heinrich Heine. Bald gleicht er ihm auf einen Nerv. Alfred Kerr müßte durch die Straßen von Paris wandern wie der tote Bruder, mich stört des Lebenden chevaleresker Mantel, sein abgestäubter Hut. Warum denke ich so? – Morgen lese ich im Tag seine gedichtete Kritik über Hauptmanns Premiere.

Tilla Durieux

Ich würde für sie auch im Privatleben das Eboligewand wählen, den zackigen, weißen Kragen, der ihr Angesicht, ein Bukett von Lichtwende und Herzschatten, wie mit einer Atlasmanschette umgibt. Frau Durieux spielt im Theater Reinhardts die Eboli; die schlummernde Saitenspielerin ist auferstanden aus ihrem Sarkophage. Es tut wohl, sie in »prinzeßlicher« Wirklichkeit wiederzusehen, in ihrem eifersüchtigen Herzen zu erleben den Kampf mit der Kabale. Den schnöden Verrat an die Königin verabreicht sie dem lauernden Pater noch mit traumhaften Fingerspitzen. Keineswegs hysterisch gehässig – historisch wie ihr Kleid wirkt das intrigante Frauenspiel in der Kapelle steinerner Nacht, an der blutgenagelt Gottes Sohn hängt. Frau Durieux' verzweifelte Gebärde, nachdem ihre Königin sie verstößt, erinnert an das Gemälde der büßenden Magdalene. – Als ich sie vor einiger Zeit in ihrem Gemach erwartete, suchte ich unwillkürlich nach der Laute. Da kam mir entgegen Rhodope, ihre Hände hingen herab wie Myrthen. Diese himmelweiße Syrierin ist der Glorienschein ihrer Eingebung, das keusche Geschmeide ihrer Begabung. Beweglich ist die Verwandlungskunst der Frau Durieux, denn wer vermutet, nach der bräutlichen, geduldigen Königin und der verwöhnten Lautenspielerin, »Sie« in der bitteren Haut der eigensinnigen Spielverderberin, der ältlichen Schwester der Brüder im »Friedensfest«. Krummrückig zum Fußaufstampfen, hartnäckig widersetzend, den Angehörigen eine giftige Augenweide. – In »Gott der Rache« von Schalom Asch spielte Frau Durieux die junge Kupplerin des Bordells. Ich sehe sie noch keck in der Mitte des Sofas sich hinflegeln mit der Frechheit einer freigewordenen Sklavin, mit dem Machtbewußtsein, vernichten zu können je nach Berechnung. Das scheußliche Verbrechen ihres früheren Bordellchefs zappelt auf ihrem Knie, sie läßt es kichernd über ihrem Strumpfband hängen, sie braucht nur den lockeren Vorhang aufzuheben. Tilla Durieux spielte skandalös hervorragend. Hier nenne ich die Schauspielerin, die Charakteristik ihres Zivils vergessend, kurzweg »Tilla« Durieux; aber wer sie in ihrem Privatgemach je sah, umgeben vom Staat schützender Tore und mächtiger Bequemlichkeiten, sie selbst zum Empfang der Gäste sich liebenswürdig ermannend, wird mit mir empfinden, daß sie keineswegs eine Bohemin ist, zu treu dem Einen außerdem, auch daß ihr die seelische Leichtigkeit der Umgebenheit fehlt, und ich nenne sie »Frau« Durieux nicht etwa, wie man die Spießerin zu nennen pflegt, aber weil sie die Hofdame der Schauspielerinnen ist; jeder Tag muß ihr »d'or-jour« sein. – Auf dem Sezessionsfest im Februar teilte sich die Menge in zwei Flittergitter, als sie den Saal betrat. Sie trug ein dunkles Spitzenkleid und eine hängende Nelke im Haarknoten. Ich fragte den Rektor in »Frühlingserwachen« an unserm Tisch, wer die schwarze Leopardin mit dem Blutstropfen am Nacken sei. Prangende Schlichtheit, geschmeidige Charme, in ihrem Herzen blühen feine Nerven schmerzvoll auf. Aber als es Mitternacht war, tanzte sie, auf einer Perle des Sekts rollend, mit leuchtenden Augen im bunten Spiele der Masken. Dieses Jahr gibt es wieder ein Fest; ich hoffe, daß Frau Durieux auf Erden weilt, sie hält sich nämlich ab und zu mit Vorliebe oben in den Wolken verborgen, in ihrem Luftballon, und was wird sich Prinz Karneval ärgern, wenn sie ihm nur eine lange Nase machen wird. – Die Maschen des Netzes, das den Ballon umhüllt, lockerten sich schon einmal. »Ein Punkt in der Ewigkeit« kommt man sich im Raume vor, erzählt Frau Durieux. Sie ist ohne Furcht und Zaudern. Zwischen Leere und Leere, Vogel sein, nur Atem, so folge ich in Gedanken den Schilderungen der Luftschifferin in die Lüfte. Da nimmt ihr Terrierhund einen Anlauf aus salonansalongereihter Ferne, springt mir auf die Schulter, ich falle vor Schreck aus allen Himmeln.

Wauer-Walden via München usw.

O, wie wohl ist mir im Herzen zwischen den vielen scherzenden Herzen; alle sind bunt und brennen, aber mein Herz ist blau und glüht. Am Morgen hänge ich es an einen sorglosen Blumenbaum und lasse es zwitschern. Wie ich so dahinlebe, ich bin einer der fahrenden Schüler aus St. Peter Hilles Platonikers Sohn. Im Tanzschritt ziehen wir durch das Grün der Stadt hintereinander mitten im Mondpolka. Die Straßen und Plätze duften noch nach Marienbalsam der Dome. Wir schweben, kennen die Sünde nicht, an der Welt vorbei, mit München der Südstadt Deutschlands im Arme. Ich muß München immer küssen, schon, weil ich Berlin hinter mir habe; wie von einer langweiligen Kokotte geschieden fühle ich mich. Meine Freunde spielen Harmonika, wir ziehen an Schaufenstern pietätvoller Läden vorbei; Meisterbilder, frommer Schmuck, wilde Waffen aus den Gräbern der Bibelfürsten und überall die blauen König-Ludwig-Augen! Eine alte Riesenkommode ist München, aus einem bayerischen Alpenknochen gehauen. Man kann so andächtig kramen in München und ausruhen auf gepolsterten Erinnerungen. Hier freut man sich seiner selbst, man findet sich in seinem glücklichsten Augenblick oben auf dem Berge der Stadt. Im Vorbeischreiten an den Gärten Obersendlings flüchtet vor mir das prahlerische Häuserregiment Berlins. Es steigt die Erde, ich sitze auf ihrem Rücken in einem der Schlösser. Ich bleibe hier für ewig! Man sagt das so leicht. Ein Paradies ist München, aus dem man nicht vertrieben wird, aber Berlin ist ein Kassenschrank aus Asphalt; der ihn zum Labsal benutzt, hängt sein Herz engherzig als Schloß davor. Ich soll mich so ganz erholen in der bayerischen Hauptstadt. Gibt's auch Cafés hier? Da winkt schon eins von ferne. Sei mir gegrüßt, oder wie der Bayer sagt »Gott grüß dich, Café Bauer!« Von einem Altan herab ladet es den Vorbeiwandelnden einzutreten, manchmal sogar holt der luftschöpfende Ober den Gast in sein Kaffeehaus nach südlicher Sitte. Ich stelle eine gewisse Ähnlichkeit zwischen dem Café Bauer mit unserem Café des

Westens fest, unserer nächtlichen Heimat, (grinst nur verfluchte Somaliphilister und Sudanproleten) unserer Oase, unserem Zigeunerwagen, unserem Zelt, darin wir ausruhen nach dem alltäglichen schmerzvollen Kampf. Die Frau Wirtin ist sanft, sie pflegt unsere Launen, die uns der Bürger schlug. Vom Oberober bis zum Unterunter passen die sich dem Rhythmus der Gäste an. Herr Rattke hat wieder ein neues Buch geschrieben in Trochäen über Servieren, verrät mir Richard, der Zeitungsverweser, der Journaltruchseß. Er liest mit Pathos mein Gedicht im Sturm vor über München; ich beginne zu seufzen. Was fangen nun die spielenden Straßen dort ohne mich an und die vielen gaukelnden Herzen? Daß die gesund bleiben, dafür sorgen die Ärzte, namentlich der unvergleichliche Doktor Arthur Ludwig. Alle seine Patienten kommen, weil er der unvergleichlichste Mensch noch dazu ist, nie zur angeschlagenen Zeit in die Sprechstunde, wegen der süßen Speisen und Marmeladen, die zum Mittag aufgetragen werden von seiner emsigen, lieben Haushälterin. Und die bettlosen Patienten und Freunde nahen gewöhnlich mit dem Dietrich und der Zahnbürste im Gewande, sie kommen vom Rande ihres Lebens und der Doktor, ein heiliger Wirt, wie auf dem Bilde in seinem Sprechzimmer, zu sehen ist: »Fräulein Haushälterin, besorge für den Fremdling nun eine Lagerstatt.« Er ist direkt ein Engel. »Ein starkfühlender, intelligenter Engel«, betont ein Kollege von ihm, Doktor Max Nassauer, der dichtende Arzt in München.

Wir gehen alle in den Simplizissimus, in Kati Kobus' berühmte Künstlerkneipe. Heute kommen die Kegler! Ich meine die Leute vom Kegelabend. Ludwig Scharf trägt mit starkem Ton seine Verse vor, jedes Wort ist an das andere geschmiedet. Sein Gesicht ist eine diabolische Arabeske. Dazwischen tönt die fahrende Stimme des Gitarrespielers und die liebenswürdigen, drolligen Bemerkungen Hax Halbes; er gefällt mir sehr. Und all die kleinen summenden Mädchen mit den braunen und blonden Liedern. Und die Hauptsache bleibt die Kati Kobus, die Simplizissimusherrscherin mit dem Kronmal auf der Stirn. Sie ist die Herzogin des Rausches, sie ist eine Regierende. Wer so zu unterscheiden vermag wie sie! Eine Juwelierin, wer so das Angesicht auf sein Geistkarat zu werten vermag. Das Scheiden aus ihrem Nachtgarten, wo das Lachen blüht zwischen Bilderhecken, tut mir besonders weh. »Frau Helene,« sage ich mich ermannend eines Morgens zu meiner Wirtin, »es muß geschieden sein!!!« Berlin! Vom Waggon aus steige ich sofort die Stufen des Kleinen Theaters hinan zur Generalprobe der Vier Toten der Fiametta.

Direktor Wauer fundiert noch seinen letzten Fußstapfen, er legt so das Schreiten und die Gebärden der Spielenden fest. Fest und sicher bewegt sich nun das ungeheure Pantomimendrama und ballt sich wieder zur Einheit. So wohlgeformt und nicht ein Abweichen, nicht ein überflüssiges Zureichen allerleigrauen führen des Schneiders (William Wauer) Klauen die Schneidernadel unentwegt. Grandios ist die Bewegung seines Mundes, die nicht ein stummes Reden, aber ein drohendes Auftun seines Gesichtes bedeutet. In großen teuflischen Zeichen nicht minder, wie ihr Direktor, spielt Rosa Valetti, die Schneidersfrau, und rotangefüllt, ein Blutbezechter, ein wankender Bär, tappt der Lastträger (Guido Herzfeld) auf den Ruf der verzweifelten Fiametta über die Stufen der Treppe, in das Trauerspiel. Das Harlekintrio. Ein Gemälde, das im Anschaun mit dem Körper des Bewunderers verwächst. Und die ungeheure Last Trauerspiel, rollt sich auf einer Musik *aufwärts* hochmütig über die Leiche verdutzter höhnender Kritik. Herwarth Walden, ein Hodler der Musik, der alles Süßliche zerreißt im Siegeskrampf und Kampf. Morgen ist die Premiere der Vier Toten der Fiametta.

MEIN HERZ

Ein Liebesroman
mit Bildern und wirklich lebenden
Menschen

Mein Herz –
Niemandem.

Liebe Jungens!

Daß Kurtchen Dich mitgenommen hat nach Schweden, Herwarth, ist direkt eine Freundestat. Kurtchen wird erster Staatsanwalt werden und Euch kann nichts passieren. Aber mir kann was passieren, ich hab niemand, dem ich meine Abenteuer erzählen kann außer Peter Baum, der aber aus der alten Wohnung in die neue Wohnung zieht. Im Wirrwarr hat er statt seines Schreibtischsessels seine Matja in den Möbelwagen getragen und sie den Umzugleuten besonders ans Herz gelegt, daß die Quasten nicht abreißen. Am Abend erzählte ich ihm erst meine neue Liebesgeschichte. Ich habe nämlich noch nie so geliebt wie diesmal. Wenn es Euch interessiert: Vorgestern war ich mit Gertrude Barrison in den Lunapark gegangen, leise in die ägyptische Ausstellung, als ob wir so etwas Süßes vorausahneten. Gertrude erweckte dort in einem Caféhaus die Aufmerksamkeit eines Vollbartarabers; mit ihm zu kokettieren, auf meinen Wunsch, schlug sie mir entsetzt ab, ein für allemal. Ich hätte nämlich gerne den Lauf seiner sich kräuselnden Lippen beobachtet, die nun durch die Reserviertheit meiner Begleiterin gedämmt wurden. Ich nahm es ihr sehr übel. Aber bei den Bauchtänzerinnen ereignete sich eines der Wunder meines arabischen Buches; ich tanzte mit *Minn*, dem Sohn des Sultans von Marokko. Wir tanzten, tanzten wie zwei Tanzschlangen, oben auf der Islambühne, wir krochen ganz aus uns heraus, nach den Locktönen der Bambusflöte des Bändigers, nach der Trommel, pharaonenalt, mit den ewigen Schellen. Und Gertrude tanzte auch, aber wie eine Muse, nicht muselhaft wie wir, sie tanzte mit graziösen, schalkhaften Armen die Craquette, ihre Finger wehten wie Fransen. Aber er und ich verirrten uns nach Tanger, stießen kriegerische Schreie aus, bis mich sein Mund küßte so sanft, so inbrünstig, und ich hätte mich geniert, mich zu sträuben. Seitdem liebe ich alle Menschen, die eine Nuance seiner Hautfarbe an sich tragen, an sein Goldbrokat erinnern. Ich liebe den Slawen, weil er ähnliche braune Haare hat wie Minn; ich liebe den Bischof, weil der Blutstein in seiner Krawatte von der Röte des Farbstoffs ist, mit der sich mein königlicher Muselmann die Nägel färbt. Ich kann gar nicht ohne zu brennen an seine Augen denken, schmale lässige Flüsse, schimmernde Iris, die sich in den Nil betten. Was soll ich anfangen? Die Verwaltung des Lunaparks hat mir verboten, wahrscheinlich hat sie Verdacht bekommen, den Park zu betreten. Ich brachte nämlich gestern morgen meinem herrlichen Freund einen großen Diamant – Deinen, Herwarth; bist Du böse? – und eine Düte Kokosnußbonbons mit. Wenn ich überhaupt jetzt Geld hätte? Und ich habe an den Lunapark einen energischen Brief geschrieben, daß ich diese mir angetane Beleidigung der Voß mitteilen würde, daß ich Else Lasker-Schüler heiße und Gelegenheitsgedichte dem Khediven lieferte beim Empfang europäischer Kronprinzen. Was nützt mirs, daß sie mich wieder einlassen – immer geht ein Detektiv hinter mir, aber Minn und ich treffen uns bei den Zulus, die leben schwarz und wild am Kehrricht der ägyptischen Ausstellung, wo kein Weißer hinkommt. Die ganze Geschichte hat mir der Impresario eingebrockt, der behandelt die Muselleute wie Sklaven, und ich werde ihn ermorden mit meinem Dolch, den ich mir erschwang im Lande Minns. Er ist der Jüngste, den der Händler nach Europa brachte, er ist der ben, ben, ben, ben, ben des jugendlichsten Vaters im ägyptischen Lunagarten. Er ist kein Sklave, Minn ist ein Königssohn, Minn ist ein Krieger, Minn ist mein biblischer Spielgefährte. Er trägt ein hochmütiges Atlaskleid und er träumt nur von mir, weil er mich geküßt hat. Kurtchen, Freund Herwarths, wärst Du doch hier, kein Mensch will mit mir nach Ägypten gehn; gestern war eine Hochzeit dort angezeigt an allen Litfaßsäulen. Sollt er sich verheiratet haben?

Denkt mal, ich habe in den Mond gesehn auf der Weidendammerbrücke für zwanzig Pfennige. Ich habe aber nur sehr schattenhaft die Menschen durch das Fernrohr erkannt. Ein Mann hatte die Haare so wie Du geschnitten, Herwarth, oder vielmehr nicht abgeschnitten. Ob die Mondproleten auch immer rufen: Laß Dir das Haar schneiden? Und einen Herrn mit einer Aktenmappe habe ich ein Brot mit Roastbeef essen sehn, der glich Dir, Kurtchen. Und wahrhaftig, ein Café gibts auch auf dem Mond; es war Nacht, ich hörte aus seinem Innern eine Stimme wie Dr. Caros Stimme singen: »So laßt uns wieder von der Liebe reden, wie einst im Mai«.

Ich habe mich endgültig in den Slawen verliebt – warum – ich frage nur immer die Sterne. Ich liebe ihn ganz anders wie den Muselmann, sein Kuß sitzt noch, ein Goldopasschmetterling, auf meiner Wange. Den Slawen aber möchte ich nur immer anschaun, wie ein Gemälde auf Altmeistergrund. Eine Feuerfarbe hat sein Gesicht, ich verbrenne im Anschaun und muß immer wieder hin. Du brauchst gar keine Angst zu haben, Herwarth, er hat mir auf meinen Liebesbrief gar nicht geantwortet. Ich schrieb ihm: »Süßer Slawe, würdest Du in Paris im Louvre gehangen haben, hätte ich Dich statt der Mona Lisa gestohlen. Ich möchte Dich immer anschauen, ich würde gar nicht müde werden; ich würde mir einen Turm bauen lassen, ohne Türe. Ich möchte am liebsten zu Dir kommen, wenn Du schläfst, damit Deine Wimper nicht zuckt im Rahmen. Ich denke gar nicht mehr, als an Dich und nur an Dich und nie anders, als ob Du in einem Rahmen ständest. So schön wie Du gestern warst, Du warst so schön, man müßte Dich zweimal stehlen, einmal der Welt und einmal Dir selbst; Du weißt am schlechtesten mit Dir umzugehen, Du hängst Dich immer ins falsche Licht.« Ich versichere Dir nochmals, lieber Herwarth, Du brauchst Dir darum keine Sorgen machen, er reichte mir gestern abend nicht einmal die Hand. Es verriet mir jemand im Vertrauen, er will sich mit *Dir* nicht entzwein, er ist Literat. Was sagst Du zu solch einer Feigheit? Du hättest mir in seiner Lage wiedergeschrieben, nicht? Ihr braucht also noch lange nicht kommen; vorgestern nacht träumte ich sogar, ein Eisbär sei Euch beiden Nordpolfahrern begegnet und hätte Euch gefragt, ob Ihr Euch bei ihm photographieren lassen wolltet. Was ich ein ausgesuchtes Unglück in der Liebe habe! Ihr auch? Habt Ihr schon Ibsen gesehn und die Hedda Gabler? Und habt Ihr Euch schon eine andere Landschaft betrachtet, wie ein Café? Es gibt wohl da oben nur Schneefelder und weiße Berge und was weiß noch? Die Lappen halten wohl nicht, schickt mir aber ein paar Krönländer.

Ihr könnt lachen, ich hab aber die ganze Nacht nicht geschlafen, einmal war es kalt, einmal heiß, dann stürmte es Herbst, und dazwischen glühte Eure Mitternachtssonne. Als ob der September mir alles nachäffe! Ich weiß nämlich gar nicht genau, wen ich liebe: den Slawen oder den Bischof? Oder sollte ich mich noch immer nicht von Minn trennen können? Der Bischof ist seit gestern von mir zum Erzbischof ernannt worden. Aber der Slawe wird wohlweislich bald seinen Abschied einreichen, seine diplomatischen Experimente mit mir sind demokratisch. Ich bat ihn, meinen Liebesbrief mir wiederzugeben, zum Donnerwetter. Ich habe doch zum Donnerwetter Ehre im Leib. Er hat ihn mir noch nicht zurückgesandt – ob er mir ein paar Worte dazu schreiben wird! Aber was hilft das nur, der Erzbischof spricht, wie ich träume, ganz genau so, auch versteht er unausgesprochen meine Wünsche zu erfüllen. Er wandelt mit mir durch schwermütige Wälder über Rosenpfade, oder wir suchen mitten in der Gespensterstunde rissige Straßen auf, die auf die Spree blicken, finster wie das Auge des Arbeiters. Und jeden Tag bekomme ich vom Bischof einen Brief, es sind die schönsten Briefe, die ich je gelesen habe, ich lese sie laut mit der Stimme des Slawen. Und wie geht es Euch? Ihr seid wohl schon am Wendekreis des Schneehuhns angelangt? Erkälte Dich nur ja nicht, Herwarth. Vor allen Dingen bekomme keinen Schnupfen, ich werde wahnsinnig vom Rauschen der Nase. Kommt Ihr bald nach Hause? Der Erzbischof und der Slawe sind heute vor elf Uhr schon aufgestanden und verließen das Café. Ich wäre gern so sans façon mit ihnen fortgegangen, aber Ihr kennt die Leute noch nicht im Café. Wenn sich nun der Erzbischof und der Slawe alles sagen!!? Der dicke Cajus-Majus blieb bei mir am Tisch sitzen, Cajus-Majus, Cäsar von Rom; wenn er nur nicht immer von Literatur redete! Solange es von meinen Versen handelt, geht es ja noch, aber fängt er von Aristophanes an zu quatschen, soll ihn Dantes Hölle holen! Er vertraute mir an, er liebe Lucrezia Borgia. Als ich ihn fragte, wer das Frauenzimmer sei, bekam er einen Lachkrampf. Ohne Dich, Herwarth, geht es hier doch nicht. Du hilfst mir immer in der Geschichte, auch geniere ich mich, jemand zu bitten, mir die Kommas zu machen. Auf einmal kam gestern Dein Freund, der Doktor, wieder ins Café mit der Marie Borchardt und ihrer Freundin, der Margret König. Die ist auch Schauspielerin, wußtest Du das? Du, sie ist reizend! Ich schickte ihr im ausgerauchten Zigarettenschächtelchen des Slawen einen Chokoladencaces und eine Zigarette. Sie ist eine süße Silhouette. Immer steht sie, ein goldenes Nymphchen, zwischen meinen bunten, plätschernden Gedanken. Darum ging ich auch heute abend in den Vortrag der Marie Borchardt, nicht um meine Gedichte zu hören, nur der Margret wegen. Aber ich war sehr überrascht von der Vorlesung der Marie, die ist eine italienische Sprecherin; in ihrer Stimme tönen venezianische Glasblumen, und echte Spitzen aus den Palästen knistern unter ihren Worten. Ausgesehn hat sie in ihrem Terrakottakleid und ihrem Turban mit der Goldfranse wie eine kleine Dogenprinzessin. Wenn ich einen Dogen wüßte, ich ließ sie entführen in einer Gondel. Es kann doch nicht alle Tage dasselbe außer mir passieren. Du sagst zwar immer, ich soll mich nicht um andere Menschen bekümmern, aber mich ärgern ebenso sehr die unkünstlerischen, wie die künstlerischen Vorgänge mich im Leben erfreuen. Ich glaube, es ist schon zwölf Uhr; ich bin tatsächlich zu bange, heute den Flur meiner Wohnung alleine zu betreten. Ich bin nervös. Ich werde Dir mein Wort nicht halten können und vor Morgen schon in meinem Bett liegen. Ich werde bei dem Billetfräulein am Halenseer Bahnhof schlafen auf ihrem blutlosen, alten Kanape. Sie erzählt mir den Rest der Dunkelheit von ihren Liebhabern. Gute Nacht, Herwarth, liebes Kurtchen!

Ich bin nun zwei Abende nicht im Café gewesen, ich fühle mich etwas unwohl am Herzen. Dr. Döblin vom Urban kam mit seiner lieblichen Braut, um eine Diagnose zu stellen. Er meint, ich leide an der Schilddrüse, aber in Wirklichkeit hatte ich Sehnsucht nach dem Café. Er bestand aber darauf, mir die Schilddrüse zu entfernen, die aufs Herz indirekt drücke; ein klein wenig Cretin könnte ich davon werden, aber wo ich so aufgeweckt wäre, käm ich nur wieder ins Gleichgewicht. Ich hab nämlich gebeichtet, daß ich mir außerdem das Leben meiner beiden Freunde wegen hätte nehmen wollen am Gashahn, der aber abgestellt worden sei; der ganze Gasometer ist geholt worden. Ich konnte die Gasrechnung nicht bezahlen. Auch in der Milch kann ich mich nicht ersäufen, Bolle bringt keine mehr. Wie soll ich nun, ohne zu erröten, wieder ins Café kommen? Ein Mensch wie ich müßte sein Wort halten. Ich werde den beiden, dem Bischof und dem Slawen, vorschwindeln, Du wirst Dich zu sehr erschrecken.

Liebe Jungens!

Ratet nur, die beiden waren garnicht mehr da, als ich um zwölf Uhr lebendig ins Café kam, aber Dein Freund der Doktor saß und sang für sich, manchmal so laut, er vergaß schier den Ort. Seine Stimme ist mythenhaft, olympisch, auch Krater raucht darin, und dröhnen kann sie wie Zeuswort. Daß wir beide uns böse sind, ist direkt unkünstlerisch.

Wißt Ihr, wer heute in aller Früh angeklingelt hat – Fridolin Guhlke. Er habe sich verliebt, er habe seine erste Liebe getroffen; damals sei sie dreizehn gewesen vor drei Jahren. Und er zeche nicht mehr, seine Flamme trüge einen Heiligenschein um den Kopf. Auch ins Café käme er nicht mehr, ich sollt ihm dieselbe Askese versprechen. Heimlich halten wir alle das Café für den Teufel, aber ohne den Teufel ist doch nun mal nichts. Ich bin neugierig, wie lange der Guhlke es ohne Teufel aushält. Manchmal gehts ja dort auch etwas zu heiß her, wenn einen so eine aufgetakelte Plebejerin anranzt; man soll ihr aus dem Weg gehn, ihr Vollmond könnt nicht vorbei mit dem Spitzenüberwurf. Ich wollt ihr eine Backpfeife geben, als sie schon oben aus dem Billardraum ihren Mann holte, der in Begleitung von galizischen Saduzäern und Chaldäern sich mir näherte. Aber ich verhielt mich stumm; hasse es, mich mit lauten schreienden Weibern einzulassen. Nach einiger Zeit kamen dann zwei Polizisten, mich zu vernehmen. Aber Richard versteckte mich zwischen den Zeitungen; das bleibt jetzt mein Fach. Dann kam unser Direktor Wauer, er hätte gern die Szene gesehn. Ich entschädigte ihn. Er kannte wirklich noch nicht die Schauspieler im ägyptischen Lunapark. Gerade trabte das Dromedar am großen Fenster des Cafés vorbei; es kam vom Tierarzt, es leidet an seinen Mägen. Ich sehne mich nach Minn, er war es nicht, der Hochzeit hatte. Was mir noch einfällt, Kurtchen, Herwarth hat seine Taschentücher vergessen, leihe ihm von Deinen. Du kriegst sie *gewaschen* zurück. Es ist vier Uhr; es ist noch ganz hell. Direktor Wauer fährt in einem Wagen unserer kleinen Karawane voraus.

Lieber Herwarth und liebes Kurtchen! Bleibt noch so lange wie es Euch gefällt; ich freue mich ja so, daß Ihr Euch schon erholt habt, auch über Eure schönen, interessanten Ansichtspostkarten. Wie vornehm ist Ibsens Grabmal gehalten, eine Säule in der Sprache der Hieroglyphen, eine nordische Pyramide. Gestern zeigte mir der Erzbischof auch mein Denkmal. Der indische Turm des Lunaparks müßte einmal auf meinem Leibe stehn. Es überkam mich ein Grauen, aber zu gleicher Zeit senkte ich erhaben den Kopf vor der mir angetanen Ehre.

Der Bischof ist der Gärtner des Worts, er spricht mit einer gleichmäßigen Ruhe, die mir wohltut. Er behauptet zwar, er spräche nur mit mir so gleichmäßig und vorsichtig, und ich weiß nicht, ob er mich für eine zarte Pflanzenart oder für einen Tiger hält. Als wir am Abend dem Slawen begegneten, ging er an uns vorbei; er spielt altmodisch den Erhabenen, er ist eben ältlich im jugendlichen Alter. Wenn man ältlich ist, kann man keine Jahreszeit des Herzens erleben, selbst den Winter nicht, ebenso wie der Kindische nichts vom Frühling weiß. O, und alles bedeutet der Wandel im Menschen; der Bischof und ich, wir spielen augenblicklich Lenz. Peter Baum gibt mir auch vollständig recht, er sei nur zu faul zum Wandel. Er läßt Euch grüßen; sein Roman aus der Rokokozeit sei fast fertig, vor einem halben Jahr war er beinah fertig. Lebt wohl, liebe Kameraden!

Cajus-Majus, der Cäsar, setzte sich geheimnisvoll an meinen Tisch, als sich Peter Baum für einen Augenblick entfernte, Cajus möchte mich etwas fragen. »Ich möchte Sie etwas fragen, Else Lasker-Schüler, passen Sie mal auf! Es handelt sich um meine literarische, wie um meine materielle Zukunft. Würde es mir Herr Walden übel nehmen, falls ich bei Capuletti in Florenz in den Verlag einträte? Kraus ist ja erhaben über dergleichen, aber Walden hat zur Zeit Herrn D. schon einmal bei einer solchen Gelegenheit die Alternative gestellt.« Ich habe ihm geantwortet, Herwarth, daß er meine Stellung zu Dir überschätze. Ich wäre noch nicht mal als Laufbursche unten im Bureau angestellt, ich bewürbe mich aber um den Sekretariatsposten und würde seine Angelegenheit zur Sprache bringen. Bin ich nun so dumm? Offen gestanden, ich mag Cajus-Majus schrecklich gern leiden, er ist ein drolliger, erwachsener Pausbackenengel, ein frommgewordener Bacchant im Bacchantenzug; sein Humor hat sich frisch erhalten, aber statt der Trauben trägt er einen weißen Kragen um den Hals. Was sich doch die Menschen verändern, was die Literatur aus einem Menschen macht! Aber allen Ernstes, Herwarth, wirst Du es ihm übel nehmen? Eins will ich Dir sagen, druckst Du nichts mehr von ihm, schreib ich nicht eine Bohne mehr. Die einzigen Sachen, die mir Vergnügen machen, sind Cajus-Majus Sachen. Als Peter Baum wieder an unseren Tisch trat, kamen durch die Caféhaustüre die Signorina Marie und die Margret. Ich sagte, die Margret sieht heute aus wie ein Glühwürmchen, und Peter Baum schnappte danach. Aber Cajus-Majus schwamm weiter durch die literarische Seligkeit wie ein Walfisch. Aus seinem Kopf floß über Kreuz ein Springbrunnen. Wir gingen zeitig nach Haus, Herwarth, auf Ehrenwort! Wieder ist ein Brief vom Dalai Lama aus Wien gekommen, ich habe ihn zu den anderen Briefen und Karten und Drucksachen in Deine fife o glock Hose gesteckt.

Lieber Cook und lieber Peary!

Ich muß Euch ein Geheimnis anvertrauen: Gestern in der Nacht, der Himmel war eine Mischung von taubenblau und stern, gingen der Bischof und ich in eine kleine Kneipe in die Mommsenstraße. Aber ich hatte kein Geld mehr bei mir, als gerade noch für ein Glas Wasser, das Trinkgeld kostet. Der Bischof verträgt aber wahnsinnig viel Alkohol; er wollte durchaus Burgunder trinken, weißen Burgunder. Er beteuerte mir, daß durch sein Herz weißer Burgunder ströme, er wollte mich durch die Blume des Weins von seiner reinen Liebe verständigen. Aber ich sagte ihm, ich hätte kein Geld. Und er war sehr niedergeschlagen, daß ich von ihm nichts annehmen wollte. Meint Ihr, ich hätte mit ihm den Burgunder trinken sollen? Oder Goldwasser? Ich will Euch offen sagen, wir haben Goldwasser getrunken; ich habe mich zum ersten Mal von einem Menschen freihalten lassen; es lag eine Zärtlichkeit in seinem Geben, manchmal reichte er das kleingeschliffene Glas bis an meine Lippen, wie mans bei einem Kind tut. Ich liebe seitdem den Bischof und ich habe ihm erlaubt, meine Haare zu küssen; er sagt, sie duften nach Lavendel.

Liebe Jungens!

Ich habe hier nun keinen Menschen, dem ich das alles erzählen kann, kommt bald wieder! Der Peter Baum ist ein Schaf, er grast immer auf der Wiese bei seiner Mutter und immer kann er nicht loskommen von Hans oder von einem anderen Cousin des Wuppertals. Oder seine Schwester läßt ihn nicht fort, oder Maja, sein Weib, ist zurückgekehrt von der Reise. Ohne Peter Baum kann ich nicht leben. Er rügt mich nie, er findet, alles paßt zu mir, was ich tu. Aber vor Dir hab ich Angst, lieber Herwarth; eine Backpfeife wäre mir lieber als Dein strenges Gesicht. Den Geschmack habe ich noch von der Schule her. Und ich werde lieber in Deiner Abwesenheit diese Briefe an Dich und Kurtchen an Deine Druckerei schicken. Du sagst ja doch, es geht nicht, aber es geht alles, wenn man will. Peter Baum findet auch nichts dabei. Den ganzen Tag hab ich gestern auf ihn gewartet; ich schrieb dreimal denselben Brief an ihn, einen sandte ich an seine erste Wohnung, den zweiten an seine zweite Wohnung und den letzten an seine Mutterwohnung nach Friedenau. Auf Wupperthaler Platt: »Lewer Pitter Boom, dat letzte Mol, dat eck Deck schriewen tu: kömm oder kömm nich, ollet Mensch. Eck han Deck so völl tu verzählen, eck weeß nich, wän eck vön de dree Arbeeter liewe: den Fredereck oder den Willem oder den Ost-Prösen. Du söllst meck helven tu sinnen, dommet Rendveeh. För wat böß De denn geborn? On leih meck een Kastemännecken, eck han verdeck keene Kartoffel mähr em Hus, on necks tu freten. Eck gew et Deck weher, so wie ming Gelägenheetstrauerspeel, »Die Wupper«, obgeföhrd wörd. Der Derektör Reenhardt han et meck versprokken optuföhren; wenn meck ens nur der olle Großvatter em erschten Akt vörher nich sterben dut; hä leid on die Luft. Det weeßt De jo. On de Grätz vom Dütschen Triater söll emm speelen. Du gönnst et meck wohl nich, fiser Peias? Kömmste nu oder nich? Kömm ens wacker! Ding Amanda!«

Denkt mal, er ist abgereist mit seiner Schwester Julie nach Hiddensee. Am Hohenzollerndamm wohnt seine Frau, die

Matja, mit ihrer Freundin Jenni. In der alten Ringbahnstraße hat Peter Baum seinen Roman liegen lassen. Die Tapezierer haben die Hälfte Blätter schon mit Kleister beschmiert, um sie unter die neue Tapete zu kleben. Aber was geht das uns an! Hast Du Dir den Brief von der Post in Christiania abgeholt, lieber Herwarth? Was sagt Du dazu, daß Deine Pantomime in ganz Luxemburg angenommen worden ist? Ich singe immer seitdem: Ich bin der Graf von Luxemburg und hab mein Geld verjuxt, verjuxt.

Liebe Kinder!

Ich habe Euch schnell was furchtbar Schmerzliches zu sagen: der Marokkaner ist entführt worden von einer Undame.

Herwarth!

Gestern war ein Monstrum im Café mit orangeblonden, angesteckten Locken, und wartete scheints bis Mitternacht auf Dich, Herwarth. Leugne nur nicht, Du kennst sie; sie sprach genau so im Tonfall wie Du, überhaupt ganz in Deiner Ausdrucksweise. Nachher ging sie in die Telephonzelle; ich und Zeugen hörten sie unsere Nummer rufen, aber Deine Sekretärin mußte wohl schon gegangen sein, denn das Monstrum stampfte so wütend mit dem Fuß, daß die gläserne Tür des kleinen Kabinetts klirrte. Und so stampfen nur Verhältnisse! Es wäre doch eine Gemeinheit von Dir, wenn Du mir untreu wärst. Jemand hat hier im Café gesehn, wie sie Dir unter dem Tisch eine ihrer künstlichen orangefarbenen Lokken schenkte. Aber was wollte ich noch sagen: heute morgen war Minn bei mir in der Wohnung; auf seiner stolzen Schulter trug er einen großen Reisekorb, mich darin sofort einzupakken nach Tanger. Ich will es mir noch überlegen mit dem Bischof; natürlich, wenn der mich wirklich liebt, kann ich ja nicht weg. Aber noch eins: niemand schwärmt so für Deine Pantomime wie der Erzbischof und der Slawe. Also bleibe noch ruhig am Nordpol, Du und Kurtchen.

Lieber Herwarth!
Zum Wohlsein, Kurtchen!

Gestern sind meine Rosa und ich fast überfallen worden!! Sie flickte mir gerade meinen Rock. Ihr Fritze war es, der doch so ungefährlich aussieht. Sie hat ihm in der letzten Zeit dieselben Briefe geschrieben, die ich ihr an Dich und Kurtchen vorlas. Was wir so alles durchmachen! Auch geht es mir materiell schlecht. Im Café habe ich große Schulden, beim Ober vom Mittag: ein Paradeishuhn mit Reis und Apfelkompott; beim Ober von Mitternacht: ein Schnitzel mit Bratkartoffeln und Preißelbeeren und ein Vanilleeis, ein ganzes zu fünfzig Pfennig. Martha Hellmuth, die Zauberin Hellmüthe in meinem St. Peter-Hille-Buch, lieh mir einen Groschen fürs Nachhausekommen, sonst hätte ich Dir wieder mein Wort nicht halten können. Und nachher kam Rechtsanwalt Caro; er ist direkt ein gentleman, er gab mir für Dich zehn Mark; er sei Dir das schuldig. Als ich dann Lachs mit Buttersauce gegessen hatte, fiel mir ein, es war eine elegante Ausrede von ihm. Was man doch an Keingeld zu Grunde geht! Zwar Kleingeld vertrag ich noch weniger, ich bin von Hause nicht en miniature gewöhnt. Macht Euch keine Sorgen um mich, solang ich noch im Fall einer Mobilmachung was zu versetzen hab – Euer Krösus.

Liebe Jungens!

Höxter ahnt was von meiner Schwärmerei zu Minn, er hat mir zwei Ansichtspostkarten der ägyptischen Lunaausstellung mitgebracht. Auf dem Kamel der Palmenlandschaft sitzt mein Sultan. Wo ihn die Diebin wohl hingeschleppt hat? Hast Du übrigens von der Zeichnung, die Höxter von mir gemacht hat, ein Cliché anfertigen lassen, Herwarth? Sie kommt doch in den Sturm? Ich bin darauf wirklich der kriegerische Prinz von Theben, dafür ist die Sphinx im Vordergrund ein richtiges Weib. (Ich schreib sonst kein Wort mehr für den Sturm.) Höxter und ich sitzen heut ganz allein im Vorgarten des

Cafés; wir knobeln in der Sonne aus, daß wir beide von Beduinen stammen, er sitzt immer wie ich auf einem edlen Araberpferd, darum können wir nie ganz verkommen. Wir sind vom Stamm der Melechs und ziehen in Gedanken immer gegen andere Rassen. Ich bin Höxter dankbar, er erzählte mir ein Wunder, seine Schwester heiße Schlôme.

Wißt ihr, wer gestern bei mir war? Die Exkönigin Eugenie! Ich öffnete mit Zagen die Korridortüre wegen des Gerichtsvollziehers. Ihre Majestät versprach mir, an meine Cousine zu schreiben, die ist Zwillingsmillionärin.

Lieber Herwarth, edles Kurtchen!

Ich habe mir seit einigen Tagen vorgenommen, Karl Kraus, der Dalai-Lama in Wien, soll außerdem Minister werden. Ich sehe ihn überhaupt nicht mehr anders, als auf einem mächtigen Stuhl sitzen. Wie langweilig und langsam alle Menschen sind, er wäre schon längst Minister. Ob ich wohl Hofdichterin werden würde mit einer Apanage. Aber daran denke ich erst in zweiter Linie. Ich hätte die Angelegenheit Dalai-Lamas längst zur Sprache gebracht, aber die Leute, wie gesagt, lächeln immer langwierig, wenn ich was sage, auch verstehen sie nicht meinen gaukelnden Worten ein Seil zu spannen. Nur der Minister freut sich meiner Sprünge, er ist ernst genug.

Der kleine Jakobsohn hat zweiundzwanzig Nummern der Fackel bestellt; ich habe Dir sofort gesagt, Herwarth, er ist gar nicht so schlimm, es wird ihn auch noch der Sturm umreißen. Seid vergnügt, beide, macht Euch keine Sorge wegen meines Mitbruchs, ich hab Diamanten und Perlen – und ein Heer Verse – auf Dich gedichtet.

Ich kann Euch heute nur eine Postkarte schreiben; der Bischof telephoniert eben, ob wir gleich etwas in Sibirien spazieren gehen wollen. Wir nennen nämlich die Gegend am Lützowerplatz in Charlottenburg Sibirien. Wir haben überhaupt viel gleiche Empfindungen beim Anschaun der Welt. Auch sehen wir dieselben Tiere im Menschgesicht. Die Katzen liebt er, ich nicht. Ich werde ihn heute fragen, ob er die Katzen mehr liebe wie mich. Solche Fragen berühren ihn glücklich. Ich frage ihn vieles Verhängnisvolle auf Französisch, als wäre er mein Gouverneur. Es ist so aufatmend, wenn einem auf einmal alle die verantwortlichen Gedanken und eingenisteten Gefühle von der Schulter gleiten und man eine Marionette ist, am feinen Seidenfaden geleitet. Aber manchmal bin ich sein goldener Ball, den er liebevoll in Kinderhände wirft. Oder ich schlummere vom Rausch seiner Worte, er hat etwas Rebenartiges. Ich lehne, seitdem ich ihn kenne, oft an schwarzangestrichenen Wänden der Häuser und werde süß. Wenn er nicht mit mir spielen würde! Ich müßte verdorren in der Nüchternheit von Berlin. Unter Asphalt ist sogar hier die Erde begraben; einen großen Baldachin wie des Wintergartens dumpfer Sternenhimmel wollen sie jetzt über die Hauptstadt bauen; wo soll man dann hin, blau sehn. Der Westen unserer Stadt ist mir am verhaßtesten, die Arbeitergegenden haben wenigstens etwas Kriegerisches. Kürzlich standen wir auf der Brücke, die zur Siemens-Fabrik führt, in der Nacht. Wir hätten uns fast geküßt, aber ich entschwand seinen Lippen, ohne es zu wollen, wir sind auch beide zu weiß, wenn wir erröteten im Küssen, wäre wie Blut, vielleicht wie Mord. Ich muß Euch das alles sagen, liebet mich dafür.

Liebe Jungens!

Als ich heute ins Café kam, saßen der Slawe und der Bischof wo versteckt. Der Slawe findet es scheints politischer in Deiner Abwesenheit, Herwarth, sich nicht mit mir zu befassen, er spielt den Ehrenmann. Auf die Idee, daß er sich aus mir nichts macht, bin ich noch nicht gekommen, aber ich habe ihn satt; er ist auch gar nicht so schön, wie ich ihn zuerst sah, er hat ein enges Mienenspiel. Und er freut sich immer, wenn jemand Verlust der Phantasie erleidet, da er keine besitzt. Ich habe Minn verloren, alle marokkanischen Träume und den tätowierten Halbmond an seinem vibrierenden Nasenflügel. Der Bischof sah mich von Ferne weinen, er küßte schon dreiundzwanzig Mal mitleidig seiner kleinen, heiligen Katze den Kopf.

Heute stellte ich dem Bischof eine Sängerin vor, weil sie der Talismanphotographie ähnlich sieht, die er in seinem Portefeuille trägt. Nun soll er in Wirklichkeit seinen Typus Angesicht von Angesicht sehn. Ich glaube zwar, er ärgert mich nur mit ihm, aber ich will mich lustig rächen. Felicitas summt immer meine Melodien auf Berliner Jargon, die ich aus dem Morgenland weiß, sie ist mein verwässerter Nil abwechselnd mit einer Schüssel Tigriswasser, darin sie ihre Strümpfe wäscht. Aber sie trägt seidene Strümpfe; mit Wohlgefallen bemerkte das der Erzbischof, auch stellte er Vergleiche an zwischen mir und ihr. Das nehme ich ihm übel, ich glaube, ich mag ihn nicht mehr leiden. Meine ganze Psyche ist eine Weile eingekracht. Eine feine ganz goldene Stadt ist meine Seele, lauter Wandelgänge von Palast zu Palast. Und ihre Landschaften übersteigen die Schönheiten aller Länder. Ich soll wieder erkrankt sein, aber wo? Es ist kein Mosaik mehr da, und mich behandelt man auf Backsteine. Ich gab dem Bischof lächelnd die Hand zum Abschied: »Leben Sie wohl, Herr Erzbischof, Sie behaupteten, die Kultur der Ägypter über alles zu lieben, und vergaßen, daß man eine pharaonische Prinzessin nicht (wenn auch in Gedanken) neben einem deutschen Porzellangänschen stellen darf.« So sagte ich ihm.

Herwarth!

Heute gabs wieder Aufschnitt bei mir; dabei esse ich so gern Ente und Mirabellen. Ich hatte geradezu Sehnsucht nach Kempinski, trotz der gierigen Philister an den Nebentischen. Warum sind wir beide dort so unverheiratet? Bin weder in dem Lokal Deine Verehrerin, noch Deine Kameradin, noch Deine Angetraute. Du bist dort mein Liebhaber, erster Liebhaber, und ich fühlte wohl in den beiden Malen, wo wir dort aßen, daß auch in Dir verborgen wie in allen Männern das Talent zum Bonvivant steckt; aber ich auch nicht alleine die

Dichterin und die Tino von Bagdad bin, nicht nur der Prinz von Theben, zu guterletzt nicht nur als Jussuf der Ägypter existiert habe, sondern ich auch ein ganz kleines Mädchen sein kann, das zum ersten Mal von einem Herrn zu Kempinski zum Abendbrot mitgenommen wird und Geschmack an Kaviar und Ente mit Mirabellen findet, sich aber noch schüttelt entsetzt vor der Schnecke in der geöffneten Muschel. Weißt Du noch unsere Angst, daß jemand uns von Bekannten sehen würde, – unser Verhältnis. Ich trank aus Deinem Glas Rotwein, und Du machtest mir Komplimente meiner schmalen Fußgelenke wegen. Du versprachst mir seidene Strümpfe zu kaufen und eine weiße Feder für meinen großen Strohhut. Du hast so emsig süß zu mir gesprochen, namentlich wie ich mich genierte, noch etwas von der Auswahl der Konfitüren zu wählen. Und ich vergaß wirklich, daß ich Deine Frau war, und machte mich über Deinen Drachen lustig, über ihre finstere Stirn. Aber ich werde nie Dein stutziges Gesicht vergessen; da wußte ich, daß Du schon öfters mit kleinen Mädchen bei Kempinski soupiert hattest, die Deine Frau ihrer fanatischen Galiläerstirn wegen verspotteten. Das hatte Dich immer wieder von den Leckermäulern abgebracht, denn Du wurdest barsch und unmutig zu mir, weil ich Deine »Frau« beleidigt hatte. Und wie ich erfahren habe, bist Du erst neulich in einer kleinen Gesellschaft dort gewesen, Dein Freund, der Doktor, brachte seine lachende Kleine mit. Warum hast Du nicht Kurtchen veranlaßt, den Doktor auch zu der Reise nach Norwegen einzuladen? Er sieht abgearbeitet und verärgert aus. Es gibt keinen Menschen, der aufmerksamere Liebe nötiger hat, als der Doktor, als »unser« Doktor, sind er und ich auch schuß für ewig. Ich habe jahrelang Jünglingen, die ihm ähnlich sahen, Blumen gesandt.

Liebe Nordpolforscher!

Direktor Wauer hat heute morgen ein Telegramm aus Elberfeld bekommen. Die Stadt Elberfeld hat ihn verständigt, daß der Wupperthaler Gesangverein ihm ein Ständchen bringen wird, weil er ming Stöksken aufführen tät. Was mich meine Einwohner doch gut leiden mögen! Und eine Deputation Färwer, Knoppmaker on Suttaschdreher on zweihundert Weberslüte werden unserm Direktor ein Album mit bergischen Photographien überreichen. Ich schwärme wahnsinnig für Direktor Wauer.

Liebe Beide!

Wieso weiß Richard Weiß in Wien von der Aufführung meines Schauspiels? Er schickte mir heute Rosen. Ich möchte ihn einmal sehen. In seiner Schrift stehen alle seine Gedichte gemalt, manche sind gebeugte Bäume, aber auch herrliche Kuppelbauten erheben sich an Ufern. Ja, seine Schrift hat Ufer und Flüsse, heilige Wellen, die nach Gebeten duften. Seine Schrift duftet. Es hat mir jemand verraten, daß er schlank ist, daß er braune Haare habe und schmerzlich der Blick seiner Augen sei, und daß er den Scheitel an der Seite, wie ich, trüge. Ich denke an ihn immer sehr bewegt: ich wollte, ich wäre ein Spaßmacher und er eine Schlange, ich würde ihm das Tanzen beibringen.

Lieber Herwarth und lieber Kurt!

Ach, ich habe diese Nacht so sonderbar geträumt! Ich lag auf einer Bahre mitten auf einem Platz. Ich lag gehüllt in einem weiten, stillen Tuch, wie in einem Meer – und war tot. Manchmal tratst Du zu mir, Herwarth, und hobst das Meer von meinem Angesicht und wiesest auf meine Stirn. Und es verhöhnten sie so viele Menschen, wie ich Tage gelebt hatte. Ich begann mich schon wegen Deiner Arglosigkeit zu ärgern, denn ich habe immer den neugierigen, dreisten Tag gehaßt. Aber als die Nacht kam, bat ich Dich, drei Prinzessinnen meiner Liebe zu beschenken. Du versprachst mir feierlich, der Venus von Siam das Armband zu senden, das ich beim Aufschreiben meiner Gedichte trug. Du wiederholtest mir mit reiner Stimme, meinen Ring mit dem eingefaßten Abendrot, Jephta, der Frau des gentlen Rechtsanwalts, der immer vom Mai singt, zu reichen. Du schworst mir treu, daß Du Nora von Indien, dem weißen Panther, meinem treuen Absalon, meinem frommen Spielgefährten, mein Rubinherz selbst um den Nacken legen würdest. Ich weinte so wild, ich hörte das Meer um mich aufstehn. Und ich fürchtete, Dein Finger würde erfaßt werden, der über den Platz wuchs, auf dem ich gebettet lag, der klare Wegweiser, der auf meine Stirn wies. Es wurde immer auf etwas gewartet – Zeuxis Kokoschka schlenderte hinter dem Dalai-Lama; und Loos, der Gorillaarchitekt, trug auf seinen Händen mein Gewölbe, wie es sich für mich geziemt, aus weißem Libanonholz, schlicht, aber zu reich für den eitlen Geschmack der Leute. Und es brach ein Kampf um das Haus meines Leibes aus; Stuckvolants und Einsätze setzten sie an meines Tempels Fassade. Aber ich konnte nicht mehr streiten, ich hatte mich schon aller Täglichkeit abgewandt und spielte mit der runden Zeit. Des Dalai-Lamas Augen, blaue, milde Myrrhen balsamierten mich ein, Zeuxis malte mich endlich im Tode. Und Du, Herwarth, küßtest meine Stirn, eine Orgelsymphonie stieg zu mir empor; ich bin nie mit anderen Menschen zu messen gewesen; ich konnte nur immer so sein, wie man zu mir heraufblickte, denn meine Stirne war der Nachthimmel. Du wußtest es.

Liebe Renntiere!

Ich freu mich so auf Euer Geweih! Aber ich dachte mir gleich, daß Ihr so leicht nicht von der Schlittengegend fortkämet. Und habe also früh Schluß mit meinen Briefen an Euch gemacht. Übrigens empfing ich schon viele bedauernde Anfragen deswegen; also bleibt noch, friert ein bißchen. Ganz recht, ich werde anfangen, meine Briefe an Euch zu sammeln, und sie später unter dem Titel »Herzensbriefe, alleinseligmachender Liebesbriefsteller, gesetzlich geschützt« herausgeben. Vorwort: Alle bis dahin vorhandenen Liebesbriefsteller hinterlassen Übelkeit und Magendruck. Und den Deckel muß mir ein Porzellanfabrikant zeichnen, ein Pärchen zwischen bunten Blumenmustern. Oesterheld und Cohn sagen, das ist meine erste vernünftige Idee, nur ihr Lektor Knoblauch war empört darüber. Der Verlag hat sich aber noch nicht erholt von dem Reinfall in meine Wupper. Und was meint Ihr – Müller Mahle Mühle hat mir mein Manuskript Essays aus München wiedergesandt, »sie seien ja sehr hübsch, aber das Publikum interessiere sich nicht für die Namen«. Ich meine doch, Julius Lieban, Emmy Destinn, Tilla Durieux, William Wauer, Paul Lindau, Friedrich von Schennis, Peter Baum, St. Peter Hille, Karl Kraus, Adolf Loos, Oskar Kokoschka, Dr. Adolf Kerr, Maupassant etcetera sind nicht unbekannte Leute. Außerdem erschienen alle meine Essays in den ersten Zeitschriften und Zeitungen, das müßte Herrn Müller doch maßgebend gewesen sein. Mahle Mühle Müller. Euer Pechvogel.

Herwarth und Kurt!

Ich muß Euch heute nacht noch etwas ganz Seltenes erzählen, Stefan George ist mir in der Dunkelheit eben begegnet. Er trug einen schwarzen Samtrock, ließ die Schultern hängen, wie müde von der Last des Flügels. Ich schrie ganz laut. Ich bin einem Erzengel begegnet, wie er gemalt ist auf den Bildern Dürers.

Lieber Herwarth und Kurt!

Ich habe das Café satt, aber damit will ich nicht behaupten, daß ich ihm Lebewohl für ewig sage, oder fahre dahin Zigeunerkarren. Im Gegenteil, ich werde noch oft dort verweilen. Gestern ging es Tür auf, Tür zu, wie in einem Bazar; nicht alles dort ist echte Ware: Imitierte Dichter, falsches Wortgeschmeide, Similigedanken, unmotivierter Zigarettendampf. Der Rechtsanwalt kommt schon lange nicht mehr hin. Warum es einen so ins Café zieht! Eine Leiche wird jeden

Abend dort in die oberen Räume geführt; sie kann nicht ruhen. Warum man überhaupt in Berlin wohnen bleibt? In dieser kalten, unerquicklichen Stadt. Eine unumstößliche Uhr ist Berlin, sie wacht mit der Zeit, wir wissen, wieviel Uhr Kunst es immer ist. Und ich möchte die Zeit so gern verschlafen.

Kinder, ich langweile mich furchtbar, die ganzen Geliebten sind mir untreu geworden. Ich komme mir vor wie eine Ausgestoßene, trete ich in den Vorhof unseres Cafés. Den Slawen kann ich ja nicht mehr ausstehen. Und der Bischof ist mir zu wertvoll zum Spiel; wenn er das Spiel ertragen könnte! Wer verträgt aber den Kopf- und Herzsprung! Minn ist herabgekommen durch die Undamen; ich weiß garnicht mehr, ob er hier in Berlin ist. Ich bin inwendig wie ein Keller, wie Sibirien ohne Duft. Ich bin so allein; wäre ich wenigstens einsam, dann könnte ich davon dichten. Ich bin die letzte Nuance von Verlassenheit, es kommt nichts mehr danach. Wenn mir doch jemand was Süßes sagte! Wäre ich doch eine Biene und könnte mir Honig machen! Was nützen mir deine lieben Briefe und Postkarten! Ich kenn Dich und Du kennst mich, wir können uns nicht mehr überraschen, und ich kann nur leben von Wundern. Denk Dir ein Wunder aus, bitte!

Gestern abend war ich im Wintergarten mit dem Maler Gangolf. Ich gehe so gern mit ihm gerade in die Variétés. Er spöttelt nicht, er kann großgucken wie ein Kind. Manchmal überkommt uns auch Romantik – dann schielt er leise nach der Nelke oder Rose oder Georgine, mit der meine Hand spielt. Ich schiebe sie dann ganz grundlos auf seinen Schoß. Am besten gefielen uns die beiden musikalischen Clowns, der eine in der weißgetünchten Maske Kubeiks, dem Spiel nach war er selbst darunter versteckt. Der zweite, verkleidet als Rubinstein, spielte, wie der gespielt haben muß. Ja, ja, man muß Clown werden, um sich mit dem Publikum zu verständigen, und – damit man dran kommt. Ich habe Dir schon lange gesagt, Herwarth, ich trete auf als Aujuste und spreche so mit dem Gänseschnabel meinen Fakir und meinen Ached-Bey und meine Gedichte. Gangolf war bewegt darüber – er zeigte mir am Abend noch zur Zerstreuung sein Puppentheater. Er hat eine Stadt voll von Miniaturmenschen geschaffen. Auch seine Gemälde sind wirklich geformt vom bunten Blut der Farben. Leid tat mir, daß er sein hervorragendes Selbstbildnis zerstört hat, den Mann hinter dem Fenster, der über die Türme der Stadt blickt. Sie hat ihn verloren und er die Stadt. Wir wollen jetzt öfters zusammen wieder in die Variétés gehen. Du hast doch nichts dagegen, Herwarth? Ich grüße Dich!

Liebe Skiläufer!

Oder lauft Ihr nicht Ski? Wie ich noch so oberflächlich fragen kann, und bin in der größten Besorgnis, wo ich mein Manuskript unterbringe. Ich muß doch eine Familie ernähren, ich meine meinen Paul in allen Schmeichelnamen. Er will nun endlich eine Lokomotive mit vier oder vierzig Volt elektrischer Kraft haben oder einen Dampfkessel, der täglich hundert Kubikmeter verträgt, fünfzig Pferdekraft stark ist. Ich bitte ihn gar nicht mehr um Einschränkung seiner Wünsche; er wird wütend über meine Unwissenheit in technischen Dingen. Ich glaube, er ist Edison, und er wartet nur noch *einen* Monat höchstens, dann soll ich mir einen Laden aufmachen und alles einen Pfennig billiger verkaufen. Vielleicht hat er recht, auch verwirft er meine Bücher und mein Schauspiel habe ich von Schiller abgeschrieben. Ihr müßt nur seine Modelle für sein neues Luftschiff sehen, er erklärt mir unermüdlich von Propellern. Morgen muß ich alles auswendig wissen. Ich hab mir was geboren!! Wo bring ich nun schnell mein Manuskript unter? Erkundigt Euch doch mal in Norwegen nach einem blutmutjungen Verleger. Heut nachmittag geht Paul mit Hüne Caro aus, sie haben beide zusammen eine Braut.

Liebe Jungens!

Ich habe Frau Franziska Schultz besucht. Ihr Schutzhaus für den Neugeborenen ist so osterlich. Lauter kleine rosarote Zuckerostereier gucken nebeneinander versteckt aus weißen Kissen. So reizend ist das anzusehen, und ein Negerküken liegt auch dazwischen – geradezu Schwarzweißkunst. Ich wollt, ich wär auch noch mal klein. Manchmal wünscht ich mir wirklich, jemand führte mich spazieren und ich wär erst vier Jahre alt. Die Zeit drückt, die meisten sterben an der Zeit. Darum sollte man sich viel in seine Kindheit zurückversetzen.

Ich möchte Euch heut abend nur sagen: Berlin ist eine kleine Stadt, täglich schrumpft sie mehr und mehr ein. Groß ist eine Stadt nur, wenn man von ihr aus groß blicken kann. Berlin hat nur ein Guckloch, einen Flaschenhals, und der ist auch meist verkorkt, selbst die Phantasie erstickt. Gute Nacht!

Liebe Brüder!

Ich bin außer mir, der Pitter Boom, den ich berühmt im Sturm gemacht habe, – schreibt mir folgende wörtliche Ansichtskarte: »Liebe Tino, wenn ich auch finde, daß zu Ihnen alles paßt, so paßt mir doch nicht alles. Sehr muß ich bitten, endlich meine Familie aus dem Spiel zu lassen. Ich las im Sturm den plattdeutschen Brief. Herzliche Grüße aus Hiddensee. Peter Baum.«

Habt Ihr Worte – vielleicht irgendwelche Nordpollaute? Ich brauche sie, meinen Zorn abzukühlen. Aber ich weiß etwas, was Ihr nicht wißt. Aber ich habe einen Eid geleistet, es nicht wiederzusagen, trotzdem es mich eigens betrifft. Warum verteidigt man sich selbst eigentlich, man sollte doch gegen sich nicht argwöhnen. Ich bin ganz unglücklich, daß ich es keinem Menschen sagen darf. Wenn mich doch ein Geschöpf dazu zwingen würde! Oder wenigstens Peter Baum käme, und ich es in die Natur schreien könnte. Seid Ihr nicht neugierig?

Liebe Kameraden!

Mein Eid wurde eine Zwangsidee, oder vielmehr ich konnt ihn nicht bezwingen. Der verdammte Cajus-Majus kam mir heut am Spittelmarkt entgegen, wo der Krögel ist, und sagte, ich sähe aus, als ob ich an Depressionen leide. Seine Mutter aber fand (Dr. Hiller hat doch eine ganz jugendliche, reizende Mutter), ich sehe ganz munter aus. »Das bin ich ja gerade, selig bin ich, und kann keinem Menschen sagen warum. Meine Kusine Therese aus der Tiergartenstraße hat mir vorige Woche zweihundert Mark geschickt. Ich sollt mir aber keinen Mohrenmantel kaufen!« Mutter und Sohn haben mir versprochen, es niemandem wiederzusagen. Ich setzte mich dann erleichtert, noch dazu mit dem Rest der zweihundert Mark, an die Spree hin. Alle diese praktischen, unnotwendigen Sachen, die ich für meine Millionen bezahlt habe – den Mohrenmantel besäße ich wenigstens noch! Müßten mir nicht die Leute alle Tribut zahlen? Der Krögel ist ein gerechter Ort, der Krögel ist der schönste Aufenthalt in Berlin; so denk ich mir die Fjorde von Norwegen, wie der Blick auf die plötzlich unerwartete, daliegende Spree mit einem Schuß am Ende des schmalen, alten, zerschlissenen Gassenarms. Nur Fahnen wehen wohl an den Ufern der Fjorde – hier stehen über Nacht die kleinen blau und weiß gestreiften Eiswagen, die gefrorenen Himbeer- und Maikrautsaft für die armen Kinder enthalten. Wenn Ihr eine Rose seht, sagt, ich laß sie grüßen.

Warum ich Euch nichts mehr vom Bischof erzähle? Ich spräche nur immer von mir, sagt er. Ich glaub, er hat es über. Dabei entdeckte er nur in mir ein kleines Dorf, nicht einmal eine meiner Städte hat er erobert. Hunderttausend Meilen war er immer von Bagdad entfernt. Aber wer weiß von meinem Herzen? Alle nur immer auf der Landkarte. Ich liege zwischen Meer und Wüste, ein Mammuth. Mein Bau ist furchtbar und vornehm. Erschreckt bitte nicht. Aber ich muß mir wirklich abgewöhnen, immer von mir zu sprechen, wie Kokoschka in Wien, der spricht darum gar nicht. Denk mal

Herwarth, das Plakat der Neuen Sezession war im Café. Das ist ja Pechsteins Frau. Eine Indianerin ist sie wirklich, des roten Aasgeiers wunderschöne Tochter; sie ist malerisch wildböse, sie trug ein lila Gewand mit gelben Fransen. Und noch viele Maler waren heute im Café: Berneis, Ali Hubert, der Himmelmaler, und Fritz Lederer. Der ist der Sohn von Rübezahl. Er und seine nagelneue Frau zeigten mir ihre junge Wohnung; ich mußte mit ihnen Tee trinken. Aus seinem Atelier kams immer so frostig durch die Ritzen der Türe. Er malt nur Schneebilder. Du kannst Schneebälle machen von dem Schnee, der auf dem Riesengebirge seiner böhmischen Heimat liegt. Ich trink jetzt abends immer Tee dort.

Depesche.

Walden-Neimann. Norwegen. Hôtel Seehund. Hiller, Kurtz, Hoddis sind wieder ausgesöhnt. Else.

Liebe Kinder!

Ich kam ins Café, ich traute meinen Augen kaum, saßen alle wieder ausgesöhnt beisammen. Auch Blaß war unter ihnen und Golo Ganges. Ich schlich schnell an der versammelten Literatur vorüber. Rudi Kurtz sprach gerade vom wilden Mythos meiner Wupper. Wie konnte ich je auf ihn schimpfen! Da hört sich doch alles bei auf! Soll noch einmal ein Mensch ein böses Wort auf ihn sagen. Addio!

Heute ist St. Peter Hilles Namenstag. Mich fragte ein Fremder, wie St. Peter Hille ausgesehn habe. Der Frager war ein Astronom und machte sich den wahren, strahlenden Begriff von ihm. Warum ich nicht an seinen Feiertagen zu seinem Grab pilgere – wenn ich Maria oder Magdalena wäre – aber zwischen uns war selbst nicht die Intimität der Träne. Ich warte ehrfürchtig, bis der Prophet mir erscheint. Ebenso, meinte der Astronom, wie ich dieser Himmelserscheinung harre, erwarten sie den Kometen. Aber daß St. Peter Hille einmal ein Engel begegnete auf dem Felde, das weißt Du wohl nicht, Herwarth? Wie er mir das sagte, waren seine braunen Augen himmelblau und ein Blinder, der unserm Gespräch lauschte, vertraute mir später verzückt, er habe *sehen* können, während der Prophet die Geschichte des Engels erzählte. Ich möchte etwas darum geben, wenn er die Melodie, die Du seinen Gedichten weihtest, vernehmen würde; er konnte sich freuen; und meine Bibel, das Peter-Hille-Buch, hätte er immer in seiner großen Manteltasche getragen und nachgeschlagen, wenn er etwas über sich vergessen konnte. Manchmal vergaß er wahrhaftig, daß er ein Prophet war. Wir müssen St. Peter Hille einen Tempel bauen, wer hätte so ein mächtiges Herz, ihn darin ganz zu gedenken. Deine Tempelbauerin. Grüße Kurtchen.

Der Sezessionsmaler Hernstein glaubt wahrhaftig, er ist der Bischof. Ich habe selbst schuld, nannte ich ihn doch stets den feinen jüdischen Kardinal. Er findet außerdem, meine Korrespondenz schwäche ab, ich schreibe gar nichts mehr zum Lachen. Nun weiß ich aber wieder was zum Lachen. Der »wirkliche Bischof« fragte mich, ob er mir seine Freundin vorstellen dürfe? Als meine Erkundigungen nach ihren Vermögensverhältnissen ungünstig ausfielen, antwortete ich meinem Bischof, daß ich mir diesen Luxus nicht erlauben könnte. Ich bringe direkt ein Opfer, meine Freunde, denn seine blonde Lacherin dünkt mich eine Schelmin, aber ich kann doch nicht *alle* Menschen in meiner bösen finanziellen Lage umsonst kennen lernen. Ist das nicht zum Lachen?

Rudolf Kurtz schrieb mir heute morgen einen Brief im Zeitstil Kleists. Aber ich las deutlich eine Unzufriedenheit aus seinen Zeilen deswegen auf Umwegen meiner Depesche, die ich Euch sandte des Bündnisses Hiller Hoddis Kurtz usw. usw. wegen. Und dabei war sie doch kurz gehalten, ganz in seiner enganliegenden Schreibweise. Sein letzter Aufsatz (ich glaube in der Gegenwart) war direkt inhaltlich ein geistvolles Buch von zwei Seiten. Aber destomehr hat die Versöhnungsdepesche Max Fröhlich gefallen, verehrte Pelzvermummte. Er malt, wie ich dichte. Ich liebe ihn dafür unaussprechlich, meine Liebe überträgt sich auch auf seine Frau, die ist Bildhauerin, das wißt Ihr doch? O, seine mannigfachen Buntheiten an den hellen Wänden! Wer denkt da an Linie; ebensowenig, wie man der Sonnenflecke Umrisse nachspürt. Alle die spielenden Farben wirft die strahlende Phantasie seiner Kunst. Die Kete Parsenow, die Venus von Siam, liegt auf seidenem Grund, eine Kostbarkeit im goldenen Etui des Rahmens!

Wißt Ihr, wer plötzlich in den Saal trat, als Gertrude Barrison tanzte? Minn! Aber er versteht die Tänze des Abendlandes wie ich nicht; nur bei Gertrude mache ich eine Ausnahme. Die letzte Schöne der Tänzerinnen Barrisons bewegt sich interessant und anmutig, und ihre Gewänder sind seidene Geheimnisse weißer Marquisperückenzeiten. Alle Schauenden waren entzückt.

Heute traf ich den Bischof auf der Spreebrücke. Ich war von seinem plötzlichen Erscheinen sehr beglückt; ich hatte den ganzen Tag wieder die unbegreifliche Angst, und mein Herz zuckte kaum mehr. Und ich sah schon Farben, die nicht vorhanden waren. Freute mich, daß der Bischof keine lehrreiche Methode anwandte, mich zu beunruhigen. Er besitzt einen sanften Willen, den er ähnlich wie Du, Herwarth, auf mich zu übertragen vermag. Zwar begreift er nicht, daß zwischen vorsintflutliches Mammuth eine flatternde Taube bangen kann. Wie kommt wirklich meine Seele zu der rührenden Hilflosigkeit? Ich habe nämlich bemerkt, daß selbst der roheste Mensch bewegt wird von meiner Angst. Nun spiel ich oft die Angst, wenn ich mir zu schwer werde. Ich muß doch etwas von den Stunden meiner Pein haben. Und wir stiegen herauf in des Bischofs Einsiedlerklause. An den Wänden hängen düstere Gedanken, schwermütige Gebilde. Ich setzte mich in einen großen Stuhl und versuchte, noch nicht ganz beruhigt zu sein, und betrachtete meinen Retter zwischen halbgeschlossenen Augen. Der Bischof hat Züge aus warmgetöntem Stein, seine Augen sind hartblau und manchmal stählern sich seine Brauen. Er begann meine Hand zu streicheln, er weiß, ich liebe Zärtlichkeit, beantwortete sie auch mit verlegenen Rauheiten. »Wo sind Sie jetzt augenblicklich?« fragte mich der Bischof. Ich saß nämlich gerade am Ende einer rissigen Straße in Cairo – vier Jahre zähl ich – im zerrissenen Kittel, auf dem unfrisierten, geschorenen Kopf trage ich einen verschossenen Fez und meine Augen sind verklebt von tausendabertausend winzigen Insekten. Diese kleinen geplagten Kinder hab ich so oft gesehen am Graben der Straßen sitzen und betteln; »süßer Bischof, seitdem bin ich auch oft so ein verwahrlostes Eselstreibers-Kind.« Er schenkte mir einen Piaster, es war in Wirklichkeit ein goldener Pfennig, ein Glückspfennig, ich ließ ihn tanzen auf der Innenfläche seiner Hand; da wurde er eine kleine glühende Erdkugel, bis sie zur Erde fiel. Da haben wir uns geküßt, Herwarth; findest Du das schlimm? Ich war dabei schrecklich traurig, dachte an die vielen pochenden Heimate, die ich schon im Leben verlassen hatte, die alle die Farbe meiner Liebe trugen. Überall ruft mich ein Tropfen meines Blutes zurück. Nun aber hier in der kleinen Einsiedelei, im höchsten Stockwerk, komm ich wieder zu mir, ich strahle zusammen unbeengt. Der Bischof meint zwar (er vergißt manchmal seine neue Würde), er sei strafbar, daß er mich küßt. Du könntest ihn anzeigen und es stände Gefängnis darauf, betonte er energisch, da er wahrscheinlich meine Offenheit fürchtete. Ich antwortete? Und wenn –! Und dachte dabei, Herwarth, diese abkühlende Antwort habe ich von Dir.

Ob ich mir das nur einbilde – Dein Doktor möchte mir eine Falle legen. Dabei kann ich doch nicht offenherziger sein, als in den Briefen an Dich und Kurt. Aber schon einige Male setzte sich ein Bekannter des Doktors in die nächste Nähe meines Tisches. Das wäre ja noch kein Beweis meiner Vermutung, aber der Bekannte sieht aus wie ein Hase und einer seiner Löffel ist schon abgenutzt vom Lauschen. Wie mystisch ist es doch, mit einem Menschen ehrfürchtig böse zu sein. Es liegt eine tote Stelle zwischen uns, darauf nichts mehr blühen kann, aber wir bringen der Grabstätte unserer Feindschaft Pietät dar – manchmal in Form von bunten Immortellen. Ob der Doktor auch schon mal etwas Ähnliches gedacht haben mag? Es bringt mir niemand von ihm Kunde. So muß es nach dem Tode sein, wir sind uns im Leben schon gegenseitige Geister geworden. Er erscheint mir oft in Rollen, manchmal als überlegener, höherer Geist, der verneint. Als Samiel erschreckte er mich neulich am Ufer der Spree, als ich heimlich auf den Bischof wartete. Schlank ist er, gemmenhaft sein Schatten, überraschte er mich als einer der ermordeten Könige Richards im Traum. Habe ich Ähnlichkeit im Wesen mit einem Bluthund? Nun ist der Winter meines Mißvergnügens – ich habe sogar die schlimmen Sommer auch alle durchgemacht. Euer Shakespeare.

Liebe Beide!

In einem Restaurant der Friedrichstraße saß unser Doktor, Herwarth. Ich wollte dort nur telephonieren, aber da ich ihn bemerkte, schlich ich auf die Galerie und betrachtete ihn aus der Vogelperspektive. Er war allein, sonst nur abgedeckte Tische. Drum begann er wieder zu summen und es war seine Stimme, die bald an den Säulen des Saals brandete. Ich begreife nicht, was ihn noch von den Konzerten abhält. Er ist natürlich kein Heimatsänger, wie die dekorierten Vögel alle, zwitschernder, musizierender Blätter-Wälder. Des Doktors Stimme ist stellenweise noch ungeheftet, ich konnte manche von den schwarzen Perlen in die Hand nehmen. Wüllners Töne sind alle schon geordnet auf Golddrähten, die Meeresstimme des Doktors wäre auf Taue zu reihen. Diese Erkenntnis sollte sein Lehrer besitzen. Du mußt ihm die letzten Zweifel nehmen, Herwarth.

Lieber Herwarth!

Ich habe den Pitter Boom gemalen für den Sturm. Seitdem er sich den ganzen Hiddenseesommer nicht um mich bekümmert hat, sieht er gar nicht mehr aus wie ein Großfürst, sondern wie ich ihn in der Katerstimmung als Langohr gemalen hab. Ich zeigte ihm sein Bild, aber er weigerte sich, das Cliché zu bezahlen. Nun wende ich mich mit diesem Brief an seinen Vetter. Bitte, Herwarth, mach Du die Kommas; der ist gebildet, er schrieb ein mathematisches Buch über Geburten und Todesfälle.

»Geschätzter Herr. Sie sind doch der Johannes, dem Peter Baum sein Kuseng? Ich bin seine Freundin Amanda und geh in die Knopffabrik auf Arbeit, und bin nicht wie sie in die höhere Töchterschule gegangen in Elberfeld und das Hochdeutsch macht mich Kopfjucken. Sie sind einer von den Vornehmen und darum spenden Sie wacker zwei Thaler für das Cliché Ihres Cusengs Peter; sonst kann seine Visage nicht abgekleckst werden. Der Peter hat mir im Vertrauen in der Lämmerstunde auf Ihnen aufmerksam gemacht, Herr Johannes. Und ich grüße Ihnen freundlich und schaffen Sie sich einen Bullenbeißer weniger an und füttern Sie Ihre Wachteln mit Teufelsbeeren, und trinken Sie sich einen Schoppen auf mein Wohlsein. Ihre Amanda Wallbrecker, aus Elberfeld Grüne Pumpe an der Klotzbahn 86.«

Lieber Junge!

Den ganzen Tag erwarte ich den Geldbriefträger, daß er nicht mit den Talern in Dein Bureau rennt. Ich hab nämlich vor, in den Zirkus zu gehn, und ein guter Platz kostet drei Mark; und den Slawen will ich dazu einladen, damit er sieht, daß es nicht nur Rindvieh gibt auf der Welt, er ist nämlich verbohrt in sich. Ich bin mißlaunt, die Menschen, die ich für Menschen hielt, sind auch keine Menschen; die Liebe erdrosseln sie mit ihrem Ehrgeiz. Und die Liebe, Herwarth, Du weißt doch, was ich von der Liebe halte, wäre sie eine Fahne, ich würde sie erobern oder für sie fallen. Gute Nacht.

Herwarth!

Denk mal, die zwei Taler sind eingetroffen und noch ein Abonnement auf den Sturm dazu. Siehst Du, ich bin ein

Großkaufmann. Stell mich an, Du wirst ja nie den Handel verstehn, und ich möchte nicht warten, bis der Sturm alles niedergefällt hat. Ich hab meinem Pitter Boom noch ein Wörtchen zu seinem Gemälde dazu geschrieben:

Pitter!

Dat De so een dommer Moolesel böß, nä, dat han eck nich gedacht. Wie kannst De meck nu so eene alberne Karte schriewen ut Hiddensee! Doför möß De bestraft wörn. Eck wörd nu all Dinne Extravaganzen on Hokospokos an Dinne ganze heelege Familie en usse Vorwärts brengen. Ook Dän artegen Bruder Hugo wörd eck entlarven. Dat glöw eck Oenk, dän Sommer on dän Herbst en die Badeörter herömflanieren, on die Portemaries dän Lüten ut de Mäntels kiebitzen, on eck sitt hier biem leeren Kochpott. Van wäm häst De dann dat Geld all? Ölleecht van Ding Tante ut die Waffelbude oder van die Riesendame? Die Erbschaft Dinnes Urgroßvatters, däm Derektor on Professor vom Olympiaflohtriater, häst De doch opgefreten on Deck heemlich doför eene nue Hohse on eenen Schabbesdeckes gekauft? Genau wie en Pastor stehst De met der longen Piepe im Muhl vor die Thöre van Dinne Filla op die Groschenkarte on de Hugo kickt ut däm Fenster wie Ding Hilfsprädeger. On eene Eölsharfe steht ook op däm Dach; wer speelt die? Dinne tröhe Amanda.

Liebe Jungens!

Cajus-Majus hat mir gesagt, er habe Willi Himmel aus Regensburg zum »Gnu« eingeladen. Im Café Austria findet der Cabaret-Abend statt. Es wäre wirklich nett, wenn Willy Himmel käme. Er erinnert mich an den Primaner, den meine älteste Schwester gnädig, wie ihre Kleider mit den vielen Bändern, meiner zweiten Schwester vererbte, bevor sie ins Pensionat kam. Der hatte, wie der Regensburger Student, große, kluge Augen und war kein Spielverderber und hieß auch genau wie er.

Ich bin mit dem Auto ins Cabaret gefahren, ich fühle mich ernstlich krank. Ähnlich wie Känguruh hört sich »Gnu« an. Aber interessant war es dort, tausend Menschen kamen und immer wieder tausend, die Einlaß begehrten, und da war kein Platz mehr zu finden. Ich erklomm die Bühne und setzte mich in einen erhabenen Sessel. Mit meinem Kolossalsaphir am Finger (höherer blauer Glasscherben), präsentierte ich Leo den Siebenundzwanzigsten. Das meinte auch Cajus-Majus. Alsbald begann die Lyrik.

Herwarth, Kurtchen!

Zeppelin kommt wieder über unserm Haus vorbei. Ich sitz eingeschlafen am Schreibtisch, wird plötzlich die Erde aufgerollt – modernes Gewitter, die Welt geht unter, ich hab keine Zeit mehr, die Koffer zu packen. Wahnsinnige Stimmung in der Luft; Meer rauscht über unsern Dächern und Häusern – wo ist der Himmel geblieben, wo will der Walfisch da oben hin gemächlich durch die Wolkenfluten. Adieu, adieu, ich lauf rasch hinunter auf die Wiese. Else.

Heute nur ein paar Neuigkeiten!
Erstens: Dr. Alfred Döblin hat sich als Geburtstagshelfer und noch für »alles« niedergelassen. Auf seinem Schild in der Blücherstraße 18 am Halleschen Tor steht geschrieben, daß er Oberarzt am Urban war. So eine Reklame!
Zweitens: Leonhard Frank hat wieder einen himmelblauen Mädchenleib gemalt, nun glaube ich wirklich an seine Satanerie!
Drittens: Scherl will mich für die Verbreitung der Gartenlaube in Tripolis anstellen. Ich wohne bei Enver Bey.
Viertens: Der unvergleichliche Baron von Schennis war gestern nacht wieder im Café.
Fünftens: Alle Jungfrauen Berlins hat Poiret eingeladen zu seiner Ausstellung bei Gerson. Die sammelten sich, eine Mauer zur Rechten und Linken des Durchgangs. Zwischen blond und schwarzem Frauenhaar, ein Spalt der noch zu

haben war, sah ich die Mannequin wundersam. Sie war nicht in der Stadt geboren, man wußte nicht woher sie kam.
Sechstens: Das Café und alles, was drum und dran liegt, Berlin und Umgegend, grüßt Euch Möwen!

Hört nur, Kokoschka wird steckbrieflich verfolgt in der Neuen Freien Presse; er wirkte doch immer schon rührend, fing er von der Villa an zu simulieren, die er seinen Eltern schenken würde. Er aß sich nur immer objektiv satt aus Idealzweck. Tut mir wirklich leid! Wenn er mich auch nicht leiden mag. So bin ich ja gar nicht! Ein Modell, ein Holzhäuschen, soll er in der Nacht vom fünfzehnten auf den sechzehnten Oktober einfach gestohlen haben. Ich schneide Euch hier sein Bild aus, es ist dilettantisch gezeichnet und gerade seine charakteristischen Verbrecherzüge sind gemildert. Ob er sich auch in einer guten Pension versteckt hält, die für ihn sorgt? Rattke, der Ober vom Café, bei dem er hier in Berlin gewohnt hat, meint auch, wenn er nur gut wo verpflegt wird.

Lieber Herwarth!

Ich habe dem Dalai-Lama in Wien für die Fackel ein Manuskript geschickt. Hier die Abschrift.

Wertester Dalai-Lama, sehr geehrter Minister! Ich möchte Ihnen etwas vom Himmel erzählen, den ich meiner Mutter widme.

Vom Himmel

In sich muß man ihn suchen, er blüht am liebsten im Menschen. Und wer ihn gefunden hat, ganz zart noch ein blaues Verwundern, ein seliges Aufblicken, der sollte seine Blüte Himmel pflegen. Von ihr gehen Wunder aus; unzählige Wunder ergeben Jenseits. Könnte ich nur immer um mich sein, der himmlischen Beete möchte ich ziehen. Wie man versöhnt mit sich sein kann, und Eigenes sein Ewiges küßt.

Hätte ich je einen Menschen so unumstößlich erlebt, wie ich mich! Zweitönig Pochen, vertrautes Willkomm. Rundeilen meine Gedanken um mich, um alles Leben – das ist die große Reise um aller Herzen Schellengeläute und Geflüster, über Wälle, die Jubel aufwarf, über Gründe der Versunkenheit; und falle in Höhlen, die der Schreck grub – und immer seine Herzstapfen wiederfinden, seinen Blutton, bis man den ersten Flügelschlag in sich vernimmt, sein Engelwerden – und auf sich herabblickt – süße Mystik. Und irrig ist, den Himmelbegnadeten einen Träumer zu nennen, weil er durch Ewigkeit wandelt und dem Mensch entkam, aber mit Gott lächelt: St. Peter Hille. – Was wissen die Armen, denen nie ein Blau aufging am Ziel ihres Herzens oder am Weg ihres Traums in der Nacht. Oder die Enthimmelten, die Frühblauberaubten. Es kann der Himmel in ihnen kein Licht mehr zum Blühen finden. Aber Blässe verbreitet der Zweifler, die Zucht des Himmels bedingt Kraft. Ich denke an den Nazarener, er sprach erfüllt vom Himmel und prangte schwelgend blau, daß sein Kommen schon ein Wunder war, er wandelte immerblau über die Plätze der Lande. Und Buddha, der indische Königsohn, trug die Blume Himmel in sich in blauerlei Mannigfaltigkeit Erfüllungen. Und Goethe und Nietzsche (Kunst ist Reden mit Gott) und alle Aufblickenden sind Himmelbegnadete und gerade Heine überzeugt mich, Himmel hing noch über ihn hinaus und darum riß er fahrlässig an den blauen Gottesranken, wie ein Kind wild die Locken seiner Mutter zerrt. Hauptmanns Angesicht und auch Ihres, Dalai-Lama, wirken blau. Den Himmel kann sich niemand künstlich verdienen, aber mancher pflückt die noch nicht befestigte, junghimmlische Blüte im Menschen ab. *Das sind die Teufel.* Ihr Leben ist ohne Ausblick, ihr Herz ohne Ferne. Der Nazarener am Kreuz wollte dem Teufel neben sich noch eine sanfte Wolke, einen Tropfen Tau seines Himmels schenken. Doch eher ist ein Taubstummer zu überzeugen, als ein Glaubdummer. Der ist ein Selbstverbrecher.

Man kann nicht in den Himmel kommen, hat man ihn nicht in sich, nur Ewiges drängt zur Ewigkeit. Es öffnet sich dem

Himmelblühenden *nicht* wegen seiner guten Taten der Himmel, verdammen ihn auch nicht seine schlechten Handlungen zum Staube. Der Himmel belohnt und verdammt nicht. Aber Wertewiges bedingt den Himmel. Der spiegelt sich gerne im Menschen, unbegreiflich, wie Gott selbst. Reich und besonnen ist der himmlische Träger. Die Wunder der Propheten, die Werke der Künstler und alle Erleuchtungen, auch die unberechenbare Spiellust im Auge steigen aus der Ewigkeit, der bleibenden Bläue des Herzens. Manchmal überkommt mich eine schmerzliche Verantwortung, aber man kann nicht tief genug in sich schauen und zum Himmel aufblicken.

Die Gottheit im Himmel ist nicht zu greifen, sie wäre bald vergriffen – die Ewigkeit ist nicht einmal zu verkürzen. Die Gottheit Himmel im Menschen ist Genie.

Leben Sie wohl, sehr verehrter Minister, mein Himmel macht mich nicht glücklich im irdischen Sinne, ich kann ihn nicht teilen. Wunderbar aber spielen sich die tiefsten Erinnerungen meines Blutes in dem Glanze meines Blaus wieder. Fata-Morgana. Spätes Verwundern, seliges Aufblicken. – Tragen Sie den Saphir meiner blauen Abendstunden zum Andenken an Ihrer grübelnden Hand.

Herwarth, Kurtchen, Kameraden, Brüder!

Habt Ihr an alle Direktoren der Theater im Pan den Kriegsruf von Rudolf Kurtz gelesen? Er hat über meine eingetrocknete Wupper eine Flut gebracht – ich hatte mich auch schon zu Bett gelegt. Aber nun trage ich meinen krummen Samtsäbel an der Seite, den mein Neger Tecofi zur Theaterstatisterei trägt. Wa kadâba kabinâhu hinâma raga utu dalik, lia nahu jakrah anisâ a wahalakuhunna!!!

Der Pitter Boom hat mir sechs Honiggläser (Gühler und Biene) für sein Bild gesandt. Ich summe nun den ganzen Tag für mich hin. Aber Kokoschka läßt kein Wort von sich hören. Überhaupt, ich bin des Lebens müde. Ruth machte mir den Vorschlag, für mich an Kokoschka zu schreiben, er habe so reiche Gönner (?). Aber ich kenne ja ihren Stil und nahm ihr die Mühe ab.

Sehr geehrter Herr Kokoschka!

Eigentlich sollt ich Ihnen böse sein, denn Sie haben es nicht einmal der Mühe wert gehalten, nachdem Sie stets die größte Gastfreundschaft in unserem Hause genossen hatten, sich zu verabschieden. Aber man kann Ihnen nicht böse sein. Das sagte ich gestern noch zu Frau Lasker-Schüler, die sehr krank im Bett liegt. Schreiben Sie ihr doch eine Zeile, daß Ihnen Ihr Bild Freude gemacht hat – sie ist doch ein so geliebtes, armes Geschöpf und hat so für Sie geschwärmt. Es geht ihr sonst auch gar nicht gut. Von mir weist sie jeden Happen zurück, sie ist ja so eigensinnig. Aber könnten Sie nicht in zarter Weise etwas für sie bei Ihren Freunden erzielen? Ich bitte herzlich um Diskretion, geehrter Herr Kokoschka, Sie wissen doch, wie empfindlich sie ist. Und verbleibe mit freundlichen Grüßen Ihre Jephta Elfriede Caro.

Internationale Postkarte.

»Schweigt mir von Rom –«

Liebe Eiskühler!

Der Bischof und ich sind entzweit, er behauptet, ich habe ihn mißbraucht. Wie mißbraucht man jemand? Ich möchte so gerne wieder mit ihm gut werden und ihn am besten selbst fragen. Herwarth, schreib Du ihm ein Wort! (?) Herrn Architekt Gregor Münster, Hildebrandstraße 11. – Er wollte mich ja auch hauen, ich meine in Stein als Freske. Vielleicht komm ich wo an ein Haus. – Gestern setzte ich mich an seinen Tisch, er trank Kümmel und Syphon. Ich rief Otto, der brachte mir auch ein Glas, als ich es mit dem fremden Syphon füllte, mußte der Bischof sich das Lachen verbeißen. Aber er sprach nicht mit mir. Er erzieht mich reizend. Oder er hat

Charakter; wie man so sagt, wenn man seine Eigenschaften eingeschachtelt mit sich trägt. Also er ist berechenbar; ich bin unbequemer und schwieriger. Ist das eigentlich nicht vornehmer? Oder er tut nur so mir gegenüber und verfolgt Deine Taktik, Herwarth, wenn Du den Beleidigten spielst. Du weißt, Brüche werden mir schwer. Was man so alles durchmacht!

Ich war heute als Petz verkleidet im Café. Ein Autolenker hatte mir sein Fell geliehen. In dem hinteren Raum saßen die Theaterheimkehrenden. Am Nebentische debattierten die Oberlehrer; bei Professor Cohn würde ich heute noch Latein lernen. In der kleinen Sofaecke aber schlummerte Höxter, er läßt lässig die Fransen über die Augen hängen. Sein antiker Rock zerbröckelt schon, aber grünseidene Strümpfe trägt er in Lackschuhen. Neben ihm saß Frau Spela leise, eine heimliche Schnecke, fein zusammengeballt. Mondscheinfarbene Parkstimmung. Aus dem Zentrum des Cafés lacht Fritz Lederer-Rübezahl mit seiner Frau, die hat einen kühlen, vornehmen Spürsinn und Augentulpen, die blau sind. Und denke, Otto Freundlich aus Paris ist hier wegen der Neuen Sezession, er betrat mit Gangolf zusammen das Café, der kommt immer aus Italien, ob er von Friedenau oder Florenz anlangt. Cajus-Majus brummte ich einige Male aus meiner Bärenhaut an. Auch Pechstein mit seinem Indianermädchen sah ich und M. Richter mit seiner Römerin. Und die vielen, die ein- und ausgingen, zuletzt kam unser lieber Direktor Wauer, der erkannte mich in meinem Gezott, ich schwitzte aber auch eine ganze Wupper.

Internationale Postkarte

Schweigt mir von Rom!

Lieber Herwarth und Kurtchen!

Daniel Jesus, der König von Böhmen, ist hier; ich meine Paul Leppin. Er hat einen neuen Roman gedichtet, er widmet ihn mir; er schrieb schon von Prag aus: »Liebe, liebe, liebe, liebe Tino.« O, welch eine liebe Überschrift, ein Lied. Ich möchte viele Leute nun so singen lehren.

Sehr edle Gesandte!

Ich, die Dichterin von Arabien, Prinzessin von Bagdad, Enkelin des Scheiks, ehemaliger Jussuf von Ägypten, Deuter der Ähren, Kornverweser und Liebling Pharaos, verleihe dem großen Essayisten Rudolf Kurtz den Elephantenorden mit dem Smaragd und die schwarze Krokodilzähnenkette erster Klasse.

Cohn reitet, Oesterheld hat sich eine Frau geheiratet, alles für meine Wupper. Dabei wies Cohn (Oesterheld hätte gern meine Essays genommen) mein neues Manuskript ab. Er könne sich dafür keinen Apfelschimmel zu dem Rappen kaufen. Ich stand vor seinem Gärtchen wie ein herausgeworfener Handlungsreisender mit der Rolle Muster unterm Arm. »Man soll so einen Kerl lebendig braten, oder das Genick soll er!« – Jedenfalls sandte ich ihm abends einen Abschiedsvers, daran er sich hoffentlich die Zunge zerriß:

Reiter und Reichsritter,
Bitter riß ich im Gewitter
Im Ginster vor Ihrem Gitter
Mein Manuskript in Splitter.
Brigitte

Heute bekam ich mit der ersten Post einen Brief aus dem Mäuseturm bei Bingen. Dort scheint ein Bewunderer Peter Baums zu wohnen. Aber, daß der Mensch keinen Spaß versteht!! Fragt mich dieser Mäusetürmer an, ob Herr Peter Baum wirklich ein Herumtreiber ist, er könne sich das gar nicht zusammenreimen bei der Großzügigkeit und Großfürstlichkeit seiner Romane und Schloßnovellen. Ich hab ihm seiner verständnisvollen Kritik wegen geantwortet: »Mein Herr, es ist mir kein Zweifel, Sie befinden sich in der Mause. Haben Sie denn noch nicht bemerkt, daß meine norwegische

Briefschaft ein Massenlustspiel ist – allerdings mit ernsten Ergüssen, die bringt so der Sturm mit sich. Peter Baum hat mich besonders gebeten, die Rolle des Herumtreibers in meinem Werk zu spielen, um ganz unerkannt zu bleiben: Ich selbst, mein Herr, knüpfte ihm ein rotgemustertes Taschentuch um den Hals und steckte ihm eine Schnapsbulle in die zerschlissene Manteltasche. Im wirklichen Leben ist er viel langweiliger, es schmerzt mich, Sie etwa zu enttäuschen, er sitzt nämlich den ganzen Tag oben in seinem Zimmer und *arbeitet*. Ich verachte das an ihm, auch seine Genügsamkeit, aber er ist ein lieber, lieber, lieber, lieber Mensch, auch seine Mama; nur der Johannes, sein Kuseng, spielt den Baron auf meiner Drehbühne und ist von Beruf: Hundefänger.«

Hurrah, lieber Herwarth, liebes Kurtchen!!! Hurrah!

Meine Zwillingskusinen-Theresen schenkten mir einen Pelzmantel. Mein heißester Wunsch. Im Sommer werd ich ihn versetzen, schon der Hugemotten wegen.

Jakob van Hoddis, der Rabe, ist mit einer Puppe durchgebrannt. Immer saß er schon im Sommer auf dem Sims vor dem Schaufenster bei Friedländer in der Potsdamerstraße 21 und schmachtete zwischen turmhohen Hüten und Rosenkapotten das süße Marquisechen an in den Pfauenpantöffelchen. Eine Seele, die für sechzig Mark zu kaufen war.

Herwarth!

Ich glaube, daß ich Dir keinen Brief mehr schreiben kann. Als ich heute draußen vor dem Café saß, überfiel mich ein wildfremdes Individuum im drohenden Mantel, ganz dicht kam es an mich heran, beinah rannte es die Stühle um an meinem Tisch vor Schwung. Ich hörte den Mann atmen wie Karl von Moor: ich sei eine bodenlose Schwindlerin, ich berichte über mich historisch falsch, ich treibe Blasphemie mit meinem Herzen – denn unter den vielen, vielen Liebesbriefen im Sturm verbärge ich nur den Ungeschriebenen. Ich war zu gerecht, den Mann von meinem Tisch zu weisen, ich ließ ihm sogar eine Zitronenlimonade kommen und legte ihm sogar von der Platte eine Schillerlocke auf den Teller. Er beruhigte sich, aber ich mich nicht, das kannst Du mir glauben, Du und Kurtchen, Ihr beiden kühlen Skagerakten-charaktere. Ich hasse Dich plötzlich, lieber, guter Herwarth, und Dich, Kurtchen, auch und die vielen Leute im Café und die vielen lieb- und hassenswerten Menschen in der Welt! Steht Ihr nicht alle wie eine lebende Mauer zwischen ihm und mir. Und den wildfremden Räuber haßte ich auch, dem ich meinen »ungeschriebenen« Liebesbrief diktierte, bis er unter seiner bebenden Hand versengte.

Heute war der Bischof bei mir; wir flüstern bei jedem Zusammensein leiser. Ich bin so empfindlich am Herzen, ich höre mit meinem Herzen und das sanfte Sprechen tut uns wohl. Er saß an meinem Lager (Du Herwarth, ich habe mir direkt ein Zelt eingerichtet mitten im Zimmer) und spielte mit seinem Muschelbleistift; ich zeichnete mit dem Kohinoor den Mond auf, bis er schwebte – so: Zwischen der weißen Nacht des Papiers ganz alleine ohne Stern und Erde. Wie grausam man zeichnen kann, aber ich bat den Bischof, mit seinem rauschenden Bleistift ein Meer unter den Mond zu setzen. So geht es mir aber auch mit Nasen, die ich hinsetze oder Mündern oder halben Gesichtern, ich muß sie vervollständigen, damit ihnen nicht ein Sinn fehlt, und dabei versäumt man sich selbst so oft, und das Herz liebt so selten bis zu Ende. Herwarth, Du mußt auch flüstern lernen, man hört das Echo der Welt ganz deutlich. Wenn der Bischof und ich flüstern, werden die Wände leise und die Möbel erträglich, ihre Farben mild. Und die Spiegel der Schränke sind Bäche, und unsere Liebe ist ein Heimchen oder eine Grille, eine Pusteblume, daraus sich die Kinder Ketten machen.

Liebe Jungens!

Heute bekam ich eine Massenpostkarte aus dem Rheingold in Berlin:

Liebe, beste Frau L.-Sch.!
Sie werden von uns allen vermißt!!! Loos.
Liebe, unbekannte Frau!
Herr Loos hat über Ihnen solche Lobhudeleien gemacht, daß ich beinahe fürchte, Sie kennen zu lernen. Keine Dichterin in ganz Deutschland schrieb Verse wie die Frau L.-Sch., das ist das wenigste, was er sagt, und dann zitiert er den Tibet-Teppich von Morgen bis Abend. Aber hoffentlich sind Sie doch, wie er sagt. Und einmal werden wir uns doch begegnen. Viele Grüße Karin Michaelis. Arnold Schönberg. Webern. Beste Grüße Ludwig Kainer. Ada und Emil Nolde. Kurtchen. Bestens grüßt Albert Ehrenstein. Herwarth Walden. Döblin – immer mal wieder. Erna Reiß. Gustav Wallascheck. Hede von Trapp. William Wauer. Lene Kainer.

Also seid Ihr beide doch wieder in Berlin; ich habe das ganz vergessen, laßt Euch ja meine Briefe aus Norwegen zurückschicken. Else

Der Dalai Lama meint, einige meiner Modelle haben nicht den Anspruch auf meine Kunst. Anders kann ich mir nicht des Ministers Worte deuten. Aber es kommt ja nur darauf an, wie ich die Modelle zum Ausdruck bringe. Ich habe weiter nichts mit ihnen zu tun. Und meine Dichtung werde ich später verkaufen, meine Seele an einen Verleger verschachern, und dennoch hat der Dalai-Lama mir die Augen geöffnet; ich empfinde seitdem mein Dichterinnensein für ein Pfandleihtum, immer bewerte ich die Menschen, fast ohne Ausnahme, zu hoch. O, diese Verluste!

Lieber Herwarth!

Willst Du im Sturm veröffentlichen lassen, daß sich alle Vertreter unseres gemeinschaftlichen Cafés melden mögen, die den Wunsch hegen, nicht mehr in den Briefen an Euch erwähnt zu werden. Ich gewähre ihnen freien Abzug.

Lieber Herwarth und lieber Kurt!

Manchmal sieht Cajus-Majus aus durch das Telephon wie ein Posaunenengel, namentlich zur Ausposaunenstunde in der Dämmerung. Er sitzt mit zwei Flügeln an seinem Schreibtisch, dabei fliegt ihm so alles ins Fenster herein, wie aus dem literarischen Schlaraffenland. Immer gerad, wenn er eine ausgezeichnete Humoriade schreibt, komm ich dazwischen mit meinem verdammten Klingeln. Ich trage noch dazu ein Glöckchen um den Hals. Ich kann direkt manchmal ein Schaf sein. Was brauch ich ihn zu fragen, ob den Leuten meine Norwegischen Briefe gefallen? Er wird immer jemand wissen, der streikt. Gestern hat sich Dein Doktor stirnrunzelnd bei ihm beklagt über sein Vorkommen in meinen Briefen an Euch. Da war ich ja nun platt. Ferner will sich ein Urenkel Bachs das Leben nehmen (er hat es Cajus-Majus versprochen), falls ich ihn erwähnte in meiner Korrespondenz. Schade um ihn, er hat ein rosiges glorreiches Lächeln um den Mund. Er wird sich nun in die Wellen des heiligen Franziskus stürzen, weil eine Dichterin ihm ein Ständchen brachte verwegen mitten im Sturm.

Lieber Kurt!

Er drohte mir gestern selbst. Ist meine Antwort juristisch einwandfrei?

Mein Herr!

Sie wollen sich das Leben nehmen, falls ich Sie im Sturm erwähne, oder haben Sie vor, mich indirekt auf die Idee zu bringen? Zumal Sie annehmen konnten, daß ich nicht sentimental bin, ich jedem seine Neigungen lasse, vor allen Dingen mirs nicht auf so ein Menschenleben ankomme. Aber bis jetzt kämen Sie für mich noch nicht als Modell in Frage weder als Portrait noch als Karikatur. Zwar ist es mir schon gelungen, aus einer prüden Null ein Wort zu formen. Aber gedulden Sie sich, seien Sie guten Mutes. Hochachtungsvoll.

Herwarth!

Loos ist kein einfacher Gorilla, er ist ein Königsgorilla. Er fragte mich, ob er sich auch mal wieder selbst begegnen würde im Sturm? Weißt Du schon, er trägt vorübergehend einen Backenbart, der wirkt milde bei ihm, zur Schonung seiner reinen Gesichtszüge. Die meisten, die Bartbast tragen, wollen damit Männlichkeit markieren, oder breite Mäuler oder lange Kinne überwältigen. Adolf Loos erzählte mir Geschichten aus den afrikanischen Wäldern, seine Augen blickten voll ernster Anmut. O, er ist gütig und das ist Gotteigenschaft, das höchste, was man von einem Menschen sagen kann.

Liebe Kinder!

Ich habe Karin Michaelis geantwortet:
Karin.
Ich werfe zuerst ein Sternchen in das K Deines Vornamens und grüße Dich! Deine Bücher sind verschiedenfarbene Tauben, weiße, blaue, aber auch rote, dämonische Tauben und goldene und silberne Wirbelwindtauben sind darunter. Deine Bücher setze ich darum nicht in den Bücherschrankkäfig.

Tino von Bagdad

Herwarth!

Du kannst folgendes im Sturm veröffentlichen:

Unter blinder Bedeckung Heinrich Manns reichte der Abbé Max Oppenheimer den Kritikern Münchens das Blut Kokoschkas.

Abbé Maler Oppenheimer muß heute meine Zeilen empfangen haben:

Lieber Max Oppenheimer!
Ihre ostentative Kleidung hat mir immer Freude gemacht dem eingefleischten Publikum gegenüber. Es lag nicht nur Mut, auch Geschmack darin. Ich ging doppelt gerne mit Ihnen in München in Ihre Bilderausstellung, aber es hingen nicht Ihre Bilder an den Wänden, sondern lauter Oskar Kokoschkas. Und da mußten Sie gerade mich mitnehmen, die Ihr Original kennt. Hielten Sie mich für so kritiklos – oder gehören Sie zu den Menschen, die Worte, Gebärden des Zweiten anzunehmen pflegen, darin Sie verliebt sind? Sie sind, nehme ich an, in Kokoschka verliebt, und Ihre Bilder sind abgepflückte Werke, darum fehlt ihnen die Wurzel. Dabei besitzen Sie doch einen eigenen Garten. Das Bild Heinrich Manns hat mir ausnehmend gefallen wie eine glänzende Kopie und ich sah in seinen Farben und Rhythmen den Maler Oskar Kokoschka, nicht *Sie*. Steckt etwa Max Oppenheimer in *Kokoschkas* Bildern? Man kopiert doch ehrlich in den alten Museen die alten Meister und setzt nicht seinen Namen darunter. Kokoschka ist ein alter Meister, später geboren, ein furchtbares Wunder. Und ich kenne keine Rücksicht in Ewigkeitsdingen, Sie sollten auch pietätvoller der Zeit gegenüber sein. Bin Ihnen sonst ehrenwörtlich wie immer gut gesinnt, Max Oppenheimer, lieber Abbé.
7. Dezember 1911 Else Lasker-Schüler

Wer zweifelt an seiner Urwüchsigkeit? Er nimmt gern seine erste Gestalt an als bäurischer Engel.

Ich ging heute in Begleitung meines Dienstmädchens durch die Friedrichsruherpeterbaumstraße in Halensee an den Bahnschienen entlang. Mein Dienstmädchen ist mein Galleriesonntagspublikum zu halben Preisen. Ich kann mich nie so recht, neben ihr gehend, meiner Gedanken freuen oder daran zu Grunde gehn, sie bringt mich immer aus meinen Inspirationen. Sie tut nämlich nur so, in Wirklichkeit ist ihr alles langweilig, aber sie hat sich schon an den Rhythmus der Bahnlinien meiner Sprache gewöhnt, wenn auch mit Hindernissen; manchmal entgleist sie, doch immer kommt sie über mich hinweg zu ihrem Schatz. Manche Menschen möchte ich wohl betrachten, wie die Gottwerke alter Dome und Tempel. »Nur St. Peter Hille konnte man nicht anblicken, er war unsichtbar, er war eine Sonne, die anblickte.« Ich erzählte sicher ohne Pathetik, ich sprach wie zu einem Kind und dennoch schäme ich mich seitdem vor dem Geschöpf; so habe ich mich in der Schule schon geschämt meiner schönsten Geschenke wegen; die Welt ist angefüllt von Dienstmädchen und Knechten (von armen und reichen, von gebildeten und rohen); der Deutsche verwechselt immer Roheit mit Urwuchs; und doch würde mich eine Kartoffelknolle eher verstehn wie so ein urwüchsiger Mensch. Ich hasse die Liebe unter den Alltäglichen, wenn der Prophet noch lebte, ich würde an ihn einen Hirtenbrief schreiben, daß er die Liebe verbiete. St. Peter Hille war Ästhet. Lieben dürfen sich Tristan und Isolde, Carmen und Escamillo, Ratcliff und Marie, Sappho und Aphrodite, der Mohr von Venedig und Desdemona, Wilhelm von Kevlaar, Du, Herwarth, und Gretchen, Romeo und Julia, Faust und Margarete, Mephisto und die Venus von Siam, der weiße Panther und Joseph der Ägypter, Sascha der gefangene Prinz und Scheheresade – »er« nannte mich Scheheresade. Gute Nacht.

Liebe Kinder!

Heute besuchte mich der Bildhauer Georg Koch und brachte mir Chokoladenbonbons mit. Ich aß alle die süßen Dinger mit Marzipan und Zuckerfüllung hintereinander auf. Die waren in silbergrünes Papier eingewickelt mit Goldsternen. Ich spielte die ganze Nacht damit; erst trug ich einen Mantel aus dem seligen Märchenschein, dann standen meine Füße in silbergrünen Schuhen mit Sternen, eine Krone glänzte in meinen Haaren, ich saß plötzlich im Zirkus mit Lorchen Hundertmarck, die durfte mich begleiten – das kleine Kutscherkind – ihr Vater fährt die Wagen spazieren von meiner allerliebsten Tante Johanna. Lorchen und ich sind beide zehn Jahre alt und schwärmen heimlich für Joy Hodgini; wir stoßen uns großblickend an und nennen ihn Traumbild. Es hat kein Mensch gehört, alles guckt in die große runde Manége und viele, viele Hände klatschen. Lieschen Hundertmarck hat eine Kommode, darauf stehen: ein Muschelkästchen, in seinem Spiegel starrt der goldene Porzellanengel vom Sockel. Ein kleiner, blauer Glasleuchter mit einer gelben, gerippten Weihnachtskerze, und ein Wachsherz auf einer Karte liegt neben einem glitzernden Osterei, man sieht darin das Feenreich. Und daneben liegt ein Gebetbuch aus grünem Samt, aus ihm hing ein Buchzeichen aus silbergrünem Glanzstaniol mit goldenen Sternen.

Weißt Du schon, Herwarth, daß Paul Zech aus Elberfeld nach Berlin zieht? Ich riet ihm zu dem Stadtwechsel, er braucht Dir nicht erst immer seine Verse schicken. Aus seinem letzten Gedicht qualmen Schornsteine, Ruß liegt auf jedem Wort. Er ist der einzige Heimatdichter im großen Stil.

Lieber Herwarth!

Ich habe diese Nacht wieder verbummelt geträumt. Ich schlenderte über den Kurfürstendamm wie ein Strolch angezogen, in zerlumpten Hosen und grünlich abgetragenem Rock, ich dachte nur stumpfe Dinge, auch war ich angetrunken – aus Traurigkeit. – Der Wind heulte meine rote Nase an. Du kennst doch so einen Zustand – gemildert – bei mir, wenn Du verreist warst und wiederkamst, und mich hier oben am Henriettenplatz trafst, als ob ich obdachlos sei. Diesmal kam mir im Traum Kete Parsenow entgegen, die Venus von Siam. Sie sann nach irgend einem Wort, dann ergriff sie mich, mit ihren Händen aus Elfenbein, aber mit der Energie eines Gensdarms – »Tino!«

Herwarth, Kurtchen!

Ich vergesse immer seinen Namen – er ist aus dem sächsischen Tirol, er schrieb ein Buch über gemalte Irdenkochtöpfe, angehender Direktor der Museen hier. Mehr weiß ich nicht von ihm. Übrigens besitzt er eine eigene Möblierung von der Urgroßtante geerbt; und eine ländliche Base der Mona Lisa hat er an der geblümten Tapete hängen, das Gemälde erbte er auch von seiner Erztante Isabella.

Liebe Jungens!

Warum fragt Ihr mich nie an, was ich mit dem geheimnisvollen: »Schweigt mir von Rom« gemeint hab? Ich wollte mir nämlich einen Wahrsagesalon eröffnen, »Schweigt mir von Rom« – aber da Ihr beide stillschweigend darüber hinweggegangen seid, wie sollen da die Fremden hereinfallen. Ich gehe nun lieber hausieren.

Denk mal an, Herwarth, eben kommt unsere Rosa und kündigt mir; muß ich nun aus dem Haus oder sie? Sie hat heimlich über Leipzig den Sturm abonniert und bezieht den Spaziergang mit mir durch die Friedrichsruherpeterbaumstraße auf sich. Ihr Ehrgefühl ist angegriffen; sie fühlt sich verletzt, und ich muß mir nun meine Wohnung wieder selbst reinigen oder nicht reinigen, ich bin zu Staub geworden zwischen Staub. Ihr Fritz würde sie nun nicht heiraten, was meinst Du, wenn ich ihr verspreche, ihre Hochzeit bei uns zu feiern?

Liebe Beide!

Peter Baum sieht schlecht aus, er sehnt sich nach Elberfeld, selbst an seine Amme denkt er noch mit großer Anhänglichkeit. Er trägt sie an seiner Uhrkette in einem Herzenveloppe. Sie hat seine Vorfahren schon gesäuget und stammet aus Remscheid. Sie war es ja, die ihn eigentlich auf die Verse gebracht hat. Nicht?

Liebe Reisende!

Ich habe mir in Hieroglyphen-Schrift ein für allemal eine Antwort drucken lassen auf die vielen Briefe, die ich empfange, auf jeden Brief ohne Ausnahme von wem er kommen mag. »Krabbeln Sie mir den Buckel herauf!« Was werden Richard Weiß in Wien und Paul Leppin in Prag, beide, die ich so gern habe, zu der Unhöflichkeit sagen! So eine Unhöflichkeit kann direkt eine Zwangsidee werden, sie wird dann plastisch ein Feind, der Feinde bereitet. Wenn mir nun in diesen Tagen die Venus von Siam einen Brief schreibt und ich ihr die Antwort in Hieroglyphen übersende. Oder Ramsenith? Wißt Ihr, wer Ramsenith ist – in München wohnt er seit dem Testament und trägt eine Pyramide auf dem Kopf und ist schön, seine Augen reichen bis in den Himmel. Er ist der einzige Mensch, der historisch nachweisen kann: Ich bin Jussuf der Ägypter, denn ich lebte an seinem Hof.

Lieber Herwarth!

Mein Herz ist sehr krank oder fühlt es übergroß? Wenn es übergeht, glaubt man ja immer so kleinlich, man ist krank. Das hat man noch so von den Ärzten überliefert. Herwarth, gestern abend war mein Herz granatrot, ich konnte die Farbe im Munde vernehmen, kosten. Mein Herz war das Abendrot und ging unter. Draußen kann es in der trüben Winterstimmung nicht mehr geschehn; ich starb am Abendrot. Kannst Du das fassen, konnte je ein Mensch fassen, wenn ich von den Sternen sprach,wie von meinen Brüdern, den Mond geleitete durch die Wolken, er ein lustiger, beruhigender Herr ist, Berncastle Doktor, alter Baldrian edele Auslese? O, ich scherze nicht, ich will Dich und Euch nicht amüsieren, aber mich immer retten mit Tyll Eulenspiegel Spielen. Ich wäre Clown geworden, Herwarth, wenn ich Dich nicht dadurch beleidigt hätte.

Internationale Postkarte

Lieber Herwarth, ich bin sehr traurig, ich höre den ganzen Tag weinen in der Stadt. – Wie ich mich umdrehte, war ich es. Ich weine, Herwarth, weil mir jemand böse ist.

Gute Kinder!

Ich bin tief ergriffen, meine Seele hat sich aufgelöst, es fließt an ihr herunter, Smaragd, und Rubin und Saphir, auch Mondstein wie bunte Quellen. Und ich sage immer zwei Worte, die Überschrift meines versengten, »ungeschriebenen« Liebesbriefs, der an Sascha adressiert war nach Sankt Petersburg Zitadelle:

Himmlischer Königssohn –

Ich habe nun kein Geheimnis mehr, mein Herz kann keins verwahren, es steht im Amt der Welt. Meere kommen und spülen seine Heimlichkeiten ans Land, es erwacht mit dem Morgengrauen und stirbt am Sonnenuntergang. Aber immer ist mein Herz von Seide, ich kann es zuschließen, wie ein Etui. Weißt Du ein Geheimnis oder frag Kurtchen, das meiner Diskretion wert wäre?

Lieber Herwarth, liebes Kurtchen!

Sollte ich wirklich die Briefe vorgestern verwechselt – den an Euch Peter Baum, den Brief an Peter Baum Euch etwa geschickt haben? Oder sollte sich die Post den Streich geleistet haben, der Postbeamte mit dem Ziegenbart guckt mich so faunisch immer an.

Pitter!

Wenn De dän Breef bekommen häst, han ech meck ermordet, Du bruchst ewwer nich nachkicken. Pitter, eck han meck dötmal werklech verknallt! Rot ens, en wäm! Du glöbst meck nich mähr, Pitter, ewwer et is werklech war, on eck kan nich mähr op Arbeet gon en die Fabrik. Pitter Boom, en die Fröh han meck der Prinzipal geköndegt, weil eck ömmer wie eene Taube op däm Taubenschlag en die Loft kicke, on die Knöppe op die verkehrte Siet öwerspannen tu. On freten kann eck ook nich mähr, on eck berg ömmer minne Liebeschmerzen em Herzen en ming kariertes Koppkissen; oder die Konterfeis on die Wände kick eck on, usse Beld, wo wir eingesegnet worn sind met die riecken Kender tusammen. Weeßt Du et noch? Wie häst De Deck verändert, Pitter, on eck erscht, ewwer wir sinn uß trö gebliewen en Früd on Leed, on Du weeßt ganz genau, dat eck wacker ömmer tu Deck gekömmen bön, on Deck allet gebeechtet han. »Arbeet macht dat Lewen sös« hat Deck der Pastor Krummacher en Ding Poesiealböm geschriewen, on meck hätt hä eene empfendleche Rede gehalten, weel eck ömmer gelacht han, en der Konfermantenstonde onter ming Polt. Ewwer det es allet vorbee, nur lach eck nech mähr, eck modd ümmer hühlen, van wegen öhmm. Kennst De »Öhmm«? Du kennst öhmm! Rot ens »Öhmm«. On klatsch et nich Herwarth weher, Pitter, on sei gegrößt

van Dinne Frönden Amanda

Unglücklicher Herwarth, der Pitter hat mir hier auch den Brief, den ich an Dich schrieb, zurückgesandt: Lieber guter Herwarth, bleib nur noch ruhig und wohlgemut im Eis. Du kommst desto frischer nach Haus. Du kennst mich doch, Du kannst ganz ruhig sein, ich bin überhaupt den ganzen Tag über zu Haus und mache Weihnachtsbaum und abends zünd ich schon die Kerzen an und singe Lieder, himmelhochjauzend zu Tode betrübt. Ich bin wahnsinnig glücklich, Du siehst daraus, wie treu ich Dir bin. Grüße Kurtchen, unsern Engel. Else

Herwarth!

Wo Dus nun mal weißt, ich bin heut zur Jephta-Elfriede gerannt – wie ein Primaner. Einer »Frau« wollte ich mein Herz ausschütten. Aber sie glaubt mir nicht mehr, erst wenn ich in vier Wochen zu ihr käme mit dem gleichen Gefühl für »ihn«. Merk Dir und Kurtchen bitte den Tag, es war gestern, den neunzehnten Dezember. Ich bin ja fest überzeugt, daß mein Herz mich nicht betrügt, ich kann im Grunde bauen auf mein Herz, aber, wenn mich das hier im Stich läßt, dann werde ich oberflächlich.

Ich habe an Tristan geschrieben: Süßer Tristan, nachts versammeln sich alle meine Vorfahren in meinem Zelt, Kalifen und Derwische und Paschas in hohen Turbanen. Und auch ein Häuptling, der mir das Tanzen beibrachte über die Leiber der Ungläubigen, droht mir nun mit Allahs Zorn. Tristan, du bist ein Ungläubiger, aber ich liebe dich, Tristan, und mit dem Golde deiner Locken blende ich das Auge des Gesetzes im Koran. Und meine Paläste und meine Dromedarherden schenke ich dir, die werden vor dir niederknien, zottige Sklaven, wenn du sie besteigen willst. Und die Schnüre meiner wilden, blauen Perlen sollst du um deinen Nacken tragen und meinen Ring nimm mit der Sintflutperle. Und ich schenke dir mein Herz, das kannst du in die Hand nehmen und damit gaukeln. In ihm spiegelt sich der brennende Dornenstrauch des heiligen Berges und die Nacht und ihre unsäglichen Sterne. Ich liebe dich, Tristan.

Tino von Bagdad

Lieber Herwarth und liebes Kurtchen!

Daß eine Karte ironisch lächeln kann, hat mir Eure bewiesen, auch eine gewisse zuschauende Väterlichkeit geht von den abgeklärten, temperamentlosen Buchstaben aus, lauter Greisenhaare. Ihr habt sie wohl zusammen angefertigt? Abgeklärtheit muß kolossal schwer sein, mir wenigstens. Dein Handschriftbild, Herwarth, ist doch sonst ein Symphoniekonzert oder eine Pantomime und Kurtchen präsentiert sein Selbstporträt, jeder Haarstrich seiner Zeilen ist er. Vor allen Dingen ist es eine Frechheit von Euch beiden, Euch so erhaben über mein Geständnis zu benehmen.

Else

Lieber Herwarth!

Tristan selbst will mir auch nicht glauben, daß ich ihn liebe, aber er war sehr milde, als wir uns begegneten; wir gingen Hand in Hand, und er erzählte mir die Geschichte von dem Wolf, ohne zu wissen, daß die Geschichte eine wahre Begebenheit ist, ich selbst war damals der Knabe, der atemlos durch die Stadt schrie: »Der Wolf ist da, der Wolf ist da!« Und zweimal heulte ich die Leute an, versetzte sie in Schrekken, und als der Wolf wirklich einmal aus einer Menagerie ausgebrochen war, wollte es mir niemand glauben. »Er« will mir nun auch nicht glauben, daß ich ihn liebe, und ich werde vom Kummer zerfressen werden und sicher die ganze Stadt.

Herwarth!

Bitte, laß diese Gedichte im Sturm drucken, sie sind an Tristan – vielleicht glaubt er dann – bei Gedichten kann man nicht lügen.

Wenn wir uns ansehn
Blühn unsere Augen.

Und wie wir staunen
Vor unseren Wundern – nicht?
Und alles wird so süß.

Von Sternen sind wir eingerahmt
Und flüchten aus der Welt.

Ich glaube wir sind Engel.

★

Auf deiner blauen Seele
Setzen sich die Sterne zur Nacht

Man muß leise mit dir sein,
O, du mein Tempel,
Meine Gebete erschrecken dich;

Meine Perlen werden wach
Von meinem heiligen Tanz.

Es ist nicht Tag und nicht Stern,
Ich kenne die Welt nicht mehr,
Nur dich – alles ist Himmel.

★

Gar keine Sonne ist mehr,
Aber dein Angesicht scheint.

Und die Nacht ohne Wunder,
Du bist mein Schlummer.

Dein Auge zuckt wie Sternschnuppe –
Immer wünsche ich mir etwas.

Lauter Gold ist dein Lachen,
Mein Herz tanzt in den Himmel.

Wenn eine Wolke kommt –
Sterbe ich.

★

Ich kann nicht schlafen mehr,
Immer schüttelst du Gold über mich.

Und eine Glocke ist mein Ohr,
Wem vertraust du dich?

So hell wie du,
Blühen die Sträucher im Himmel.

Engel pflücken sich dein Lächeln
Und schenken es den Kindern.

Die spielen Sonne damit
Ja . .

★

Herwarth!

Tristan hat mir gesagt, er habe eine Braut, ich will nun nie mehr über ihn sprechen –

Ich gehe jetzt so oft allein in die Stadt, fahre mit all den Maulwürfen Untergrundbahn. Ich hab schon eine Erdfarbe bekommen. Ich soll schlecht aussehen. Daß mir das gerade auf hypochondrisch jemand gesagt hat! Denn erst jetzt fällt es mir auf, daß einen alle Menschen fragen: »Wie gehts?« Ich such immer suggestiv nach der hypochondrischen, erdfarbenen Linie in meinem Gesicht – über Knie-Görlitzer Bahnhof. Aber die Menschen haben ja von Natur alle so verkalkte Gesichter, Eier; wenn es hoch kommt Ostereier; ich freu mich immer, wenn ich ein lachendes Plakat unten im Erdfoyer der Hochbahn entdecke. Das wilde Bengelchen von seinem Vater Ludwig Kainer gezeichnet, ich hab's sofort wieder erkannt; morgens lacht es auf der großen Hand seiner Dienerin kühn reitend mich aus der Zeitung an, wie aus einem Marstall. Ich möchte dem allerkleinsten Sezessionsmaler ein grünes Zwergpferdchen bringen, es müßte wie ein Baum so grün und sprühend sein, das wäre das Lustigste, was ich mir vorstellen könnte. Schon lange steht nun Natur auf der Asphalttafel der Stadt; das steinerne, harte Herz Berlins rührt sich. Tannendüfte färben das Blut in den Adern und die Gesichter sehen frischer aus. Aber was geht es mich an, ich habe kein Interesse für das Wohlergehen dieser Welt mehr, schwärme nur noch für ihren ärmsten Tand; Schaumglaskugeln in allen sanften Farben, manche sind wie kleine Altäre geformt, in ihrer Nische leuchten verborgene Schimmerblumen der Maria. Ich glaube schon, ich spüre die gläsernen Blüten in der Brust. Diese Offenbarung! Und bin doch keine Christin; wo könnte ich an mir Christin werden? Das hieße sein Blut verstoßen. Diese Erkenntnis sollte des Jehovavolkes hochmütigster Reichtum sein.

Gulliver hat hier eine Stadt gebaut. Der ist ja Architekt; das erzählte mir schon Adolf Loos. Tausend Zwerge, so groß wie Streichhölzer, trampeln durch die Straßen über den Marktplatz von Midgesstown. Wir waren zu fünf Riesen dort und haben uns geradezu unserer Größe geschämt – und gingen behutsam gebeugt. Und doch hatten wir Unglück; einer von uns, der Schauspieler Murnau, hat einen Zwerg zertreten. Habt Ihr's gelesen? Und Peter Baum hat sich einen zehn Zentimeter hohen Feuerwehrmann in die Tasche gesteckt in Gedanken. Lauter Detektive und Kriminalpolizisten laufen dort herum. Cajus-Majus, der Doktor Hiller sah aus, wie ein gutmütiger Menschenfresser, mit seinem runden Bauch. Und Hans Ehrenbaum-Tegele hat doch die Zwerge eingeladen zur Bowle Sylvester; ich glaub, er will sie hineinschütten.

Herwarth und Kurtchen!

Ihr kennt doch Chamay Pinsky, er ist mit Beate nach Jerusalem gezogen, das Land säuern. Der Schelm! Er weiß ganz genau, zum gelobten Land gehören gelobte Leute. Und nicht jüdische Bourgeois, die von posener Berlin in das Land der Könige ziehen; ihre Frömmigkeit besteht aus bröckelnden Matzen, kräftigen Fleischbrühen. Vierzig Jahre lehrte Moses seinem Volk die Freiheit der Wüste und das Brüllen der Schakale, und das Gesetz vom göttlichen Angesicht lesen, bevor er sie durch das Tor Jerusalems führte.

Ich denke jetzt viel an Religion, aber zur Religion gehört eine Welt: Alleinsein. Nicht ein Idyll mit einem Haus, das still. Ich war dazu bestimmt, Tempeldienst auszuführen, ich hätte Gott Heilige gepflückt von den Ufern leiser Ströme. Und das Licht der Seele blau erhalten.

Auch lege ich *fromme Bilder* mit den Sternen, die über das Allerheiligste schweben, und immer wüßte ich vor Gott zu knieen, daß es ihm kein Zorn entfacht. Ich sage zu Gott: du, sie duzen sich mit ihm.

Lieber Herwarth und liebes Kurtchen!

Meine religiöse Stimmung muß also einen Grund haben. Ihr meint wohl, mich plagt die Reue? Die Sünde ist mir erschienen, meint Ihr wohl, mit dem Fegefeuer in der Hand, oder die Schlange hat doch endlich Einfluß über mich gewonnen. Pfui Teufel, Ihr traut mir zu, daß ich eine religiöse Stimmung auf Pfählen baue, irgendwo in die Sintflut hinein. Ich habe Vertrauen zu meinen guten und bösen Handlungen. Ich kenne keine Sünde, mag sein, daß ich sie oft von außen her mit Süßigkeiten mir greife, ich hab noch nie etwas davon gemerkt. Lebe das Leben ja tableaumäßig, ich bin immer im Bilde. Manchmal werde ich unvorteilhaft hingehängt, oder es verschiebt sich etwas in meinem Milieu, auch bin ich nicht mit der Einrahmung zufrieden. Einrahmungen sind Einengungen, Unkunst, Grenzen, die sich kein Gott, aber ein Gottdilettant zieht. Die runden Rahmen haben noch etwas Kreisendes, aber die viereckigen, neumodischen, sind so ganz menschlich aus dem Kosmos getreten. Ich sehe also aus dem Bilde das Leben an; was nehm ich ernster von beiden? Beides. Ich sterbe am Leben und atme im Bilde wieder auf.

Hurra!

Liebe Nordländer!

Ich fühle mich ergraut, wie der Tag plötzlich; bald ist es Nacht; soll ich wachen oder schlafen. Lohnt es sich zu leben oder zu versäumen. Alles sollte sich lohnen, auch das Nichtvorhandene. Ich weiß, irgendwo sehnt sich ein Hadrian oder ein Pharao nach mir. Ist das nun wahr oder ist das nicht wahr? Aber ich finde, so ein Gedanke lohnt sich. Allerdings, der Bürger verliert nie etwas, mich kostet vielleicht, so einen Gedanken zu haben, das Leben. Meint Ihr, mein Leben ist zu ersetzen? Lohnt es sich, mein Leben zu ersetzen? Ich will diesen Gedanken von Euch beantwortet haben. Aber ich sprach vom Hadrian, ich sprach vom ägyptischen König, der eine Pyramide als Krone trägt, wir ziehen zusammen in den Krieg auf Dromedaren. Ich sitze hinter ihm, an seinem Rücken gelehnt, und meine Pfeile fliegen an seinem Herzen vorbei in die Leiber der Feinde. Nachts schminkt er meine Lippen mit seinen Küssen.

Herwarth!

Karl Kraus, der Dalai Lama, weilt in Wien, aber unten in Deinem Arbeitszimmer hängt seine Hand in Marmor. Ich stand wieder vor dem schwarzen Brett, darauf sie gespannt abwärts greift, sie bewegte sich, als ob sie mir etwas erklären wollte. Diese Hand, eine sichere Ministerhand, eine gütige Diplomatenhand, eine züngelnde Hand, sie kann eine Stadt anstecken. Meine Augen tanzen um ihre Randung – Polka. Lieber noch ringe ich mit dieser Hand zum Zeitvertreib. Sollte dieser vornehmste Kampf unterlassen bleiben! Ich träume oft in der Nacht von den Kriegen unserer Hände und staune, daß Du die seine noch immer in der Frühe erhalten am Brett hängend vorfindest. Sie lächelt sogar seit kurzem. Des Ministers Hand, eine ernste, mongolische Dolde, eine Hand, jeder seine Pfade endet. Was er wohl von meiner ziellosen Hand aus Spiel und Blut denkt?

Lieber Herwarth!

Was ist das Leben doch für ein eitler Wettbewerb gegen das Aufschweben zur Ewigkeit. Ich bin erregt, ich hatte schon einige Male heute das Gefühl, ich muß sterben. Wenn ich auch im Bilde lebe, Bild bin, aber meine Eindunkelung Dir gegenüber macht mir schon lange Schmerzen. Wir können uns beide kaum mehr sehen, Herwarth; alle die Leute, die uns wieder zusammenbringen wollen, sind nichts weiter als Ölschmierer oder Terpentinwäscher, uns auffrischen wollen sie; über die echten Farben unechte, gezwungene schmieren. Fälschung! Verkitschte Auferstehung. Man sollte lieber die Menschen, über die die Nacht kam, einbalsamieren. Es klopft heute schon einigemale an meiner Tür, es geschieht etwas Schreckliches in der Welt, lauter Fälschung, dafür geben die Leute ihr Geld aus. Das sag ich Dir, ich wollte, ich besäße eine Brücke, es müßte mir jeder – Zoll bezahlen – Brückenzoll. Da ich doch tot bin, hab ich mir wenigstens vorgenommen, reich zu werden.

Herwarth!

Vorher schick ich dir noch ein Gedicht für den Sturm. Ich bin rasend verliebt in jemand, aber Näheres sag ich nicht mehr. So kann es immer an Dich gerichtet sein.

Du bist alles was aus Gold ist
In der großen Welt.

Ich suche deine Sterne
Und will nicht schlafen.

Wir wollen uns hinter Hecken legen
Uns niemehr aufrichten.

Aus unseren Händen
Süße Träumerei küssen.

Mein Herz holt sich
Von deinem Munde Rosen.

Meine Augen lieben dich an,
Du haschst nach ihren Faltern.

Was soll ich tun,
Wenn du nicht da bist.

Von meinen Lidern
Tropft schwarzer Schnee;

Wenn ich tot bin,
Spiele du mit meiner Seele.

Ludwig Ullmann habe ich das Gedicht: An Jemand – für sein Flugblatt geschickt:

Lieber Ludwig Ullmann!

Es war Nacht, als Ihr Brief kam, ich hatte mich gerade aufgehängt, konnte nur morgens den Baum nicht wiederfinden. Ob das ein Glück für Ihr Flugblatt ist, kann ich nicht beurteilen. Denn ich bin noch sehr angegriffen von der

Aufhängerei und von allem Drum und Dran. Machen Sie gute Stimmung für mich, mir fehlt jede. Auch ist Berlin so langweilig, es ist weder interessant zu leben, noch zu sterben, was ich nun beides beurteilen kann. Ihre Karte war mir eine Labung, so frisch geschrieben; wie Quellwasser sind Ihre Buchstaben, nicht etwa verwässert. Sie müssen immer von Wäldern dichten, das wäre charakteristisch für Sie. Jedenfalls begleiten Sie mich in den Prater, wenn ich nach Wien komme. Ihre E. L. Sch.

Liebe Jungens!

Ich habe vor, regierender Prinz zu werden. Müßten mir nicht alle Menschen Tribut zahlen?

Ich habe gestern Dr. med. F. leider vergebens geschrieben:

Sire!

Sie haben ganz recht empfunden, ich bin der Prinz von Theben. Sie wollen mir eine Klinge zum Geschenk überbringen lassen. Ich bitte Sie, mir zweihundert Silberlinge, das sind auf Deutsch zweihundert Mark, beizulegen, damit ich Ihrem Diener den ihm zukommenden Lohn entrichten kann.

Konnte ich seinen Herrn höher schätzen? Ich traute diesem Doktor zu, daß er meinen Brief mit allem Respekt erfüllen würde, er ist Nierenarzt, er hat den Zug eines Bohemiens in sich, er behandelt mit Vorliebe Wandernieren.

Soeben kam eine Dame aus Prag, ich soll in ihrem Verein sprechen. Wo ich soviel umsonst schreibe, muß ich doppelt so viel für mein Sprechen beanspruchen. Willy Haas hat sie aus Prag zu mir ins Haus gesandt. Ich habe tausend Mark verlangt; für meine Liebesgedichte zweihundert Mark besonders. Die Dame war ergriffen, aber sie will mit ihrem Verein über meine Forderung sprechen. Auch war ich äußerst pathetisch, zog meinen Königsmantel einige Male über die Schultern in Falten, in wilde Falten. Ich spreche überhaupt nicht mehr ohne Bezahlung, nur Bindewörter; könnt ich doch eins finden, das mich binden würde.

Herwarth!

Ludwig Kainer will meine Kalifengeschichte illustrieren. Bei mir kann ich ihn nicht empfangen, überall liegen fußhoch norwegische Briefe an Euch. Aber mein erlauchter Illustrator geht nach München, ich reise dann auch dorthin, einige Tage; übrigens hat mir mein Freund Antoni, der Prinz von Polen, aus München geschrieben, mein Geist wäre gestern im Café Bauer in Galla allen erschienen. Ich war schon immer neugierig, meinen Geist kennen zu lernen, meinen Astralleib, er soll reich sein, ich werde ihn anpumpen.

Prinz von Theben, schrieb mir der Maler Schmidt-Rottluff: Ich will Sie malen mit ihrem schwarzen Diener Oßmann. Ich wollte, er malte mich im Hintergrund seiner Handschrift, mitten hinein. Lauter Schlangengrotten, Urwaldgewächse, Kokospalmen, menschengroße Affenkörper. Man kann nicht durch seine Handschrift in die Ferne blicken, man erstickt in dieser Handschrift. Er und Richard Dehmel trinken aus denselben dunklen Quellen. Ich werde ihm Geschichten aus meinem Leben erzählen. Ihr wißt doch, mein hinterurwäldlicher Ahne ist der einzige Mensch, der nicht von Affen stammt. Ich habe noch unseren Stammbaum in Blüte. Ihr wollt es nicht glauben, aber der Maler mit der ungeheuren Handschrift wird mir glauben, daß ich von der Ananas stamme. O, dieser berauschende, wilde Fruchtkopf mit dem Häuptlingsblattschmuck! Ich habe noch nie davon gegessen, nicht einmal genascht, aus Pietät, und dabei könnt ich meine pflanzliche Abkunft auffressen, wie ein Menschenfresser.

Herwarth!

Weißt du, daß Ludwig Cranach schon die Venus von Siam als Kete Parsenow gemalt hat. Also nicht ich alleine weiß, daß

Kete Parsenow die Venus ist, die wirkliche Venus. Ich sah die Venus lächeln, ich spiegelte mich in den Tränen der Venus, ich sah die Venus tanzen, ich sah die Venus sterben. Ich, ich, ich, ich kann mich kaum mehr berühren vor Süße.

Lieber Herwarth!

Paulchen will endgültig nicht mehr in den Kino gehen, er hätt die Nacht nicht schlafen können, ein Mensch sei irrsinnig im Stück gewesen und kein Junge will mehr hingehen. Die Unglücke sehe er ja sonst gern. Er war noch ganz erregt am Morgen und erzählte mir folgendes: Es war ein Mann, der hieß Marius, der hatte eine Braut bekommen beim Tanzen und da schrieb die Braut dem Marius, ein helles Fenster sollt ihm in der Nacht zeigen, wo sie wär. Im selben Haus war ein Hotel, das Haus war ein Hotel überhaupt, davor ein Irrenhaus für die Geisteskranken von Doktor Russel, wo die Leute mit Strahlen geheilt werden von Doktor Russel. Herr Marius hatte sich in der Dunkelheit verirrt und ging in das Irrenhaus in eine Zelle. Da kommt plötzlich mit dem Auto ein Geisteskranker her und er wird von einem Diener durch Strahlen zum Schlafen gebracht und schläft. Da wird er wieder wach und wollte aus dem Fenster, aber er sinkt vors Bett und auf einmal kommt Marius rein und sieht den irren Mann und sofort vor lauter Angst hinter die Wand, aber der Geisteskranke packt ihn an die Kehle und würgt ihn fast ganz tot, aber nicht ganz tot, auf einmal hört das ein Wärter, der nachts rumgeht, macht die Tür auf und man kann da plötzlich reinsehn in Doktor Russel sein Zimmer, der sitzt mit Marius seiner Braut auf dem Bett und poussiert.

Liebes Kurtchen!

Morgen komme ich in Dein Bureau, Potsdamerstraße 45, mit der Rechnung vom Cliché Deines Bildes – hoffentlich hast Du Dich getroffen gefühlt.

Nota:
Cliché sechs Mark. Zwei Mark zwanzig das Auto in die Clichéfabrik; drei Mark fünfzig *mit Trinkgeld* das Diner bei Kempinski und für fünfzig Pfennig Fachinger. Bei Kranzler trank ich Schokolade für fünfzig Pfennig und aß für fünfundsiebzig Pfennig Törtchen, die alt waren. Nahm dann wieder ein Auto in die großen Rosinen. (Meinhard spielte famos.) Dreißig Garderobe, sechzig Foyer (Lachsbrötchen). Nahm dann ein Auto, raste ins Café des Westens, Dich und Herwarth abholen; traf Euch nicht, fuhr schließlich im selben Auto heim, kam aber zu spät, mußte den Portier herausklingeln für fünfundzwanzig Pfennig. Bitte zähle die Summen zusammen, irre Dich nicht. Laß Dein Gemälde einrahmen in Watte, Dich einsalzen, wo der Pfeffer wächst.
Ich grüße Dich! Else L.-Sch.

Lieber Herwarth, liebes Kurtchen!

Ich bin Adolf Lantz begegnet; er trägt, seitdem er Direktor ist, einen Zylinder, der blaakt.

Ich gehe jetzt seltener ins Café, ich kann es nun auswendig. Es ist ja nicht allzu schwer zu lernen; internationale Cafés sind schwerer zu behalten. Ich plaudere wieder so vor mich hin wie Verblühn. Ich habe alles abgegeben der Zeit, wie ein voreiliger Asket, nun nimmt der Wind noch meine letzten herbstgefärbten Worte mit sich. Bald bin ich ganz leer, ganz weiß, Schnee, der in Asien fiel. So hat nie die Erde gefroren, wie ich friere; woran kann ich noch sterben! Ich bin verweht und vergangen, aus meinem Gebein kann man keinen Tempel mehr bauen. Kaum erinnerte ich mich noch an mich, wenn mir nicht alle Winde ins Gesicht pfiffen. O, du Welt, du Irrgarten, ich mag nicht mehr deinen Duft, er nährt falsche Träume groß. Du entpuppte grauenvolle Weltsagerin, ich habe dir die Maske vom Gesicht gerissen. Was soll ich noch hier unten, daran kein Stern hängt.

Ich bin nun ganz auf meine Seele angewiesen, und habe mit Zagen meine Küste betreten. So viel Wildnis! Ich werde selbst von mir aufgefressen werden. Ich feiere blutige Götzenfeste, trage böse Tiermasken und tanze mit Menschenknochen, mit Euren Schenkeln. Ich muß Geduld haben. Ich habe Geduld mit mir.

Schmidt-Rotluff hat mich im Zelt sitzend gemalt. Ein Mandrill, der Schlachtengesänge dichtet. Schmidt-Rotluff hat mich als Mandrill gemalt, und ich stamme doch von der Ananas ab. Ihr habt den Affen überwunden; man kann sich doch von nichts in der Geburt vorbeimachen.

Bin entzückt von meiner bunten Persönlichkeit, von meiner Urschrecklichkeit, von meiner Gefährlichkeit, aber meine goldene Stirn, meine goldenen Lider, die mein blaues Dichten überwachen. Mein Mund ist rot wie die Dickichtbeere, in meiner Wange schmückt sich der Himmel zum blauen Tanz, aber meine Nase weht nach Osten, eine Kriegsfahne, und mein Kinn ist ein Speer, ein vergifteter Speer. So singe ich mein hohes Lied. O, Herwarth, Ihr könnt es mir ja nicht nachfühlen – was blieb Euch vom Affen übrig? Herwarth, Du brauchst es ja nicht wiedersagen, Herwarth, ich schwöre es Dir bei dem Propheten Darwin, ich bin meine einzige unsterbliche Liebe.

Lieber Herwarth!

Ich höre, Du hältst einen musikalischen Vortrag bei Cajus-Majus im Cabarett Gnu. Ich weiß noch nicht, ob ich kommen kann. Das Gnu hat so viel Junge geworfen, die sicher nicht blind für Deine Musik bleiben. Es hat jemand herumgebracht, seitdem Du eines Deiner Lieder einer anderen gewidmet hast, als mir, interessieren mich Deine Vertonungen nicht mehr. Jemand hat nicht ganz unrecht. Subjektiv nicht mehr! Ich glaubte immer, Du könntest nur meinen Glanz aushalten, daß keine blasse Sehnsucht in Dir stecke.

Lieber Herwarth!

Ich gehe doch in das Cabarett von Dr. Hiller, schon um der kleinen Martha Felchow Pralinées zu bringen. Sie sitzt vor der Eingangstür an der Grenze zwischen Prolet und Gnu und nimmt die Zölle immerzu.

Ich hörte, Ludwig Hardt habe wieder so großartig im Choralionssaal vorgetragen – er ist der einzige Liliencron-Interpret. Er gab mir mal alleine einen Liliencron-Abend, in einem der Erkerviertel des Cafés. Sein Vortrag trägt die weiche Seele Liliencrons, das Stahl seines Herzens. Ludwig Hardts Stimme marschiert mit Sporen durch des Dichters Kriegsgedichte. Ludwig Hardt ist ein lyrischer Soldat, er ist adelig, wie Liliencron. Sein Elternhaus lag, eine Löwin, an goldener Kette.

Heute kommt Ludwig Kainer und zeichnet mich für den Sturm als Prinz von Theben. Meine zwei Neger, Oßman und Tecofi, der Häuptlingssohn, werden ihn im Vorhof meines Palastes empfangen. Ich trage mein Feierkleid und meinen Muschelgürtel und den Islamstern des Sultans über meinem Herzen, und werde nach »ihm« aussehn.

Lieber Herwarth, liebes Kurtchen!

Ich habe vor, eine große Festlichkeit zu veranstalten; meine Gemächer sind nicht geräumig genug, und ich begab mich heute morgen ins neue Schloßviertel hier zu der Marquise Auguste Fürst-Foerster, der ich die Valenciennehand mit Ehrfurcht küßte. Sie war wie immer von ausgesuchter Delikatesse und stellte mir auf meine Bitte ihre Salons zur Verfügung. Daß sie hoffe, auch als Gast erscheinen zu dürfen, auf meiner hohen Festlichkeit, erfreut sie unendlich. Dann geleitete sie mich zwischen Rosentapeten ihrer Korridore; »Allerhöchste Marquise«. – Marquise (gnädig lächelnd zu mir): »Hoheit« …

Herwarth!

Ich habe noch eine Zeichnung von S. Lublinski gefunden, wie ich ihn heimlich zeichnete über lauter Köpfe im Café hinweg, da wir uns vorher gehauen hatten. Er war ein Charakter. Die einzige Eigenschaft, die einen ganzen Charakter ausmachen kann, ist Mut. Also war er *noch mehr* wie ein Charakter, er war ein rostiges Gefüge.

Herwarth!

Ich schreibe hier einen offenen Brief an Paul Cassirer.

Sir!
Es war für mich keine Überraschung, in Ihrem vornehmen Salon die Werke Oskar Kokoschkas zu bewundern. Manche von den Betrachtern hielten sich sicher ihr Lachen ein, in Erinnerung an Sie, Sir, des unumstößlichen Glaubens wegen an Sie, Sir, Ihres kunstverständigsten Namens wegen, Sir, Ihrer Sicherheit in den Farben und Werten und Zeitwerten wegen, Sir; Sie haben sich am Tage, da Sie Oskar Kokoschka in Ihren Salons ausstellten, selbst hundert Jahre voraus in die Zukunft gesetzt, indem Sie als erster Kunsthändler in Berlin den Ewigkeitswert seiner Schöpfungen erkannten. Ich hörte mit nicht geringem Erstaunen, daß Sie eine zweite Ausstellung von Kokoschka in Ihren Sälen veranstalten wollen, Kopien seines Genies. Warum das schon bei seinen Lebzeiten? Warum echten Wein verwässern, wenn schwach befähigte Besucher Herzklopfen bekommen! Oder besoffen werden und taumeln oder ausfahrend werden. Ich fordere Sie allerhöflichst auf, Sir, diese Ausstellung zu unterlassen. Oskar Kokoschka ist kein Zwilling, er hat noch nicht einmal einen Vetter, aber einen Meuchelfreund. Ich rechne darauf, Sir, und mit mir zeichnen noch ernste Bewunderer der Oskar-Kokoschka-Bilder, Sie unterlassen eine Ausstellung der Kopien, die Herr Jemand in Ihren Sälen zu beabsichtigen gedenkt. Und ge-

nehmigen Sie meine hochachtungsvollen, verbindlichsten Grüße, Sir. Else Lasker-Schüler

Oppenheimer hat auch Anhänger – jawohl, bitte – an seiner Uhrkette hängen.

Max Oppenheimer, Abbé!
Sie wollten mich rücklings in die Beichte stecken... Denn niemand weiß so genau wie ich, daß Sie farbige Wechsel ausschreiben mit der Unterschrift Oskar Kokoschkas. Warum? Da Sie doch selbst malen können. (Dieses schrieb ich ihm im Café, er glaubt, ich, le Prince de Thebe, bin das Werkzeug einer Partei.)

Lieber Herwarth!

Ich schrieb an Dr. Hiller:
Heute mittag aß ich die Erstgeburt, zwar nicht Linsen, aber dicke Erbsen. Es schwammen Bröckchen darin und die Überreste eines Schweinsohrs. Ich bin aufgebläht, aber Ihr Antlitz, Cajus, hat Monderweiterung bekommen. Wie dürfen Sie sich erlauben, uns, vor allen Dingen mich, in Ihrem Vortrag mit Idioten anzureden; zumal Sie genau wissen, ich bin Idiot. Aber erinnern brauchen Sie mich nicht daran, das ist unzart, das ist direkt ordinär von Ihnen. Ich komme nicht mehr ins Gnu, ich hab gnug.

Herwarth!

Gestern ist mein Onkel, der süddeutsche Minister, mit mir ins russische Ballett gefahren. Hinter uns saßen strahlende Petersburgerinnen, zwischen ihnen Herr Barchan, der Hexenmeister. Einige Male hat er bei uns in der Wohnung frische Fische gezaubert und nachher verschlungen, lebendig; er hat Dich auch einmal verschwinden lassen wollen, Herwarth, weißt Du's noch? Ich meine, Dich verleugnet; aber sein Ärmel war nicht weit genug.

Ich schreibe nun schon drei Monate oder noch länger norwegische Briefe. Verreist Ihr beide nicht wieder bald? Vielleicht regt mich eine zweite Reise auch so an, wie Eure Nordpolfahrt. Ich habe zwar verlernt, mit Sonne zu schreiben; meine Vorfahrengeschichten verlangen Morgenland. Auch dem historischen Stil habe ich Schlittschuh angeschnallt, und ihn so mit fortgerissen, es kam mir nicht darauf an. Ich schrieb also den größten Teil meiner Briefe mit dem großen Zeh; die Historie aber kann man nur mit dem Herzen schreiben; das Herz ist Kaiser. Womit schreibe ich eigentlich meine Gedichte? Was glaubt Ihr wohl? Die schreibe ich mit meiner unsichtbarsten Gestaltung, mit der Hand der Seele, – mit dem Flügel. Ob er vorhanden ist, – Sicher! Aber gestutzt vom böswilligen Leben. (Mystik.)

Lieber Herwarth!

Außerdem habe ich den Gnudirektor Cajus-Majus = Dr. Hiller in seinem Gnutheater am Vortragstisch auf der Bühne sitzend gezeichnet. Er spricht vom gescheckten Mondgnukalb – versteh vor Lärm nur alles halb – in seinem Hirne – elektrisch spiegelt sich die Birne.

O, Herwarth, o, Kurtchen!

Wie sich die Welt verändert hat; früher war die Nacht schwarz, nun ist sie goldblond.

Liebes Kurtchen!

Weißt Du's schon, eine Deiner Klientinnen hat den Sturm aufgekauft, läßt sich mit Deinem Bild ihr Schlafzimmer tapezieren. Sie singt: »Ich hab dein Bild im Sturm gesehn!«

Jungens!

Nun hab ich's raus mit den Künsten: man muß zeichnen, wie man operiert. Ob man ein Stück Haut zuviel skalpiert oder einen Strich länger zieht, darauf kommt es ja gar nicht an! – Und die Massenliebe des Publikums zur Musik ist mir auch klar geworden. Die Zunge hat am meisten zu tun beim Hören, sie wächst sozusagen gehöraufwärts, sie probiert; namentlich schmeckt ihr die Nationalmusik: Deutschland, Deutschland über alles, Volkslieder, prickelnde Operettenlieder; Carmen, glänzendes Hochzeitsmahl; auch Wagners heiliger Gral ist nicht zu verachten. Deine Musik, Herwarth, aus Tanz und Schwertern, aus Frühling und Schäfern, aus Mond und Nacht und Sternen frißt auch die Menge mal für Schildkrötensuppe und indische Vogelnester – *hoffe ich!*

Abends trinke ich jetzt immer Tee Chambard, ein Getränk aus Goldkamillen, blauen Glockenblüten und Rosenblättern. Ich habe Peter Altenberg das duftende Rezept geschrieben für eine Fortsetzung seines Buches Prodromus. Ich hörte, er spucke auf mein erlesenes Gedicht, auf meinen alten Tibetteppich, er kann nur dadurch antiker und wertvoller werden.

Peter Altenberg, der Dichter der Östreicher, hurrah!!!

Lieber Herwarth!

Wenn ich Frau Professor Helene Herrmann begegne, muß ich an tiefe Wolken denken; wenn ich an Julius Hart denke, weiß ich, wo ich einst Engeln begegnet bin! Helene Herrmann und Julius Hart sind (fort mit allem Hirn-Maché) durchrankt von Seele.

Lieber Herwarth, liebes Kurtchen!

Ich habe meine beiden Ringe verschenkt; es tut mir so leid, aber ich habe mir einen großen, braunen Käfer aus Glas in Messing fassen lassen; er sitzt auf meinem Mittelfinger wie auf einem kahlen Herbstast und sehnt sich nach Sommer und

Sonne, nach Blüten und Silberblättern und wahrscheinlich nach einem Glühwürmchen.

Herwarth!

Wir sind nur auf dem Wege, das Leben ist nur Weg, hat keine Ankunft, denn es kommt nicht woher. Wohin soll man da? Immer in sich Zuflucht nehmen! Darum sind ja die Menschen so arm, ihre Herzen sind Asyle, sie fühlen sich sicher in ihren geselligen Heimstätten. Wohin soll man da? Mein Herz ist zerfallen; o, diese Einsamkeit zwischen gebrochenen Säulen! Kennst Du ein luxuriöses Herz – und wenn es aus Marmor ist?

Meine Lieben!

Ich bin sehr neugierig geworden; ich beginne mich zu fragen, ob ich intellektuell bin oder stumpf? Manchmal denk ich was, das geht über meine Grenzen; über Eure Horizonte habe ich wohl lange schon gedacht. Aber wo komme ich hin, wenn ich über meinen Mauern und Zäunen hänge, wo sich noch nicht Land vom Meere getrennt hat? Wer wird mir Schöpfer sein!! Werde ich meinen Schöpfer lieben oder ihn anbeten in Ehrfurcht?

Wenn ich ernstlich krank bin, dann hole ich keinen Arzt, Herwarth, aber einen Astronomen, jedenfalls einen Sterndeuter oder einen Fakir, meinetwegen einen Gaukler. Eher stellt »der« fest, wie weit mein Sternbild Corpus von dem Sternbild Psyche entfernt ist, als der anerkannteste Professor.

Herwarth!

Ich habe meine medizinische Arbeit gedichtet (nicht geschrieben), darum werde ich wohl den Doktorhut bekommen, aber ihn nur Carneval aufsetzen dürfen.

Lieber Herwarth!

Ich habe im Berliner Tageblatt einen Ruf nach dem Simplizissimusmaler Ludwig Kainer und seiner Frau, der Malerin, ergehen lassen. Beide sind plötzlich verschwunden. Ich hänge aber eingeschlossen einigemale in ihrer Wohnung. Wie es mir gehen mag, meinen verschieden aufgefaßten Ichs?

Kurtchen!

Steht Gefängnis auf Schweinehund? Oder Geldstrafe? Oder verjährt nach zwei Jahren ein Schimpfwort, wie zum Beispiel Schweinehund? Ich habe vor zwei Jahren mal jemand so genannt; ich möchte endlich von der Kette los.

Ich muß manchmal an die Schwärmerin denken vom Sylvester im Café des Westens. Sie kniete vor mir (eine mir höchst unsympathische Stellung), aber sie kniete im Blut, denn der Wein uminselte unseren Tisch. Ich trug mein Kriegsgewand und alle meine Dolche, und nie war ich so vornehm der Prinz von Theben, wie an der Grenze zwischen Alt- und Neujahr. Ich habe der Schwärmerin versprochen, nicht mehr Platt zu sprechen in meiner norwegischen Korrespondenz; liegt auch im Grunde nur Brüderschaft in der ollen Omgangssprake twischen Pitter Bohm on mek.

Herwarth, Kurth!

Wie findet Ihr mich getroffen auf der neuen Freimarke meiner Stadt Theben? Ich werde mein Volk lieben bis in den Tod.

Lieber Herwarth!

Es hilft Dir nichts, ich sende Dir diesen Brief so lange, bis Du ihn im Sturm veröffentlichst. Ich glaube Dir schon, daß es Dir weh tut, diese Zeilen meines Herzens prägen zu lassen, aber da ich mich nicht zu beherrschen gelernt habe, verlange ich es von Dir. In meinem Interesse mußt Du Eisbären bändigen –

Pudelhunde gehorchen eher; ich sagte Dir schon einmal, die meisten Temperamente bellen oder jammern oder kläffen nur.

Ich war nämlich in Jedermann oder heißt es Allerlei? Ich glaube, es heißt Allerlei für Jedermann oder Jedermann für Allerlei: Herein meine Herrschaften ins Riesenkasperle, ins Berliner Hännesken! Ein evangelisch Stück wird gespielt für die »getauften« Juden, namentlich, sehr anschauend und erbaulich. Alle getauften Juden waren in der evangelischen Vorstellung-Schaustellung gewesen und waren erbaut *namentlich* von dem blonden Germaniaengel in Blau und Doppelkinn. Rechts ein Fleckchen, links ein Fleckchen Mensch oder Engel an der Kasperlewand und wie das Gewissen zu heulen anfing: Jedermann hier, dort Jedermann. Wo kam das her – ich denke aus den Ställen, Herwarth. Nein, da wollen wir lieber auf die Kirmes gehen in Cöln am Rhein und ein Cölner Hänneskentheater aufsuchen, von dort sollte Direktor Reinhardt die Naivität herholen, nicht sich welche anfertigen lassen von dem Hofmannsthaler in Wiener Stil oder übertünchen lassen, ein britisch-evangelisches Mysterium, charakteristisches Gähnen mit noch entsetzlicheren, gelangweilten, unechten Reimereien eines »Verbesserers«. Denk mal an, wenn er sich auf Bildhauerei verlegt hätte, an der Skulptur geflickt hätte, und der Venus von Milo die beiden Arme angesetzt hätte! Was grub er doch alles Literarische aus: zuerst den Oedipus von Sophokles und nährte ihn mit Wiener Blut; die Elektra machte er zur dämonischen »Lehrerin«. Ihm gebrichts an Phantasie. Immer sagen dann die Leute, Herwarth, weil sie stutzig werden: Ja, haben Sie denn noch nicht *das* Gedicht von ihm gelesen: Kinder mit großen Augen? – Ich habe sogar Tor und Tod und den Tod des Tizians von ihm gelesen; glänzende Dichtungen allerdings, aber im Granit Goethes gehauen. Wenn Jedermann wüßte, was Jedermann wär usw. – eine Blasphemie, eine Verhöhnung einer alten Pietät, einer religiösen Verfassung. Das Leben und der Tod, die Sünde und die Strafe, Himmel und Hölle, alles wird zur Schaustellung herabgewürdigt, wie die

Elephanten und Araberpferde mit Bändern und Kinkerlitzchen geschmückt, allerdings nicht einmal wie hier den Kindern zur Freude, dem reichen sensationslustigen Publikum zur Erbauung, pfui Teufel, daß der Sekt besser mundet.

Ein paar Tage vor Weihnachten forderte Direktor Reinhardt mein Schauspiel Die Wupper ein. Sie liegt noch nicht zwei Monate in seinem Haus; mein Schauspiel hat Leben, meine Geschöpfe möchten weiter leben. Nun wird mein Schauspiel eine Geisel sein in Reinhardts Händen, er wird meine Dichtung ins Feuer werfen oder sie mir mit ein paar Phrasen seiner Sekretäre wiedersenden lassen. Gleichviel, ich will keine Rührung noch Sentimentalität aufkommen lassen, Herwarth, ich muß meine Dichtung opfern der Wahrheit, dem »Ehrgeiz« zum Trotz. Der Prinz von Theben wirft die letzte Fessel von sich.

Mit einer goldenen Schaufel will ich der Sage meiner Stadt einen Weg ebnen oder sie begraben, indem ich Direktor Reinhardt die Wahrheit sage. Die Aufführung des Jedermann ist eine unkünstlerische Tat, eine schmähliche – von ihm zumal, der im Publikum für unfehlbar gilt und in Wahrheit mit Bewußtsein nicht fehl greifen *kann*. Wie soll man sich diesen Zynismus erklären! Hat Reinhardt Geld nötig? Warum rauben es nicht seine Leute für ihn: *Sie sollen den Westen der Stadt plündern für ihren Kaiser!!* Kassenschränke sind nicht zu unterbilden, wohl aber eine Zuhörerschaft (es sind talentvolle Zuhörer darunter) wackelköpfig durch ein Irrspiel zu machen. Solche Geschenke darf sich Reinhardt nicht erlauben. Draußen tobten die Sozialdemokraten, es war am Tag der Wahl – in mir stürmte eine stärkere Revolution, es fiel am Abend meine letzte Hoffnung, die Aufführung meines Schauspiels unter dem Können Reinhardts, das ich in so vielen Aufführungen bewunderte. Ich fordere mit diesem Brief meine Arbeitersage, die Wupper, ein. Hat er sie schon gelesen? Sie muß ihm imponiert haben.

Liebe Beide!

Als ich heute morgen aufstand, kroch eine kleine Sonne auf meinen Fuß und spielte mit ihm wie eine bunte Eidechse Ringelrangel. Ich bin sehr glücklich heute, mein Zimmer ist süß, die kalte Luft, die durchs Fenster dringt, schmeckt süß und mein Schrank enthält lauter süße Feierkleider: ein goldenes, ein palmenfarbenes und ein Kleid aus Kristallseide, das klingt. Und meine Kriegsgewänder sind friedlich, die weite schwarzseidene Hose schmücken süße Perlenborden und aus den Muscheln meines Gürtels begegnen sich Schnecken und strecken ihre kleinen Korallenhörnchen entgegen: Allah machâh. – Es sind alles Muscheln, die ich am Strand des Nils auflas. Und in der Kriegstasche zwischen wilden Schalen harter Früchte finde ich verzuckerte Rosen, die süß zu essen sind. Ich bin verliebt. –

Kurtchen, Herwarth!

Er sagt, er hätte breite Hände. Ich finde seine Hände wundervoll und rührend, kleine Kinderhände, aber durch die Lupe gesehn, als ob sie durchaus groß sein wollten. Ich spiele den ganzen Tag mit seinen Händen; jedem Finger habe ich einen Ring aufgesetzt, jeder trägt einen anderen seltenen Stein. Der an seinem kleinen Finger erzählt die Geschichte meines Urgroßvaters, des Scheiks, des obersten Priesters aller Moscheen. Am Goldfinger sitzt ihm die Sage des Fakirs, des Bruders der Gemahlin des Emirs von Afghanistan, der war der Vetter meiner Mutter. Am Daumen droht ihm der blutigste Krieg, ein rissiger, tiefer Stein mit dem Bilde Konstantins des Kreuzritters, dem ich den Kopf abschlug in der Schlacht bei Jerusalem. »Er« ist selbst ein Kreuzritter, ich befinde mich in verliebter Verzweiflung.

Wollt Ihr mir beide telegraphisch mitteilen, ob es stillos ist, daß ich mich in einen Ritter verliebt habe?

Tino von Bagdad

Statt mir telegraphisch zu antworten, fragt Ihr mich, wer »er« ist. Aber ich hab schon einmal betont, ich sag nichts Genaueres mehr. Er ist groß und schlank und wenn seine Augen sich glücklich auftun, blühen sie wie ein Kornblumenfeld. Ich habe ihm gesagt, jedes Mal wenn er seine Augen lächelnd öffnet, schenke ich ihm einen Palast, oder einen goldenen Palmenbaum, oder eine Hand voll schwarzer Perlen oder *ganz* Asien. Ich muß Euch noch was Merkwürdiges erzählen: er bat mich, er drängte zärtlich zu gehorchen, ich ging am selben Abend nicht mehr ins Café. Am anderen Abend war ich wieder dort; er war sehr traurig, als er da sagte, er hätte eine Schlacht verloren. Mich bekümmerts, er sollte alle Schlachten gewinnen, und wenn ich ihm helfen sollte, mir den Kopf abzuschlagen. Oder meint Ihr, ich ginge auch ohne Kopf ins Café? Nur mit dem Rumpf, dumpf, stumpf in den objektiven Sumpf! O, wie pathetisch, nicht? Aber, es gibt ja nichts Objektiveres wie das Café, nachdem man in seiner Literatur am Schreibtisch zu Haus die Hauptrolle gespielt hat. Entzückend, sich abzuschütteln, seine intensivste Last. Sagt, Ihr beide, kann mir das Café schaden oder nicht schaden? Herwarth, Du behauptest ja immer, ich bin ein Genie, das ist Deine Privatsache. Soll ich mich nun von – »ihm« – trennen und ins Café zurückkehren oder soll ich bei ihm bleiben? »Kehre zurück, alles vergeben!« Pfui! ... Er hat das schönste Profil, das ich je gesehen habe, wem soll ich es anvertrauen – Dir, Herwarth: Er ist der Konradin, den ich tötete in Jerusalem, den ich haßte in Jerusalem und alle seine Kreuzchristen in Jerusalem. Wem soll ich es anvertrauen wie Dir, Herwarth; die andern sind ja alle Philister. Wir sind ganz lila, wenn wir uns lieben, wir sind Gladiolen, wenn wir uns küssen, er geleitet mich in die Himmel Asiens. Wir sind keine Menschen mehr. Du erzählst mir nie etwas, Herwarth, oder laß ich Dich nicht zu Worte kommen, oder hast Du noch immer nicht vergessen, daß *wir* verheiratet sind?

Ich habe nun nur ihn. Aber ich bin so begierig, wie es meiner Bleibe und meiner Sterbe geht, dem Café des Westens? Es ist genau so, als ob ich einen Ohrring verloren hab, ich beginne, mich nicht mehr zu fühlen. Ein Säufer muß in seine Kneipe, ein Spieler in seine Hölle, nur ich bin abnorm. Aber er meint es ja gut, er sagt, die Leute verstehen mich nicht. Aber das Café ist das einzige Geheimnis zwischen uns (selbst Dich kennt er, Herwarth); das Café liegt wie eine Küste zwischen uns. Gibt es nun einen Ort, auf dem so eine Bazarbuntheit ist, wie in unserem Café?

Lieber Herwarth, Kurth!

Wißt Ihr das Neueste? Cajus-Majus ist verschollen, er darf nicht mehr ins Café kommen, er soll sich das Leben genommen haben, teilweise wenigstens. Ich habe es selbst gehört im Café, ich war verkleidet als Poet, nur der Kokoschkasammler, Herr Staub, erkannte mich, er ist ein Eigener; es war gestern am ersten Februarlenztag, der Schnee lag bescheiden auf dem Hag... Ich bin Poetin!! Aber lauter Leute kamen ins Café mit lauter seltsamen Tiergesichtern, ich wollte, ich hätt manchmal so eins zum Bangemachen. Ich hätte gern mit dem Kokoschkasammler gesprochen; einmal lachte er auch, aber ich wollte, ich hätte – zum Teufel, wenn ich wüßte, was ich wollte.

Herwarth!

Ich muß viel denken, ich hab auch wieder viel Angst. Und mein Herz spür ich immer so komisch, ich kann nachts nicht schlafen und träume mit offenen Augen Wirklichkeiten. Es gibt einen Menschen in Berlin, der hat dasselbe Herz, wie ich eins habe, dein Freund der Doktor. Sein Herz ist kariert: gelb und orangefarben mit grünen Punkten. Galgenhumor! Und manchmal ist es schwermütig, dann spiegelt sich der Kirchhof in seinem Puls. Das muß man erleben! Aber meins ist manchmal doppelt vergrößert, oder es ist purpurblau. Wenn er wenigstens Schwärmerei des Herzens kennen würde; aber die Unruhe fühlt er manchmal. Ich erlebe alle Arten des Herzens, nur den Bürger nicht. O, die Herzangst, wenn das Herz versinkt in einen Wassertrichter oder zwischen Erde und Himmel schwebt in den Zähnen des Mondes oder es einsinkt – o, der Augenblick, wenn meine Stadt Theben-Bagdad einsinkt. Sieh Dir die Bilder an, Herwarth, wie klar alle Dinge und Undinge des Herzens gezeichnet sind. Sollte man nicht an die Wirklichkeit glauben, ist die zu verwerfen? Ist dieser kleine Abschnitt der Herzstimmungen meiner medizinischen Dichtung wertlos?

Leb wohl, ich will noch an den Dalai-Lama schreiben.

Sehr verehrter Dalai-Lama
»Ich werde so lange an das rote Tor Ihrer Fackel rütteln, bis Sie mir öffnen. Ich habe ein neues Gedicht, ein neues Gedicht habe ich gedichtet. Ich habe es mir in den Kopf gesetzt, es muß in Ihre Fackel herein, es hilft mir kein Himmel, es muß in Ihrer Zeitschrift gedruckt werden. Ob Sie die jetzt alleine schreiben oder nicht, ich lasse mich darauf nicht ein, – es muß sein. Ihre Fackel ist mein roter Garten, Ihre Fackel trug ich als Rose über meinem Herzen, Ihre Fackel ist meine rosenrote Aussicht, mein roter Broterwerb. Sie haben nicht das Recht, allein die Fackel zu schreiben, wie soll ich mich weiter rot ernähren?

Wir grüßen Sie, Sire, ich, der Prinz von Theben, und sein schwarzer Diener Oßman und Tecofi, der Häuptlingssohn.«

Ich habe bald nichts mehr zu sagen, Herwarth und Kurt. Übrigens seid Ihr ja so lange wieder in Berlin schon, und meine norwegischen Briefe neigen sich dem Ende zu. Ich habe bald überhaupt nichts mehr zu sagen, dünkt mich; wer wird ferner meine Gedichte sprechen. Nur der Prinz Antoni von Polen kann sie sprechen, seine Mondscheinstimme ist durchsichtig und alle Gesichte, die horchen, werden sich in meinen Gedichten spiegeln. Ich kann bald nicht mehr leben unter den Menschen, ich langweile mich so überaus, über alle hinaus und hin, ich seh kein Ende mehr und weiß nicht, wo es aufhört sich zu langweilen und traurig zu sein. Er, der Prinz, spricht meine Gedichte, daß sie über alle Wege scheinen, immer allen Gestalten, die da wandeln, ins Blaue oder ins Ungewisse voraus.

Unglaublich, Herwarth!

Glaub ich endlich zu Ende zu sein, läßt mich der deutsche Dichter Hans Ehrenbaum-Degele fordern zum Duell. Wegen der deutschen Sage und des hohen Lieds. Sein Sekundant wird der Schauspieler Wilhelm Murnau sein und ein Quacksalber kommt wegen der Wunden mit. Aber mir zur Aufmunterung wird mein Neger Tecofi-Folifi Temanu seinen Menschenknochentanz während des Kampfes tanzen.

Telegramm:

Herwarth Walden, Halensee, Katharinenstraße 5.
Meine rechte Hand vom Rapier lebenslänglich durchbohrt!

Lieber Herwarth!

Ich habe meiner Stadt Theben große Schmach angetan. Für einen Krieger ist es schon eine Schande krank zu sein, aber eine nie wieder gutzumachende Schmach bedeutet es für mich, im Zelt verwundet zu liegen, getroffen von einem abendländischen Sieger. Meine beiden Neger heulen wie Weiber, schleichen im Vollmond, listige Katzen, um sein Haus; ich bin schlimm gelaunt.

Der Prinz.

Gestern schloß ich mich im Privatgemach meines Palastes ein und betete. Ich habe die Gebete fast zu sprechen vergessen, die wie Harfen eingeschnitten sind. Ich habe in Gedanken meiner Mutter Füße geküßt; wie man fromm werden kann, ich war im Augenblick dieser goldenen Demut sündlos. Du meinst, es gibt keine Sünde, aber ich zweifle nun nicht mehr daran, da ich noch im Gebet steh und vom frommen Kuß weiß bin. Soll ich mein Herz öffnen?

Herwarth!

Wie man sich nie findet! Das hat immer indirekt einen kosmischen Grund. Ich wandle ruhelos von einem Stern zum andern; wenn ich nicht Lucifers Schwester wäre, so wär ich der ewige Engel. Du stehst augenblicklich, ganz genau nach der Sternwarte berechnet, im Wendekreis des kämpfenden Sturmhahns. Bravo!

Lieber Herwarth!

Ich saß heute nacht auf dem Dach und blickte mit dem Mond über Theben; schlief aber ein und träumte, mein stärkstes Kriegsschiff hätte Wasser gefaßt und sei untergegangen. Da dachte ich an Dich – wenn Dich einmal ein loses Weib erfassen könne! Denn das Wasser, ob es ein Bach oder ein Teich ist, ein Fluß oder ein Meer ist, es verbirgt die lockeren, lockenden Eingeweide des Weibes in sich. Kein Schiff ist ihrer sicher. – *Ich mag Dich nicht mehr leiden.*

Lieber Herwarth!

Ich habe Richard Dehmel gezeichnet, ich habe ihn blutrot gezeichnet als orientalisches Stadtbild; nicht im Bratenrock, in dem er zu verkehren pflegt mit der Außenwelt, aber im altmodischen Stadtturban. Richard Dehmels Gedichte fließen wie Blut, jedes ein Aderlaß und eine Transfusion zugleich. Er ist der Großkalif aller Dichtung.

Ihr beiden Freunde!

Was ist das? Wart Ihr schon dort, Ecke Kurfürstendamm und Wilmersdorferstraße, im Café Kurfürstendamm? Ich bin zum Donnerwetter dem Café des Westens untreu geworden; wie einen Herzallerliebsten hab ich das Caféhaus verlassen, dem ich ewige Treue versprach. Das Café Kurfürstendamm ist eine Frau, eine orientalische Tänzerin. Sie zerstreut mich, sie tröstet mich, sie entzückt mich durch die vielen süßerlei Farben ihres Gewands. Eine Bewegung ist in dem Café, es dreht sich geheimnisvoll wie der schimmernde Leib der Fatme. Verschleierte Herzen sind die sternenumhangenen, kleinen Nischen der Galerien. O, was man da alles sagen und lauschen kann – leise singen Violinen, selige Stimmungen. Das Café ist das lebendig gewordene Plakat Lucian Bernhards. Ich werde ihm einen Mondsichelorden, der ihn zum thebanischen Pascha ernennt, und meine huldvollste Bewunderung übermitteln lassen.

Herwarth, Kurtchen!

Ich schreibe heute selbst die »ungeschriebenen« Zeilen an Sascha nach der Zitadelle in Rußland. Lasse meinen flammenden Myrtenbrief nicht veröffentlichen.

Telegramm:

Eben regierender Prinz in Theben geworden. Es lebe die Hauptstadt und mein Volk!!

Ich werde in meiner Stadt erwartet, kostbare Teppiche hängen von den Dächern bis auf die Erdböden hernieder. Und rollen sich auf und wieder zusammen. Meine Neger liegen schon seit Sonnenaufgang vor mir auf den schwarzen Bäuchen und werden am Abend unter die Leute gehen, sie das Wort »Hoheit« lehren, bis das Wort tanzt in ihren Mündern. Ich bin Hoheit. Merkt Euch das, betont es jedem, der Euch in den Weg läuft. Aber mich schmerzt diese Ehrung, denn ich kann nicht in meine Stadt zurück, ich habe kein Geld. Und die Morgenländer lieben den Glanz; sie greifen Sterne aus den Wolken, und ihre Herzen sind aufgespeichert mit dem goldenen Weizen des Himmels. Hier gibt es keine Sterne, kleine Streukörnchen glitzern zur Erde. O, wie arm diese Abendlande, hier wächst kein Paradies, kein Engel, kein Wunder.

Wie hat mich diese Armut so beschämt, Eure Armut; ich

habe nicht einmal eine Damasthaut mehr; meine elenden Füße sind zerrissen – ich sehe selbst mit Verachtung auf meine eigene Hoheit herab. Aber die Neger sind feinfühlig, sie haben ein Spiel erfunden, wir spielen zur Probe schon hier Volk und König. Sie stellen sich zu meinen beiden Seiten scharenweise auf, hunderttausendabermillionen Köpfe in Turbanen, die schreien und kreischen, Allah, maschâh! Und klatschen in die Hände – ich lächle und werfe gnädige Küsse unter das Volk. Ich bin ganz in Gold gekleidet wie der allerleuchtendste Mond, meine Haare funkeln, die Nägel meiner Finger sind Perlen; ich werde in den Palast getragen und gebe meinem teuren Volk die Verfassung.

Ich hoffe, Dich haben meine Briefe nicht gelangweilt, oder hat Kurtchen oft gegähnt? Lies noch einmal meinen Brief, Herwarth, der mit den Worten endet: Ich bin das Leben. Wie stolz! Nun bin ich wie ein durchsichtiges Meer ohne Boden, ich hab keinen Halt mehr. Du hättest nie wanken dürfen, Herwarth. Was helfen mir nun Deine bereitwilligen Hände und die vielen anderen Finger, die mich bang umgittern, durch die meine Seele grenzenlos fließt. Bald ist alles zu Tode überschwemmt, alles ist in mir verschwommen, alle meine Gedanken und Empfindungen. Ich habe mir nie ein System gemacht, wie es kluge Frauen tun, nie eine Weltanschauung mir irgendwo befestigt, wie es noch klügere Männer tun, nicht eine Arche habe ich mir gezimmert. Ich bin ungebunden, überall liegt ein Wort von mir, von überall kam ein Wort von mir, ich empfing und kehrte ein, so war ich ja immer der regierende Prinz von Theben. Wie alt bin ich, Herwarth? Tausend und vierzehn. Ein Spießbürger wird nie tausend und vierzehn, aber manchmal hundert und vierzehn, wenn er es »gut« meint. Herwarth, warst Du mir treu? Ich möchte aus Geschmacksgründen in Deinem Interesse, daß Du mir treu warst. Nach mir durftest Du Dich nicht richten, ich hab den Menschen nie anders empfunden wie einen Rahmen, in den ich mich stellte; manchmal, ehrlich gesagt, verlor ich mich in ihm, zwei waren aus Gold, Herwarth, an dem einen blieb mein Herz hangen. Herrlich ist es, verliebt zu sein, so rauschend, so überwältigend, so unzurechnungsfähig, immer taumelt das Herz; gestern noch stand ich vor dem Bilde des stolzen Medici, er ist lebendig geworden und wollte mich in der Nacht entführen. Wie bürgerlich ist gegen die Verliebtheit die Liebe, oder Jemand müßte mich geliebt haben. Hast Du mich geliebt, Herwarth? Wer hat mich geliebt?

Ich würde mich im selben Augenblick zu seinen Füßen niederwerfen wie vor einem Fels, wie vor einem kostbaren Altar, ich, der Prinz von Theben. Ich würde den Liebenden mit mir tragen in den Tod wie die ägyptischen Königsmenschen ihre Kostbarkeit, ihren goldenen Krug mit sich ins Gewölbe nahmen, und den letzten Rest aus ihm tranken, den sie verachteten. Ich flüchte in das Dickicht, Herwarth, ich habe immer das Haus gehaßt, selbst den Palast; wer auch nur ein Gemach sein Eigentum nennt, besitzt eine Häuslichkeit. Ich hasse die Häuslichkeit, ich hasse drum auch die letzte Enge, den Sarg. Ich gehe in den tiefsten Wald, Herwarth; was ich tu, das ist wohlgetan, ich zweifle nie an mir. Kann man ein gläubigeres Wort aussprechen, ohne ein Lächeln hervorzurufen? Oder hüpft wo ein Heuschreck? Ich lege mich unter die großen Bäume und strecke mich mit ihren Wurzeln, die sich immer umhalten, wie knorpliche Schlangen. Ich höre nicht mehr das Schellengeläute in meinen Ohren; jeder Herzschlag war ein Tanz. Ich kann nicht mehr tanzen, Herwarth; ich weine – Schnee fällt auf meine weinenden Augen. Grüße Theben, meine Stadt, vergiß wie ich nicht den Propheten Sankt Peter Hille, er schrieb voraus: Mir brach die Welt in Splitter. Ich richte mich noch einmal auf, stoße meine wilden Dolche alle in die Erde, eine Kriegsehrung zu meinem Haupte. Hier und nicht weiter!

Ende

Olvenstedt bei Magdeburg

L. H.!
Als ich heute morgen Deine Reisetasche vom Schrank holte, Herwarth, lag darin ein unveröffentlichter Brief von mir eingeklemmt, den ich Dir und Kurtchen einst nach Norwegen sandte – und mein Selbstbildnis in Seidenpapier gewikkelt; das ist direkt ein Diebstahl an den Kunsthistorikern. Denn ich habe keine Zeichnung von mir gemacht, auch kein Gemälde, ich habe ein Geschöpf hingesetzt. Ich will Dir schnell die verlorenen Zeilen senden und mein Selbstbildnis von ungeheurem Wert. Es kostet höchstens fünf bis sechs Mark zu klischieren. Gehe zwei Abende nicht ins Café, bringe meinem Bildnis das Opfer. Unter mein Bett stellte ich die Kiste mit meinen Liebesbriefen, damit Du was zu tun habest. Ich ruhe mich indessen aus hier auf dem Lande; zwischen Richard Fuchs und Otto Fuchs gehe ich spazieren durch ihre Treibhäuser und sehe zu, wie die Nelken wachsen. Aber kalt ist es ungeheuer und die Bäume rauschen zum Wahnsinnigwerden. Ich werde sie heute nacht alle abschneiden zum Donnerwetter!

Ich grüße Dich Deine E.

Liebe Gesandte!

Wenn Ihr wieder in Berlin seid, bin ich voraussichtlich in Theben zur Einweihung meines Reliefs in der Mauer. Aber ich bin nicht gespannt darauf, mich zu sehen, denn ich habe mich nie wiedererkannt, weder in Plastik, noch in der Malerei, selbst nicht im Abguß. Ich suche in meinem Portrait das wechselnde Spiel von Tag und Nacht, den Schlaf und das Wachen. Stößt nicht mein Mund auf meinem Selbstbilde den Schlachtruf aus?! Eine ägyptische Arabeske, ein Königshieroglyph meine Nase, wie Pfeile schnellen meine Haare und wuchtig trägt mein Hals seinen Kopf. So schenk ich mich den Leuten meiner Stadt. Oßman und Tekofi Temanu, meine schwarzen Diener, werden mein Selbstbildnis auf einer Fahne durch die Straßen Thebens tragen. So feiert mich mein Volk, so feiere ich mich.

Euer Prinz von Theben

Ungläubige

Mein Volk will immer mein Gesicht sehn, meine Stimme hören.
Unter dem Frühstern, der nach mir benamet wurde, spreche ich zu meiner Stadt und öffne ihren Menschen meine Seele wie einen Palmenhain, den sie betreten dürfen.
Der Himmel ist mein Spiegel.
Mein Bildnis wird verteilt in Theben.

Jussuf-Prinz

DER WUNDERRABBINER VON BARCELONA

Gott hör . . .

Um meine Augen zieht die Nacht sich
Wie ein Ring zusammen.
Mein Puls verwandelte das Blut in Flammen
Und doch war alles grau und kalt um mich.

O Gott und bei lebendigem Tage
Träum ich vom Tod.
Im Wasser trink ich ihn und würge ihn im Brot.
Für meine Traurigkeit fehlt jedes Maß auf deiner Waage.

Gott hör, in deiner blauen Lieblingsfarbe
Sang ich das Lied von deines Himmels Dach.
Und wurde doch für deinen ewigen Hauch zu wach.
Mein Herz schämt sich vor dir fast seiner tauben Narbe.

Wo ende ich, o Gott, denn in die Sterne,
Auch in den Mond sah ich, in alle deiner Früchte Tal.
Der rote Wein wird schon in seiner Beere schal
Und überall die Bitternis in jedem Kerne.

Der Wunderrabbiner von Barcelona

Die Bevölkerung von Barcelona befleißigte sich in den Wochen, die Eleasar in Alt-Asien in frommen Betrachtungen verlebte, die Juden zu verfolgen. Sie waren es wieder, die den Handel mit übermäßigen Preisen den spanischen Kaufleuten erschwerten, zu gleicher Zeit aber mit ihrem Erlöserehrgeiz sich breit machten in den unteren armen Schichten der Stadt. Apostelgestalten predigten Gleichheit und Brüderlichkeit und sie brachen ihr Herz in der Brust und reichten es den Armen, wie Jesus von Nazareth unter ihnen teilte seines blauen Herzens Brot. Doch wie sich auch die Juden gebärdeten, sie erregten Ärgernisse, die im Grunde von einem einzigen enttäuschten Spanier herrührten, der irgend eine ungünstige Auseinandersetzung mit einem Hebräer erlebt hatte, und in das Volk geschickt gespielt wurden. Eleasar, der Wunderrabbiner, kehrte auch in diesem Jahre zur gegebenen Zeit nach Barcelona zurück. Sein ehrerbietiger Kopf rätselhaft wie durch die Lupe vergrößert und verwirklicht, neigte sich umrahmt im Bogenfenster des Palastes freundlich jedem Vorüberschreitenden zu, ob Jude oder Christ. Von Eleasar flüsterte bange die ganze spanische Stadt. Gabriel sei er, der große Erzengel, nie gestorben; seines Bartes unzerrinnbarer Schnee umhülle die Bundeslade. Den Juden aber war Gabriel kenntlicher; oft sahen sie den Wunderrabbiner lächeln; einmal klatschte er jubelnd in seine feinen langen Hände und gar im Gebet vor dem Altar, er hatte Jehova gesehen ... und wurde – ein Kind. Von ihren Vätern vererbt, trugen die alten Juden den Tag in ihrer Herzen Kalender verzeichnet, an dem ihr höchster Rabbiner ihnen geboren ward. Am 7. des Monats Gâm wallfahreten Kinder und Kindeskinder oben auf den Hügel in den Judenpalast, ihrem Wunderpriester Zweige der Wälder zu bringen, die behangen waren mit Beeren, süßen und herben, denn Eleasar liebte die wildwachsende Koralle, atmete mit Vorliebe ihren Duft, um sich dann an dem reinen Fleisch der bescheidensten Früchte zu sättigen und zu erfrischen und er alle andere Speise verteilen lassen konnte den Bedrängten Barcelonas. In diesem Jahre aber beabsichtigten die Juden nicht länger, ihrem heiligen Juwel die Leiden, die ihrer in seiner Abwesenheit alljährlich erwarteten, vorzuenthalten, da er sein großes Angesicht der Stadt entwand. An demselben nebeltauen Abend in einem Keller versammelt, beschlossen die bedrängten Edeljuden, diese Welt zu verlassen. Überall verstreut, eingepflanzt, der Teige Zutat, sie zu süßen überdrüssig, um eines bitteren, geringfügigen Beigeschmacks, ein ganzes Volk, schon seit Jahrtausenden gedemütigt zu werden. So empfanden die geplagten Juden dumpf ihr Geschick. Höher stieg in allen die Sehnsucht nach dem verlorenen Lande, das ihnen etwa auch nur verpachtet gewesen war, und jeder von ihnen benetzte feierlich das Beet seiner Erinnerung; wo sie landen würden, konnte ihnen auch nicht ihr Wunderrabbiner verraten; hatten doch einige jüngere Juden Wurzel gefaßt in Spaniens Erde berükkendem Rosenrausch, auch ihre Schwestern mit den Jerusalemsaugen schmerzlich erweckt den Christ. Aber der besorgten Gemeinde antwortete Eleasar: »Wer das gelobte Land nicht im Herzen trägt, der wird es nie erreichen.« Und dieser Gott erschlösse allen Menschen sich als ihre uredelste Eigenschaft. Und auf die Frage, wie es dann geschehen könne, da die vielen Geschöpfe so gottlos wären, meinte der höchste Priester innig bedauernd, es wüßten nur wenige ihres Gottes Gärtner zu sein, ihre wertvollsten Keime zu ehren und zu pflegen. Es kein größeres Verarmen gäbe auf Erden, verkümmern zu lassen die himmlische Blüte des Herzens.

Immer wenn Eleasar der Wunderrabbiner den ehrfürchtigen Namen Jehova rief, vernahmen ihn andächtig die Juden bis in den Weizenkorn ihres Pulses und es erwachten alle ihre guten Taten und sie bereuten ihre schlechten Handlungen. Die Spanier aber verschlossen ihr Ohr dem erlösenden Laut, der die Schläfen der Juden ritzte, sie zu tränken mit göttlicher Lymphe, und manchem Erschütterten zum Preis einen Blutstropfen entzog. – Es lebte eine Dichterin im Judenvolke Barcelonas, Tochter eines vornehmen Mannes, der mit dem Bau der Aussichtstürme der großen Städte Spaniens betraut war. Arion Elevantos im Wunsch nach einem Bauerben erzog Amram, seine Tochter, wie einen Sohn. Amram bestieg jeden frühen Morgen mit ihrem Vater die Neubauten, die höchsten Gerippe der Stadt, daß sie oft glaubte, bei Gott zu Gast gewesen zu sein. Auch hatten ihre Augen groß geschaut in die Höhle der Kuppel, die aus Libanonholz und purem Gold Arion wölbte über das Dach des herrlichen Hauses von den reichen Juden gespendet, ihren Wunderrabbiner zu schirmen vor Ungemach. Beim Herabsteigen der Leiter, die von der noch unbefestigten Krone führte, stürzte die voreilige kleine Amram vom heiligen Bau auf sandigen Hügel, worauf Pablo, des Bürgermeisters Söhnchen, spielte. Und der Knabe dachte, die bleiche Amram sei ein Engel, der vom Himmelreich aus einer Wolke gepurzelt sei, und staunte sie an. Seitdem lächelte Amram im Traum, immer wenn Pablo an sie gedacht hatte.

»Pablo, nachts höre ich die Palmenblätter
Unter deinen Füßen rascheln.

Manchmal muß ich sehr weinen
Um dich vor Glück –

Dann wächst ein Lächeln
Auf deinem lässigen Lide.

Oder es geht dir eine seltene Freude auf:
Deines Herzens schwarze Aster.

Immer wenn du an Gärten vorbei
Das Ende deines Weges erblickst, Pablo,

– Es ist mein ewiger Liebesgedanke,
Der zu dir will.

Und oft wird Schimmer vom Himmel fallen,
Denn es sucht dich am Abend mein goldener Seufzer.

Bald kommt der schmachtende Monat
Über deine holde Stadt;

Unter dem Gartenbaum hängen
Wie bunte Trauben die Vögelscharen,

Und auch ich warte verzaubert
Von Traum behangen.

Du stolzer Eingeborener, Pablo,
Von deinem Angesicht atme ich fremde Liebeslaute;

In deiner Schläfe aber will ich meinen Glücksstern pflanzen,
Mich berauben meiner leuchtenden Blüte.«

Dem heranwachsenden Senor erschienen unvermutet Zeichen in alter Harfenschrift, deren Deutung ihm die Beamten, seines Vaters Untergebenen höhnend als die Schrift eingebissener, verstockter Juden bezeichneten, die mit auflehnenden Schriften seinen Vater, den oberen Ratsherrn, belästigten. Gerne hätte der Bürgermeistersohn an den Palast des Wunderrabbiners gepocht, ihn seiner unerschütterlichen Gefühle Hochachtung für sein Volk zu versichern, aber er fürchtete das Gerede der Stadtleute und vor allem seines Vaters Zorn. Einmal jedoch folgte er in Verkleidung einer Judenkarawane, die sich auf den Hügel in den Judenpalast begab, und fühlte noch im Herzen die Wohltat des Segens. Die Synagoge gestatteten die Spanier nur mit Vorbehalt zwischen den Häusern ihrer Stadt und empfanden dieses fremde Glied, ein scheuer Bau auf ihren Wegen. Hinter einem Gasthaus versteckt, in dem spanische Studenten mit den oberen Räumen tanzten und lärmten, oder zwischen den Wänden Fechtübungen abhielten, lag das rätselhafte Bethaus der Juden. Manchmal trampelte die ausgelassene Schar vom heißen Wein entzündet an die Tür der Synagoge am Freitagabend. Die Frauen hinter den Gittern bebten leise, und Amram fühlte einen fremden Erdteil wachsen zwischen sich und dem Senor Pablo, dem Bürgermeistersohn. Die Gebote der Gebetbücher der Juden wurden von außen nach innen gelesen, ihre Judenaugen mußten darum vom Beginn ihrer Ausgeburt anders wie die der gesamten Völker gerichtet worden sein. Augen, die sich nicht am Ziel zu bleiben getrauten, Augen, die sich versteckten in des Buches Heftung, sich flüchteten immer zurück in den Spalt. »Augen, die stehlen« – meinte der Bürgermeister betonend zu seinem erbleichenden Sohn. Denn der gedachte der Heimlichkeit der Stunde, wie sie noch Kinder waren und Amram seine »Braut«, diese Engelin der Heerscharen gegürtet, im Auge das Licht, ihm erzählte, sie habe wie der Prophet den Ägypter, der den Juden in seinem Sklavenjoch mißhandelte, den Schneider mit ihrem kleinen Dolch ermordet und ihn verscharrt in den Sand. Schneider nannten die Kinder den dünnbeinigen, knochigen Zuckerwarenhändler, der hinter der Schule seinen kleinen Laden verwartete und berüchtigt war, sich an Judenkindern oft vergangen zu haben. Er bezichtigte die unschuldigen Geschöpfe des Diebstahls, indem er vorher wie ein Hexenmeister Naschwerk in ihre Taschen zu zaubern verstand. Drohend, den Eltern ihre Verbrechen zu übermitteln, ließen die jungen jammernden Opfer, die er in ein dumpfes Kellerloch ins Erdgeschoß zerrte, die schmutzigen Lüste mit sich geschehen.

Eines Tages stand ein großes Schiff auf dem Marktplatz. Menschenmühen, Pferde und Ochsenkraft vermochten das rätselhafte Fahrzeug nicht zu entfernen aus der Stadt, das den Handel beeinträchtigte und seinen Markt. Aber die erregten Spanier rieten ihrem Bürgermeister, den alten Gabriel zu befragen, den weisen Zauberer, und sie zeigten auf das glitzernde Judenhaus, seine Fenster bluteten lauter Sonne. Und die spanischen Patrizier, die Bürger, Arbeiter, auch viele Juden, an der Spitze Pablos geschätzter Vater, der Bürgermeister Barcelonas, standen vor dem Tor des goldenen Palastes; überwunden hatten sie in ihrer Geschäftigkeit ihre unerklärliche Scheu. Um Eleasar aber weilten schon vom Vorabend her die kleine artige Gesellschaft der Juden Ältesten, die den Beschluß gefaßt hatten, ihrem Wunderrabbiner ihre

Befürchtungen schonend kund zu tun; ihn zu bitten, in diesem Jahre die Stadt nicht zu verlassen. Von der gesegneten Höhe aus, sah man Barcelona menschenleer, ausgespeist im Tale liegen. Nur des Bürgermeisters großer langbehaarter Hund, Abraham, eilte unruhig durch die Stadt, durch Barcelonas Straßen, immer wieder das Schiff beschnüffelnd, das die Sehnsucht zweier tiefer Menschen erhört hatte über Nacht. Am offenen Steuer in der Sonne spielten unbekümmert Senor Pablo und Amram, die Judendichterin, genau so wie sie auf dem heiligen Hügel vor Eleasars Palast nach dem kleinen Unfall sich freuten als Kinder so oft ihrer Einfälle. Verklärt von übergroßer Liebe blieben sie unsichtbar hinter dem Fittich des Segels. Und der Hund nur war Augenzeuge gewesen, wie der ungeheure Meeresbote, von der Liebe bewegt, leicht über den Marktplatz, durch die Straßen der Stadt, die sich andächtige Arme ausbreiteten, dann durch das Tor behutsam wie ein feierlicher Brautwagen verschwand. Eleasar weigerte sich, das Oberhaupt mit dem Massengefolge zu empfangen, denn was half es, zu Schlafenden zu reden! Auch die kleine Zahl der Juden, die sich nicht verhalten und getragen betrugen, wie es Erben eines alten Volksgeschlechtes gebühre, sorgten ihn, bestärkt von den Erzählungen der Juden Ältesten, die sich aus der Gartenpforte des höchsten Palastes unbemerkt entfernt hatten. In der Nacht begann, durch die Weigerung des Wunderrabbiners aufgereizt, die Christen fühlten sich nun berechtigt, der Pogrom. Gabriel, der falsche Erzengel, der böse Zauberer, schrien die Spanier, ihre Fäuste reckten sich auf zum Hügel, habe das große Schiff aus seinem Meere gelockt, und ihm zu diesem Spuk kein anderer beigestanden wie Arion Elevantos, der die Wölbungen, die Geheimnisse, die Schlichen des Judenpalastes, da er ihn gebaut habe, kenne und seines Insassen böse Kräfte, die den Atem der Barceloneser erstarren lassen konnten. In der Bibel schon verkroch der Teufel sich hinter seiner Sünden Kerbholz, und hieß ihn totschlagen: »Schlagt ihn tot, den alten Kuppler«!!! Die verwirrten Christen abergläubisch begnügten sich, die Fenster ihres guten, fröhlichen Bauherrn einzuschlagen; vergaßen, daß er den Armen Barcelonas, Tausenden und Abertausenden, unentgeltlich Obdach gab in seinen Bauten. Sie knebelten ihn; er aber lachte in seiner Bestürzung, wie er als Knabe aufzujauchzen pflegte, wenn ein Spielgefährte ihn packte im Räuber- und Gendarmspiel; bis das Weib des Bürgermeisters nahte und die schon betroffenen Leute aufpeitschte, den Vater der Judentochter, die ihren Sohn entführt habe, zu töten. Sie selbst riß dem unschuldigen Opfer das Herz aus der Brust, einen roten Grundstein zu legen, daran die herrenlosen Hunde ihr Geschäft verrichten sollten. Und die Juden, die an den Namen Jehovas immer von neuem erwacht waren, lagen alle verstümmelt, zerbissen, Gesichte vom Körper getrennt, Kinderhände und Füßlein, zartestes Menschenlaub auf den Gassen umher, in die man die Armen wie Vieh getrieben hatte. Aber die Abendwinde, die süßen Lügnerinnen, die um des großen Wunderrabbiners Palast sangen, brachten träumerisch falsche Märchen. »An den Hecken sitzen arglos deine Söhne, Eleasar, und zählen die Tage und die Stunden, die sie von Palästina trennen, und mit Seide und Perlen sticken die feinen Töchter Davids Kissen für deine segnenden Hände, Eleasar. Bald naht das Osterfest, und die Bäcker backen fromme ungesäuerte Brote für deinen Tisch, großer Wunderrabbiner.« Der blätterte im Atlas der Schöpfung und las, wie in der Anfänglichkeit der Vater aus Erde und Wasser die Welt seinen »Hochzeitsmannakuchen«, ballte, mit allen goldenen Zutaten seines himmlischen Blutes und den Menschen, der großen Weltenform entnahm und aus ihm wieder mächtig holte die Völker und Völkervölker und Völkervölkervölker und lud sie ein alle zum gemeinsamen Mahle. An seiner Seite Herzen aber setzte er die Juden, da sie ihm unter allen Völkern, gering an Zahl, nach seinem großen Wink und darum ihm verantwortlicher und zärtlicher geraten waren. »Und der allgütige Vater«, lobpreiste singend Eleasar, »pflückte einen Stern von seinem Kleide, und hob das Kind unter den Völkern zu sich empor und setzte das Licht in seine braune Stirn. Mit dieser kleinen Entlichtung am göttlichen

Leibe des Wächters der Welt entfaltete der Herr die erleuchteten Juden zum Volk der Propheten, ihm zu dienen in jedem Lande, in jedem Volke, auf allen Wegen. Amen. Den großen Geschwistervölkern aber ersetzte er den erhabenen Strahl, da er ihnen Heimat bereitete zwischen dem grünen Laub der Augusterde, auf der wiegenden erfrischenden Rast des Wassers und unter dem reinen Winterschnee der Lüfte, zu wahren liebevolle Ordnung ein jeglicher Mensch weise unter den Menschen der Völker über aller Völker Menschen.« Der große Einsiedler schloß das vergilbte Buch, dessen Gebote entschlafen waren in den meisten Herzen der Geschöpfe, auch im Blute Judas. Er hatte seine Menschen lieb und immer wieder beantwortete er ihre Frage nach der Heimat mit Ausflüchten. Bedrängt, die Städte zu verlassen, in denen sie von Urbeginn bestimmt waren, Gott zu säen, flüchteten sich die noch wach gebliebenen Judengedanken in des Hohen Priesters Schoß. Aber daß *Palästina* nur die *Sternwarte* ihrer Heimat sei, wagte der Wunderrabbiner den müden Auserwählten nicht ins Gedächtnis zu rufen.

Nun die Augen Eleasars, auf Barcelona gerichtet – vom Blitz des Schrecks – spalteten sich… weinten. »Herr, fürwahr, der Kahn auf den Wellen des Meeres erweckte deines Namens Ehrfurcht.«

In übergroßer Sehnsucht zum dritten Male in seinem Leben rief der Prophet den ehrerbietigen Namen seines Herrn. Und es erwachten die Toten der Toten vom erlösenden Laut des Namens Jehovas. Es waren die Christen und durch sie alle Christenvölker der Christenheit. Doch er mißtraute den bereuenden Brüdervölkern und ihrer Auferweckung! Es verstimmte ihn die Allmacht seines großen Herrn.

אין תקר לדרכי אדני

Unerforschlich sind die Wege des Ewigen… »Hinschlachten läßt du deinen Lieblingssohn immer wieder immer, daß deines heiligen Namens Posaune die Völker der Christen erwecke, und belohnst ihre scheußlichen Taten mit Erleuchtung.« Und Eleasar wartete im Vorhof seines Palastes auf Gott, den ersehnten Gast. Endlich bot der Unsichtbare dar dem Ungeduldigen seine Vaterhand. Mitten im Innern des feierlichen Gemaches aber sah des Priesters bebender knieender Knecht, da sein großer heiliger Maëstros in den erkühlten Schein der Luft griff, ihn packte wie der mutige Torero in der Arena das Horn des Stiers – und dann – auf den Steinarabesken der blutende Wunderrabbiner lag. Der kämpfte weiter die ganze Nacht in Rätseln mit Gott; dunkelte und wand sich von ihm. An die Säulen seines Hauses rüttelte der Priester, bis sie brachen wie Arme. Ihr Dach rollte in schweren Blöcken herab und zertrümmerte die Häuser der Straße. Ein ungeheurer Steinbruch aber, Er, der große Wunderrabbiner, ein Volk stürzte sich vom heiligen Hügel, den das goldene zerbröckelte Mosaik der Kuppel verklärte, auf die Christen Barcelonas, die den letzten gequälten Juden reuevoll zur Ruhe legten, und erlosch ihre Erleuchtung, zermalmte ihre Körper.

Die Engel deckten wolkenweiß zum Himmelsmahle,
Des hohen Heimgekehrten Herz nahm Gott aus seiner Schale,
Zu prüfen das geweihte widerspenstige Erz,
O Eleasars Herz rieb sich an Herz,
Entbrannte seinen Stein!
Jerusalem, in seinen Krug gieß deinen Wein
Und laß ihn gären aufbewahrt im Tale.

ARTHUR ARONYMUS

Die Geschichte meines Vaters

Wenn hinter den Fenstern der Häuser Westfalens die Weihnachtsbäume angezündet wurden, erzählte der Vater meines Vaters, also mein Großvater, seinen dreiundzwanzig Kindern die himmelschreiende Tragödie aus seiner Jugendzeit, die sich am Heiligen Abend der Christenheit abspielte mit allen Schrecknissen beizender Gewürze. Die älteren Kinder meines Großvaters bestätigten düster im Singsang und Gebärden, ein Chor der Rache, die Übeltaten an ihrem auserwählten Volk. Nur mein kleiner Papa scharrte bisweilen ungeduldig mit den Nägeln seiner derben Jungensstiefel über den Fußboden oder an den Nußbaumbeinen des großen Tisches, daß seinen dreiundzwanzig Geschwistern, zu gleicher Zeit, das Herz vor Schreck aussetzte, sein dreiundzwanzigstes aber hüpfte vor Vergnügen dem auflauschenden Vater fast ins Gesicht. Der hatte Angst vor Mäusen, wenn er es auch nicht zugab. Den armen Kroatenjungens kaufte er die teuerste Mausefalle ab, sie hinten und vorne auf den Verschluß prüfend. Heute jedoch beherrschte er seine Antipathie gegen »diese aufdringlichen Nagetiere«. Am schwersten verdroß Arthur Aronymus, den kleinen Enfant terrible, die weit über den Inhalt sich ausdehnende Schauergeschichte des sich Zeit lassenden, erzählenden Vaters. Die beiden Freunde hörte er schon lange pfeifen vor dem Zaun des Gartens.

Wie heute brannten die Tannenbäume hinter den Scheiben der geistlichen Hauptstadt Westfalens, als sich das blutige Pogrom abspielte. Unschuldig vergossenes Judenblut klagte über die Grenzen des Heimatlandes, dunkel über den Rhein und pochte an die Judenherzen anderer Reiche; im unheimlichen Echo an die Erdteile der Welt. An den geschmückten

Zweigen der hohen Tannenbäume im Rathaussaale, in der Aula der Schulen, hatte man kleine Judenkinder wie Konfekt aufgehängt. Zarte Händchen und blutbespritzte Füßchen lagen, verfallenes und totes Laub, auf den Gassen des Ghettos umher, wo man den damaligen Juden gestattete, sich niederzulassen. Entblößte Körper, sie eindringlicher mißhandeln zu können, bluteten zerrissen auf Splittern der Fenstergläser gespießt, unbeachtet unter kaltem Himmel. Die innere Stadt zu betreten ohne Erlaubnisschein, war dem größten Teil der jüdischen Gemeinde streng untersagt. Einigen Familien, unter anderen die meiner Großväter, gestattete die Behörde, sich frei zwischen den andersgläubigen Einwohnern zu bewegen. Mein kleiner Papa klatschte in die Hände, die blutige Historie begann ihn, schon im vorigen Jahr an dieser Stelle angelangt, zu interessieren. Er hatte ja den Großpapa Rabbuni, den Vater seiner lieben Mutter so lieb gehabt, auch er war sein Lieblingsenkel gewesen. Wie oft schlich der Hohepriester heimlich nach dem Mittagsbrot mit seinem drolligen Enkelkinde in den Zuckerladen gegenüber seines Hauses. Ja, er blinzelte ihm des öfteren während des schlichten Mahles verständnisvoll zu, der große, ehrfürchtige Jude, von der ganzen Stadt geehrt, von Jude und Christ; Freund des Bischofs Lavater von Westfalen. Jeden Abend, nachdem die beiden Fürsten ihr einfaches Abendbrot eingenommen hatten, trafen sie sich in einem kleinen Gastzimmer im Goldenen Halbmond. Der nahm nicht zu und nahm nicht ab, genau wie das freundschaftliche Bündnis, das die beiden Hohenpriester unverändert vereinigte. Sie salbten die Stunden vor dem Schlafengehen mit gottgefälligem Öl, suchten himmlisches Gold in heiligen Gesprächen; zwei verbündete Gottgräber. Denn im Grunde glaubten sie beide an den alleinigen, unsichtbaren Herrn, den Ewigen, den König der Welt. Und wenn auch gehässige Nachbarn versuchten, meinen weißgewordenen Urgroßvater, meines kleinen Papas Großvater, ihm, nach dem längst in Gott ruhenden Bischof zu beweisen, der bischöfliche unantastbare Freund sei weiland in den höllischen Plan des Judengemetzels eingeweiht gewesen, ohne es verhindern zu können usw. – pflegte mein empörter kleiner Vater, außer sich geraten, durch das Verleuchten im Auge des Rabbunis, die bösen Leute mit seinen kleinen aber starken Fäusten zu bearbeiten. All die alten Kinderbilder vom Großpapa-Rabbuni waren »er« ja selbst, auch seine Mutter behauptete, sie seien zum Verwechseln ähnlich.

Die Natur hatte ihn nach des Großpapas Antlitz verschnitten und er war sehr stolz darauf. Sechs Jahre zählte mein kleiner Papa und trampelte ins siebente mitten hinein. Ihn nahm seine liebe Mutter am liebsten mit zu Besuch zum lieben Großvater; dem sein Bart berührte fast schon den kleinen Teppich aus Persien, den er sich in jungen Jahren auf einer religiösen Forschungsreise durch die morgenländischen Bibliotheken mitgebracht hatte. Des kostbaren Teppichs Fransen wurden täglich gepflegt. Wie lauter Finger vieler frommer Hände hob ein Abendwehen bisweilen sie manchmal empor. Um den ehrerbietigen Kopf trug der heilige Großvater einen Turban; am Alltag einen schwarzen, einen weißseidenen am Sabbat. Und es schmeichelte ihm doch etwas, wenn Pilger kamen aus exotischen Ländern und ihn verglichen mit dem Äußern des mächtigen Sultans vom Bosporus. Hingegen verhinderte er liebevoll, wenn sie sich niederbeugten, sein Gewand zu küssen. Die Väter meiner Urgroßeltern meines noch kleinen Vaters Eltern-Eltern wohnten Haus an Haus in der katholischen Hauptstadt Westfalens. Ihre Kinder wurden schon in ihren Kinderjahren feierlich verlobt, um nach der Zeremonie des Gelöbnisses weiter ihre Spiele zu pflegen. Sie kletterten mit den Nachbarskindern auf Äpfel- und Birnbäume. Wenn sie sich dann später verehelichten – die Großmutter erzählte, ihr wars wenigstens so gewesen, als ob sie ihren Bruder heirate. Eigentlich mochte sie den Edmund, den älteren Bruder ihres Verlobten, viel besser leiden. Ein wildgewordener Stier, sprang ihr am Morgen ihrer Hochzeit schnaubend über die Tierhecken Gäseckes. Moritz, der glückliche Bräutigam, hatte sich dort ein Grundstück gekauft, das er mit Hilfe tüchtiger Bauern beackerte. Meine Großmutter, meines Vaters Mama, sollte Gutsbesitzerin werden! Aber Edmund hatte blondgeringeltes Lockenhaar und schwärmerische gelbe Augen; die schwarzäugigen Töchter der Judenfamilie hatten sich alle in ihn schon verguckt. Der Moritz hingegen, mein Großvater, war ein ganzer Mann, fast zu hart im Ausdruck, ja seine kühlen Blicke trafen oft den Nächsten wie dunkle Dolche. Er duldete keinen Widerspruch und das war die einzige Untugend, die mein Urgroßvater, der milde Vater meiner Großmutter, gegen ihn einzuwenden hatte: Denn Gedanken und Worte weiten sich, im Horizont des freien Gaukelspiels, und verkümmern ohne übenden Widerspruch. Aber der verlobte junge Mann ging über die Weisheiten seines priesterlichen Schwiegervaters verständnislos hinweg. Wie die Mehrzahl seiner Söhne, Arthur Aronymus' Geschwister. Von des Rabbunis göttlichspielender Weisheit hatte keiner von ihnen geerbt; aber seines kleinen Arthurs ungezügeltes, urwüchsiges Temperament verglich sein Großvater mit der lachenden Beere an seinem Stamm. Hingegen betrachtete ihn der Vater mit den aus der Art geschlagenen schwarzen Schafen, die dem großen Schäferhund schon hin und wieder Nöte bereiteten.

Diesmal ließ der Vater es dabei bewenden, seines unverbesserlichen kleinen Aronymus' Lebhaftigkeit nur mit einer Rüge eines ernsten Blickes zu beantworten. Denn auch seine Geschwister strebten dem Ende der düsteren Ballade zu, allerdings mit geheuchelter Geduld »und Spucke«, dachte Arthur für sich, »fängt man eine Mucke«. Die sprühende Dora, seine ältere Schwester, hatte sich mit ihm schon lange verständigt in ihrer Zeichensprache, die nur sie beide zu enträtseln vermochten. Die häkelnde Regina aber saß aufgerichtet, pflichterfüllt, genau wie sie sich hingesetzt hatte, an dem großen Tisch und bestätigte jedesmal von neuem mit einem Kopfnicken, was der Vater erzählte. Elischen blätterte vom Beginn der Tragödie an in Goethes Hermann und Dorothea, begleitet vom Rhythmus der Dorfkirchenglocke. Auf den Schoß der ältesten Tochter, der schönen Fanny, setzte sich Lenchen, Arthurs Lieblingsschwesterlein. Müde legte es schon sein Köpfchen zur Seite und nur die Zwillinge, die beide »Meta« gerufen wurden, da man sie doch nicht auseinanderhalten konnte, hatten sich längst zu ihrer Mutter geflüchtet, rechts eine Meta, links eine Meta. Neben dem Großvater saß der liebe, leidende Alex im Krankenstuhl; und der kurzsichtige Max, Vaters Augapfel, placierte sich schon selbst stets neben dem Papa; um den Hals trug er ein Kinderlorgnon, aber verlor es immer wieder auf dem Spielplatz im Garten beim Zeichnen der Tiere im Sand. Menachem hieß der Älteste! Nach ihm kam Simeon; »Geizkragen!« schimpften ihn seine Geschwister, selbst dem Vater schien er zu materiell. Doch auch das allabendliche Dozieren seines pathetischen Julius ging ihm contre coeur.

Die Geschwister belustigten sich, wenn er den Mund groß und weit, wie sich die Kinder das Maulwerk eines Großmoguls vorzustellen pflegten, aufsperrte. Eine gebratene Gans hätte ohne Mühe hineinfliegen können. Aber der Berthold glich seinem Onkel Edmund, er hatte wie der, goldenes Lockenhaar und große helle Augen und die christlichen Mitschüler verschonten ihn. Fannys Tanzstundenfreund trat plötzlich in die Stube. Wenn auch nicht einem Pogrom, so war er doch Opfer einer Privatjudenhetze vor ein paar Jahren geworden. Er blickte seitdem aus seinem schwarzen wirklichen und aus einem künstlichen, hellblauen Glasauge; die dunklen waren alle in der Apotheke ausverkauft gewesen. Seitdem wurde er im Halbenface in Lokalen beim Glase Bier so oft für einen Christen gehalten, obgleich seine Nase, trotz beträchtlicher Länge, keinen Schaden erlitten hatte. Fanny schob ihn an Dora ab, der mitleidigen Schwester. Alle ihre Nippessachen, mit denen ein Mann eigentlich nichts anzufangen weiß, hatte sie ihm fast schon geschenkt. Sie tanzte auf Padersteins Hausball beinahe zu viel mit ihm. Er wurde Mode. Elischen fand zwar, er sei viel zu wissenschaftlich für Dora und für die unkomplizierten, lachlustigen Mädchen in Gäsecke. Einmal lockte sie ihn durch intensives Räuspern ans Ende ihres Gartens in die Jasminlaube, wo sie ihn durch gelehrte Taktik in der Dämmerung für sich einfing. Hingegen Regine hatte wenig Glück bei Männern. Außerdem waren ihre Hände rot. Der hübsche Provisor verordnete ihr eine Kleie und sie tauchte in die schleimige, bleichende Masse jeden Abend vorm Schlafengehen ihre wirtschaftlich begabten Finger. Eigentlich war »sie« die Frau im Haus! Überall machte sie sich was zu tun. Manchmal konnte sie ihre Schürze nicht finden; bebend und räsonnierend eilte sie in den Gutsgarten, daß die bunten und weißen Pfauen aufflatterten. Am Zwetschgenbaum hing diesesmal die Schürze wieder.

Wie ein Gespenst pflegte sie doch bisweilen über die Kieswege zu schleichen. Wehe, wenn sie dann den Bengel packte!! Die Regina sammelte den Honig in kleinen irdenen Töpfen und der Imker wußte wohl »jede der Bienen hat sie gezählt, gezeichnet wo am Leib«. Und er fürchtete sich weit mehr vor dem Stachel der Tüchtigkeit Reginens, der Tochter seines Brotherrn, als vor der süßsummenden Regina. Dem kleinen Lenchen, dem Lieblingsschwesterchen Arthurs, waren alle im Haus und im Garten und die Menschen im ganzen Dorf vom Herzen gut; niemand tat ihm was zu Leide. Es saß ja auch eigentlich noch mit den kleinsten Geschwistern im Nest. Nur der Bruder holte es öfters hervor und dann marschierten sie Hand in Hand an bunten Strohblumenbeeten der Gärten niedlicher, westfälischer Häuschen vorbei ins benachbarte Dorf; brachten Grüße von der lieben Mutter. »Na, was macht denn eure liebe Mutter?« fragte sie die Sanitätsrätin Grünebaum. »Kaffee, wenn Gäste kommen!« erwiderte mein kleiner Papa. Ganz Westfalen wußte binnen »vorgestern« von dieser schlagfertigen Antwort des kecken Jungen und selbst der Großvater konnte sich eines Schmunzelns nicht erwehren, wenn er auch den vorlauten Mund seines Sohnes Arthur Aronymus tadelte.

Vor dem jungen Pfarrer des Dorfes und all seinen Lehrern zusammen, fürchtete der sich nicht allzusehr wie vor seinem gestrengen Herrn Vater. Er konnte ja eigentlich nicht dafür, daß er so »dumm« war, untenan in der Klasse saß, trotzdem er im Turnen und Singen immer recht gut bekam. »Er muß doch nicht alles können«, nahm ihn seine liebreiche Mutter in Schutz, denn er war wieder sitzengeblieben. Und sie reiste mit ihrem »armen« Jungen schnurstracks ab in ihr Elternhaus nach Paderborn. Der Großvater-Rabbuni lag zwar schon ein Jahr im Gewölbe, aber eben darum bot sich ihr der triftige Grund, in ihre Heimat zu fahren, den Willen ihres frommen Vaters laut Testament: Ein Jahr nach seinem Tode, seine mächtigen in Schweinsleder gebundenen Werke der Stadtbibliothek einzuverleiben. Das leuchtete auch Arthurs respektierenden Vater schließlich ein. Die Mutter erinnerte sich nur noch schattenhaft an den Heiligen Abend und an das Pogrom, von dem ihres Gatten Erzählung handelte. Durch alle Zeitungen eilte die blutige Kunde in die Welt. Einzelne Christen gaben den Hebräern den gutgesinnten Rat, weniger industrielle Berufe zu ergreifen, ohne des Paragraphen zu gedenken, der den Juden den Zugang zu christlichen Lehranstalten verbot. Und Priester hungerten genug im jüdischen Volke. Aus Spanien hatte man sie fast alle schon mit ihren Gemeinden vertrieben oder sie gezwungen, zum christlichen Glauben überzutreten. Der Großvater-Rabbuni betete so oft im Tempel für die Maranen, Juden, die man in fremde Krüge gegossen hatte, des Henkels entledigt und deren man sich darum nicht mehr so leicht wieder bemächtigen konnte. Daß tausendjährige Sehnsucht doch einmal den Stein sprengen werde – und wenn auch nach Jahrhunderten, prophezeite Arthur Aronymus' ehrwürdiger Großvater-Rabbuni.

Weinende spanische Juden kamen so oft zu seinem Großpapa und suchten Trost bei ihm. In den engen Gassen des Ghettos bildeten sie Gruppen mit der ansässigen Judenbevölkerung, sich in wirtschaftlichen, vor allem in religiösen Fragen zu einigen. Stoff war ja in Überfluß vorhanden, leider mit Blut gefärbter Stoff; ihn zu prüfen, zu beschneiden, endlich die erlösende Form zu enträtseln, aller Bedrängten Wunsch. Manche unter ihnen trugen Flor um den Arm, besonders Ergriffene wankten in ärmliches Sackleinen gehüllt durch die Winkel des Judenviertels in den vertrauten Synagogentempel. Ihre Augen waren ausgebrannt, grau verweint, Asche. Ins Gedächtnis stiegen diese Erinnerungen Arthurs lieber Mutter und sie weinte bitterlich, ihren kleinen Schelm an der Hand führend, vom Bahnhof bis vor das Haus des verstorbenen Großvaters. Dort brannte noch das kleine Lichtchen in der roten Glasampel – ein ganzes Jahr schon für seine Seele. Und Arthurs Mutter, auf den getreuen Knecht ihres Vaters weisend, erklärte ihrem Kinde, der passe auf, daß Großvaters Seele nicht erlösche.

Am andern Morgen schien die Sonne ganz dick. Meine Großmutter mit meinem kleinen Papa machten sich auf den Weg zum Friedhof. Die Mama könnte doch mal aufhören zu weinen, dachte Aronymus und machte ohne jede eigentliche Veranlassung ein paar Sprünge, trotzdem er seiner Mutter versprochen hatte, im Heiligen Garten recht brav zu sein, leise zu sprechen und vor allem, ruhig an ihrer Seite zu schreiten. Auf einmal rief ein Kuckuck. Arthur Aronymus zählte ganz leise: Kuckuck! Kuckuck! Kuckuck! Kuckuck! Kuckuck! Kuckuck! Kuckuck! »Siebenmal!!« Und dann betonte er auf westfälisch Plattdütsch im Ton der Bauern: »Genau so alt wie eck bin, wurd' der Groatvatter. Een schönet Alter, wat Modder?« Sie konnte nicht schelten, auch sah sie den teuren Rabbuni sich im Grabe freuen, seine heilige Seele vom blauen Himmel lächeln, über ihren kleinen Arthur Aronymus, seinem verhätschelten Enkelkinde. Endlich wurde es dem klar, warum ihm die Mutter kleine Steinchen in die Tasche gesteckt hatte und sich von derselben Sorte etwas größere, denn sie hob ihn in die Höhe und er mußte sie auf den oberen Rand des breiten Denksteins kunstgerecht wie ein Maurer bis in den Himmel nebeneinanderlegen. Das war sein erster ernster Bau. Zwei betende Hände bemerkte er zwischen den ✡ Quadern des frommen Steines eingraviert. Nach der Inschrift wollte Arthur Aronymus, aus Angst, seine liebreiche Mutter beginne wieder zu heulen, lieber nicht erst fragen. – Fast niemand an dem großen Eichentisch bemerkte die tiefe Bewegtheit schweben um die Schläfen meiner Großmama, außer der mitleidigen Dora mit ihren runden braunen Augen. Auf einmal fiel der Arthur Aronymus seiner Mutter um den Hals, gab ihr einen schallenden Kuß auf den Mund, ein donnerndes Amen; ein unerwarteter glücklicher Ausgang des Dramas, der selbst seinen Vater überraschte, und er ließ es damit bewenden, wie schon gesagt, eine seiner diktatorischen Brauen im Bogen zu weiten.

Der Junge hatte ja eigentlich selbst noch keine bösen Erfahrungen mit den Christen bis heute gemacht, im Gegenteil, er konnte den fleißigen Ernst Paderstein in seiner Klasse nicht ausstehen, der saß unentwegt der Erste; die Flüsse in der Geographie flossen alle aus seinem aufgesprungenen Mund. Der war schon so wulstig wie der seines Vaters unter dem Bart. Den Kaspar Setzdich und den Willi Himmel hatte er viel lieber, trotzdem sie ihn einmal Jud! Jud! Jud! hepp! hepp! ausschimpften, weil sie bei ihm ein Korinthenbrötchen im Ranzen gefunden hatten und er ihnen nichts mitgeben wollte. Desto tüchtiger verhauen hat er sie! Und probierte seitdem öfters mit den gleichen Schimpfworten die Kräfte seiner Schulkameraden und der Gassenkinder herauszufordern. Die Leute Gäseckes munkelten, der Arthur Aronymus Schüler sei ein Christenkind, möglicherweise ein von der Amme verwechseltes Milchkind. Die Kaffeeschwestern beschnatterten die Neuigkeit im Kaffeekränzchen mitsammen, am Stammtisch die Väter die interessante Anekdote. Daß man das nicht schon längst dem gesunden, ausgelassenen Jungen hatte angesehen! Viele streichelten ihn darum mitleidig im Vorbeigehen und fanden es köstlich, wenn er ihnen die Zunge dafür rausstreckte. Der Kolonialwarenhändler schenkte ihm aus dem großen Glas dicke Malzbonbons, die er so gerne aß. Eines Tages redete ihn auf dem Schulweg der muntere Pfarrer an, für den seine Schwestern, alle durch die Bank, schwärmten. Er schien sich zu amüsieren über Aronymus' frische Antwort. Seine schlanke, gepflegte Hand legte er auf des Buben frischgezogenen Scheitel. Fräulein Paderstein kam gerade vorbei, die hagere Seniorin der Familie Paderstein, die unverehelichte älteste Schwester des Großmanufakturwarenbesitzers en gros: Alfred Paderstein, und hinterbrachte auf ihrer spitzzüngigen Weise Herrn Schüler die kuriose Auszeichnung seines Sohnes Arthur. Der alte Vater Schüler war ja eigentlich ihr versprochen gewesen, ihr vom Himmel ausersehener Ehegemahl. So boshaft die Kunde der verschrumpften Jungfer dem Gutsbesitzer auch überbracht wurde, schmeichelte und beschäftigte sie ihn den ganzen Tag. Und er begann sein von ihm bis dahin vernachlässigtes Söhnchen fürder in der Landwirtschaft zu unterrichten. Arthur war's ja ganz schnuppe, ob der große Baum, an dem die Eicheln wuchsen, aus denen er und Lenchen Waagen zum Verkaufen fabrizierten, Eiche oder Tanne heiße, oder der starke Baumstamm da gegenüber, an dem im Herbst die grünen Igel hingen, mit denen er und sein Schwesterchen Menagerie spielten, Kastanie oder Linde heiße, wenn er nur an beiden heraufklettern konnte. Und wenn sich eben nur eine kleine Schleuse öffnete, der Vater in der Lektion unterbrochen wurde, rannte sein Arthur Aronymus davon. Weit mehr interessierte es ihn ja, Städte zu bauen mit den Klötzen seines neuen großen Baukastens, namentlich Aussichtstürme, wie einer bei Ervitte stand. Lenchen sollte bei ihm oben in den Wolken wohnen!! »Wir werden dann regnen«, versprach er dem Schwesterlein. Und er übte sich mit den Klötzen seines neuen Baukastens, den Fanny ihm zur Belohnung gekauft hatte, für die Wache, die er vor ihrem Fenster gehalten hatte, während der Verehrer aus Münster ihr die Cour schnitt. Oft besuchten Freier die stattliche Fanny; schon auf dem kleinen Dorfbahnhof fielen sie, ihrer Lackschuhe wegen und großstädtischen, karierten Beinkleider und neumodischen Krawatte, dem Inspektor auf. Eine Kamille trug Herr Emil im Knopfloch. Aber der Schwester Gesicht sah ganz sauerrot aus wie die letzte saure Kirsche am Sauerkirschenbaum. Arthur war nämlich zugegen, wie sich beide verabschiedeten. Er stotterte ja und sein Unterkiefer klappte auf und zu. Dora kam hinzu und erbarmte sich seiner, denn sie brachte ihm ein Glas Tokayer. Es war zum Totlachen, wie er aus der Haustür schwankte in Elischens Arme. Und sie stellte auch bei diesem Manne fest, er sei zu wissenschaftlich für ihre äußerliche Schwester Fanny. Arthur und der Kaspar und der Willy hörten all den gelehrten Unsinn, den der Liebhaber auskramte, die belesene Schwester nicht zu enttäuschen. Am Abend beim Griesbrei nahm sich Arthur Aronymus vor, später seine Schwester Lenchen zu heiraten, damit sie nicht an einen gelehrten Mann gerate; und er schenkte ihr zu ihrem Geburtstag von seinen gesparten Pfennigen eine Porzellanpuppe und bedauerte, daß sie nackt zur Welt gekommen sei. Eine ganze Reihe davon stand im kleinen Schaufenster frierend zwischen Strohkörbchen mit Aniskügelchen beim Krämer zum Kauf ausgestellt. Am Heiligen Abend vor Weihnachten kam eine Frau in weiter, nagelneuer Schürze in das Haus meiner Großeltern. Die überbrachte einen Brief des Herrn Pfarrers, der eine Bitte enthielt. Mein kleiner, strahlender Papa sollte zur Bescherung ins Pfarrhaus kommen. Jedes Wort des freundlichen Schreibens wurde mit der Familie Paderstein geprüft und erwogen. Man kam zum Ergebnis, des jungen liebenswürdigen Pfarrers Einladung zu akzeptieren, ihn nicht mit einer Absage zu beleidigen, der katholischen Welt keinen Anlaß zu einem Ärgernis zu geben und etwa ein Pogrom heraufzubeschwören. Mit dem Lehm an seinen derben Stiefeln wäre der Arthur Aronymus einfach am Weihnachtsabend ins Pfarrhaus gerannt, sich ausmalend die Geschenke, die seiner erwarteten. Am Zipfel seines Kittels ergriff ihn noch rechtzeitig seine erschrockene Mama im Flur des großen Gutshauses, säuberte ihn selbst, zog ihm die braunen gestreiften Samthöschen an und steckte zur Vorsicht *zwei* große Taschentücher in seine Taschen – und einen blendend weißen Kragen legte sie um sein ungeduldiges Hälschen, vereinte die Enden mit einer rosa Rosette, die sich eine der Schwestern von einem Hausierer gekauft hatte. »Ich bin doch ein Junge, Mutter!!« Auch mußte er sich die Zähne schon zum »zweiten Male!« heute putzen und er gurgelte danach wütend mit dem mit Pfefferminzpasta durchgetränkten Wasser, daß das stille Lenchen vor Vergnügen einen Purzelbaum auf dem großen Teppich schlug. Nur ihr werde er mitgeben von den Zuckersachen, die er beschert bekomme. Er konnte ja überhaupt, fiel ihm ein, nicht begreifen, daß darum, weil sie Juden waren, nicht Weihnachten in ihrem Hause gefeiert wurde. Das ging so schnell wie in der Rutschbahn, als sich Arthur mit dem Sonntagsanzug auf dem Treppengeländer herabgleiten ließ.

Punkt fünf Uhr stand er vor dem gelben Pfarrhaus. Der Herr Pfarrer guckte aus dem Fenster und der Arthur brauchte gar nicht erst die Schelle ziehen. Als er an seiner Hand die glitzernde Stube betrat, knieten seine beiden kleinen Nichten in der Nische vor Herrn Jesus am Kreuze. Blumen standen neben ihm auf einem Eckbrett und davor brannte eine große Kerze. Die letzten Worte vom Vaterunser hatte Arthur Aronymus noch vernommen; ihm war unheimlich – aber er brauchte ja nicht weiter hingucken. Der fröhliche Geistliche bewunderte seine gute Kinderstube, wie geziemend der wilde Junge, in angemessener Entfernung, in der Pfarrstube den leuchtenden Tannenbaum betrachtete. – Sie tranken Schokolade aus ganz großen Tassen mit Zuckerzwiebäcken. Aus der größten Tasse trank der liebe Pfarrer Bernard. Auf der war was geschrieben. Neben ihm saß Narzissa. Sie trug ein blaues Band im Haar und hatte blaue Ohrringe in den Ohren. Und die Ursula rückte ganz nah an ihn, Aronymus, heran, um zu sehen, wer von ihnen beiden schneller ausgetrunken habe. Dann führte Bernard die Kinder an den mit Geschenken bedeckten Tisch. Darauf standen nebeneinander zwei Puppenstuben, ein Wohnzimmer und eine Küche und für »ihn« auf dem weißgescheuerten Fußboden ein Schaukelpferd!! Am liebsten wäre er dem Onkel Bernard, wie ihn seine kleinen Nichten nannten, direkt um den Hals gefallen. Aber die beiden Mädchen fingen an zu singen in Begleitung des Herrn Pfarrers: »Stille Nacht, heilige Nacht, alles schläft, einsam wacht...« Er schämte sich auch nur mitzusummen, aber als das Lied beendet war, hatte er seine Schüchternheit überwunden und es bedurfte keiner Aufforderung. Er sang: »O Tannenbaum, o Tannenbaum! O, o, o Tannenbaum! Wie schön sind deine Blätter. Du grünst nicht nur zur Winterszeit, nein, auch im Sommer, wenn es schneit...« Er sang das Lied viel besser als der Kaspar Setzdich und der Willy Himmel; wo die standen, quietschten sie den Leuten Weihnachtsstrophen in die Ohren. Und er durfte mit den kleinen Nichten vergoldete Äpfel und Nüsse und vom leckeren Spekulatius des Christbaums pflücken. Auf einmal bog die kleine Ursula einen Zweig zu sich herab, im Glauben, der Onkel sehe es nicht, um die prachtvolle rote Glasschaumkugel zu stibitzen, als sie schon einen Klaps weghatte und der Herr Pfarrer sie rügte: »Du willst doch nicht etwa ein kleines Judenmädchen werden?...«

An diesem Teufel, der seinem keuschen Munde entschlüpfte, litt der Priester eigentlich sein ferneres Leben lang. Selbst seinem Heiland vermochte er keinerlei Rechenschaft zu geben, wer die giftige Muschel einer längst vererbten und verebbten Quelle an den Strand seiner Lippen gewissenlos zu schleudern sich erfrechte! Er hatte ja den Jungen, den kleinen Arthur Aronymus, vom Herzen lieb und er mußte sich eingestehen, er bevorzugte ihn selbst vor den ihm anvertrauten Schafen seiner Gemeinde, trotzdem er im Programm seiner theologischen Laufbahn bis vor kurzem noch jede Bevorzugung gewissenhaft vermied.

Wie tief er das jauchzende Herz des kleinen Knaben getroffen haben mußte, zeigte dessen ratloses, rundes Knabengesichtchen. Nach Hause zur Mutter wollte er partu! Schließlich schwang er sich entschlossen in den Sattel des hölzernen Rappen, spornte ihn an und ritt im Galopp, trotzig, ohne sich weiter umzudrehen, davon! Aus dem Weihnachtssilbergewölk des geschmückten Baumes holte der betroffene Priester den heiligen Wachsengel im Sternenkleid – »für Lenchen«, Arthurs Schwesterchen. Mit ihm trat Arthur in sein Elternhaus, wissend, warum Vater und Mutter nicht Weihnachten feiern und er und seine Geschwister von ihnen keine Präsente bekommen; und die Padersteins auch keinen Baum kauften auf dem Markt um die Kirche, wo noch Tannenzweige herumlagen und allerlei zertretener Baumschmuck. Die Gedanken hinter seiner Kinderstirn, die sonst unbekümmert herumtummelten, hatten auf einmal alle pechschwarze, feierliche Röcke an und konnten sich nur mühevoll weiterschleppen, ähnlich wie der arme Hausierer, der aus Galizien stammte, mit den Locken an den beiden Seiten unter dem flachen Hut. Ja, er war ihm auf einmal gut. Wie kam das? Bis jetzt pflegte er ihn doch immer auszulachen mit Kaspar und Willy. Und er heuchelte und log zum erstenmal im Leben, da er lachend seiner Mama um den Hals fiel und im Herzen bitterlich weinte. Nachts träumte er von der Stadt Paderborn, wo sein Großvater-Rabbuni gelebt hat. Dem vertraute er sich im Traume an. Sie gingen beide durch die alten Straßen der alten Kaplanstadt, manchmal gebeugt, manchmal machten sie sich ganz dünn: schoben ähnlich wie seine beiden Hände zu tun pflegten beim Aufbauen der bemalten Klötze, durch die schmalen Häuserreihen der westfälischen Residenz. Fronten ohne innere Räume wuchsen überall aus der Erde, eine an die andere vorbei, und wenn der Großvater mit ihm durch eine der Haustüren wollte, fielen sie, plumps! in ein weites Loch. Außerdem die Giebelnasen, die ihnen Fratzen zuschnitten, und alle die spitzen Türmchen, die ihnen drohten auf die Köpfe zu fallen! Als er aufwachte, saßen seine Schwestern im Kreis um sein schlichtes Bettchen. Er mußte vom gestrigen Heiligen Abend beim »schönen« Pfarrer erzählen. Fanny wie Dora haben es nicht erwarten können, selbst Regine und das gelehrte Elischen auch nicht länger. Keine Streitigkeiten zwischen den Töchtern heraufzubeschwören, ließ ihre Mutter den Gärtner den großen Rosenstrauß in der artigen Papiermanschette, von der Familie Schüler, Herrn Pfarrer höflichst überbringen. – Kurz nach dem Feste verlobte sich Fanny, die älteste Tochter der Eltern, Arthur Aronymus' große Schwester. Und ihre Freundinnen bewunderten ihren geschmackvollen Verlobungsring mit dem roten Granat in der Mitte. Regine erhielt von ihren Eltern einen Nerzkragen zur Entschädigung; Elischen einen Bücherschrank aus Rosenholz und Dora eine kleine perlenbestickte Pelerine. Das arme Dörken, es konnte nicht mehr ruhig auf seinem Stuhl sitzen, es hatte den Veitstanz. Der Doktor zwar tröstete die Eltern: das käme in »den« Jahren öfters vor, und verschrieb ihr Baldriantropfen, dreimal täglich 25 in einem halben Glas voll Wasser zu nehmen, und er verordnete dem Mädchen einen besänftigenden Tee aus Lindenblüten, Fenchel und Kamille.

Sie war überhaupt so komisch geworden, die Dora, verglotzte die Augen und betete die halbe Nacht. Immer begann sie von neuem wieder zu flehen, im Glauben, sie habe irgend eines der Geschwister zu nennen vergessen. Auch litt sie an fixen Ideen, schnappte Arthur Aronymus einmal von den älteren Brüdern auf. Immer bückte sie sich ein-, zwei-, dreimal mit dem wackelnden Körper, bevor sie auf der Wiese im Garten ein Gänseblümchen oder eine Butterblume abpflückte. Elischen nahm Dora ins Gebet. Die beichtete ihr, daß, wenn sie sich nicht dreimal bücke, bevor sie eine Blume abbreche, würde »Alex« sterben. Elischen erklärte ihr genau wie ein Doktor der Medizin den wahnsinnigen Aberglauben ihrer wahnsinnigen Handlungen und trieb ihr zu guterletzt mit einer Ohrfeige den Teufel aus. In Paderborn war's an der Tagesordnung, Teufel auszutreiben. Hexen wurden verbrannt oder eingemauert. Und der Veitstanz war ein von Dämonen besessenes Geschöpf. Und mit Vorliebe plazierten sich die bösen Geister in jungfräuliche Judenleiber. Darum durfte sich Dora nicht mehr, selbst im eigenen Garten, sehen lassen; andauernd passierten ihn die Einwohner Gäseckes. Schon viel zu viele hatten sie beobachtet, wie sie hin und her tanzte. Ernstlich fragte man die Dienstboten aus bis zur Melkerin und Kuhhirten des Gutshauses, ob die Dora wirklich »Glas« esse und »Feuer« schlucke? Und sie fürchteten sich schließlich vor dem bösen Blick des armen gutherzigen Mädchens. Zu spät kam es den erschrockenen Eltern zu Ohren, daß ihr Kind denunziert worden sei, und zwar von gehässigen Neidern, gerade von den Leuten Gäseckes, die sich das Fallobst vom Rasen im Gutsgarten im Herbste sammeln durften. Die Christen in Gäsecke freuten sich schon auf die weihnachtliche Sensation, »auf Dora auf dem Scheiterhaufen«. Ein Witzbold hatte behende ein Liedchen daraus ersonnen. Erst eine einzige Hexe hatten sie verbrennen sehen, nicht weit von ihrer Heimat. Und mancher der Dorfbewohner eilte ungeduldig in diesem Jahre schon lange der Weihnacht entgegen. Im Gutshause aber war man noch zu keinem annehmbaren Resultat gelangt, die Katastrophe, die ihrem

Hause bevorstand, aufzuhalten; der Vater noch die Mutter, noch Padersteins, auch Verwandte, die man benachrichtigt hatte, versagten. Gemeinsam überlegten sie oft bis tief in den Nächten des verhangenen Wohngemachs, als zum erstenmal der junge Pfarrer sich ungerufen melden ließ, das weite Terrain meiner Großeltern betrat. Wie ein junger Konradin, selbstherrlich, blauäugig, schritt er gerüstet, doch mit »geistlichem« Stahl, die hohe Freitreppe des alten Gutshauses empor. Arthur hatte ihn über einer Steinzacke des Daches Arabeske aus, kommen sehen und lauschte durch das Schlüsselloch der noch abfärbenden, neu angestrichenen Doppeltür, die einen kleinen Nebenraum mit dem geselligen verband. Die olle Paderstein saß neben der Mutter auf dem Kanapee und räusperte sich ab und zu und ihr fetter Truthahn stolzierte vor dem Kamin auf und ab, blähte sich auf, als ob er auch mal gern ein Ei legen möchte. Der bunte Zipfel seines großen Schnupftuches hing wieder aus seiner Buchsentasche, im hohen Bogen über dem Podachs. Immer schielte er auf die großen Zigarren in der Kiste seines Herrn Vaters. Darin hatte Simeon ganz recht, daß die ihm »allzu« gut schmeckten. Endlich erkannte Arthur Aronymus zwischen den schluchzenden, gleichmäßigen Litaneien der sich beratenden Gesellschaft des lieben Pfarrers ermunternde Stimme. So feierlich kam die ihm heute vor, ähnlich so hell wie auf ihren gemeinschaftlichen Spaziergängen vor dem Dorfe. Ja, er läutete geradezu: »Bim, Bam, Bim, Bam, Bim, Bam«, bevor er zu meinem Vater sagte: »Lassen Sie Ihren Sohn Arthur Aronymus im katholischen Glauben erziehen. Mit diesem demütigen Entgegenkommen in Jesu geheiligtem Namen brechen Sie ein für allemal«, betonte er, »jeder Gefahr, die Ihrer jungen Tochter Dora dräut, die Spitze ab.« Arthurs verängstigter, gequälter Mutter, beinahe schon einverstanden, fiel der Vater, sich feierlich erhebend, mitten ins Wort: »Herr Pfarrer«, begann er zu sprechen mit einer Hoheit in der Gebärde, wie sie höchstens noch dem fürstlichen Vater seiner Mutter, dem Rabbunivater, zu eigen war, »Herr Pfarrer, gestatten Sie mir, Ihnen in unser aller Namen für Ihren ebenso sinnigen wie gutgemeinten Vorschlag unseren Dank auszusprechen. Leider zwingen mich aber folgende Umstände, denselben mit respektvollstem Kompliment von der Hand weisen zu müssen. Ich wie mein Vater noch meines hochseligen Vaters hochseliger Vater und dessen Väter, Väter, Väter, noch die Väter Frau Henriettens, meiner Gattin, in Gott ruhenden Väter, pflegten auf direktem Weg zu Gott zu gelangen, und ich sollte Seinem Sohne meinen noch unmündigen Sohn auf Umwegen zuführen lassen? Der Herr behüte uns vor allem Bösen. ה' ישמרנו לכל רע ...«

Dann beobachtete Arthur Aronymus ganz genau, wie sich der Vater zu seiner Mutter neigte, sie auf die weiße Stirne küßte. Das war gewiß das Werk der Nächstenliebe, von dem so oft der Bernard sprach. Denn so was Liebes, einer zum anderen, hatte er noch nie bisher erlebt. Und die Padersteins heulten ja beide! Aber der Bernard war auf einmal gar nicht mehr in der Wohnstube? Instinktiv eilte Arthur auf seinen Siebenmeilenstiefeln davon, überholte den ergriffenen Freund auf dem Heimweg zum Pfarrhaus und drückte ihm unversehens sein kleines Metallpfeifchen, dessen schriller Ton die Einwohner Gäseckes aufschreckte, seinen Talisman am hellgrünen Bande, eine kostbare Reliquie, in die herabhängende schlanke Hand. Genau wie im Rahmen der Mönch im Weihnachtszimmer des Pfarrhauses, sah sein Bernard aus! Ihm war sicher wie jenem der Schutzengel der Kinder erschienen ... Von ihm erzählte die Mutter so oft. Die fühlte sich, und wußte es selbst nicht aus welchem Grunde, von der furchtbaren Last, die wie ein Mühlstein auf ihrem Herzen lag, endlich befreit. Auch dem Vater erging es wie ihr und das bemerkten die beiden Padersteins wohl, denn sie umarmten meine geprüften Großeltern und nach ihnen ihren Sohn, den langen Hugo, der immer wie ein Bindfaden plötzlich durchs Schlüsselloch kam. Aber wie der Vater sich verändert hatte – er sah ja genau wie Jakob aus auf dem Bilde im Religionsbuch. Dabei hatte der ja nur zwölf Söhne gehabt und der Herr Vater fast zwei Dutzend Kinder in die Welt gesetzt; unter ihnen sogar Töchter wie »die schöne Fanny«. So rühmte der dicke

Apotheker oft die älteste Schwester. Er, Arthur, fand ja nur sein Lenchen schön, aber heute abend erschienen ihm seine sämtlichen Schwestern hinter seinen müden Augenlidern, rosa Rosetten zwischen den Schultern seiner Brüder. – Und sein Vater erwählte einige aus der Schar seiner 23 Kinder zu Kundschaftern. Zunächst den vernünftigen ältesten Sohn, Menachem, und dessen junge Frau und den feinen Berthold und Ludwig und den wohlgenährten Albert und zwei von den jüngeren Brüdern. Und von den Töchtern, Fanny-Deborah, Regine-Naemi und das Elischen und außerdem noch Padersteins schlauen Hugo. Und sie machten sich auf den Weg, schritten behutsam durch die dunklen Dorfgassen Gäseckes und beschlichen das kleine, friedliche Pfarrhaus. Die liebe Petroleumlampe brannte auf Bernards Tisch und ein befriedigtes, friedvolles Lächeln spielte um seine Lippen. Der lange Hugo, der, auf den Zehen stehend, die ruhige Stube überblicken konnte, beobachtete, wie der Pfarrer seinen mächtigen Schreibebogen sorgsam faltete, ihn in ein Kuvert steckte und versiegelte. »Es war eine gewichtige Urkunde!«... beteuerte Hugo Paderstein immer wieder den aufhorchenden Geschwistern – doch – im Nu sprangen sie alle auf einmal über die Rosenhecke, sich zu verstecken hinter der Rückseite des kleinen gelben Gebäudes. Elischen ließ ihr halbes Beinkleid in den Dornen zurück. Denn der entschlossene Herr Pfarrer hatte seinen schwarzen Kragen umgelegt und war im Begriff, seine Pfarre zu verlassen; der Postillon tutete schon das zweitemal durch sein verstimmtes Horn.... Wenn auch Tage, die nicht enden, und Nächte, die nicht schlafen konnten, dem denkwürdigen Abend im Elternhause Arthur Aronymus' folgten, so waren dennoch seine Eltern überzeugt von seinem guten Resultat. Und doch wohl schon das hundertste Mal, da die liebe Mutter, beobachtete ihr Arthur kopfschüttelnd, aber heimlich, sehr tief seufzte, ähnlich wie die schneeweiße Kuh, der man ihr Kälbchen genommen hatte. Doch die ältesten Brüder erwogen so mancherlei: Julius' dicke Augen kugelten manchmal über die Seiten im Werke des Altmeisters. Er hatte eine Idee: der Vater tue gut, dem Kloster der Heiligen Veronika auf der Anhöhe vor Paderborn ein Geldpresent zu frommen Zwecken zu stiften. Nicht ohne – dachte der Vater. Man las seine Zustimmung im erwägenden Ausdruck seiner Mienen.

Doch Simeon erhob sich unwirsch, protestierte entschieden dagegen und beeinflußte das Urteil der anderen großen Geschwister. – Fannys Hochzeit wurde verschoben. »Willst du etwa«, rügte der Vater sie, »Hochzeit feiern in einem Trauerhause, Mädchen?« Fanny wurmte sich und doch fühlte sie sich als schöne Märtyrerin. Regine strickte nachdenklich schon Wochen an ein und demselben Strumpf, ohne es zu bemerken, für sie hing der Schwester Scheiterhaufen noch sehr in der Schwebe. Vorigen Sonntag hatte sie sich Doras perlengestickte Pelerine seufzend um die Schulter gelegt, spät unter dem Vollmond Atem zu schöpfen. Elischen saß in der Zeit an Doras geblümtem Himmelbett. Die kranke Schwester fürchtete sich nämlich vor Gespenstern. Dann kam aus Lippstadt die große Kapazität – »ein Professor über 250 unheilbare Kranke«, erzählte Arthur Aronymus und sein geistlicher Freund schlug staunend die Hände zusammen und beteuerte wichtig: »Na, der wird sicher deine Schwester Dora kurieren!« Mit leuchtenden verheißendblickenden Kornblumen betrat der Pfarrer Bernard das weite Heim seines kleinen Spielgefährten und traf die Familie Schüler nebst Kindern und Freunden wieder in der Wohnstube versammelt. Den ältesten verheirateten Sohn riefen Pflichten daheim zurück und Simeons und Julius' Semester hatten begonnen in der Universität der Reichshauptstadt.

Fannys Bräutigam wollte auch nicht länger warten; in der kleinen Synagoge wurden sie getraut und fuhren dann den Rhein herunter bis Aachen. Dort beabsichtigten sie, das Schloß Kaiser Karls zu besichtigen. Die große Fanny hatte Angst gekriegt plötzlich vor der Hochzeitsreise und Max und Lenchen sollten mit, erzählte Aronymus, Süßholz kauend, dem Willy und dem Kaspar: »Eck mach' meck jo nömmes aus däm langweeligen Rhein, wenn's noch Regensburg am Regen wär, so een Städtken hätt eck meck gern ens angegickt.« –

Anwesend waren also noch neunzehn leibliche Kinder und dazu ein Enkel: der neunjährige Oskar, der älteste Sohn Menachems, der Neffe des ein Jahr jüngeren Aronymus, außerdem der Lange Hugo, Padersteins hoffnungsvolles Riesenfrüchtchen, und der neue Volontär des Gutes: Herr Filligrand. Er pflegte immer seinen Namen französisch durch die Nase zu ziehen. Und es erhoben sich der Herr Vater und die Frau Mutter mit den Kindern und Gästen zu gleicher Zeit, als der Pfarrer freudig erregt im Rahmen der Tür erschien. Arthur Aronymus' bebende Mama ließ den großen Löffel, mit dem sie im Begriff war, eine Anzahl Gläser mit Limonade zu füllen, wie einen silbernen Fisch in die gläserne Terrine plumpsen. Aber der Vater nahm die gewichtige Rolle mit beherrschter, verhaltener Freude aus den Händen des hohen Boten und Arthur Aronymus staunte, wie »der Vatter« sich auch in freudigen Augenblicken zu zügeln verstand. Aber dann schimmerten große Wassertropfen in seinen kühlen Augen und überzogen sie mit Sonne! »Frau Mutter, lesen Sie, lesen Sie.« Er nannte die Mutter immer: »Sie« bei feierlichen Anlässen. »Lesen Sie!« Aber der Mutter zitternde Hände vermochten die beglückende Kunde nicht ruhig zu halten und die neunzehn noch anwesenden Kinder, unter ihnen die vierjährigen Zwillinge: Meta, konnten doch auf einmal lesen – – standen um Vaters und Mutters Schoß und entzifferten klipp und klar, was der Bischof aus Paderborn, »eigenhändig«, betonte Bernard, geruhte, der Christenheit zu verkünden. Jeder Satz begann mit einem ganz groß gemalten Buchstaben und endigte mit einem Punkt wie ein Kreis so rund.

Erst beim krächzenden Kikeriki erwachte mein kleiner Papa. Seine Geschwister, bis zur allerkleinsten Schwester, standen schon zum Aufbruch bereit an der Gartenpforte. Und er selbst hätte doch beinahe nicht mehr daran gedacht, daß sein Bernard der Gemeinde Gäseckes und den benachbarten Dörfern und Flecken den Hirtenbrief seines Bischofs – vielleicht – schon angefangen habe – vorzulesen. In die unmodernen Buchsenbeine seines Neffen Oskars stieg er irrtümlich in der Eile und wieder ging's über die Rutschbahn des Treppengeländers, verflucht und zugenäht!! Im Galopp per pedes zum katholischen Marktplatz. Gerade trat sein großer Freund aus der kleinen, alten Kirchentür, verharrte sinnend auf der obersten Stufe der grauen, morschen Steintreppe, in der Hand das kostbare Schreiben des hohen Hirten an seine Schafe. Er schwang die gewichtige Rolle mit besonderer Wucht über die Köpfe seiner Herde, die sich auf sein Geheiß versammelte, schon im Frühgeläute. Mein kleiner Papa angerast, bemerkte seine Eltern Hand in Hand bange lauschend hinter einer der Obstbuden, die schon aufgestellt wurden immer den Tag vorher für den Mittwochmarkt. Der Vater trug seinen grauen Bratenrock und die noch hellgrauere Samtweste und sein braungestreiftes Sabbattuch um den hohen Kragen gebunden; und den vornehmen grauen Zylinder hatte er sich aufgesetzt und die Mutter sich ihren Samtüberwurf angezogen mit den langen Fransen. Noch bevor Bernard die Predigt aufrollte, blitzte es auf einmal aus der dunklen, kalten Novemberwolke so unheimlich und unerwartet – selbst der Gendarm fürchtete sich; und der Herr Pfarrer deutete den erschrockenen abergläubigen Leuten das Naturereignis, wie der Bruder Julius später erklärte, »gradezu monumental!« Niemand der Versammelten zweifelte, daß der Himmel sich mit Seiner Gnaden dem Bischof verbündet habe und aus dem Munde des hohen Hirten spreche. Arthur und seine Freunde hatten zwar verstanden, daß der Bischof aus dem Munde des Himmels zu seinen Schafen geredet habe und sie ermahnte mit einem Donnerschlag: »Ich grüße Euch mit sorgendem Herzen im Namen Jesu Christo, meine irregeleiteten, vom Wege geratenen Schafe und ermahne Euch, Vernunft anzunehmen und nicht weiter zu beharren in Eurer Sünde Aberglauben. – Noch ist es Zeit,« las Bernard und blickte über die vielen Köpfe; »noch ist es Zeit zur Reue und Buße, meine armen Kinder, um deren Seelenheil ich – schreibt der Bischof – unablässig schwerste Sorge und Verantwortung im Herzen trage. Wehe Euch, im Namen Jesu Christo Eure böse Lust zu stillen am Feuertode an Schwestern unseres lieben, seligmachenden katholischen

Glaubens noch an Schwestern aus dem alten Hause Israels. Vergesset nicht in Eurem schwarzen Hasse, daß unser Heiland Jesus Christus selbst ein Jude war, dem Blute Davids entsprossen. Mit tausend Zungen werde ich dem Himmel jedes Frevlers Sünde verkünden und seine Seele brate bis zum jüngsten Tag!!

Darum kehret in Euch, Ihr schwarzgewordenen Schafe. Lasset ab! Lasset ab! Zum dritten Mal: Lasset ab von der Sünde um Jesu Christo willen, unserem Herren! ... Et vos igitur nunc quidem tristitiam habetis, iterum autem videbo vos, et gaudebit cor vestrum: et gaudium vestrum nemo tollet a vobis. So habt Ihr jetzt zwar Trauer, aber ich werde Euch wiedersehen, Euer Herz wird sich freuen ... und Eure Freude nimmt niemand von Euch.«

Und schon blitzte es wieder, so hell von allen Seiten, bis der ganze katholische Kirchplatz in bengalischem Fegefeuer stand. Und die ermahnten bebenden Menschen sanken in ihre Kniee, auch Arthurs Mutter in ihrem weiten Reifrock. Nur der Vater stand aufrecht, aber er wischte sich die Schweißtropfen von der Stirn.

Auf den Wiesen blühten wieder die duftenden Märzveilchen; die Kinder pflückten die Lieblingsblumen ihres Vaters und stellten sie ihm in einem Glase auf seinen Schreibpult. Er pflegte seinen Söhnen und Töchtern, seitdem ihm der Allmächtige so gütig beigestanden hatte, des öfteren Kapitel aus der biblischen Geschichte vorzulesen. So schön und spannend wie der Großvater-Rabbuni zu erzählen verstand, dachte Arthur, kann der Vater es nicht. Dieses Jahr fiel auf den 28. März das Ostern der Juden; und in der Speisekammer, auch schon im Buffet lagen Pakete mit ungesäuertem Brot. Die liebe Mutter hatte ihrem Aronymus schon im voraus so einen schmackhaften runden Mehlkuchen mit Honig bestrichen, zum Knuspern heimlich am Morgen, mit auf den Schulweg gegeben. Seitdem stand er immer so etwas verlegen neben dem großen Speiseschrank und schielte abwechselnd auf die Mutter und auf die verschlossene Lade. Der Auszug der Kinder Israels aus Ägypten imponierte ihm gewaltig und er konnte den Abend vor dem Ostertag kaum erwarten. »Morgen ist Jüdisch-Ostern«, vertraute er seinen beiden kleinen Schulkameraden an. Die neckten ihn nicht mehr deswegen, da sie wußten, daß der geschiedene Pfarrer Bernard dieses Brot auch nicht verachtete.

Seine Gnaden der Bischof hatte den Neffen in Christo längst an den Dom von Paderborn gerufen. Und schon ein Jahr lebte der junge Geistliche fern von Hexengäseckes blumigen Pfaden hinter allen Tierhecken, weißen und roten. Doch ein Handwerksbursche, ein gebürtiger Gäseckeianer, behauptete felsenfest, den Pfarrer in Rom im Sankt Petri gesehen zu haben. Neben dem Papst habe er gesessen und – Bernard würde sein Nachfolger werden. Aber der reiste mit seinem Bischof ein wenig durch die Städte und Dörfer Westfalens, die Gemeinden zu besuchen, Ämter zu verteilen und Anerkennungen, aber auch die Reichen zu ermahnen und – »Zeit wird es«, betonte der Bischof, »den Aberglauben endlich mit der Wurzel auszurotten.« Arthur Aronymus' Mama saß am hohen Bogenfenster und nähte Hemdchen und Höschen für ihre Kleinsten; flickte die vielen Löcher in den Hosen der Jungens, und im Korb neben ihr lagen unzählige buntgeringelte Strümpfe. Sie bemerkte zwei große Gestalten durch das Tor in den Garten schreiten; schon dämmerte der Vorabend des jubelnden Passahfestes. Die Kinder spielten noch mit den Jungens und Mädchen des Dorfes in ihrem großen Garten. Sie legten Reisig übereinander und fluchten und speiten aus wie die Fuhrleute Westfalens. Den Zaun entlang tanzte der kleine Arthur Aronymus mit Händen und Füßen wie die krank gewesene Schwester Dora. Er hatte sich in eines ihrer Kleider heimlich gesteckt und ihren Hut trug er mit dem Kleeblumenkranz und den langen Samtbändern. Der Bischof und sein junger Begleiter hielten sich hinter den grau gewordenen Herbsthaaren der Weide verborgen, beobachteten so das Spiel der Kinder. »Wie die Alten gesungen, so zwitschern die Jungen.« Der Oskar versicherte den Spielgefährten, sein Neffe, der Aronymus, verstehe am interessantesten die Hexe zu spielen. Er selbst trug eine Schnur um den

Leib geschlungen und an der hing ein Kreuz aus Stengeln des Hagebuttenstrauchs gebogen; eine zerquetschte klebte noch am weichen Holz, ein Tropfen geronnenes Rosenblut. Und nachdem die Schar der Henker die »Dora« an die Brandstätte gezerrt hatten, tanzten sie um ihr Opfer einen Teufelsreigen: »Ine wine wink pank tink tank ose wose wacker dir eier weier weg!« Vorher aber hielt der finstere achtjährige Mönch der bösen Hexe sein großes Kreuz zum Kusse dar und geleitete nach der üblichen Weihe die Büßerin auf dem letzten Weg zum Scheiterhaufen. Ihn wirklich anzuzünden, traute sich keines der Kinder. Der heulenden Hexe aber, dem dampfenden Arthur Aronymus, wurde das Spiel – mit dem angeblichen Feuer – etwas zu heiß und er setzte mit einem kühnen Sprung über die Köpfe der schmähenden Spielgefährten und nun begann erst das richtige Vergnügen, los im Galopp über die Rasen, über die herbstlichen Beete mit einem Getöse der stampfenden, nägelbeschlagenen Kinderstiefeletten, daß die Katzen aus den Kellerlöchern gelaufen kamen. Ein Glück, daß der Herr Vater mit dem Herrn Apotheker im kleinen Bahnhofsraum saßen und Lotto spielten. »Vor dem Vater hat er große Angst,« flüsterte Bernard dem Bischof ins Ohr. »Aber Zeit wird es wahrlich, daß Euer Gnaden aufräumen werden.« Der war allerdings heute selbst Augenzeuge des grotesken Schauspiels in miniature gewesen.

Und nur das ungestüme Lachen der unschuldigen Kinder hinderte seine Gnaden, den Ernst des kindlichen Spieles zu erfassen. Solch einen Spaß wie heute hatte die Schar bisher noch nicht erlebt. Ihr junges Tausendlachen wirkte ansteckend und setzte das Zwerchfell des Bischofs in stürmische Bewegung. Sich am Arme Bernards festhaltend, trat der hohe geistliche Herr zwischen den Ästen des gottalten Baumes hervor. »Na, na, na, na, na, mein lieber gestrenger Sohn in Christo, Euer Bischof ist beileibe nie ein Lachverächter gewesen, darum verzeihet ihm, Eurem alten geistlichen Bruder, daß er mittut, zumal aus dem Herzen des Kindes des Lachens Quelle entspringt – und – wer weiß, wie bitter sie des öfteren – mündet.« Das war so recht sein Bischof, dachte Bernard und er hätte ihn am liebsten für seine weisen, jovialen Worte umarmt, aber »die Blagen«, wie man im Westfalenlande die Kinder zu nennen pflegt, mußte er seinem Bischof, dem größten Kinde, alle herbeiholen. Seine liebe Not hatte er, die temperamentvolle Hexe Dora einzufangen, seinen Wildfang von Freund, den kleinen Arthur Aronymus. Auf den Armen, lebendig aber, brachte er ihn Seiner Gnaden Lavater von Westfalen. Schon watschelten die Mägde des Gutshauses, von Frau Schüler gesandt, herbei, zu spähen, wer die beeden verspäteten fremden Statüen seien, die bei Neit on Näbel seck in den Gutsgarten verirrt tu haben schienen? Und die Kinder schleppten sie einfach auf ihren Schultern aufgeladen wie Fuhren ins Haus. »Gebaden müssen die Ferkels werden, om schmuck teiltunähmen am hütigen Pesahowend.« Aber als die Mutter vernahm, der Herr Pfarrer sei gekommen mit seinem Bischof aus Paderborn, eilte sie wacker selbst aus dem Hause über die Kieswege, denn sie war noch schlank und wohlgebaut und behende. – Auf dem gestickten Vaterstuhl saß heute abend Seine Gnaden Lavater und neben ihm der liebe Bernard. Dann kam der strahlende Arthur Aronymus, dann kam Dora, sie schien anmutiger wie vor ihrer Mädchenkrankheit. Dann kam Berthold, der schwärmerische Jüngling. Dann kam Elischen; dann kam Julius; neben ihm saß Regine und neben Regine nahm ihr frischgebackener Bräutigam, Herr Provisor aus Elberfeld im Wuppertale, Platz. Anfänglich meckerten seine Eltern gegen seine Wahl, denn Engelhard entstammte einer lutherischen Muckerfamilie; und da Regine, ihres Vaters Lieblingstochter, die überhaupt für die Pharmazie ein Faible besaß, sich nun auch noch zu den Händen die Augen rot weinte, entschloß sich Herr Schüler dem jungen christlichen Freier eine Apotheke zu kaufen. Seitdem stand Tinchen im bekränzten Rahmen auf der Kommode ihrer zukünftigen Schwiegereltern. An der rechten Seite des Bräutigams saß heute das kleine Lenchen. Manchmal streifte des Bischofs Auge das zarte, stille Mädchen besonders zärtlich. Es erinnerte ihn an sein Schwesterlein Helene, der jetzigen Äbtissin des Klosters bei Schwelm.

Dann kamen die beiden Meta. Sie saßen nebeneinandergeschmiegt, als ob sie zusammengewachsen seien und aus einem Herzen pochten; hatten beide braunes Lockenhaar und führten immer zu gleicher Zeit den Löffel oder die Gabel in den Kirschenmund. Und dann kam ... Judith, Johanna, Eugenie, Luise, Maierlein, die Grete, Elfriede und neben ihr die Titi. Von der Mutter so gerufen; und neben Titi: Albert, Edmund, Alfons, Ludwig, Emmi, der Simeon, Hedwig, Paula und Eleonore, nach Bürgers Gedicht: Eleonore fuhr ums Morgenrot – benamet; und der leidende, liebe Alex saß wie immer neben seinem Vater im Krankenstuhl.

Dem gegenüber die Söhne seines spanischen Schulfreundes, der ermordet wurde vor einigen Jahren in Zaragossa in der Synagoge im Gebet. – Der Oskar ließ keinen Blick von Bernard seinem Bischof; dem kleinen Onkel Arthur Aronymus war das geradezu – unangenehm! Daß dieses verkleidete, fanatische Knäblein in der Kutte einmal vom herzlieben Freund, dem getauften Kardinal Paulus Kassel, getauft werden könne, der weiland empfing die heilige Taufe vom getauften heiligen Franziskanermönch Paulus Kassel, kam seiner Gnaden nicht im entferntesten in den Sinn. – Der vermißte Max trat plötzlich mit eingezogenem Podex in den weiten Eßraum. Geweint hatte er. Denn den mit Mühe gezeichneten Kalbskopf im Sand hatten die Kinder beim Spielen verrammelt. Der Vater steckte ihm einen Louisdor in die kleine Hosentasche. Sympathisch berührte es Seine Gnaden, daß die Ärmsten der jüdischen Gemeinde, sieben Israeliten, geladen waren, am Ostermahle teilzunehmen; und Vater Schüler und seine liebreiche Gattin in taktvollster Weise sich gerade um diese Gäste zu bemühen schienen. »Hier unser lieber, verehrter Gast und Osterbruder: Perlmutter. Er fehlte nie an diesem Abend an unserem Tische. Und jener, mein Freund,« der Vater zeigte auf den Hausierer, den Arthur mit Willi und Kaspar noch vor einem Jahr zu verspotten pflegten, »mein lieber Freund«, wiederholte der Vater, »Lämmle Zilinsky aus Lemberg.« Der blickte verstört an seinem Kaftan auf und nieder. »Und jene wissensbedürftigen beiden Brüder, Siegfried Ostermorgen und Alexander Ostermorgen, bitten um Eurer Gnaden Fürsprache beim Rektor in Paderborn.« Der greise Nachtwächter, der sich heute schon um Mittag erhoben hatte, suchte gewohnheitsgemäß nach seinem Horn, aber der Vater, der das bemerkte, legte seinen Arm um seine schmalen Schultern und meinte, zum Bischof sich neigend: »Dieser nimmermüde Schutzpatron von Gäsecke hat viel gewacht und sich darum tief versenken können in das Wort des Herrn.« – Dasselbe hätte Großvater-Rabbuni sagen können – und Arthur haßte im Augenblick unbegreiflich seinen gewandten Papa. – Und nun kam der geschwätzige Handwerksbursche an die Reihe. Als seinen Schulfreund stellte ihn der Vater dem hohen geistlichen Gast vor: »Nathanael Brennessel, unser unermüdlicher Wanderer«. Heiliger Strohsack, dachte Aronymus und streckte heimlich der erschrokkenen, abwehrenden Dora, die seit kurzem gern »erwachsen« spielte, die Zungenspitze heraus, denn Brennessel hatte ja – den Bernard auf dem Papststuhl sitzen sehen.

Neben dem flotten Wanderer lächelte mit weit aufgetanen Augen: »Josefje«, des ältesten Perlmutter: Sohn. Der konnte Träume deuten wie Josef von Ägypten ... Endlich – brachte Christine die dampfende Ostersuppe mit den »leckeren Klöskens« auf den Tisch und die Eltern bemerkten mit Freuden, daß ihr fürstlicher Gast kein Kostverächter war. Und ihm auch das ungesäuerte Brot, im Tropfen Mosel getaucht, vorzüglich mundete. Er bat seinen verehrten Gastgeber, *genau* wie an jedem vorangegangenen Osterabend die Zeremonie einzuhalten, nicht etwa zu kürzen; er käme sich sonst wie ein Eindringling vor und er fühle sich doch wie zu Hause. Und in der Zeit, in der der Vater und der Bischof über die Worte der Thora diskutierten, die geschrieben wurde mit Blitz und Donner von Gottselbst in Harfenschrift, zeigte Arthur Aronymus, glückselig, seinen heimgekehrten Freund wieder bei sich zu haben, ihm den neuen Turm im Spielzimmer, den er aus tausend Klötzen und bunten Steinen erbaut hatte. Er wollte doch gerade wieder fluchen, aber Bernard merkte es noch frühzeitig und Aronymus schluckte den kleinen zischenden Teufel mit Haut und Haaren herunter. »Und gehalten wird das Gesetz«, erklärte gerade der Vater, als Bernard, mit meinem kleinen Papa an der Hand, wieder in die große Eßstube eintrat, »sorglich wie ein Kind im samtnen Tragkleid und Schellengeschmeide ...« Seine Gnaden bejahten aufmerksam jedes Wort des klugen Herrn Vaters, meines Vaters Vaters, mit wohlwollender Geste und beide Herren kamen darüber ein, »mit einem bißchen Liebe geht's schon, daß Jude und Christ ihr Brot gemeinsam in Eintracht brechen« – »noch wenn es ungesäuert gereicht wird«, vollendete artig die Mutter meines nun auch schon in Gott ruhenden Vaters: Arthur Aronymus.

KONZERT

Elberfeld im Wuppertal

Wir wohnten am Fuße des Hügels. Steilauf ging's von dort in den Wald. Wer ein rotes, springendes Herz hatte, war in fünf Minuten bei den Beeren. Sonntags kamen ganze Familien vom Berge gestiegen, an unserm Haus vorbei. Die Kinder trugen am Arm kleine Körbe, bis an den Rand gefüllt, aber man sah schon ihren blaugefärbten Mäulchen an, was sie gepflückt hatten zur Beilage der Eierkuchen zum Sonntagabendbrot. Ich bin immer so stolz auf unseren großen Wald gewesen, in den man, ob man's wollte oder nicht, beim Heraufklettern der Sadowastraße hineinblicken mußte. An ihrem Fuße lag mein Elternhaus, außerhalb der Stadt, denn erst später wurde unsere Gegend der Westen. Immer strömte aus dem Walde frischer, grüner Atem und kräftigte die Lunge. Und jeder Baum, jeder Strauch, der mir heute begegnet, erinnert mich an unseren Wald, in dessen friedliche Augen ich blickte, lachend als Kind. Wenn die Gewitter kamen von den vier Himmelsrichtungen, die schwarzgezückten Reiter nahten, setzte sich meine teure Mama auf den Balkon, der zwischen Osten und Westen in der Luft frei zu schweben schien. So war's einem. In kleinen Nachen glaubte man zu sitzen zwischen den Luftwellen; das bewog meine kühne Mutter zum Einsteigen. Es blitzte aus vier Wolken. Da in Form einer Zacke, dort im Osten stach ein brennender Dolch in die wogende erregte wolkige Himmelsbrust. Mein Vater erinnerte sich seines ehrwürdigen Großvaters, des weißbärtigen Rabbunis vom Rheinland und von Westfalen. Der betete erschüttert vom ehrwürdigsten Schauspiel der Lüfte, sich besternend vor Jehova. Mein Vater jedoch hatte einfach Sorge für seine Georginen und Stiefmütterchen auf den Beeten unseres Gartens; und vor allen Dingen bangte es ihn um seinen reifenden sauren Kirschbaum und seinen Wunderstrauch. Der trug nämlich zweierlei Früchte auf einmal. Mein Papa hatte die Stachelbeere und die Johannisbeere zusammengebracht, sie beide eingeladen und mit des Gärtners Hilfe die zwei vermählt. Sie wuchsen seitdem einträchtig an einem Zweig und Stengel, worauf mein Vater sehr stolz war, ungefähr wie ein Staatsmann, dem es gelang, Staaten zu vereinigen. Ihm dünkte das jedenfalls ebenso wichtig. Doch am schwersten bewegte ihn die herrliche Trauerrose! Die hing wie aus einem Füllhorn üppig hingegossen auf den eben gestickten zarten Grasteppich. Viele, viele, viele weiße Rosen (ich fand sie gar nicht so traurig aussehend) schimmerten, eine Prachtschleppe gebreitet im Abendrot. Und zu guter Letzt tauchten vor meines Vaters betenden Augen die Gerüste seiner Neubauten auf, die, noch ohne Stein und Mörtel, an die Gerippe erinnerten, an denen das Fleisch und das klebende Blut fehlte.

Nach solch einem starken Gewitter kamen immer Arbeiter gelaufen, die ihm Kunde brachten, das oberste Stockwerk oder ein Dach seiner Dächer wäre auf das Dach eines benachbarten Hauses gestürzt – und mein Vater kam aus den Prozessen nicht heraus, zu denen die Leute der Stadt strömten wie zu einem Lustspiel und die mit einer Einigung endigten. Nicht selten brachte mein Vater die Kläger mit heim. Dann ging das Kneipen los, die Nacht hindurch, vom späten Nachmittag angefangen, hörten wir die Klienten sich zutrinken, sich kugeln vor Lachen, nach jedem Toast, den mein Vater wie kein Mensch auf der Welt zu halten verstand, mit allem Lachgewürz, das in der Speisekammer seines breiten, krachenden Herzens zu finden war. Früh am Morgen erholte sich die Prozeßgesellschaft in unserem lieblichen Gärtchen. In meinem Bett weckte mich die choralanschwellende Stimme meines Vaters, die alle anderen Stimmen übertönte, und ich wußte, jetzt machte er die Gäste auf die kristallisierenden Kieselsteinchen, die die Pfade bedeckten, aufmerksam. Für diese Steine, daß sie nur nicht einsinken würden in den Schoß der Erde, hörte ich meinen 12jährigen schneeweißhaarigen Papa manchmal auch ohne Gewitteranlaß zum Herrgott beten. So klein ich auch noch war, es rührte mich doch vorübergehend. Am Sonntag fuhren wir oft in die Umgegend von Elberfeld über die Ronsdorfer Chaussee; zu beiden Seiten herrliche, versunkene Wälder, rechts und links Täler von unsagbarem Glück und schwarzem Glühen. Wir begegneten singenden Handwerksburschen. Wenn sie sehr müde waren, ließen meine Eltern sie auf den Bock steigen. Ich mußte dann vom Bock herunter. Meine schönen Schwestern blühten wie Blumen im rosa und blauen Kleide, und meine Brüder, falls sie zu Hause waren aus ihrem Pensionat in St. Goarshausen, marschierten zu Fuß mit ihren Freunden, die stets in meine Schwestern verliebt waren, schon voraus. Ich trug mit Vorliebe rote Kattunkleidchen, ein geschenktes Klümpchen steckte immer versteckt in einem meiner beiden Täschchen. Ich liebte meine Mama inbrünstig, sie war meine Freundin, mein Heiligenbild, meine Stärkung, meine Absolution, mein Kaiser.

Wie sie sah sicherlich Napoleon Bonaparte aus, darum hatte sie auch eine Napoleon-Sammlung. Mein Papa war einer von den Jungens, mit denen ich Räuber und Gendarms spielte. Und seine Autorität bewahrte er sich immer wieder, da er mir nach dem Sturm eines Streites eine Düte Bonbons zu kaufen pflegte. Wir gingen zusammen in den Zirkus, aber wehe, wenn ich lange machte mit dem Anziehen und wir im letzten Moment kamen und ich dann noch dazu »nochmal – mußte« – wir die erste Nummer versäumten. Er brummte dann die ganze Vorstellung lang und verfluchte mich.

Für sein Fluchen hatte er schon zu Hause von den Eltern Haue bekommen. Wenn auch die Bauern in Westfalen ihn dafür liebten, wo er geboren wurde als vierter Sohn der 23 Kinder. Mit drei Jahren sprang er schon über die Tierhecken und machte alle Streiche, die man zu machen hat als Junge. Für das Theater in Elberfeld hatte mein Vater ein besonderes Faible. Brachte er zu Tische auch nicht immer Schauspieler nach Hause, so waren es mindestens Kunstreiter. Es mußte dann gehext werden, ein, zwei, drei Gänge mehr, und dem August von Renz legte er stets ein Knallbonbon in die Serviette. Mein lieber Vater, meine teure Mutter, in der seltsamen dunklen Arbeiterstadt mit den Tausenden von Schornsteinen über dem Wuppertal in den Rheinlanden! Einsam wandle ich nun durch die engen berückenden Straßen, steige die vielen Hügel hinan, plötzlich steht eine hohe Treppe vor einem, angelangt blickt man in einen Garten voller Veilchen und die wunderbaren lilaen Schaumkrautwiesen! In meinem Heimathause wohnen nun viele Parteien, doch wenn sich das Abendrot, Rubinen des Himmels in seinen Fenstern spiegelt, ist es mir, der Engel Gabriel bewache es ganz allein. Ja, das tröstet mich. Ich lege auf das Grab meiner Mutter ihre Lieblingsblume, das waren Reseden, bringe meinem Vater Veilchen und unter der gebrochenen Säule schläft der jüngste meiner Brüder, ein Heiliger, schön wie Apollon – er starb reinen Herzens. In der Nähe meiner Eltern liegt meine kleine Freundin Hanni begraben. Ich erbte ihre Puppe: Ingeborg. Die hatte blaue Augen wie sie und ein Kettchen um den Hals wie sie. Wenn das große Tor des alten Judenfriedhofes sich hinter mir schließt, ist wieder ein Tag vergangen. Späte Sonne geleitet mich sorgsam die vielen Stufen herab bis in das Innere der lebhaften Stadt Elberfeld.

Die Eisenbahn

Oben auf dem Oller, wie die Wuppertaler die Bodenkammern zu nennen pflegen, befand sich das Laboratorium meines jüngsten Bruders, »das Giftzimmer«, darin Flaschen mit verschiedenartigen Salzen und Säuren und allerlei Chemikalien seltsamsten Farbeninhalts standen. Namentlich die grünspangelben Schwefelwürfel wirkten auf mich faszinierend. Mit Chemie und Naturwissenschaft beschäftigte sich mein Bruder mit Vorliebe, aber auch kleine Lokomotiven zu bauen, machte ihm große Freude. Man hörte sie schon im untersten Treppenhaus pfeifen. Manchmal rief er mich in sein

Laboratorium, wenn die niedlichen Räder der Dampfmaschine, wie die einer D-Zuglokomotive im vollen Tempo über die Schienen rund um den breiten Tisch, durch den kleinen St. Gotthard, den mein Bruder ebenfalls gebaut und durchbrochen hatte, rasten. Meine zwei zierlichen Wachspuppenzwillinge: beide hießen sie Meta, durfte ich in den Wagen I. Klasse setzen, eigens für sie angehängt. Nur vor den Flaschen hatte ich eine unerklärliche Angst... in der blauen... saß ein Gespenst... Wenn mein Bruder die eine oder andere öffnete, roch es so giftig in der Luft, ich glaubte ersticken zu müssen. Aber er war ein Zauberer, denn er konnte aus grün und gelb blau zaubern und wieder zurück. Zwei Säuren, die er zusammengoß, wurden auf einmal lila und ein Tropfen vom Salpeter genügte, um aus Lila Rot zu verwandeln. Auf den Eckbrettern lagen übereinander griechische und lateinische Bücher und eine alte mächtige Bibel in weißen verwitterten Lederdeckeln. Mein Bruder war fromm. Doch mich interessierten seine Herbarien mit den zarten Zittergräsern und sorgsam getrockneten Blumen, Winden, Wicken und Weißdorn und eine große Königskerze. Im Glasschrank stand seine Münzensammlung, manche waren schon verrostet, und seine herrliche Steinsammlung. Der große Lapislazuli hatte es mir angetan und der Kristall – noch im Berg. Wenn es Abend wurde, machte mein Bruder seine Aufgaben. Er besuchte die Prima im Gymnasium und gab mir Nachhilfestunden, denn ich träumte zuviel in der Schule. Addieren und multiplizieren konnte ich halbwegs bis 100, in der Geographie wußte ich nur die Städte und Flüsse, wo ich schon gewesen war, oder das Meer, darin ich geplätschert hatte. Mein Bruder aber besaß eine Himmelsgeduld, und zum Schluß erzählte er mir immer wieder meine Lieblingsgeschichte von Joseph und seinen Brüdern und zeigte mir das Bild dazu, wie er verkauft wurde. Eines Tages im Winter am Sonntag starb mein Bruder. Genau wie er zu unserer teuren Mutter gesagt hatte – am Sonntag. Ein Heiligenschein lag um seine Sonnenhaare – er lächelte, er war reinen Herzens gewesen und schaute den lieben Gott. Ich trug einen Flor um den kleinen Arm und eine lange Kette mit schwarzen Glasperlen um den Hals. Die Kinder in der Schule beneideten mich heimlich darum, und ich kam mir so erwachsen vor. Aber einmal in der Frühe, ich schlief noch, stand mein toter Bruder vor meinem Bettchen und nahm mich bei der Hand. Wir stiegen bis auf den Oller in das Giftzimmer, dort goß er Spiritus in den Kessel der Lokomotive, genau wie ein Heizer; dann raste sie nur so über die Schienen – und er sagte zu mir: »Die großen Lokomotiven führen in alle Städte, ja, in alle Länder der Welt, aber diese kleine bis in den Himmel hinein.«

Freundschaft und Liebe

Wenn man keine Mutter mehr hat, in deren Liebe sich Himmel und Erde verklären, wünscht man sich sehnlichst einen guten Freund, eine gute Freundin. Man weiß allerdings, »ist man sich Freund«, wen man hat! An Eigentreue erlebt man selten eine Enttäuschung; kann man sich auch manche Dummheit nicht verzeihen. Trotzdem meine Dummheiten an Wert meine Klugheiten weit übertreffen. Ich bin sogar stolz auf meine Dummheiten: »Eine Seele und – kein Gedanke, ein Herz und ein Bienenschlag.« Ein bißchen langweilig wird man sich ja mit der Zeit, aber wer nähme mit »Sich« nicht schon vorlieb? Doch die Erfüllung aller Sehnsucht nach Freundschaft bedeutet, die Begegnung seines zweiten Gesichts. Den Freund verlangt es immer, im Freund sein Ebenbild zu sehen, wie der Liebende in der Herzallerliebsten seine Vollendung. Erinnern Sie sich noch, wenn auf dem Schulplatz der Schulgefährte keine Lust zeigte, an Ihrem Spiel teilzunehmen? Nicht umsonst ärgerte man sich über den »Spielverderber«! Man schließt im Leben öfters, sogar – »ewige« Freundschaft, und ich glaube auch nicht an die besungene »einmalige« Liebe. Allerdings bewegt sich jede neuaufgegangene in ihrer eigenen Farbe, doch stets in gleicher Hingabe und Himmelhochjauchzen. Jedesmal, wenn ich dem Señor Paolo, dem Konsul von Mexiko, am Lago Maggiore begegnete, schlossen sich, geblendet von seiner olivengoldenen Ausstrahlung, meine ihn bewundernden Augen. So liebte ich auch einmal einen »himmelblauen« Menschen. Ich kenne auch einen heiligen Dichter, der mitten in meinem Zimmer auf meinem Teppichplatz steht: ein lila Fliederstrauch. Sind oder wirken nicht oft Töne rosa, braun und altsilber oder wie orangefarben? Wie ist das zu erklären? Eines weiß ich, man sollte die Liebe königlicher beherbergen, die Freundschaft indianischer. Jede Liebe, jede Freundschaft, die bestanden wird, dient zum Vorbild der Welt. Die Liebe vor allen Dingen, da sie nicht von dieser Welt ist, ihr Verbleiben nicht in unserer Macht liegt. Die Flamme der Freundschaft hingegen wir noch zu schüren vermögen. Wie eine Sturmbraut naht die Liebe von Liebwest oder wie Palmensäuseln aus der Morgenlandferne. Ein Komet ist sie mit allen Verheißungen, steht man von ihr umarmt ganz im Lichte. Eine Sternschnuppe, überraschend, taucht die Liebe unsichtbar in das willenlos verzauberte Herz. Eine Himmelsschnuppe! Der Tropfen eines zerborstenen Himmels versüßt unser Blut und färbt unser Herz blau. Die Liebe ist ein Zustand, in den man durch himmlische Geschehnisse versetzt wird. Ein Zustand vor oder nach dem Tode: beglückende, in Herz sich senkende Atmosphäre. Ein Engel, zweier sich verschmolzener Blicke. Die Freundschaft aber ist: von dieser Welt. Wir sind ihr gewachsen; in unserer Macht liegt es, sie aufblühen oder verwelken, sie glühen oder erkalten zu lassen. Ihre Lebensdauer richtet sich nach dem Zeiger des gegenseitigen Vertrauens. Die Liebe hingegen wird vom Jenseits betreut. Sie hindern oder eigenmächtig anlocken zu wollen, vergebliche Müh'! Die Liebe ist ein von allerhöchsten Höhen geweihter Zustand, den man wie Duft über sich kommen lassen sollte. Man rühre an die Liebe nicht ... Den Freunden aber rate ich, sich ganz und gar ihrer Freundschaft zu bemächtigen, ihr ist, wie man sagt, beizukommen! Freundschaft läßt sich gewinnen, Freunde haben es in der Hand, ihre Freundschaft zu befestigen durch Beweise gegenseitiger Treue. Ein altbewährtes Sprichwort meint außerdem: »Geschenke erhalten die

Freundschaft.« Aber die Liebe läßt sich selbst nicht mit dem Rubin des Herzens erkaufen. Und ich verspotte den Kavalier, der – handelt es sich um den Erfolg reiner Liebe – durch Juwelen das Herz seiner Dame zu erobern gedenkt. Die Liebende oder der Liebende sehnt sich, im liebreichsten Rahmen die Seele des Andern verkörpert zu besitzen. Für die Kamelie über dem Herzen des Señors hätte ich die Hälfte meines Lebens gegeben. Und nicht willkürlich heißt es: »Ehen werden im Himmel geschlossen.« Allerdings nur die vom Himmel zur Erde herbeigeführten. Zwei sich küssende Augen bringen den Engel der Liebe zur Welt, den beseligenden Zustand über zwei Herzen. Wie aber erklärt man sich eine einseitige, sogenannte »unglückliche« Liebe? Eine Liebe, die unerwidert bleibt. Vereitelt ein Unglücksfall, ein himmlischer natürlich, das hohe Geschehnis? Bleibt ja auch in unzähligen Fällen Irdisches unvollendet. Unterbricht etwa eine Gegenkraft den zauberhaften Liebesstrom vom auserwählten Menschen zum auserwählten Menschen? Brachen dem Liebesengel die Schwingen, oder wer hemmte das Glück, bevor es sich vollendete? Mit Vorliebe spielt nicht selten der Bote der Liebe Zweibeiden einen Streich. Kupido nannten die Griechen ihren kleinen Liebesgott, verkörperten den Schützen des Herzens. Wir geben uns keine Mühe heutzutage mehr, ihn den Schelm unverkörpert uns zu erklären und zu begreifen. Und doch verdankt man ihm manchmal einen sogenannten Treffer. Wer hätte nicht schon einige Menschen zu gleicher Zeit geliebt? Sterben läßt sichs »natürlichen Todes« an der Massenliebe so leicht nicht, noch selig werden. Soviel Herzzerbrechen sich Liebende über die Liebe, soviel Kopfzerbrechen pflegen sich Freunde über das Problem ihrer Freundschaft zu machen. In Gefahren üben sie sich, einander beizustehen, im Spiel des Gesprächs mit Worten geschickt zu gaukeln. Sie suchen sich nicht allein in ihren Handlungen zu gleichen, auch immer wieder in ihren Wünschen, treue Indianer, auf ein Kupferhaar, auf ein Schwarzhaar, aber in der Pointe gleiche Farbe bekennen: Der blaue Jaguar! Der blonde Tiger! Der Freund erblickt den Freund im

Rost der Einigkeit, die Liebenden schauen sich gegenseitig im Spiegel des Bachs. – Der Liebe, der keine Ouvertüre vorausspielt, mangelt die Verbeugung. Weiß dennoch zu hochachten, wenn sich zwei Menschen, von der Kraft des Rausches überwältigt, in die Arme sinken. Gibt es noch so etwas Elementares? Auch noch in leichtester Form? Wer macht heut noch Fensterpromenade? Ich habe es mir nie abgewöhnen können, aber – es sitzt niemand am Fenster. Geläufiger sind die Fassadenkletterer! An gemeinsamer Gefahr und am Spiel zweier Freunde stärkt sich die Freundschaft, aber nicht ein Jota mindert oder erhöht den Grad der Liebe jedwedes Bemühen. Außerdem gebricht es der heutigen Zeit an Zeit für Ouvertüren oder Vorspielen der Liebe. Was hat im Grunde die Liebe mit dem Fortkommen zu tun; längst überwundene Träumereien! Handelte es sich noch um die große Freundschaft, um Freunde, die sich gegenseitig fördern. Und ich kann es doch nicht lassen, auch von der Liebe zu sprechen, ist sie inbrünstig, welcher Art auch, hört!! so krönt sie die Welt. Man sollte sich bewußt werden, der Wunderblume, – die am Rande oder inmitten des Herzens aufgegangen, ihr Hauch betäubt den Alltag und entwertet alle unsere anderen Neigungen. Aus sich schöpft die Liebe ihre Lebensfähigkeit, wie der Stern sein Licht, die Sonne ihre Wärme. Gerade diese große Reinheit und Einheit erhebt die wirkliche Liebe über jedes andere Empfinden, sie geht nicht auf Raub von Reizen aus. Man wundert sich ja des öfteren, wie gerade dieser, jene lieben kann? Und umgekehrt. Die Liebe ist eine Himmelsschnuppe, ein Stückchen zerborstener Himmel, das unversehens ins Zweiherze fällt und himmelhochjauchzenden Zustand verströmt. Furchtbare Krisen aber hinterläßt der Liebe Verfall. Dem an Liebe verarmten Menschen schlägt das Herz über dem Kopf zusammen. Er dünkte sich gestern noch für den wahren Krösus dieser Welt, und der Bankrott der Liebe trifft ihn schwer. Die Frau, die man himmlisch geliebt und mit erlösten Augen, von Erdenschwere befreit, bis dahin anbetete, präsentiert sich nun in ihrer Sterblichkeit jäh! Solche Liebesschläge gleichen Operationen, die große Narben hinterlassen. Ganz anders, wenn sich das Band der Liebe nach höherem Willen löst, organisch wie Beete, die sich vom Sommer trennen, zerfallen; die feiern mit dem verlustigen Herzen des Sommertags liebenden Abschied. Ursache geht nie einer erkaltenden Liebe voraus. Alle die hervorgebrachten Gründe sind Vorwände. Die Liebe moralisiert ja nicht. Laster wird zur Tugend im Bereich der Liebenden. Von der Liebe entblößt, die sich zur Königin erhob – wer bist du jetzt und wer ist er in seinem Alltagsnebel, der noch vor kurzem wetterleuchtete? Die Freundschaft aber ist aufzurichten. Zwei sich verlorengegangene, sich wiederfindende Freunde bauen über den Spalt ihrer Freundschaft eiserne Brücken. Meinungsverschiedenheiten, die nicht Launen verursachten, stärken das Rückgrat der Freundschaft. Die Laune aber ist der Freundschaft laues Laster, Großzügigkeit des Bündnisses Tugend. Freunde bekommen sich, wie man sagt, über! Falls sie keine gemeinsamen Interessen zur Unterhaltung finden. Den Liebenden hingegen fallen Mond und Sterne in den Schoß und schweigen ... Die Liebe gedeiht am besten unter der Knospe des ungesprochenen Wortes. Die Freunde müssen sich hörbarer mitteilen und sehnen sich täglich ähnlicher zu werden. Die Liebenden unähnlicher; gegenseitiges Bewundern; der Paragraph der Liebe! Ihn sollten die Liebenden beherzigen. Immer wieder neu erschaffene Perspektiven schaffen! Den Flügeln der Liebe den Raum noch erweitern. Stundenlang saß ich schweigend mit dem »blauen Wundermenschen« – am Brunnen »vor dem Tore« – und Verschmelzung traute unserer beiden Liebesherzen.

Ich möchte ewig schweigen
Einen Tod und ein Leben lang,
Wie in den Saiten der Geigen
Noch ungespielter Gesang.
Ich liebe die blauen Blumen
Im hohen Zittergras
Und deine blaue Seele
Unter blauem Glas.

Aber an meinen Freund, mit dem man sozusagen eingequasselt ist, schreibe ich ähnliches in folgender Fassung:

Ich möcht' mich unterhalten
Mit dir von abends bis früh.
Komm! alles ist wieder beim alten;
Ich langweil' mich nämlich wie nie.
Ich liebe das Meer, das nasse,
In seinem Paradebett,
Und bist du nicht bei Kasse,
Ich pumpe dir das Billett.

Auch Ihrer Freundschaft verschreibe ich, sie auf die Probe zu stellen, eine gemeinsame Reise. Was man im gewohnten Tempo des Lebens nicht erfährt, kommt oft im losgelösten Dahinsausen der Welt, das die Eisenbahn bedeutet, ans Licht. Oder – der große Flug gelingt! Reiseverwandt kehren sie beide heim. – Überdauernde Freundschaften, selten die tiefsten, entstammen den Kinderjahren. Erinnerungsgolden hämmern mannigfache Geschehnisse zwei zu Menschen gewordene Kinder zusammen. Die Folgen verschiedenartiger Milieu- und Lebensführungen vermögen die Jugendfreunde nicht zu trennen, im Gegenteil, des Gereifteren Freundschaft verwandelt sich seinem Spielgefährten gegenüber in Brüderlichkeit. Hingegen sich zwei Menschen oft, die sich inbrünstig liebten, nach Jahren verständnislos zu begegnen pflegen. Die Liebe bedeutet ihnen in der Erinnerung nur ein überstandenes »Erlebnis«. Wir aber, die wir die Liebe als das Paradies erkannten, fühlen, daß uns selbst noch seine Finsternis, das Erlöschen der Liebe, – himmlisch verbindet. Die Liebesfinsternis des Herzens erlebt jeder Mensch einmal im Leben. Daß man nicht an der Folge stirbt, begreife ich bis heute noch nicht. Eben noch von der Liebe besessen, grundlos schon von ihr vergessen! Augen, die mir Heimat waren, verschließen sich für ewig. Der bleierne Morgen der Gleichgültigkeit geht rücksichtslos über meinem Leben auf. Wir trennten uns, da es kühl in unserem Herzen wurde und dunkel ... Diese Ursache allein erklärt eine natürliche Trennung. Darum schon ist die Liebesehe, ob wildblühend oder umzäunt, die eigentliche Verkunftsehe. Wer vermag noch zu lieben mit der Liebe, wie sie vom Himmel fällt? Und wer kann noch Freund dem Freund sein?

Konzert

Ich hörte die Bäume mit Orchesterbegleitung des Meeres rauschen; September war es, und der Tag legte sich mit mir zeitiger nieder, schwärmerisch zum Konzert. Ein neues Herbstlied blies der Herbststurm in die laubigen Dudelsäcke der Kastanien, und noch in der Frühe tanzten die kindlichen Wolkengebilde über den Rücken der Welt. Dann kam die kleine Sonne im goldpunktierten Spielkleidchen. Auf die Erde zu scheinen, bedeutet jedesmal für sie: Mit dem großen Erdball spielen!! Ach, es war ja soviel trübe gewesen im Sommer, aber nun hielt sie endlich wieder die liebesbedürftige Erde in ihren spiellustigen Strahlenhänden. Wir, die wir beisammen saßen, jahresmüde, froren auf einmal nicht mehr und dachten: Was das Goldkind doch vermag! Oft habe ich es brennend schreien hören nach seiner dunklen Erdfreundin hinter der Pforte seines himmlischen Spielzimmers. Das glaubt mir kein Mensch. Aber alle Wetterberichte scheitern am Fels der Offenbarung. Nur der Frosch hat das Talent mit auf die Welt gebracht. Seine Prognose, was Wetter anbetrifft, stimmt auf ein Froschschenkel! Und man sollte sich des grünen Professors Prophezeiungen ernster zu Gemüte ziehen. Ich bin verliebt in die Welt! Das gehört dazu, ihre Sprache zu verstehen, ihre Taten zu erkennen. Das Geheimnisvolle, die Mystik, wie der Mensch das Gewebe nennt, das er selbst, fremd der Dinge, über die Schöpfung webt und ihre Pore verstopft, entstand aus der Trägheit seines Denkens und Empfindens. Das kleinste Tier schüttelt darüber den Kopf. Die Welt – hört! Steht von Anbeginn für die Geschöpfe, für jedes Blatt, jeden Kiesel, jeden Tropfen der Gewässer, und für das winzigste Sandkorn des Strandes weit geöffnet zum Hineingucken – ins glitzernde Riesenei. Die Welt ist Ostern! Aber auch durch die Schale der Schöpfung vermögen wir zu sehen, allerdings nur mit keuschem Gesicht. »Wer reinen Herzens ist, wird Gott schauen.« Immer fallen Sterne auf die Erde, denn alles ist ausgebrütet, glühende Sterne, aber auch weiße kommen aus den Höhen und bedecken die müde Welt behütend zu. Der liebe Gott fragte mich einmal im Traum: »Gefällt dir meine Welt? Dann will ich sie dir schenken!« Seitdem gehört sie mir, und seitdem habe ich grenzenlos zu tun. Nämlich – sie immer anzublicken. Fiel mir doch die Schöpfung geradezu in den Schoß. Wie müdet sich dagegen das Geschöpf ab, sie einzuatmen, die überschäumende Welt zu leeren. Ich aber beginne von den hohen Bäumen, den laubigen Erzvätern, besonders den großblattohrigen, viel zu lernen. Mir hilft kein Sträuben; der strenge Frost holt mich, aber auch der tyrannische Sturm, genau wie der holde Julivogel in die Aula der Welt. Jeder Sonnenfleck huscht tänzelnd über meine Hände, und der Spätsommer sucht mit mir Kerne an den Sträuchern der Buchäcker. Die esse ich so gern! Wirklich, ich könnte keinen Zweig mehr vom Lenz pflücken, und doch goß jüngst ein junger Baum seine Pracht über mich, zauberte aus meinem dunklen Gewand ein weißes Kleid. Verwachsener mit dem Erdreich und kraftvoller im Mark ist der Baum, und gütiger und vernünftiger als der Mensch. Welche Sorgfalt alljährlich übt in ihrer Grundfarbe die Pflanze auf die anderen Lebewesen der Welt. Der kleinste Busch, das zierlichste Blatt – wir übersehen das nur gewohnheitsgemäß. In der frischen, lichtgrünen Nuance des Frühlings ebenso wie in der gedämpften Juli- und Augustschattierung stärkt sich unser Auge. Aber auch durch des Herbstes Mannigfaltigkeit erweitert sich aller Geschöpfe Geruchssinn am Narden der sich ablösenden lichten und dunklen Baumrinden – und alles beginnt zu atmen mit Andacht. Das ist es ja! Der Vogel erschrickt bei deinem Wort, ein fremder Laut im Testament seines Gezwitschers. Still sein im Walde, nur die Liebe ist erlaubt – wir küssen uns … Der Leib, in dem die

Seele wohnt, zerfiele vor der Zeit ohne des Herbstes Mörtel oder ohne das erwärmende Spiel der Sonne. Früher spielte die Seele mit dem Leib, wie die Sonne mit der Erde heute noch tut: Ball. Es ist ja alles Ebenbild Gottes – und darum sollte man sich vorsehen in der Welt, etwas zu beflecken – überall möchte ja von der Gottseele einströmen und vermag sich doch nur in den klaren Stellen widerzuspiegeln. Vielleicht begehe ich eine Indiskretion, da ich das Geheimnis des Menschen und seiner Welt verrate. Der Leib ist nur Illusion. Und auch den Körper der Welt erdichtete die erste Menschenseele. Der ist zähe und jedem Stoß gefeit. Aber wenn du einmal ein Erdbeben verspüren solltest, ein vorübergehender Zweifel der Seele an ihrer Weltillusion, denke an mich und verschlingt dich auch der Erdleib, um dich nach Augenblicken wieder auszuspeien. Das kindliche Wechselspiel der noch jungen Seele hieß: Sich verkörpern und entkernen! Der lallende Reim wurde blutiger Ernst. Aber so erklärt sich das Wunder der Fakire, überhaupt aller Heiligen, des Balchem und der anderen Wunderrabbiner, die durch Enthaltsamkeit den bezwungenen Leib zu entbrennen vermochten. Die Kabbala sagt: »Der erste Mensch lag ein Schein über die Welt gebreitet.« Die Kabala ist der geistige Garten, etwa der göttliche Plan des Paradieses. Darin wir heute auch noch leben, von leiblicher Vorspiegelung dumpf umfangen in Gestalt angenommener Edenwelt. Das ist die Urtragik der Menschenseele, daß sein erdichteter Koloß sie gefährdet. Ihn abzuwälzen, zögert selbst oft lange der Tod. Hüte deinen Palast aus wachsender Illusion pochendem Fleische gut! Aber auch der Dichter vermag schon bei Lebzeiten die hartnäckige Strophe von seiner Seele zu streichen. Diesen Zustand nennt man: Inspiration: Platzmachen für Gott! Vor allen Dingen aber hebt das inbrünstige Gebet, Beten macht stark, die sehnsüchtige Seele aus ihrer nächtlichen Illusion und hüllt sie in ein sabbatliches Flügelkleid. Das Gebet soll dich befreien. Dein Glauben sei ein fröhlicher! König David tanzte voran im Zuge vor der Bundeslade. – Genau wie mein Körper mir im Licht steht, so steht der Weltseele erdichteter Weltkörper ihr im Wege. Man könnte ein drittes Testament darüber schreiben. Vielleicht weinte dann wieder einmal ein Geschöpf über das verlorene Paradies. Gibt es etwa noch einen kleinen Paradiesfleck, der sich nicht der Illusion Verdichtung unterwarf? Vielleicht wartet ein Eden auf dich hinter der Hecke der Erleuchtung dieser hellseherischen Stunde. Schon im Traume der Liebe von Stiefempfindungen befreit, lösen sich süßschmerzend die Horizonte um deine Seele; doch ihren Leib als willkürliche Dichtung zu begreifen, hieße ihn ebenso fahrlässig dichten, als ihn zu verwerfen. Die Körperwerdung beweist das Vorhandensein der Seele, da nicht einmal ein Weizenkorn Gestalt annehmen kann, ohne der Seele Vorhandensein. Was sich von Gottseele ablöst, wird Geschöpf, will wohnen. So sucht die abgestoßene Seele Heimat in der Schale ihrer Illusion. – Wieder schreitet das Meer über mich. Ich eile in mein Haus, zünde die Kerze an auf meinem Tisch, denn ich zittere vor der dämmernden Abendstunde. Ich glaubte eher zu sterben als mein Kind und hinterließ ihm der Reliquie Vers:

Es brennt ein feierlicher Stern . . .
Ein Engel hat ihn für mich angezündet.
Ich sah nie unsere heilige Stadt im Herrn,
Sie rief mich oft im Traum des Windes.

Ich bin gestorben, meine Augen schimmern fern,
Mein Leib zerfällt und meine Seele mündet
In die Träne meines nun verwaisten Kindes,
Wieder neu gesät in seinem weichen Kern.

Ich träume – Wellen dringen durch die Wände meines Zimmers, durch den Spalt der Türe. Ich eile an das Gewässer. Ein Seevögelpaar nimmt mich in seine Mitte – denn – ich habe keine Eltern mehr. Wir schweben über den brausenden Champagner in die weite, weite Welt. März ist es geworden. Der große Schneemann steht schwer beleidigt vor der Frühlingstür. Manchmal schneit er, noch mit Krokodilstränenreif vermischt, die Welt zu ärgern, doch der Lenz läßt sich nicht von ihm einschüchtern. Auf dem Beerenbaum vor meinem

Fenster sind die Korallen eingeschrumpft. Nur eine wartet noch auf eine weiße Dohle zur Hochzeitsgabe. Die Korallen der Bäume, die Nadeln der Fichte und die wenigen noch silberbraunen Blätter der Pappel waren im Winter meiner Augen Spielfreude. Die Spatzen weckten mich in aller Frühe, kamen nur deswegen vom Himmel herab. Ich bin verliebt in die Welt. Auch in ihre Illusion, die hat ihre Berechtigung. Frage Gott selbst! Mich verlangte es nur, meine Gedanken und Gefühle zu inkarnieren, sie in Wort zu kleiden. Darum zerstöre nicht meine Illusion, »ich komme sonst aus dem Häuschen«, und ich möchte doch den Sommer von Körper zu Körper erleben in seiner ganzen verschwenderischen Gestalt.

Das heilige Abendmahl

»Es war aus zartem Holz ein Tisch, um den Jesus von Nazareth mit den Jüngern das heilige Abendmahl feierte, seines Herzens überflutende fromme Rose den Freunden reichte, ihnen mit dieser innigsten, stärksten Umarmung das ewige Leben schenkte, eine Heimat bereitete, ja den Himmel kredenzte den herben zwölf Juden. Nur einer hatte seine ehrgeizige Seele nicht weit und bereit aufgetan und war erstickt an so viel Gott.«

Das erzählten wir uns behutsam in einem verlorenen Winkel des Kaffeehauses, und die vielen lärmenden, geschäftigen Leute vor uns bemerkten nicht die Sonne, die durch unsere Herzen ging und ihre Welt verdunkelte. Wir aber waren geheiligt vom Boden aufgehoben, schwebten vor Ergriffenheit. Du, Arib, sahst aus wie der junge St. Petrus, und Wachholderkarl, du, wie St. Matthäus, und der kleine Doktor Silber, ein freudiger Jünger einer – und ich, wer war ich, die ich schon als Kind an das große Geheimnis dieser Stunde des Abendmahles pochte? Das gelbe, bittere Hopfengetränk in deinem Glase, Arib, verwandelte sich in verhaltenes, glühendes Blut. Arib, du hobst die – Schale an deine harten Lippen und trankst, reichtest dann das Rosenblut Gottes unserm holden Spielgefährten; er trank. Aus seinem Liebreichtum empfing St. Silber das geheiligte Glas und trank. Und ich, Arib, nahm aus deiner vertrauenden Hand den riesengroßen Pokal lächelnd wie einen spielenden Bach am Mittag des Abendmahls und trank ein Meer des Trostes und zitternden Einsseins mit euch in Gott und ewigen Lebens. Uns wurde das Wunder offenbart, der Flügelschlag, der jedes Tor öffnet und die Luft vom Aussatz heilt. Zwölf Menschen bereiten sich immer wieder auf Erden aus Liebe und erfüllen die Liebe, es sind die großen schlichten Judenjünger des Gottessohnes, der vom blauen Berg des Himmels in demütigen Schritten zur Erde stieg, den Menschen zu sagen, sie sollen sich lieben untereinander. Einer seiner Apostel war der St. Judas Ischariot. Gesühnt starb er am Baum. Aber vor der Spur seiner Lippen am Rande der Gottesschale, daraus er seines heiligsten Rabbunis Wein trank, hüte man sich. Sie vergiftet das Herz mit Verrat. – Einer von uns, meine verlorenen Spielgefährten, von uns vier Aposteln, einer streifte arglos diesen Pfad des lebendigen Glases in der Andacht des Trinkens. Ich nehme die Ungeheuerlichkeit ungestritten, um der Liebe willen, auf mich. Verstoßen aber feiere ich jeden Abend mit euch in Gedanken das heilige kleine Abendmahl am runden Holztischchen, das Gebet des ehrwürdigsten Blutes, das Fest des ewigen Lebens:

Nicht die tote Ruhe –
Bin nach einer stillen Nacht schon ausgeruht.
O, ich atme Geschlafenes aus,
Den Mond noch wiegend
Zwischen meinen Lippen.

Nicht den Todesschlaf –
Schon im Gespräch mit euch, himmlisch Konzert,
Ruhe ich aus.
Und neu Leben anstimmt
In meinem Herzen.

Nicht der Überlebenden schwarzer Schritt! –
Zertretene Schlummer zersplittern den Morgen.
Hinter Wolken, verschleierte Sterne
Über Mittag versteckt –
So immer wieder neu uns finden.

In meinem Elternhause nun
Wohnt der Engel Gabriel.
Ich möchte innig mit euch zungenreden,
Selige Ruhe in einem Fest feiern –
Sich die Liebe mischt mit unserm Wort.

Aus mannigfaltigem Abschied
Steigen aneinandergeschmiegt die goldenen Staubfäden,
Und nicht ein Tag ungesüßt bleibt
Zwischen wehmütigem Kuß
Und Wiedersehn.

Nicht die tote Ruhe
So ich liebe im Odem sein.
– Auf Erden mit euch im Himmel schon –
Allfarbig malen auf blauem Grund
Das ewige Leben.

Paradiese

Überall hängt noch ein Fetzen Paradies. Gehst du auch daran vorüber – nur einige Menschen erkennen wieder das schimmernd erhaltene Beet allererster Heimat. Die ganze Welt war einmal … Paradies, eine glühende Melone am Zweig der Ewigkeit und fiel Gott in den Schoß. Bis die Angst das erste Menschenpaar erfaßte, sich unsere paradiesische Welt verfinsterte und aus dem Gleichgewicht kam. Angst dunkelt und Gleichgewichtverlieren erzeugt angstvolle Finsternis. So erlosch die noch zarte Erlichtung im Kelch der Paradieswelt. Blauangedeutet hing der Himmel über die junge Erde, auf der Gott das Wasser vom Land getrennt. Aus einer Handvoll

Erde schuf Er nach Seinem Bilde den ersten Menschen. Hellsieht wohl jeder einmal im Traum, gar im Wachen, jene Landschaft, die ihm vorbekannt erscheint. Aber sie selbst ist es ja gar nicht, die den Träumenden oder den Wanderer überrascht. Es blendet uns immer nur ihre ungetrübte paradiesische Beleuchtung, die unser Auge verlernt hat zu ergreifen, das Urlicht, das innige Gesicht des Ursprungs. Früher zogen wir manchmal durch den Wald. Einmal brach einer von uns jäh zusammen mit dem Ausruf: »Hier war ich ja schon einmal vor dem Leben!!...« Beinahe wäre er uns in den kleinen plätschernden Bach gefallen; kein Hysteriker etwa, der ohnmächtig wurde, aber ein aus seines Herzens kühlstem Grunde hervorgeholter und erwachter Skeptiker. Gerade den überwältigte lähmend der Urblitz der Erkenntnis. Vom Einband der Welt holen sich diese Menschen ihre Weltanschauung. Es sind die Menschen mit der Weltanschauung. Aber die Welt schaut uns an. Wie unkindlich sind eigentlich diese gelehrten Menschen mit der Festlegung ihrer Welt. Nicht wahr? Nur der sich öffnet den Möglichkeiten, zu dem kommen die Möglichkeiten, die Wandlungen der Zeit: Gottvaterlandschaften. Ich will dir noch was erzählen. Eine Indianersage. Kann sein, daß sie wahr ist. Der unwirsche Hirschkäfer bemerkte einmal einen Baum zwischen anderen Bäumen stehen; sie waren eigentlich allgleich und der Wind vermittelte ihre Unterhaltung untereinander. Und als der Indianer dabei war, sich auf dem Gras unter den Ästen des einen Baumes auszustrecken, schlängelte sich eine Flamme über seinen Körper, wie er nie weißer und weiser eine vorher gesehen hatte. Da erkannte er, wie recht seine kupferrote Freundin, »die beflaggte Windeseile«, hat, wenn sie meint: »Es gibt noch was, wovon wir keinen Schimmer haben.« Wie gesagt, fast jeder Mensch erlebt einmal das Gesicht des Paradieses. Ich meine, er erkennt das liebende Licht ungetrübt über unserer Welt. Unser aller Korn war ja schon gesäet am sonnigen Abhang der ersten Menschen und eine Begegnung mit dem Paradiesfetzen bedeutet ein Wiedersehen der Heimat. Überall hängt noch ein Überbleibsel Edens, selbst am

Lärm der Stadt. Ein lichtes Wort, ein magisches Blatt, die silberne Wolke hoch, in der Kleinodie Liebender, im Kusse der Lippe liebentlang. Die noch lichte Welt war die gestaltgewordene Liebe, die junge Gottheit selbst. Wir alle suchen nach dem Fetzen Paradies mit der Inbrunst unserer ganzen Kraft. Sein verfinstertes Licht ist Gottesgeheimnis. Aber das Licht ist die Liebe, die nicht ganz auszulöschen ist. Darum hängt überall noch ein Strahl zauberisch, der deinen Fuß küßt. Hüte sich der Skeptische, daß sein Fetzen Paradies nicht einschrumpft oder bittert auf seiner Wage. Liebe ist nicht zu erwägen.

Wer nicht an einen Menschen sein Paradies verschenken kann, wird seine Liebe auch nur notdürftig der Menge reichen. Darum prahle mir niemand mit seiner Weltenliebe, mag auch der einzelne Mensch nur ein Blutsternlein sein; oft zwar repräsentiert er ein ganzes Volk. Wer vom Paradies lernen will, setze sich unter die Bäume, unter einem einzigen paradiesischen Blatt läßt sich schon säumen. Sein ganzer Zweig sehnt sich nach dem Ewigkeitslichte. Seiner Ehrwürden Pflanzlichkeit dem Ahorn bin ich zum höchsten Dank verpflichtet für seine Paradiesweisheit: das winzigste Leben der Welt sehnt sich zu entdunkeln. Der Fisch erhellt den Fluß, der Berg strebt nach der blauen Wolke Umarmung. Der Plan zur Welt trug schon im Umriß der Liebe erkennendes Licht als Exlibris. Wir alle suchen nach dem Fetzen Paradies, er birgt den ungetrübten Glanz der Welt der Liebe. Alle möchten wir wie Weihnachtsbäume angezündet werden. Wenn schon ein Lichtchen brennt, gar wenn wir ganz im Lichte stehen!! Im Keller aber lagern schon die meisten Menschen, die Armen!! Selbst die Dirne sehnt sich im Unterbewußtsein nach dem Paradiesüberbleibsel. Ihr Gewerbe ist nur Vorwand. Die Liebe ist immer ein psychischer Besitz, die Sexualität ihr Kelch. Die Sexualität zu verwerfen also, hieße den Leib nicht achten, der die Seele beherbergt. Irrig geschieht dies des öfteren. Aber zu verdammen dünkt mich die Sexualität, die nicht nach der Liebe Paradies sucht, ebenso der Körper, der seine Seele ungastlich birgt und verkommen läßt.

Die romantisch angehauchte Jungfrau, sollte es noch ein paar geben, verachte nicht die nächtliche Draufgängerin; die zweite schon jagt im Grunde nur dem Paradiesfetzen nach. Ich lobe mir den Don Juan, der durch alle Herzen hindurch nur die eine Paradiesische sucht! Selbstverständlich gibt es eine Liebe, zubereitet im Liebeslichte Gottostens, die des Kelches nicht bedarf. Sie entsteht im Gespräch, das zum Konzert wird. Solcher Engelwerdung war ich selbst Zeugin. Aus dem Worte der Gottheit prangten die großen Erzengel. Der Paradiesfetzen jeder Lichtnuance hinterläßt dem Offenbarten bedeutsame Spur. Die Folge aber unserer verfinsterten Paradieswelt ist: Kurzsichtigkeit bis zur Blindheit, Fehde, Herrschsucht, Haß und Krieg, und das Erkennen der Liebe scheint nur mager durch die Herzen der Menschen. Aber das Paradies lebt, wenn auch heimlich, in der Ampel der Welt. Nur sein ungetrübter Strahl vermag die Welt wieder zu erlösen, seine Liebe die Menschheit. »In deinem Auge lebt mein Paradies.« Ja, wenn wir alle bemüht wären, den kleinen übriggebliebenen Fetzen Paradies wieder zur Entfaltung zu bringen, spielten wir bald im Paradies. Aber wir Menschen würden uns sicher schon gegenseitig umgestoßen haben, wenn wir nicht wie die Sterne ein astrologisches Gesetz befolgen müssen. Wir müssen doch wohl schon von ehemals her ein Juwel zu bewahren haben, den Rubin der Liebe des Paradieses! Ich kenne Freunde, die an Paradiesangst leiden, einer Angst, die sich nur von der Verfinsterung der Welt ableiten läßt. Dumpfe Gewohnheit unterschlägt der Mehrzahl der Menschen diese Urqual. Gelingt es dem Gequälten, sich umzublättern in die Gegenwart, so genügt das Auflehnen einer kleinen Blutwelle seines Herzens, die vergilbte Seite vom Vorerinnern wieder aufzuschlagen. Und wie es unserer verfinsterten Welt geschah, gerät auch der von Angst verdunkelte Mensch aus dem Gleichgewicht. Wer diese Urqual erlebte, weiß, wie die Erde litt, als ihr der Paradiesschein – die Liebe! – vom Haupte glitt.

St. Laurentius

Am Laurentius-Tag war in meiner Heimatstadt Prozession. Die katholischen Schulkinder hatten dann frei, brauchten nicht in die Schule zu gehen. Aber sie zogen weiße Kleider an und waren an dem Tage – Engel. Große und kleine von der obersten bis zur untersten Schulklasse. Meist fiel der Laurentius gerade auf den Sonntag, dann hatten wir anderen Kinder auch frei, »die lutherischen und die semitischen Kinder«, wie uns das Fräulein zu unterscheiden pflegte. Heute konnten wir wieder zugucken wie sich die katholischen Mitschülerinnen versammelten auf dem katholischen Kirchplatz um die zweitürmige Kirche hinter den rauschenden Kastanienbäumen. Einer blühte fromm, der andere stets ein bißchen stürmisch in den Spätsommer hinein, bis die soliden Kastanien kamen, die ab und zu dem wohlwollend lächelnden Kaplan auf die Schulter fielen. Wir paßten gespannt auf, wenn wir, mit unseren glitzernden Knippsteinchen auf der geputzten Erde hockend, Knippen spielten. Heute aber war ein ganz anderes Bild auf dem katholischen Kirchplatz zu schauen und dazu in den Straßen erst. Auf den Arabesken der Häuserfront, ja auf den Dächern lebensgefährlich saßen die Gymnasiasten und Realschüler. Meine wunderhübsche älteste Schwester tat immer mit; bewundernd betrachtete ich sie, wie couragiert sie am Schornstein gelehnt oben auf einem Schieferdach neben Julius Cäsar, dem intelligenten Oberprimaner, saß, burschikos einen Grashalm zwischen den Lippen wippend. Die kleinen Schulbengels drückten fast die Fensterscheiben der unteren Etagen der Häuserreihen mit ihren hartnäckigen Rücken ein, manchmal klirrte es verhängnisvoll. Die ganze Stadt war im Grunde an der Prozession beteiligt, und die Lutherischen schienen zu Laurentius die Katholischen ganz gern zu haben; genau wie uns Juden am Passahfest wegen der Matzen. Alle Einwohner unserer Stadt Elberfeld machten sich auf die Beine, nur der Karl Krall kam auf seinem »klugen Hans« herbeigeritten, auf dem Rücken seines Pferdes, das rechnen konnte, wie ein mathematischer Professor.

Mein Papa hielt mich an seiner Hand ganz fest, er war äußerst gespannt und aufmerksam gestimmt, atmete heftig immerfort wie Sturmwind. »Ungezogenes Kind!« rügte er mich, »immer mußt du gerade Pipi machen, wenn der Baldachin kommt.« Er stürzte schleunigst mit mir hinter einen Obstkorb, der vergessen war, am Markttag fortzuschaffen. Die Prozessionskinder trugen alle weiße Rosenkränzchen im Haar, und die erwachsenen Engel lange weiße Schleier vom heiligen Gesicht bis zu den Füßen. Auch Nonnen kamen gewallfahrtet vom Kloster Neviges im Morgen nach Elberfeld zur Laurentiusfeier. Die katholischen Kinder flüsterten es sich geheimnisvoll gegenseitig ins Ohr. Die lutherische Religion hatte nämlich in meiner Heimat über die katholische Religion das Übergewicht gewonnen, und immer gab es Streitigkeiten zwischen den Lutherischen und Katholischen, zumal im Wuppertal die lutherische Sekte der Mucker lebte. Doch immer mußten es die Juden am Ende ausfressen, da sie, die kleinste Gemeinde zwischen den Christen, sehr inzüchtig lebten. Nur ming Papa hat nömmes wat gemerkt, ewwer wenn et tum Krawall twischen den Religionen kam, hat er eenfach mitgehauen. Auf mich hatten die Kinder der Mucker einen besonderen Pik, weil ich ein rotes Kleidchen trug. Auch machte ich immer die Augen so weit auf. – Das sähe so gelungen aus und sonderbar, so exotisch... kam gewiß davon, daß ich immer von Josef und seinen Brüdern träumte. »Hepp, hepp«, riefen die lutherischen Kinder, bis die katholischen kleinen Mädchen es ihnen nachahmten. »Hepp, hepp«, erklärte mir der gute mitleidige Herr Kaplan, heiße nur »Jerusalem ist verloren«.

Einmal hatte Jesus Christus in der Nacht im Mond gesessen, ich schlief zwar, aber er kam im Traum zu mir ganz nahe an mein Bett und sagte: »Jerusalem ist nicht verloren, da es in deinem Herzen wohnt.« Das stärkte mich sehr gegen die Übermacht meiner Angreiferinnen. Und einmal rannte mir auf dem Heimweg Adele nach. Adele war eigentlich die, die sich am spöttischen Rufen am intensivsten beteiligte. Aber gerade sie umarmte mich plötzlich, und zwar mitten auf der

Straße, schob ihren Arm in den meinen und ging mit mir unter meinem neuen kleinen kostbaren Regenschirm durch die nassen Gassen. Allerdings, sie kannte mein weißes Kleidchen mit dem Blätterstickereivolant. Kein Kind beschimpfte mich, wenn ich es in der Aula zur Sedanfeier trug. Adele ging immer, ach, so pauvre gekleidet, selbst in der Prozession; trug sie auch auf einem blauen Atlaskissen das Kinderherz Marias. Sie zeigte mir einmal das heilige Ölbild mit viel Goldflitter in der guten Stube ihrer dürftigen Wohnung. Ihr Vater befestigte es jeden Laurentius auf der Fahne. Adele sagte zu mir: »Ich habe dich am liebsten in der Klasse, und ich will niemals mehr hepp, hepp rufen.« Sie war nämlich beichten gegangen, und der Herr Kaplan hatte ihr eine Menge Rosenkränze aufgegeben zur Buße. – Und um Vergebung müsse sie mich bitten. Das gestand sie mir mit ihrem ganzen Herzen, mit ihrer ganzen Kraft und ihrer tränenüberströmten Liebe und der wirklichen Sehnsucht nach einer Freundin. Wir hüpften dann beide durch die Pforte in unser Gärtchen, aßen vom Süßholzbaum und pflückten die paar noch unreifen Haselnüsse. Da zeigte ich Adele unsere Eidechse: Karoline. Mein Vater hatte sie mir für die Grotte unseres Gartenzimmers gekauft. Zuguterletzt kletterten wir eng verschlungen heimlich die vielen Treppen des Treppenhauses bis in mein Schlafzimmer hinauf. Ich zog Adele mein weißes Kleidchen an, es stand ihr herrlich. Sie war ganz bleich, die Arme hielt sie beständig hoch empor, vom hageren Körper entfernt, daß es keinen Fleck bekomme. Ich schenkte ihr noch meine Bernsteinkette und meinen Vergißmeinnichtring und meinen Schokoladenschornsteinfeger und mein Fixierrotweinglas. Darum war Adele am kommenden Laurentiustag das schönste Engelchen im Zuge, und mein Vater betappte mein Händchen, um sich zu vergewissern – er glaubte doch – einen Augenblick, ich sei Adele gewesen. Die aber schritt majestätisch und glorreich, aus der blanken Trompete geblasen, zwischen zwei anderen katholischen Engeln, vor dem Baldachin im Zuge – wahrscheinlich ins Himmelreich.

Der Versöhnungstag

Kein Jude, der nicht an seine Eltern denkt an diesem Tage, dem heiligsten Tage im Jahr. Vater und Mutter war der Versöhnungstag das Wiegenfest der Judenheit. So allen Juden in allen Ländern und Erdteilen und ihren Kindern und Kindeskindern, Kindeskindeskindern. Dieser Tag ist nicht aus der Welt des Juden auszurotten und wird einst vor Gott stehen als sein ebenbildliches Geschöpf. Haß und Streitigkeiten lächeln eingesungen, müde störrische Kinder. An des Versöhnungstages Vorabend schon bewegten wir uns nur noch auf Zehen, die süße Hingabe nicht aufzuscheuchen. Aber auf seinem Damast deckt man den Tisch dem großen Versöhnungsengel, der jedem Judenhause in jedem Jahre von neuem geboren wird. Und der Tochter, dem Sohne, der fern vom Elternhause weilt, mahnt der Versöhnungstag, eine gestaltgewordene Erinnerung. Ihr leuchtet der Stern des Friedens aus der Schläfe. Im Tragkleid trägt der Jude den Versöhnungstag behutsam dem Juden entgegen, auch den anderen Mitmenschen der Stadt, junge, neue Freundschaft knüpfend. Aller Groll zerschmilzt im Herzen; »Händel«, stellt sich heraus, bestand aus Irrtum. Unsere Hände sind an diesem Tage da, sich in eure zu legen. Schirling wächst am Orte der Begegnung, die unausgesöhnt bleibt. Ich denke an Zuhause; die Kerzen wurden schon im Dämmern des Vorabends angezündet, mein Vater fehlte nur noch am friedlichen, blumengeschmückten Tische. Auf seinen Beeten störte keineswegs das durchsichtige, milchweiße Porzellan, auch nicht die duftende Suppe in der Terrine. Meines Vaters unruhige Schritte vernahmen wir schon lange über unseren Köpfen, wenn auch gedämpfter wie Gewohnheit. Er pflegte das ganze erste Stockwerk unseres Hauses zum Ankleiden zu benutzen. Ab und zu schallten erschrockene Flüche eingelullt in einen Psalm aus dem Saal, in den er sich von seinem Schlafzimmer begeben hatte. Aber auch dort gelang es ihm weder im ersten, zweiten, noch dritten Spiegel den Kragenknopf in die kleine Kragenöffnung zu schieben. Entweder war der Knopf über

Nacht dicker geworden oder der Teufel steckte dahinter. Zuerst eilte Dore, »die rote Katze«, unsere Köchin, zur Hilfe, aber man hörte sie sehr bald giftig miauend die Stufen herabschleichen. Sie hatte sogar – einstweilen gekündigt; sie schickte Elise herauf zu Herrn Schüler, die war geduldiger und hörte meinem Vater zu, wenn er ihr die Bedeutung des Versöhnungstages erklärte. Auch wählte sie ihm stets die nichtdrückenden Stiefel aus seinem Regimente Stiefel aus, die alle zwölf Paar kerzengerade blank in Reih und Leder an der Wand sich repräsentierten. Mein Vater liebte schneidige Stiefel, ebenso guten Sitz seines Anzuges. Das schneeweiße Kopf- und Barthaar mit Veilchenseifen gewaschen und gebügelt, die Schnurrbartspitzen gedreht, nahte endlich mein Vater verheißend dem Versöhnungsmahl mit entgleisten heiligen Augen. Wir Kinder konnten uns das Lachen kaum mehr verbeißen, wie er selbst uns lachend rügte wegen der Dinge Ernst. Wir saßen nun rund um den Tisch, nicht wie eine Familie gerade, aber wie eine kleine Welt für sich, jeder von uns ein anders gearteter Mensch aus verschiedenen Blutfarben, die sich wohl ineinandermischten, zum Heil oder Unheil sich wieder absonderten; Länder einig an dem Tage Gottes. Ich war die Jüngste und durfte immer neben meiner angebeteten Mama sitzen, die mir heimlich eine Zuckerfreude ins kleine karierte Kleidertäschchen steckte. Ich fühlte mich wie das ewige Leben neben ihr, die mich mal zur Welt gebracht hatte, und ich erinnerte mich an diesem Abend im warmen Samt des versöhnlichen Zimmers, wie ich auf dem Wiesenhang unter ihrem Herzen spielte. Ach, wenn ich daran zurückdenke, schließen sich meine Augen wieder halbblind, und wenn ich davon dichte, bluten die Buchstaben auf dem Schnee des Papiers. – Zuerst bekam ich stets mein geheiztes Tellerchen gefüllt, dann mein Vater, der liebte Markklöße; heimlich kontrollierte er die Zahl, die mit dem schaufelnden Suppenlöffel in die verschiedenen Teller erbarmungslos entschwanden. Dabei hätte er es nicht bemerkt, wenn die Markklöße aus Mehlpappe geknetet worden wären. – Neben meinem lieben Vater zur Linken schwärmte in Gedanken meine

Schwester Martha Theresia und himmelte mit ihren mandelförmigen Augen im olivenfarbenen Gesicht. Meine zweite Schwester Annamarie, die schönste Blume im Wuppertale, pflegte manchmal ihren Arm durch den starken Husarenarm meines zweiten Bruders zu schieben. Sie hatte so etwas Hilfloses an sich in ihrer Zartheit. Zwischen meinem zweiten und ältesten Bruder, der von seiner Akademie zum Versöhnungstage gereist kam, speiste mein jüngster Bruder Paul Karl Schüler mit großer Bescheidenheit und Freundlichkeit. In dem Jahr er geboren worden, inspirierte meine Mutter die dazumal glühende Schiller-Zeit. Mein Bruder Paul besuchte auch noch die Schule, das Gymnasium, er dichtete lateinisch und griechisch, meine teure Mutter und er lasen sich heimlich im Wohnzimmer gegenseitig ihre Gedichte vor. Mir half er bei meinen Schularbeiten. Das waren Stunden für sich, er lehrte mich in der Naturkunde, gut zu den allerärmsten Menschen zu sein, gequälten Tieren beizustehen. Er nannte mir die Namen aller Steine seiner prachtvoll glitzernden Steinsammlung und oft nahm er mich bei der Hand, stieg mit mir die Anhöhe, an deren Fuß unser Haus lag, bis in den Wald hinauf und pflückte mit mir Bucheckern und Waldbeeren. Er kannte alle Bäume und Sträucher und Blumen, als ob er mit Gott die Welt geschaffen habe. »Zugegen war er sicher,« meinte auf dem Schulhof meine Freundin Emmy, »da er ein Heiliger ist, ein Apollon.« Genau wie Der gezeichnet in unserm Weltgeschichtsbuch ungeheuer vornehm gelehnt an einer Säule stand, sah mein blonder hochgewachsener jüngster Bruder aus. Dem ältesten aber bin ich ein fremdes Kind geblieben, er war viel älter wie ich, und da er sich selten im Elternhause aufhielt, gelang es mir nicht, ihn zwischen uns auf einer Schnur zu reihen. Ich phantasierte mit Hilfe meines Märchenbuchs vom verirrten Königssohn, denn seine Bruderschaft gestaltete sich mir in jedem Jahre schleierhafter und mysteriöser. Bis er mich einmal bei seiner Ankunft zu Hause zwischen Portieren hervorzog, hinter denen ich mich, von seinem faszinierenden Wesen behext, versteckt hatte, und mir einen Schlag wegen meiner Unhöflichkeit, wie ein Magister ermahnend, ins Gesicht gab: »Zum Andenken!« Die Ursache gänzlicher Entfremdung zwischen ihm und mir, zwischen Schwester und Bruder, der Eltern gleichgeliebten Kinder. Ja, meine Geschwister waren alle schön, ähnelten meinen Eltern, und ich konnte das wohl beurteilen, als kleiner, noch ungetrennter Ableger meiner Mutter, die mit mir ihre großen Kinder heimlich bewunderte. – Nach der Suppe kam Fisch in Buttersauce und liebliche Kartoffeln. Jedesmal erkundigte sich mein Vater, ob der Fisch auch kein Aal sei, da Moses ihn verboten habe zu genießen, – weil er von Leichen lebe... Und dann kam Filet, garniert mit Gemüsen, und Mirabellenkompott, das wir zwei Kinder, mein Vater und ich, leidenschaftlich gerne mochten. Und er schien wenigstens nicht zu bemerken, daß meine ältere Schwester ihm mit dem Rest der eingemachten Früchte allesamt seinen Teller füllte, da er weiter dozierte: Man müsse aufhören zu essen, wenn man noch Hunger verspüre; also geraten habe das seinen Eltern und zweiundzwanzig Geschwistern und ihm der berühmte Sanitätsrat seiner Heimat in Westfalen, der Arzt gewesen war über tausend unheilbare Kranke. Bis eine Flamme plötzlich durch die von der Bedienerin geöffnete Türe schlug, den Plumpudding umzüngelte. Meine Mutter liebte, diese illuminierte Speise als Nachtisch reichen zu lassen, und ich war stolz auf dieses vornehme, gefährliche Gericht. Plumpudding mit Feuer und Weinsauce! Zu guter Letzt steckte sich mein Vater, was ihm auch an Alltagen nicht abzugewöhnen war, die große Serviette in die Rocktasche, bedeckte seinen lieben Kopf mit der Hand, der mußte vor Gott aus Demut beim Beten bedeckt sein; murmelte schnell wie vor Schulschluß noch das Ende des Extemporale herunter, unser ehrwürdigstes königliches Gebet:

»Schema jisroël adonâ elohenu adonâ echod.« Worauf er am Arm meiner ältesten Schwester, seiner Tochter Martha Theresia, aus dem Hause durch die Abendstraßen in den Osten der Stadt schritt, in den Synagogentempel. Er hatte längst die Bitte meiner Mutter, sich während der Predigt wenigstens zusammenzunehmen, vergessen. Den Versöhnungstag empfand mein Vater als größte Sensation im Jahr. An diesem Tage vergaß er sogar seine Bauten und Pläne. Mein Vater war der ausgelassenste Mensch gewesen, den ich je im Leben kennengelernt habe, einen Schelm hatte er immer wo auf dem Polster seines roten Herzens sitzen. Er war beileibe nicht frohgemut aus Tiefe (wie ich den Literaten mich fragen höre) – er war ausgelassen aus Breite. Er strömte, er brandete, er zerstörte; es gab kein Hemmnis für seine Laune, und er *konnte* mit dem Kopf durch die Wand. In Fastnachtsschellen begegnete ihm das Leid und die Sorge, und die Freude riß seine Tür aus der Angel. Aber sein Zorn – mächtig konnte er wettern, spielte sich vor drolligen Kulissen ab, die drohten zwar zusammenzustürzen. Oft versteckten mich die Mägde, trotzdem mein Vater nie handgreiflich wurde, in den eingemauerten Küchenschrank, darin die Arbeiter schon parterre beim Bauen ihr Mittagsschläfchen gehalten haben. Es endete dann, im Fall er mich fand, daß ich zur Strafe – nicht zur Schule gehen durfte. Und heute schlug er doch wieder die Synagogentür wie unsere arme Haustür rücksichtslos, nachdem er und meine Schwester ins Innere des heiligen Raumes getreten waren, ins Schloß, und seine Stimme, die jedem Juden eine Schelmerie zu berichten hatte, vernahm man bis auf den hintersten Sitzen der Balkone, auf deren jugendlichsten Martha Theresia zu sitzen pflegte. Und wenn mein Vater seine Tochter im weißen Federhute endlich oben entdeckt hatte, vergaß er sich wieder zu bezwingen, falls ihre Nachbarinnen nicht seinem Geschmack entsprachen.

So störte er den Gottesdienst, ohne diese Sünde zu beabsichtigen, denn er fastete getreulich, ohne Klage, ohne auch nur mit den Gedanken daheim zu weilen, wo das Wasser schon kochte in der Kaffeemaschine zu dem Mokka, den mein Vater zunächst einzunehmen pflegte! Der Stern trat fürsorglich eine Viertelstunde früher aus den Wolken, wie sonst an den Abenden im Jahr, aber auch der christliche Kastellan verspätete sich nicht, der sich an meinen Vater wandte: »Herr Schüler, ech verlier verdeck minne Stellong hier in der jüdischen Kirche, wenn eck önk nich ganz ergebenst heraushol.« Mein Vater nahm das ohneweiteres heiter auf; der Synagogendiener war nämlich der Bruder von seinem alten Ausläufer Robert und wußte schon, was er tat. Er verdiente sich jedesmal einen Taler, wenn er dann auch noch meine Schwester von der Galerie, sie an ihren Fingerspitzen führend, in das kleine Synagogengärtchen meinem Vater behutsam brachte, wo beide auf die Freunde warteten. Ich hatte in der Zeit, wo meine älteste sechzehnjährige Schwester für uns betete, prompt ihren Befehl ausgeführt und des Oberprimaners Signalpfiff erhört: »Steh' ich in finsterer Mitternacht«... Wenn auch mit enttäuschter Miene, statt seine Flamme, die kleine Schwester zu sehn, überreichte er mir doch, meinen Bubenkopf streichelnd, den Schulaufsatz, den er für seine angebetete Martha Theresia jeden Monat zu arbeiten pflegte. Sein Konterfei lag zwischen Deckel und Seite. Ich kam mir unendlich wichtig vor als postillon d'amour, manchmal verwechselte ich zwar die Signale, denn in einem der Häuser, das an unsere kleine Gasse (Schülersgasse) grenzte, barg noch einen Verehrer, den meiner zweiten Schwester, mit den herabhängenden Kastanienhaaren. Walters Herz entschwebte schon um sechs Uhr seinem ruhelosen Busen und sang: »Ich hab dein Bild im Traum gesehn...« Der David-Stern unter der Stirn der Kuppel des heiligen Gottespalastes sandte seine Strahlen aus, in der Zeit die Juden den Tempel verließen, und noch heute glaube ich an seine Ausbreitung, da meine Augen wachgeöffnet ihn erschauen. Mit schlichter Andacht singt der Vorsänger, der heilige Mann, vor dem Altar über die Tora gebeugt, die Psalmen sternenalter Versöhnung. Es ist schön, Jude zu sein, ist man ihm nie aus dem Weg gegangen, um eher das Ziel zu erreichen, ist man ihm treu geblieben und mit ihm verwachsen, von keiner äußeren Nichtigkeit verführt, aber vom Jordan umspült. Wer vermag mich zu entreißen dem uralten Jehovagebein, dem unerschütterlichen Fels! Prüfungen besteht der Jude täglich, Schmach schmeckt seinem Gaumen bitter, aber es entstehen Kräfte aus ihr, doch nicht jedem Juden gelingt es, den Erzduft im Blute zu erhalten. Messias, der schon einmal auf Erden wandelte, für dieses Geschenk des Himmels weder die Juden noch alle anderen Völker reif waren es zu bewerten und zu bewahren in seiner Echtheit, »er kam nicht etwa, die Gesetze umzustoßen, aber sie zu erfüllen«. Den Blutstand seines Volkes maß er, Trübungen klärte er, und die Lauheit verwarf er, aber auch Streitigkeit zu schlichten versuchte er. Er wird wieder kommen am Ende der Welt, der verkörperte Versöhnungstag, der Messias. Denn nur die Versöhnung aller Menschen vermag zu erheben und zu erlösen. Ein Stuhl um den Tisch bleibt für Messias frei, als Kind legte ich ihm mein schönstes Spielzeug zwischen Lehne und Sitz versteckt. Er würde es finden. Das Fasten des Magens ist es nicht, wenn die Seele nicht jedes Tandes entkleidet schimmert: »Platzmachen für Gott«. Auf das Fasten der Seele, darauf kommt es an, denn in diesen großen Stunden soll sie sich füllen mit unerschöpflicher jubelnder Liebe des Versöhnungstages.

Mein Junge

Und doch gerade bemühe ich mich, wahrheitsgetreu über ihn zu schreiben. Kann nicht verhehlen, daß es schwer ist und selten, über sein eigenes Kind auszusagen, noch dazu, wenn es sich besonderer Bescheidenheit und Schlichtheit wohl rühmen durfte. Jede Sensation, d. h. in den Vordergrund gerückt zu werden, war ihm contre coeur. Mein Sohn war schön. Ich sage nichts Neues oder Unbekanntes mit dieser Wahrheit. Er war so schön, daß ich mich öfters bemühte, ihm schon als Kind – meinem Päulchen – Anzüge oder Hüte zu kaufen, die seine Schönheit dämpften. Das geschah alles aus Vorsicht oder aus Angst, er könnte mir eines Tages geraubt werden. Mein Sohn war ein lieber Junge; das Innigste, darum das Wertvollste, das man von seinem Kinde sagen kann. Mir wäre das genug gewesen, aber er war auch einer der begabtesten Menschen, die ich gekannt habe. Seine Verspieltheit neben seinem Talent wirkte entzückend. Er spielte so gern Harmonika. Wenn ich ihn lobte, bat er mich jedesmal, daraus nichts bei anderen Menschen zu machen. Jeder könne das! Trotz alledem mußte ich ihm zum Geburtstag immer wieder eine neue Harmonika kaufen – »mit Zungenschlag«! Und Lothar Homeyer sollte ich zum Aussuchen mitnehmen, da der nicht allein schön male, auch noch die Noten kenne. Später besaß mein Junge eine Uhrensammlung; stundenlang blickte er prüfend den kleinen Rädern zu, wie der Maschinist dem Vorgang seiner Maschinen. Er war exakt, was ihm zugute kam bei seinen Zeichnungen. Als kleiner Junge kletterte er mit Vorliebe auf die Gerüste werdender Häuser. Wenn ich ihn suchte in unserer Katharinenstraße in Halensee, rief er mich plötzlich zwischen Luft und Balken aus heiterem Himmel. Schon von seinem zweiten Jahre an bewahrte ich manche seiner kleinen Zeichnungen, die nicht mit den üblichen talentierten Zeichnungen jugendlicher Zeichner zu vergleichen waren. Mit einem Jahr drängte er seine Kinderfrau, jedesmal wenn sie an Neubauten vorbeikamen, ihn auf die Füßchen zu stellen. Er sammelte sich dann kleine Kalkstückchen. Auch elektrische Kohle, vor den Laternen der Trottoire, pflegte er aufzuheben. Seine weißen Höschen waren dann oft pechschwarz. Wie oft schalt mich seine gute Kinderfrau, die Frau Müller, daß ich wieder den von ihr aufgescheuerten Boden des Päulchenzimmers bekritzelt habe! Die Häuschen und Bäumchen seien ja ganz nett, aber das ginge nicht! Ich schöpfte Verdacht. Und wir ertappten ihn, wie er sich mit seinen kleinen Händchen einen Stuhl näher an den Bettrand zog, behutsam aus dem Bettchen stieg und mit einem der Stückchen Kreide, die er alle auf den Waggons seiner Eisenbahn aufgeladen hatte, den Boden bemalte. Die alte Frau Müller und ich waren geradezu, man kann sagen, erschüttert. Oder wie mein Junge noch im hohen Kinderstuhl sitzend einen Raben zeichnete: »Raben gemalen, der Fleisch stehlt.« Mit Vorliebe zeichnete er überhaupt Tiere, und seine Fortschritte waren außerordentlich. Wenn ich ihn Sonntag nachmittags manchmal mit ins Café des Westens nahm, setzte er sich ganz allein hinter der Treppe an einen der Marmortische. Es durfte niemand sehen, wenn er zeichnete. Selbst die

Elsa nicht, seine Spielkameradin. Ich glaube, ich begehe gegen meinen Jungen keine Indiskretion, wenn ich erzähle, was er mir eines Abends anvertraute, als ich ihm seine Schühchen und Strümpfchen auszog und ihn zu Bette legte und er auffallend in sich gekehrt war. Auf mein besorgtes Fragen, ob ihm was fehle, sagte er ganz melancholisch: »Ich denke an Elsa. Sie spielt immer mit meiner Uhrkette, und ich zupf sie an den Locken. Wenn ich siebzehn Jahre alt bin, besuche ich sie und frage sie: ›Elsa, willst du meine Gemahlin werden?‹« Sonst war er als kleines Kind übersprudelnd, kam immer durch die Tür gesprungen: »Mutter, nun will ich aber zu den Sternen – die Zacken sehen.« Sein Lieblingswort war: Persien. Jeden Abend schlug ich ihm ein Ei mit Zucker. Einmal kamen wir etwas später heim. Er hatte zum erstenmal auf dem Arm seiner Kinderfrau sitzend den glühenden Sonnenuntergang gesehen. Wie ich dann wieder sein Ei bereiten wollte, rief er: »Mutter, Mutter, mach die Sonne nicht taputt.« Ich kann nicht unterlassen, die paar ganz persönlichen Geschehnisse zu erzählen, ich muß! Der großen Wärme wegen, die mich bewegt. Als mein Junge 14 Jahre alt geworden war, zeigte ich seine Zeichnungen dem damaligen Präsidenten der Akademie der Künste, Professor Manzel. Der fürchtete, ich beschwindele ihn aus mütterlicher Eitelkeit, denn es sei unmöglich, daß ein vierzehnjähriger Mensch mit solcher Fertigkeit zeichnen könne. Aber er überzeugte sich. Denn eines Tages kam mein Paul mit mir. Der Professor sandte ihn zunächst ein Jahr zu seinem alten Freunde und Lehrer nach München ins Meisteratelier; am liebsten hätte er ihn sofort selbst betreut. Karl Arnold, der große Simplizissimuszeichner, sagte einmal vom Zeichnen meines Jungen: »Der zeichnet nicht, der schwimmt übers Papier.« Eine solche Begabung, wie die meines Jungen, sollte man nicht in der Fabrik der Ateliers steif werden lassen. Lange dauerte es, bis er wieder sein Erbe antrat und »schwimmen« konnte, er hatte sein Talent von Vorvätern geerbt.

Leid und weh tut es mir, daß mein Junge so oft von zu Hause weg war. Ich klagte ihm: »Wäre ich doch lieber eine einfache bürgerliche Mutter mit Haus und Herd!« Dann sagte er jedesmal dieselben zwei Worte: »Nur nicht!« Er wußte, wie mich stets um ihn die Sorge ewig quälte. Ich war nicht allein seine Mutter und er mein Sohn, er war mein kleiner Bruder. Wir waren Brüder – und mein Schmerz zwiefach. Er suchte wie ich – das Glück. Das Wunder der Liebe. Ein entzückender Don Juan, der immer nur die Eine sucht! »Liebe Mutter«, bat er mich, »wart' einen Augenblick hier am Schaufenster.« Er hatte dann ein Mädchen gesehen mit kornblumenblauen Augen. Er liebte kornblumenblaue Augen, blonde Haare wie Weizen. Er liebte den nordischen Typ – einmal jedoch ein Mädchen aus Manila. Die schwedischen Filme entzückten ihn sehr. Wenn wir uns gestritten hatten, – das war sicher: abends saßen wir nebeneinander im Kino erwartungsvoll.

Tausende und Abertausende von Zeichnungen, Übungen, ungeheuer fleißig, liegen in Koffern geordnet. Immer wieder übte er in späteren Jahren dieselbe Nase und denselben Mund oder den Ausdruck der Augen. Es war ihm nicht genug, die Zeichnung einfach von seinem jungen Herzen abgepflückt liegen zu lassen. Er staunte die Maler Rembrandt und Franz Marc an. Manchmal, als kleiner Junge, zeichnete er mir solchen Spaß, daß mir die Tränen über die Backen liefen. Er spielte den Komiker auf dem Papier. Daß er wirklich ein Schauspieler ersten Ranges war, ahnte überhaupt niemand. Seiner großen Schönheit und Eleganz nach zu rechnen, hätte man ihm eher Liebhaberrollen zu spielen zugetraut. Einer Künstlerin, die uns in Davos besuchte, versuchte mein Paul den Besuch zu erleichtern, indem er ihr Oberlehrer oder Professoren alten Stils todkrank im Bette liegend meisterhaft nachahmte. Ihr brach dann lachend das Herz. George Grosz verehrte er ungeheuerlich. Menschlich und zeichnerisch. Gottfried Benn war sein Dichter. Sonst erfüllten ihn gute Verse mit Eifersucht. Es hatte niemand das Recht außer mir, zu dichten. Er war überhaupt hervorragend eifersüchtig. Das kam vom Tropfen spanischen Blutes. Es erfüllte ihn mit Traurigkeit, vermutete er in mir noch Interesse für andere.

Manchmal ließ er mir keine Ruhe, ich müsse mir ein Kleid oder ein Paar Schuhe kaufen. Es ginge nicht, daß eine Dichterin so herumliefe. Ich wußte dann jedesmal, er hatte auch einen Wunsch, aber vorher sollte ich mir einen erfüllen. Im Foyer eines Hotels in Zürich begegneten wir Frank Wedekind mit seiner wunderschönen Tilly. Er war dermaßen überrascht von meines Jungen Schönheit, von der Einfachheit seines Künstlertums, daß ich ihn bat, vor Paul nicht weiter darüber zu sprechen. Mein Junge glich meinen beiden Blumenschwestern, vor allem meiner teuren Mutter. In der Grube seines Kinns lag eine Rose, und finster leuchtete sein Haar. Ein Grandseigneur war er. Wie er der Frau die Hand küßte! Seine Artigkeit beträufelte drolliger Spott. Und mit Kindern verstand er zu spielen! Oft gingen wir in der Nähe in ein kleines Waisenhaus, den Kindern Bonbons zu bringen. Es weiß niemand, wie lieb er zu den armen Kinderlein war. Er tummelte sich mit ihnen auf der Erde herum. Zeichnete ihnen Bilderbogen. Zu Hause angelangt aber erst, entstanden dann unglaubliche zeichnerische Tragödien. Eitelkeit war ihm geradezu verhaßt. Er war immer eben erst zwölf Jahre geworden, aber barg eines fertigen Menschen Ernst in sich; den steckte er freilich des öfteren in die Tasche seiner Fellweste. Seine überschäumende Ausgelassenheit hatte Blume.

Ein Jahr vor dem Tode meines Jungen geschah mir ein Gesicht. König David saß in meinem Zimmer – es war in später Abendstunde, er trug ein schwarzes Gewand und einen schwarzen Turban. Seine Augen waren wie Asche. Er verharrte lange Zeit, neben mir sitzend. Ja, ungeheuerlichen Geschehnissen gehen immer ungeheuerliche Ouvertüren voraus. – Und so endigt die Geschichte meines teuren Jungen.

Das Gebet

Wenn ein Mensch inbrünstig betet, tritt seine Seele an die Pforte des Körpers. Im Gebet zu sterben, erspart der entkörperten Seele den Abschied, nicht nur vom eigenen Leibe, auch den endgültigen vom Mutterleibe der Welt. Dem zu entsteigen, heißt: Sterben. Und doch handelt es sich nach himmlischen Gesetzen um ein neues Geborenwerden. Die Hülle zerreißt, aber die ewige Odemknospe lebt ein ewiges Leben, überlebt ewiglich den Tod. Denn aus der Schöpfung der Welt entspringt die Quelle des *Geborenwerdens*! Die abfallende, verfallende persönliche Körperwelt entäußert ihrer weiterlebenden göttlichen Kleinodie, nicht das persönliche Daseinsbewußtsein. Aber umgekehrt. Die Seele, die ihren Körper verläßt, löscht jedes Bewußtsein ihrer Hülle aus. Hingegen der Schlaf den Körper vorübergehend zu betäuben pflegt; und die Seele des Geschöpfes sich zu entfernen vermag, schon aus lebzeitlicher Leibesumhüllung. Der Traum ist der Seele zerronnenes Bildnis, das sie beim vorübergehenden Verlassen himmlischer Abenteuerlust ihrer schlummernden Heimat zurückläßt. Des Schlafes Dunkel also gibt der Seele Gelegenheit zu entkommen, immer wieder ihre Ferien anzutreten. Wachbleibender Körper verhindert ihre Reise. Die Seele aber fordert gewaltsam ihr Recht. Ihre Nimmerwiederkehr büßt der Körper mit dem Verfall. Aber den verbotenen Weg, der Himmel und Erde verbindet, betrat noch nie, ohne den Willen Gottes, je eine Seele. – Der Mensch, der lau sein Gebet gewohnheitsgemäß verrichtet, betet, um gebetet zu haben, wird nie ein Herzbreit von sich zurücklegen, und nimmermehr werden ihm die engelhaften Vorboten der Unendlichkeit schon auf Erden begegnen. Das Gebet bedeutete den Propheten die höchste Zeremonie; die ihnen begegnenden Wunder des Himmels weihten sie zu Heiligen. Allem Beweisbaren geht Unbeweisbares voraus und umgekehrt. Wehe aber dem hungernden Herzen, das bewirtet wird von eines schmalen Verstandes geizigen Truchseß. Auf dem Erzplan der Schöpfung bewegt sich jedes Ding in der Welt auf des Zifferblatts kreisender Urthese nach dem Ruf des Urkuckucks aus dem Universum. Aber ein Ohr, das nicht lauscht dem Welticktack der methodischen Welt, kommt entweder zu früh oder zu spät.

Gott weiß immer, wieviel Uhr es geschlagen hat. Seinem Freytag zu begegnen, der mit einem gemeinsam betet, gräbt zwischen den Straßen der Zeit in den Dschungeln der Ewigkeit, bedeutet das Glück eines gottsuchenden Menschen. Mit diesem auf göttliche Miene zu stoßen, krönt das Ziel der mutigen, religiösen Robinsonade. Unsere Erde wie jene, die wir leider nur von ferne, verschleiert von Feuer, betrachten können, sind ebenfalls vom Körper, wie wir Geschöpfe es sind, umschlossene Ewigkeiten. Ewigkeit in Zeit gespannt.

Diesem System in der Schöpfung des Ewigen verdanken wir, gemischt mit Traurigkeit über den Verlust unserer erleuchteten paradiesischen Welt, das *Dasein* unserer Welt. Frisch von der Ewigkeit gepflückt, leuchtend in der Blüte, hieß sie: Paradies. Ich sagte schon einmal in einer Dichtung, daß ich den Weltenkörper und den Körper der Geschöpfe, überhaupt alles Körperliche, für eine Illusion der Seele halte, eine Kristallisierung der sich heimsehnenden Seele nach dem Geborgensein in Gottvaters Hand. Denn jede Seele ist Ewigkeit und möchte, losgebunden von der Urewigkeit, sich bergend in einen Rahmen stellen. Des Tieres Seele hingegen hängt irgend noch blind in seiner Körperillusion am Kosmos, noch nicht irdischer Verantwortung übergeben. Der Dichter im Zustand des Dichtens erlebt illuminiert den Halbschlummer des Tieres, aber auch der Pflanze und des Steins. Die Dichtung bettet sich neben Gott. Wie könnten sonst die von der Dichtung vergewaltigten Auserwählten die unmenschliche Verantwortung der Weisheit auf sich nehmen? Der Prophet, des Dichters ältester Bruder, erbte die Zucht des Gewissens direkt vom Schöpfer. Die Zucht des Gewissens aber adelt auch den Dichter, und der geringste Fehltritt rächt sich naturgemäß in der Glaubwürdigkeit seines Verses. Die Dichtung ergibt also, vom erwählten Dichter niedergeschrieben: den Extrakt höherer Wahrheit. Die Dichtung ist eine Gunst, die der Dichter auf sich nimmt. Und selbst das mit Gott hadernde Gedicht kniet vor Ihm. Der Dichter weiß wohl, es dauert ein Leben der Vertiefung und vorangegangener Vertiefung Leben, bis er zwischen den Weiten der Welt nur ein noch »leuchtendes Liebeswort« findet, das seine Seele vorübergehend schon auf Erden vom Star erlöst. Aber dieses Wunder der Erleuchtung weht über jedes Menschenherz, der Liebe Sturm über seinem Blute, und treibt vom Grund den Rest seines Urblutes Gold an seinen Strand. Urblut ist noch erhaltenes Gold, das, wenn es sich mit dem Urblut des liebenden Menschen begegnet, einen Glückszustand hervorzaubert. Urblut und Urblut ergeben: Paradies. Leuchtend und erleuchtend erkennen sich nur Menschen im Rausch der Liebe. – Den großen Vögeln sehe ich nach – sie können uns nichts erzählen aus dem grünen ewigen Bilderbuch, zwischen dessen Laub sie schweben; aber durch ihren Gesang erwachen die Blumen an den Zweigen und die Keime wollen hervor. So erfaßt der Mensch das Tier, da es mit einem seiner Pole noch dumpf in der Urwelt ruht mit all seinen Begierden und Leidenschaften, niemals ganz und gar! Der Rest heißt Geheimnis!

Denn der Mensch lebt abgelöst vom Kosmos, vom Umriß der Urwelt in der Umwelt: Zeit. Der Mensch lebt in der Zeit, das Tier in der Natur und die Pflanzenseele in ihrer einheitlich grünen Blattillusion. Wie oft geschieht es, daß eine Baumart eingeht im fernsten Osten, zur selben Zeit dieselbe Gattung Baum in jenseitiger Himmelsrichtung zu welken beginnt. Das zeugt von der Säfteverbundenheit der Pflanze, die über Hecke und Hecke sich weiterschlingt. Nur selten ahnt der Mensch des Nebenmenschen Lage, jedenfalls zwingt ihn die Hellseherei nicht mit zum Verfall. Eher noch das Tier; es lebt in der Vegetation, der Mensch in der Atmosphäre. Tausendfältig verzwiefachte der Schöpfer das Tier und die Pflanze schon auf dem Plan der Schöpfung. Den Menschen aber brach er, geschaffen, ins leuchtende Welteden gestellt, in zwei Hälften. Und so drängt es den Menschen, sich immer zu teilen, um sich wiederzufinden.

Ich wollte, ein Schmerzen rege sich
Und stürze mich grausam nieder
Und riss' mich jäh an mich.

So kam's, da die Menschen sich schließlich zu Völkern verschnitten, getrenntes Menschtum sich wieder in Liebe gesetzmäßig dem Buche der Schöpfung vereint.

Es leben Rand an Rand einträchtig Land und Seen –
Wie kommt es, daß der Mensch vom Menschtum bricht,
Sich wieder sammeln muß in höheren Geschehen?

Teilbar ist nur ein Geschöpf *entbunden* vom Koloß der Materie. Es bleibt dem Menschen nicht erspart, Rechenschaft abzulegen vor Gott. Das Tier, noch zur Hälfte ungeboren im blinden Urbewußtsein, verhält sich verantwortungslos. Darum ist der Mensch wohl, seiner restlosen Abtrennung wegen, die vollendetste Schöpfung Gottes, aber demzufolge auch seelisch-geographisch am entferntesten gelegen von Gottwegigkeit; jedoch durch der Perspektive Übersicht er sich ganz und gar die himmlische Sphäre erobern kann. Das Tier wie die Pflanze, auch der Stein, noch gewissermaßen an der Schnur der Schöpfung hangend, zählen zu den noch nicht ausgetragenen Schöpfungen zwischen himmlischen und irdischen Ozonen. Unsere Welt leuchtete auf dem Globus Gottes im Urlicht. Und erst ihre Verfinsterung gebar die Sünde, die Folge großer Verwirrungen. Den »Sünder« verantwortlich zu machen seiner Sünde, ist also unlogisch – und gerade die Propheten nahmen sich der »Verirrten« an.

Paradies wurde Erdball, aber unsere blindgewordenen Gedanken und Handlungen bewegen sich in den Welttapfen Jahrhunderttausender. Die Kabbala lehrt von der »ruhenden Gottheit«. Nur Gott allein besitzt die Kraft, den gleichmäßigen wie stürmenden Gang der Welt zu lenken. Man denke an wetternde Landschaften großer Künstler, in methodischem Umriß gehalten. Das kennzeichnet ja der Bilder Wert! Des Menschen vollständige Abtrennung von der Ewigkeit, ausgetragen vom Universum, unterscheidet ihn vom Tier und von der Pflanze und vom Gestein und macht ihn zum Herrn der Welt. Des Heiden Vergötterung zum Tier beruht auf des Tieres Mystifikation. Begreifliches und Unbegreifliches zum *Anbeten* vereint. Noch lallend kindhaft spielt dieser Urvölker Glaube: Bangemachen. Man denke an die Sphinx und an den geheimnisvollen Götzen mit dem Vogelkopf: Osiris. Wie alt und stark unterschied sich das Volk Jehovas, des Unsichtbaren Einigen Gottes: Volk, schon von allen anderen Völkern in ihrer jenseitlichen unsichtbaren Religion. Die Götzen sind ein Greuel dem Gotte, der sagte: »ICH BIN, DER ICH SEIN WERDE.« Im Rausch der Dichtung wird wohl jeder Dichter einmal zum Heiden – auch ich, als ich mein Gedicht »Jakob« dichtete:

Jakob war der Büffel seiner Herde,
Wenn er stampfte mit den Hufen,
Sprühte unter ihm die Erde.

Brüllend ließ er die gescheckten Brüder,
Rannte in den Urwald, an die Flüsse,
Stillte dort das Blut der Affenbisse.

Durch die müden Schmerzen in den Knöcheln
Sank er fiebernd vor dem Himmel nieder.
– Und sein Ochsgesicht erschuf das Lächeln.

Am gewaltigsten wirkt das Gedicht auf urwüchsige Leser oder Zuhörer. Allerdings auch auf Ägyptologen. Der Götze wirkt, Gott will walten. Es steht in der Kabbala... »Wenn der Stier lächelt, wird das Lamm geboren.« Diese Offenbarung vergewaltigte mich in Vers. Eitelkeit kommt hier nicht in Frage, und ich beteure, nie im Leben vor meiner hebräischen Ballade »Jakob« je in der Kabbala gelesen zu haben, noch von ihrem Inhalt gewußt durch Hörensagen. Ich beuge mich demütig vor meiner heiligen Erleuchtung. – Das Tier und die Pflanze, werden sie einmal abgelöst von der Ewigkeit sein und ihrer vollbewußt zwischen uns Menschen ein Leben führen? Der große Tierheiligenmaler, der blaue Reiter, der Messias der Tiere, Franz Marc, liebte die Tiere *so*, daß er ihrer wissend wurde; vom keuschen Totschlag sprach, wenn der Tiger sich die Gazell' vom Fels holt. Das Tier tötet aus unkompliziertem Hunger, der Mensch bringt den Menschen um. Des Tieres Trieb, noch ungewürzt, aber auch von Rücksicht nichts ahnend, wälzt noch mit den Elementen der Schöpfung den Koloß der Welt. Das Bewußtsein des Tieres ist der Trieb, ihn zähmen zu wollen, so paradox es klingen mag, geschmackloser Frevel. Des Tieres elementaren Weltenschlummer zwischen Zeit und Ewigkeit versuche man nicht zu kitzeln, immer bleiben es schmerzliche, jämmerliche Frühgeburten, störende Einmischungen im Willen des Schöpfers. Dressiere nicht! ABER SEI GUT ZU DEN TIEREN!! Gott ist ihr Zeuge.

Gott rollt ruhend durch die Welt, Gott ist der Wegweiser und die Schwelle. Immer müssen wir über Ihn und die Bewegung im Menschen bewegt sich nach dem Bewegen des Schöpfers. Der abweichende Mensch, der im Takte des Weltalls ungleich mitschreitende, verirrt sich im System der Schöpfung und gerät aus dem Gleichgewicht. Jede Störung im Weltall ist eine Folge des Nachbleibens oder Voreilens im Takte Gottes. Eine Gleichgewichtsstörung die Folge des abweichenden Geschehens der Methode der Welt. Das vorbildliche Tempo, nach dem sich der Mensch seit seiner Geburt richten soll, bewege wieder die Menschheit! Dieses Tempo zu erlangen, vertiefe man sich in Gott, in diese – – Ewigkeitspolitik. Leben bedeutet Wohlstand. Vor allem im Weizen der Seele, aber auch im Gemeingut der Früchte und des Brotes. Denn jedes Geschöpf barg ein mütterlicher Schoß, der den von ihr geborenen Leib *vertrauend* in den Allmutterschoß der Welt legte. Aus drei Hüllen besteht das irdische Leben, die wir durchbrechen müssen, um wieder ins Freie zu kommen, zu Gott. So ereignet sich unser Leben zweifach umhüllt in zeitlichen Ewigkeitsschößen. Umschlossen und geborgen noch in äußerster körperlicher Weltillusion: Verborgen wickelt sich das Erdenleben ab. Und doch sind wir Menschen Gottes *freie* Ableger. Jedes wahre Gebet ist eine Konzentration ... Ich und Ich. Und aus dieser Selbstverbindung entsteht doppelte Kraft. Ja die Propheten rissen an Gott! wie sie die Wahrheiten donnerten in die Herzen der Völker. Und so oft verströmten göttlich den heiligen Paragraphen in unzähligen Versen. Die gewaltigen Falken Gottes stießen schreiend auf Ihn und erlebten schon in ihrer Leibes-Illusion Echo gefangener Ewigkeit, Gott die Nichtumfaßbare. Ich möchte dem Leser eine ruhige Stunde schenken mit meinem Gebet, in das ich wie in eine Girlande ab und zu eine seltene Blume stecke. Ihr Duft soll ihn nicht betäuben, aber erwecken. Wach sein zieht Gewissen nach sich. Gott ist *der Wache*! Wir Menschen aber verschütten unser Bewußtsein gegenseitig bis zur Entartung und besitzen doch den Demant der mannigfaltigsten klarsten Bewußtmöglichkeit. Gott ist eine »ruhende Gottheit«. Alle Leidenschaften ruhen in Seiner heiligen Siesta.

DRAMATISCHES

DIE WUPPER

Schauspiel in fünf Aufzügen

Personen

Frau Charlotte Sonntag, *Fabrikbesitzerin*
Heinrich
Eduard } *ihre Kinder*
Marta
Dr. jur. Bruno von Simon
Großvatter Wallbrecker
Amanda Pius, *seine Tochter*
Carl Pius, *sein Enkel*
Mutter Pius, *Carls Großmutter väterlicherseits*
Der Pendelfrederech
Lange Anna } *drei Herumtreiber*
Der gläserne Amadeus
August Puderbach, *Färber*
Lieschen, *sein Schwesterchen*
Grete Stomms, *Lieschens Freundin*
Willem, *Zuhälter, ehemaliger Weber*
Rosa, *die Riesendame*
Die Herren mit den grauen Zylindern
Auguste } *Dienstboten im Hause Sonntag*
Berta

Fabrikarbeiter, Fabrikarbeiterinnen, Herumtreiber,
Kroatenjungen, Jahrmarktleute, Kinder usw.

Der erste und vierte Aufzug spielen im Arbeiterviertel, der zweite im Garten vor einer Villa, der dritte auf dem Jahrmarkt, der fünfte in einer Art Gartenzimmer derselben Villa. Die Schlußverwandlung des fünften Aufzuges spielt im Arbeiterviertel.

ERSTER AKT

Arbeiterviertel einer Fabrikstadt im Wuppertale. Hintergrund bergiger Wald. Links im Tal fließt ein schmaler Wupperarm, nach hinten in einer Biegung auslaufend. Über den Fluß führt eine Brücke zu einem Weg, an dem Pius' zerfallenes, einstöckiges Häuschen liegt. Rechts hinten ein Gäßchen mit hohen, alten, schmutzigen Arbeitermietshäuschen. Im ersten, nur noch halbsichtbaren Hause wohnen im obersten Stockwerk Puderbachs.
Links von der Wupper eine Wiese – in der Ferne sieht man dampfende Schornsteine von Fabriken und andere Häuser usw.
Vor Pius' Häuschen steht eine Bank, neben dieser ein breiter Strauch. Vor einem Steg, der im Hintergrund in den Wald führt, brennt eine alte Laterne, die während des ersten Aufzuges langsam erbleicht.

GROSSVATTER WALLBRECKER; CARL PIUS; FRAU AMANDA PIUS; MUTTER PIUS; LIESCHEN PUDERBACH; AUGUST PUDERBACH; DER PENDELFREDERECH; LANGE ANNA; DER GLÄSERNE AMADEUS; ZWEI HELFERSHELFER; KROATENJUNGEN.

GROSSVATTER WALLBRECKER: Hör auf dein alten Großvatter, Carl, schmeiß den Gelehrtenkrams beis Gerömpel. Du bist man so recht was für'n Meister, Gesellen müßt de unter dein Kommando hab'n.

CARL: Laß mich man erst Pastor sein, Großvatter, dann werden die Meister meine Gesellen.

GROSSVATTER WALLBRECKER: Und das Liesken drüben sollst du doch frein.

CARL (*überlegen wie zu einem Kind*): Die heirat mich um so lieber.

GROSSVATTER WALLBRECKER: Fünfundzwanzig Jahr hab ich

mit dem Liesken sein Großvatter am Webstuhl gesessen, und doch war das Leichentuch zu klein für uns zwei. – (*Pause*) – Es nimmt en Pastor schon, aber, zum gelehrten Mann gehört en feines Weib un zum Pastor eine Pastorin – un der alte Großvatter gehört auch nicht rein ins Treibhaus!

CARL: 'nen bequemen Sorgenstuhl kauf ich dir, Großvatter, auf einem weichen Polster sitzt du und tust den ganzen Tag nix andres wie schlafen, spazierengehen und schmöken. Was sagst de dazu, Vatter Wallbrecker?

GROSSVATTER WALLBRECKER: Mit die Kaplans komm ich in Kollektion, daß Vatter Wallbreckers Enkelsohn Pastor is, sie haben mich schon das Haus eingelaufen wegen dein Vater sein lutherschen Glaubens.

CARL: An was du alles denken tust.

GROSSVATTER WALLBRECKER: Tum Tingelingeling, Carl, die alte Truthenne hat auch dein Vater immer in die Ohren gelegen. Ein fleißiger Färber wars; (*zeigt auf das Wasser der Wupper*) da rinnt sein Blut. – Fällt dem mit einmal ein, er taugt für die Arbeit nich mehr, un giftig is er geworden auf sein Herrn und seine Gemahlin. Aufgeblasen war se ja man mit die seidene Röck, aber en Hochmut darf sie ja hab'n bei so viel Geld. Am hellen Tag auf dem Marktplatz hat er ihren adeligen Bloßen verhaun.

CARL: Das hat dir woll großen Kummer gemacht, Großvatter, weil du es nicht vergessen kannst.

GROSSVATTER WALLBRECKER: Tum Tingelingeling, ein Jahr hab'n sie ihm für seine Missetat ins Loch gesteckt.

Carl Beileid bezeugend.

GROSSVATTER WALLBRECKER: Er war ja sonst ein ehrlicher Arbeiter gewesen. (*Carl nickt.*)

GROSSVATTER WALLBRECKER: Un die alte Truthenne hat ihm bald besucht. Mit ihre Quacksalben hat sie eine feine Madame den Brand an de Waden geschmiert. Siehst de, Carl, un nu meint Amanda, dir steckt man auch mal rein wie dein überdrüssiger Vatter und deine studierte Großmutter.

CARL: Die Zeiten hab'n sich geändert, Großvatter.

GROSSVATTER WALLBRECKER: Siehst de, da hab'n wirs, bald denkst de auch an dein alten Großvatter Taback nich mehr (*Kindlich schlau*).

CARL: Laß man gut sein.

GROSSVATTER WALLBRECKER: Wie alt bist de nu, Jung! Puderbachs Aujust bringt schon zehn Taler nach Haus. Da läuft er mit seine Schwester, wie mit sein Schatz.

Man sieht beide geschwisterlich vom Wald heimwärts kommen.

CARL: Und ich werd das Dreifache verdienen, laß mich man Zeit, bin ich erst Pastor, tust de alle Tage dein Leibgericht knappern.

GROSSVATTER WALLBRECKER (*bedenklich*): Wenn es de alte Truthenne mich nich auffressen tut.

CARL: Die bleibt hier an der Wupper in ihr Haus wohnen.

GROSSVATTER WALLBRECKER: Und du willst in de fremde Residenz predigen? Tum Tingelingeling, in die luthersche Lutherkirche hier mußt de von de Kanzel herunter auf all die reichen Muckerköppe brüllen. (*Kleine Pause*) Und ich werd auch auf meine alten Tag en Ketzer werden, wenn es not tut – dich zulieb, Carl. Ich hab das (*schlägt ein Kreuz*) doch verlernt (*weinerlich*), wenn man so immer dran hängen tut.

CARL: Es ist schon spät, Großvatter, ich bring dich in de Klappe.

GROSSVATTER WALLBRECKER: Jung, Jung, Jung, wenn ich es erleben tu.

Sie schreiten ihrem kleinen Häuschen zu; im Begriff einzutreten, umhalst hinterrücks den Großvatter Lieschen Puderbach, die ihrem Bruder vorangesprungen ist. Arbeiter sieht man in der Ferne und hört ihre rauhen Stimmen.

GROSSVATTER WALLBRECKER: Was willst de vom Großvatter, kleines, leckeres Dier? Seh se dich mal an, Carl, die meint es mit dem alten Großvatter gut.

LIESCHEN (*vergnügt*): Kriegst morgen zu dein Geburtstag 'ne neue Piepe von mich, ich hab dem Aujust seine kleine im blauen Sametetui weggekläut un sie Herr Stomms gebracht heut. Ich kann mich für sie eine *lange* aussuchen wie deine is, eine nagelneue, Großvatter, (*ganz hoch zu sprechen*) mit en Hirschkopf drauf.

GROSSVATTER WALLBRECKER (*freut sich wie ein Kind*): Die meint es gut mit dem alten Großvatter, Carl. (*Er kitzelt Lieschen am nackten Hälschen.*) Ich klopf ihm auch immer, wenn der junge Herr Eduard kommen tut; was, Liesken?

Lieschen schämt sich.

GROSSVATTER WALLBRECKER (*blinzelt Lieschen vertraulich an*): Er fragt mir immer nach es.

LIESCHEN (*altklug zu Carl*): Herr Eduard sagt, ich wär seine Königsbraut.

CARL (*sagt, um etwas zu erwidern*): Un mich willst de also nich heiraten.

GROSSVATTER WALLBRECKER: Tum Tingelingeling, er ist molz ein reichen Herr; was, Liesken?

LIESCHEN: Zwei große Bilder aus England, hat er gesagt, bringt er mich mit hier – siehst de! siehst de! Ich glaub, er kömmt gleich dir besuchen, Carl.

CARL (*schiebt das Kind ungeduldig zur Seite*): Dein Bruder sucht dich, Liesken.

GROSSVATTER WALLBRECKER: Ein blaues Maul hat das Luder von'n Beerenfressen.

LIESCHEN: Kuck mal seine Nas an, Großvatter!!

GROSSVATTER WALLBRECKER: Die is man wie'n Affe seine gemalen.

LIESCHEN: Aujust, Aujust, wie siehst de aus!!!!

AUGUST (*blickt neidisch auf Carl*): Ich bin man bloß ein einfacher Färber, ich schäm mir nich, von Gottes Waldes Natur zu fressen; du, Großvatter Wallbrecker?

GROSSVATTER WALLBRECKER (*schüttelt mit dem Kopf*): Nä.

AUGUST: Du, Liesken?

Carl stellt sich an einen Seitenbalken des Häuschens, die Arme verschränkt.

LIESCHEN: Wenn de de Mutter fragen tust, August, ob ich die

Tante noch ein bißchen waschen helfen darf, dann sag ich dich auch, wo deine kleine Piepe im blauen Sametetui is.

AUGUST: Sag!!

Großvatter schüttelt hastig Lieschen mit dem Kopf zu. Lieschen lacht.

AUGUST: Sag es doch, dummes Weib!!

LIESCHEN: Molz! Ich weiß es doch nicht.

Großvatter und Lieschen lachen August aus, der in komischen Wendungen im Begriffe ist umzukehren, Lieschen verhindert es aber.

LIESCHEN: Aujust, lieber Aujust, frag die Mutter, ja? Ich geb dich auch en Dicken.

AUGUST: Steck den Schmatz man in de Kiste, wenn de heiraten tust.

LIESCHEN: Meine Klümken und de Stange Süßholz kannst de dich nehmen aus Mutter ihre Kommode, Aujust.

FRAU AMANDA PIUS (*tritt ans offene Fenster, sie hat die letzten Worte Lieschens gehört*): So en süßen Kater bist de, Aujust? Warum kömmst de eigentlich nich mehr beim Carl herüber?

Mutter Pius tritt hinter Amanda ans Fenster.

AUGUST: Bei so'n feinen Herr – nä, Frau Pius!

MUTTER PIUS: Was soll auch unser Carl mit so einen gemeinen Baumwollenfärber anfangen? (*August verzieht sich furchtbar komisch mit einem Katzenbuckel.*)

MUTTER PIUS (*zu Lieschen*): Und du müßt schon in de Klappe liegen.

LIESCHEN (*etwas schüchtern auf Frau Amanda blickend*): Ich will die Tante noch waschen helfen, daß se morgen dem Großvatter sein Leibgericht kochen kann.

MUTTER PIUS: Und hat kein Zahn im Maul.

LIESCHEN: Ich kann *doch* nicht schlafen bei so'n Mond, der guckt so rot wie Pendelfrederech sein ausgelaufen Aug.

FRAU AMANDA (*geheimnisvoll*): Hast de das schon gesehen, Liesken?

LIESCHEN: Einmal hat er es mich und Gretchen Stomms gezeigt.

MUTTER PIUS (*zynisch*): Un hast de sonst niks anderes in sein Keller gesehn, Liesken?

LIESCHEN: Ich hab immer bloß in sein runden, roten Mond geguckt.

MUTTER PIUS: Aber en wacker Mädchen bist de geworden; Amanda, guck mal, Brüst hat es schon, wie junge Salatköppe.

Carl tritt aus seinem Winkel auf den Großvatter zu.

GROSSVATTER WALLBRECKER: Carl, ich komm jetz.

Mutter Pius tritt in die Stube zurück; Lieschen klettert durchs Fenster, Frau Amanda ist ihr dabei behilflich. Dann schließt sie das Fenster. Der Großvatter und Carl schlendern langsam ins Haus.

GROSSVATTER WALLBRECKER: Nä, wie mich das alles aufregen tut – – –

CARL: Was denn?

GROSSVATTER WALLBRECKER: Mit deine Carliäre, Carl.

CARL: Schlaf man ruhig, Großvatter.

Sie treten beide ins Häuschen. August schleicht aus seiner Gasse, umlauert das kleine Häuschen von Pius und versteckt sich vorsichtig zwischen Strauch und Bank. Unterdessen wird das Dachkämmerchen von einem matten Öllämpchen erleuchtet, das kleine Fenster ist halb geöffnet. Betrunkene Arbeiter passieren den Weg, fluchen, lachen usw. August gebärdet sich, da er durch den Lärm nicht zu hören glaubt, wie ein wütender Clown. Die Arbeiter biegen rechts in die Gasse ein. Man hört von oben Amandas Stimme.

FRAU AMANDA: Vatter – – –

GROSSVATTER WALLBRECKER: Jjo – – –

FRAU AMANDA: So eilig hast de 's ja sonst nich, wach auf!!

GROSSVATTER WALLBRECKER: Was soll ich um Mitternacht, meine Tochter?

FRAU AMANDA: Was hat Carl gesagt?

GROSSVATTER WALLBRECKER: Was?

FRAU AMANDA: Was er gesagt hat. Du hast doch gesprochen mit ihm.

GROSSVATTER WALLBRECKER: Jjo, es is mich man so am Maul

vorbeigeschlichen, was für 'n schönen Posten der Aujust hat.

FRAU AMANDA: Un was sagt er drauf?

GROSSVATTER WALLBRECKER: Nä, er will nich, de Pastor spuckt ihm in Kopf herum.

Drei Männer kommen langsam schweigend über die Brücke, der eine murrt unheimlich, es ist der Pendelfrederech, sein linkes, ausgelaufenes Auge bedeckt eine schwarze Klappe. Der zweite ist Lange Anna, der trägt eine Handharmonika an einem verschossenen Band um die Schulter. Der dritte ist der gläserne Amadeus, der nimmt vorsichtig Platz auf der Stufe, die von der Brücke zum Weg führt. Die beiden anderen setzen sich auf das Geländer der Brücke. August bückt sich tiefer unter den Strauch.

Währenddessen setzt oben das Gespräch fort.

FRAU AMANDA: Du kannst nich kallen! Ich hab auch keine Lust mehr, den ganz Stall zu füttern.

GROSSVATTER WALLBRECKER: Gered' hab ich, ihr Weiber denkt woll, ihr habt allein en Schnabel, was? (*Frau Amanda heult.*) Laß das Heulen. (*Sie gluckst.*) Freuen tu ich mir doch auf Carl in Ornaments. (*Schlau kindlich*) Noch ein paar Jährkes, Amanda, meine liebe Tochter, dann kömmt der Lohn. Glaub dein alten Vatter. (*Er kräht noch einmal und schläfert.*)

FRAU AMANDA: Die Pius hat an alles Schuld, hat se de Finger an mein Mann gehabt, soll se mein Jung zufrieden lassen.

GROSSVATTER WALLBRECKER (*aus dem Schlaf triumphierend*): Er wird se auch nich einladen zu sich in sein Filla neben Kaiser Wilhelm Schloßkirche.

FRAU AMANDA: Du träumst wohl? (*Sie schüttelt ihn ärgerlich, man hört das Bett krachen.*)

GROSSVATTER WALLBRECKER: Alles präzise Wahrheit, Amanda, diesmal hat de alte Pius gut spekuliert.

Kurze Pause.

FRAU AMANDA: Seitdem du nich mehr zum Heiland beten tust, is alles so gekommen. (*Sie heult wieder.*)

GROSSVATTER WALLBRECKER: Ich bet jeden Abend, meine liebe Tochter, ich lüg lieber, als daß ich mir nich bedanken tu für seine große Gnade.

Leise singt die Türe.

FRAU AMANDA: Kömm man herrein! – Liesken will dich gute Nacht sagen, Vatter, und denn kannst de schlafen meinetwegen.

Man hört die Tür roh ins Schloß werfen.

LIESCHEN: Großvatter, ich freu mir so auf deine neue Piepe; (*ganz hoch sprechend*) en Hirschkopf hat se!!

Großvatter Wallbrecker lacht wie ein Kind.

LIESCHEN: Klopfst de un pfeifst de mich, wenn er bei euch kömmt?

Großvatter pfeift sehr gelungen.

LIESCHEN: Dein dicken Zeh guckt ja aus de Federn heraus, Großvatter! Warte, ich deck dir zu wie 'n Wickelkind.

GROSSVATTER WALLBRECKER: Mach auch noch weiter das Fenster offen, ich leid an de Luft.

LIESCHEN (*öffnet das kleine Fensterchen ganz*): Aujust, hier bin ich.

August fährt erschrocken in die Höhe und winkt ab.

LIESCHEN: Ich komm jetzt runter; gute Nacht, Großvatter Wallbrecker!

GROSSVATTER WALLBRECKER (*halb schlafend*): Tum Tingelingeling, wenn ich noch so en jung Weib im Bett hab'n könnt.

Lieschen ist im Nu unten.

AUGUST (*tritt aus dem Versteck, Lieschen eilt zu ihm, August zu den Herumtreibern*): 'n Abend zusammen, kömmt ihr schon von de Arbeit?

LANGE ANNA (*hohe Weiberstimme*): Wo sonst her, alter Duckmäuser?

LIESCHEN: Amadeus, du blutest ja.

LANGE ANNA: Laß es man bluten aus de Nasenrinnen; was fängt er auch an, gescheit zu reden aus sein Traumbuch.

AMADEUS (*legt angstvoll die Hand aufs Herz*): Un en Sprung hat es abgekriegt, Liesken, es tröppelt immer.

LANGE ANNA: Laß ens lutschen ran.

AMADEUS: Seid man still: es gibt noch was hinter de Düsterkeit, wart man, wenn es erst Licht wird.

AUGUST (*steckt ein Streichholz an*): Hier hast de Licht, das können wir auch machen. (*Zu Lieschen*) Versteck de Visage in dein Schabbesdeckel, Lieschen, Frederech hat wieder sein Pendel raushängen.

Frederech murmelt grausig.

LIESCHEN: Ich hab so 'ne Angst, Aujust, wir wollen bei Mutter gehn.

LANGE ANNA: Bange Hippe!

AMADEUS (*mitleidig*): Es ist auch Zeit, macht euch nach Haus, so 'n kleines Balg gehört nicht mehr auf de Straße.

Oben hüstelt der Großvatter. August und Lieschen biegen ins kleine Gäßchen ein und treten in ihr Haus.

AMADEUS: Ich sag euch, lang mach ich so en Leben nich mehr mit. Pendelfrederech, was hast de von dein Leben?

PENDELFREDERECH (*grausig murmelnd*): Ich hab nix von's Leben, aber es hat mir zum Zeitvertreib.

LANGE ANNA (*höhnisch*): So ein verfaultes Zeitvertreib.

PENDELFREDERECH: Nix für seine feinglasierte Finger, aber wenn es einen en Schabernack spielen will, dann holt es mir aus seine Kiste (*murmelt böse*).

LANGE ANNA (*lacht*): Von de Türen rannten de Kochmamsells, und die Herzen fielen ihnen in de Buxen. (*Er klopft Pendelfrederech auf die Schulter und lacht noch höher auf.*) Mit dich mach ich oft so 'ne Opern.

AMADEUS: Und daß de Polizisten dich nich kriegen tun, Pendelfrederech.

LANGE ANNA: Die lachen selber.

AMADEUS: Wat hast de eigentlich von de Sauereien?

LANGE ANNA: Und guckst man immer so mit das eine Aug in dein Kopf rein?

PENDELFREDERECH: Rot seh ich immer, lauter Rot (*murmelt grausig*).

AMADEUS: De Mutter Pius, die hat en Mittel dafür. Aus dem Zuchthauskirchhof holt sie die Totenköpfe und reibt sie zu Zucker. (*Sie lachen alle drei. Carl tritt, leise vor sich hinpfeifend, aus dem Haus und setzt sich auf die Bank. Amadeus spricht ohne Pause weiter, ohne Carl zu bemerken.*) Mich kann se vielleicht auch helfen. (*Er legt die Hand zärtlich bange aufs Herz; er bemerkt plötzlich Carl.*) 'n Abend. (*Rührselig*) Es hat en Sprung gekriegt, es klirrt nur immer so drinn.

LANGE ANNA (*höhnisch*): Deine Großmutter will er konsultieren.

AMADEUS (*auf Frederech zeigend*): Dem soll se auch lebendig machen; wie en Spezialdoktor weiß se mit de Kastemännekens Bescheid; was, Carl?

CARL (*hochmütig und abweisend*): Sucht euch Arbeit, dann vergehen euch de Schrullen.

PENDELFREDERECH: Ich will nich reicher werden.

LANGE ANNA (*zu Carl*): Tu man nich so aufgeblasen.

Kroatenjungen kommen, sie heulen.

AMADEUS: Was heult ihr so spät in der Nacht? Heulen könnt ihr noch morgen.

KROATENJUNGEN: Aben verkauft nich, garnich, Meister schlägt, tut weh – – –

LANGE ANNA (*zu Carl*): Pastor kümmer dir um deine Gemeinde.

Carl gibt sich eine abweisende Würde.

AMADEUS: Laß man!

Er faßt in seine Tasche. Die Kroaten gehen weiter.

LANGE ANNA (*zu Carl*): Was, du alter Geizkragen, du Kreuzverdreher, du Taschendieb. (*Er will in Carls Taschen fassen.*) Zeig uns ens das fremde Portemonnaie!

Carl verrenkt mit wortloser Leidenschaft den Arm des Langen Anna. Der schreit furchtbar grell auf; Amadeus fällt zusammen; der Pendelfrederech nimmt ein kleines Metallpfeifchen aus der Tasche und pfeift. Geht dann stier, ohne den Erfolg abzuwarten, seines Weges und legt sich gegenüber dem Hause Puderbach am Ufer der Wupper nieder. Es nahen alsbald drei Helfershelfer aus der Umgegend, die glauben, da man Lange Anna seines kreischenden Heulens und Jammerns wegen nicht verstehen kann, es handele sich um Amadeus, und fluchen. – Mutter Pius tritt aus dem Häuschen.

ERSTER HELFERSHELFER (*zeigt auf Amadeus*): Wegen den übergeschnappten Pitter?

ZWEITER HELFERSHELFER: Pfeift uns der Stinkadores.

Mutter Pius und Carl bringen Amadeus in ihr Häuschen.

LANGE ANNA (*zeigt vergebens seinen Arm und nach Carl*): Ein Mörder is er!

Die drei Helfershelfer verstehen endlich, um was es sich handelt, drohen, zeigen Messer und werden sehr laut. Der Großvatter Wallbrecker tritt oben erschreckt ans Fenster.

GROSSVATTER WALLBRECKER: Macht euch zum Teufel, ihr versoffene Nachteulen!

DIE DREI HELFERSHELFER: Johannes' Sohn is ein Mörder, soll sich noch mal sehen lassen.

LANGE ANNA (*kreischt wiederholend*): Ein Mörder, ein Mörder!

GROSSVATTER WALLBRECKER (*krähend*): Amanda, ruf den Carl bei mich. (*Er geht vom Fenster, man hört sein Bett knacksen, kräht schlaftrunken*): Meine Piepe will ich hab'n, (*in Lieschens Ton*) mit dem Hirschkopf drauf!

Die Männer verziehen sich drohend, Lange Anna mit ihnen.

GROSSVATTER WALLBRECKER (*leise*): Tum Tingelingeling – –

Der Vollmond steht grell am Himmel, leise öffnet sich eines der Dachfenster im Arbeiterhause, in dem Puderbachs wohnen. Das kleine Lieschen steigt leise mit geschlossenen Augen im Nachthemdchen aufs Dach, macht einige Schritte zur Wupper hin, wo Frederech liegt, und steigt wieder zurück durchs Fenster. Pendelfrederech hebt sich bei dem Vorgang langsam auf Vieren und stiert gläsern nach dem Dach. Sozialdemokraten singen unterdessen, hoch am Wald vorüberziehend, vierstimmig ein sozialdemokratisches Lied, man hört die letzten Worte: »Denn unsre Fahn' ist rot.«

ZWEITER AKT

Ein blühender, gepflegter Garten mit Beeten und Rosensträuchern und im Hintergrund ein Springbrunnen auf einer kleinen, künstlich hergestellten Anhöhe; im Hintergrund ein Pavillon mit bunten Fenstern, den man kaum sehen kann. Rechts ein weinumrankter Treppeneingang, der in die alte Villa Sonntag führt. Links im Vordergrund ein Zelt mit Tisch, Bank und Stühlen. Zwischen Gartenzaun und Nachbarmauer zieht sich eine in die Stadt führende, schmale Gasse. An der Nachbarmauer ist ein Blechschild angebracht mit üblicher Warnung; aber es ist schon alt und ruiniert und seine Aufschrift unleserlich.

FRAU SONNTAG; HEINRICH; EDUARD; MARTA, CARL PIUS; MUTTER PIUS; AUGUSTE *und* BERTA; DIE DREI HERUMTREIBER: PENDELFREDERECH, LANGE ANNA, DER GLÄSERNE AMADEUS.

MUTTER PIUS: Lassen Se mir ihm zwischen de eurigen sehn, das freut so 'n altes Großmutterherz.

BERTA (*gnädig und geziert*): Unsere Frau ist auch so freundlich zu ihm und erst (*respektvoll*) der Herr Eduard.

MUTTER PIUS: Was Se sagen – aber, is er das vielleicht nich wert? In de Früh um fünf kömmt euer junger Herr und holt ihm aus dem Nest und frägt ihm hie und da wegen dem Examen.

BERTA (*schnippisch*): So klug ist der Carl?

MUTTER PIUS (*überlegen*): Wann er *mein* Enkelsohn ist?

Berta lacht vorlaut. Sie will Mutter Pius verlassen, stellt das Tablett mit dem Abendgeschirr auf die Bank – die Servietten vergeßlich unter dem Arm haltend.

MUTTER PIUS: Hab'n Se 's so eilig, Berta, sonst verzählen Se sich doch so gern mit mich?

BERTA: Ich habe keine Zeit.

MUTTER PIUS: Sie haben wohl den Kopf vom Schatz voll?

BERTA: Wer sagt Ihnen, daß ich einen Schatz habe?

Berta pflückt sich eine Kamille vom Beet und läßt dabei zwei Servietten fallen.

MUTTER PIUS: Wer das sagt? Raten Sie ens! – Die Karten.

Berta stemmt neugierig die Hände in die Seiten. Mutter Pius hebt die zwei herabgefallenen Servietten auf und liest wohlgefällig den Namen auf dem Serviettenring.

MUTTER PIUS (*zu sich*): Wie en Kind im Haus – – –

BERTA (*schmeichlerisch*): Na, was sagen denn die Karten all, Mutter Pius?

MUTTER PIUS (*läßt Berta ein bißchen zappeln*): Das möchten Sie wohl wissen, Berteken?

Berta nickt geziert.

MUTTER PIUS: Dein Schatz wird dich untreu, aber eine weite Reise machst de übern Ozean, und ein reichen Millionär lernst de kennen.

BERTA: Donnerstag! (*Verwundert*) Unser Fräulein hat mir zwei Nächte hintereinander im Schiff gesehen.

MUTTER PIUS: Siehst de!!

BERTA: Aber zu Auguste haben Sie am Sonntag gesagt, mein Schatz wär ein robuster Mann mit einem Schnauzbart.

MUTTER PIUS: Ich hab das gesagt? Laß mir ens besinnen – –

BERTA (*geziert*): Aber er ist von kleiner Statur und trägt einen hellen Spitzbart.

MUTTER PIUS (*weissagend, komisch*): Un adlig is er.

BERTA: *Donnerstag!* (*Verwundert.*)

MUTTER PIUS: Das dumme Weib, geärgert hat sie sich, daß der Coeurkönig nich bei ihm lag und es zwanzig Jahr auf einen warten muß. Un da hat es dir vor Neid angeschmiert. Nä, Berteken, daß de so dumm bist!

BERTA: Ich werd's der besorgen!

MUTTER PIUS: Laß man, es is ja en arm Dier mit sein scheeles Aug und seine schiefe Schultern, laß man, Berteken.

AUGUSTE (*steht im Seitengang, der aus der Küche in den Garten führt. Zu Berta*): Wo bleiben Se denn?

Mutter Pius gewahrend, eilt sie zu ihr.

MUTTER PIUS (*zu Berta*): Ich hab auch de Madame schon rufen hören.

Berta geht geziert ins Haus. Mutter Pius nähert sich gewandt dem Pavillon, bückt sich, um durch die Ritzen besser sehen zu können.

MUTTER PIUS (*zu Auguste*): Ich habe ihm nur durch die Ritzen gesehen, ich muß mir jetzt beeilen; das Liesken von Puderbach hat de Windpocken.

AUGUSTE: Was se nich alles verstehen! (*Glotzäugig, gläubig.*)

Mutter Pius nimmt ihr Körbchen am Arm und reicht Auguste die Hand.

AUGUSTE: Hab'n Se denn unsere Frau schon gesprochen?

MUTTER PIUS: Das sehen Se doch an de schmierige Spitzen (*aufs Körbchen weisend*).

AUGUSTE (*glotzäugig, gläubig*): Was Se nich alles verstehn!

MUTTER PIUS: Alles muß man verstehen, das Feinste und das Gröbste.

Auguste schüttelt bewundernd den Kopf. Mutter Pius wendet sich geringschätzend und diabolisch lachend noch einmal zu Auguste herum.

MUTTER PIUS: Hab'n Se molz en flotten Kerl gefunden, trotz de Karten?

AUGUSTE: Nä, leider nich, Eure Karten sind reine Teufels, Mutter Pius.

MUTTER PIUS: Kommen Se doch ens wieder bei mich, vielleicht kriegen wir Gewalt über den Zauber, Auguste.

AUGUSTE: Wenn ich mich erlauben darf.

Man hört Husten aus dem Pavillon; sie horchen beide erschreckt nach der Richtung.

AUGUSTE: Das is Herr Eduard nich, das is de Marta, die guckt zu lang in de Nacht aus 'en Fenster.

MUTTER PIUS (*lauernd*): Euer Fräulein soll ens lieber schlafen.

AUGUSTE: Sie möcht auch von Euch de Karten gelegt haben.

MUTTER PIUS (*freudig*): Eine Gräfin war bei mich.

AUGUSTE (*sie anstaunend*): Wenn Se 's nich wieder sagen,

zeig ich Euch ne neumodsche Photographie von de Marta – splitternackt, wie's erste Weib unterm Baum.

Frau Sonntag und Heinrich treten unbemerkt aus dem Haus.

MUTTER PIUS: Du hältst die Mutter Pius wohl für dumm?

AUGUSTE: Ihre Freundin, das Fräulein Oberbürgermeister, hat se so abgenommen. –

MUTTER PIUS: Lauf wacker! (*Auguste eilt fort durch die Seitentür, Mutter Pius ruft ihr nach*): Ich leg dich auch fein die Karten, Auguste – – –

Mutter Pius bemerkt die Kommenden, Heinrich nähert sich dem Zaun und nimmt von einer Frau die Abendzeitung entgegen, drückt ihr flüchtig ein Geldstück in die Hand, indessen Frau Sonntag zum Zelt schreitet.

MUTTER PIUS (*gewandt*): Verzeihen Se, Ma'm Sonntag, daß ich noch hier stehn tu, ich wollt mein Enkelsohn Addjüß sagen.

Frau Sonntag nickt freundlich herablassend und geht rechts, die Rosen betrachtend, weiter. Mutter Pius kommt auf Heinrich zu, klopft ihm vertraulich auf die Schulter.

HEINRICH: Schockschwerenot, Frau Pius, wie geht es Euch bei den schlechten Zeiten?

MUTTER PIUS: Davon wissen Sie doch nix, Herr Heinrich.

HEINRICH: Un immer jünger werden Se.

Berta tritt aus dem Haus, den Tisch zu decken.

MUTTER PIUS: Sie Schmeichler.

HEINRICH (*zynisch, gutmütig*): Frau Pius, was meinen Se zu uns zwei?

Berta kichernd.

HEINRICH (*zu Mutter Pius*): Lassen Se den Kickindewelt lachen, er weiß von de Liebe nix.

Frau Sonntag nähert sich zerstreut dem Zelte.

MUTTER PIUS: So en jungen reichen Herrn un ich?

HEINRICH: Schockschwerenot, es is mein heiliger Ernst. Eine verständige Frau muß ich haben.

FRAU SONNTAG: Frau Pius, laß Sie sich von meinem Sohn nicht zum Besten halten.

MUTTER PIUS: Ich uz mir gern mit ihm, Ma'm Sonntag, lassen Se ihm die Freude.

HEINRICH: Wenn Se alles innes Lächerliche träkken, liebe Frau Pius, wir passen doch aufs Haar zusammen.

MUTTER PIUS (*weiß nicht, wie sie es auffassen soll*): Ein reiches Fräulein muß Herr Heinrich heiraten. Titichens will de Großmama (*zeigt auf Frau Sonntag*) wieder in Arm wiegen (*sie macht mit dem Arm die Wiegebewegung*).

FRAU SONNTAG: Nun laß Frau Pius zufrieden, Heinrich.

MUTTER PIUS: Auf de Messe aber dürfen Se mir Johanni mit die Freunde in meine Bude besuchen. Ich servier diesmal (*nickt Heinrich heimlich zynisch zu*) en extra feine Delikatesse –

BERTA (*bescheiden zu Frau Sonntag und Heinrich*): Ein Kind mit *zwei Köpfen* – – –

MUTTER PIUS (*bemerkt endlich Auguste, die schon längere Zeit erfolglos aus dem Seiteneingang winkt*): 'n Abend zusammen, ich muß bei meine Leute!

Frau Sonntag setzt sich auf die Bank an den Tisch, und Heinrich bleibt neben ihr stehen.

HEINRICH: Ein Unikum ist die Olle!

Mutter Pius entreißt Auguste das Bild – Kabinettgröße – und entfernt sich aus der Zauntür. Auguste bleibt verdutzt stehen.

FRAU SONNTAG: Du ziehst sie aber auch beständig auf, Heinrich.

AUGUSTE: Wie 'n Wind (*geht ins Haus*).

HEINRICH: Spaß muß sein, Mama Charlottchen.

FRAU SONNTAG: Macht dir das solch einen Spaß?

HEINRICH: Du sagst das so melancholisch.

FRAU SONNTAG: So, das weiß ich gar nicht.

HEINRICH (*kleine Pause*): Dieses Jahr wird die Bilanz gut werden, Mama Charlottchen.

FRAU SONNTAG (*lebhafter*): Du belügst mich, Heinrich?

HEINRICH: Bei meinem verrosteten alten Säbel.

FRAU SONNTAG: Du bist ein Junge!

HEINRICH: Wir wollen ein Pulleken darauf trinken, Mama Charlottchen!

Frau Sonntag schüttelt lächelnd den Kopf.

HEINRICH: Schad, daß Pius' Großmutter nicht mehr da ist; sitzen die noch immer darin? *Er zeigt auf den Pavillon.*

FRAU SONNTAG: Man muß sich nicht gemein machen mit diesen Leuten.

HEINRICH: Mittags promeniert sie vor meinem Büro vorbei, bis ich rauskomm.

FRAU SONNTAG: Warum?

HEINRICH: Sie liebt mir –

FRAU SONNTAG: Schwätz keinen Unsinn, Heinrich.

Heinrich lacht.

FRAU SONNTAG: Laß die arme alte Person in Frieden, ich möchte die Neckerei um Eduards willen nicht. Du kennst doch seine Sympathie für Pius.

HEINRICH: Pius kennt die alte Schrulle ganz genau.

Berta trägt Schüsseln mit kalten Speisen auf.

FRAU SONNTAG: Taisez donc!

HEINRICH: Ich sag ja nichts.

Er nähert sich dem Pavillon, Marta ist gerade im Begriff, aus der Türe zu treten – die Geschwister stoßen sich fast.

MARTA: Hast du mich erschreckt!

HEINRICH (*neckisch*): Ein unschuldiger Mensch erschrickt nicht, beichte!

MARTA: Esel!

HEINRICH (*plötzlich leise mit Erregtheit, die sich steigert bis zum Jähzorn*): Ich will dir mal was sagen, erfahre ich noch einmal, daß du in meiner Abwesenheit im Büro gewesen bist, so bekommst du ein paar Backpfeifen von mir.

MARTA (*ein wenig verblüfft*): Ich tu doch gar nichts da.

HEINRICH: Du weißt, Simon ist mein Angestellter, ich wünsche, daß er Respekt behält vor uns, verstehst du! (*Wieder munter*) Schockschwerenot!

MARTA: Herr von Simon ist stets höflich zu mir.

Eduard und Pius treten in den Pavillon.

HEINRICH: Das will ich auch hoffen. (*Heinrich reicht Carl Pius die Hand.*) Hab doch wahrhaftig wieder die Marken vergessen.

EDUARD (*zu Carl; Heinrich umfassend*): Er schwitzt den ganzen Tag für uns, Carl, er ist der selbstloseste Mensch auf der Welt.

Heinrich tut beschämt wie ein Backfischchen, bei seinem robusten Äußeren sehr ulkig wirkend.

MARTA (*geht dem Tisch des Zeltes zu*): Mama, ich habe schreckliche Augenschmerzen (*sie öffnet sie graziös affektiert*) vom Nachschlagen.

FRAU SONNTAG: Ich bewundere schon lange deine Ausdauer.

Pius geht ungeschickt auf Frau Sonntag zu und verbeugt sich tief vor ihr. Frau Sonntag reicht ihm die Hand.

MARTA: Herr Pius will vor dem Abendbrot nach Hause gehn, Mama.

FRAU SONNTAG: Aber warum das, Herr Pius?

CARL: Wenn ich so frei sein darf?

Marta bietet ihm den Stuhl neben sich an; Heinrich setzt sich links von Marta – Eduard nimmt neben seiner Mutter auf der Bank Platz. Berta serviert den Tee und bedient usw.

MARTA: Findest du nicht die Hornbrille scheußlich für Herrn Pius, Mama? Er sieht aus wie ein Dorfschullehrer.

FRAU SONNTAG: Marta, schwätz nicht soviel Unsinn.

Carl verlegen.

FRAU SONNTAG: Ich habe noch gar nicht bemerkt, daß Herr Pius eine Brille trägt.

CARL: Seit kurzem.

EDUARD: Bitte nimm sie mal ab. (*Carl zögert.*) Ich bin auch kurzsichtig.

FRAU SONNTAG: Deine Rehaugen – – –

HEINRICH (*ulkig einen Backfisch imitierend*): Das laß ich mir nicht mehr gefallen, mir macht kein Mensch den Hof.

Berta kichert leise auf, Frau Sonntags Blick streift sie rügend.

HEINRICH: Sie denken an Mutter Pius, Berta, was? Eine Großmutter haben Sie, Pius, prima!

Carl verlegen.

HEINRICH: Ich glaube sogar, sie ist eine ganz kluge Frau?

EDUARD (*zu Carl*): Von köstlichem Humor.

MARTA: Eduard sagt, sie versteht lateinisch.

FRAU SONNTAG: Auf welchen Tag fällt ihr Examen, Herr Pius?

CARL: Am Mittwoch, einige Tage nach Johanni, Madame Sonntag.

EDUARD: Du regst dich mehr auf, wie wir beide und die ganze Prima zusammen.

FRAU SONNTAG: Mein Sohn sagt mir, Sie machen sich Ihrer Studien wegen Sorge?

Carl ist verlegen um Antwort.

EDUARD: Du wolltest dich doch für weiteres verwenden, Mutter?

FRAU SONNTAG (*nickt freundlich Eduard zu, ihr Blick fällt plötzlich auf Heinrich, der interessiert in der Zeitung liest*): Was interessiert dich in der Zeitung (*rügend*) während des Tisches?!

HEINRICH: Ich bitte um gnädige Verzeihung, Mama Charlottchen.

MARTA: Hältst du dein Versprechen, Heinrich?

HEINRICH: Gerad mein Pferd muß stürzen.

MARTA: Du schwindelst mir immer was vor.

HEINRICH (*neckisch*): Im Gegenteil, du mußt den Verlust tragen helfen!

MARTA: Esel!

HEINRICH: Danke!

FRAU SONNTAG: Du kannst doch das Spielen nicht lassen.

HEINRICH: Es ist, mit Herrn Schiller gesagt, »mein Spaziergang«.

EDUARD: Er sitzt auch viel zu viel im Büro.

MARTA: Und dick bist du, wie der Wirt vom Schützengarten drüben.

CARL: Warum reiten Sie nicht, Herr Sonntag?

FRAU SONNTAG: Du hast doch wirklich sonntags Zeit.

HEINRICH: Der Hengst scheut ja, wenn ich mich ohne Uniform draufsetz, Kinder.

CARL: Fußtouren wären Ihnen auch zuträglich.

EDUARD: In den Tiroler Alpen; was, Carl?

CARL: Zum Schneerössel rauf.

EDUARD: Zehn Kilometer müßtest du täglich steigen; faktisch, das tät ihm gut.

HEINRICH: Ich werde mich gleich im Schützengarten wiegen lassen, ich glaub, ich habe schon durch eure guten Ratschläge abgenommen.

Zwei kleine Mädchen stehen, von allen unbemerkt, am Gartenzaun.

FRAU SONNTAG: Mit ihm ist kein ernstes Wort zu reden.

EDUARD: Pack doch einfach seinen Koffer, Mutter.

Die kleinen Töchter vom Wirt verschwinden ungesehen wieder.

HEINRICH: Und wer soll unterdessen für die Kleinen sorgen?

FRAU SONNTAG: Du hast doch einen Stellvertreter. Marta lobte ihn gestern noch.

HEINRICH: Sie soll sich lieber um die Haushaltung bekümmern.

MARTA: Esel!

HEINRICH: Danke! Freuen Sie sich Pius, daß Sie keine Schwester haben.

CARL (*seltsam aufflammend, antwortet etwas schüchtern*): Und ich beneide Sie darum.

FRAU SONNTAG (*lächelnd*): Hörst du's, Heinrich?

Heinrich schlägt Marta zärtlich auf den Rücken. Pause.

FRAU SONNTAG: Ich würde ja öfters in die Fabrik gehen – – –

HEINRICH (*neckisch*): Weißt du eigentlich, wo sie ist, Mama Charlottchen?

FRAU SONNTAG (*scherzend*): Wie er mich schlecht macht!

MARTA: Herr von Simon ist energischer, wie du bist mit den Arbeitern.

HEINRICH: Wenn ich dabei bin.

Alle lachen, nur Marta schmollt.

HEINRICH: Den Willem, meinen fleißigsten Arbeiter, hab ich seinetwegen herauswerfen müssen.

MARTA: Der drang betrunken ins Büro und wollte ihn dort totschlagen.

HEINRICH: Die Sache ist mir auch noch nicht klar.

FRAU SONNTAG: Wenn *dir* nur mal nichts passiert, Heinrich.

EDUARD: Ihn haben sie alle gern; zu dir haben sich öfter doch Arbeiter geäußert, Carl?

CARL: Ich steh mit all den Leuten kaum auf Grußfuß.

Frau Sonntags Blick streift ihn mißtrauisch.

FRAU SONNTAG (*zerstreut*): Wollen Sie wirklich *evangelischer* Geistlicher werden, Herr Pius?

CARL: Ja, Madame Sonntag.

FRAU SONNTAG: Ihre Großmutter wünscht es wohl?

CARL: So ernste Fragen pflege ich allein zu erledigen.

FRAU SONNTAG (*unbewußt in herablassendem Tone*): Versprechen Sie sich eine schnellere Karriere?

CARL (*primanerhaft*): Ich bin mit den Dogmen der katholischen Kirche in Konflikt geraten.

Frau Sonntag nickt zustimmend hin zu Eduard.

EDUARD: Iwo, Mutter, er will heiraten.

HEINRICH: Ich geh noch was rüber kegeln.

MARTA: Die kleinen Blagen standen schon vormittags am Zaun. Sie hätten heute Eisbein mit Sauerkohl, ließe ihr Vater Herrn Leutnant sagen.

HEINRICH (*zu Carl*): Er war mein Untergebener.

FRAU SONNTAG: Das sind also die Kinder vom Wirt?

HEINRICH: Ich kauf den Püppkens manchmal Schokolade. (*Er erhebt sich und macht eine lange Gähnbewegung mit Mund und Armen.*)

MARTA (*schnellt vom Stuhl auf*): Wollen Sie das Kissen mal sehen, was ich Eduard (*zu Carl sich wendend*) zum Examen schenke?

CARL: Ich bitte darum. (*Er erhebt sich freudig.*)

FRAU SONNTAG: Aber, Marta, wie kindisch, wie können Herrn Pius deine Stickereien interessieren?

CARL: Ich habe sogar als Knabe mit Vorliebe weibliche Handarbeiten selbst ausgeführt.

Frau Sonntag verzieht ihr Gesicht ungläubig.

EDUARD: Faktisch, Mutter! Mutter Pius zeigte mir ein großes Kreuz, was er gestickt hat.

Heinrich schreitet, die Hände in den Taschen, dem Hause zu, wendet sich um.

HEINRICH: Addjüß, Kinder!

Marta und Carl schlendern um eins der Beete.

MARTA: Ich habe ein Bouquet Kamillen nach der Natur darauf gestickt.

CARL: Sie sind selbst eine Kamille (*leise*) man möchte Sie immer fragen – – – Und es paßt auch viel besser für Sie, mit bunten, seidenen Fäden zu spielen, als uns zwei Kandidaten Examenarbeiten zu helfen.

Man versteht die letzten Worte kaum mehr, sie biegen in den Seitenweg des Gartens ein.

EDUARD: Mutter, warum bist du nicht freundlicher zu Pius?

FRAU SONNTAG: Aber, Kind, ich gebe mir doch die erdenklichste Mühe. (*Sie legt ein Tuch um seine Füße.*)

EDUARD (*scherzend*): Wenn ich mal oben im Himmel bin, wirst du abends heraufkommen und das große Sternenfenster schließen, Mütterchen.

FRAU SONNTAG: Wie du sprichst – – –

EDUARD: O, ich habe noch viel, viel zu erledigen. (*Er legt seinen Arm lächelnd um ihre Schulter.*)

FRAU SONNTAG: Du solltest mehr an dich denken, die vielen Nachhilfestunden, die du wieder für Pius übernommen hast! – Ich gebe ihm lieber das Geld.

EDUARD: Das würde ihn beschämen; mir macht es faktisch Vergnügen; Pius ist zu gesund, Geduld zu üben. – (*Kleine Pause*) – Er hat mächtige Wellen, Mutter, die überstürzen sich.

FRAU SONNTAG: Dir tun seine Schüler leid, ich kenne dich, Eduard.

EDUARD (*lächelt*): Hier waltet nur höhere Gerechtigkeit.

FRAU SONNTAG: Du dichtest ihn dir, Eduard.

EDUARD (*scherzend*): Wie sollte der, der den Himmel verkündet, nicht ein Dichter sein. – (*Kleine Pause*) – Dich stört seine breite, ungeschickte Art.

FRAU SONNTAG: Ich verlange von ihm doch keine weltmännischen Finessen.

EDUARD: Seine einfache Umgebung selbst respektiert instinktiv seine geistige Stärke.

FRAU SONNTAG: Seine geistige Stärke – Kind, Kind, diese Leute haben nur Respekt vor Fäusten.

EDUARD: Denke an Petrus, Jakobus – – –

Marta und Carl werden sichtbar.

FRAU SONNTAG: Du glaubst nicht, wie unsympathisch es mich berührt, wenn ich ihn neben Marta sehe. (*Eduard erhebt sich betrübt. Er hustet leicht.*) Willst du zu Bette gehen, Eduard?

EDUARD (*kleine Pause*): Durch den Garten wollen wir wieder wandeln, Mutter, weltentrückt, wie durch einen duftenden Psalm.

FRAU SONNTAG: Du machst mir das Herz schwer – – –

EDUARD: Das will ich nicht. Dein Herz ist ein Teil meines Himmels, darum werde ich dir ja bleiben, Mutter.

Frau Sonntag und Eduard biegen um die Rosen ein. Pius und Marta treten in den Vordergrund – sie setzen sich auf eine Bank vor dem Springbrunnen.

CARL (*streng, schüttelt energisch den Kopf*): Seinen Glauben respektier ich.

MARTA: Aber Mama weint immer, er will doch in den strengsten Orden eintreten, barfuß geht er dann, und seine schönen Locken werden ihm abgeschnitten.

CARL (*neidvoll*): Das empfinden Sie wohl am schmerzlichsten?

Pause.

Aber Sie erzählten mir doch, die Ärzte sagen, es käme nicht dazu.

MARTA: Denen kann man ja nicht glauben – und Mama haben sie es verschwiegen, sie würde sterben an seinem Tod.

CARL (*sarkastisch*): Also der Tod wäre demnach Ihrer Frau Mutter sicher.

MARTA: Bitte, spotten Sie nicht!

CARL: Ich bin nicht zum Spotten aufgelegt.

MARTA (*forschend*): Ist er eigentlich schon katholisch geworden?

CARL: Fragen Sie ihn doch selbst.

MARTA: Sie sind frech!

CARL (*theatralisch, primanerhaft*): Darum will ich auch der Welt den Schoß der Mutter nehmen.

Marta macht eine Bewegung des Unverständnisses.

CARL: Darum will ich evangelischer Verkünder werden.

MARTA: Ich glaube, Sie werden furchtbar schimpfen von der Kanzel.

CARL (*sarkastisch, scherzend*): Fegefeuer auf all die Sünder regnen lassen.

MARTA: Sie stritten doch einmal mit Eduard, es gäbe keine Sünde.

CARL: Im Sinne der Natur gibts auch keine Sünde.

MARTA: Warum wollen Sie dann strafen?

CARL: Weil ich sie nicht genießen kann. (*Er wendet sich plötzlich jäh zu Marta.*)

MARTA (*erschrickt*): Und schreiben so fromme Gedichte – – –

CARL: Haben Sie sie übersetzen können?

MARTA: Mühsam, jedes Wort schlug ich nach.

CARL: Später sende ich Ihnen täglich Kamillensträuße. Schenken Sie mir eine aus Ihrem Gürtel, bitte.

MARTA: Meinetwegen.

CARL: Sie paßt zu Ihnen, wie zur Amazone die Waffe.

MARTA: Und sind ebenso gefährlich.

CARL: Wenn Sie die Blättchen fragen.

Man sieht Frau Sonntag und Eduard durch eine dichte Baumallee wandeln, der Villa zu.

MARTA: Das tu ich schon lang nicht mehr.

CARL: Sie sind Ihrer Sache gewiß. (*Er will ihre Hand küssen.*) Sie spielen mit mir, Marta?

MARTA: Wenn Sie noch einmal meine Hand berühren, schlage ich Sie.

CARL: Tun Sie das.

Marta bricht, unwillig auflachend, ein Stöckchen vom Strauch ab, sie berührt damit Carls Hand.

MARTA: Wehren Sie sich doch!

CARL: Wie sollte ich mich wehren, einem Fräulein gegenüber.

MARTA: Sie sind feig.

CARL: Allerdings.

MARTA: Feigling!

CARL: Sie reizen mich.

Marta lacht mutwillig auf; Carl berührt mit seinem Bleistift leicht ihre Hand; Marta lacht ihn aus, Carl schlägt.

CARL: Verzeihung – o! (*Er will ihre Hand küssen.*)

MARTA: Das war gemein. (*Sie schlägt stärker zurück.*)

CARL (*wehrt ab*): O!

MARTA: Das war gemein, hier!

CARL: Ich fange gleich an zu weinen wie ein Kind.

MARTA: Pfui!

CARL: Sie sind herzlos.

MARTA: Und Sie vielleicht nicht?

CARL: Ich war hilflos.

MARTA (*leichtfertig, kindlich und kokett*): Und wenn ich Ihnen alle (*greift in den Gürtel nach ihrem Kamillensträuße*) schenke?

CARL: Sie legten sie nun auf ein Grab.

Heinrich kehrt durch die Gartentür zurück – er nähert sich den beiden.

MARTA (*erschrocken zu ihm*): Wie ein Dieb.

HEINRICH: Bei *den* Füßen (*zeigt sie*) müßte man schon taub sein. (*Er gähnt in verschiedenen Tönen.*) Pius, kennen Sie ein Subjekt namens Amadeus?

Carl noch in Gedanken.

HEINRICH: Er kennt *Sie*.

CARL: Der Amadeus mit dem gläsernen Herzen.

MARTA: Warum kommst du schon zurück?

HEINRICH: Weil ich müd bin.

MARTA (*zu Carl*): Auguste kennt seinen Großvater, der war Glaser, und er deutet Träume.

HEINRICH: Er hat mir soeben den Tod prophezeit.

CARL (*ironisch*): Die Deutung schmutziger Gewässer.

HEINRICH: Nä – – – (*zynisch, gutmütig*) ich hab von faulen Eierschalen geträumt; für 10 Groschen wollte er mich auch nicht am Leben lassen.

CARL: Er ist konsequent.

HEINRICH: Das muß man ihm lassen.

MARTA: Oft sollen gerade so Leute wahr prophezein; erzähl es nur nicht Mama.

Heinrich geht zwischen den Zähnen summend ins Haus; vorher verschließt er die Gartentür.

MARTA: Ich glaub, er hat doch was Angst.

CARL (*lacht auf*): Er hat es schon längst vergessen.

Die Katzen schreien.

MARTA: Wie kleine Kinder!

Carl schweigt.

MARTA: Weiße Angorakatzen sind himmlisch.

Berta und Auguste schleichen um das Haus mit Briefen in der Hand und klettern über den Zaun.

CARL: Haben Sie Ihre Dienstboten gesehen?

MARTA: Es sind doch auch Menschen.

CARL: Darum müssen sie gehorchen.

MARTA: Eduard sagt immer, es seien arme, weiße Sklaven.

CARL: Eduard ist ein Idealist.

Die Katzen schreien wieder auf.

MARTA: Das war die alte, greise Katze!

CARL: Ich werde noch tobsüchtig – – –

Marta lacht mutwillig, kokett.

CARL: Lassen Sie das Vieh!

MARTA: Wie Betrunkene – (*sie schreien wieder*).

CARL: Sie lecken zuviel an den süßen, bunten Kelchen.

MARTA: Auf meiner Decke liegt des Morgens immer Blütenstaub.

CARL: Ich schlafe nicht.

MARTA: Wegen des Examens?

CARL: Ich habe täglich ein schwereres zu bestehen.

MARTA: Meine Mama – – –

Sie sehen beide gespannt zum oberen Fenster der Villa; Carls Arme sinken schwer herab. Marta atmet laut auf, Frau Sonntag ist wieder vom Fenster verschwunden, man hört murmeln außerhalb des Gartens.

CARL: Mädchen! (*Er reißt Marta an sich, sie aber entwindet sich seinem Arm und stürzt ins Haus. Carl bleibt allein. Der gläserne Amadeus, Pendelfrederech, Lange Anna bleiben am Eingang der Gasse stehen.)*

LANGE ANNA: Fises Mensch, zwei Stunden hab'n wir uns in die Winkels vor de Türen gedrückt, in der Zeit du prophezeit hast, un nu gibst de uns so 'en schäbigen Lohn?

PENDELFREDERECH: Un mir kriegst de auch nich mehr mit zum Bangemachen.

AMADEUS: Ich hab euch nich zu eingeladen, mit mich zu gehen; un du, Frederech, vertreibst mich de Kunden mit deine offne Bux.

LANGE ANNA (*schmeichlerisch zu Amadeus*): Ich bin doch immer mit dich gegangen, un nun sprichst de so (*stößt ihn mit der Schulter vertraulich an*). Es hat wohl lang nicht geklirrt in dein zimperlich Herz?

AMADEUS: Na, da hast es, aber en halben Taler mußt de mich lassen.

Lange Anna dreht sich um und stellt sich vor die Mauer.

AMADEUS: Siehst de denn nich (*zeigt auf das Schild*).

LANGE ANNA: Ich hab überall Passe-partout.

Die beiden Mädchen kehren zurück, sie wollen schnell über den Zaun springen, sehen die Männer und schreien auf.

AMADEUS: Nu schreit man nich so toll, ihr herrschaftliche Hurweibers.

LANGE ANNA (*ganz hoch*): Sollen wir ens?

BERTA: Herr Pius!

AUGUSTE: Helfen Sie uns!

Carl beachtet ihr Hilferufen nicht.

AUGUSTE: Der eine kriegt mir an de Bein!

Die Mädchen schreien abwechselnd auf, sie sind endlich über den Zaun, laufen zu Carl.

BERTA: Haben Sie die drei gesehen?

AUGUSTE: Ich kann nich mehr, ich kann nich mehr, nä, ich kann nich mehr! (*Amadeus lacht.*) Hat die Frau nach mich gerufen, Herr Carl?

CARL: Darüber kann ich Ihnen keine Auskunft geben.

Pendelfrederech murmelt grausig, Lange Anna spielt auf seiner Handharmonika: »O, du lieber Augustin, alles ist hin,

hin, hin – – –« usw. Sie gehen weiter durch die Gasse der Stadt zu.

BERTA: So hochnäsig. Sie bilden sich wohl ein, Sie sind der Herr Eduard selbst?

AUGUSTE (*gutmütig*): Lassen Sie ihm, Berta, es is ja sein Freund; was, Herr Carl?

BERTA (*plötzlich gewöhnlich*): Mach, daß du zu Haus kömmst, de Großmutter will das Enkelsöhnchen noch in Schlaf singen.

AUGUSTE: Still, Berta, er wird schon wissen, warum er hier sitzen tut.

BERTA: Aber beim Fräulein brennt doch schon de rosa Nachtampel.

Die Mädchen schleichen durch den Kellergang ins Haus. Die Katzen schreien nochmal auf, man hört in der Ferne noch Lange Anna spielen: »Alles ist hin, hin – – –«

DRITTER AKT

Abends ½9 Uhr. Jahrmarkt. Karussell im Vordergrund links. Hinter dem Karussell und seitwärts rechts die verschiedenen Buden. Im Vordergrund die Bude der Riesendame Rosa, neben dieser die Schießbude, dann die Taucherbude, die Honigkuchenbude usw. Gegenüber links in kleiner Entfernung die schrägstehende Bude der Mutter Pius, die man nur ein Viertel sehen kann. Eine gemalte Kindermumie mit zwei Köpfen ist grotesk auf der Jalousie gedruckt. Fabrikarbeiter, Fabrikarbeiterinnen, Kommis, Ladenmädchen, Dienstmädchen, Herren der Gesellschaft mit ihren Schätzen, Schuljungen, Gassenkinder, Herumtreiber usw. Im Karussell stehen im doppelten Kreis hölzerne, groteske Tiere: Leopard neben Lamm, Reh neben Tiger, Löwe neben Pferd, Hirsch neben einer Riesengans usw. In Kutschen, die auf und nieder schaukeln, sitzen laute Weibsbilder, und an den Eisenstangen, die das Dach des Karussells halten, stehen Arbeiter und Schuljungen, um den Ring wetteifernd, der an einem Pfahl unweit des Karussells hängt und eine Freifahrt bedeutet. Das Karussell dreht sich noch langsam auf die schon fast abgelaufene Melodie »O du lieber Augustin«. Die letzten Töne: »Alles ist hin, hin, hin, alles ist hin – – –« Vor dem Karussell stehen Heinrich Sonntag und Lieschen Puderbach. – – Sie tragen auf der Nase ein blaues Pincenez und in der Hand einen Gummiball. Heinrich ist etwas angeheitert. Um Lieschens Hals hängt ein großes Pfefferkuchenherz mit der Aufschrift: Ich liebe dich. Man hört die beiden lachen zwischen den Klingeltönen des Karussells.

Heinrich Sonntag; sein Geschäftsfreund; die Herren mit grauen Zylindern; Dr. von Simon; Berta; Mutter Pius; Lieschen; August; Zuhälter Willem; Riesendame Rosa; Kommis; Ladenmädchen; Dienstmädchen; Pen-

DELFREDERECH; LANGE ANNA; DER GLÄSERNE AMADEUS; ARBEITER, UNTER IHNEN FÄRBER, WEBER USW.; ARBEITERINNEN; WEIBSBILDER; JAHRMARKTSLEUTE; GASSENKINDER.

LIESCHEN: Ich fahr für mein Leben gern (*es klatscht in die Hände*), ich setz mir auf den Leoparden und Sie auf das Lamm.

HEINRICH: Das machen wir, Puppel.

LIESCHEN: Wollt es ens doch endlich still stehen, Herr!

HEINRICH: Du brauchst doch nicht immer Herr zu mir zu sagen.

LIESCHEN: Wie soll ich Euch denn nennen?

HEINRICH: Wie de dein Schatz nennst, Puppel.

LIESCHEN: Den nenn ich Herrn Eduard, er is mein Königsschatz.

Heinrich tut erstaunt, er ahnt den Zusammenhang nicht.

LIESCHEN: Den kennen Se nich (*unbewußt verächtlich*).

HEINRICH: Ist er grad so schön wie ich?

LIESCHEN: Carl Pius sein Freund is er.

HEINRICH: Aber so einen langen Schnurrbart (*er streicht ihn in die Höhe*) hat er doch nicht?

LIESCHEN: Herr Eduard scheint immer aus sein Gesicht.

HEINRICH (*etwas besonnen, er weiß nun, von wem das Kind spricht*): Ich möchte so jemanden wohl kennen lernen.

LIESCHEN: Der kömmt doch hierhin nicht.

Das Karussell steht still, die Leute springen ab. Es steigen unter andern wüste Männer und Weibsstücke ein, welche toben und kreischen. Heinrich springt jäh mit Lieschen in einem Satz herauf. Mutter Pius steht plötzlich vor dem Karussell; Lieschen ist im Begriff, sich auf den Leoparden zu setzen, und Heinrich sitzt schon auf dem Lamm.

MUTTER PIUS (*zu Lieschen*): Das laß ich mich gefallen mit so en artigen Herrn, mein Herzeken.

EIN WEIBSSTÜCK (*zu Lieschen*): Laß mich ens beißen von das süße Herz.

LIESCHEN (*zu Heinrich*): Nä, dat kriegt der Aujust. Er guckt sich de Augen nach aus und schämt sich, in de Leckersläden zu gehen. – (*Kleine Pause*) – Daß es noch nich anfängt!

Arbeiter treten ungeduldig mit den Füßen. Ein Geschäftsfreund von Heinrich im grauen Zylinder tritt mit je einem Schatz am Arm ans Karussell.

DER GESCHÄFTSFREUND (*zu Heinrich*): Nun, Sie alter Sünder!

Das Karussell bewegt sich.

HEINRICH: Steigen Sie noch rauf!

Sie springen herauf.

GASSENKIND: Nehmen Se mir doch auch mit, Herr!

Die Musik spielt wieder: »O du lieber Augustin«.

MUTTER PIUS (*zynisch zu allen*): Wünsch euch 'ne angenehme Hochzeitsreis!

Sie kehrt schleunigst an ihre Bude zurück. Es kommen die Herren mit den grauen Zylindern – Bekannte von Heinrich – mit einer Anzahl Schätze und springen im beginnenden Tempo aufs Karussell. Arbeiter drängen die Weiber rücksichtslos ins Innere hinein, da sie auch den Ring greifen wollen. Das Karussell dreht sich wie ein Wirbelwind. Dr. von Simon und Berta kommen aus der Bude der Riesendame – sie gehen beide auf das Karussell zu.

BERTA: Ist das nicht der Heinrich?

DR. VON SIMON: Wo?

BERTA: Warten Sie, gleich können Sie ihn wieder sehen.

Dr. von Simon ein wenig erschrocken.

BERTA: Wenns nun Herr Eduard erfährt? – – –

DR. VON SIMON: Der Narr ist wohl auch schon *dein* Beichtvater?

BERTA: Und unsere Frau?

DR. VON SIMON (*blickt durch seine kleine, goldene Lorgnette – beruhigt*): Er kann nicht mehr gerade sitzen.

BERTA: Mich kanns ja gleich sein, ich will doch nicht mehr lange für andere Leute arbeiten.

DR. VON SIMON (*ergreift aufatmend die Gelegenheit*): Du mußt mir dein Herzchen ausschütten, liebes Kätzchen. (*Er will mit ihr umkehren.*)

BERTA: Der bleibt ja nicht lange hier, er reitet ja jetzt immer schon um 6 Uhr früh spazieren.

Sie gehen in die Taucherbude, das Karussell bewegt sich etwas langsamer. Man hört im Vorbeifahren Heinrichs Stimme.

HEINRICH: Noch einmal, Puppel?

LIESCHEN: Sicher, lieber Herr!

EIN WEIBSBILD (*aus der Rutsche*): Kommt ens bei mich rein.

LIESCHEN: Stell dir doch an de Stange, dann kriegst de den Ring.

Einige Gassenkinder schreien.

GASSENKINDER: Der Schimpanse ist ausgekniffen, de große Schimpanse is ausgekniffen!

Es entsteht eine Panik, zu einem Knäuel strömen die Menschen zusammen, fast alle Fahrenden springen vom Karussell herunter, Lieschen will das gleiche tun.

GASSENKIND: Der große Schimpanz mit dem kleinen Schwanz is ausgekniffen, ausgekniffen!!!!

LIESCHEN: Hörn Se denn nich, der wilde Affe is ausgekniffen, der beißt, ich hab Angst vor das Tier. De Lehrer sagt, an Kinder machen sich de großen Tiere am ersten ran.

Der Taucher läuft aus der Bude, gestikuliert mit dem Eisenkopf und den Eisenfäusten, was furchtbar komisch aussieht. Heinrich hält Lieschen fest.

MUTTER PIUS (*kommt ans Karussell*): Bleibt man sitzen, das is ja nur eine geriebene Reklame von de Zirkusleute.

LIESCHEN: Is es auch sicher nich wahr, liebe Mutter Pius?

HEINRICH (*nickt*): Nein. Haben Sie das Pulleken kaltgestellt, Mutter Pius.

MUTTER PIUS (*zynisch und wehmütig*): Un mich dabei.

Die vorzeitig Abgestiegenen nähern sich wieder dem Karussell, zwei Weibsbilder schlendern Arm in Arm herbei.

WEIBSBILD (*zu Heinrich*): Nehm mich doch, du zerbrichst ja dein Riesengespielzeug.

EIN ANDERES WEIBSBILD: Er ist doch de *Puppenhangri*!

Die Herren im Zylinder lachen ermuntert auf.

HEINRICH (*zu Lieschen*): Was sie nich alles vom lieben Heinrich wollen; was, Liesken?

EINER DER BEIDEN SCHÄTZE DES GESCHÄFTSFREUNDES (*sagt zu ihrem Begleiter*): Zu de Riesendame wollen wir ens rin (*zu ihrer Mitliebsten*), kuck, Minna, die hat en Bart wie en Kerl.

Das Karussell bewegt sich wieder, ohne zu spielen; in ihm sitzen nur noch vereinzelt Kinder zwischen Heinrich und Lieschen.

HEINRICH (*unsicher, da er angeheitert ist*): Lieschen, spielt es denn nicht?

LIESCHEN: Es ist schon spät in die Nacht, Mutter Pius sagt, die Polizisten kämen sonst.

HEINRICH: Dann wollen wir auch machen, daß wir runterkommen.

Er läßt die Kleine vom Leoparden auf seinen Rücken steigen, springt mit ihr vom Karussell, juchheit, läßt Lieschen zur Erde fallen, hebt es wieder in die Höhe, läßt es wieder fallen, fängt es auf, mit ihm springend durch die Menge, Mutter Pius kommt ihnen bis zur Taucherbude entgegen. Die Herren mit den grauen Zylindern sind vorangegangen mit den Schätzen und bleiben an der Schießbude stehen und schießen.

MUTTER PIUS (*etwas neidisch zu Heinrich und Lieschen*): Wie die Blagen.

Es kommen eine Menge neue Arbeiter.

LIESCHEN: Ich hab Angst, der Vater kömmt und holt mir.

HEINRICH: Ich versteck dich in meinen Mantel, Puppel.

LIESCHEN: Meinen Taler nimmt er mich ab für die Sparkaß.

HEINRICH: Dann schenk ich dir einen goldenen, Puppel.

LIESCHEN: So reich sin Se?

Mutter Pius, Heinrich, Lieschen gehen weiter.

EINE FRAU (*erstaunt fragend*): Das Kleine von Puderbachs! – – – (*Sie sperrt grinsend den Mund auf.*)

MUTTER PIUS: Nu, un was alles! Das Kleine helft mich hier.

Sie biegen nach links ein. Dr. von Simon und Berta treten aus der Taucherbude.

DR. VON SIMON: Du mußt nicht immer so laut meinen Namen nennen, Kätzchen, das ist nicht fair.

BERTA (*beleidigt*): O, ich weiß mir doch zu benehmen. (*Sie ahmt die Bewegung Martas nach.*) Du willst mir wohl los sein, Bruno?

DR. VON SIMON: Bewahre. (*Gereizt*) Aber es wäre deine Pflicht gewesen, mich auf den Betrieb hier aufmerksam zu machen. Bedenke die Konsequenzen, falls mich einer meiner Arbeiter hier überrascht.

BERTA: Unser Heinrich geht doch auch immer auf die Messe.

DR. VON SIMON: All right! Die Arbeiter wissen auch, was sie von ihm zu halten haben.

BERTA (*mürrisch*): Dann hätten wir ja überhaupt bei dir bleiben können.

DR. VON SIMON: Das können wir ja noch nachholen. (*Er kitzelt sie heimlich in die Taille. Berta schüttelt den Kopf. Dr. von Simon schiebt sie langsam vorwärts am Karussell vorbei zum vorderen Ausgang.*)

DR. VON SIMON: Wann feiern wir Hochzeit, Kätzchen?

BERTA (*versöhnt*): Ich dachte nach Weihnachten; so lang bleib ich auch noch. Die Frau hat mir durchs Fräulein fragen lassen, was ich mir wünsche.

DR. VON SIMON: Laß dir mal weiche Kopfkissen schenken (*sagt ihr noch etwas ins Ohr*) mit einem *rosa* Himmelchen darüber – – –

Berta, verschämt geziert.

DR. VON SIMON: Also vorher wird nichts?

BERTA: Ich bin doch ein anständiges Mädchen; (*geziert*) ich dürfte nicht mehr nach Hause kommen.

DR. VON SIMON: Auch nicht mir zuliebe?

Er kitzelt sie wieder in die Seite. Sie biegen beide ein, man sieht sie nicht mehr. Färber, deren Hände durch ihren Beruf bunt angelaufen sind, – August Puderbach ist unter ihnen – und Weber in gestreiften Kitteln und andere Arbeiter in blauen Blusen kommen über den Jahrmarkt. Mutter Pius tritt wieder in den Vordergrund.

AUGUST (*zu Mutter Pius*): Wo ist es?

MUTTER PIUS: Liesken oder meine Rarität?

AUGUST: Es!

MUTTER PIUS: Guck ens selber.

AUGUST: Deine Bude ist ja schon zugeschlossen.

MUTTER PIUS: Meinst de, ich laß se bis zum frühen Morgen offenstehen?

August springt aufs Karussell, er dreht selbst die Orgel, die noch die letzten Töne des Liedes »O du lieber Augustin« dumpf abgibt. Er setzt sich dann auf den Hirsch und lutscht an einer langen Stange Süßholz; Herr von Simon kehrt alleine, nach Heinrich spionierend, zurück, ein Weibsbild tritt zu ihm heran.

WEIBSBILD: Lassen Se mir ens schießen, ich möcht en Taschenmesser gewinnen.

WILLEM: Das sag ich dich, läßt de dir mit *dem* ein, hau ich dich de Backzähn aus!

DR. VON SIMON (*ihn wiedererkennend, ängstlich*): Nicht gleich so heftig, ich werd sie dir nicht fortschnappen.

WILLEM: Du dünnet Geripp, durch wen bin ich so heruntergekommen, wenn nicht durch dir (*droht*).

DR. VON SIMON (*zitternd*): Sind Sie nicht der Willem?

WILLEM: So heiß ich.

DR. VON SIMON: Warum hat Sie denn eigentlich der Chef gehen lassen? *Fixiert ihn durch die Lorgnette.*

WILLEM: Tu man das Glas von de Nas runter, de Hauptsach is, daß ich dir wiedererkenn, miserabel Verführer!

DR. VON SIMON (*zitternd und devot*): Kalt Blut, Willem!

WILLEM (*zu den Zuhörenden*): Ich hab auch zu meiner Schwester gesagt, wenn ich den ens zwischen de Finger krieg!

AUGUST PUDERBACH (*springt komisch vom Karussell*): Ich wollt meine Stange Süßholz ens zu End lutschen. (*Zu von Simon, idiotisch tückisch*) Seine Schwester haben Sie aufs Gewissen; nu kann sie lange warten, bis ich sie nehm, Sie fiser Seidenwurm.

WILLEM: Meine Schwester Laura auf dir warten? Auf son Pitter? (*Er spuckt ihn an. Dr. von Simon will sich aus dem Staub machen, aber die Herren im Zylinder halten ihn auf mit Fragen.*)

AUGUST: Ich heirat überhaupt nich und die abgeknutschte Laura verdek nich.

Willem haut August eine Backpfeife herunter; die Herren im Zylinder kommen in den Vordergrund und ziehen von Simon mit sich.

DR. VON SIMON (*zu den Herren*): Es wird die höchste Zeit, sich zu entfernen, Shocking! Shocking!

EINER DER HERREN MIT DEM GRAUEN ZYLINDER: Sie verstehen nicht, mit den Leuten zu scherzen.

DR. VON SIMON (*verächtlich, sich mit den Fingerspitzen affektiert abstäubend*): Allerdings!

DER GESCHÄFTSFREUND: Hat man Ihnen das nette Dingelchen stiebitzt?

EIN ZWEITER VON DEN HERREN MIT DEM GRAUEN ZYLINDER (*auf Heinrich zeigend*): Der Chef versteht es besser mit den Leuten.

Heinrich taumelt stark betrunken an der Hand Lieschens, das selbst sehr angeheitert ist, fiebernde Backen und Augen hat, in den Vordergrund.

HEINRICH (*zu Lieschen*): Kannst mich leiden, Puppel?

Lieschen nickt, schüttelt die Haare wild und wirr durcheinander.

DR. VON SIMON: Shocking!

DIE HERREN (*freundschaftlich*): Wir wollen ihn nach Hause bringen.

HEINRICH: Nach Haus? Zylinder ab!! Lieschen hörst du, nach Haus wollen sie mich transportieren.

MUTTER PIUS (*leise und vertraulich Heinrich ins Ohr*): Mach man, daß de wegkommst, de kleine dünne Zahnstocher (*weist auf von Simon hin*) gefällt mich immer schon nich.

HEINRICH: Wann wirst de eingesegnet, Liesken?

LIESCHEN (*weinselig*): Brüst hab ich wie junge Salatköppe.

DIE HERREN MIT DEN GRAUEN ZYLINDERN (*drängen ernst*): Sonntag, kommen Sie jetzt!

DR. VON SIMON: Shocking! – – –

HEINRICH: Was sagen Sie?

DR. VON SIMON (*zieht ihn unsanft am Arm und spricht befehlerisch*): Sie folgen mir ohne Zaudern!

HEINRICH (*in festem Ton, als ob er nüchtern wäre, plötzlich*): Wer ist der Herr, ich oder Sie?

DER GESCHÄFTSFREUND VON HEINRICH (*zu von Simon*): Reizen Sie ihn jetzt nicht!

DR. VON SIMON (*dreist, sich von den Herren gedeckt glaubend*): In diesem Falle bin ich der Herr.

HEINRICH (*jähzornig taumelnd*): Soldaten, Kameraden, wer is der Herr Leutnant, er oder ich?

Scharen von Arbeitern sammeln sich plötzlich um Heinrich, von Simon ahnt eine Katastrophe, am Körper zitternd, sucht er kleinlaut Sicherheit hinter dem großen breitschultrigen Geschäftsfreund von Heinrich und den anderen Herren.

EIN ARBEITER: Ein guter Leutnant war er.

EIN ZWEITER: Gezecht hat er mit uns auf Kaiser sein Geburtstag wie'n gemeiner Soldat mit den andern.

EIN DRITTER ARBEITER: Wir wollen ihn hoch leben lassen.

DIE GANZE SCHAR: Unser lieber Leutnant, er lebe hoch! Hurra! Hurra! Hurra!

WILLEM (*Herrn von Simon drohend*): Kerl!

Von Simon wagt nicht, den Schauplatz zu verlassen, sich überhaupt zu bewegen.

HEINRICH (*brüllt*): Angetreten!

Die Arbeiter und Herumtreiber sammeln sich in Kolonnen wie im Manöver. Die Weiber gucken neugierig zu. August stellt sich an die Spitze des links aufgestellten Bataillons, er hat sich einen Helm aus einer Zeitung angefertigt und setzt ihn auf den Kopf. Er empfängt seiner Ungeschicklichkeit wegen Püffe und Stöße.

HEINRICH (*besichtigt taumelnd sein Regiment, schickt den einen zurück, den andern setzt er an den Anfang der Reihe usw. Ab und zu Flüche ausstoßend. Brüllt*): Gerade gestanden! Schockschwerenot!

WILLEM: De Landhasen müssen zuerst auf den Feind losstürmen.

August macht eine Schießbewegung, den zitternden von Simon suchend.

LIESCHEN (*frech*): Da is er ja!

HEINRICH: Un de Maikäfer halten sich im Hinterhalt.

WILLEM: Un de Musik machen de Bindfadenjungen, daß de Hengste nur so galoppieren.

Alle lachen furchtbar, und die einexerzierten Arbeiter freuen sich mit Heinrich wie große, ungeschlachte Jungen, die Soldaten spielen.

WILLEM: Nu man los, Herr Leutnant, ich bin Euer Unteroffizier.

HEINRICH (*brüllt*): Ganzes Regiment linksum, vorwärts marsch!

Lieschen läuft neben Heinrich her, mit den Händen trommelnd und mit den Lippen Rhythmus markierend. Die Arbeiter exerzieren einige Schritte vom Vordergrund dem Platz zu; plötzlich von Simon bemerkend, wollen sie sich wie wütende Hunde auf ihn stürzen.

HEINRICH: Stillgestanden!!! Den Feind hau ich allein kurz und klein.

WILLEM (*schleift ihn herbei, seine Hände mit der Lorgnettenkette fesselnd, wie vor seinen Feldherrn. Von Simon stöhnt vor Angst. Die Herren mit den grauen Zylindern kommen ihm nicht zu Hilfe, sie amüsieren sich, neugierig den Vorgang betrachtend*): Lassen Se sich nicht totschlagen mit seinen Sabel, Herr Leutnant! (*Er zeigt tobend vor Lachen von Simons dünnes Spazierstöckchen.*)

AUGUST: Nu kann es losgehen, Kinder.

Willem löst die Kette von Dr. von Simons Händen. Der Geschäftsfreund drängt sich durch die erregte Arbeitermenge zu Heinrich, der hört aber in seiner Betrunkenheit des Freundes leises Zusprechen nicht; Heinrich hebt ein Kalkstückchen vom Boden auf und zieht einen großen Kreis unterhalb seines Herzens.

HEINRICH: So, Jüngsken, das Terrain darfst de nich überschreiten, sonst bin ich belämmert.

Alles lacht stürmisch, nur Lieschen umklammert Mutter Pius ängstlich.

LIESCHEN (*sinnlich erweckt*): Der macht den Heinrich tot.

Von Simon verblüfft; Heinrich wankt auf seine Freunde zu. Von Simon will die Flucht ergreifen, aber die Arbeiter packen ihn.

DIE RIESENDAME (*guckt aus ihrer Bude*): Kommen Se bei mich, Herrchen!

Von Simon befreit sich einen Augenblick, die Arbeiter hinter ihm her. August springt wie ein Kater auf seinen Rücken. Aber es gelingt von Simon, ihn abzuwerfen, und sie rasen hintereinander über den Platz dem Ausgang zu.

HEINRICH: Steckt ihn in den Aussichtsturm, meinetwegen!

Die Herren nehmen den völlig erschöpften Heinrich in die Mitte, um mit ihm fortzugehen.

HEINRICH (*zu Lieschen und zu Mutter Pius*): Schlaf süß, Marze! Gut Nacht, Mama Charlottchen.

DER GESCHÄFTSFREUND: Das müßt sie hören!

Die Menge verläuft sich, die Buden werden geschlossen, die alte Pius rennt in ihre Bude. Lieschen steht ganz allein im Vordergrund, setzt sich noch einmal auf den Leoparden im Karussell, streichelt ihn und springt dann ab.

DIE RIESENDAME (*steckt den Kopf durchs Fenster*): Wie heißt dein charmanter Kavalier?

LIESCHEN: Das geht Euch nix an.

Heinrich, in der Mitte der Herren, sieht man noch hinter dem Platz des Jahrmarktes auf einer Anhöhe heimwärts ziehen. Die drei Herumtreiber kommen langsam am Karussell vorbeigewandelt, über den Jahrmarkt gehend.

PENDELFREDERECH: Wir wollen den Garten nu reinigen von de Sünde (*murmelt böse*).

Lange Anna macht die Bewegung des Kehrens. Er trägt eine lange, rauschende Papierschürze und eine Frauennachthaube aus Papier mit flatternden Bändern auf dem Kopf und eine dicke Warzennase.

AMADEUS (*auf Heinrich zeigend*): Da wandelt mein Todeskandidat.

Mutter Pius kommt von ihrer Bude zurück, in der einen Hand einen Korb, in der andern die Kindermumie, ihr zweiter Kopf, angefertigt aus Lumpen, baumelt am Rumpf herunter.

MUTTER PIUS (*zu Lieschen*): Ich will mir hängen lassen, wenn es nicht dein Krakeeler von Vater gewesen war.

Lieschen läßt vor Müdigkeit den Kopf hängen; schauert auf, als Mutter Pius ihm die kleine Mumie reicht.

MUTTER PIUS (*zynisch*): Halt ens dein Zwilling fest!

Mutter Pius befestigt den Kopf wieder an dem Rumpf. Die Riesendame grinst aus dem Fenster.

MUTTER PIUS: Nu komm man rasch, sonst pumpt mir die Rosa (*auf die Riesendame weisend*) wieder an, und de Mutter Pius kann nicht »Nä« sagen.

Sie wollen beide eilig über den Platz gehen, als Lieschen stehenbleibt, jäh Mutter Pius' Schoß umfassend.

LIESCHEN: Ich dank dir auch vielmals für alles, liebe Mutter Pius.

Sie eilen weiter, die Riesendame läßt die grün- und gelbgestreifte Jalousie ihrer Bude herunter, die fällt gleichzeitig wie der erste Vorhang über die ganze Bühne.

VIERTER AKT

Im Arbeiterviertel wie im ersten Aufzug. Schornsteine dampfen und pfeifen in der Ferne jenseits der Wupper. Die Wupper ist bewegt und dunkelrot gefärbt. Fabrikarbeiter und Arbeiterinnen sind auf dem Wege zur Fabrik. Jungen ziehen Milchkarren, und Kinder laufen in die Bäckereien, Frühstück auszutragen. Über die Brücke geht, dem Häuschen von Pius zu, Eduard.

EDUARD; CARL; LIESCHEN; AUGUST PUDERBACH; MUTTER PIUS; FRAU AMANDA PIUS; GROSSVATTER WALLBRECKER; GRETCHEN STOMMS.

EDUARD (*erblickt Lieschen, das zur Bäckerei gehen will*): Lieschen!

LIESCHEN (*läuft entzückt zu ihm*): Herr Eduard! Herr Eduard!

EDUARD: Wohin gehst du denn so früh?

Lieschen ist noch immer zu freudig, um zu sprechen, es hält Eduards Hand fest und springt beständig in die Höhe.

EDUARD: Freust du dich denn so, mein Kind?

LIESCHEN: Sicher!

EDUARD: Sieh mal! (*Er schwingt eine Rolle hoch in der Luft.*) Komm, wir setzen uns hier auf die Bank.

Sie setzen sich vor Pius' Haus auf die Bank. Eduard öffnet die Rolle.

LIESCHEN: Is aus England, nich?

Eduard nickt.

LIESCHEN (*bewundernd*): Wie ist *das* schön gemalen!

EDUARD: Welche von den Puppenmüttern gefällt dir am besten, Lieschen?

LIESCHEN (*freudig*): De mittelste, die hat so große Augen, wie Sie habn.

EDUARD (*streichelt ihr Haar*): Das Bild mußt du dir an die Wand hängen, mein Kind.

LIESCHEN: Über unser Bett kömmt es zu hängen, un der alte Herr Jesus fliegt auf 'n Oller mit seine rotgeheulte Augen.

EDUARD: Aber Lieschen – – –

LIESCHEN: Er guckt wie der Vater, wenn er von de sündige Welt predigt.

EDUARD: Es kann auch nur ein frommer Maler unsern Heiland so schön malen, wie er gewesen ist.

LIESCHEN (*etwas dreist*): Meine Mutter sagt, Sie möchten uns en goldenen Rahmen bei das Bild kaufen.

EDUARD: Hat das deine Mutter gesagt?

LIESCHEN (*ihre Dreistigkeit fühlend, kleinlaut*): Molz!

EDUARD (*spricht zärtlich, gütig*): Aber daß du gestern nicht das kleine Christkind besucht hast, Lieschen, darüber bin ich sehr traurig.

LIESCHEN (*erschrocken*): Das dürfen Se nich sein; lieber bleib ich mein Leben lang in de Kirche auf de Stein liegen dreihundertundfünfundsechzig Tage (*besinnt sich*) und all die Stunden und die Minuten.

EDUARD (*gerührt*): Unsere liebe Mutter hat dich auch besonders gern, Lieschen.

LIESCHEN: Ich bin doch ens so schäbig angezogen. (*Sieht auf ihr Kleid herunter, Arbeiter grüßen Eduard ehrerbietig.*)

EDUARD: Darauf sieht unsere liebe Mutter nicht; sie sagte mir, du habest ein himmelblaues Herzchen, Lieschen, und sie möchte so gerne, daß es nicht fleckig würde.

LIESCHEN: En himmelblaues Herzken – – – habn Sie einmal so eins gesehn?

Kinder rufen Lieschen an.

ERSTES KIND: Lieschen!

ZWEITES KIND: Lieschen!

Sie laufen wieder fort.

EDUARD: Nur einmal bei einem kleinen Engelchen, das trug es ganz vorsichtig in einem seidenen Tüchelchen in den Händen.

LIESCHEN: Aber denn konnt es doch nich mehr klopfen?

EDUARD: Gewiß, es pochte ganz, ganz leise, lauter Perlen.

LIESCHEN: Sicher?

EDUARD: Und das Engelchen konnt es immer sehn, und so mußt du auch dein Herzchen wohl behüten, verstehst du mich, Lieschen?

LIESCHEN (*verzückt und erstaunt*): Ja – – –

KINDER: Lieschen, es ist half sieben; wir sagen es wieder!!

Lieschen rafft sich auf.

LIESCHEN: Ich muß nu laufen, Herr Eduard.

Gretchen Stomms kommt herbei, nähert sich etwas dreist den beiden und sagt Lieschen etwas ins Ohr.

LIESCHEN: Das is doch *der* nich.

Wird schüchtern, will fortlaufen mit Gretchen Stomms.

EDUARD: Eine Hand darfst du mir doch noch geben.

LIESCHEN: Mir haut der Vater, wenn ich trödel'.

GRETCHEN STOMMS (*altklug*): Es kriegt heute seine Löhnung.

Eduard nickt, Wichtigkeit markierend. Lieschen verläßt ihn befangen. Die beiden Kinder laufen, die Arme gegenseitig über Kreuz im Rücken, fort. Großvatter Wallbrecker kommt. Er trägt altmodisch grüngestickte Pantoffeln und die neue Pfeife in der einen Ecke im Mund. Arbeiter kommen wieder an Eduard vorbei.

EINER DER ARBEITER (*brutal auf Eduard zeigend*): Der muß auch bald ins Gras beißen.

GROSSVATTER (*erblickt ihn*): Guck einer an, der junge Herr, so früh. (*Nicht Antwort abwartend, nach dem Dachfenster sich aufstreckend*) Carl, steh auf, Faulenzer, dicker Plumpsack, steh auf! Amanda!

EDUARD (*will ihn beruhigen*): Lassen Sie sie noch friedlich schlummern, Großvater.

GROSSVATTER: Tum Tingelingeling! – – – (*Er drängt Eduard, sich wieder auf die Bank niederzusetzen.*)

EDUARD: Was meinen Sie, Großvater, wenn ich mir auch ein Pfeifchen anzünde?

GROSSVATTER (*streicht ein Schwefelhölzchen an der Wand des Häuschens an*): Schlecht sehn Se mal wieder aus, un es fehlt doch nix bei Sie; wo der Teufel einmal drinsitzt! – – – Was sag ich, der Teufel? Wallbrecker, bist du doch en dämlich Roß, aber was muß das für en Satans in Sie sein?

EDUARD (*schlemisch*): Wer den wohl erlegen könnte, Großvater?

GROSSVATTER: En Heiligen sind Sie, der heilige Laurentius sind Se, un Kaffee müssen Se bei uns trinken, sonst beleidigen Se meine Tochter Amanda. (*Er zeigt auf Amanda, die mit einem Tisch aus dem Häuschen kommt, ihn vor die Bank zu stellen.*)

FRAU AMANDA PIUS: So 'ne Ehre, geehrter Herr Eduard! (*Stellt den Tisch vor die Bank und reicht ihm die Hand. Zu Wallbrecker*) Wo is de Carl?

GROSSVATTER: Er schläft noch. Ruf du ihm.

Frau Amanda geht ins Häuschen.

GROSSVATTER: Er will nu Pastor werden, nehmen Se's ihn nich übel, lieber Herr Eduard.

Amanda kehrt mit Kaffeekanne, Tassen, Butterbrot usw. zurück. Es wird immer heller. Arbeiter und Arbeiterinnen, unter ihnen Färber mit grün-, rot- und gelbglänzenden Händen und bleichen Gesichtern, ziehen vorbei.

GROSSVATTER (*zu einigen Arbeitern*): Guten Tag zusammen!

ARBEITER: Auch schon aufgestanden?

AMANDA: Wenn uns der junge Herr – – –

CARL (*unterbricht sie*): Ich bin gleich unten.

AMANDA: Wenn uns der junge Herr die Ehre schenken will un en Köppchen Kaffee mit uns trinken will?

EDUARD (*gütig*): Ich bin ordentlich durstig, liebe Frau Wirtin.

AMANDA: Es fiel mich ja im Traum nich ein, daß de junge Herr heut kommen könnt, ich hätt sonst en Lot mehr gemahlen.

CARL (*man hört ihn oben sprechen*): Meinen Kragenknopf kann ich gar nicht finden.

MUTTER PIUS (*guckt aus dem Dachfensterchen*): Was seh ich – (*Sie tritt wieder vom Fenster zurück*) nu halt man still, ich kann dir doch nich mehr auf en Arm nehmen un dir antrecken.

Alle lachen unten.

GROSSVATTER: Mich is so dämlich im Kopf.

AMANDA: Du bist auch schon alt, Vatter.

Mutter Pius kommt.

MUTTER PIUS (*zu Eduard*): Bleiben Se man sitzen, tun Se, als wenn Se zu Hause wären.

Eduard hustet.

GROSSVATTER: Da meld er sich.

EDUARD (*hustet stärker*): Der alte Satansdrachen, was, Großvater?

MUTTER PIUS: De alten Doktors kurieren an Sie herum, die Mutter Pius aber wird Herr Eduard auf de Beine bringen, jeden Morgen und Abend en Köppken von de junge Weizensaat müssen Sie trinken. Ich will es Ihren Personal sagen.

EDUARD (*gütig*): Das mag wohl zuträglich sein, Mutter Pius.

GROSSVATTER: Un jetzt man, wo wir Vollmond haben, soll es am tauglichsten sein.

MUTTER PIUS (*herrisch und verächtlich*): Misch dir nich in mein Praxis, Großvatter Wallbrecker.

EDUARD (*besänftigend*): Das nehmen alle Mediziner übel, Großvater, wir sind doch mal nur Laien.

GROSSVATTER (*könnte aufplatzen vor Lachen*): Tum Tingelingeling, tum Tingelingeling – – –

CARL (*frisch, markig, primanerhaft, pathetisch*): Ich grüße dich, Gottesmann, der du fürlieb nimmst mit unserer Speise und Trank.

EDUARD (*leuchtend schelmisch*): Friede sei deinem Haus, mein Bruder.

Großvatter spricht auf Amanda unverständlich ein; Mutter Pius versorgt sich mit Kaffee und streicht Carl Butterbröte.

EDUARD (*legt Amanda ein Kuvert auf ihren Schoß*): Von meiner Mutter.

GROSSVATTER (*neugierig*): Laß ens gucken!

AMANDA (*stößt ihren Vater mit dem Ellbogen unsanft zurück*): Nä, Ihre Frau Mutter is engelgut. (*Eine dicke Träne fließt über ihre Backe.*)

GROSSVATTER (*nickt dazu, fortwährend Amandas Worte be-*

stätigend): Tum Tingelingeling, tum Tingelingeling, tum, tum, tum, tum!

Carl und Eduard unterhalten sich leise. Aus der Seitengasse, dem Zimmer im obersten Stock, das Puderbachs bewohnen, dringt Lärm. Ein Haufen Kinder sammelt sich lauschend vor dem Haus an.

MUTTER PIUS (*spricht lauter*): Vielleicht trinkt Herr Eduard auch noch ein Köppken?

Der Lärm läßt nach.

EDUARD (*nickt Frau Amanda zu*): Er ist außergewöhnlich gut gebraut, ich möchte das Rezept unserer Auguste sagen.

MUTTER PIUS (*katzenfreundlich zu Amanda*): Er schmeckt aber auch gut heut, Amanda.

AMANDA: Vatter, hol noch wacker was Zucker aus die Blas, (*er steht langsam auf*) nu eil dir man ein bißchen!

Lärm dringt wieder stärker aus der Seitengasse, man hört weinen, und es ist, als ob Porzellan zerbricht. Arbeiter und Arbeiterinnen gesellen sich neugierig zu den Kindern vor der Gasse.

AMANDA: Geh doch ens rüber, Carl, du verstehst dir doch mit den Scheinheiligen. Bist dich doch eine Otoridät.

CARL (*hart*): Laß mich zufrieden!

Eduard verlegen.

AMANDA: Wat redest de rauh!

Der Lärm läßt nach. Großvatter Wallbrecker kommt zurück, in seinem roten Taschentuch den Zucker wie in einem Beutelchen tragend.

AMANDA: Bist de toll, Vatter?

Carl und Eduard lachen.

MUTTER PIUS: Ich sag garnix mehr.

GROSSVATTER: Wat soll ich denn? Ich schlabbere ja mit de Löffels, (*zu Amanda*) ich schütt ihn doch so in 'em Reisbrei.

CARL (*sich belustigend*): Ich bin Zeuge! Großvatter kallt de pure Wahrheit.

AMANDA: Glauben Se 's nich, Herr Eduard, (*auf Großvatter zeigend*) er träumt immer.

MUTTER PIUS (*großmütig, heuchlerisch*): Wat sagst de, Wallbrecker, ich nehm mich *doch* en Löffel davon in mein Köppken?

Eduard klopft Mutter Pius auf die Schulter.

GROSSVATTER: Ich hab mir seit von Tag nicht drin geschnäuzt.

Alle lachen wieder herzlich. Aber furchtbar dringt der Lärm aus dem Hause der Seitengasse.

AMANDA: Entweder geh du oder ich (*bittend*).

CARL (*unerbittlich*): Wenn er sie ens tüchtig verwichsen tät.

GROSSVATTER: Du willst en Pastor werden, Carl – – ich hab gleich gesagt, Gesellen mußt de haben.

Der Großvatter erhebt sich.

MUTTER PIUS: Wegen dat schlumprige Weib drüben lassen wir uns beim Kaffee stören.

Der Großvatter ist im Begriff, herüberzugehen.

EDUARD: Bleiben Se sitzen, Großvater, der Carl wird Ruhe schaffen.

Der Großvatter läßt sich aber nicht aufhalten.

MUTTER PIUS (*neidisch auf Großvatter weisend*): Das tut er mich zum Ärger.

AMANDA: Nu lauf man rasch den Großvatter nach, Carl!

CARL (*ärgerlich*): Steh du doch deiner Freundin bei!

Carl hält Eduard zurück, der sich schlicht erheben will.

CARL: Er kommt ja gleich wieder heil zurück. (*Der Großvatter naht.*) Salve Cäsar! Statt den Lorbeer das Käppken auf den Kopf und Lieskens Present in de Schnute.

Alle lachen, auch hört man keinen Lärm mehr.

GROSSVATTER: Ich hab all wieder gestillt, Kinderkes. Bleiben Se man sitzen, Herr Eduard. (*Er bemerkt gar nicht, daß Eduard auf seinem Stuhl sitzt.*)

AMANDA (*geschwätzig*): Was bloß aus dem Liesken werden soll? –

EDUARD: Lassen Sie mich erst über den Berg sein.

MUTTER PIUS (*listig*): Da lassen Se man die Finger von.

CARL: Der Apfel fällt nicht weit vom Stamme.

MUTTER PIUS (*zynisch, halb zu sich zum eignen Amüsement*): Herr Eduard ist doch kein Feinschmecker!

EDUARD: Meine Schwester soll sich des Kindes annehmen.
AMANDA (*devot*): Ihr Fräulein Prinzessin Schwester?
EDUARD (*nickt stolz*): Ist sie nicht eine Prinzessin, Carl?

Carl errötet, ist benommen.

MUTTER PIUS: Dem Weib bin ich zu gut, ganz genau de Mama aus dem Gesicht geschnitten.
GROSSVATTER (*bestätigend*): Tum Tingelingeling, tum Tingelingeling, tum, tum, tum.

Wieder gehen Männer vorbei. Es sind die Helfershelfer, die Lange Anna zu Hilfe kamen am ersten Abend.

GROSSVATTER: Nehmt man de Bein auf en Nacken.
DER HERUMTREIBER (*höhnisch*): Na, wie schmeckt es euch denn?
GROSSVATTER: Carl, hast de das gehört?
MUTTER PIUS (*zu Carl, ängstlich, er könnte sie hauen*): Ärgere dir man nich darüber, Carl, das sind die nich wert.
CARL (*benommen*): Ich hab garnix gehört.
GROSSVATTER: Daß se mich nich en gemütlichen Abend gönnen, Herr Eduard. Fünfundzwanzig Jahr hab ich mit dem Liesken sein Großvatter am Webstuhl gesessen, (*weinerlich*) und doch war das Leichentuch zu klein für uns beide.
CARL: Mutter, gib mir meine Kappe!
EDUARD (*gütig, schelmisch zum Großvatter*): Wir werden noch oft zusammen ein Piepken schmöken, Großvater.

Alle lachen, nur der Großvatter nickt ernsthaft.

GROSSVATTER: Jetzt leb ich von de Gnade meiner Tochter un die (*er zeigt auf Mutter Pius*).
MUTTER PIUS: Ich bin doch gewiß nobel für dich!
AMANDA: Daß er das viele Tabakschmöken nicht lassen kann.
CARL: Für de Arbeit sind de Frauleut da!

Frau Amanda greift Carls Kappe durchs Fenster und setzt sie ihm auf.

MUTTER PIUS (*lacht*): Du frecher Bullenbeißer!
GROSSVATTER (*zu Carl*): Du bist noch jung, ich aber bin en altes, kränkliches Roß. (*Er hüstelt und spricht für sich*): Hab das Wiehern eigentlich schon vergessen.

Er will aufstehen und ausspeien.

AMANDA (*zum Großvatter*): Versteck dir rasch, siehst de nich?

Der Großvatter beugt sich schnell hinter den Strauch neben dem Haus. Der Kaplan kommt vom Spaziergang in den Wald über die Wiese links; er hat einen schwankenden Gang. Er bemerkt die Gesellschaft vor dem Häuschen nicht.

EDUARD: Warum soll sich der Großvater vor dem sanften Kaplan verstecken?

MUTTER PIUS (*weist auf ihn*): Wie 'n kleines Prozessionsboot über 'n evangelisch Meer.

EDUARD: Er ist sehr unglücklich, deiner Abtrünnigkeit wegen, Carl.

CARL (*sarkastisch*): So viel Kummer hat sich noch keiner um meine Seele gemacht.

EDUARD: Was sagen *Sie* dazu, Mutter Pius?

MUTTER PIUS: Daß Se lieber wieder nach unseren Luther hören sollen, was wollen Se allein herumschiffen?

EDUARD (*zu Carl*): Die Mütter!

AMANDA: Aufstehen, Vatter, wir müssen auf die Wies.

GROSSVATTER (*seufzend zu Eduard*): De Wäsch legen.

Eduard erhebt sich auch.

MUTTER PIUS (*zu Eduard*): Bleiben Se doch noch en bißchen bei de Mutter Pius, Herr Eduard.

EDUARD: Morgen geht's Examen los, ich muß noch mathematische Zahlen rechnen.

MUTTER PIUS: Was nich de Schulmeister all wollen, zu meiner Zeit war es noch nicht halb so schlimm.

CARL (*sarkastisch*): Deshalb bist de auch kein Pastor geworden!

EDUARD (*Großvatter und Amanda, die zögernd warten, die Hand reichend. Die beiden gehen ins Häuschen*): Wir sind alle Pflugtiere. Kommst du mit mir, Carl?

Carl nickt.

MUTTER PIUS: Mit de Schluffen an de Bein, Jung?

CARL (*kleinlaut*): Ich wär wahrhaftig in Gedanken so gelaufen. (*Zu Eduard*): Ich hab die Stiefel beim Schuster.

MUTTER PIUS (*zu Eduard, wie zu einem kleinen Jungen*): De Mama wird schon bang sein – dafür kenn ich ihr.

Mutter Pius reicht Eduard ermahnend die Hand, Carl begleitet ihn bis zur Ecke. Eduard winkt noch einmal Mutter Pius zu.

MUTTER PIUS (*ruft durchs Fenster*): Gib mir meine Valentiaspitzen und Poingtskrägen. Se liegen in de Fase auf en Schrank, daß de Mietze nich damit spielt.

Großvatter reicht die Spitzen heraus und zeigt in die Ferne, wo am Rand des Waldes die drei Herumtreiber: Pendelfrederech, Lange Anna und der gläserne Amadeus um eine Laterne gehen, deren Licht noch nicht ganz erblichen ist.

GROSSVATTER (*dämlich*): Da gehen die drei Erzengel in de Ferne un blasen aus de Laterne.

MUTTER PIUS: Du fängst auch wohl an zu reimen, wie de Carl?

Carl kommt zurück.

MUTTER PIUS (*zu Carl*): Lang macht der auch nicht mehr mit.

GROSSVATTER (*nickt beständig zustimmend*): Tum, tum, tum, tum.

CARL: Ich würd dem schon ein Stück von meiner gesunden Brust geben.

Pause.

MUTTER PIUS: Sag ens, Carl, wen hast de lieber, mir oder ihm?

In der Richtung blickend, die Eduard eingeschlagen hat.

CARL (*lacht*): Du träumst wohl, Großmutter, ich bin noch der Carl in deinem Schoß.

MUTTER PIUS: Mir überkömmt es man so.

CARL: Dich?

GROSSVATTER: Tum Tingelingeling!!

MUTTER PIUS: Meinst wohl, de Großmutter war nie wehmutsvoll gewesen?

CARL: Na, was is denn los?

Mutter Pius sitzt eine Weile schweigend, den Kopf herabgesunken auf die Brust; die drei Männer verschwinden in der Ferne im Wald.

AMANDA (*ruft*): Wo bist du denn, Vatter?

GROSSVATTER: Ich muß noch bei de Mutter Pius bleiben, sie hat Heiratsgedanken.

MUTTER PIUS (*auffahrend*): Du alter Sünder.

GROSSVATTER: Wenn ich en Sünder bin, da hätten wir uns heiraten sollen.

MUTTER PIUS: Dir! Du schlapper Bock!

CARL: Haltet eure Mäuler, ich muß arbeiten.

GROSSVATTER (*holt einen Ausklopfer*): Wart man, ich schaff dich Ruh! (*Amanda zieht ihren Vater vom Fenster fort. Man hört ihn noch aus dem Hause reden, wichtig*): Im Examen muß er steigen!

Carl nimmt Heft und Buch, Tintenfäßchen, Halter aus seiner Tasche und beginnt zu blättern; Mutter Pius glättet geschickt die Spitzen und schweigt grübelnd.

CARL (*etwas neckisch*): Ich glaub ens, der Großvatter hat recht gesprochen.

MUTTER PIUS: Ich altes Weib?

CARL (*sie neckend*): Mit dein jung Herz!

MUTTER PIUS (*sich aufraffend*): Temperatur hab'n alle Pius im Leib gehabt un du auch, Carl, siehst de, un de Großmutter weiß das. (*Sie holt sorgfältig Martas Bild aus ihrer Ledertasche und hält es Carl hin.*)

Carl fragend, verblüfft.

MUTTER PIUS: Deine Flamme!

Carl tiefrot, zittert, reißt das Bild an sich.

MUTTER PIUS: Du Spitzbub, gib man rasch wieder!

Carl steckt es in seine Brieftasche. Kleine Pause.

MUTTER PIUS: Sie guckt sich nach dich die Augen aus.

Kleine Pause.

CARL: Wer sagt das?

MUTTER PIUS: Ich!

CARL: Das ist gelogen.

MUTTER PIUS: All de Leut sagen es in de Nachbarschaft.

CARL: Weibergeklatsch. (*Kleine Pause. Flehentlich erregt*): Wer hat dir das gegeben, Großmutter?

MUTTER PIUS: Weißt de nich genug, daß du es auf deine Haut trägst, Carl?

CARL (*plötzlich glücklich*): Großmutter! (*Er küßt sie auf den Mund.*) Du bist eine Teufelin!!!

MUTTER PIUS: Kriegt de Mutter Pius ens Schimpfe für die Gabe. – (*Kleine Pause.*) – Du heulst ja!

CARL (*unterdrückt die Erregung*): Ich glaub es dir bald!

MUTTER PIUS: Wat zitterst du denn?

CARL: Ich hab Angst, ich fall im Examen durch. (*Plötzlich hart.*) Ihr Weiber stört mich!

Kleine Pause.

MUTTER PIUS: Carl, ich muß dich was recht Intimes sagen. Keiner darf es hören.

CARL: Laß mich zufrieden.

MUTTER PIUS: Sprech mit deine Schwiegermutter.

CARL: Was?

MUTTER PIUS: Wenn du's Examen bestanden hast.

Carl grübelt.

MUTTER PIUS: Sie weist dir nicht ab, glaub es Mutter Pius. – (*Kleine Pause.*) – Du guckst mir an, als wenn ich dir zum Narren halt.

Carl gespannt.

MUTTER PIUS: So en wackerer Mann, wie du bist, Carl – un de feine Herrschaften stärken gern man das Treibhausblut mit den natürlichen seines.

Carl immer gespannt.

MUTTER PIUS: Liest de dann nich in de Zeitung öfters, daß de Gräfinnen sich mit de Lakais einlassen?

CARL (*naiv*): Hinter den Rücken der Mütter?

MUTTER PIUS: Die Olschen wissen immer davon. (*Listig*) Mamma Sonntag weiß auch von das viele Leckers un de Zigaretten, was de Marta dich in de Manteltaschen stopft.

CARL (*trotzig*): Wer sagt dir, daß sie es hereinstopft!

MUTTER PIUS: Das riech ich im Dampf, Carl. Nä, wie ein kleines Gockel bist de noch!

Von der Seite kommen August Puderbach und andere Färber, mit bunten Händen, durcheinander redend, von der Fabrik zurück; sie bleiben vor Pius' Häuschen stehen.

AUGUST: Se streiken wieder.

MUTTER PIUS (*ärgerlich*): Und du?

DIE ARBEITER (*durcheinanderredend*): Aufhängen soll man die Krakäler.

CARL: Das sag ich auch.

AUGUST: Sind wir ens einmal eine Ansicht.

Amanda kommt zurück, rechts vom Hause her; sie hat die letzten Worte gehört.

AMANDA: Gut bist de dem Carl ens doch, August. Den Scheitel trägst de ja am Sonntag wie er an der Seit.

EINER DER ARBEITER: Was hab'n wir von der Streikerei?

AUGUST: Drei un ein halben Taler weniger im Monat. Mich war de Arbeitszeit nich zu lang.

MUTTER PIUS: Das muß man dich lassen, ein fleißiger Jung bist de – aber was tust de auch zu Haus bei dein muckerigen Vater?

AUGUST (*zu Carl*): De Pastoren, die streiken nich, was, Carl? – Vielleicht sattle ich noch um.

CARL: Halts Maul!

EIN ANDERER ARBEITER: Was sollen wir machen, Mutter Pius, wir dürfen uns so nich zu Haus sehen lassen.

MUTTER PIUS: Kümmert euch doch nicht um eure Brüders.

EINER DER ARBEITER: Was sollen wir machen gegen so viel Sozialdemokraten? Wir sind ja all Sozialdemokraten, aber darum brauchen wir doch keine Dummheiten machen.

MUTTER PIUS: Nä, wahrhaftig nich.

DERSELBE ARBEITER: Was rätst de uns, Mutter Pius?

AMANDA: Geht man wieder zurück zu euren Herrn und klatscht ihm die Vorgänge.

EIN ANDERER ARBEITER: Nä, verraten tun wir de Brüder nich.

CARL (*herablassend, brutal*): Schlagt euern Herrn tot, wie se 's in Rußland machen!

DERSELBE ARBEITER: Un dann?

MUTTER PIUS (*lachend*): Dann wirst du der Besitzer, August.

EIN ANDERER ARBEITER: Lieber bleiben wir en Arbeiter, als en Herrn werden über se alle.

MUTTER PIUS: Ich würd schon mit ihm tauschen. Alte Schafsköpfe, wo man euch hintreibt, freßt ihr!

EINER DER ARBEITER: Recht hat se man.

EIN ANDERER ARBEITER: Mein Jung soll lieber in unser eigenen Schweiß (*er zeigt auf die Wupper*) versaufen, als en Färber werden.

EINER DER ARBEITER: Kannst du uns was borgen, Mutter Pius?

EIN ANDERER ARBEITER: Guck ens in dein Beutel nach – – –

MUTTER PIUS: Ich hab von Tag nich en Kastemänneken über. De Carl muß doch auf de Universität ne ganze Bux am Hintersten hab'n.

Lieschen läuft, vom Brotaustragen zurückgekehrt, zu August – er und die Arbeiter gehen weiter, sich zu beraten. Der Großvatter Wallbrecker kommt keuchend über die Wiese, er ruht sich vor der Brücke aus. Er trägt einen Wäschesack auf dem Rücken. Von der Gasse hört man Getrampel und Fluchen, eine Schar Arbeiter kommt auf Pius' Häuschen zu.

MUTTER PIUS (*nimmt mit einem Griff Carls Bücher und ihre Spitzen*): Komm wacker herein, Carl, ich muß mir neutral halten, un wenn Bebel selber mir um Rat fragen tät.

Der Großvatter sieht Lieschen, das noch vor dem Haus von Pius steht.

GROSSVATTER: Lieschen!

LIESCHEN (*mit raffiniertem Einverständnis zu Mutter Pius*): Soll ich heut wieder helfen, Mutter Pius?

Mutter Pius ist aber schon im Haus und hat Lieschens Frage nicht gehört. Die Arbeiter verziehen sich. Lieschen geht der Gasse zu. Großvatter ruft; aber Lieschen will, scheint's, nicht hören; er pfeift den Piff, der Lieschen ein Signal geworden ist. Nun steht der Großvatter vor dem Häuschen.

GROSSVATTER: Nä, wie sich das Blag verändert hat! Amanda, mein Buckel stürzt ein!

Er geht ins Haus.

FÜNFTER AKT

ERSTE SZENE

Eine Art Gartenzimmer in der Villa der Familie Sonntag. Rechts führt die Tür zum Flur, von der man die Haustür deutlich sehen kann. Links ein breites Fenster, das den Garten spiegelt. Viele Schlingpflanzen und andere Blumen schmükken das Zimmer. Nahe dem Fenster steht ein lila Ledersofa, worauf Frau Sonntag und Eduard sitzen. Frau Sonntag hält zerstreut ein offenes Buch auf der Rückseite im Schoß. Marta ist im Begriff, den Flor von Heinrichs Bild abzunehmen. Die Familienmitglieder sind in Schwarz gekleidet, auch die Dienstboten.

FRAU SONNTAG; EDUARD; MARTA; DR. VON SIMON; AUGUSTE; BERTA.

MARTA: Immer wieder hängt ihn Auguste um das Bild.

FRAU SONNTAG: Warum nimmst du ihn ab?

MARTA: Eduard will es ja.

EDUARD (*liebevoll*): Ich möchte, liebe Mutter, daß man ihm Lebendigeres brächte.

MARTA (*zu Eduard*): Wie gefällt dir dieses junge Grün?

Eduard nickt dankbar.

FRAU SONNTAG (*melancholisch*): Ich traure, daß er gelebt hat.

Marta schmückt das Bild, setzt sich dann ans Fenster und stickt auf einen Rahmen in Seide Kamillen. Ihre Bewegungen sind unruhig, wartend.

EDUARD: Daß du nur einen Augenblick an seiner Ehrenhaftigkeit zweifeln kannst!

MARTA: Dr. von Simon sagt aber auch, ein Unschuldiger gehe nicht dem Leben durch.

EDUARD: Der Inspektor hat sich kein Urteil über unsern Bruder zu erlauben, vor allen Dingen aber vor seines Herrn Schwester nicht.

Frau Sonntag winkt Marta zu schweigen. Kleine Pause.

EDUARD: Soldat war er, wie soll der anders in diesem unaufklärbaren Falle handeln!

FRAU SONNTAG: Ich glaubte, diese Zeit hätte er längst vergessen.

EDUARD: Aber Mutter, der Soldat lag ihm im Blut wie in Achill der Sieg.

FRAU SONNTAG: Wie du ihn zu verherrlichen suchst, Eduard!

MARTA: Schneidig standen ihm die Schnüren und der Galahelm.

EDUARD (*Marta in die Rede fallend*): Er hätte Soldat bleiben sollen, Mutter, auch nach Papas Tod.

FRAU SONNTAG: Du sagst das so vorwurfsvoll, sollte ich mich vielleicht ins Büro der Fabrik setzen?

EDUARD: Mutter, du bist nervös.

FRAU SONNTAG: Er hat damals Papa versprechen müssen, die Leitung zu übernehmen.

EDUARD: Ich hätte ihm das Versprechen nicht gegeben, wenn ich Heinrich gewesen wäre.

FRAU SONNTAG: Du? (*Erstaunt*) Daß ich meine Kinder so wenig kenne – – – Es hätte sich schon ein Stellvertreter in der Verwandtschaft gefunden.

MARTA: Wenn ihr euch jetzt immer so ernst unterhaltet – es ist schon trist genug bei uns im Haus.

FRAU SONNTAG (*melancholisch*): Ich bin auch keine Gesellschaft für dich.

EDUARD: Bald habt ihr mich los.

FRAU SONNTAG und MARTA (*sprechen fast zusammen*): Ich hoffte, *du* würdest *nun* bleiben, Eduard?

MARTA: Bringst du auch mal einen Mönch mit nach Hause?

Mutter und Sohn lächeln.

EDUARD: Wie denkst du dir das?

MARTA: Ich möchte mal so jemand ganz Frommes kennen lernen.

FRAU SONNTAG (*wehmütig, mokant*): Du bist ihr nicht fromm genug.

EDUARD: Kinder und Narren – (*kleine Pause*).

MARTA: Mama, kann man eigentlich *rosa* auf dem Standesamt tragen?

FRAU SONNTAG (*unterbricht Marta erschrocken*): Daß du es übers Herz bringen kannst, Eduard.

EDUARD: Wenn du Gott liebtest, würdest du nicht versuchen, mich wankend zu machen.

FRAU SONNTAG: Ich liebe Gott nicht.

EDUARD: Weil du ihn mit menschlichen Empfindungen suchst.

FRAU SONNTAG (*melancholisch*): Ich habe keine andern.

EDUARD (*legt den Arm um sie*): Und doch leidest du unmenschlich, Mütterchen. – (*Kleine Pause*). – Ich möchte dir, solange ich noch bei dir bin, Vater und Heinrich ersetzen. – Warum lächelst du so fremd?

FRAU SONNTAG: Das wirst du nie, Kind.

EDUARD: Wenn ich mir nun alle Mühe geben werde?

FRAU SONNTAG: Du *könntest* es, Gott sei Dank, nicht.

MARTA: Ich habe einmal zwei Mönche im Kölner Dom gesehen. Ihre Köpfe waren geschoren, wie bei Verbrechern, und barfuß gingen sie später durch den Schnee.

MUTTER (*seufzend*): Du hältst es nicht ein Jahr im Franziskanerorden aus, Eduard.

AUGUSTE (*öffnet behutsam die Tür des Zimmers*): Herr Pius ist da un will die Frau ganz allein sprechen.

FRAU SONNTAG (*zu Eduard*): Er meint dich gewiß, Eduard.

AUGUSTE: Nä, er sagt ganz ausdrücklich, *die Frau*.

Frau Sonntag erhebt sich achselzuckend.

AUGUSTE (*flüstert Marta leise ins Ohr*): Ihr Bräutigam is auch wieder da.

Marta blickt forschend auf Eduard, der aber nichts gehört hat, und geht leise trällernd aus dem Zimmer. Auguste deckt Eduard mit der Gebärde der Frau Sonntag eine Decke über die Füße.

EDUARD: Bei der Wärme, Auguste?

AUGUSTE: Wenn es Herr Eduard hab'n will, leist ich ihm en bißchen Gesellschaft. *Eduard nickt gütig.*

AUGUSTE: Ich hör für mein Leben gern von Herrn Jesus erzählen.

Eduard nickt. Auguste nimmt Platz und zieht ihren breiten, blauen Strickstrumpf aus der Tasche.

AUGUSTE: Sie müssen nich immer auf den Heinrich gucken, er kriegt kein Frieden.

EDUARD: Und eigentlich war ich doch an der Reihe.

AUGUSTE: Das helft alles nix, passen Se auf, Herr Eduard, (*freudig verheißend*) nach der Trauer folgt de Hochzeit.

Eduard blickt sie fragend an.

AUGUSTE: Euch mein ich doch verdeck nich, oder der liebe Herrgott müßt sich auch eine Tochter machen.

Eduard lächelt.

AUGUSTE: De Marta mein ich.

BERTA (*tritt mürrisch ins Zimmer, sie bringt auf einem Tablett eine Kanne Milch und ein Glas. Zu Auguste*): Ihnen alles nachzutragen, habe ich auch keine Lust mehr. (*Sie verläßt das Zimmer.*)

AUGUSTE: Das dumme Blag tut ens so zimperlich wie 'n Fräulein.

EDUARD: Sie sieht seit einigen Tagen sehr unzufrieden aus.

AUGUSTE: Gekündigt hat se Mama Sonntag, sie geht nach Schlamerika.

EDUARD: So?

AUGUSTE: Ich glaub, de Mutter Pius hat ihr das aus de Karten prophezeit.

EDUARD: Mutter Pius hält euch nur zum besten – sie ist doch eine kluge Frau, dünkt mich?

AUGUSTE: *Sie* gucken ja immer in den Himmel rein.

EDUARD: Nein, ist sie keine kluge Frau?

AUGUSTE: Wie mans beguckt; aus ihrer Schlauigkeit krauchen die Narrheiten.

EDUARD: Das ist mir ganz neu.

AUGUSTE (*kleine Pause*): Ich könnt euch alles beichten, Herr Eduard.

Sie hebt eine Masche auf, die während ihres Sprechens gefallen ist.

EDUARD: Tun Sie das, Auguste.

AUGUSTE: Ich habe Mama Sonntag vorige Woche was vorgelogen.

EDUARD (*ein Lächeln unterdrückend*): Was denn, Auguste?

AUGUSTE: Ich hab mich gar nicht verschlafen, im Leichenhaus war ich. Ich wollt dem lieben Herrn Heinrich addjüß sagen.

EDUARD: Das hätte Ihnen meine Mutter ja nicht verwehrt, Auguste.

Eine Schar Jungens mit Waldbeeren in Kannen klingeln an der Haustüre und klopfen und surren.

AUGUSTE (*schließt die Tür*): Und was denken Sie, wem seh ich da – de alte Pius! De Augen standen scheel wie beim Geripp, un gedreht hat se sich (*spricht immer tiefer*) um de Leichen immer rund um, ohne aufzuhören, un gesungen hat se dabei (*sie singt ganz tief, fast im Baß*): O du lieber Augustin, alles is hin, hin, hin.

EDUARD: Was erzählen Sie da, Auguste?

AUGUSTE: Regen Se sich deshalb nich auf. Carl sein Großvatter, der hat vor langer Zeit zu mich gesagt, de Mutter Pius wär das Karussell, wo wir all drin sitzen.

Frau Sonntag kommt entstellt ins Zimmer; sie sieht ganz gelb im Gesicht aus. Die Jungens sieht man beim Hereintreten sich vor der Haustür drängen. Der größte hält ein Öllämpchen in der Hand.

AUGUSTE: De Jungens machen mir ganz nervös.

Ahmt Frau Sonntag nach, erhebt sich gemächlich vom Stuhl und geht behutsam aus dem Zimmer.

DIE JUNGENS: Gitzhals, Gitzhals!

FRAU SONNTAG: Du weißt es wohl schon.

Eduard ist noch immer erregt von Augustens Erzählung.

EDUARD (*nickt fragend »nein«*): Du schüttelst dich, als ob du über ein gedüngtes Land gegangen bist.

FRAU SONNTAG: Du weißt es wirklich nicht, Eduard?

EDUARD: Setz dich zu mir, armes, armes Mütterchen.

Pause.

FRAU SONNTAG: Pius war doch hier.

EDUARD: Ach ja, was wollte er?

FRAU SONNTAG (*tonlos*): Marta.

Kleine Pause.

EDUARD: Ich hätte mich mehr erschrocken, wenn es der Inspektor gewesen wäre.

FRAU SONNTAG (*verlegen*): Du hättest ihn sehen müssen, den schüchternen Jungen – impertinent wurde er, sage ich dir, Eduard. Er trinkt überdies.

EDUARD (*kleine Pause*): Ich bildete mir ein, er hätte uns so oft meinetwegen besucht. – (*Kleine Pause*) – Ich bin Egoist geworden während meiner Krankheit.

FRAU SONNTAG: Aber Eduard, er konnte sich doch glücklich schätzen, dich besuchen zu dürfen.

EDUARD: Wie trivial faßt du unsere Freundschaft auf, Mutter.

Die Jungen werden so laut, daß man sie im geschlossenen Zimmer hört.

FRAU SONNTAG (*sehr verlegen*): Auguste soll die Kinder draußen fortschicken. (*Sie klingelt.*)

EDUARD: Eine junge, eherne Apostelgestalt ist Carl Pius, in Versuchung.

FRAU SONNTAG: Du bist ein Fanatiker.

EDUARD: Und doch lehrt Krankheit weise Melodien. – (*Kleine Pause*) – Was sagtest du ihm?

FRAU SONNTAG: Ich erinnerte ihn zuerst an seine Jugend.

EDUARD: Und?

FRAU SONNTAG (*sich erdenkend*): Daß Marta dann schon ein altes Mädchen sein würde – aber als er impertinent wurde – wies ich ihm die Tür.

Eduard senkt den Kopf.

AUGUSTE (*tritt behutsam ins Zimmer, ihre roten Backen glänzen, sie läßt die Zimmertür halb offenstehen*): Wie zwei Turteltauben, die beiden im Garten – (*Frau Sonntag verlegen*).

EDUARD: Das wäre allerdings eine Impertinenz – – –

Die Jungens betteln unaufhörlich.

AUGUSTE: Wir wollen de Jungens en Liter Waldbeeren abkaufen, dann hab'n se Ruh. (*Sie nimmt aus Frau Sonntags Portemonnaie im Schlüsselkorb, ohne Antwort abzuwarten, Geld. Marta und der Inspektor werden sichtbar im Garten. Eduard wendet den Kopf zum Fenster hin. Frau Sonntag rafft sich auf.*)

FRAU SONNTAG (*gepreßt*): Sie sollten es dir selbst sagen, Eduard.

Kleine Pause.

EDUARD: Schamloser konntest du deinen Sohn Heinrich nicht verraten. – (*Kleine Pause*) – Mein armer Bruder, ein flüchtender Soldat, ging er verzweifelt in den Tod – –

FRAU SONNTAG: Damit gibst du ja seine Schuld zu.

EDUARD: Es steht dir nicht, Mutter, mich meuchlings überführen zu wollen.

FRAU SONNTAG: Ich verstehe nicht, was du eigentlich gegen Dr. von Simon hast.

EDUARD: Dasselbe, was du gegen ihn hast, Mutter, darum wagtest du auch nicht, mir von der Katastrophe *selbst* Mitteilung zu machen.

FRAU SONNTAG (*etwas finster*): Ich fürchte mich vor meinen Kindern nicht, selbst vor dir nicht, Eduard.

Kleine Pause.

EDUARD: Erinnere dich doch, welchen Verdacht du gestern noch gegen ihn aussprachst.

FRAU SONNTAG (*hochmütig*): Ich hab ihn mir eigentlich erst heute morgen angesehen.

EDUARD (*spöttisch*): Schwärmst etwa *auch nun* für seine schmachtenden Wimpern?

FRAU SONNTAG (*aufweinend*): Ich fühle, Eduard, ich war zu selbstlos zu dir.

EDUARD: Mutter, teure Mutter, aus welchem Grunde willst du Martas Mädchenseele preisgeben?

FRAU SONNTAG: Daß Heinrich in der letzten Zeit auf ihn erbost war, hat tiefere Gründe.

EDUARD: Aber wir haben doch Augen und Ohren, Mutter.

FRAU SONNTAG (*gezwungen*): Ich wünschte sogar, wir hätten

Herrn Dr. von Simon veranlaßt, zeitiger in unserem Hause zu verkehren.

EDUARD: Du weichst noch immer meiner Frage aus, Mutter?

FRAU SONNTAG: Um dir Einblick in die geschäftlichen Dinge zu geben, warst du damals zu jung, Eduard.

EDUARD: Wir lebten doch luxuriöser als heute, Papa gab eine Festlichkeit nach der andern.

FRAU SONNTAG: Das war es ja eben. Heinrich hat oft genug sein Schweineglück, wie er sich ausdrückte, gepriesen, einen Mann wie Dr. von Simon gefunden zu haben. – (*Kleine Pause*) – Wir können uns glücklich schätzen, daß er Marta nimmt.

EDUARD: Der Mann bringt wahrhaftig kein Opfer.

Auguste öffnet zögernd die Zimmertür, sie hält einen großen Rosenstrauß in der Hand, zwischen den Blättern liegt eine Karte. Sie versucht, sich mit Frau Sonntag schweigend zu verständigen.

FRAU SONNTAG: Nicht wahr, Auguste, Herr Dr. von Simon ist doch der richtige Mann für das Fräulein?

Auguste schlägt erstaunt die Augen auf und dann mit zufriedenem Lächeln:

AUGUSTE: Von das Fräulein Oberbürgermeister – – –

Sie stellt den Strauß zärtlich in eine Vase.

EDUARD (*spöttisch*): Du fragst doch sonst deine Dienstboten nicht.

FRAU SONNTAG: Sie können gehen.

AUGUSTE (*greift in die Schürzentasche*): Un das da soll ich die Madame von dem längsten Bengel draußen geben, un er wünscht ein langes Leben.

Frau Sonntag nimmt das Kuvert gedankenlos hin, spielt damit, legt es dann schließlich auf den Tisch.

AUGUSTE (*zu Eduard*): Ich glaub, dem Liesken sein Bruder wars, der Kerl mit der langen Nas und de grüngemalten Hände. Seine Bux hat er aufgekrempelt bis über de Knie. (*Auguste bleibt bei der halbgeöffneten Zimmertür unbemerkt stehen.*)

EDUARD (*nimmt das Gespräch wieder auf*): Das ist alles noch kein Grund, seine Tochter zu verkaufen.

FRAU SONNTAG: Soll Marta vielleicht Ladenmädchen werden?

EDUARD (*primanerhaft*): Lieber als im buhlerischen Bett liegen.

FRAU SONNTAG: Du übertreibst, Eduard, ich bitte dich, schlafe eine Nacht darüber.

EDUARD (*mit biblischer Wucht*): Ich sage dir, Weib, beflecke unser Haus nicht.

Mutter bricht weinend zusammen.

FRAU SONNTAG (*leise*): Du bist impertinent wie Carl Pius.

AUGUSTE (*behutsam durch die Tür wieder eintretend, glotzäugig, gutmütig, lügend*): Überall schellt es –

EDUARD: *Die* kommt dir immer wie gerufen.

AUGUSTE: Ich kann de Mama Sonntag nicht heulen sehen. (*Tritt gutherzig näher zu ihr hin.*) Ma'mm Sonntag – – –

Eduard kämpft mit sich. Marta kommt temperamentvoll ins Zimmer, von Simon verharrt unsicher, als er Eduard erblickt, vor der halb offenen Zimmertür.

FRAU SONNTAG: Marta, laß uns noch einen Augenblick allein.

Marta gehorcht schmollend; im nächsten Augenblick ihren Bräutigam graziös anlächelnd, verschwindet sie mit ihm wieder.

EDUARD (*zärtlich, aber fest*): Hast du mir noch etwas zu sagen?

AUGUSTE (*zu Frau Sonntag*): Gucken Sie ihm an, Ma'mm Sonntag, er hat en Heiligenschein um de Locken.

Frau Sonntag nickt unendlich traurig.

AUGUSTE: Er paßt gar nicht in de sündige Welt.

Frau Sonntag ernst zustimmend.

AUGUSTE (*zeigt auf die Haustür*): Da steht verdeck noch der große Lümmel von Puderbachs vor de Haustür und lauert.

EDUARD: Ist das Lieschen bei ihm?

FRAU SONNTAG: Aber Eduard – – –

AUGUSTE: Lassen Se das arme Blag man lieber links liegen, sonst kommen Se auch wie de Heinrich im falsches Verdacht.

Eduard erschöpft, er hustet stärker.

AUGUSTE (*harmlos*): Er hat mir selber öfters gefragt, ob Herr Eduard das Lieschen poussierte.

EDUARD (*entgeistert, kleine Pause*): Mutter, hast du das gewußt?

FRAU SONNTAG (*mitleidsvoll*): Ich kenne dich doch, Eduard –

Eduard schreitet fremd und einsam aus dem Zimmer wie über einen Berg herüber. Frau Sonntag sieht ihm melancholisch nach; nimmt das Kuvert zerstreut vom Tisch und tritt ans Fenster, vor das die Verlobten treten; Marta blickt erstaunt den Zaun des Gartens entlang.

MARTA: Denk mal, Mama – (*Frau Sonntag hört kaum hin*) eben ging Berta aus dem Haus am Zaun vorbei, in *meinem* Jackett und Hut, und *ihre* Sachen hängen an meinem Haken am Ständer.

DR. VON SIMON: Darf ich der verehrten Mama die Hand küssen? (*Berührt die ihm zaudernd dargereichte Hand.*)

FRAU SONNTAG (*verlegen*): Ich kann mich noch gar nicht an den Gedanken gewöhnen.

Auguste wartet am äußeren Ende des Zimmers. Die Situation ist ihr unbegreiflich. Sie geht heraus. Marta schmollt. Sie nimmt eine Kamille aus ihrem Gürtel und befestigt sie über dem Herzen von Simons.

DR. VON SIMON: Du wirst mich ausputzen wie einen Geck, Kätzchen.

Frau Sonntag öffnet apathisch das Kuvert, sie nimmt Martas Nacktphotographie hervor – erschrickt heftig – begreift nicht, betrachtet sie von allen Seiten. Sie ruft Marta ans Fenster zu sich und hält ihr die Kehrseite des Bildes vor Augen.

FRAU SONNTAG: Marta, kennst du die Handschrift?

MARTA (*übermütig*): Das ist Pius seine dicke Tatze.

AUGUSTE (*kommt geheimnisvoll ins Zimmer*): Herr Eduard sitzt in seine Stub und beguckt sich im Spiegel.

MARTA: Den hat er doch beklebt, daß er nicht eitel werde.

Frau Sonntag schließt das Bild in ihren Sekretär ein.

DR. VON SIMON (*leise zu Marta*): Für dich wird es auch die höchste Zeit, hier herauszukommen, Kätzchen.

FRAU SONNTAG (*apathisch, dann aufleuchtend zu sich redend, aber den Kopf zu den beiden zum Fenster hin gewandt*): Ich werde ihm eine Herzensfreude machen.

MARTA (*etwas schnippisch*): Du willst wohl mit ihm ins Kloster gehen, Mama?

Auguste geht mit der Gebärde, die ausdrückt, um Himmelswillen nicht, fürsorglich hinter Frau Sonntag aus der Türe. Die Verlobten verschwinden im Garten.

ZWEITE SZENE

Im selben Arbeiterviertel wie im ersten Aufzug.

PENDELFREDERECH; LANGE ANNA; AMADEUS; EDUARD; CARL; AUGUST PUDERBACH; GROSSVATTER WALLBRECKER.

AMADEUS: Klopfen Se man tüchtig, de alte Pius schläft doch nich in de Nacht, die hat mit em Satan zu konferieren.

LANGE ANNA: Un oben beim Wallbrecker sin de Fensterlöcher verstopft.

PENDELFREDERECH (*stößt Eduard stier an*): Ich hab 'ne trokkene Kehl, Herr.

LANGE ANNA: Du toter Maulwurf, was weißt du von em Durscht!

PENDELFREDERECH (*zu Eduard*): Wir sind ja beide auf de Himmelfahrtreis. (*Er murmelt grausig. Eduard gibt ihm ein Geldstück.*)

LANGE ANNA (*betrachtet es höhnisch*): Davon brauchst de mich nix mitgeben, Frederech!

PENDELFREDERECH: Altes Ferkel!

AMADEUS: Wenn Sie de Carl sprechen wollen, Herr, der is im Wirtshaus und säuft 'en Fusel nach dem andern; (*Eduard bewegt*) un de Aujust sitzt bei ihm un frißt Zucker aus seine Tasch und säuft mit ihm in Kömpanni.

Eduard bewegt sich in der Richtung zum Wirtshaus.

AMADEUS (*instinktiv*): Ich will ihm herausholen, bleiben Sie man lieber hier.

PENDELFREDERECH: Hausknecht!

Eduard hält Amadeus zurück. Lange Anna kreischt plötzlich auf, ähnlich wie am Abend, als Carl Pius seinen Arm verrenkte.

AMADEUS: Was is dich, Lange Anna?

Lange Anna wimmert wie ein Weib. Pendelfrederech murmelt böse.

AMADEUS: Wie 'n Schellenzug von de Großmutter baumelt dein Ärmel am Leib herunter.

Lange Anna quietscht leise Frederech ins Ohr.

PENDELFREDERECH: Altes Ferkel!

AMADEUS (*zu Lange Anna*): Du hast es auch ein bißchen zu weit getrieben.

LANGE ANNA: Ich?

AMADEUS: Ja, das hast de; seit de Zeit hockt er im Fusel drin.

LANGE ANNA: Hihihihi!

AMADEUS: Dat tut mich leid, leid tut mich das, er säuft ja sonst nix.

Lieschens Vater kommt nach Hause, durch die kleine Seitengasse vom inneren Viertel her, man sieht ihn also nicht, hört nur, wie er mit der Faust krachend die Haustür aufstößt.

AMADEUS: Ich merk das Poltern da (*faßt auf sein Herz*).

PENDELFREDERECH (*murmelt böse*): Aus de Bibelstunde kömmt er.

LANGE ANNA (*stößt Eduard an die Schulter und quietscht höhnisch auf*): Das war der Vater von es – – –

Pendelfrederech murmelt grausig.

AMADEUS: Geheult hat es, als es in die Zwangserziehungsanstalt geholt wurde, wie en Madame ihr Schoßpudel auf dem Weg zum Schlachthaus.

Eduard bewegt.

LANGE ANNA: Da werden se es man tüchtig durchbläuen für seine Liebhabereien. – (*Kleine Pause*) – Mich hätt Ihr Bruder lieber nehmen sollen.

PENDELFREDERECH: Dir altes Ferkel? (*Eduard bewegt.*) Die

Kleine versteht es feiner wie du. Im Nachthemd spaziert es grad unterm Mond über die Dächer. Ich lag selber auf de Lauer und schnappte nach dem Glühwürmken.

AMADEUS (*zu Eduard, wehmütig*): Einmal hab ich es ja auch gesehen.

LANGE ANNA: Auf mir hat es in de Herrgottsfrüh nach der Oper (*zeigt auf seinen Arm*) unten an de Wupper gelegen.

AMADEUS: Ich war dem netten Dier gut.

LANGE ANNA (*zeigt auf seinen Arm*): Ich soll man nix de Polizisten erzählen von de Carl, es wär sein Schatz. Hihihihi!

PENDELFREDERECH: Verlogenes Ferkel, verkrochen hast de dir vor Carl seine fette Faust.

LANGE ANNA: Du lauerst wohl aus dein Deckel?

Carl und August kommen schwankend Arm in Arm aus dem Wirtshaus. Carl sieht grenzenlos verändert aus. Seine alte Primanermütze trägt August umgedreht auf einen Stock gespießt. Die drei Herumtreiber lachen. Carl erblickt Eduard.

CARL: ’nen Abend, Eduard, wie geht es mein Schatz Marzebillken? Se will mich doch heiraten. Ijo, ijo! (*Zu sich selbst sprechend im Ton seiner Großmutter*) Carl, hast de deine Großmutter lieb? (*Kleine Pause. Im seligtrunkenen Ton*) Ich hab dich ja so lieb, Eduard.

AUGUST (*neidisch; er schwankt ebenfalls*): Laß doch den Hungerleider stehn, Carl, er soll sich das Haar schneiden lassen.

AMADEUS (*zu August*): Zeig meine beiden Kollegen molz de heilige Eva aus deine Brieftäsch, Aujust.

Die Brieftasche hängt August aus der Hosentasche.

EDUARD: Das ist Pius’ Brieftasche.

Es beginnt ein Wehen in der Luft.

AMADEUS: Ein Spruch aus lateinisch steht auf der Hinterseit.

EDUARD (*er umfaßt Carl hinterrücks*): Helfen Sie mir doch, Amadeus.

AMADEUS: Ich kann ihm nich untergreifen, mein gläsern Herz bricht in Splittern. (*Wehleidig*) En Sprung hat es schon.

LANGE ANNA: Nehmt mir in de Mitte, versoffne Brüders.

Er stößt Eduard zurück, der taumelnd an Frederechs Brust fällt. Lange Anna drängt sich zwischen Carl und August.

PENDELFREDERECH: Sin wir beide Todenvögels vereint.

Carl, Lange Anna, August wanken über die Brücke, von dort weiter. Der Nachtwind klagt wie ein Kind, Eduard fröstelt. Noch einmal klopft er leise an die Haustür von Pius' Häuschen.

GROSSVATTER (*öffnet sein Fensterchen und kräht*): Will se schon vertreiben, de Nachtgespenster.

Er gießt eine Emaillekanne voll Wasser herunter.

PENDELFREDERECH (*murmelt böse*): Ich leg mir schlafen unterm Busch.

Eduard tritt mit gesenktem Kopf den Heimweg an.

Ende

ANHANG

NACHWORT

Kunst aus Widerständen

Zeitlebens blieb die Kindheit für Else Lasker-Schüler ein unerschöpfliches Reservoir dichterischer Inspiration. Dazu trug das gut- bis großbürgerliche Elternhaus in Elberfeld bei, wo Elisabeth Schüler am 11. Februar 1869 als jüngstes von sechs Kindern geboren wurde. Nichts in ihrer Herkunft deutet jedoch auf die Kompromißlosigkeit hin, die einmal ihr Leben und ihre Kunst prägen sollten.

Die Familie Schüler gehörte zu jenem assimilierten bürgerlichen Judentum Deutschlands, das seinen Kindern die bestmögliche Erziehung angedeihen ließ und den Künsten aufgeschlossen war. Elses Brüder besuchten Internate und das Gymnasium in Elberfeld. Sie selbst wurde, nachdem sie als Elfjährige krankheitshalber, wie sie berichtet, aus der Schule genommen wurde, von einer Gouvernante erzogen.

Der Vater, zunächst Handelsvertreter, dann Privatbankier, war ein großer Spaßmacher. Mit Vorliebe erzählte er Geschichten aus seiner Kindheit im westfälischen Geseke, wo er unter siebzehn Geschwistern und Halbgeschwistern als Sohn eines Fuhrunternehmers und Geschäftsmanns und als Enkel des Rabbiners aufgewachsen war. Er liebte das Theater, veranstaltete regelmäßig »Lesekränzchen«, zu denen die Schauspieler und Schauspielerinnen der Stadt eingeladen und wo gemeinsam deutsche Klassiker gelesen wurden – der Vater übernahm dabei die »Schreirollen« des Mephisto und Franz Moor. Berühmt waren auch die von ihm zur Karnevalszeit veranstalteten Hausbälle.

Die Mutter stammte aus dem fränkischen Kissingen. Sie hatte früh ihre Eltern verloren und war im Haus ihres Onkels Meyer Sonnemann in Frankfurt am Main großgeworden. Ihr Einfluß auf das jüngste Kind war noch größer als der des

Vaters. Selbst eine begeisterte Leserin, erzählte sie der kleinen Else von ihren Helden in Geschichte und Literatur, von Napoleon und Petöfi, Goethe und Heine. Sie machte Reimspiele mit der Tochter und ließ sie auch eigene Theaterstücke aufführen.

Die Geborgenheit im Schoß der Familie war für das Kind deshalb von so großer Bedeutung, weil in der Stadt auf den Straßen und in der Schule Gefahren lauerten. Gespenstische Gestalten huschten im Nebel vorbei, schlimme Geschichten wurden von den Bewohnern der kleinen Arbeiterhäuser erzählt, und obwohl Else Lasker-Schüler später betonte, als Kind nie antisemitischen Ausschreitungen ausgesetzt gewesen zu sein, kann man mit Gewißheit davon ausgehen, daß ihr solche Ereignisse durchaus bekannt waren oder daß sie möglicherweise selbst Zeuge davon wurde, wie andere zu leiden hatten. Jedenfalls mußte sie früh erfahren, daß sie von den meisten Spiel- und Schulkameraden als etwas Besonderes, wenn nicht gar Fremdes, betrachtet wurde.

Unauslöschliche Eindrücke hinterließen die Erzählungen des Vaters von den Beschuldigungen, Juden würden Christenblut trinken und Christenkinder schlachten, und den Pogromen vergangener Zeiten. In dem Brief, den sie 1940 für Papst Pius XII. schrieb, schildert sie solch eine Szene: »Als ich noch ein Kind war, und mein Vater und mein zweiter Bruder meiner von mir angebeteten Mutter und meinen älteren Geschwistern einst von solch einer ungeheuren Anschuldigung berichteten, ja da saßen wir um unseren runden Abendbrottisch in unserem großen Hause und weinten alle wie die Kinder, Heiliger Vater.«

Else Lasker-Schüler hat in ihren Werken – Gedichten, Prosa und Dramen – immer wieder von ihrem Judentum gesprochen. Es war ein trotz aller Orientalismen deutsches, innigst heimatverbundenes, rheinisch-westfälisches Judentum.

Sie hat ein sorgfältig komponiertes Bild ihrer Herkunft und Kindheit hinterlassen. Es stellt *ihre* Wirklichkeit dar, aus der sie zeitlebens dichterische Energie schöpfte. »Schon als

Schulmädchen standen ich und meine Freundin am Abend mit Vorliebe vor erleuchteten Fenstern und phantasierten Geschichten, die mir heute nie einfielen«, erzählt sie in dem Essay »Das erleuchtete Fenster«. Die Jahrzehnte später geschriebenen Familien- und Kindheitserinnerungen zeigen Vorfahren, Eltern und Geschwister in einem verklärten Licht. Dabei ist die Dichterin darauf bedacht, antisemitischen Stereotypen entgegenzuwirken. Alles, was an das Bild des jüdischen Händlers und Geldverleihers erinnern könnte, wird in den Hintergrund gerückt. Der Vater der Mutter, Weinhändler in Kissingen, erscheint als Weinbauer, der Vater des Vaters, Fuhrunternehmer und Inhaber eines Bankgeschäfts, als Gutsherr, und die Finanzgeschäfte des Vaters stehen hinter seiner Tätigkeit als Bauherr zurück.

Alle Motive in den Dichtungen Else Lasker-Schülers haben ihre Wurzeln in der Kindheit. Das gilt in erster Linie von dem Motiv des Kindes selbst. So wie sie sich im Rückblick auf ihre Kindheit sah, geliebt, geborgen, frei sich entfaltend, so erschien ihr die menschliche Existenz in ihrer Vollkommenheit. Das Höchste, was sie von einem Menschen sagen konnte, war, daß er ein Kind war, alterslos, keinem Geschlecht zugeordnet, frei, zum Spielen fähig und damit zur Kunst, ein Kind Gottes. Ihre Faszination von der Josephsgeschichte – und ihre spätere Identifikation mit dieser Figur – geht ebenfalls auf die Kinderjahre zurück. Daher auch ihre nahezu verächtliche Behandlung formaler Erziehung und Belesenheit. Diese Dichterin nahm genausowenig wie Joseph der Traumdeuter ihr Wissen aus Büchern.

In ihrer Familie war die junge Else Schüler aber auch auf Widerstände gestoßen, und die verklärten Darstellungen ihrer Kindheit entstammen ihrer auf Harmonie bedachten Natur, die von jeher großen Disharmonien ausgesetzt war. Nach dem plötzlichen Tod der Mutter war es zu starken Spannungen zwischen der damals Einundzwanzigjährigen und der Familie gekommen. Else hatte bereits die ersten Gedichte verfaßt. Wahrscheinlich zeichnete sie auch schon, man weiß jedoch nicht, ob sie in Elberfeld Kunstunterricht erhielt. Es ist überhaupt fraglich, ob sich die junge Else Schüler bereits bewußt war, zur Künstlerin bestimmt zu sein. Über die Jahre zwischen Schulabschluß und Eheschließung ist kaum etwas bekannt. Anzunehmen ist, daß sie sich aus dem bürgerlichen Elternhaus und dem provinziellen Elberfeld fortsehnte. Ihr Ausbruchsversuch führte sie aber wiederum in ein bürgerliches Milieu, das ihrer ersten Ehe.

Else Lasker-Schüler hatte sich wohl auch deshalb entschlossen, den Arzt Berthold Lasker zu heiraten, weil dieser Schritt sie aus dem väterlichen Haus befreite, in dem die älteren Brüder mitbestimmten. Daß sie sich in Elberfeld als tüchtige, sparsame Hausfrau bewährte, beweist ein Brief des Vaters. Die Ehe mit Berthold Lasker versprach aber auch die Möglichkeit, Elberfeld zu verlassen. Bald nach der Hochzeit am 15. 1. 1894 siedelte das Ehepaar nach Berlin über, und damit begann eine neue Epoche im Leben Else Lasker-Schülers.

Über ihren ersten Ehemann hat sich die Dichterin nur selten und wenn schon, dann in den merkwürdigsten Verschlüsselungen und grausamsten Bildern geäußert. Fest steht, daß er ihre künstlerischen Interessen unterstützte. Sie nahm Mal- und Zeichenunterricht bei Simon Goldberg und hatte seit 1896 ein eigenes Atelier im Tiergartenviertel, wo sie auch fotografierte.

Berlin bedeutete für Else Lasker-Schüler eine ungeheure Befreiung. Sie stürzte sich geradezu in das kulturelle Leben der Stadt – »heute Theater, morgen Concert« –, meldete sie 1896 auf einer Karte an die Schwester Anna, und in dem Maße, in dem sie auch mehr und mehr in den literarischen und weltanschaulichen Vereinigungen aufging, löste sie sich aus ihrer Ehe und begann als Dichterin an die Öffentlichkeit zu treten. Else Lasker-Schüler hat diesen Befreiungsprozeß gegen die Widerstände von Familie und Gesellschaft allein und ohne Hilfe vollbracht. Als radikalster Befreiungsakt ist ihre Wahl des bis heute unbekannten Vaters ihres Sohnes Paul zu betrachten.

Als Else Lasker-Schüler um die Jahrhundertwende Peter

Hille kennenlernte, war ihre Entscheidung, aus dem erstikkenden bürgerlichen Leben auszubrechen und den Schritt in die freie Künstlerexistenz zu wagen, bereits gefallen. Hille bestärkte sie wahrscheinlich mehr als jeder andere in ihrem Entschluß, und dafür blieb sie ihm ihr Leben lang dankbar. Von ihm fühlte sie sich verstanden. Tino, ihren ersten poetischen Namen einer orientalischen Prinzessin, den er ihr gab und zu dem er vermutlich von ihrem Gedicht »Sulamith« angeregt worden war, trug sie zum Zeichen dafür, daß sie nun ihr neues, ausschließlich der Kunst gewidmetes Leben begonnen hatte.

Aber auch in diesem Leben galt es, Widerstände zu überwinden. Nicht nur mußte sie sich allein im Berliner Literaturbetrieb durchsetzen. Die überströmende Freude, mit der sie 1899 ihrer Schwester Anna Nachricht über die erste Veröffentlichung ihrer Gedichte in Ludwig Jacobowskis »Gesellschaft« gibt, das Werben um die Anerkennung Richard Dehmels, der Kampf mit immer neuen Verlegern, den sie 1925 äußerst temperamentvoll und rücksichtslos in der Streitschrift *Ich räume auf!* beschrieben hat, beweisen, wie schwierig das war.

Aber auch in den Dichtungen ist dieses Ringen zu beobachten. Hier mußte sich die Lyrikerin gegen die aus dem 19. Jahrhundert überkommenen Formen und Inhalte behaupten, sie überwinden und schließlich ihre eigene, unverwechselbare Sprache finden, auf der ihr Ruhm begründet ist. In ihrer frühen Lyrik ist Else Lasker-Schüler noch ihrer Zeit verhaftet. Gerade die leidenschaftlich erotischen Gedichte ihres ersten Buches *Styx* fügen sich zu jenen ihrer Zeitgenossen und vor allem Zeitgenossinnen, die sie im Kreis der »Kommenden« um Rudolf Steiner vortragen hörte, und zu dem Lobpreis befreiter Sinneslust in den Gedichten von Richard Dehmel. Dennoch zeigt sich bei ihr größere sprachliche Ausdruckskraft und stärkeres Formbewußtsein als bei vielen Dichtern ihrer Zeit. Einflüsse des Jugendstils nahm sie auf und überwand sie wieder, denn Künstlerin, die sie war, wollte sie Neues erschaffen wie kein anderer zuvor.

In der Welt, in der sie lebte, stieß sie auf Schritt und Tritt an Grenzen, auch an die Grenzen der Sprache. Daß sie aber über die Grenzen hinaus »ins Grenzenlose« wollte, hat sie in dem außerordentlichen Gedicht »Weltflucht« gesagt. Nur jenseits der Welt und ihrer Menschen, unter welchen sie sterben müßte – damit kann die bürgerliche Welt ebenso wie die der an Zänkereien reichen Künstlergemeinschaften gemeint sein –, findet sie ihr Selbst. »Mich formte schon im tiefsten Weltenschoß / Die schwerste Künstlerhand«, heißt es in »Chronica«, dem Eingangsgedicht ihres ersten Buchs. Die Zeit drängte. »Schon blüht die Herbstzeitlose / Meiner Seele«, steht in dem Gedicht »Weltflucht«. Else Lasker-Schüler war dreißig Jahre alt, als sie ihre ersten Gedichte veröffentlichte, und sie wußte, sie war ein Genie.

Genial war, wie sie die Grenzen traditioneller deutscher Dichtung in der frühen Prosa hinter sich ließ und ihren orientalischen Bilderteppich ausbreitete. In seinen Mustern verschlingen sich Erfahrung und Phantasie. Erstaunlicherweise entstand aber gleichzeitig ein so vollkommen anderes Werk wie *Die Wupper*.

Die Dichterin war inzwischen durch ihre zweite Ehe auf vielfältige Weise mit dem Berliner Kunstleben verbunden. Durch die Ehe mit Herwarth Walden eröffneten sich ihr ungezählte Möglichkeiten des engeren Kontakts mit literarischen Größen jenseits der Berliner Peripherie: Wien mit Karl Kraus, Prag mit Max Brod und Paul Leppin, München mit Franz Marc und Kandinsky rückten in ihren Gesichtskreis. Zur Zeit der Gründung des *Sturm* 1910 trat die moderne Kunst mit Macht in Else Lasker-Schülers Leben ein.

In den letzten Jahren vor dem Ersten Weltkrieg erreichte die Dichterin nicht nur den Höhepunkt ihrer künstlerischen Entwicklung. Es waren auch die Jahre, in welchen die Moderne mit ihrer ganzen Energie gleichsam explodierte, und dies natürlich nicht nur in der unmittelbaren Umgebung Else Lasker-Schülers, sondern gleichzeitig in München, Wien, Prag, Rom und Paris. In den Jahren, als sie ihr erstes Drama, die Gedichte der Sammlung *Meine Wunder*, den Briefroman

Mein Herz, ihre Künstlerportraits und die Geschichten um den Prinzen von Theben schrieb, war Kandinsky auf dem Weg zur Abstraktion, entstanden die Künstlervereinigungen »Die Brücke« und »Der blaue Reiter«, wo sich die von konservativen Jurys abgelehnten Neuerer zusammenfanden und von wo aus sie ihren »Kampf um die Kunst« führten. So hieß eine Sammlung von Beiträgen deutscher Künstler, Galeristen, Sammler und Schriftsteller, die als Antwort auf konservative Künstlerproteste 1911 erschien.

Else Lasker-Schüler erkannte mit dem ihr eingeborenen künstlerischen Instinkt die Bedeutung dieser Kunstrevolution und der Werke, die sie hervorbrachte. Mit einem der entschiedensten Verfechter der neuen Kunst, Herwarth Walden und seinem *Sturm*, stand sie mitten im Kampfgetümmel. Damals entließ beispielsweise Kaiser Wilhelm II. den Direktor der Nationalgalerie, Hugo von Tschudi, weil er sich für die Neuerer in der deutschen Kunst und für die französische Avantgarde einsetzte. Die Kunst- und Literaturkritik in der Tagespresse sowie Stimmen aus dem akademischen Bereich bedienten sich eines außerordentlich niedrigen Sprachniveaus. Solchen Angriffen war Else Lasker-Schüler selbst zur Genüge ausgesetzt. Sie aber hatte sich »im Kampf um die Kunst« entschieden auf die Seite der Neuerer gestellt, und die Widerstände, denen sie begegnete, forderten sie nur um so stärker heraus, mit ihrer Kunst und ihrer ganzen Person ebenfalls gegen die Konvention anzugehen. Jetzt begann sie, sich aufs phantasievollste zu kleiden und Pläne für unerhörte Auftritte zu schmieden, wie es in den unvergleichlichen Briefen an den englischen Literaturwissenschaftler Jethro Bithell beschrieben ist.

Else Lasker-Schüler war bei den Lesungen der expressionistischen literarischen Clubs zugegen oder trat selbst dort auf, im »Neopathetischen Cabaret« und im GNU, wo die Kampfparolen einer neuen Kunst in die Welt geschleudert wurden. In Dresden mußte sie sich bei einer Lesung »vor 500 Jungfrauen« auslachen lassen, wie sie Richard Dehmel empört berichtet.

Mit den bedeutendsten Kunstrevolutionären war die Dichterin bekannt oder herzlich befreundet wie mit Franz Marc. In den Kunstsalons und Ateliers sah sie die Bilder aller Großen der Moderne. Herwarth Waldens Sturm-Galerie veranstaltete 1912 die erste Ausstellung unter dem Titel »Der Blaue Reiter – Oskar Kokoschka« und kurz darauf eine Futuristenausstellung. »Bilder stehen in der Ausstellung – *staunen*erregend: Die Revolution – aber – *gemalt* nicht photographiert: Die aufwachende Stadt – *rasend*«, schrieb sie darüber an Karl Kraus. »Sie staunen. Sie schreien vor den Bildern.« Sie wurde mit Werken Gauguins und Picassos bekannt, der, als Else Lasker-Schüler *Die Nächte der Tino von Bagdad* schrieb, in Paris Gertrude Stein portraitierte. Die Dichterin wiederum wurde von Karl Schmidt-Rottluff und Jankel Adler gemalt und von John Höxter, Stanislaus Goldstück, Olaf Gulbransson und Ludwig Meidner gezeichnet.

Sie selbst hat nie aufgehört zu zeichnen. »Meinen Buchstaben ging die Blüte auf – über Nacht«, heißt es in dem Essay »Wie ich zum Zeichnen kam«, und an Ida Dehmel schrieb sie: »Ich habe schon als Kind viel gedichtet, aber ich habe dann gewaltsam alles mit dem Pinsel hinschreiben wollen.« Die enge Verbindung von Schreiben und Zeichnen läßt sich am deutlichsten an den Briefen der Dichterin erkennen, in welchen Zeichen und Zeichnung in die Schrift eingefügt sind. Stern, Mondsichel und Herz schweben zwischen und über den Buchstaben. Dazu werden Briefe und Postkarten mit kleinen Zeichnungen geschmückt, die entweder am Briefkopf oder -ende erscheinen. Das Profil des Prinzen Jussuf mit Stern und Mond auf der Wange und die Stadt Theben, einige Kuppeldächer unter Mondsichel und Palmen, sind oft wiederkehrende Motive.

Es handelt sich meist um mit Farbstift oder Pastellkreide kolorierte Feder- oder (in späterer Zeit) Bleistiftzeichnungen. Auch Tusche wird verwendet, manche Collagen sind mit Silber- und Goldpapier versehen. Das kostbarste Werk der Künstlerin ist *Der Prinz von Theben*, eine Mappe mit zehn Lithographien, die Gedichte und Grafiken einander ergänzend gegenüberstellt und das Kunstreich des Künstlerherrschers Jussuf darstellt.

Denn die Figur der Tino genügte nicht mehr. Else Lasker-Schüler warf diese Person ebenso ab, wie sie ihr früheres bürgerliches Ich abgeworfen hatte. Der Prinz von Theben, der in Gedichten, Geschichten, Zeichnungen und Briefen um 1913 zum ersten Mal auftaucht, vereint nicht nur Geist und Macht, Kunst und Reichtümer, die er seinen Künstlerfreunden mit großer Freigebigkeit austeilt, er ist auch ein unerschrockener Kämpfer, der sein Kunstreich in wilden Kriegen gegen seine Philisterfeinde verteidigt.

In den Zeichnungen Else Lasker-Schülers tritt dies fast ebenso deutlich hervor wie in den Dichtungen. Viele Bilder weisen auf den unermüdlichen Kampf Jussufs hin. Oft ist er von seinen Häuptlingen umgeben. Er zieht in eine heilige Schlacht oder stellt sich selbst im Kriegshut dar, einem mit drei gewaltigen Federbüschen geschmückten Turban. Unter den Illustrationen für das Buch *Der Malik*, in dem die Kunstkämpfe zwischen verschiedenen Künstlergruppen, die Auseinandersetzung mit der Kunstauffassung Gottfried Benns und der Versuch, den in Rußland gefangenen Senna Hoy zu befreien, ihren Niederschlag finden, sind Kampfbilder mit Titeln wie »In der Schlacht« oder »Jussuf zieht mit seinen jüdischen Häuptlingen im Morgengrauen über Moskau nach Metscherskoje«. Die jüdischen Häuptlinge und Wilden Juden sind ja auch in erster Linie Kämpfer.

Denn auch aus dem Judentum ihrer Zeit waren Else Lasker-Schüler Widerstände erwachsen. Sie hat sich stets als Dichterin ihres Volkes verstanden, aber sie wollte dieses Volk anders: nicht verbürgerlicht, sondern stolz und kämpferisch. Sie wollte neue, eben »wilde Juden«, Hebräer, für die sie auch eine neue Sprache erschuf. Ihr Gedicht »Mein Volk« zeigt deutlich, wie sie sich diesem Volk zugehörig fühlte, aber wie sie auch als Jüdin ihren eigenen Weg gehen mußte.

Die starke Resonanz, die Else Lasker-Schüler bei gleichgesinnten Dichtern und in besonderem Maß bei Künstlern fand, kommt nirgends schöner zum Ausdruck als in der Freundschaft mit Franz Marc, der sich selbst außerordentlich stark für die neue Kunst engagierte. Er war in dem Band *Kampf um die Kunst* vertreten, scheute keine Auseinandersetzung, um Künstlern wie Kandinsky zum Erfolg zu verhelfen und veranstaltete mit der ersten Ausstellung des »Blauen Reiters« einen Protest gegen die »Neue Künstlervereinigung«, aus der er soeben ausgetreten war, weil sie sich geweigert hatte, ein Bild von Kandinsky auszustellen. So ist der Almanach *Der Blaue Reiter* auch als Kampfschrift anzusehen.

Der Tod von Franz Marc und anderer Künstlerfreunde im Ersten Weltkrieg war ein unersetzlicher Verlust für die Dichterin. Die Verheerungen des Krieges unter den Vertretern der neuen Kunst und die Erschütterungen des Prinzen von Theben durch diese Verluste lassen sich ebenfalls an dem *Malik* ablesen, der die »Briefe nach Norwegen« mit Briefen an Ruben, den teuren Halbbruder Jussufs, nämlich Franz Marc, fortsetzte. Marcs Tod 1916 vor Verdun trifft den inzwischen zum Malik, d.h. Kaiser, aufgestiegenen Jussuf so schwer, daß er auch seinem Leben ein Ende setzt.

Else Lasker-Schüler versuchte auch, mit eigenen Kräften gegen die Kriegsmaschinerie Widerstand zu leisten. So wollte sie mehrere junge Freunde und Künstler, darunter Hans Adalbert von Maltzahn, John Heartfield und George Grosz vor dem Kriegsdienst bewahren, indem sie von befreundeten Ärzten Medikamente besorgte, die vor der Musterung einzunehmen waren. Als Dank und Huldigung an die Dichterin nannte Heartfields jüngerer Bruder Wieland Herzfelde seinen 1915 gegründeten Verlag nach dem *Malik*.

»Ihr habt das von Gott Euch anvertraute Abendland nicht liebevoll gepflegt, wie wäre sonst aus seiner schattigen Eiche eine kühle Formel geworden«, wirft der Malik seinen Freunden vor, die ihn im »toten Feldgrau« ihrer Uniformen besuchen, ehe sie in die Schlacht ziehen. Daß sich Ruben freiwillig zum Kriegsdienst gemeldet hatte, war das einzige, was je einen Schatten auf seine Freundschaft mit Jussuf warf. Nur wer den tiefen Sinn des schöpferischen Spiels der Kunst ermißt, kann sich an der Zerstörung von Mensch, Natur und

Kultur beteiligen. »Sein Haß gegen die wunderlose kalte Welt begann zu lohen«, heißt es von dem Malik, »*deren Hauptsünde die Nüchternheit war*, der tote Fisch ihrer Herzen.«

So wie die Welt nach dem Ersten Weltkrieg eine andere geworden war, so hatte sich auch Else Lasker-Schüler geändert. Der Krieg war das einschneidendste Ereignis in ihrem Leben. Von diesem Zeitpunkt an spricht sie immer wieder mit tiefer Trauer über die Zeit vor dem Krieg, als die Möglichkeit so nahe schien, die Welt durch die Kunst zu erneuern.

Nach dem Ersten Weltkrieg hatte Else Lasker-Schüler vornehmlich gegen wirtschaftliche Schwierigkeiten zu kämpfen. Künstlerische Anerkennung fand sie in zunehmendem Maß. Ihre Bücher erschienen in bedeutenden Verlagen, in Kurt Wolffs Verlag der Weißen Bücher in Leipzig und bei Paul Cassirer in Berlin, der auf Anregung René Schickeles eine zehnbändige Ausgabe mit Einbandzeichnungen und in verschiedenen Büchern auch Illustrationen der Verfasserin herausbrachte. Gleichzeitig erlebte *Die Wupper* ihre späte Uraufführung im ersten Nachkriegsjahr. 1923 zeichnete die Künstlerin ihre Bilder für die bibliophile *Theben*-Mappe »auf den Stein«.

Ihre finanzielle Lage verbesserte sich aber nicht oder zumindest nicht auf Dauer. Liest man ihre Briefe – besonders die an Karl Kraus – aus den Inflationsjahren, die das Honorar für die Cassirer-Ausgabe verschlangen, so lag sie in ständigem Kampf um das Existenzminimum. Es fanden sich zwar immer wieder Freunde und Gönner, die Else Lasker-Schüler mit Stiftungen bedachten (wie bereits vor dem Ersten Weltkrieg Ludwig Wittgenstein) oder die zu Sammlungen aufriefen wie Karl Kraus und die spendeten, wenn auch manchmal widerwillig, wie Franz Kafka. Auch ihre Zeichnungen wurden ausgestellt – so 1916 bei Karl Ernst Osthaus in Hagen – und gekauft.

Die Zeichnungen stellten eine wichtige Einnahmequelle für Else Lasker-Schüler dar. Während der Krankheit des Sohnes und in den ersten Exiljahren in der Schweiz brauchte sie diese Geldmittel dringend. Ihre chronische Geldnot entsprang vor allem ihrer angeborenen Hilfsbereitschaft und Freigebigkeit. So hat die Dichterin wahrscheinlich mehr Bittbriefe für andere geschrieben als für sich selbst. Wann immer es ihre Mittel erlaubten, machte sie Geschenke, und wenn es auch nur ein kleines Spielzeug war. Als Prinz von Theben allerdings konnte sie weiße Elefanten, Silbertauben und Salbgefäße vergeben, wie es nicht nur ihrem Rang, sondern auch dem der Beschenkten entsprach, die stets selbst Künstler waren. Auch die Vorliebe Else Lasker-Schülers, diese Künstler mit neuen Namen zu schmücken, ist Ausdruck ihrer Freigebigkeit.

In den zwanziger Jahren war die wirtschaftliche Situation der Dichterin besonders schwierig, weil sie den mittellosen Sohn unterstützen mußte, der 1925 an Tuberkulose erkrankte. Schon 1919 war sie gezwungen, ihren wohl liebsten Besitz zu verkaufen, die Karten mit den Tierbildern, die Franz Marc für sie gemalt hatte und die sie zwei Jahre später vergeblich von der Nationalgalerie zurückzuerwerben versuchte.

Die Ursache ihrer wirtschaftlichen Misere sah Else Lasker-Schüler in zunehmendem Maß bei ihren Verlegern, und in ihrer Streitschrift *Ich räume auf! Meine Anklage gegen meine Verleger*, die sie 1925 im Selbstverlag veröffentlichte, kommt ihre grenzenlose Abneigung, ja ihr Haß gegen diese Ausbeuter der Kunst zum Vorschein. Das kleine Buch ist eine Abrechnung mit allen Verlegern, die sie je hatte und die sie in einer nahezu mittelalterlichen Bildersprache als »Knechte des Satans« verdammt. Sie berichtet ihre Erlebnisse in Verlagsräumen und Buchhandlungen, zitiert Briefe und Abrechnungen zum Beweis dafür, daß die allesamt teuflischen Verleger noch nie ein Buch aus Idealismus gedruckt hätten und genausogut Pelze verkaufen könnten.

In keinem ihrer früheren Bücher ist Else Lasker-Schülers Kampfgeist deutlicher zu spüren als in dieser Streitschrift. Sie steigt buchstäblich auf die Barrikaden und ruft ihren Mitkünstlern zu: »Organisieren wir uns doch wie die Arbeiter, machen wir unsere Kunst staatlich.« Vorbilder in dem Revolutionskampf sind ihr die »schlichten Märtyrerfreunde Apostata« Gustav Landauer und Eugen Leviné und die zu Festungshaft verurteilten Schriftsteller Erich Mühsam und Ernst Toller.

Ich räume auf! ist aber nicht nur Kampfschrift, sondern auch Dichtung. Die Attacken gegen die verschiedenen Verleger werden unterbrochen von autobiographischen Passagen, in welchen die Dichterin eine andere Sprache spricht und Auskunft über sich selbst, über ihre Kindheit gibt, als aus Spiel Kunst wurde und als die Fünfzehn- bis Siebzehnjährige ihre »Ursprache« wiederfand. Ihr Gedicht »Weltflucht« habe sie in einem »mystischen Asiatisch« gedichtet, der Sprache des »königlichen Wildjuden« Saul. Unter dem Titel »Elbanaff« ist es hier abgedruckt. Das erinnert an den jungen Stefan George, der ebenfalls eine neue Sprache für seine Dichtungen erfunden hatte.

Die Verwandlung zum Prinz von Theben, als sie sich von ihrem ersten Mann trennte – was wiederum mit dem Erscheinen des ersten Buchs zusammenfiel – und in einem Flaschenkeller wohnte, wird ebenfalls in der Kampfschrift geschildert. Hier hat sich eine erstaunliche Emanzipation vollzogen. »In der Nacht meiner tiefsten Not erhob ich mich zum Prinzen von Theben. Welchen Ahnen nachfolgte ich, welche Mumie salbte meine entschlossene Tat?« heißt es in *Ich räume auf!* »Jussuf Prinz von Theben« steht von nun an unter Else Lasker-Schülers Briefen und Zeichnungen. Die biblische Josephsgestalt und der orientalische Fürst – Geist und Macht vereinen sich zu der einmaligen Künstlerfigur. In dieser Schrift zeigt sich besonders deutlich, wie äußere Widerstände künstlerische Reaktionen auslösen und in ihnen gleichsam aufgelöst werden.

Man kann jedoch nicht oft genug hervorheben, daß Else Lasker-Schülers Natur ganz auf Harmonie bedacht war, die der Künstler gegen wirtschaftliche, politische, rassistische ebenso wie unkünstlerische Widerstände eines verständnislosen Publikums nur im Kunstwerk erreichen kann. Deshalb verlor sie nie ihre eigene Widerstandskraft und vermochte nicht nur den Schicksalsschlägen zu widerstehen, die sie nach der Zerstörung ihrer Künstlerwelt im Ersten Weltkrieg noch erwarteten, sondern auch aus diesen Widerständen künstlerische Energien zu gewinnen.

Das erste große Unglück, das Else Lasker-Schüler nach dem Krieg traf, waren Krankheit und Tod des Sohnes, im Grunde auch noch Folgen des Kriegs, der aufgrund mangelhafter Ernährung vielen Großstadtkindern schwere gesundheitliche Schäden zufügte. Die wachsende Irritation über ihre und Pauls wirtschaftliche Lage ist schon in den Briefen an Karl Kraus bemerkbar, in welchen der Zorn auf die Welt zum Ausdruck kommt, in der diejenigen, die sie eigentlich beherrschen sollten, die Künstler, zur Armut verurteilt sind. Das letzte Lebensjahr des Sohnes spiegelt sich in den buchstäblich herzzerreißenden Briefen an Paul Goldscheider, einen jungen Wiener Medizinstudenten, dem die Dichterin von einem unbeschreiblichen Unglück berichtet, das sie aber erst nach Pauls Tod mit Namen nennt.

In dieser Zeit hat Else Lasker-Schülers Kunst eine Wandlung erfahren. Über den Tod des Sohnes schrieb sie ergreifende Erinnerungen auf; sie verfaßte auch eines ihrer schönsten Gedichte, »An mein Kind«. Darüber hinaus schrieb sie zahlreiche Essays, die um die Natur kreisen, die sie mit großer Liebe in einer nahezu mystischen Naturreligion feiert.

Gedichte und Prosastücke der späten zwanziger und frühen dreißiger Jahre fanden gute Aufnahme. Die meisten Arbeiten erschienen im »Berliner Tageblatt« und wurden auch gut honoriert, so daß Else Lasker-Schüler in den letzten fünf Jahren, die sie in Deutschland verbrachte, im Berliner Hotel Sachsenhof zwar kein luxuriöses, aber doch ein von finanziellen Sorgen freies Leben führen konnte, das dem Prinzen von Theben seine ihm so notwendige Großzügigkeit erlaubte. »Ich hatte viel Geld verdient«, schreibt sie am 28. Dezember 1928 an Paul Goldscheider, »aber fast alles futsch; so viel Weihnachten regte sich, bewegte mich«.

Else Lasker-Schüler war zu diesem Zeitpunkt auf der Höhe der Anerkennung angelangt, die ihr zu Lebzeiten in Deutschland beschieden war. Was sie schrieb, wurde gedruckt. Die Gefahr, daß ihre Lesungen von ebenso aufgebrachten wie verständnislosen Zuhörern gestört wurden, war gebannt. Rundfunkanstalten luden sie zum Vortrag ihrer Dichtungen ein, und 1932 wurde ihr zusammen mit Richard Billinger der Kleistpreis zugesprochen. Die beiden Preisträger waren grundverschieden. Der zwanzig Jahre jüngere Bauernsohn aus dem Innviertel hatte bisher eine Gedichtsammlung, *Über die Äcker*, und das in der Tradition des Barockdramas wurzelnde *Perchtenspiel* verfaßt. In der Kombination der Preisträger ist aber wohl auch der Versuch zu sehen, die jüdische Dichterin als deutsche Dichterin und damit die jüdisch-deutsche Dichtung überhaupt zu ehren. »In den Dramen *Die Wupper* und *Arthur Aronymus und seine Väter* gestaltet Else Lasker-Schüler eine in tiefer Verbundenheit zur Heimat geschaute Menschenwelt, die erfüllt ist von Herzlichkeit und gläubiger Güte«, hieß es in der Begründung für die Preisverleihung.

Aber an der Reaktion der Presseorgane, wie beispielsweise des »Völkischen Beobachters«, auf die Entscheidung der Preiskommission erkennt man, daß Else Lasker-Schüler fortan in Deutschland hauptsächlich Widerständen ausgesetzt sein würde, die von rassistischem Antisemitismus gespeist wurden. Im Grunde war ihr das schon seit Jahren bewußt, und aus diesem Bewußtsein hatte sie die zwei gegensätzlichen Erzählungen *Der Wunderrabbiner von Barcelona* und *Arthur Aronymus. Die Geschichte meines Vaters* geschrieben.

In den Monaten vor der Machtergreifung war die Dichterin von öffentlichen Anpöbelungen, ja Tätlichkeiten nicht verschont geblieben, und so ist ihre Flucht von Berlin nach Zürich am 19. April 1933 aus der tiefen und begründeten Angst der nunmehr Vierundsechzigjährigen zu verstehen, die wußte, daß sie in Deutschland ihres Lebens nicht mehr sicher war.

Damit hatte die letzte Epoche dieses Lebens begonnen. Es war ein Leben im Exil und in wachsender Angst und Einsamkeit, die sich gegenseitig bedingten und Widerstände schufen, gegen welche die Dichterin mit unvorstellbarer Anstrengung leben und schreiben mußte.

Das Motiv der Angst durchzieht Else Lasker-Schülers Dichtungen von Anfang an. Vielleicht ist dies auf die frühen Kindheitserfahrungen antisemitischer Äußerungen und Ausschreitungen zurückzuführen, die ihr zum ersten Mal das Gefühl der Schutzlosigkeit und des Ausgesetztseins gaben. Es ist daher erstaunlich, daß sie dennoch aus der einzigen geschützten Sphäre, in der sie je gelebt hat, dem Kreis der Familie, ausbrach und sich durch ihre künstlerische Kompromißlosigkeit immer wieder neuen Gefahren aussetzte.

In den ersten Schweizer Exiljahren äußert sich Else Lasker-Schülers Angst zunächst als Angst vor wirtschaftlicher Not, der eigenen und der der in Deutschland zurückgebliebenen Verwandten und Freunde. Mit ihren Bittbriefen an Sylvain Guggenheim, einen Schweizer Gönner, und den Versuchen, Zeichnungen zu verkaufen und Gedichte und Prosastücke in den wenigen Schweizer Zeitungen und Zeitschriften unterzubringen, die gleichzeitig von vielen anderen Exilautoren bestürmt wurden, wollte sie die Mittel für ihre finanziellen Hilfsaktionen erlangen. Die Ängste um die Sicherheit jüdischer Freunde sprechen ebenfalls aus Briefen, in welchen sie verschlüsselt nach deren Wohlbefinden fragt. Die Angst um die Verlängerung der Schweizer Aufenthaltsgenehmigung, die sie beim letzten Versuch 1939 nicht mehr erhielt, äußert sie dagegen in den erhaltenen Briefen nicht.

1934 hatte Else Lasker-Schüler den Schweizer Aufenthalt mit einer zwei Monate langen Reise nach Palästina unterbrochen. Ihre erste Begegnung mit dem Orient war der Besuch im ägyptischen Alexandrien, wohin sie von der Übersetzerin Margret Pilavachi eingeladen worden war. Die Erfahrungen der Reise sind in *Das Hebräerland* eingegangen, ein Buch, das sie nach der Rückkehr in die Schweiz schrieb und mit Illustrationen versah. Während die Reisende in Alexandrien von den Eindrücken der arabischen Welt verzaubert war, von den »geheimnisvollen Vierteln der Allahäuser« und den

Frauengesichtern hinter feinen Schleiern mit »tätowierten Ornamenten auf Wange und Kinn«, wie sie sie selbst oft gezeichnet hatte, beschreibt sie ihre erste Reaktion auf die wildzerklüftete Landschaft Palästinas als Angst. Nirgends fühlte sich Else Lasker-Schüler so bedroht wie hier, umgeben von Felsgestein, das zwischen Himmel und Abgrund hängt und »die Schwermut der Dichter und ihre Erdangst« erzeugt. So »glaubt man zuerst vor Furcht und Weh aufschreien zu müssen«. Das war nicht mehr die freundliche Natur der Heimat, kein Gespräch unter Bäumen war hier zu hören, die Natur stellte sich der Dichterin als harter Widerstand entgegen.

Gerade deshalb hat sie aber mit dem *Hebräerland* ein Buch geschrieben, in dem Harmonie zum Thema wird. In der Natur ist sie nicht zu finden, wohl aber unter den Menschen. Von der Vielfalt der arabischen und jüdischen Bevölkerung Palästinas war Else Lasker-Schüler jedesmal von neuem bezaubert. Viele Zeichnungen, oft mit dem Bleistift rasch an einem Kaffeehaustisch hingeworfen, halten Straßenszenen in Jerusalem fest. Die ganzseitigen Illustrationen des *Hebräerlands* sind mit tiefen Farben geschmückt. In ihrem Buch betont Else Lasker-Schüler nicht nur das harmonische Zusammenleben der gänzlich verschiedenen jüdischen Bevölkerungsgruppen und sieht dabei über die zahlreichen politischen, religiösen und weltanschaulichen Unterschiede oder gar Zerwürfnisse hinweg, sie entwirft auch ein Bild harmonischen Zusammenlebens zwischen Juden und Arabern, das ihr Wunschbild war.

Der stärkste Widerstand aber, der sich Else Lasker-Schüler je entgegensetzte, ging von dem Regime aus, das sie aus ihrem Land vertrieb, ihr Publikationsmöglichkeiten und Publikum nahm und die Zurückgebliebenen einer Schreckensherrschaft auslieferte. Diese Umstände ließen den Kampfgeist der Einundsiebzigjährigen stärker als je erwachen.

1937 reiste Else Lasker-Schüler zum zweiten Mal nach Jerusalem. War sie bei ihrem ersten Besuch als Dichterin der *Hebräischen Balladen* willkommen geheißen worden, so war sie jetzt auch die Verfasserin des *Hebräerlands*, das viele ihrer Leser in diesem Land mit Verwunderung erfüllt hatte. 1939 brach sie zu ihrem letzten Besuch auf, von dem ihr die Rückkehr durch die Verweigerung der Schweizer Aufenthaltsgenehmigung und den Kriegsausbruch verwehrt sein sollte. Nun mußte sie zusehen, wie das verhaßte deutsche Regime seinen Machtbereich auf scheinbar unaufhaltbaren Siegeszügen über ganz Europa ausdehnte.

In verschiedenen Rezensionen des *Hebräerlands* war die Dichterin als wirklichkeitsfremd kritisiert worden. Daß sie das nicht war, erweist sich an der »theatralischen Tragödie« *IchundIch*, die sie im Spätsommer und Herbst 1940 in Jerusalem schrieb. Das Werk ist insofern Fragment geblieben, als es nicht mehr gründlich überarbeitet wurde, wie das die Verfasserin beabsichtigte. Aber sie hatte es eilig mit diesem Kampfschrei gegen das Böse, das vor ihren Augen die Welt überzog. Im Juli 1941 las sie es öffentlich vor.

IchundIch ist in vieler Hinsicht Else Lasker-Schülers außerordentlichstes Werk. Schon der Vorwurf, die Fausttragödie, *das* deutsche Drama, mit der deutschen Gegenwart zu verbinden, wie es fast gleichzeitig Thomas Mann mit seinem *Doktor Faustus* tat, ist genial. Die Dichterin hat sicherlich lange Passagen aus dem ersten Teil von Goethes *Faust* auswendig gewußt. Nur so ist die Leichtigkeit zu erklären, mit der sie nicht nur Episoden, sondern auch Zitate, ebenfalls in Knittelversen, parodistisch einsetzt.

Die Vorstellung von Goethes Faust, zwei Seelen zu besitzen, kommt der Else Lasker-Schülers von der Erschaffung des Menschen in zwei getrennten Teilen, die einander verlieren, entgegen. Deshalb versucht er, sich durch immer neue Teilungen wiederzufinden. Nur in der Konzentration des Gebets, »Ich und Ich«, ist das möglich, wie es in dem Essay »Das Gebet« heißt. In den noch unveröffentlichten »Tagebuchblättern aus Zürich« wird der »wahre Dichter« als ein solcher beschrieben, der sich im Zustand der Inspiration in einen »zweiteiligen Zustand« versetzt.

So auch die Dichterin. Ihr »IchundIch« sind Faust und

Mephisto, und aus dem Gegenüber beider entwickelt sich das Drama vom Untergang des Bösen, das in Gestalt der nationalsozialistischen Führung in die Hölle marschiert, um von Mephisto das Erdölmonopol für die Kriegsmaschine gegen ein Eifelstädtchen einzuhandeln. Der klarblickende Mephisto, der den sentimentalen Faust – identisch mit Goethe – ebenso durchschaut wie die Nationalsozialisten, läßt aber nicht mit sich handeln und überantwortet die Brut dem Untergang.

Else Lasker-Schüler rechnet mit ihnen allen ab. Ihre härtesten Urteile fällt sie über Goebbels, den Vorsitzenden der Reichskulturkammer des Barbarenstaates, der die perversesten Vorstellungen von Kunst hatte, die Erde gegen die Hölle vertauschen und Vizekönig des Satans werden würde, und über Hitler, den »Antichrist und Antijud«. Beides war für sie identisch.

Im Vor- und Nachspiel erscheint die Dichterin selbst: zuerst auf dem Weg ins Theater, wo Max Reinhardt mit vielen ihrer Schauspielerfreunde, einer Fülle von Zirkus- und Varietékünstlern und grandiosen Theatereffekten ihr Stück inszeniert, zuletzt zu Tod erschöpft in einem Jerusalemer Garten, wo sie stirbt. Danach kehrt sie, zwischen ihren beiden Ichs, Faust und Mephisto, dieser in Gestalt eines schalkhaften Teufelchens, zu Gott zurück. Sie hat in dem Teufel stets den gefallenen Engel gesehen, und in dieser Schlußapotheose wird er wieder von Gott aufgenommen. Es ist der letzte und höchste Versöhnungsakt, den Else Lasker-Schüler je dargestellt hat, wie sie in diesem Schauspiel auch gegen den stärksten Widerstand ankämpft, nicht gegen wirtschaftliche Not und nicht gegen die Feinde der Kunst, sondern gegen das Böse selbst. Was sie in ihrem letzten Schauspiel darstellt, hat die Dichterin nicht mehr erlebt. Aber das Böse sollte etwa drei Monate nach ihrem Tod am 11. Februar 1945 in Jerusalem kapitulieren.

Die letzten vier Jahre ihres Lebens waren erfüllt gewesen vom »Grauen der Einsamkeit«, wie die Bildunterschrift einer Zeichnung aus dieser Zeit lautet. Ein Kreis kunstliebender

Freunde, regelmäßige finanzielle Unterstützung, die von ihr ins Leben gerufene Vereinigung »Der Kraal« mit Vorträgen und Dichterlesungen halfen Else Lasker-Schüler nicht, das Gefühl grenzenloser Verlassenheit und das unstillbare Heimweh zu überwinden. Daß es ihr dennoch gelang, in diesem Seelenzustand unverwechselbare Verse oder gar die Gedichte der Sammlung *Mein blaues Klavier* zu schreiben, ist das Wunder ihrer Kunst aus Widerständen.

Sigrid Bauschinger

ANMERKUNGEN

Lyrik

Editionsprinzip

Die hier vorgelegte Auswahl der Lyrik Else Lasker-Schülers berücksichtigt alle von der Dichterin veröffentlichten Gedichtsammlungen sowie die im Nachlaß aufgefundenen Gedichte. Dabei werden folgende Bände der im Kösel-Verlag erschienenen dreibändigen Werkausgabe zugrunde gelegt:

Gedichte 1902–1945. Herausgegeben von Friedhelm Kemp. München, 1959.

Verse und Prosa aus dem Nachlaß. Herausgegeben von Werner Kraft, München 1961.

Mit Ausnahme der Gedichte aus der Sammlung *Styx*, die in der ursprünglichen Fassung der ersten Buchpublikation Else Lasker-Schülers aufgenommen sind, wird jeweils die letzte Fassung der Gedichte gewählt, die oft mehrmals überarbeitet wurden und z. T. in verschiedenen Sammlungen in unterschiedlicher Reihenfolge erschienen sind. Im Falle von früheren Veröffentlichungen der Gedichte werden Publikationsort und Jahr des Erstdrucks angegeben. Ebenfalls vermerkt werden die ursprünglichen Gedichtwidmungen sowie die Sammlung (als Sigle), in welcher die jeweils letzte Fassung eines Gedichts erschienen ist.

Diese Angaben stützen sich auf die »Materialien zu einer kritischen Ausgabe der Lyrik Else Lasker-Schülers« von Margarete Kupper im *Literaturwissenschaftlichen Jahrbuch der Görres-Gesellschaft*. Neue Folge, 4. Band 1963, S. 95–190 und auf die von Silvia Schlenstedt herausgegebene Anthologie *Ich suche allerlanden eine Stadt*. Gedichte Prosa Briefe. Leipzig, Verlag Philipp Reclam jun., 1988.

Abkürzungen

DsT – *Der siebente Tag*. Berlin 1905.
DK – *Die Kuppel*. Berlin 1920.
GG I – *Gesammelte Gedichte*. Leipzig 1917.

HBL – *Hebräische Balladen.* Berlin-Wilmersdorf 1913.
HB III – *Hebräische Balladen. Der Gedichte erster Teil.* Berlin 1920.
HL – *Das Hebräerland.* Zürich 1937.
K – *Konzert.* Berlin 1932.
MW – *Meine Wunder.* Karlsruhe/Leipzig 1911.

Styx. Berlin: Axel Juncker 1902.

Ursprüngliche Widmung: »Meinen teuren Eltern zur Weihe«.

Die Gedichte, die Else Lasker-Schüler in ihrem ersten Buch veröffentlichte, waren teilweise bereits in Zeitschriften und einem Sammelband erschienen. Von den hier aufgenommenen Gedichten brachte das angesehene, von Rudolf Steiner und Otto Erich Hartleben redigierte »Magazin für Litteratur« 1900 »Mutter«, »Weltflucht«, »Mein Kind« und »Ballade«. In der von Martin Buber mitbegründeten »Illustrierten Monatsschrift für modernes Judentum Ost und West« war 1901 »Viva!« erschienen. Die »Erste Veröffentlichung aus den Darbietungen der ›Kommenden‹ an den Donnerstagabenden im Nollendorf-Casino« von 1901 enthielt eine Gruppe von Gedichten Else Lasker-Schülers, darunter »Nervus Erotis« und »Chaos«. Auch die nicht anspruchslose »Gesellschaft« hatte damals bereits ihre Lyrik gedruckt.

Thematik und Sprache der frühen Gedichte weisen auf die literarische Umwelt, in der sich Else Lasker-Schüler im Berlin der Jahrhundertwende bewegte. Ihrem ersten Förderer Peter Hille verdankt sie weniger stilistische Einflüsse als die Einführung in die »Neue Gemeinschaft« der Brüder Hart und anderer Vereinigungen, in welchen Naturbegeisterung, soziales Empfinden und der Lebens- und Körperkult des Vitalismus herrschten, wie er sich aus der Kritik Nietzsches an der Vormacht des Intellekts herleitete. Diesem stellt Else Lasker-Schüler das freie Spiel des Kindes gegenüber. Die ekstatische Sprache des Vitalismus klingt aus ihren leidenschaftlich erotischen Gedichten (»Viva!«), die aber auch von Zerrissenheit und Verzweiflung gekennzeichnet sein können (»Nervus Erotis«, »Mein Drama«). Die meisten lassen sich dem Jugendstil zuordnen, dessen Bilder, Farben und Gebärden die frühen Dichtungen prägen. Else Lasker-Schüler steht damit in der Nähe solcher Jugendstil-Dichter wie Otto Julius Bierbaum, Ernst Hardt, Eduard von Stucken und vor allem Richard Dehmel, um dessen Anerkennung sie in ihren Briefen heftig geworben hat.

7 *Mutter*: Gemeint ist Jeanette Schüler, geb. Kissing (1838–1890). Frühverwaist wuchs sie in Frankfurt am Main bei ihrem Onkel Meyer Sonnemann auf, dem Vater von Leopold Sonnemann, der später die »Frankfurter Zeitung« gründete. Sie war eine schwärmerische, der Dichtung ergebene Frau, die Goethe und Heine verehrte und viel Zeit mit dem jüngsten ihrer sechs Kinder, der kleinen Else verbrachte. Sie erzählte ihr von Dichtern und Helden wie Petöfi und Napoleon, spielte mit ihr ein Reimspiel »Einwortsagen« und ließ sich von dem Kind Theater vorspielen. Jeanette Schüler starb völlig unerwartet und die Tochter hat immer wieder Gedichte im Gedenken an die Mutter geschrieben. *Ich fühle … Mutterland*: Die häufig für Verlassenheit, Ausgestoßensein und Gefährdung gebrauchte Geburtsmetapher.

7 *Weltflucht*: Das Gedicht entstand zur Zeit des Ausscheidens aus der »Neuen Gemeinschaft« und der Scheidung der ersten Ehe mit dem Arzt Berthold Lasker.

10 *Heimat … Mutterbrust*: Hier die ebenfalls oft auftretende Umkehrung der Geburtsmetapher, die Flucht zurück zur Mutter und in den Mutterleib, der einzigen Heimat.

11 *Paul*: Paul Karl Schüler (1861–1882). Lieblingsbruder von Else Lasker-Schüler, der sich viel mit der kleinen Schwester beschäftigte. Er zeigte ihr seine Mineral- und Münzsammlungen und chemische Experimente, gab ihr Nachhilfeunterricht und erzählte ihr danach »zur Belohnung« die Geschichte vom biblischen Joseph. Auf Waldspaziergängen erklärte er ihr Tiere und Pflanzen und legte den Grund für Else Lasker-Schülers große Naturliebe. Kurz vor seinem Übertritt in die katholische Kirche starb der Bruder an Tuberkulose.

12 *Mein Kind*: Paul Lasker-Schüler (1899–1927). Einziges, nach dem Bruder Paul benanntes, Kind von Else Lasker-Schüler, über dessen Vater sie sich nur geheimnisvoll geäußert hat. Der schon im Kindesalter hochbegabte Zeichner besuchte mehrere Internate, darunter die Odenwaldschule. Künstler wie Franz Marc erkannten sein Talent, aber in der Nachkriegszeit hatte er große Schwierigkeiten, eine Anstellung zu finden, was nicht gelang. Seine schwache Gesundheit wurde durch die Notjahre nicht gefördert. Er erkrankte an Tuberkulose, verbrachte mehrere Jahre in Schweizer Sanatorien, bis ihn seine Mutter in den letzten Monaten seines Lebens in Berlin pflegte. Else Lasker-Schüler hat über ihr Kind Gedichte und Essays geschrieben (s. S. 340, »Mein

Junge«). An sein Leiden und seinen Tod wagt sie jedoch kaum zu rühren. In ihren Briefen an Paul Goldscheider kommt ihr ganzer Schmerz zum Ausdruck, ohne daß sie die Ursache nennt.

Der siebente Tag. Gedichte. Berlin: Verlag des Vereins für Kunst. Amelangsche Buchhandlung 1905.

Ursprüngliche Widmung: »Meiner teuren Mutter«.

Die Sammlung enthält fast ausschließlich Erstveröffentlichungen von insgesamt 33 Gedichten. Hier erscheinen sie in der ursprünglichen Reihenfolge aber in der letzten Fassung. »Weltende« war 1904 in die Anthologie *Moderne deutsche Lyrik*, herausgegeben von Heinz Benzmann, aufgenommen worden.

Im *Siebenten Tag* stehen zwar noch Liebesgedichte von der Leidenschaftlichkeit der *Styx*-Sammlung, aber statt wilder Verzweiflung spricht aus ihnen eher Melancholie oder gar Resignation. In den anderen Liebesgedichten ist eine große Beruhigung eingetreten (»Die Liebe«). Der ästhetische Anspruch tritt in schönen Bildern wie der Teppichmetapher, die auch der von Else Lasker-Schüler bewunderte Stefan George bevorzugte, und in leuchtenden Farben – zum ersten Mal blau – hervor. Wichtigstes neues Formelement ist die zweizeilige Strophe und das damit verbundene Stilprinzip der assoziativen Reihung von Bild und Gedanke, das die Dichtungen Else Lasker-Schülers nun für lange Zeit kennzeichnet (»Mein stilles Lied«). Damit ist auch der Jugendstil überwunden, der für die Dichterin wie für viele ihrer Zeitgenossen wie Stefan George, aber auch die jüngeren wie Georg Trakl und Georg Heym, eine Durchgangsphase war.

15 *»Täubchen, das in seinem eignen Blute schwimmt«*: (DK)

16 *Eva*: (HB III) Die Anspielung auf die Jugend und die »goldenen Lenzhaare« des Geliebten lassen auf Herwarth Walden schließen.

17 *Unser stolzes Lied*: (HB III) Ursprüngliche Widmung: Der Goldhäutigen zu eigen.

Unser Kriegslied: (HB III) Ursprüngliche Widmung: Der Kühnen in Herbe.

18 *Mein stilles Lied*: (MW) Eine zweite, wesentlich kürzere Fassung in DK.

20 *Weltende*: (HB III)

Die Nächte Tino von Bagdads. Berlin, Stuttgart, Leipzig: Axel Juncker 1907.

Frontispiz: Die Prinzessin Tino in orientalischem Gewand mit reichem Schmuck. Weiß auf schwarzem Grund.

Ursprüngliche Widmung: Meiner Mutter der Königin
mit den goldenen Flügeln
in Ehrfurcht.

Die Sammlung von neunzehn Prosatexten und sieben Gedichten wurde ohne die Gedichte wiederaufgelegt unter dem Titel *Die Nächte der Tino von Bagdad*. Mit einer Einbandzeichnung der Verfasserin. Berlin: Paul Cassirer 1919. Die schwarz-weiße Federzeichnung zeigt eine orientalisch gekleidete Frauenfigur in Tanzbewegung.

Widmung: Dieses Buch schenke ich meinem sehr geliebten Spielgefährten Sascha (Senna Hoy).

Mit diesem Buch beginnt Else Lasker-Schüler, in farbenprächtiger Bildsprache ihre orientalische Poesiewelt zu errichten. In der Wirklichkeit, sei es im privaten Bereich von Ehe und Familie oder im öffentlichen der literarischen und weltanschaulichen Berliner Vereinigungen und des Literaturbetriebs, hatte sich die Dichterin unverstanden, unfrei und heimatlos gefühlt. In einem imaginären Bagdad baut sie sich daher ein Kunstreich auf, das ihr erlaubt, als Prinzessin Tino unbeschränkt und spielerisch inmitten ihrer Künstlerfreunde zu herrschen.

Die in die Prosatexte eingestreuten Gedichte stehen mit diesen in keinem engeren Zusammenhang. Es sind Liebesgedichte, die sich zumeist ebenfalls einer orientalisch-festlichen Sprache bedienen, und es sind alles Nachtgedichte. Ihre Sprache ist, wie die Liebe, die sie schildern, abgeklärt und wie von überstandenen Leiden geläutert. (Weiterer Kommentar zum Prosateil dieses Bandes.)

21 *Das Lied meines Lebens*: (HB III)

Meine Wunder. Gedichte. Karlsruhe, Leipzig: Dreililien Verlag 1911. 2. (Titel)-Auflage Leipzig: Verlag der Weißen Bücher 1914.
Insgesamt 58 Gedichte, darunter 32 aus *Der siebente Tag* in neuer Fassung.

Seit dem Gründungsjahr der 1910 von Herwarth Walden herausgegebenen Zeitschrift »Der Sturm«, der Else Lasker-Schüler den Namen gab, hat sie viele Gedichte zum ersten Mal dort veröffentlicht, aus der vorliegenden Auswahl 1910 »Ein alter Tibetteppich« und »Meine Mutter«. »Und suche Gott« und »Heimweh« erschienen zuerst 1909 in der von Karl Kraus herausgegebenen »Fackel«. In *Meine Wunder* wird die festliche Lyrik Else Lasker-Schülers auf ihren ersten Höhepunkt geführt. Die reimlosen zweizeiligen Strophen leben ganz aus ihren leuchtenden Bildern. Da die Dichterin in Vergleichen auf das Wort »wie« verzichtet, trägt das noch weiter zum Bilderreichtum der Gedichte bei. Dennoch ist die Sprache knapp und nur auf wenige Adjektive angewiesen.

22 *Nun schlummert meine Seele*: (DK)
Ankunft: (HB III)

23 *Leise sagen –*: (DK)
Das Gedicht gab Anlaß zu einer Klage Else Lasker-Schülers gegen die *Rheinisch-Westphälische Zeitung*, die das Gedicht mit der Bemerkung »Völlige Gehirnerweichung hören wir den Leser leise sagen«, ohne Honorar zu zahlen, abgedruckt hatte. Vgl. Herwarth Walden, »Deutsche Dichter und deutsche Richter«. In »Der Sturm« 3. Jg. 1912, S. 102–104.
Ein alter Tibetteppich: (HB III). Eines der berühmtesten und oft nachgedruckten Gedichte Else Lasker-Schülers. Karl Kraus veröffentlichte es kurz nach dem Erstdruck am 31. 12. 1910 in der »Fackel« mit einem enthusiastischen Kommentar: »Nicht oft genug kann diese taubstumme Zeit, die ihre wahren Originale begrinst, durch einen Hinweis auf Else Lasker-Schüler gereizt werden, die stärkste und unwegsamste lyrische Erscheinung des modernen Deutschland. [...] Das hier aus der Berliner Wochenschrift »Der Sturm« zitierte Gedicht gehört für mich zu den entzückendsten und ergreifendsten, die ich je gelesen habe und wenige von Goethe abwärts gibt es, in denen so wie in diesem Tibetteppich Sinn und Klang, Wort und Bild, Sprache und Seele verwoben sind. Daß ich für diese neunzeilige Kostbarkeit den ganzen Heine hergebe, möchte ich nicht sagen. Weil ich ihn nämlich, wie man hoffentlich jetzt schon weiß, viel billiger hergebe.« Das Gedicht erschien außerdem in den bedeutendsten Anthologien expressionistischer Lyrik. 1912 nahm es Kurt Hiller in den *Kondor* auf, 1916 Kurt Wolff in die Sammlung *Vom jüngsten Tag* und 1920 Kurt Pinthus in *Menschheitsdämmerung*.

24 *Und suche Gott*: (HB III)
Heimweh: (HB III)
25 *Meine Mutter*: (HB III)

Gottfried Benn
Abdruck des Zyklus hier in der Reihenfolge und Fassung wie er 1920 in *Die Kuppel* erschienen ist mit Ausnahme der Gedichte »Alice Trübner«, »Wilhelm Schmidtbonn« und »Milly Steger«. Else Lasker-Schüler hatte ebenfalls fünf vor ihrer Bekanntschaft mit Gottfried Benn entstandene Gedichte aufgenommen, die alle im »Sturm« erschienen waren: »Wo mag der Tod mein Herz lassen« und »Von weit« 1910, »Palmenlied« und die beiden »Dem Barbaren« gewidmeten Gedichte 1911. Die anderen Gedichte wurden zuerst in folgenden Zeitschriften gedruckt: 1912 in »Saturn« (»O, deine Hände«), 1913 in »Das neue Pathos« (»Giselheer dem Heiden«, »Giselheer dem Knaben«, »Giselheer dem König«), 1913/14 in »Die Neue Kunst« (»Das Lied des Spielprinzen«). »Die Aktion« brachte 1914 »Lauter Diamant« und »Die Weißen Blätter« im gleichen Jahr »Hinter Bäumen berg ich mich«, »Klein Sterbelied«, »O Gott« und »Höre«. »Giselheer dem Tiger« erschien zuerst 1917 in den *Gesammelten Gedichten*.

Gottfried Benn (1886–1956), der Arzt und Dichter, war seit 1912 mit Else Lasker-Schüler verbunden, die von seinen *Morgue*-Gedichten überwältigt war und sich bei Kurt Wolff um ihre Veröffentlichung bemühte. In den Giselheer-Gedichten vollzieht sich ein leidenschaftliches Werben um den Geliebten und Künstler, den sie zu ihrem Kunstideal bekehren wollte. (Vgl. auch das Künstler-Portrait »Doktor Benn«, S. 181). Auch in dem Schlüsselroman *Der Malik* erscheinen »der Arier« Giselheer und Jussuf Prinz von Theben als Liebende und Gegner. Benn, der später das monologische Gedicht, »das Gedicht an niemanden gerichtet« schreiben sollte, hätte das unter dem Einfluß Else Lasker-Schülers, die alle ihre Gedichte an ein Gegenüber richtete, wohl nie getan. Sein Gedicht »Drohungen« aus dem achten Teil des »Alaska«-Zyklus drückt ebenfalls das ungemein spannungsreiche Verhältnis von Anziehung und Abstoßung aus:

> Aber wisse:
> Ich lebe Tiertage. Ich bin eine Wasserstunde.
> Des Abends schläfert mein Lid wie Wald und Himmel.

Meine Liebe weiß nur wenige Worte:
Es ist so schön an deinem Blut. –

Mein königlicher Becher!
Meine schweifende Hyäne!
Komm in meine Höhle. Wir wollen helle Haut sein.
Bis der Zedernschatten über die kleine Eidechse lief:
Du – Glück –

Ich bin Affen-Adam. Rosen blühn in mein Haar.
Meine Vorderflossen sind schon lang und haarig.
Baumast-lüstern. An den starken Daumen
kann man tagelang herunterhängen. –

Ich treibe Tierliebe.
In der ersten Nacht ist alles entschieden.
Man faßt mit den Zähnen, wonach man sich sehnt.
Hyänen, Tiger, Geier sind mein Wappen. –

Nun fährst du über Wasser. Selbst so segelhaft.
Blondhäutig. Kühles Spiel.
Doch bitterrot, das Blut darin ist tot,
ein Spalt voll Schreie ist dein Mund.
Du, daß wir nicht an einem Ufer landen!
Du machst mir Liebe: blutegelhaft:
Ich will von dir. –

Du bist Ruth. Du hast Ähren an deinem Hut.
Dein Nacken ist braun von Makkabäerblut.
Deine Stirn ist fliehend: Du sahst so lange
über die Mandeln nach Boas aus.
Du trägst sie wie ein Meer, daß nichts Vergossenes
im Spiel die Erde netzt.

Nun rüste einen Blick durch deine Lider:

Sieh: Abgrund über tausend Sternen naht.
Sieh: Schlund, in den du es ergießen sollst.
Sieh: Ich. –

Das Gedicht erschien 1913 auf der gegenüberstehenden Seite von Else Lasker-Schülers Prosaskizze »Dr. Benn« in der 26. Nummer der »Aktion«. Benn zog sich 1914 von Else Lasker-Schüler zurück, die Verbindung brach aber bis zu ihrem Exil nie ab. Er hatte ihr 1913 seine zweite Gedichtsammlung *Söhne* gewidmet und ihr auch später Widmungsexemplare seiner Werke geschickt und zum Kleistpreis gratuliert. 1952 hielt er »nach aller Verschiedenheit der Lebenswege und Lebensirrungen« eine Rede auf Else Lasker-Schüler, in der er ihr Gedicht »Mein Volk« aus den *Hebräischen Balladen* »in seiner Vollkommenheit eine so völlige Verschmelzung des Jüdischen und des Deutschen« nennt, »daß es auf beiden Seiten, sofern die Kunst bei uns überhaupt etwas zu sagen hätte, auch politische Folgen würde gehabt haben können«.

Die Giselheer-Gedichte sind zärtliche und leidenschaftliche, werbende und drohende, glückliche und traurige Liebesgedichte. Sie spiegeln die kurze, intensive Liebesgeschichte und die langanhaltende Trauer über die Enttäuschung der Verlassenen, die sich in ihrer Liebe und ihrer Kunst zurückgewiesen fühlte. Sie sind besonders reich an Bildern. Fast jede der zwei- und dreizeiligen Strophen enthält ein in sich abgeschlossenes Bild. Benns Gedicht »Drohungen« nimmt wiederum mehrere dieser Bilder auf.

31 *Hinter Bäumen berg ich mich*: Ursprünglicher Titel: Dem Abtrünnigen.

33 *Höre*: Benn antwortete darauf mit seinem Gedicht »Hier ist kein Trost«, in dem es in wörtlicher Anspielung heißt: »Keiner wird mein Wegrand sein«.

34 *Wo mag der Tod mein Herz lassen*: Ursprünglicher Titel: Die Liebe.

35 *Palmenlied*: Ursprünglicher Titel: Dem Prinzen von Marokko.

Die Gesammelten Gedichte. Leipzig: Verlag der Weißen Bücher 1917.

Widmung: Die gesammelten Gedichte schenke ich meiner teuren Mutter und ihrem Enkel Paul. Das Umschlagbild, von mir gezeichnet, schenke ich Gertrud Osthaus.

Gertrud Osthaus war die Frau des Fabrikanten Karl Ernst Osthaus, der in Hagen Lesungen von Else Lasker-Schüler und 1916 eine Verkaufsausstellung ihrer Zeichnungen veranstaltete.

Der Band enthält vier Zyklen an Künstlerfreunde, darunter die Giselheer-Gedichte und die an den »so geliebten Spielgefährten Senna Hoy« sowie zahlreiche Widmungsgedichte, so an Richard Dehmel, Paul Zech, Georg Trakl, Theodor Däubler, Franz Werfel und an Maler und Schauspieler. In vielen Fällen waren es Gedenkgedichte an die im Ersten Weltkrieg Gefallenen. Unter dem Zwischentitel »Meine schöne Mutter blickte immer auf Venedig« sind Gedichte an Familienmitglieder versammelt. Die ganze Sammlung ist von Trauer geprägt, die in kostbare Bilder gekleidet und in Gold getaucht ist. Sie sprechen die Sprache von Liebesgedichten, die Widmungen kamen allerdings in manchen Fällen erst später hinzu. Sie sind daher eher als Gedichte über die Liebe statt als Liebesgedichte zu verstehen.

38 *Senna Hoy*: Gemeint ist Johannes Holzmann (1875–1913). Er war ursprünglich Lehrer, dann Herausgeber des »Kampf – Zeitschrift für gesunden Menschenverstand«. Darin veröffentlichte er auch Gedichte und Erzählungen Else Lasker-Schülers. 1915 erschien postum ein von Begeisterung glühender Aufsatz Holzmanns über Else Lasker-Schüler in der »Aktion«. Der Anarchist wurde 1907 während seines zweiten Rußlandaufenthalts wegen revolutionärer Umtriebe verhaftet. Else Lasker-Schüler schrieb über die schrecklichen Haftbedingungen in *Der Malik*. 1913 ist sie mit einem Bruder Holzmanns nach Rußland gereist und hat den todkranken Holzmann in der Gefangenenabteilung des Krankenhauses in Metscherskoje noch einmal gesehen. Darüber berichtet sie am 16. 5. 1914 in einem Brief an Karl Kraus.

39 *Gebet*: (Ich suche allerlanden eine Stadt) Ursprüngliche Widmung: Meinem teuren Halbbruder, dem blauen Reiter.
Der blaue Reiter: Franz Marc, Maler (1880–1916). Marc war seit 1912 mit Else Lasker-Schüler befreundet. Im Septemberheft des »Sturm« war zu Else Lasker-Schülers Gedicht »Versöhnung« ein Holzschnitt von Marc erschienen. Die Dichterin erkannte in ihm eine ihr zutiefst verwandte Künstlernatur. Als Prinz von Theben nannte sie Marc ihren Halbbruder Ruben. Er sandte ihr zahlreiche selbstgemalte Kartengrüße und ermunterte sie zum Zeichnen. Sie richtete die Briefe ihrer »Kaisergeschichte« *Der Malik* an ihn und schrieb über ihn ein Prosagedicht, »Franz Marc«. Die herzlichste und harmonischste unter ihren vielen Künstlerfreundschaften wurde durch Marcs frühen Kriegstod nach wenigen Jahren beendet. Siehe Franz Marc – Else Lasker-Schüler, *»Der blaue Reiter präsentiert Eurer Hoheit sein Blaues Pferd.« Karten und Briefe*. Hrsg. und kommentiert von Peter-Klaus Schuster. München: Prestel 1987.

Hebräische Balladen. Berlin-Wilmersdorf: A. R. Meyer 1913. 2. erweiterte Auflage o. J. [um 1913].

Ursprüngliche Widmung: Karl Kraus zum Geschenk

Hebräische Balladen. Der Gedichte erster Teil. Mit einer Einbandzeichnung der Verfasserin. Berlin: Paul Cassirer Verlag 1920. Die Zeichnung, »Jussufs Versunkenheit«, zeigt eine auf einem Stuhl sitzende Figur mit geneigtem Kopf und herabhängenden Armen.

Widmung: Die Gedichte schenke ich meiner teuren Mutter und ihrem Enkel Paul.

Zu den »Hebräischen Balladen« dieser drei Sammlungen werden hier spätere Gedichte aus demselben Themenkreis hinzugefügt.

Karl Kraus: (1874–1936) Literaturkritiker und Dichter. Er förderte Else Lasker-Schüler durch Publikationen ihrer Werke in der von ihm zwischen 1899 und 1936 herausgegebenen Zeitschrift »Die Fackel«, deren Beiträge er ab 1911 alleine schrieb. Zu seinen zahlreichen Werken gehören die Essaysammlungen *Die demolierte Literatur* (1896), *Sittlichkeit und Kriminalität* (1908), *Die chinesische Mauer* (1910), *Heine und die Folgen* (1910), *Untergang der Welt durch Schwarze Magie* (1922) und *Literatur und Lüge* (1929). Seine Aphorismen erschienen in *Sprüche und Widersprüche* (1909) und *Pro domo et mundo* (1912). Unter seinen Dramen wurden die monumentalen *Letzten Tage der Menschheit* (1919) am berühmtesten. Sein unbestechliches Sprachgefühl erkannte in Else Lasker-Schüler eine überragende Dichterin, gleichsam den Gegentyp zu dem von ihm als Routinier verachteten Heinrich Heine. Kraus hat Else Lasker-Schüler finanziell unterstützt und in der »Fackel« zu Geldsammlungen für sie aufgerufen. Auch Einnahmen seiner äußerst erfolgreichen Vortragsabende hat er ihr zukommen lassen. Die Dichterin faßte zu Kraus großes Vertrauen und hat ihm in ihren Briefen oft ihr Herz ausgeschüttet. Von vielen Literaturquerelen, Eifersüchten, ihrer Rußlandreise und vor allem ihrer finanziellen Misere und den Sorgen um den Sohn erfahren wir nur durch die Korrespondenz mit Kraus. Allerdings endet sie nicht so, wie es in der mangelhaften Edition erscheint. Der dort als letzter publizierte Brief war nicht der letzte. Else Lasker-Schüler war Kraus dankbar über seinen Tod hinaus und veröffentlichte in einem Gedenkbuch an ihn ihr Gedicht »Ein alter Tibetteppich«, das er sehr geliebt hatte. Siehe *Briefe an Karl Kraus*, hrsg. von Astrid Gehlhof-Claes. Köln, Berlin: Kiepenheuer und Witsch 1959.

Die Entstehungszeit der »Hebräischen Balladen« erstreckt sich über 22 Jahre. Zu den fünfzehn Gedichten der Erstveröffentlichung kamen später fünf weitere. Die meisten erschienen zuerst in Zeitschriften, so 1901 »Sulamith« in »Ost und West«, 1908 »An Gott« in »Das Magazin«. »Der Sturm« brachte 1910 »Der Versöhnungstag«, »Pharao und Joseph« und »David und Jonathan« (In der Bibel stehen wir geschrieben), 1911 »Abel« und 1912 »Esther und Boas«. Im »Simplicissimus« erschien 1912 »Jakob und Esau« und 1913 »Moses und Josua«. »Die Weißen Blätter« veröffentlichten 1915 »Saul«, 1918 »David und Jonathan« (O Jonathan), 1919 »Hagar und Ismael« und 1920 »Joseph wird verkauft«. »Abigail« erschien 1923 im »Berliner Tageblatt«. »Ruth«, »Zebaoth« und »Mein Volk« waren 1905 in *Der siebente Tag* zum ersten Mal erschienen.

Die »Hebräischen Balladen« vereinigen drei Motivstränge zu dem in der deutschen Lyrik einmaligen Ganzen: Erstens die Verbindung von Religion und Liebe in »Versöhnung« und »Sulamith«, das in der Tradition des Hohen Liedes steht. Dem folgt das Bekenntnis zum eigenen Volk, zu dem sich die Dichterin zugehörig und von dem sie sich gleichzeitig als abgesondert empfindet (»Mein Volk«). Als Künstlerin definierte sie sich als zweite Josephsfigur, von den Ihrigen mißverstanden und ausgestoßen (»Joseph wird verkauft«). Deshalb legte sie sich den Namen Jussuf bei. Wie er wollte sie zum Wohl ihres Volkes wirken, in einer neuen Sprache einen neuen, starken, kämpferischen »wilden« Juden schaffen, nach dem Vorbild des Königs Saul. Deshalb führt schließlich die stolze Jüdin Else Lasker-Schüler große Vater- und Führerfiguren wie Abraham, Jakob und Moses oder die Retterin Esther und die Liebende Ruth vor und damit die große Vergangenheit eines großen Volkes, welche das zeitgenössische, verbürgerlichte, satte Judentum vergessen hatte.

Die Behandlung der biblischen Quellen ist zum Teil äußerst frei (»Jakob«), zum Teil der Vorlage erstaunlich getreu (»Esther«, »Saul«). In der Sprache der »Hebräischen Balladen« läßt sich die Entwicklung der Lyrik Else Lasker-Schülers von der erotischen Leidenschaftlichkeit des *Styx* (»Sulamith«) zur Pracht und Feierlichkeit des späteren »David und Jonathan« und der Josephsballade verfolgen.

40 *Versöhnung*: (HL) Ursprünglich unter dem Titel: Der Versöhnungstag.
Versöhnungstag: Jom Kipur, höchster jüdischer Feiertag im Monat Tischri (September/Oktober), an dem die Gläubigen

nach zehntägigem Fasten, Sündenbekenntnis und Buße von Gott Verzeihung erbitten.

In den Sprachen... sind: Oft gebrauchter Vergleich von Else Lasker-Schüler für hebräische Schriftzeichen.

Mein Volk: (HB III)

41 *Abel*: (HB III)

42 *Abraham und Isaak*: (HB III)

Hagar und Ismael: (HB III) Abraham verstieß auf Wunsch seiner Frau Sara die ägyptische Magd Hagar und den gemeinsamen Sohn Ismael, damit das Erbe Isaaks, des Sohns der Sara, gesichert blieb. Das Gedicht läßt das glückliche Ende, die Rettung Hagars und Ismaels, aus. (Genesis 21, 8–10).

Jakob und Esau: (HL) Das Gedicht erzählt die Vorgeschichte zur Genesis 25, 19, als Jakob den Zwillingsbruder Esau um das Erstgeburtsrecht bringt.

43 *Jakob*: (HL) Dort unter dem Titel: Das Gebet. Vgl. dazu den Essay »Das Gebet« S. 345.

44 *Joseph wird verkauft*: (K)

Die Gärten Amons: Amon, »der Verborgene«, ägyptischer Windgott, der die Unsichtbarkeit vertritt. Er wurde in Theben mit dem Sonnengott zu dem Götterkönig und Reichsgott Amun-Re vereinigt.

45 *Pharao und Joseph*: (HB III)

Moses und Josua: (HL)

Josua: Der 120jährige Moses machte Josua zu seinem Nachfolger, damit der das jüdische Volk in das Land bringe, das ihm Jahwe verheißen hatte. (Deuteronomium 31, 7).

46 *Saul*: (HL)

Melech: hebräisch für König. Der kriegerische und bis auf seine letzte Schlacht siegreiche erste König Israels Saul war für Else Lasker-Schüler der Inbegriff des »wilden Juden«.

David und Jonathan: (HB III) Sauls Sohn Jonathan liebte David, den Heerführer seines Vaters und schützte ihn vor dessen Eifersucht. Die Abschiedsszene ist beschrieben in I Samuel 20, 40–42.

47 *David und Jonathan*: (HL)

48 *Abigail*: (K) Eine Tochter Sauls namens Abigail wird in der Bibel nicht erwähnt. Im ersten Buch Samuel, Kapitel 25 wird die Geschichte der schönen und klugen Abigail, der Frau des rohen Nabal erzählt, die später eine der Frauen Davids wird. Abigail ist

ein Lieblingsname Else Lasker-Schülers, den sie auch für drei männliche Figuren in den Geschichten des *Prinz von Theben*-Buchs benutzt.

49 *Esther*: (HL) Der persische Name des Mädchens Hadassa, das, wie das Buch Esther erzählt, mit dem jüdischen Volk in persischer Sklaverei lebte. Als Lieblingsfrau des Königs Aschaschwerosch (Ahasver) rettet sie ihr Volk vor der Ausrottung durch den Wesir Haman. Zur Erinnerung daran wird im Februar/März das Purimfest gefeiert.

Boas: (HB III) Im Buch Ruth wird berichtet, wie die verwitwete Moabiterin Ruth bei ihrer alten, verlassenen Schwiegermutter Noemi bleibt und die Gunst des reichen Bauern Boas gewinnt, der sie zur Frau nimmt. Ihr Urenkel ist David.

Ruth: (GG I)

50 *Zebaoth*: (HB III) Die früheste »Hebräische Ballade« ist ohne Bezug zu dem Titel, dem hebräischen Wort für »Heerscharen«, ein Attribut Jahwes, »Gott der Heerscharen«.

Sulamith: (HL) Die Geliebte im »Hohen Lied« von Salomon.

51 *An Gott*: (HL)

Konzert. Berlin: Rowohlt Verlag 1932.
Widmung: »Meiner teuren Mama und meinem geliebten Sohn Paul in Liebe«.

Eine Sammlung von z. T. verstreut in Zeitschriften und Zeitungen zwischen 1920 und 1932 erschienenen Prosatexten und 12 Gedichten, davon »Abschied« 1923 und »Letzter Abend im Jahr« 1929 im »Berliner Tageblatt«. »Gott hör« stand 1920 in den »Weißen Blättern« und »Gedenktag« 1926 im »Querschnitt«.

Die Gedichte sind von Trauer und Abschiedsstimmung geprägt und z. T. nach dem Tod des Sohnes 1927 entstanden. Sie zeichnen sich durch ein neues, starkes Formbewußtsein aus. Strenge Reimschemata herrschen vor, »Abschied« enthält nur zwei Reime. Die Dichterin dieser Gedichte lebt in einer verdunkelten Welt, die sich Gott entzogen hat. Aus dieser Erkenntnis erwächst eine neue Frömmigkeit, ein Vertrautsein mit Gott trotz aller Trauer. Auch die Natur ist noch nicht in sich oder von Gott gespalten. Davon sprechen auch viele Prosatexte in *Konzert*. Den größten Trost gewährt jedoch der Gedanke, daß aus Einsamkeit und Leid dennoch Kunst entstehen kann.

52 *Ein Lied an Gott*: (zitiert nach *Die schönsten deutschen Gedichte*. Herausgegeben von Ludwig Goldscheider. Wien, Leipzig 1933)

54 *Gott hör...*: Ursprüngliche Widmung: Hugo Simon dem Boas. *Hugo Simon*: (1880–1950) Bankier und sozialdemokratischer Politiker. Kunstmäzen. Emigrierte nach Frankreich, später Brasilien.

Mein blaues Klavier. Neue Gedichte. Jerusalem: Jerusalem Press Ltd. 1943.
Widmung: »Meinen unvergesslichen Freunden und Freundinnen in den Städten Deutschlands – und denen, die wie ich vertrieben und nun zerstreut in der Welt, In Treue!«

Die Einbandzeichnung der Dichterin, »Abschied von den Freunden« zeigt den Prinzen Jussuf umgeben von seinen Indianerfreunden, welchen er die Hand reicht.

Das letzte zu Lebzeiten der Dichterin veröffentlichte Buch ist ein großes Zeugnis deutscher Exildichtung und des Mutes seines Verlegers Moritz Spitzer, der es 1943 auf deutsch in Palästina herausbrachte. Nicht alle Gedichte sind in Jerusalem entstanden. »An meine Freunde« stand bereits in Konzert (s. S. 326). Die Dichterin nahm es wohl in *Mein blaues Klavier* auf, um zu zeigen, daß das Exil ihre Liebe zu den Freunden nicht gemindert hat. »An mein Kind« war 1928 im »Berliner Tageblatt« erschienen. 1934 veröffentlichte Klaus Mann »Die Verscheuchte« in der »Sammlung«. »Mein blaues Klavier« und »Ich weiß« standen 1937 in der »Pariser Tageszeitung«. »Herbst« stand 1938 in »Der deutsche Schriftsteller«.

Den Gedichten ist abzulesen, wie die Einsamkeit der Dichterin sich durch die Vertreibung aus Deutschland zur Angst und, in den letzten Jahren des Exils, zu einem vom Leser kaum nachzuvollziehenden Grauen steigerte. Ebenso schwer faßbar ist, daß es Else Lasker-Schüler gelang, in ihrer abgrundtiefen Verlassenheit Gedichte zu schreiben, die zu den schönsten zählen, die sie überhaupt geschrieben hat. Der verlorenen Heimat gilt Trauer und Sehnsucht, das Exil bietet nur vorübergehend eine Bleibe, ehe das Jenseits endlich das »ewige Heim« werden wird (»Ich weiß«), gemäß der Erkenntnis in dem Exildrama *IchundIch*: »Nur Ewigkeit ist kein Exil«.

Die Gedichte sind in höchstem Formbewußtsein entstanden. Im

Lauf der Exiljahre wird die Sprache einerseits sparsamer, sie verzichtet immer mehr auf schmückende Beiwörter und variiert den Reim immer weniger. Andererseits gewinnt sie dadurch eine bisher kaum erreichte Ausdruckskraft wie in den Liebesgedichten der über Siebzigjährigen, die beweisen, daß Else Lasker-Schülers Kunst und damit sie selbst tatsächlich alterslos ist.

57 *An meine Freunde*: Das Gedicht steht in *Konzert* ohne Titel in dem Essay »Das heilige Abendmahl«.

58 *Meine Mutter*: Dem jüdischen Brauch des Totengedenkens (Jahrzeit) folgend, wird am Vorabend des Sterbetags eine Kerze angezündet, die bis zum nächsten Abend brennt.

Wenn du doch kämest: Gemeint ist der Berner Rechtsanwalt und Freund Emil Raas, dem das Gedicht »An Mill« in der gleichen Sammlung gewidmet ist.

59 *An mein Kind*: (HL) Dort unter dem Titel »Mein Kind«. Der Sohn Paul starb am 14. Dezember 1927.

60 *Mein blaues Klavier*: Bereits vor 1936 in der Schweiz entstanden. In den unveröffentlichten »Tagebuchblättern aus Zürich« im Nachlaß heißt es: »Ich besitze alle meine Spielsachen von früher noch, auch mein blaues Puppenklavier«. Im nachfolgenden Gedicht lauten die ersten zwei Zeilen der 2. Strophe:

»Es spielten Sternenhände vier,
Das Mondkind sang im Boote.«

So auch im Erstdruck.

62 *Die Verscheuchte*: Ursprünglicher Titel: Das Lied der Emigrantin. Die Schlußverse lauteten in dem unveröffentlichten Entwurf:

»Und deine Lippe, die der meinen glich,
ist wie ein Pfeil nun blind auf mich gezielt.«

Silvia Schlenstedt sieht in den Gedichten »Ich liege wo am Wegrand« und »Die Verscheuchte« eine Antwort Else Lasker-Schülers an Gottfried Benn, der in Reden und Aufsätzen (»Antwort an die literarischen Emigranten«, »Die Intellektuellen und das Dritte Reich«) »schroff die Trennung von den exilierten Autoren forderte«.

Der zweite Teil des *Blauen Klaviers* trägt den Titel »An Ihn«. Daraus die folgenden fünf nicht vorher publizierten Gedichte: »Dem Verklärten«, »Und«, »Ein Liebeslied«, »In meinem Schosse«, »An

Apollon«. Gemeint ist Ernst Simon, Erziehungswissenschaftler und Kulturphilosoph (1899–1988). Er gab mit Martin Buber die Zeitschrift *Der Jude* heraus und wanderte 1928 nach Palästina aus. 1933 kehrte er nach Deutschland zurück, um jüdische Lehrer auszubilden. Seit 1936 lehrte er am Jerusalemer Lehrerseminar, dann an der Hebräischen Universität. Er unterstützte die jüdisch-arabische Zusammenarbeit und trat für einen binationalen Staat ein. Mit Martin Buber und Judah Leon Magnes veröffentlichte er 1934 *Towards Union in Palestine*. Zu seinen zahlreichen weiteren Veröffentlichungen gehören *Chajjim Nachman Bialik. Eine Einführung in sein Leben und sein Werk* (1939), *Aufbau im Untergang. Jüdische Erwachsenenbildung im nationalsozialistischen Deutschland als geistiger Widerstand* (1959), *Brücken. Gesammelte Aufsätze* (1965), *Entscheidung zum Judentum. Essays und Vorträge* (1979).

Die letzten sechs Gedichte stammen aus dem Nachlaß.

Vor ihrem Tod sind noch Nachrichten vom Holocaust zu Else Lasker-Schüler gedrungen. Darauf nehmen die Gedichtfragmente »Ich falte meine Hände« und »Ein einziger Mensch« bezug. Sie sind geschrieben in der Endphase dieses Lebens, das als Übergang in das nächste gesehen wird und nur im großartigen Paradox der Vorwegnahme des eigenen Todes noch zu leben ist. (»Dämmerung«, »Ich bin so müde«).

68 *Ich liege wo am Wegrand übermattet*: Der Herausgeber des Nachlaßbandes Werner Kraft hält diese Variante des gleichnamigen Gedichts in *Mein blaues Klavier* (dort mit der Widmung »Treulosen Freunden«) für ein selbständiges Gedicht. Er hält es auch nicht für feststellbar, welches die erste Fassung ist.

69 *Ich schlafe in der Nacht –*: Werner Kraft berichtet, die Dichterin habe ihm dieses Gedicht einmal vorgelesen, »ich machte sie auf den grammatischen Fehler ›in harten Händen‹ aufmerksam. Sie war darüber nur verstimmt. Der Fehler ist nicht haltbar, muß aber stehenbleiben.«

Prosa

Der Textauswahl liegt der zweite Band der im Kösel-Verlag erschienenen Gesammelten Werke zugrunde: *Prosa und Schauspiele*. Herausgegeben von Friedhelm Kemp. München 1962.

Das Peter Hille-Buch. Stuttgart. Berlin. Axel Juncker 1906.
In der zehnbändigen Gesamtausgabe erschien das Buch mit einer Einbandzeichnung der Verfasserin, Berlin: Paul Cassirer Verlag 1919. Die Feder- und Pastellzeichnung zeigt »St. Peter Hilles« Büste im Profil mit einem Sternenkranz im Haar und je einem Stern im Augenwinkel, unter dem Mund und im Bart. Haar und Gewand sind blau koloriert.

Das erste Prosawerk Else Lasker-Schülers ist ein schwärmerisches Erinnerungsbuch an ihren frühen Förderer Peter Hille und seinen Kreis, den sie um 1894 in Berlin kennenlernte. Darin spiegeln sich Erfahrungen in der »Neuen Gemeinschaft« der Brüder Hart und ähnlichen naturbegeisterten, sozialistisch-utopischen Vereinigungen. Viele der unter verschlüsselten Namen auftretenden Mitglieder und anderer, dem Kreis Nahestehender sind nicht mehr zu identifizieren.

Peter Hille (1854–1904) war Lyriker, Erzähler und Dramatiker. In impressionistisch-enthusiastischer Sprache verkündete er seine naturmystischen Vorstellungen und sozialistischen Utopien. Er wuchs in einer katholischen Lehrerfamilie in Erwitzen bei Höxter in Westfalen auf, zwei Brüder wurden Geistliche. Hille war seit seiner Schulzeit mit Heinrich und Julius Hart befreundet. Er führte jedoch als Student und Korrektor in Leipzig, als Redakteur der »Arbeiter-Presse« in Bremen, als Theaterdirektor in Holland, in Londoner Sozialistenkreisen und als Wanderer durch Italien bis nach Rom ein Vagantenleben, ehe er nach 1891 wieder bei den Brüdern Hart und ihrer »Neuen Gemeinschaft« in Berlin auftauchte. Unter seinen Werken, deren Manuskripte er in großen Säcken mit sich führte, findet sich die »Erziehungstragödie« *Des Platonikers Sohn* (1896), die von einem Sohn Petrarkas handelt. Er verfaßte mehrere Romane, darunter die *Sozialisten* (1886), *Semiramis* (1902), *Cleopatra* (1905) und *Sapho*, den er Else Lasker-Schüler widmete. Außerdem schrieb er Prosastudien und zahlreiche Dichterportraits. Am bekanntesten wurde das in Johannes Holzmanns »Kampf« erschienene vielzitierte Portrait von Else Lasker-Schüler, die er den »schwarzen Schwan

Israels, eine Sappho, der die Welt entzwei gegangen ist« nannte. Hille gab ihr auch den Namen Tino. Für seine kurzen Natur- und Stimmungsgedichte sowie seine Aphorismen fand er die meiste Anerkennung. An Peter Hille schieden sich die Geister. Er hatte glühende Verehrer, Else Lasker-Schüler an der Spitze, andere, wie Rainer Maria Rilke, lehnten ihn völlig ab. Zu seinen engsten Freunden gehörten Peter Baum, Theodor Däubler, Hans-Heinz Ewers, Detlev von Liliencron, Erich Mühsam und Ernst von Wolzogen. Lovis Corinth, Max Liebermann und Max Slevogt haben ihn portraitiert.

Hille war der Herausgeber mehrerer kurzlebiger Zeitschriften, mit Namen wie »Kritisches Schneidemühl« und »Die Völkermuse«. Er gründete literarische Kabaretts, die er »Vorleseheime« nannte und in welchen auch Dichtungen von Else Lasker-Schüler zum Vortrag gelangten. Sie wiederum schrieb außer dem *Peter Hille-Buch* drei Essays über ihn und veröffentlichte die *Briefe Peter Hilles an Else Lasker-Schüler*. Berlin: Paul Cassirer 1921.

Als Else Lasker-Schüler Peter Hille kennenlernte, war er Mitglied der »Neuen Gemeinschaft« und nahm Else Lasker-Schüler zu deren Zusammenkünften mit, bei welchen auch der Mitbegründer der Vereinigung, Gustav Landauer, zugegen war. Die angehende Dichterin lernte dort ebenfalls Martin Buber kennen.

Die Brüder Hart hatten zunächst in ihren *Kritischen Waffengängen* den Naturalismus propagiert. Bald distanzierte sich besonders Julius Hart von dieser Richtung, die ihm keine Erneuerung der Gesellschaft versprach. Die Harts gründeten ihre Vereinigung mit dem Ziel, dem Friedrichshagener Kreis um Wilhelm Bölsche und Bruno Wille folgend, den »neuen Menschen« zu formen, welcher der Brutalität des Alltags enthoben in den höheren Sphären des Ideals lebt. Das kam Hilles Begeisterung für alles Schöne und Erhabene in Kunst, Natur und Religion entgegen.

In ihrem *Peter Hille-Buch* stilisiert Else Lasker-Schüler den Freund zu einer gottähnlichen Führergestalt, die er für sie bis ans Ende ihres Lebens blieb. Sie beschreibt ihn unter vielen Namen in einer dithyrambisch mitreißenden Sprache. Bereits in den ersten Sätzen klingen Nietzsches Zarathustra-Verse an. Mit ihm war Else Lasker-Schüler schon im Kreis der »Kommenden« durch Vorträge und Aufsätze besonders Rudolf Steiners bekanntgeworden. »Friedrich Nietzsche hat die Sprache geschaffen, in der wir alle dichten«, hat sie später gesagt, und berichtet, daß sie mit einer Künstlerschar den geisteskranken Nietzsche gesehen hatte, der von seiner Schwester den Besuchern gezeigt wurde. »Es war eines der grauenvollsten Erlebnisse ihrer Jugend [...] und sie hat Elisabeth Förster-Nietzsche seither gehaßt.« (Paul Goldscheider, »Wo ich bin, ist es grün«. In: *Lasker-Schüler, ein Buch zum 100. Geburtstag der Dichterin.* Hrsg. von Michael Schmid. Wuppertal 1969.)

Hilles Ehrfurcht vor den großen Weltreligionen war Else Lasker-Schüler stets ein Vorbild. Ihre positive Einstellung gegenüber dem Katholizismus geht ebenfalls auf Hille zurück, dessen Bruder Philipp an der theologischen Hochschule in Paderborn lehrte, seine Professur aber verlor, weil er die katholische Morallehre im Zusammenhang mit sozialen Fragen behandelte. Er wurde darauf Sekretär der katholischen Arbeitervereine in Berlin.

Weiterhin blieb Hilles Verachtung für irdischen Besitz und bürgerliche Lebensweise auch für Else Lasker-Schüler bestimmend. Zu Zusammenkünften mit Berliner Arbeitern, wahrscheinlich in den Vereinen, für die sein Bruder arbeitete, begleitete sie Hille ebenfalls. Sie bewunderte seine Belesenheit und Sprachkenntnisse und vor allem seine Weisheit und Bescheidenheit, die ihn vor jeglicher Pose schützte. Am höchsten pries sie Hilles Gabe, Frieden zu stiften und Menschen zu vereinen.

Dennoch kam es zu einem Bruch zwischen ihr und Hille, wie er mysteriös-verschlüsselt in »Petrus und ich auf den Bergen« beschrieben wird. Furcht vor der übermächtigen Führergestalt, die sich hier als Zauberer zu erkennen gibt, läßt die Jüngerin vor ihm fliehen. Auch von der »Neuen Gemeinschaft« hatte sie sich gelöst, wie sie in Unfrieden von den »Kommenden« geschieden war. 1901 schrieb sie an Julius Hart, sie bereue es fast, »damals mit Peter Hille in die ›Neue Gemeinschaft‹ gekommen zu sein«. Dennoch, »die Maizeiten der Gemeinschaft werde ich nie vergessen, die schöne Kahnfahrt ins Elysium«. Dies als frühe Beispiele für Else Lasker-Schülers Wunsch, sich anderen anzuschließen, was sie aber letztlich nicht konnte, weil sie es auch nicht brauchte. Nach dem Tod Hilles war sie keiner Führung mehr bedürftig.

73 *Petrus der Felsen*: nach Math. 16, 18: »Du bist Petrus und auf diesen Felsen will ich meine Kirche bauen.«

74 *meine Schwester*: Annemarie genannt Anna (1863–1912). Sie heiratete, fast gleichzeitig mit der Schwester Else, den Opernsänger Franz Lindwurm gen. Lindner und lebte in Berlin.

das Bübchen: Else Lasker-Schülers Sohn Paul, der oft bei der Schwester untergebracht wurde.

Sage, Haidekraut: Edda und Erika Lindwurm-Lindner, Töchter der Schwester Anna.

75 *Onit von Wetterwehe*: Erika Klüsener vermutet hinter diesem Namen Gerhart Hauptmann (1862–1946), der zunächst Bildhauer, seit 1885 freier Schriftsteller und Dramatiker war. Er wohnte damals in Erkner bei Berlin.

77 *Antinous*: Peter Baum (1869–1916). Wie Else Lasker-Schüler aus Elberfeld stammender Fabrikantensohn, der sich erfolglos als Kaufmann und Kinderbuchverleger versucht hatte, ehe er freier Schriftsteller wurde. Er portraitierte die Dichterin in der Erzählung »Spuk« in der Figur der jüdischen Komponistin Marga. Während seiner letzten Lebensjahre fand Peter Hille in Baums Haus eine Bleibe. Else Lasker-Schüler schrieb über Baum ein Prosaportrait und widmete ihm mehrere Gedichte. Er gehörte zu ihren vielen Künstlerfreunden, die Opfer des Ersten Weltkriegs wurden.

Grimmer von Geyerbogen: Bruder von Peter Baum.

Najade: Julie Baum, Schwester von Peter Baum. »Der Sturm« berichtet 1911 von einer Ausstellung, in der Bilder der kürzlich frühverstorbenen Malerin mit solchen von Paul Klee und Alfred Reth zu sehen waren.

79 *Goldwarth*: Herwarth Walden (eigentlich Georg Levin) 1878–1941. Der Musiker, Kunstkritiker und Schriftsteller war der Sohn eines erfolgreichen Berliner Arztes und wurde zunächst bei dem Liszt-Schüler Conrad Ansorge als Pianist ausgebildet. 1897 gewann er ein Stipendium der Liszt-Stiftung und verbrachte ein Jahr in Florenz. Walden vertonte Gedichte von Goethe, Dehmel, Lasker-Schüler, Mombert und Stramm. Am bekanntesten wurden seine »Dafnis Lieder« nach Texten von Arno Holz. 1911 wurde seine Musik-Pantomime *Die vier Toten der Fiametta* mit einem Libretto von William Wauer in Berlin uraufgeführt. Walden war einer der bedeutendsten Förderer expressionistischer Literatur und Kunst. Nachdem der kompromißlose Redakteur seinen Posten bei mehreren Kunstzeitschriften verloren hatte, gründete er den »Verein für Kunst«, dem ein gleichnamiger Verlag angeschlossen war. Dort traten die bedeutendsten jungen Autoren auf, darunter Karl Kraus, Else Lasker-Schüler, Thomas Mann und Rainer Maria Rilke. 1910 gründete

Walden die Zeitschrift »Der Sturm«, die mit der »Aktion« zum wichtigsten Sprachrohr des Expressionismus in Deutschland wurde. In der »Sturmgalerie« stellte Walden die moderne europäische Kunst aus und vertrat Maler wie Oskar Kokoschka, Franz Marc, Karl Schmidt-Rottluff und Wassily Kandinsky, von welchen er auch Grafiken im »Sturm« veröffentlichte. Auf der »Sturmbühne« wurden moderne Dramatiker aufgeführt. Walden schrieb Abhandlungen über die Theorie des Expressionismus und Kunst- und Musikkritiken, die gesammelt erschienen in *Einblick in Kunst* (1917) und *Die neue Malerei* (1919). Zu seinen expressionistischen Dramen zählen *Das Weib* (1917), *Erste Liebe*, *Die Beiden*, *Sünde*, *Letzte Liebe*, *Kind* und *Menschen*, alle von 1918. Walden verfaßte auch die Romane *Das Buch der Menschenliebe* (1916), *Härte der Weltenliebe* (1918) und *Unter den Sinnen* (1919) sowie Gedichte *Im Geschweig der Liebe* (1925). Else Lasker-Schüler und Herwarth Walden heirateten 1903, die Ehe wurde 1911 geschieden. Walden heiratete im gleichen Jahr die Schwedin Nell Roslund, von der er 1924 geschieden wurde. Er heiratete darauf eine Russin, Mila Walden, mit der er 1929 eine Reise in die Sowjetunion unternahm. Sie erkrankte an der damals als Volksseuche grassierenden Tuberkulose und starb 1930. Nachdem er sich in den zwanziger Jahren für den Kommunismus begeistert hatte, ging Walden 1932 als Sprachlehrer in die Sowjetunion. 1941 wurde er verhaftet und starb im Gefängnis in Saratow.

81 *Knecht Ruprecht*: Begleiter des heiligen Nikolaus, der am 6. Dezember die Kinder besucht.

Klein Pull: Paul Lasker-Schüler.

82 *Jene... zu sein*: Verwandte Else Lasker-Schülers, vermutlich Angehörige der Familie Sonnemann, die in Berlin lebten.

Riesenbecher... Schelmenlieder: Wahrscheinlich ein Maßkrug mit eingebauter Spieluhr.

90 *Hellmüte*: Martha Schlesinger (geboren 1854, Todesdatum unbekannt). Die Frau eines Berliner Bankiers veröffentlichte unter dem Pseudonym Martha Hellmuth. Sie gehörte zum Kreis der »Kommenden« und steuerte Texte zu Peter Hilles Kabarettabenden bei. Von ihr erschienen *Gedichte* (1882), *Die Lieder des Pagen Cherubin* (1883), *Wieland der Schmied – Gevatter Tod und viele lyrische und epische Gedichte* (1889), *Vor Aschermittwoch. Dramatische Plauderei* (1901) und *Kirke. Das Spiel der*

Verwandlung, 1 Akt (1905). Peter Sprengel vermutet, der Besuch bei der Hellmüte habe in den Räumen des Kabaretts »Zum hungrigen Pegasus« im Weinhaus Dalbelli stattgefunden.

94 *Herr Pankratius*: Einer der drei Eisheiligen.

Die Nächte der Tino von Bagdad. Mit einer Einbandzeichnung der Verfasserin. Berlin: Paul Cassirer 1919. (Weitere Angaben S. 451)

»Minn, der Sohn des Sultans von Marokko« und »Ich tanze in der Moschee« waren 1910 beziehungsweise 1911 im *Sturm* erschienen.

Else Lasker-Schülers Faszination von einem Orient, den sie sich selber erschuf, tritt in keinem ihrer Bücher deutlicher hervor als in diesem. Nachdem sie vergeblich in Vereinigungen wie den »Kommenden« und der »Neuen Gemeinschaft« eine Gegenwelt zu der bürgerlichen gesucht hatte, der sie zunächst aus dem Elternhaus und dann aus der ersten Ehe entflohen war, baut sie sich nun ihr eigenes Kunstreich auf und stellt sich als Dichterin und Tänzerin Tino in dessen Mitte.

Wie sie den Namen, den ihr Peter Hille gab, in diesem Buch übernimmt, so auch seine Anschauungen. Da ist die rauschhafte Hingabe an einen höheren Zustand, wie ihn der Tanz darstellt, der in den Tänzen der Derwische zur Trance und Ekstase führt. Auch Hilles Achtung vor allen Kulturen und Religionen wird von Tino übernommen. Sie baut Jehova einen Tempel und weiht der rachsüchtigen Liebesgöttin von Hellas ihre Krone, und ihr Oheim, der Kalif Ached Bey, gedenkt der »Jüdin seiner Jugend Naemi«.

Das orientalische Dekor der Geschichten gehört noch dem Jugendstil an. Der Ausdruckstanz hatte ja in dieser Epoche mit Tänzerinnen wie Ruth St. Denis und Loie Fuller zu einer neuen Stilrichtung gefunden. Tanzbewegungen durchdringen daher die Jugendstilornamente der Nächte Tinos. Ihre wehenden Schleier und Gewänder in tiefen Farben vervollständigen das orientalische Jugendstilambiente. Schließlich ahmt der Sprachduktus der Geschichten die gleitenden, schlängelnden, durch Ausrufe in einem Pseudoarabisch rhythmisch akzentuierten Tanzbewegungen nach, die sich bis in die höchst phantasievollen Wortkombinationen fortsetzen.

Else Lasker-Schüler war sich in jenen Jahren durch ihre Trennung von der bürgerlichen Welt wie auch von den Künstlergemeinden, in welchen sie auch auf viel Dilettantismus gestoßen war, ihres eigenen Künstlertums immer stärker bewußt geworden. Wie jeder wahre

Künstler wollte sie Neues, »Niedagewesenes«, »Unerhörtes« erschaffen. Dazu lieferte ihr die imaginierte arabische Welt nicht nur wilde Bilder, sondern auch eine wilde Sprache.

In dieser Sprache werden wilde Dinge berichtet, Grausamkeiten ohne Zahl. Darin offenbart sich ein Rebellentum, eine Radikalität gegen bürgerliche Verweichlichung, die erstaunt. Ihre Inspiration zu diesen Geschichten könnte Else Lasker-Schüler aus der Mode der Zeit geschöpft haben, die orientalisches Dekor in Malerei, Innenarchitektur, Kunsthandwerk und populärer Literatur bevorzugte. Man denke nur an die Ausstattung der Schlösser König Ludwigs II. von Bayern, der selbst in Jagdhütten wie beispielsweise auf dem Schachen im Wettersteingebirge Räume einrichten ließ, in welchen Tino von Bagdad ihre ekstatischen Tänze hätte tanzen können. Bildbände wie die des Ägyptologen Georg Ebers, *Ägypten in Wort und Bild* (2. Auflage 1878), der Ägypten ausführlich bereist hatte und ebenso beliebte wie gelehrte »Professorenromane« über ägyptische Königstöchter schrieb, könnten bereits der jungen Else Schüler bekannt gewesen sein wie auch die Bilder mit den edlen orientalischen Frauenfiguren des Malers Nathanel Sichel.

Wie Else Lasker-Schüler die Alltagssprache für ihre Dichtungen nicht genügte, die im wortwörtlichen Sinne un-erhört sein sollten, so genügte es ihr nicht, sie lediglich schriftlich niederzulegen. Sie wollte sie vortragen, aber nicht im Stil einer trockenen Vorlesung, sondern ebenfalls auf unerhörte Weise, in orientalischem Kostüm, unter Begleitung von Trommel, Flöte und Dudelsack, assistiert von einem Negerknaben in rotem Fez. Was in den Dichtungen geschieht, soll verwirklicht werden. Dabei wird die Dichterin zu ihrer eigenen Figur. Else Lasker-Schüler ist Tino. In ihren Briefen aus den Jahren 1909–1910 an Max Brod, den englischen Literaturwissenschaftler Jethro Bithell und an Karl Kraus beschreibt sie ausführlich, wie sie diese Abende, eigentlich »performance«-Auftritte, gestalten wollte. So schreibt sie am 8.4.1910 an Brod, den sie zur Mitwirkung animieren möchte: »Ich spreche doch *syrisch*, ich bin doch mein halbes Leben in Asien gewesen, ich habe meine Dichtungen, die in Asien und Afrika spielen übersetzt ins Syrische. Ich möchte als *Syrerin* auftreten mit meinem herrlichen Nasenknopf und meiner unschätzbar wertvollen Schleife. Auch dudle ich auf meinem Dudelsack nachdem ich den Fakir gelesen habe, blase die Posaune meinem Urgroßvater dem Scheik, flöte und trommele.«

Die Nächte der Tino von Bagdad geben auf noch verschlüsseltere

Weise als das *Peter Hille-Buch* ein Abbild der Berliner Künstlerwelt zu Anfang des Jahrhunderts. Sie spielen zwar am Nil, auf dem Balkan, in Konstantinopel, dem ägyptischen Theben und der Phantasiestadt Philippopel, aber eigentlich doch in der Hauptstadt der Deutschen, die schließlich zum Schauplatz von Tinos Nächten wird. In einer der verschiedenen Erzähleinheiten hat sie dort eine hohe Beraterstelle nahe dem Großmogul inne und hält im Reichstagspalast wichtige Reden, bis sie auch hier verstoßen wird, eine erste Vorausdeutung auf das Josephs-Schicksal der Künstlerin. In der Geschichte von Mêhmêd, dem blauhaarigen Sohn der Lîlame und Vetter Tinos, in der sie den Sohn des Großwesirs von Konstantinopel nach Berlin zu einem Zirkusbesuch reisen läßt, kommt Else Lasker-Schülers Begeisterung für den Zirkus zum Ausdruck. Eine weitere unabhängige Episode ist die Geschichte von Tino und Apollydes, die für ihre Liebe gestraft und getrennt werden.

Die Figuren zu entschlüsseln fällt noch schwerer als im *Peter Hille-Buch*, aber es ist anzunehmen, daß sich hinter den meisten wirkliche Personen, wahrscheinlich auch Familienmitglieder, verbergen. Dennoch wird ein großer Unterschied zwischen den ersten beiden Prosabüchern der Dichterin deutlich. So wie sich die deutschen Berge, Wälder und Gärten des *Peter Hille-Buchs* und seine zum Teil höchst germanischen Mythen von den orientalischen Palästen, Basaren und Moscheen der *Nächte Tino von Bagdads* unterscheiden, so unterscheidet sich jene Tino, die ihrem Petrus-Wotan zu Füßen sitzt oder auf langen Märschen Gefolgschaft leistet, von der Tänzerin, die sich im freien Tanz bewegt.

112 *Ich tanze in der Moschee*: Auf die Bedeutung des Tanzes als einen der »wesentlichen Begriffe der Dichtung Else Lasker-Schülers« hat Erika Klüsener hingewiesen. »Vom tanzenden David vor der Bundeslade über die tanzende Tino in der Moschee, den tanzenden Derwisch und die tanzende Bhowanéh [...] bis zum Veitstanz ist der Tanz Ausdruck für besondere Fähigkeiten, für Künstlertum im Sinne von Priestertum oder auch Hexentum.«

Machmêde: Verunstaltung des Namens Mohammed.

113 *Senna Pascha*: Gemeint ist Johannes Holzmann, der zur Entstehungszeit der *Nächte der Tino von Bagdad* in russischer Gefängnishaft war.

114 *Pull*: Paul Lasker-Schüler.

117 *Der Tempel Jehova*: Der Text bietet ein gutes Beispiel für die enge Verbindung von Kunst und Religion bei Else Lasker-Schüler. Der Tempel, den Tino Jehova errichtet, ist ihre Dichtung, zu der sie wiederum von Gott inspiriert wurde. Das Gold der Sterne fällt in ihren Schoß, und aus dem Himmelslicht baut sie den Tempel. Vgl. dazu das Gedicht »Versöhnung«.

120 *Innahu gad...*: Arabisch: Die Priester gingen an mir vorbei in weißen Gewändern.

121 *Muktagirân...*: eine unverständliche Mischung aus arabischen und nicht-arabischen Wörtern.

Khedive: Persisch für Fürst. 1867–1914 Titel des Vizekönigs von Ägypten.

125 *Könige... aufzufressen*: Anspielung auf die langjährigen Unruhen auf dem Balkan, die 1912 zum ersten Balkankrieg zwischen den Staaten des Balkanbunds und der Türkei führten.

129 *Apollydes*: Dieter Bänsch und Erika Klüsener vermuten in den Tino und Apollydes-Episoden »verschleiert autobiographische Erzählungen«, da Else Lasker-Schüler wiederholt behauptet hat, der Vater ihres Sohnes sei ein griechischer Prinz.

130 *Chabâah! Bâah*: ohne Bedeutung. Die Ausrufe sollen den Tanzrhythmus imitieren.

Gesichte. Essays und andere Geschichten. Leipzig. Kurt Wolff Verlag 1913. In der zehnbändigen Gesamtausgabe der Werke Else Lasker-Schülers erschienen *Gesichte* und *Essays*, jeweils um weitere Beiträge vermehrt, in zwei Bänden.

Gesichte mit einer Umschlagzeichnung der Verfasserin. Berlin. Paul Cassirer 1920. Die lila Pastellzeichnung zeigt drei Köpfe im Profil und einen im Halbprofil mit einem Stern auf der Stirn.

Else Lasker-Schüler blieb eine produktive Prosaschriftstellerin auch dann, als sie keine orientalisch verbrämten Geschichten mehr schrieb. Autobiographische Themen, weltanschauliche, kunst- und sozialkritische Fragen haben sie stets beschäftigt. Sie wollte ihre Meinungen immer rasch bekanntmachen, außerdem war sie dringend auf Einkünfte aus Honorarzahlungen angewiesen. Ihre *Essays und andere Geschichten* waren daher vor der Buchpublikation in den bekanntesten expressionistischen Zeitschriften erschienen: im »Sturm« 1910 »Karl Kraus«, »Oskar Kokoschka«, »Max Brod«, »Am Kurfürstendamm«, »In der Morgenfrühe«, »Elberfeld im

300jährigen Jubiläumsschmuck«, »Im Neopathetischen Cabaret« und »Handschrift«. 1911 erschienen dort »Alfred Kerr« und »Wauer via München, weiter und so weiter«. 1912 war Else Lasker-Schüler zum letzten Mal im »Sturm« vertreten mit »Lasker-Schüler contra B. und Genossen« und »Wenn mein Herz gesund wär«. »Doktor Benn« wurde 1913 in der »Aktion« mit einer Portraitzeichnung von Else Lasker-Schüler, Benn im Profil darstellend, veröffentlicht. »Sterndeuterei« erschien 1910 in der »Fackel«.

Obwohl diese Sammlung von Kindheitserinnerungen, neuplatonischen Weltsystementwürfen, Künstlerportraits, Theater-, Kabarett-, Zirkus- und Varietéimpressionen sowie sozialkritischen Skizzen auf den ersten Blick von disparater Vielfalt erscheinen mag, haben sie doch einen gemeinsamen Nenner: sie sind geprägt von einem absoluten Kunstwillen und äußerster Subjektivität, ohne die für Else Lasker-Schüler Kunst nicht möglich ist. Noch im kürzesten Feuilleton schreibt sie auf dieses Kunstziel zu.

Die Erinnerungen an die Elberfelder Kinderzeit, die so viel zur Bildung der Lasker-Schüler-Legende beigetragen haben, sind von großer Wichtigkeit für das Verständnis der Dichterin. Sie zeigen nicht nur Else Lasker-Schülers verklärendes Abbild eines Kindheitsparadieses, sondern lassen dahinter auch die Schatten aufsteigen, die es verdunkelten, die sie aber immer wieder in ihrer stets auf Ausgleich und Harmonisierung bedachten Natur mit einem versöhnenden Licht überstrahlt.

Else Lasker-Schüler hat die heitere Landschaft des Wuppertals ebenso geliebt wie ihre Geburtsstadt Elberfeld. Dort bildeten Arbeiter und Unternehmer Basis und Spitze einer vielschichtigen Gesellschaftspyramide, in der sich neben den größeren Konfessionen – Katholiken und reformierte Protestanten – eine jüdische und eine pietistische Gemeinde angesiedelt hatten. Spannungen blieben nicht aus, und die ersten antisemitischen Äußerungen hat die kleine Else in den frühen Schuljahren erfahren, worauf Jakob Hessing ihre als »Veitstanz« deklarierte Krankheit und ihren Austritt aus der Schule zurückführt. Schutz gewährte ihr dagegen das gut- bis großbürgerliche Elternhaus, in dem die schwärmerische Mutter die künstlerischen Neigungen ihres jüngsten Kindes förderte und der humorvolle Vater für endlosen Spaß sorgte.

Der Unterschied zwischen »künstlerischen« und »unkünstlerischen« Menschen ist Else Lasker-Schüler früh bewußt gewesen. Er durchzieht das Gesamtwerk ebenso wie ihre Briefe. Künstlerisch ist nicht nur der Künstler, sondern jeder für Kunst empfängliche Mensch. Dabei ist zu beachten, daß Kunst und Religion für sie eng miteinander verbunden sind, große Religionsstifter sind ebenfalls große Künstler. In der »Sterndeuterei«, einem frühen Versuch Else Lasker-Schülers, Judentum und Christentum miteinander zu versöhnen, ist der künstlerische Mensch fähig, von der »Fleischesdumpfheit« zur Sternenklarheit aufzusteigen. Sein Gegenpart ist der Bürger, als den sie sowohl den Juden bezeichnet, der Jesus verstößt, als auch den Christen, der den Gott des alten Bundes nach seinen Vorstellungen umwandelt, während der künstlerische Mensch in beiden die künstlerische Schöpferkraft verehrt.

Else Lasker-Schüler findet überall Beweise und Spuren einer künstlerischen Komponente (oder ihres Gegenteils), etwa in der Handschrift eines Menschen. Von ihren Lesern fordert sie, ihren in einer assoziationsreichen Sprache vorgetragenen Theorien bedingungslos zu folgen. »Wenn mein Herz gesund wär« mit dem Untertitel »Kinematographisches« bietet dafür ein gutes Beispiel. Wie im Kino, das Else Lasker-Schüler ebenfalls leidenschaftlich liebte, folgen hier Gedanken und Bilder rasch und abrupt und z. T. mit sehr komischem Effekt aufeinander. Kunst war für diese Dichterin grenzenlos. Sie sah im Zirkusclown ebenso den Künstler wie im Staatsschauspieler. Die sogenannte Kleinkunst, wie sie die Berliner und Münchner Kabaretts boten, war für sie genauso große Kunst wie die bedeutenden Inszenierungen an den Berliner Schauspielhäusern.

Das alles konnte nur auf dem Boden der Großstadt gedeihen, und die einzige deutsche Großstadt ohne wenigstens die Reste eines provinziellen Charakters war Berlin. In dem späteren Essay »Die kreisende Weltfabrik« heißt es: »Meine Liebe zu der Stadt Berlin schließt natürlich meine Liebe zu den Wiesen und Wäldern keineswegs aus ... *hier ist die Uhr der Kunst.*« Auch damit erweist sich Else Lasker-Schüler als eine Künstlerin der Moderne.

138 *Mappe*: Bekannt ist lediglich eine Fachzeitschrift dieses Namens für das dekorative Gewerbe, die von 1881 bis 1902 erschien.

Schülers Gasse: Else Lasker-Schülers Elternhaus stand in der Sadowastraße (Nr. 7) in Elberfeld.

139 *Knopfsammlung*: In *Ich räume auf!* erzählt die Dichterin, ihre Mutter habe ihr, weil sie sich als Kind immer so langweilte, eine Knopfsammlung geschenkt. Die Knöpfe wurden in »Knopf-

strophen« auf den Tisch gelegt und »einer der herrlichsten Knöpfe durfte überall liegen«, der hieß Joseph von Ägypten.
Mein Vater: Aron Schüler (1815–1897), dessen Vater im westfälischen Geseke ein Fuhrunternehmen und ein Bankgeschäft betrieb, war unter 17 Geschwistern aufgewachsen. Er wurde zunächst Handelsvertreter, dann Inhaber des Bankgeschäfts Aron Schüler in Elberfeld. Seine Tochter schildert ihn als eine Till-Eulenspiegel-Figur, stets zu Streichen aufgelegt, kindlich-gutmütig und sehr freigiebig. Seine Verbindungen zum Bauwesen in Elberfeld – wahrscheinlich finanzierte er Neubauten – stellt sie so verschlüsselt dar, daß der Eindruck entstand, der Vater sei Architekt gewesen.

141 *Gartenlaube*: »Illustriertes Familien-Blatt«, erschien von 1853 bis 1932 in Leipzig.

142 *Suppenkasparmutter*: Aus dem »Suppenkaspar« in dem beliebten Kinderbuch *Der Struwwelpeter* (1847) des Frankfurter Arztes Dr. Heinrich Hoffmann (1809–1894).

143 *Eisenbärte*: Johannes Andreas Eysenbarth (1663–1727) war ein erfolgreicher Arzt, der seines Auftretens wegen jedoch zum Stereotyp des Quacksalbers wurde.
das höchste Fest: Weihnachten.
sieben Schwerter: Im Marienkult wird die schmerzensreiche Mutter Gottes mit sieben Schwertern dargestellt, die ihr Herz durchdringen.

145 *Eine Sage*: »Der Derwisch« in *Der Prinz von Theben*.
Waldmenschen ... Zwiebelasketen: Else Lasker-Schüler wendet sich hier gegen die, auch unter Künstlern, zahlreichen Vertreter einer naturnahen, asketisch idealistischen Lebensweise um 1900.
Spiritisten: Anhänger einer okkulten Lehre, nach der die Geister Verstorbener durch ein Medium mit Lebenden in Verbindung treten können.

146 *Isaak*: Sohn Abrahams, der ihn Gott opfern wollte, auf dessen Opfer Gott jedoch verzichtete. S. das Gedicht »Isaak« in den *Hebräischen Balladen*.

147 *Jakob*: Nicht Jakob, sondern Josef war der Traumdeuter und wurde von seinen Brüdern verkauft.

149 *Handschrift*: Ursprüngliche Widmung: »Dr. Otto Jahnke mit dem seltsamen Handschriftsbild«.

150 *K. u. W.*: Wahrscheinlich Karl Kraus und Herwarth Walden,

zwischen welchen es um 1911 zum Bruch kam. Kraus schrieb 1912 in der »Fackel«, er habe mit Berliner Neopathetikern, Neo-Klassizisten und sonstigen Inhabern von Titeln ebenso wenig zu schaffen wie mit Wiener Kommerzienräten. »Ich achte und beklage einen Fanatismus, der nicht sieht, daß unter den Opfern, die er der Kunst bringt, diese selbst ist.«

Essay: »Karl Kraus«, s. S. 179.

»Die Mitternacht...«: Eingangsverse des Gedichts »Belsazar« von Heinrich Heine.

152 *Sichel*: Nathanael Sichel, Maler (1843–1907). Nach einer Lithographieausbildung in Mainz wurde Sichel Meisterschüler an der Berliner Akademie. 1863 erhielt er den Rompreis für das Gemälde »Joseph deutet die Träume Pharaos«. Seit 1874 wirkte er in Berlin und wurde besonders durch seine idealisierten orientalischen Mädchen- und Frauengestalten bekannt.

Zeuxis: In *Mein Herz* wird Oskar Kokoschka als Zeuxis bezeichnet. Er stammte allerdings nicht aus Griechenland, sondern aus Österreich.

Wilhelm von Kevlaar: Eine der Bezeichnungen Else Lasker-Schülers für Herwarth Walden nach der Hauptfigur des Gedichts »Die Wallfahrt nach Kevlaar« von Heinrich Heine.

153 *In der Morgenfrühe*: Ursprüngliche Widmung: »Meinem Freund dem Bildhauer Georg Koch«.

154 *»Elberfeld im dreihundertjährigen Jubiläumsschmuck«*: Das Jubiläum fand 1910 statt.

Ursprüngliche Widmung: »Paul Zech, meinem Wupperfreund.«

Paul Zech: (Pseudonym Paul Robert, Timm Baroh, 1881 bis 1946). In Westpreußen geboren, wuchs Zech bei seinen Großeltern in Elberfeld auf, wohin er nach einigen Studiensemestern und zwei Jahren als Bergarbeiter 1903 zurückkehrte. Er wurde Journalist, arbeitete für Arbeiterorganisationen und leitete einen literarischen Verein, in dem auch Else Lasker-Schüler Lesungen gab. Zech und Lasker-Schüler lernten einander erst in Berlin kennen, wohin Zech auch auf ihr Drängen zog und wo er seit 1913 *Das Neue Pathos* mitherausgab. Sie förderten einander, er in einfühlsamen Rezensionen ihrer Bücher, sie durch ihre vielen literarischen Beziehungen und das Gedicht »Paul Zech«. Ihre herzliche Korrespondenz, die Else Lasker-Schüler zum Teil auf »Wuppertaler Platt« verfaßte, dauerte bis ins Exil, das Zech nach Brasilien verschlug. In seinem »Lebenslauf« nannte er Else Lasker-Schüler »Mitwisser meines ersten Gedichts, tolles Ding, tapferer Kriegskamerad durch siebzehn Schlachtjahre«. Else Lasker-Schüler schätzte bereits Zechs frühe Gedichte *Das schwarze Revier* (1909), *Waldpastelle* (1910) und *Schollenbruch* (1912). 1932 erschienen seine *Terzinen für Tino*. Zech schrieb außerdem Romane, Erzählungen und Dramen. Im Exil entstand u. a. *Die Bäume vom Rio de la Plata* (1935).

155 *Direktor Schornstein*: Leitete das Lyzeum West an der Aue in Elberfeld von 1845 bis 1892, das Else Schüler bis zu ihrem elften Jahr besuchte.
Bahnschiff: Die Route der Elberfelder Schwebebahn verläuft in entgegengesetzter Richtung.
langer Turm: Wie Erika Klüsener feststellte, hat das dreistökkige Haus Sadowastraße 7 keinen Turm, ist aber auf einem L-förmigen Grundriß gebaut und auf der Gartenseite um einen Raum tiefer. Dieser Vorsprung kann dem Kind als Turm erschienen sein.

156 *Chantant*: von französisch »chanter«, singen.

157 *Arme Kinder reicher Leute*: Ursprüngliche Widmung: »Der kleinen Hedwig Grieger«.

158 *Emile Zola*: französischer Schriftsteller (1840–1902). Mit seinem 20bändigen Romanzyklus *Les Rougon-Macquart* (1871 bis 1893) wurde er zum Hauptvertreter des französischen Naturalismus. 1898 protestierte er mit der Schrift »J'accuse« (Ich klage an) gegen die Verurteilung des jüdischen Hauptmanns Dreyfuß wegen angeblichen Landesverrats, der 1906 freigesprochen wurde.

159 *Bonnen*: französisch »bonne«, Dienstmädchen.
Am Kurfürstendamm: Ursprüngliche Widmung: »Georg Fuchs in Freundschaft«.
wiehernden Brüdern: Else Lasker-Schüler hat immer wieder über geschundene Tiere geschrieben, ob es die auf den Schlachtfeldern des Ersten Weltkriegs krepierenden Pferde oder, wie hier, die Zugpferde auf dem Kurfürstendamm waren. In Briefen klagt sie über Kälber, die zur Schlachtbank geführt werden, und im Jerusalemer Exil hat sie die jungen Eseltreiber beschimpft und mit Süßigkeiten beschenkt, damit sie ihre Lasttiere weniger roh behandelten.

161 *Lasker-Schüler contra B. und Genossen*: Ursprüngliche Widmung: »Dem lieben Rechtsanwalt Hugo Caro in Verehrung«.
»Leise sagen«: s. Anm. S. 23. Mit B. ist ein Redakteur namens Bruhn gemeint, der in der Berliner Zeitschrift *Wahrheit* Else Lasker-Schülers Gedicht »Abel«, ebenfalls ohne Honorar zu zahlen, abgedruckt hatte. Nach zweijährigen Verhandlungen gab das Landgericht Berlin der Klage der Dichterin gegen Bruhn statt und bot damit der Unsitte kostenloser Abdrucke Einhalt.
Rubikon: antiker Name des Grenzflusses zwischen Italien und Gallia Cisalpina, den Caesar überschritt, was zum Krieg führte. Den Rubicon überschreiten heißt daher, einen entscheidenden Schritt tun.

163 *Robinson*: Held des Abenteuerromans *The Life and Strange Adventures of Robinson Crusoe* (1719) von Daniel Defoe. Robinson wird für 28 Jahre auf eine unbewohnte Insel verschlagen. Else Lasker-Schüler hat sich wiederholt mit Robinson identifiziert.
Verlobten: Else Lasker-Schüler war in erster Ehe von 1894 bis 1903 mit dem Arzt Berthold Barnett Lasker (1860–1928) verheiratet. Der Sohn eines Kantors an der Synagoge von Berlinchen in der Neumark (heute Polen) besuchte das Gymnasium und die Universität in Berlin. Er praktizierte kurz in Elberfeld, ehe er mit seiner Frau 1894 wieder nach Berlin zurückkehrte. Er war ein ausgezeichneter Schachspieler. Mit seinem Bruder Emanuel (von 1894 bis 1921 Schachweltmeister) veröffentlichte er 1925 das Drama *Vom Menschen die Geschichte*, das den Glauben an die freie Entwicklung des menschlichen Geistes verkündet.

164 *Tigris*: Fluß in Vorderasien, der sich mit dem Euphrat zum Schatt el-Arab verbindet.
meinem Mann: Herwarth Walden.

165 *Wenn mein Herz gesund wär*: Ursprüngliche Widmung: »In Verehrung für Ludwig Kainer«.

166 *Chât noir*: Das »Chât noir« (schwarzer Kater) war ein von Rudolf Nelson 1907 im »Großen Café« am Potsdamer Platz gegründetes literarisches Kabarett.

167 *Wintergarten*: Varietétheater am Bahnhof Friedrichstraße.

168 *Kaiser Nikita*: Kaiser Nikolaus II. war von 1894 bis 1917 russischer Zar.

169 *Neopathetisches Kabarett*: Aus dem frühexpressionistischen »Neuen Club« hervorgegangener Literaturzirkel im Nollendorf-Casino, von 1910 bis 1911 unter der Leitung von Kurt Hiller. Die Lesungen mit kabarettistischen Einlagen fanden in verschiedenen Berliner Cafés und Vortragsräumen statt.
Armin Wassermann: Schauspieler und Rezitator (1887–1915). Er war ein Halbbruder des Schriftstellers Jakob Wassermann und hat selber nichts publiziert.

170 *Jakob van Hoddis*: (eigentlich Hans Davidson). Lyriker des Frühexpressionismus (1887–1942). Nach dem Studium der Architektur und klassischen Philologie lebte er in Berlin und war Mitbegründer des »Neuen Clubs« und des »Neopathetischen Kabaretts«. Seine bedeutende und einflußreiche Gedichtsammlung *Weltende* erschien 1918. 1912 setzte bei van Hoddis eine geistige Erkrankung ein. Seit 1914 war er in Heilbehandlung und wurde 1942 auf dem Abtransport aus der Nervenheilanstalt Bendorf-Sayn bei Koblenz umgebracht.
Kurt Hiller: Journalist und Schriftsteller, Dr. jur. (1885–1972). Als Mitarbeiter expressionistischer Zeitschriften und Herausgeber der ersten Anthologie expressionistischer Lyrik (*Der Kondor*, 1912) förderte er die neue Dichtung, auch die von Else Lasker-Schüler. Sozialistisch-pazifistisch engagiert, wurde Hiller 1914 Mitbegründer des Aktivismus. Er verbrachte das Exil in London. Zu seinen Schriften gehören *Die Weisheit der Langeweile* (1913), *Geist werde Herr* (1920), *Aufbruch zum Paradies* (1921), *Die Verwirklichung des Geistes im Staat* (1925), *Profile* (1938), *Köpfe und Tröpfe* (1950). Seine Autobiographie *Leben gegen die Zeit* erschien in zwei Bänden (*Logos* 1969 und *Eros* 1973). Else Lasker-Schülers Verhältnis zu Hiller war äußerst gespannt. In Briefen an Karl Kraus beklagt sie sich über dessen üble Nachrede. In »Begegnungen mit Expressionisten« behauptet Hiller, daß ganz große Dichter ein sensuales, ein sentimentales und ein mentales Element haben müßten, »während bei unserer verehrten Else das 3., das mentale, doch eben fehlt«. Der noch nicht zwanzigjährige Wieland Herzfelde hat Hiller einmal im vollbesetzten Café des Westens zur Verteidigung Else Lasker-Schülers geohrfeigt.
Im Zirkus: Ursprüngliche Widmung: »Meinem lieben blauen Reiter und seiner blauen Reiterin«.

171 *maschuche*: jiddisch »meschugge«, verrückt.

Der zweite Teil der 1913 veröffentlichten *Gesichte, Essays und andere Geschichten* erschien in der zehnbändigen Gesamtausgabe als *Essays*. Mit einer Einbandzeichnung der Verfasserin. Berlin: Paul Cassirer 1920.

Die Federzeichnung zeigt einen kahlen Männerkopf mit Brille und Stern über dem linken Auge. Neben ihm ein zu ihm aufschauendes Frauengesicht mit Heiligenschein, darin ebenfalls ein Stern. Im Hintergrund ein Hügel mit einem Kreuz und einem Herz auf der Spitze. Das Doppelportrait ist »Der grüne Heinrich und sein Lenlein« betitelt und zeigt den Dichter Max Herrmann-Neiße und seine Frau, mit welchen Else Lasker-Schüler befreundet war.

Der Eingangsessay enthält ein Portrait Max Herrmann-Neißes. Darin heißt es: »Er ist der grüne Heinrich [...] seine Augen sind grün, sein Haar ein geschorener grüner Wiesenfleck [...] Lenlein, die Grünheinrichfrau ist eigentlich ein Heiligenmädchen, betet den grünen Heinrich an. Der ist ganz klein, trägt einen Hügel auf dem Rücken, so daß man ihn erst, wenn man mit ihm reden will, besteigen muß und es schwieriger fällt, zu ihm zu gelangen wie zu Menschen, die alltäglich in die Höhe, manche nach unten, aufgeschossen sind.«

Bereits diese Beschreibung zeigt, daß Else Lasker-Schüler bei ihren Künstlerportraits vom visuellen Eindruck ausgeht, den sie dann auf das Innere des Portraitierten projiziert. Herrmann-Neiße hatte einen Buckel – auf der Zeichnung der Hügel mit Herz und Kreuz, Liebe und Leid –, und mit der von ihren Freunden so oft bewunderten Klarsicht, wenn es galt, Menschen zu erkennen, hat sie darin die Schwierigkeiten gesehen, die dieses Gebrechen für den Freund und die Kommunikation mit ihm schuf.

Gewöhnlich nimmt Else Lasker-Schüler die sprachlichen Mittel für ihre Bildnisse aus einem Bildbereich – das anekdotische Portrait von Peter Hille ist eher eine Ausnahme. Karl Kraus wird mit Bildern aus dem religiös kirchlichen Umkreis beschrieben, Benn mit Naturbildern, Kokoschka mit solchen aus dem üppig wuchernden Urwald, in dem er aber als Pflanzer, also hegend und pflegend, wirkt. In diesem Essay unternimmt die Portraitkünstlerin außergewöhnlicherweise einen aufschlußreichen Vergleich zwischen Kokoschka und Gustav Klimt.

Die Portraitsammlung zeigt die überragende Stellung, die für Else Lasker-Schüler dem Künstler gebührt. Mit wenigen Ausnahmen – dem Sexualforscher Magnus Hirschfeld, dem Rechtsanwalt Hugo

Caro und der Fürsorgerin Franziska Schultz, die ein Heim für ledige Mütter leitete – bildet sie ausschließlich Dichter, Maler, Schauspieler und Schauspielerinnen, einen Kritiker, einen Architekten und eine Fotografin ab. In allen, Künstlern und künstlerischen Menschen, sah Else Lasker-Schüler die eigentlichen Herrscher der Welt.

175 *»Peter Hille«* Ursprüngliche Widmung: »Meiner teuren Mutter in Liebe und Ehrfurcht«.
Myrden und Viviane: Figuren aus Hilles unvollendetem »Weltspiel« *Myrddin und Vivyan*, das auf der Merlin-Sage fußt.

176 *Des Platonikers Sohn*: »Erziehungstragödie« von Peter Hille (1896).

178 *Bebel*: August Bebel, sozialdemokratischer Politiker (1840 bis 1913). Bebel war Mitbegründer der sozialdemokratischen Arbeiterpartei und seit 1867 Reichstagsabgeordneter. Er lebte seit 1890 in Berlin und arbeitete für den »Vorwärts«. Von großem Einfluß war sein Buch *Die Frau und der Sozialismus* (1883), in dem er sich für die Verbesserung der Stellung der Frau auf allen Gebieten einsetzte und das 1910 in 50. Auflage erschien. Außerdem veröffentlichte er *Unsere Ziele* (1870) und *Aus meinem Leben* (1910–1914).

179 *Gerhart Hauptmann*: Else Lasker-Schüler wollte hier auf die Ähnlichkeit zwischen Hauptmann und Hille, zwei unintellektuellen, naiv schöpferischen Dichtern, hinweisen, die in ihrem Erfolg allerdings grundverschieden waren. Während Hille heute den wenigsten bekannt ist, gilt Hauptmann noch vielen als der bedeutendste und vielseitigste Dichter des 20. Jahrhunderts. In den letzten Jahrzehnten seines Lebens nahm er eine Goethe vergleichbare Stelle als Dichterfürst ein.

Seinen Eindruck von Peter Hille und Else Lasker-Schüler gibt eine parodistische Beschreibung in dem Roman *Der Narr in Christo Emanuel Quint* wieder, wo es heißt: »Peter Hullenkamp, mit Bettfedern im verwahrlosten Haar und dem langen kaftanartigen Paletot, den er deshalb nicht auszog, weil er ihn direkt auf dem Hemde trug, war eigentlich eine Apostelgestalt. Kurt Simon erschien er wie ein Waldbruder, dem jungen Dominik wie ein kynischer Philosoph des Altertums. In Wirklichkeit war er ein zeitfremder Mensch, hinter dessen steiler, gewaltiger Stirn sich eine ferne Zukunft und eine Vergangenheit in ein ewig gärendes Märchen zusammenbildeten. Auch Annette von Rhyn, die überall neben ihm herlief, wie Antigone neben dem blinden Ödipus, war vollkommen durch ihn und er durch sie in dieses brodelnde Märchen eingeschlossen. Sie nannte ihn abwechselnd einen König von Taprobane, einen Kaiser der sieben schwimmenden Silberinseln, einen Aufseher der hängenden Gärten der Semiramis. Vier Wochen lang nannte sie ihn den Herzog von Ophir, die nächsten vier Wochen lang war er Harun al Raschid, der Kalif, und sie lebte mit ihm, indem sie ihm seine Flöhe absuchte, an den mit Früchten, Gewürzen und Getränken überladenen Tischen in den Palästen und bedient von den vielen hundert Sklaven ihrer Einbildung.«

Karl Kraus: Auf die Assoziationen »Priester«, »Pater«, »Bischof«, »Papst« geht Else Lasker-Schülers Bezeichnung »Kardinal« für Kraus zurück. In ihren Briefen redet sie ihn meistens mit diesem Titel an.

180 *chinesische Mauer*: *Die chinesische Mauer* (1910), Essays von Karl Kraus.

181 *Gewölbe seines Krankenhauses*: Anspielung auf Gottfried Benns erste Gedichtsammlung *Morgue* (1912), in die seine Eindrücke aus der Anatomie und aus Armenkrankenhäusern eingegangen sind.

evangelischer Heide: Else Lasker-Schüler kann hier daran denken, daß der Atheist Benn aus einem Pfarrhaus stammte.

182 *Oskar Kokoschka*: Maler, Graphiker, Dichter (1886–1980), gehörte zu den größten expressionistischen Künstlern. Seine Bilder wurden auch in der »Sturm«-Galerie ausgestellt und seine Graphiken im *Sturm* veröffentlicht. Er portraitierte Herwarth Walden und viele Mitglieder des »Sturm«-Kreises, aber nicht Else Lasker-Schüler, zu der er, wie er in seinen Lebenserinnerungen schreibt, keinen Zugang fand. Kokoschka schrieb expressionistische Dramen, darunter *Der brennende Dornbusch* (1911), *Mörder, Hoffnung der Frauen* (1916) und andere Dichtungen. Seine Erinnerungen, *Mein Leben*, erschienen 1971.

Klimt: Gustav Klimt, Maler (1862–1918), gründete und leitete die Wiener Sezession. Mit seinen ornamentalen, flächenhaften Bildern in hellen, auch Gold- und Silberfarben wurde er ein Meister des Jugendstils.

Dalai Lama: Karl Kraus, von dem Kokoschka um 1909 eine Feder- und Pinselzeichnung machte.

Wiener Architekten: Adolf Loos, über den Else Lasker-Schüler in den *Essays* ebenfalls eine Portraitskizze geschrieben hat.

183 *Dürer*: Der Vergleich mit dem größten deutschen Künstler ist das höchste Lob, das Else Lasker-Schüler Kokoschka zollen konnte. Dessen Holzschnitte wie die zur Offenbarung Johannes, seine Kupferstiche, in welchen der Einfluß der italienischen Renaissancemalerei wirksam ist, seine Zeichnungen und Landschaftsaquarelle, die großen Altarbilder und die zwei Tafeln mit den »Vier Aposteln« zeugen von der unermeßlichen Vielfalt seines künstlerischen Schaffens. Wahrscheinlich sieht Else Lasker-Schüler auch in den zahlreichen Selbstportraits Kokoschkas eine Parallele zu Dürer.

Grünewald: Mathias Gothart Nithart genannt Grünewald, Maler, Baumeister, Wassertechniker (um 1480–1528). Der noch immer nicht genügend erforschte Zeitgenosse Dürers, von dem viele Werke in den Wirren der Zeit, besonders den Bauernkriegen, verschollen sind, weist vor allem in dem Isenheimer Altar (begonnen um 1513) durch Form- und Farbgebung Stilzüge auf, die ein an expressionistischen Werken geschultes Auge frappieren müssen.

Max Brod: Schriftsteller, Kulturphilosoph (1884–1968). Nach dem Jurastudium und mehreren Beamtenpositionen in Prag wurde Brod Theater- und Musikkritiker. Er war mit zahlreichen Dichtern befreundet, so Franz Werfel und Franz Kafka, dessen Werke er, dem Wunsch des Verfassers entgegen, nicht vernichtete, sondern bewahrte und veröffentlichte. Brod emigrierte 1939 nach Palästina, wo er Dramaturg des Habimah-Theaters wurde. Brod hinterließ ein umfangreiches Werk von Gedichten, Dramen, Erzählungen und Romanen, darunter das von Margarita Pazi als »wahrscheinlich erster expressionistischer Roman« bezeichnete *Schloß Nornepygge* (1908), *Tycho Brahes Weg zu Gott* (1916), *Reuben, Fürst der Juden* (1925), *Galilei in Gefangenschaft* (1948), *Der Meister* (1951), *Armer Cicero* (1955). Essays (*Über die Schönheit hässlicher Bilder* 1913, *Heidentum, Christentum, Judentum* 1921, *Das Unzerstörbare* 1968) und Biographien (*Heinrich Heine* 1934, *Franz Kafka* 1937, *Johannes Reuchlin und sein Kampf* 1965) sowie vier weitere Bücher über Kafka. 1960 veröffentlichte er seine Autobiographie *Streitbares Leben* und 1966 die Memoiren *Der Prager Kreis*.

184 *Paul Leppin*: Schriftsteller (1878–1945). Leppin trat nach dem Abitur in den Staatsdienst und begann früh zu veröffentlichen. Er war mit vielen Dichtern aus dem deutschsprachigen Raum befreundet, darunter Gustav von Meyrink, Richard Dehmel und Else Lasker-Schüler, und wurde »der ungekrönte König der Prager Bohème« genannt. Sein Roman *Daniel Jesus* (1905), den Else Lasker-Schüler hoch schätzte, wurde 1910/11 im *Sturm* in Fortsetzungen abgedruckt. In *Gesichte* widmete sie dem Prager Dichter ebenfalls ein Portrait. Darin heißt es: »Paul Leppin sehnt sich nach der Orgie seines Romans; die drehte sich hinter Sternenvorzeiten seiner Dichtung, spöttisch hißte sie Satan auf Babelhöhe, Satan Daniel Jesus, Paul Leppins Geschöpf, von dem er sich losträumte. Inmitten der Tanzenden sitzt Daniel Jesus Paul zwischen nackten Eingeweiden, die sich verwickeln, verknoten nach seinem Szepter.«

Alfred Kerr: (eigentlich Alfred Kempner) Schriftsteller und Theaterkritiker (1867–1948). Kerr, der seinen Namen änderte, weil dieser nicht an seine Verwandte, die »schlesische Nachtigall« Friederike Kempner und ihre ungewollt komischen Gedichte erinnern sollte, wurde nach Studium und Promotion über die deutsche Romantik der wichtigste Literatur- und Theaterkritiker in Berlin bis zu seiner Emigration 1933 über die Schweiz und Paris nach London. Er setzte sich für den Naturalismus, Ibsen und Hauptmann ein und wandte sich gegen den Expressionismus. Seine in kurze Passagen eingeteilten Theaterkritiken enthalten brillante ironische Formulierungen, Wortneubildungen und Pointen. Sie erschienen 1917 in 5 Bänden, *Die Welt im Drama* und 1920 *Die Welt im Licht*. Kerr schrieb Gedichte im »Heine-Ton«, von welchen Richard Strauß 12 vertonte. Über seine Reisen auf vier Kontinenten veröffentlichte Kerr mehrere Reisebücher, darunter *New York und London* (1923), *O Spanien!* (1924), *Yankee-Land* (1925). Das Tagebuch *Ich kam nach England* erschien 1979.

Else Lasker-Schüler schrieb die überaus schmeichelhafte Portraitskizze wahrscheinlich auch deshalb, weil sie den wichtigsten Berliner Kritiker für sich einnehmen wollte, zumal ihr Schauspiel *Die Wupper* noch immer auf seine Uraufführung wartete.

Kolonie: Alfred Kerr wohnte um die Jahrhundertwende am Holsteiner Ufer in der Nähe des Kleinen Tiergartens.

185 *Tilla Durieux*: (eigentlich Ottilie Godeffroy) Schauspielerin (1880–1971). Nach der Schauspielausbildung in Wien erhielt sie erste Engagements in Olmütz und Breslau. Von 1903 bis 1911 trat sie an den von Max Reinhardt geleiteten Theatern in Berlin auf, zwischen 1920 und 1923 spielte sie unter Jessner, 1927 unter Erwin Piscator. Gastspiele führten sie in viele europäische Länder und nach USA. Von 1910 bis zu seinem Selbstmord 1926 war sie mit Else Lasker-Schülers Verleger, dem Kunsthändler Paul Cassirer verheiratet. 1933 ging sie ins Exil über die Schweiz und Italien nach Yugoslawien. 1955 kehrte sie nach Berlin zurück und spielte ältere Frauenrollen im Theater, Film und Fernsehen. Sie wurde mit vielen Auszeichnungen auf der ganzen Welt geehrt und stiftete den »Tilla Durieux Schmuck« für die beste deutsche Schauspielerin. Sie schrieb mehrere autobiographische Werke: *Spielen und Träumen* (1912), *Eine Tür fällt ins Schloß* (1929), *Eine Tür steht offen* (1954), (darin Erinnerungen an Else Lasker-Schüler), *Meine ersten neunzig Jahre* (1971) und das Widerstandsdrama *Zagreb* (Uraufführung 1946 in Luzern).
Eboli: Tilla Durieux spielte 1909/10 im Deutschen Theater, Berlin die Prinzessin Eboli in Schillers *Don Carlos* in der Regie von Max Reinhardt.
Rhodope: Rolle der Königin in Friedrich Hebbels *Gyges und sein Ring*. Tilla Durieux spielte sie 1907 unter Max Reinhardt am Deutschen Theater.
Friedensfest: *Das Friedensfest* (1890), Tragödie von Gerhart Hauptmann. Reinhardt inszenierte das Stück 1907 an den Kammerspielen des Deutschen Theaters.
Schalom Asch: Schriftsteller (1880–1957). Schrieb Jiddisch, Hebräisch, Englisch und Deutsch. Seine Erzählungen handeln von der ostjüdischen Welt, seine Romane, die Trilogie *Vor der Sintflut* (1929ff.), *Der Nazarener* (1939), *Maria* (1950), *Moses* (1953) zeigen die enge Verwandtschaft der jüdischen und christlichen Religion. Max Reinhardt führte 1909 Aschs Drama *Der Gott der Rache* auf.

186 *d'or-jour*: richtig »de jour«, französisch für Empfangstag.
Frühlingserwachen: Drama von Franz Wedekind (1891).

187 *Wauer*: William Wauer, Maler, Bildhauer, Schriftsteller (1866–1962). Wauer studierte an den Akademien in Berlin, Dresden und München. 1906 wurde er Regieassistent am Deut-

schen Theater, Berlin, 1924 Vorsitzender der »Internationalen Vereinigung der Expressionisten, Kubisten, Futuristen und Konstruktivisten«. Er malte expressionistische Portraits und schrieb Arbeiten über Theater und bildende Kunst, darunter *Theater als Kunstwerk* (1929).

Café Bauer: Das beliebte Münchner Künstlercafé befand sich in der Amalienstraße 79, Ecke Theresienstraße.

188 *mein Gedicht... über München*: Damit ist dieser Essay »Wauer-Walden via München« gemeint, der im zweiten Jahrgang des »Sturm« (1911/12) erschien.

Max Nassauer: Frauenarzt und Schriftsteller (1869–1931). Er schrieb, zuweilen unter dem Pseudonym »Dr. Harmlos«, Novellen, darunter *Doktorfahrten von gestern und heute* (1903), *Der Arzt der großen und der kleinen Welt* (1908), *Sterben... ich bitte darum* (1911), Romane (*Das Nessushemd* 1912) und zahlreiche medizinische und sozialärztliche Arbeiten.

Simplizissimus: Der »Simplicissimus«, auch »Simpl« genannt, bestand seit 1903 in der Türkenstraße im Münchner Stadtteil Schwabing und erhielt seinen Namen nach der gleichnamigen satirischen Zeitschrift. Max Dauthendey, Max Halbe, Roda Roda und Frank Wedekind waren die ersten Künstler, die dort gegen freie Bewirtung als Rezitatoren und Sänger ihrer Dichtungen auftraten. Zu den fest engagierten Künstlern gehörten dann Erich Mühsam und Joachim Ringelnatz, der bis 1911 »Hausdichter« im »Simpl« war. Später hatte Fred Endrikat diese Stellung inne. Bis zur Zerstörung des »Simplicissimus« 1944 traten die Großen des deutschen Kabaretts wie Hugo Ball, Emmy Hennings, Klabund und Karl Valentin dort auf.

Kati Kobus: Kabarettleiterin (1854–1929) war zunächst Kellnerin in dem Künstlerlokal »Dichtelei« in der Münchner Adalbertstraße, ehe sie in der Türkenstraße die »Neue Dichtelei« eröffnete und bald in »Simplicissimus« umbenannte. 1912 konnte sie sich mit einem Gewinn von 800000 Goldmark zur Ruhe setzen, verlor das Geld aber durch Fehlinvestitionen. Nach dem Ersten Weltkrieg leitete sie den »Simpl« wieder als Angestellte.

Ludwig Scharf: Dichter (1864–1939): Einer der ersten, von Kati Kobus für den »Simplicissimus« fest engagierten Künstler. Er veröffentlichte 1892 *Lieder eines Menschen*, 1894 *Papst Alexanders VI. Bulle: in rebus amoris* und 1904 die *Tschandala-*

Lieder, außerdem übersetzte er Werke von Dumas fils und Verhaeren.

Max Halbe: Schriftsteller (1865–1944). Nach dem Studium der Germanistik und Promotion in München und einigen Jahren als freier Schriftsteller in Berlin ließ sich Halbe in München nieder. Er gehörte zu den bedeutendsten naturalistischen Dramatikern und hatte mit seinen Stücken wie *Jugend* (1893), *Mutter Erde* (1897), *Der Strom* (1904) große Theatererfolge. Später schrieb er realistische Heimatstücke über das Weichselland, allegorisch-symbolische Dramen und Literatursatiren sowie historische Versdramen. Halbe verfaßte außerdem Romane und die Autobiographien *Scholle und Schicksal* (1933) und *Jahrhundertwende* (1936).

189 *Die Vier Toten der Fiametta*: Pantomime von William Wauer nach einer Vorlage von Pordes Milo, zu der Herwarth Walden die Musik schrieb. Sie verdeutlicht die Reformgedanken Waldens und Wauers für ein entliterarisiertes Theater. Zwischen 15.6. und 15.8.1911 wurde sie 25mal im Kleinen Theater in Berlin aufgeführt. 1920 wurde sie in Dresden aufgeführt.

Rosa Valetti: Schauspielerin, Kabarettistin und Chansonniere (1876–1937). Die Fabrikantentochter nahm in Berlin heimlich Schauspielunterricht, lernte in Paris die Kunst des Chansons und spielte in Wien und Berlin Charakterrollen, ehe sie im Ersten Weltkrieg die Leitung des Berliner »Residenztheaters« übernahm. 1920 gründete sie das »Cabaret Größenwahn« und 1922 »Die Rampe«, das sie mit ihrem Bruder, dem Schauspieler Hermann Vallentin zu einem der besten politischen Kabaretts der Zeit machte. 1933 ging sie ins österreichische Exil.

ein Hodler der Musik: Ferdinand Hodler, Schweizer Maler (1853–1918). In seinen durch klare Formen und Farben charakterisierten Gemälden der Schweizer Landschaften und seinen Portraits überwand Hodler den Naturalismus.

Mein Herz. Ein Roman mit Bildern und wirklich lebenden Menschen.

Teile des Romans erschienen unter dem Titel »Briefe nach Norwegen« von September 1911 bis Februar 1912 im »Sturm«. Die Juniausgabe Nr. 113–114 von 1912 enthielt einen »Nachtrag«. Im gleichen Jahr erschien die erste Buchausgabe mit 20 ganzseitigen Zeichnungen der Dichterin, einer Portraitzeichnung des Prinzen von Theben von Karl Schmidt-Rottluff und einer Fotografie Else Lasker-Schülers im Prinz von Theben-Kostüm die Flöte blasend im Heinrich F. S. Bachmair Verlag, München und war »dem Gorilla Adolf Loos« gewidmet. Die zweite Ausgabe erschien 1920 bei Paul Cassirer mit einer schwarzweißen Einbandzeichnung von Else Lasker-Schüler, den Prinz von Theben in Schnabelschuhen, Pluderhosen und mit einem Krummsäbel darstellend. Hinter ihm steht sein Somalineger Oßman. Der Band enthält 13 Schwarzweißzeichnungen, meist Portraitkarikaturen der in den Briefen erwähnten wirklich lebenden Menschen.

Die fiktiven Briefe, Postkarten und Telegramme an Herwarth Walden und seinen Freund, den Juristen Kurt Neimann, entstanden, als die zweite Ehe Lasker-Schülers in Auflösung begriffen war. In ihnen offenbart sich ihr Herz, das in zweifacher Hinsicht ein krankes Herz war: physisch geschwächt, so daß die Dichterin sich in ärztliche Behandlung bei Alfred Döblin begeben, wochenlang liegen und mit Opium behandelt werden mußte, und durch vielfache Enttäuschungen zutiefst verwundet. In die Entstehungszeit des Liebesromans fielen die Zurückweisungen, die die Verfasserin durch »Tristan« (Hans Ehrenbaum-Degele) erfuhr, in den sie sich verliebt hatte, und durch Gottfried Benn, den Giselheer der Gedichte. So kommt es, daß sich Else Lasker-Schüler in diesem von ihr als »Massenlustspiel« bezeichneten Werk, das sie »mit dem großen Zeh« geschrieben haben will und dessen Sprache von Witz und Wortspielen funkelt, als ein in Einsamkeit und Angst lebender Mensch darstellt, der keine Heimat mehr hat.

Dennoch liebt dieses Herz weiter. Es liebt die vielen Künstlerfreunde und -freundinnen, die in dem Buch Revue passieren: Dichter, Maler, Schauspieler und Sänger. Else Lasker-Schüler hat an dem regen Kunstleben Berlins in den Jahren des frühen Expressionismus intensiv teilgenommen. Sie hat die Theater und Kunstausstellungen besucht, im Café des Westens debattiert und mit einer Fülle von Künstlern, den berühmten und heute vergessenen, in freundschaftlicher Verbindung gestanden. Nicht zuletzt vermittelt der Roman ein Bild von den wirtschaftlichen Bedingungen, unter welchen damals Kunst entstand.

Am Ende aber hilft auch der interessanteste Berliner Kunst- und Literaturbetrieb der Dichterin nicht mehr über das so vielfach beschädigte Leben hinweg. *Mein Herz* ist zwar eine Huldigung an die Berliner Bohème, in der Else Lasker-Schüler zunächst völlig aufging, es zeigt aber auch deren Überwindung.

190 *Kurtchen*: Kurt Neimann, Jurist (1877–1944). Er war ein Freund von Herwarth Walden, mit dem er 1911 eine mehrwöchige Reise nach Skandinavien unternahm. Er starb im KZ Theresienstadt.
Matja: Name von Peter Baums Frau.
Gertrude Barrison: Tänzerin, die auch im »Verein für Kunst« auftrat.
Lunapark: Vergnügungspark in Halensee, wo Else Lasker-Schüler wohnte, als sie die »Briefe nach Norwegen« schrieb.
meines arabischen Buches: s. »Minn, der Sohn des Sultans von Marokko« in *Die Nächte der Tino von Bagdad*, s. S. 118.
191 *Bischof*: der Architekt Gregor Münster.
Voß: »Vossische Zeitung«, Berliner Tageszeitung von 1911 bis 1934.
ben: hebräisch Sohn.
192 *Dr. Caro*: Dr. Hugo Caro, Justizrat, der besonders Berliner Künstlern, darunter Else Lasker-Schüler und Herwarth Walden, in Rechtsangelegenheiten beistand. Sie stellte ihn in dem Portrait »Unser Rechtsanwalt Hugo Caro« in den *Essays* dar.
»So laßt uns wieder ... Mai«: aus dem von Else Lasker-Schüler oft zitierten Gedicht »Allerseelen« von Hermann Gilm zu Rosenegg (1812–1864). (»Stell auf den Tisch die duftenden Reseden ...«). Es wurde von Richard Strauß vertont.
193 *Hedda Gabler*: Drama von Henrik Ibsen (1890).
Krönländer: gemeint ist das arktische Grönland.
194 *sans façon*: französisch, ohne weiteres.
Cajus-Majus: Kurt Hiller.
Marie Borchardt: Schauspielerin, die 1910–1911 an den Kammerspielen des Deutschen Theaters in Berlin u. a. in »Gawan« von Eduard Stucken und »Der Albino« von Gustav Meyrink auftrat.
195 *Dr. Döblin*: Nervenarzt und Schriftsteller (1878–1957) gehörte zu den engsten Freunden Herwarth Waldens. Er gilt als bedeutendster Erzähler des Expressionismus und veröffentlichte viele Arbeiten im »Sturm«. Zu seinen Romanen gehören *Die drei Sprünge des Wanglun* (1915), *Berge, Meere und Giganten* (1924), *Berlin Alexanderplatz* (1929). Das Exil verschlug ihn

über Frankreich nach New York und Los Angeles. Ab 1945 leitete er das literarische Büro der »Diréction publique« der französischen Besatzungsmacht in Baden-Baden und gab die Zeitschrift »Das goldene Tor« heraus. 1951 war er Mitbegründer der Mainzer Akademie. Das wiedererwachte Interesse an seinem Werk hat er nicht mehr erlebt.

Döblin war ein großer Bewunderer Else Lasker-Schülers. In einem Brief an Herwarth Walden schrieb er 1906 über ihre Geschichte »Ached Bey«: »[...] es liegt ein lyrischer Schmelz ohnegleichen in ihr; wer hier nicht begreift, was Lyrik ist, dem ist nicht zu helfen. [...] Ich glaube, wenn die Verfasserin des Ached dramatischen Ehrgeiz hätte, könnte sie eine Salomé schreiben, ein Stoff mit zischenden Schlangen, großem menschlichen Tiefblick, schwerem Gesang. Wollen Sie Ihrer Frau Gemahlin wieder einmal meine große Verehrung übermitteln.«

Bolle: Berliner Kette von Milchgeschäften.

196 *galizischen Saduzäern und Chaldäern*: Sadduzäer waren Anhänger einer konservativen jüdischen Religionspartei (200 vor Chr. – 70 nach Chr.) Chaldäer waren eine aramäische Stammesgruppe in Südbabilonien. Hier sind offensichtlich Ostjuden gemeint.

198 *Dalai Lama*: Karl Kraus.

199 *Grätz vom Dütschen Triater*: Der Schauspieler Paul Graetz hat bei der Uraufführung der *Wupper* 1919 tatsächlich den Großvater gespielt.

200 *ein Monstrum*: Nell Roslund, Herwarth Waldens zweite Frau.

201 *Höxter*: John Höxter, Maler und Schriftsteller (1884–1938). Der begabte Zeichner hat auch Else Lasker-Schüler portraitiert und zeichnete für ihr Buch *Der Malik* den Hebräischen Reif. Er war ein ständiges Mitglied der Künstlercafészene und teilte für einige Jahre mit Jakob van Hoddis eine Wohnung. 1929 veröffentlichte er *25 Jahre Berliner Bohème*. 1938 nahm er sich nach den November-Pogromen das Leben. Er hinterließ ein schmales Werk an wortspielerischer Kurzprosa, Gedichten und Graphiken. 1988 erschien von ihm in der Reihe »Randfiguren der Moderne« die Sammlung *Ich bin noch ein ungeübter Selbstmörder*.

204 *Kempinski*: Weinrestaurant in der Leipziger Straße 25.

205 *Dein Freund, der Doktor*: Rudolf Blümner, Schauspieler, Vor-

tragskünstler, Sprecherzieher und Schriftsteller (1873–1944). Nach Jurastudium und Promotion arbeitete er unter Max Reinhardt und gab Sprechunterricht an der Schauspielschule. Er wurde für seine Rezitationen expressionistischer Dichtung berühmt und war Mitarbeiter der Sturmbühne. Er veröffentlichte u. a. *Der Sturm. Eine Einführung* (1917), *Der Geist des Kubismus und die Künste* (1921), mehrere Komödien und Bearbeitungen von Komödien Gogols und Molières. Else Lasker-Schüler schrieb über ihn ein Gedicht und ein Prosaportrait in der Erstausgabe der *Gesichte*.

206 *ming Stöksken*: *Die Wupper*.

Richard Weiß: Er war Mitarbeiter der »Fackel« und veröffentlicht darin 1911 die erste Interpretation eines Gedichts von Else Lasker-Schüler, »Ein alter Tibetteppich«.

Venus von Siam: Kete Parsenow. Schauspielerin. Else Lasker-Schüler schrieb über sie ein Portrait in *Essays* und widmete ihr und ihrem Mann, dem Altphilologen Walter F. Otto, mehrere Gedichte und Geschichten in dem *Prinz von Theben*.

207 *des gentlen Rechtsanwalts*: Hugo Caro.

Loos: Adolf Loos, österreichischer Architekt (1870–1933). Er bekämpfte in seinen Schriften wie »Ornament und Verbrechen« den Jugendstil und entwarf ornamentlose, sachliche Bauten, die eine starke Wirkung auf den internationalen Stil ausübten. In ihrem Essay »Loos« vergleicht Else Lasker-Schüler dessen Kopf mit dem eines Gorillas.

208 *Oesterheld*: Else Lasker-Schüler veröffentlichte 1909 *Die Wupper. Schauspiel in fünf Aufzügen* im Verlag Oesterheld & Co. in Berlin.

Müller: Der Verlag Georg Müller in München.

Julius Lieban: österreichischer Sänger (1857–1940). Er wurde in Wien als Tenorbuffo ausgebildet und war zunächst am Leipziger Stadttheater und in Neumanns wanderndem Wagnertheater engagiert. 1882–1912 sang er an der Berliner Königlichen Oper, dann am Deutschen Opernhaus in Charlottenburg. Er war berühmt als Mime in »Rheingold« und David in den »Meistersingern«.

Emmy Destinn: (Ema Destinnová) tschechische Sängerin (1876–1930). Sie nahm aus Dankbarkeit den Namen ihrer Lehrerin Marie Loewe-Destinn an. Nach ihrem Debut als Santuzza an der Kroll-Oper wurde sie in Berlin als Carmen,

Mignon und Salomé sehr beliebt. 1901 trat sie zum ersten Mal als Senta in Bayreuth auf, es folgten Engagements in London und New York. Sie war für ihre hochemotionalen Auftritte in Smetanas *Libussa* berühmt. Während des Ersten Weltkriegs wurde die tschechische Patriotin von den Österreichern auf ihrem eigenen Schloß interniert. Sie schrieb Gedichte, Romane und das Drama *Rahel.* Else Lasker-Schüler beschreibt in ihrem Portrait »Emmy Destinn« die Sängerin als Carmen.

Paul Lindau: Journalist, Schriftsteller, Intendant, Dramaturg (1839–1919). Nach Geschichtsstudium und Promotion leitete Lindau Zeitungen in Düsseldorf, Elberfeld, Leipzig und Berlin, dann Theater in Meiningen und Berlin. Er schrieb Gesellschaftsromane (*Der Zug nach Westen*, 1886, *Arme Mädchen*, 1888), Dramen (*Johannistrieb*, 1878, *Der Andere*, 1893) und Essays. In ihrem Portrait von Lindau erzählt Else Lasker-Schüler, daß ihre Eltern ihn »furchtbar lieb hatten« und auch er die Wuppertaler Heimat nie vergessen hat.

Friedrich von Schennis: Landschaftsmaler und Radierer (1852–1918). Der gebürtige Elberfelder studierte in Düsseldorf, Weimar und Rom. Else Lasker-Schüler vergleicht ihn in ihrer Portraitstudie mit einem französischen Marquis aus der Rokokozeit mit erlesenem künstlerischem Feingefühl und einem an Voltaire erinnernden Esprit.

Dr. Adolf Kerr: gemeint ist Alfred Kerr.

Maupassant: »Bei Guy de Maupassant. Eine Phantasie« in den *Gesichten* ist kein Portrait des französischen Schriftstellers, sondern eine Erzählung. Darin läuft eine Sechzehnjährige heimlich nach Paris davon, um Künstlerin zu werden. Maupassant liest sie auf der Straße auf und will sie unterstützen, aber sie will ihre Unabhängigkeit bewahren und kehrt nach Haus zurück.

209 *Gangolf*: Paul Gangolf, Maler, Grafiker und Kunstschriftsteller. Der Autodidakt veröffentlichte Mappenwerke, darunter 1923 im Malik-Verlag »Metropolis – 10 Lithographien«, sowie »1001 Nacht« und Illustrationen zu Erzählungen von Charles Sealsfield.

Kubeik: Gemeint sein kann Jan Kubelik, der tschechische Violinvirtuose (1880–1940), dessen glänzende Karriere ihn über die ganze Welt führte.

Rubinstein: wahrscheinlich ist der russische Klaviervirtuose und Komponist Anton Grigojewitsch Rubinstein (1829–1894) gemeint.

211 *Franziska Schultz*: Fürsorgerin. Sie leitete ein Heim für ledige Mütter in Berlin. 1911 beteiligte sie sich im »Sturm« an einer Rundfrage über die Zweckmäßigkeit der §§ 5 und 6 zur Bekämpfung der Kurpfuscherei (empfängnisverhütender Mittel). Mit einer Reihe von Beispielen sozialer Notstände forderte sie die Zulassung von Verhütungsmitteln. Else Lasker-Schüler widmete ihr in den *Essays* ein Portrait.

212 *»Wenn Ihr eine Rose seht«*: Anspielung auf Heines Gedicht »Leise zieht durch mein Gemüt«.

213 *Pechstein*: Max Pechstein, Maler (1881–1955), studierte in Dresden, wurde Mitglied der »Brücke« und in Berlin, wo er seit 1908 lebte, Mitbegründer der »Neuen Secession«. Er zählt zu den bedeutendsten expressionistischen Künstlern.

Berneis: Benno Berneis, Maler (1884–1916), studierte in München und Berlin und war Schüler u. a. von Max Slevogt und Lovis Corinth. Er malte hauptsächlich Portraits, so von den Schauspielern Alexander Moissi, Max Pallenberg und Rudolf Schildkraut. Nach seinem Kriegstod in Frankreich veranstaltete Cassirer 1917 eine Gedächtnisausstellung.

Ali Hubert: Wahrscheinlich der 1878 geborene Albert Hubert.

Fritz Lederer: Deutsch-böhmischer Landschaftsmaler (1878 bis 1949). Seit 1908 in Berlin. Er malte auch Schauspielerbildnisse und schuf Mappen, so »Das Buch Ruth«. 1938 emigrierte er nach Prag. Zu Else Lasker-Schülers *Malik* steuerte er die Zeichnung »Krone des Riesengebirges« bei.

Kurtz: Rudolf Kurtz, Schriftsteller und Filmregisseur (1884 bis 1939). Er war Verfasser zahlreicher Essays in expressionistischen Zeitschriften, auch im »Sturm«, und schrieb das Vorwort zu Marinettis *Futuristische Dichtungen* (1912) und das Buch *Expressionismus und Film* (1926).

Blaß: Ernst Blaß, Schriftsteller und Kritiker (1890–1939). Nach dem Jurastudium war Blaß zunächst Bankbeamter, ehe er 1920 Journalist und 1924 Lektor bei Paul Cassirer wurde. Er gehörte zu den ersten Mitgliedern des »Neuen Clubs« und gab 1914/15 die Zeitschrift »Die Argonauten« heraus. Die Sammlungen seiner dem Expressionismus nahestehenden, dennoch formstrengen Gedichte sind: *Die Straße komme ich entlangge-*

weht (1912), *Die Gedichte von Trennung und Licht* (1915), *Die Gedichte von Sommer und Tod* (1918), *Der offene Strom* (1921). Er schrieb Essays »Über den Stil Stefan Georges« (1920) und »Das Wesen der neuen Tanzkunst« (1921).

Golo Ganges: Gemeint ist Erwin Loewenson (Pseudonym Golo Gangi), Schriftsteller und Philosoph (1888–1963). Er gehörte zum »Neopathetischen Cabaret« und gab mit Kurt Pinthus die Werke von Georg Heym heraus. 1933 emigrierte er über Paris nach Palästina, wo er zu Else Lasker-Schülers Freundeskreis gehörte. 1962 erschien von ihm *Georg Heym oder vom Geist des Schicksals*.

214 *Hernstein*: Wahrscheinlich der polnische Maler Adolf Herstein (1869–1932), der in Berlin wirkte.

Gegenwart: »Wochenschrift für Litteratur, Kunst und öffentliches Leben«. Sie erschien von 1872 bis 1930 in Berlin. Ihr erster Herausgeber war Paul Lindau.

Max Fröhlich: Zeichner und Graphiker. In den ersten beiden Jahrgängen des »Sturm« gaben Zeichnungen und Holzschnitte von ihm und Ludwig Kainer Anlaß zur Zensur. Er zeichnete die Titelzeichnung zu Else Lasker-Schülers *Die Nächte Tino von Bagdads*.

217 *einer der ermordeten Könige Richards*: Gemeint sind wohl die Königsdramen William Shakespeares: *Richard II.* und *Richard III.*

Winter meines Mißvergnügens: Zitat aus Shakespeares Drama *Richard III.*

Wüllner: Ludwig Wüllner, Liedersänger (1858–1938).

Pitter Boom: Peter Baum.

218 *seinen Vetter*: Johannes Baum, Statistiker. Nach dem Brief an Baums Vetter erscheint in der Buchausgabe von *Mein Herz* die Zeichnung eines Männerkopfs mit Zwicker, Kinnbart, einem aufgestellten und einem abgeknickten Hasenohr.

219 *en usse Vorwärts*: Else Lasker-Schüler vergleicht hier den »Sturm« mit dem sozialdemokratischen »Vorwärts«. Wie dieser für die Arbeiter, so kämpft der »Sturm« für die Künstler.

220 *Urban*: Krankenhaus in Berlin-Kreuzberg. Döblin war dort von 1908 bis 1911 Assistenzarzt.

Leonhard Frank: Schriftsteller (1882–1961). Nach den verschiedensten Tätigkeiten vom Fahrradmechaniker bis zum Krankenhausdiener ließ er sich in München nieder und schrieb sozialistisch-pazifistische Erzählungen, u. a. *Der Mensch ist gut* (1918), Romane, darunter *Das Ochsenfurter Männerquartett* (1927) und Schauspiele. Das Exil verschlug ihn über Frankreich und Portugal nach New York. 1950 kehrte er nach München zurück. 1952 erschien seine Autobiographie *Links, wo das Herz ist*. Frank hat auch gemalt.

Scherl: der 1883 in Berlin von August Scherl gegründete Presse- und Buchverlag veröffentlichte mehrere Tageszeitungen und Zeitschriften, darunter die »Berliner Abend-Zeitung« und »Die Gartenlaube«.

Poiret: Paul Poiret, französischer Couturier (1879–1944). Er befreite die weibliche Silhouette vom Korsett und entwarf orientalisch inspirierte Gewänder. Er gründete die »Ecole Martine« für Kunstgewerbe und wurde von Malern wie Vlaminck und Raoul Dufy in seinen Bestrebungen unterstützt. 1931 erschienen seine Memoiren *En habillant l'époque*.

Gerson: elegantes Berliner Mode- und Pelzhaus in der Tauentzienstraße.

221 *sein Bild*: Die Zeichnung an dieser Stelle zeigt den Kopf eines jungen Mannes im Profil mit karierter Schirmmütze. Die Augen sind schamhaft niedergeschlagen, die Haare geschoren.

etwas vom Himmel: Der Essay »Sterndeuterei« erschien 1911 in der »Fackel«.

223 *im Pan*: Rudolf Kurtz schrieb 1910/11 in der 3. Nummer des »Pan« einen »Appell an ehrliebende Theaterdirektoren«, in dem er für eine Aufführung der *Wupper* warb.

224 *»Schweigt mir von Rom –«*: Zitat aus *Tannhäuser* von Richard Wagner.

Jephta Elfriede Caro: Elfriede Caro war mit dem Justizrat Hugo Caro verheiratet. Else Lasker-Schüler widmete ihr das Gedicht »O meine schmerzliche Lust« und schrieb über sie in *Das Hebräerland*.

225 *Otto Freundlich*: Maler und Bildhauer (1878–1943). Er studierte in München und Florenz und lebte in Paris und Köln. Er war einer der ersten abstrakten Künstler Deutschlands und schrieb Manifeste und Aufsätze in expressionistischen Zeitschriften. 1918 erschien *Das Perpetuum Mobile*. 1940 wurde er in Frankreich interniert und nach Maidanek deportiert, wo er umkam.

M. Richter: Vielleicht ist Hans Richter, Maler und Regisseur

(1888–1976) gemeint. Der Dadaist war Mitarbeiter des »Sturm« und schuf abstrakte Experimentalfilme.

227 *Karl von Moor*: Figur in Schillers Drama *Die Räuber*.

228 *Kohinoor*: Der Kohinor ist ein großer Diamant im britischen Kronschatz. Hier ist offenbar ein Stift gemeint.

229 *Karin Michaelis*: dänische Schriftstellerin (1872–1950). Sie setzte sich nach 1918 für Deutschland ein und half nach 1933 deutschen Emigranten, darunter Bertolt Brecht. Außer Gedichten, Erzählungen und Romanen schrieb sie Mädchenbücher, so die *Bibi*-Serie.

Ludwig Kainer: Zeichner, Bühnenbildner (für das Ballett Nishinskijs), Plakatkünstler (geboren 1885, Todesjahr unbekannt). Ab 1919 war er künstlerischer Leiter des Balletts Charell in Berlin. Der Autodidakt zeichnete das mondäne Leben für Zeitschriften wie den »Simplicissimus« und »Die Dame«. Für Else Lasker-Schülers *Malik* entwarf er die »Festkrone«. Im Kurt Wolff Verlag erschien 1919 seine Mappe »Russisches Ballett«.

Albert Ehrenstein: Dichter (1886–1950). Nach dem Geschichts- und Philosophiestudium und Promotion wurde er freier Schriftsteller in Berlin. Er unternahm viele Reisen bis nach China. 1932 emigrierte er nach Zürich, später nach New York. Seine eigenwilligen hymnischen Gedichte zeugen von Verzweiflung und Resignation gegenüber der Einsamkeit des Ichs in Kriegs- und Zivilisationszerstörung. Zu seinem Erzählwerk gehören die Bücher *Tubutsch* (1911), *Der Selbstmord eines Katers* (1912) und *Mörder aus Gerechtigkeit* (1931); zu den Gedichtsammlungen *Die weiße Zeit* (1914) und *Der Mensch schreit* (1916).

einige meiner Modelle: die Menschen, die Else Lasker-Schüler in *Gesichte* portraitiert.

231 *Max Oppenheimer*: genannt Mopp, Maler und Graphiker (1885–1954) wurde besonders durch seine Portraits und Musiker- und Orchesterbilder bekannt und ging ins amerikanische Exil. Er gehörte zu Heinrich Manns Freundeskreis und hat ihn mehrmals portraitiert. Mann hielt das Portrait von 1911 für das beste.

233 *Tristan und Isolde*: Liebespaar aus dem keltischen Sagenkreis, dem höfischen Versroman *Tristan und Isolde* von Gottfried von Straßburg (um 1210) und der Oper *Tristan* von Richard Wagner (1859).

Carmen und Escamillo: Liebespaar in der Oper *Carmen* von Georges Bizet (1875).
Ratcliff und Marie: Liebespaar in Heinrich Heines Tragödie *William Ratcliff* (1823).
Sappho und Aphrodite: Zu dieser Konstellation kann Else Lasker-Schüler durch Peter Hilles Roman *Sapho. Roman der Schönheit* angeregt worden sein, den er ihr gewidmet hat.
der Mohr von Venedig und Desdemona: Liebespaar in William Shakespeares Drama *Othello* (1604).
Wilhelm von Kevlaar ... Gretchen: Figuren in Heines Ballade »Die Wallfahrt nach Kevlaar«. Else Lasker-Schüler hat Herwarth Walden verschiedentlich Wilhelm von Kevlaar genannt.
Romeo und Julia: Liebespaar aus Shakespeares gleichnamigem Drama.
Faust ... Mephisto: Figuren in Goethes *Faust*, die später in Else Lasker-Schülers Schauspiel *IchundIch* zu Zwillingsfiguren werden.
Sascha: Senna Hoy (Johannes Holzmann).
Georg Koch: Bildhauer (geboren 1878, Todesjahr unbekannt). Er war besonders für seine, z. T. farbigen Bildnisbüsten bekannt und Mitglied der Neuen Sezession in Berlin. Else Lasker-Schüler schrieb auf ihn das Gedicht »Georg Koch«.

234 *angehender Direktor*: der Kunsthistoriker Eduard Plietzsch. Er schrieb über Else Lasker-Schüler unter Bezugnahme auf *Mein Herz* in seinen Memoiren *... heiter ist die Kunst* (1955).

236 *Ramsenith*: Karl Wolfskehl, Schriftsteller (1869–1948). Nach dem Studium der Germanistik und Promotion lebte er als freier Schriftsteller in München. Er gehörte zu dem Kreis um Stefan George, mit dem er 1901–1903 drei Bände *Deutsche Dichtung* herausgab. Er schrieb Gedichte (*Die Stimme spricht* 1934, *An die Deutschen* 1947, *Hiob* 1950) und Mysterienspiele (u. a. *Sanctus Orpheus* 1909), die seine Neigung zum mythisch Urtümlichen zeigen, auf die Else Lasker-Schüler hier anspielt.
Berncastle Doktor: gemeint ist der bekannte Moselwein »Bernkasteler Doktor«.

239 *Tristan*: Hans Ehrenbaum-Degele, Lyriker (1889–1915). Er gab mit Paul Zech die Zeitschrift *Das Neue Pathos* heraus und veröffentlichte vor seinem Tod im Ersten Weltkrieg *Die Gräfin von Wart. Ein Trauerspiel* (1912), *Kreuzfahrt. Verse* (1913), *Der Werkmeister. Vorspiel zu einem Drama* (1913). Postum

erschienen *Gedichte* (1917). Else Lasker-Schüler widmete ihm den Gedichtzyklus »Meinem reinen Liebesfreund Hans Ehrenbaum-Degele«, der hier vollständig erscheint, und mehrere Einzelgedichte.

die Geschichte von dem Wolf: Die aesopische Fabel von dem Hirtenjungen, der zweimal aus Spaß »der Wolf! der Wolf!« schreit, so daß die Dorfbewohner umsonst mit Prügeln aus ihren Häusern zu ihm auf die Weide laufen. Beim dritten Mal ist der Wolf wirklich gekommen, aber nun glaubt keiner mehr dem Jungen und eilt ihm zur Hilfe, so daß viele Schafe von dem Wolf zerrissen werden.

242 *Gulliver*: Anspielung auf Jonathan Swifts Roman *Gulliver's Travels* (1726), der von den Reisen eines Schiffsarztes zu den Liliputanern und Riesen erzählt.

Murnau: Frank Murnau (eigentlich Friedrich Wilhelm Plumpe), Schauspieler und Stummfilmregisseur (1888–1931). Er war ein wichtiger Vertreter des Filmexpressionismus. Zu seinen Filmen gehören *Nosferatu* (1921), *Tartüff* (1925) und *Faust* (1926).

243 *Chamay Pinsky*: hebräischer und jiddischer Dichter (1882 bis 1941). Er stammte aus der Ukraine, studierte in Berlin und veröffentlichte Gedichte und Aufsätze in jiddischen Zeitungen und Zeitschriften. Er ging nach London ins Exil, wo er eine bedeutende Rolle unter den jiddischen Autoren spielte.

244 *Hadrian*: der römische Kaiser (117–38) ließ viele Bauwerke in Italien und Griechenland errichten und förderte Literatur und Kunst.

Pharao: gemeint ist sicher der ägyptische Herrscher, der den biblischen Joseph zu seinem Verweser machte.

246 *Ludwig Ullmann ... Flugblatt*: »Der Anbruch. Flugblätter für die Zeit« wurde von Otto Schneider und Ludwig Ullmann im Georg Müller Verlag, München herausgegeben.

247 *Willy Haas*: Kritiker und Essayist (1891–1973). Er gründete mit Ernst Rowohlt 1925 die Wochenzeitung »Die literarische Welt«, die er bis zu seiner Emigration nach Prag und Indien leitete. Nach seiner Rückkehr war er Kritiker für »Die Welt« und schrieb seine Lebenserinnerungen *Die literarische Welt* (1957) sowie *Gestalten* (1962) und *Die Belle Epoque* (1975).

248 *Schmidt-Rottluff*: Karl Schmidt-Rottluff, Maler und Graphiker (1884–1976). Nach dem Studium in Dresden gründete er

dort mit Ernst Ludwig Kirchner und Ludwig Heckel die Künstlergemeinschaft »Brücke« und lebte seit 1911 in Berlin. Er war einer der Meister des Expressionismus. Seine Zeichnung »Der Prinz von Theben« erschien 1911 im »Sturm« und wurde in die erste Auflage von *Mein Herz* aufgenommen. Aus dieser Zeit existieren Briefe und Postkarten von Else Lasker-Schüler an Schmidt-Rottluff, die sich auf Portraitsitzungen in seinem Atelier beziehen und ihre Entsprechung in den gleichzeitig erscheinenden Mitteilungen der »Briefe nach Norwegen« im »Sturm« haben. Aus ihrer Beschreibung des Portraits ist zu schließen, daß das Gemälde »Die Leserin« von Schmidt-Rottluff Else Lasker-Schüler darstellt.

Richard Dehmel: Dichter und Kritiker (1863–1920). Nach dem Studium der Naturwissenschaften, Volkswirtschaft und Philosophie und der Promotion hatte er verschiedene Stellungen als Sekretär und Redakteur inne. Seit 1885 war er freier Schriftsteller. Seine Lyrik ist vom sozialen Naturalismus und vitalen Impressionismus geprägt. Als antibürgerlicher Panerotiker feierte er in den Gedichtsammlungen *Weib und Welt* (1896), *Die Verwandlungen der Venus* (1907) und dem Epos *Zwei Menschen* (1903) die ungebundenen Triebe. Er hat einen starken Einfluß auf Else Lasker-Schüler ausgeübt, die sehr um seine Anerkennung warb. Sie schrieb über ihn das Gedicht »Richard Dehmel« und zeichnete ihn als »Waldfürst« für die »Aktion« und ihr Buch *Der Malik*.

Ludwig Cranach: Wahrscheinlich der 1861 geborene Wilhelm Lucas von Cranach.

249 *Paulchen*: Paul Lasker-Schüler.

250 *Meinhard*: Carl Meinhard, Schauspieler. Einer der Leiter des »Meinhard-Bernauer Ensembles«, das um 1919 auch Gastspiele am Deutschen Theater in Berlin gab.

251 *Gnu*: GNU »Zur Entkafferung, Entpolarisierung der Menschheit« von Kurt Hiller 1911 gegründetes Kabarett im Café Austria in der Potsdamerstraße, Berlin.

252 *Ludwig Hardt*: Rezitator (1896–1947).

253 *S. Lublinski*: Samuel Lublinski, Schriftsteller (1869–1910). Er schrieb neuklassische Dramen, darunter *Der Imperator* (1901), *Hannibal* (1902), *Elisabeth und Essex* (1903) und Essays, u. a. *Die Bilanz der Moderne* (1904). Über Else Lasker-Schüler schrieb er in den Zeitschriften »Ost und West« (1901) und

»Kampf« (1904). Sie zeichnete ihn für die Erstausgabe von *Mein Herz*.

Paul Cassirer: Kunsthändler und Verleger (1871–1926). Mit seinem Bruder Bruno Cassirer eröffnete er 1898 in Berlin einen Kunstsalon, aus dem sich ein Verlag entwickelte. 1919–1920 erschien dort eine zehnbändige Ausgabe der Werke Else Lasker-Schülers.

254 *mein Onkel*: Leopold Sonnemann, Herausgeber und Politiker (1831–1909). Der überzeugte Demokrat kämpfte für die jüdische Gleichberechtigung und gründete 1856 den »Frankfurter Geschäftsbericht«, die spätere »Frankfurter Zeitung«. Von 1871–1884 war er Reichstagsabgeordneter der Deutschen Volkspartei.

Dr. Hiller … gezeichnet: die ganzseitige Zeichnung zeigt den kahlen Kopf Hillers unter einer Glühbirne, die sich in seiner Glatze spiegelt.

256 *Wagners heiliger Gral*: in der Oper *Parsifal* von Richard Wagner.

Peter Altenberg: (eigentlich Richard Engländer) österreichischer Dichter (1859–1919) war ein wichtiger Vertreter des Impressionismus, der meisterhafte aphoristische Prosaskizzen über Augenblickseindrücke in der modernen Großstadt schrieb. Zu seinen Sammlungen gehören *Wie ich es sehe* (1896), *Was der Tag mir zuträgt* (1901) und *Bilderbögen des kleinen Lebens* (1909). Else Lasker-Schüler korrespondierte mit ihm.

Helene Herrmann: Literaturwissenschaftlerin (1877–1944). Sie studierte Germanistik und Philosophie und leitete nach der Promotion das Folksche Gymnasium in Berlin. 1933–1938 unterrichtete sie jüdische Kinder in deutscher Literatur. Sie war Mitherausgeberin der Heinrich Heine-Ausgabe von 1908 und schrieb wichtige Arbeiten über Kleist, Shakespeare, Goethe und Fontane. Mit ihrem Mann Max Herrmann arbeitete sie an dessen Theatergeschichte. Ihr Leben endete in Auschwitz.

Julius Hart: S. Einleitung zum *Peter Hille-Buch*.

257 *meine medizinische Arbeit*: der Essay »Sterndeuterei«, s. S. 143.

259 *Jedermann … von dem Hofmannsthaler*: das auf dem niederländischen *Elckerlijk* (gedruckt 1495) und dem englischen *Everyman* (gedruckt 1509) beruhende Spiel vom reichen Mann, den der Tod holt, wurde von Hugo von Hofmannsthal bearbei-

tet und 1911 von Max Reinhardt uraufgeführt. Seit 1920 wird es jedes Jahr bei den Salzburger Festspielen gegeben.
Dir. Reinhardt: Max Reinhardt (eigentlich Max Goldmann), Regisseur (1873–1943). Er war zunächst Charakterdarsteller und leitete von 1905 bis 1920 sowie von 1924 bis 1933 das Deutsche Theater in Berlin. Er weitete die enge, gegenständliche Bühne des Naturalismus aus und inszenierte in weiten, impressionistischen Räumen mit Drehbühne und Rundhorizont, auch in Zirkusbauten und der Olympia Hall in London. Am berühmtesten wurde sein *Sommernachtstraum* (1905). Er war Mitbegründer der Salzburger Festspiele und ging 1938 ins amerikanische Exil.
Oedipus von Sophokles: Die Uraufführung des *König Ödipus* in der Übersetzung von Hugo von Hofmannsthal und der Inszenierung von Max Reinhardt fand 1910 in München statt.
Elektra: war das erste Drama Hofmannsthals, das Max Reinhardt 1903 inszenierte.
Kinder mit großen Augen: Aus den »Terzinen II« von Hugo von Hofmannsthal. In der 2. Strophe heißt es: »Wie kleine Mädchen, die sehr blaß aussehn, / Mit großen Augen, und die immer frieren ...«

261 *Er sagt ...*: gemeint ist Gottfried Benn.

264 *allein die Fackel zu schreiben*: seit 1911 schrieb Karl Kraus alle Beiträge in der »Fackel« selbst.

267 *Lucian Bernhard*: Innenarchitekt, Graphiker, Buch- und Plakatkünstler (geboren 1885, Todesjahr unbekannt). Er übernahm die vollständige Ausstattung vornehmer Häuser und entwarf die Bernhard Fraktur. 1932 ging er nach USA.

269 *Mir brach die Welt in Splitter*: Peter Hille nennt Else Lasker-Schüler in seinem Prosaportrait »eine Sappho, der die Welt entzwei gegangen ist«.

Der Wunderrabbiner von Barcelona. Berlin: Paul Cassirer 1921. Mit einer Zeichnung von Else Lasker-Schüler, ein weiblicher Kopf mit der Unterschrift Amr.

In dieser Erzählung nimmt Else Lasker-Schüler zum ersten Mal das Thema des Judenhasses als zentrales Motiv auf. Bisher hatte sie stets das Gegenthema, die Versöhnung der Religionen, etwa in den Geschichten um den Prinzen von Theben, dargestellt, wie es auch zehn Jahre später in *Arthur Aronymus* wieder geschehen wird. Während die orientalischen Erzählungen in einer jüdisch-mohammedanischen Welt spielen, wird hier zum ersten Mal eine jüdische Gemeinde in einem christlichen Land beschrieben.

Else Lasker-Schüler hat aber wohl deshalb Spanien als Ort der Handlung gewählt, weil ein Zweig ihrer mütterlichen Vorfahren aus diesem Land stammte. Verschlüsselt erscheint sie selbst als Dichterin Amram, ihr Vater als Bauherr Arion Elvantos. Wichtiger noch sind die frühen Eindrücke, die sie als Kind aus Familienerzählungen von den Judenverfolgungen im frühen 19. Jahrhundert empfangen hatte. So war es in den Restaurationsjahren, etwa 1819 in Würzburg, also in der Nähe von Kissingen, wo die Familie der Mutter ansässig war, unter der Parole »Hep-Hep, Jud' verreck« zu Plünderung, Verwüstung und Mord gekommen. Ein anderes Erlebnis aus der Umwelt der väterlichen Vorfahren in Westfalen wird in *Arthur Aronymus* verarbeitet.

Else Lasker-Schüler verbindet diese frühen Ereignisse mit den stereotypischen Vorurteilen ihrer Zeit, die Juden sowohl als kapitalistische Preistreiber sowie kommunistische Aufwiegler sehen. Vor allem wendet sie sich gegen die rassistische Ursünde, alle für einen verantwortlich zu machen. Sie sieht allerdings in der Auswanderung der Juden ins »verlorene Land« keine Lösung. Vielmehr verkündet der Wunderrabbi, Gottes Wille sei, daß das »Volk der Propheten« verstreut unter den Geschwistervölkern lebe.

Wenn dann die Liebe der jüdischen Amram und des christlichen Pablo, deren Vereinigung nur durch ein Wunder verwirklicht werden kann, zu dem Pogrom führt – bei weitem Else Lasker-Schülers grauenhafteste Schilderung – kommt es zu dem Ringen des Rabbi Eleasar mit Gott. Denn weil die Juden Barcelonas seinen Willen erfüllten und geblieben waren, waren sie untergegangen. Das Haus des Rabbi zerbirst in dem Kampf und begräbt unter seinen Trümmern die Christen der Stadt. Das unversöhnliche Ende bedeutet Tod und Zerstörung aller. Dem entspricht die gleichsam zerberstende Sprache mit ihrem allen Regeln der Syntax widersprechenden Duktus. Sie ist im wortwörtlichen Sinne schmerzzerrissen.

273 *Gâm*: Das Wort läßt sich weder im Hebräischen noch im Aramäischen nachweisen.

275 *Arion Elevantos*: Verschlüsselung des Namens von Else Lasker-Schülers Vater Aron Schüler.

277 *der Prophet*: Im Buch Exodus Kapitel 2, 11–12 wird berichtet, wie Moses in Ägypten die Hebräer beim Frondienst beobachtete und sah, daß einer mißhandelt wurde. Darauf erschlug Moses einen Ägypter.

Arthur Aronymus. Die Geschichte meines Vaters. Berlin: Rowohlt Verlag 1932. Die Einbandzeichnung der Verfasserin zeigt ein kleines Mädchen mit Herz auf der Wange, das vor einer sitzenden Frauengestalt steht.

Ursprüngliche Widmung: Meiner teuren Mama Jeannetta und meinem geliebten Sohn Paul.

Der Erzählung liegt ein historisches Ereignis zugrunde, das sich 1844 in dem westfälischen Dorf Geseke, dem Heimatort des Vaters von Else Lasker-Schüler zugetragen hat. Damals versuchte der katholische Pfarrer, den Sohn des Kaufmanns Löwenbach zum Christentum zu bekehren. Er hatte Erfolg und der Junge lief seiner Familie davon. Mit Hilfe des Bischofs von Paderborn, der das Vorgehen des Geistlichen ausdrücklich tadelte, kehrte der Sohn zu den Eltern zurück. Daraufhin kam es zu antisemitischen Ausschreitungen in Geseke. Volksmengen rotteten sich zusammen und überfielen jüdische Wohnungen. Der unglückliche Kaufmann Löwenbach ließ daraufhin auf den Straßen ausschellen, daß er seinen Sohn der katholischen Geistlichkeit zurückgeben wolle, worauf mit einem Schlag Ruhe eintrat.

Arthur Aronymus wird als eines der wichtigsten Beispiele für Else Lasker-Schülers Versöhnungsdenken angesehen. Die Erzählung konfrontiert den Leser jedoch bereits in den ersten Sätzen mit einer Pogromschilderung, die der im *Wunderrabbiner von Barcelona* in nichts nachsteht. Die eigene Familiengeschichte und damit die der deutschen Juden wird vor dem Hintergrund jahrhundertealter Verfolgung gezeigt, und selbst noch in die Biedermeieridylle brechen immer wieder Vorurteil und Haß ein.

Im Gegensatz zu der unversöhnlichen Geschichte vom *Wunderrabbiner von Barcelona* läßt Else Lasker-Schüler hier jedoch eine andere Rabbinergestalt, die des eigenen Urgroßvaters, als Erlöserfigur auftreten. Dieser kindlich fromme Greis und Gottesliebling erlebte noch im eigenen Enkel, Arthur Aronymus, auf dem sein Segen ruht, eine Wiederverkörperung. Und Arthur Aronymus, der Vater der Dichterin, bringt schließlich durch seine kindliche Unschuld die Versöhnungsapotheose des Schlußbildes zustande, in dem ein katholischer Bischof beim Sedermahl mit einer jüdischen Familie das Brot bricht. Das geschieht, obwohl sich Arthur Aronymus' Vater geweigert hatte, seinen Sohn im christlichen Glauben erziehen zu lassen und damit der Hexenverfolgung seiner Tochter Einhalt zu gebieten. So wie sich der kleine Arthur Aronymus im Verlauf der Geschichte seines Judentums bewußt wird, weiß sein Vater, daß die Väterkette, die vom Stammvater Jakob über ihn selbst zu seinen Kindern und deren Kindern reicht, die Verbindung zu Gott darstellt.

Else Lasker-Schüler hat gleichzeitig mit der Erzählung eine Dramenfassung geschrieben, *Arthur Aronymus und seine Väter*. Das Stück wurde in Darmstadt zur Uraufführung angenommen, die nicht mehr stattfand. 1936 hat Leopold Lindtberg das Schauspiel in Zürich zum ersten Mal inszeniert.

282 *dreiundzwanzig Kindern*: Else Lasker-Schülers Großvater Moses Schüler war in erster Ehe mit Rosa Cohen, der Tochter des Rabbiners Zwi Hirsch Cohen, verheiratet. Nach ihrem Tod heiratete er ihre Schwester Nettchen. Der ersten Ehe entstammten zehn Kinder, darunter Aaron, das sechste Kind, und Rosa, die Leopold Sonnemann heiratete. Der zweiten Ehe entstammten sieben Kinder.

283 *Großpapa Rabbuni*: Zwi Hirsch Cohen, bis 1832 Rabbiner von Geseke. Er geriet mit dem Landesrabbiner Abraham Sutro in Konflikt, weil er in Geseke die Ritualgesetze eigenmächtig reformierte.

Jeden Abend ... Gottgräber: Diese Geschichte hat Else Lasker-Schüler in orientalischem Dekor bereits im *Prinz von Theben* erzählt. Dort treffen sich »mein Urgroßvater, der Scheik«, der ebenfalls 23 Kinder hat, und der jüdische Sultan Mschattre-Zimt zum allabendlichen Enti-Spiel, wobei sie religiöse Streitgespräche führen.

288 *Maranen*: spanische und portugiesische Juden, die sich unter Zwang taufen ließen, aber dennoch nach 1492 vertrieben wurden und sich in »Spaniolen-Gemeinden« rund um das Mittelmeer niederließen, auch in »Portugiesen-Gemeinden« u. a. in Amsterdam, London und Hamburg.

289 *kleine Steinchen*: Der Brauch, Steine auf einen Grabstein zu legen, rührt aus den Zeiten der Wüstenwanderung her, als man die Gräber mit Steinen bedeckte.

295 *Veitstanz*: im Anschluß an Infektionserkrankungen wie Scharlach auftretende Muskelzuckungen, die meist nach wenigen Wochen abheilen. In ihrem Prosatext »Der letzte Schultag« erzählte Else Lasker-Schüler, wie sie als Elfjährige am Veitstanz erkrankte und danach aus der Schule genommen wurde.

303 *et vos igitur ...*: Joh. 16, 22.

306 *Muckerfamilie*: Bezeichnung für die Pietisten.

307 *Bürgers Gedicht*: Die Ballade »Leonore« von Gottfried August Bürger.

Paulus Kassel: Paulus Cassel (1821–1892) wurde nach seiner Konversion Pastor an der Christus-Kirche in Berlin.

308 *Thora*: hebräisch Lehre, Gesetz. Die fünf Bücher Moses'.

309 *wie ein Kind ... Tragkleide*: die meist aus besticktem Samt oder Brokat hergestellte, mit Glöckchen geschmückte Hülle für die Thorarolle.

Konzert. Berlin: Rowohlt Verlag 1932.
Die Einbandzeichnung. Else Lasker-Schülers Kopf im Profil, stammt von Paul Lasker-Schüler.

Ursprüngliche Widmung: »Meiner teuren Mama und meinem geliebten Sohn Paul in Liebe.«

Der Band enthält 16 Gedichte und 57 Prosastücke, darunter sind Kindheitserinnerungen, Künstlerportraits, Antworten auf Rundfragen, ein offener Brief und »zwei Ulkiaden«. Sie waren meist seit 1920 entstanden und an verschiedenen Stellen erschienen, vor allem im »Berliner Tageblatt« (»Die Eisenbahn« 1921; »Paradiese« 1928; »Freundschaft und Liebe« 1929; »Ein Konzert« 1930). »Der Versöhnungstag« erschien 1925 in der »Weltbühne«.

Die bedeutendsten Essays der Sammlung zeigen die große Veränderung, die sich im Schreiben Else Lasker-Schülers vollzogen hat. Der Erste Weltkrieg und der Tod des Sohnes haben ihre Dichtung in eine neue Richtung gelenkt. Ihre neuen Freunde sind jetzt Bäume, deren »grüne Sprache« sie versteht. Sie offenbaren ihr das Geheimnis der nach göttlichem Plan geschaffenen Natur. Die Naturliebe Else Lasker-Schülers steigert sich in *Konzert* zu einer ihr eigenen Naturreligion oder gar Naturmystik, in die der Mensch als Naturgeschöpf eingeschlossen ist. Auch der Begriff »Konzert« tritt in doppelter Bedeutung von Natur- und Menschenkonzert auf, dem harmonischen Zusammenstimmen aller Naturwesen.

Else Lasker-Schüler hat in diesen Jahren im *Sohar* gelesen, dem *Buch des Glanzes*, dem kabbalistischen Hauptwerk, das sie besaß. Zwei Grundgedanken sind aus der Kabbala in ihre Dichtungen eingegangen: die aus der Gnosis stammende Vorstellung der verleiblichten und verdunkelten Welt, in der sich die Seele nach Entleibung und Eingang ins Paradies sehnt, und das Bild vom atmenden Gott, der sich zusammenzog, um Raum für die Schöpfung zu schaffen. Atmen ist daher das Urgesetz, nicht atmen oder andere des Atems berauben, die einzige Sünde, die die Dichterin kennt.

313 *August von Renz*: Der Clown im Zirkus Renz.

314 *»er war reinen Herzens gewesen ...«*: Zitat aus der Bergpredigt: »Selig, die reinen Herzens sind, denn sie werden Gott schauen.« Math. 5, 8.

317 *Kupido*: Cupido ist der Name des Liebesgottes in der lateinischen Dichtung. Der griechische Liebesgott ist Eros.

322 *Narden*: Die Narde ist der wohlriechende Stoff einer Pflanze, der für Salben, Öle und Medikamente verwendet wird.

323 *Balchem*: Bal schem tov, hebräisch: Meister des guten Namens, eigentlich Israel aus Mesbiz (Miedzybarz in der westlichen Ukraine), jüdischer Mystiker und Begründer des Chassidismus (1700–1760). Er schrieb keine Bücher, sondern lehrte in einfachen Gleichnissen, daß Gott das Urwesen aller Dinge sei und vom einfachsten Menschen mit der innersten Kraft der Seele empfangen werden könne. Das Böse sei kein Wesen, sondern ein Mangel an Gutem, »Gottes Exil«. Deshalb gebe es nichts, das der Liebe unwürdig wäre. Der Dienst an Gott soll fröhlich sein und mit Gesang und Tanz gefeiert werden. Else Lasker-Schüler kannte die Nacherzählungen chassidischer Geschichten von Martin Buber, die sich um die Lehrer und »Wunderrabbiner« ranken.

Kabbala: hebräisch Überlieferung ist die im 12. Jahrhundert aus einer ansonsten verschollenen jüdischen Gnosis, der Askese der Waldenser und den gnostischen Spekulationen der Katharer in der Provence entstandene jüdische Mystik. Ihr Hauptwerk ist der *Sohar*, das *Buch des Glanzes*. Darin wird das Verhältnis der Unerkennbarkeit Gottes und der Manifestation Gottes, der Eintritt des Bösen in die Welt und die Versöhnung mit Gott durch ein frommes Leben, gute Werke und Kontemplation gelehrt.

325 *Arib*: Aribert Wäscher, Schauspieler (1895–1961). Else Lasker-Schüler schrieb auf ihn das Gedicht »Aribert Wäscher« und ließ ihn in ihrem Drama *IchundIch* als Faust auftreten.

Wachholderkarl: Karl Hanemann, Schauspieler. Freund von Aribert Wäscher. Else Lasker-Schüler bedichtete ihn in dem Gedicht »Karl Hanemann« und gab ihm in *IchundIch* die Rolle des Mephisto.

331 *St. Laurentius*: das Fest des im Rheinland vielerorts verehrten römischen Märtyrers ist am 10. August.

332 *Neviges*: Wallfahrtsort bei Velbert.

336 *Martha Theresia*: die sieben Jahre ältere Schwester Else Lasker-Schülers (1862–1915). Sie heiratete 1883 den Kaufmann Leopold Wormser.

zweiten Bruders: Maximilian Moritz Schüler (1859–1907) war Kaufmann in Elberfeld und war nach dem Tod des Vaters Besitzer des Hauses Sadowastraße 7.

ältester Bruder: Alfred Jakob Schüler wurde 1858 geboren.

337 *›schema ... echod‹*: Anfang des jüdischen Hauptgebets »Höre Israel, der Herr ist unser Gott, der Herr ist ein einziger«.

»Steh ich in finstrer Mitternacht«: Gedicht von Wilhelm Hauff aus *Kriegs- und Volkslieder*, 1824.

339 *»Ich hab dein Bild ...«*: Vor 1885 gab es mehrere Vertonungen des Gedichts eines nicht feststellbaren Verfassers. »Hast du mich lieb. Ich hab dein Bild im Traum gesehn« mit diesem Refrain, so von C. Bohm, A. Kruesch, C. Machts und A. Wiltberger, sowie einen Männerchor mit Tenor Solo von Kron.

340 *»er kam ... erfüllen«*: Math. 5, 17: »Meinet nicht, ich sei gekommen, das Gesetz oder die Propheten aufzulösen. Ich bin nicht gekommen aufzulösen, sondern zu erfüllen.«

Ein Stuhl um den Tisch bleibt für Messias frei: Am Sederabend in der Nacht vor dem Osterfest bleibt ein Stuhl für den Propheten Elias frei, der als Vorläufer des Messias angesehen wird.

»Platzmachen für Gott«: Der kabbalistische Begriff »zim zum« bedeutet »zusammenziehen«, »schrumpfen«. Er wird für die Vorstellung benutzt, nach der sich Gott in seinem Glanz zusammenzog, so daß seine Geschöpfe ihn ertragen und aufnehmen konnten. Das Wort »zum« allein bedeutet »fasten«, hat aber nichts mit »zim zum« zu tun.

341 *Lothar Homeyer*: Maler und Radierer (geboren 1883, Todesjahr unbekannt), war Mitbegründer vom »Sturm«.

kleinen Zeichnungen: Paul Lasker-Schülers Zeichnungen regten zu einer wissenschaftlichen Studie an: Franziska Baumgartner-Tramer: »Supranormales Zeichnen eines Kindes«. In: »Zeitschrift für Kinderpsychiatrie«, 2. Jahrgang, Heft 6, Februar 1936.

342 *Professor Manzel*: Ludwig Manzel, Bildhauer und Illustrator (1858–1936). Er war von 1912 bis 1918 Präsident der Akademie der Künste in Berlin.

zu seinem alten Freund: Paul Lasker-Schüler studierte in München bei Professor Gröber.

Karl Arnold: Zeichner und Maler (1883–1953). Er zeichnete seit 1907 für den »Simplicissimus« und andere Zeitschriften.

343 *George Grosz*: eigentlich Georg Ehrenfried, Maler und Graphiker (1893–1959). Er war ein wichtiges Mitglied der Dada-Bewegung und kritisierte in seinen Zeichnungen die gesellschaftlichen Zustände der zwanziger Jahre. 1933 ging er ins amerikanische Exil und kehrte 1959 nach Berlin zurück. Else Lasker-Schüler schrieb auf ihn das Gedicht »Georg Grosz«.

344 *Tilly*: Tilly Wedekind, Schauspielerin (1886–1970), war mit dem Dichter und Dramatiker Frank Wedekind verheiratet.

346 *Freytag*: Der Eingeborene, den Robinson Crusoe auf der Insel fand, auf die er verschlagen wurde.

in einer Dichtung: »Konzert«, s. S. 321.

348 *»Ich wollte, ein Schmerzen rege sich...«*: aus dem Gedicht »Chaos«, S. 10.

»Es leben Rand an Rand«: veränderte Fassung der letzten Strophe des Gedichts »Letzter Abend im Jahr«, s. S. 53.

349 *Sphinx*: die Ägypter stellten die Sphinx mit Löwenkörper und Menschenkopf dar.

Osiris: ägyptischer Totengott, vor dem sich jeder Tote verantworten muß.

»Ich bin, der ich sein werde«: In Exodus 3, 14 spricht Gott zu Moses: »Ich bin der Ich-bin.«

Dramatisches

Dem Text liegt der zweite Band der im Kösel-Verlag erschienenen Gesammelten Werke zugrunde: *Prosa und Schauspiele*. Herausgegeben von Friedhelm Kemp. München 1962.

Die Wupper. Schauspiel in fünf Aufzügen. Berlin; Oesterheld & Co. 1909
Widmung: Der lieblichen Prinzessin Helle von L. schenke ich dieses Buch.

In der zehnbändigen Gesamtausgabe erschien das Schauspiel mit einer Einbandzeichnung der Verfasserin. Berlin: Paul Cassirer Verlag 1919. Eine dritte Ausgabe erschien im Selbstverlag, Berlin o. J. [1927]. Widmung: Der lieblichen Prinzessin Helle von Soutzo schenke ich dieses Buch.

Else Lasker-Schülers erstes Schauspiel ist eine Huldigung an ihre »zahnbröckelnde Stadt«, die sie zunächst auf »Wupperthaler Platt« in der Nacht und im Schlaf geschrieben haben will, ohne daß ihr Gehirn sie dirigieren konnte, wie es in dem kurzen Prosatext »Meine Wupper« heißt. Als dann niemand das Schauspiel verstehen konnte, habe sie es ins Hochdeutsche übersetzt. So steht es in der Handschrift der Dichterin auf einem Exemplar der *Schaubühne*, die 1908 den ersten Akt der *Wupper* abdruckte. Die Entstehung ist also vor 1908 anzusetzen.

Wie in den Prosatexten über ihre Heimatstadt, zeigt sich Else Lasker-Schüler auch in dem Schauspiel von der Vielfalt dieses frühindustriellen Stadtmilieus und seiner höchst unterschiedlichen Bevölkerung fasziniert. Ob sie Vertreter der Arbeiterklasse auf die Bühne bringt oder des Unternehmertums, immer sind diese Figuren Individuen mit ihren privaten Tragödien. Obgleich die Welt der Arbeiter im ersten, dritten und fünften Akt dargestellt wird, ist sie nie von der der Fabrikanten streng geschieden. Vielmehr verflechten und durchdringen sich beide und auf dem Jahrmarkt im Zentrum des Stücks verschwindet jeglicher Unterschied zwischen oben und unten in der gesellschaftlichen Hierarchie.

Else Lasker-Schüler hat das Leben der Arbeiterfamilien im Elberfeld ihrer Kindheit recht gut gekannt. Deshalb versteht sie es, so deutlich zwischen den verschiedenen Figuren zu differenzieren. Schon vor ihrer Geburt hat es in Elberfeld die ersten Streiks der Türkischrotfärber gegeben, und ein Trupp von Arbeitern aus den Färbereien, zum Streik nur halb entschlossen, erscheint auch im Stück. Sie werden aber als verwirrt, hilf- und führerlos dargestellt. Auf Solidarität von Seiten ihrer Standesgenossen, etwa in der Familie Pius, können sie nicht zählen. Alle Männer dieser Familie haben eine andere Vorstellung von dem, was dem Arbeiter gebührt. Der Großvater, schon etwas kindisch geworden, gehörte noch zu den Heimgewerbetreibenden, die von den neuen Betrieben abgelöst wurden. Nach fünfundzwanzig Jahren am Webstuhl lebt er nun von der Gnade seiner Tochter und hilft ein wenig im Haus. Den Besitzenden gegenüber empfindet er weder Neid noch Haß, sondern gesteht ihnen ihre Privilegien zu. Sein bereits verstorbener Schwiegersohn hatte gegen das Arbeiterdasein aufbegehrt und war ein Jahr im Gefängnis gesessen. Der Enkel schließlich, Carl Pius, ist entschlossen, der Arbeitermisere zu entkommen. Der begabte Außenseiter ist im Grunde schwach, was er aber hinter seiner Härte gegenüber noch Schwächeren verbirgt. Für die verzweifelten Färber, die bei seiner Großmutter Rat suchen, hat er kein Verständnis.

Mutter Pius ist die zentrale Figur des Stücks. Wie ihr Karussell, so setzt sie die Handlung in Bewegung und motiviert die einzelnen Figuren zu ihren Taten. Sie ist die bei weitem stärkste Figur des Dramas, eine jener Arbeiterfrauen, die Else Lasker-Schüler schon als Kind gefesselt haben. Sie quacksalbert, liest aus der Hand und wäscht die Spitzen für die feinen Leute. Zu Johannis betreibt sie ein Karussell auf dem Jahrmarkt und dazwischen kuppelt sie ein wenig. Schlau, nur auf ihren Vorteil bedacht, devot, wenn es ihr nützt, ohne soziales Gewissen benutzt sie jede Gelegenheit für sich und den geliebten Enkel Carl, dem sie mit allen Mitteln nicht nur den Verkehr mit der Fabrikantenfamilie Sonntag, sondern auch eine Verbindung mit der Tochter des Hauses verschaffen will.

Zutritt bei den Sonntags hat Carl bereits durch seinen Schulfreund, den zarten, frommen, lungenkranken Eduard, dem Else Lasker-Schüler Züge ihres Bruders Paul verliehen hat. Es gibt noch weitere Kontakte zwischen den Klassen: Dr. jur. Bruno von Simon, Prokurist der Sonntagschen Firma, hält sich an deren Dienstmädchen frei, und Heinrich, der älteste Sohn und Erbe des Familienunternehmens, läßt sich von Mutter Pius ein Proletarierkind, das minderjährige Lieschen Puderbach, verkuppeln.

Aus den daraus entstehenden Folgen wird klar, daß *Die Wupper* ihre Spannung nicht durch die sozialen Kontraste, sondern durch die erotischen Kräfte erreicht, welchen fast alle Figuren unterworfen sind. Aus den sexuellen Abhängigkeiten entwickelt sich die Handlung des Stücks.

Begleitet und kommentiert wird sie von einem Trio asozialer Männer, einer der seltsamsten Figurenkonstellationen im deutschen Theater. Auch sie gehen auf Erinnerungen Else Lasker-Schülers an das Elberfeld ihrer Kindheit zurück, in dem es solche zwielichtigen

Außenseiter gab. Es ist bemerkenswert, mit welcher Radikalität die Dramatikerin ihre Figuren zeichnet: den Exhibitionisten Pendelfrederech, den Transvestiten Lange Anna und den Gläsernen Amadeus, einen Wahrsager und Traumdeuter, dessen empfindliches Herz leicht zerbricht und dessen Rolle sie gern selbst gespielt hätte. Während sich alle anderen Figuren wenigstens an der Oberfläche dem gesellschaftlichen Sittenkodex beugen, kümmern sich diese drei keinen Deut um das, was man gemeinhin die gute Sitte nennt. Man könnte sie auch ins Extrem gesteigerte Künstlerfiguren nennen, die absolut kompromißlos auf ihrer Existenzform bestehen. Andererseits ist in alle Figuren der *Wupper*, die drei Herumtreiber aber ganz besonders, die Determiniertheit der Figuren Ibsens und Hauptmanns eingegangen, deren Dramen Else Lasker-Schüler, die in Berlin vor dem Ersten Weltkrieg eine fleißige Theaterbesucherin war, auf der Bühne gesehen hat.

Dennoch behauptet sich *Die Wupper* als eigenständiges Werk. Die lyrische Substanz des Stücks verleiht ihm seine Originalität. »Das Gedicht, die Lyrik, das Schwebende, der Mond in der blauen oder schwarzen Wolke des Theaterstücks«, wie Else Lasker-Schüler in ihrem »Brief an Jeßner« anläßlich der zweiten Inszenierung 1927 schrieb, waren ebenso wichtig wenn nicht wichtiger als die Handlung. Schon ihr Bericht über die Entstehung des Schauspiels in der Nacht und in einem somnambulen Zustand erinnert an ihren Ausspruch »im Dichter wird gedichtet«. Eine traumhafte Atmosphäre durchzieht das ganze Stück mit der refrainähnlichen Wiederkehr des Vagantentrios und des nihilistischen Liedchens vom »Lieben Augustin«, der Szene mit dem schlafwandelnden Lieschen ebenso wie dem Alptraum der Jahrmarktszene, Nachtszenen allesamt. Auch der Wupperfluß, nach dem Else Lasker-Schüler ihr Stück benannt hat, ist ein lyrisches Element ihrer »Stadtballade«, dessen rote Farbe zusammen mit dem giftigen Rauch der Schornsteine dem Stadtbild einen phantastischen Charakter verleiht.

Else Lasker-Schüler wußte nichts von der Technik des Dramas, hat ihr Siegfried Jacobsohn nach der Uraufführung in der *Weltbühne* bescheinigt. »Aber nachtwandelnd und wie ihr eigenes Geschöpf, aus dem umhegenden Gemach der geniehaft gemeisterten Lyrik auf das nie betretene Dach einer abschüssigen Dramatik, hält sie sich ohne Schwindel in jedem Sinne auf dem schmalsten Grad.«

Die Dichterin hat ihr Stück auch durch die Sprache eng an Stadt und Menschen ihres Elberfeld gebunden. Wie sehr sie den rheinisch-bergischen Dialekt geliebt hat, kann man aus der Sprache der *Wupper* heraushören. Die Originalität der Figuren, die frühreife Naivität des Gassenkindes Lieschen oder die schlagfertige Schläue der Mutter Pius zeigen sich vor allem in ihrer dialektgefärbten Sprache. Dabei ist es erstaunlich, wie Else Lasker-Schüler auch hier noch zu differenzieren weiß und etwa die jüngere Arbeiterfrau Amanda Pius eine vom Dialekt weniger stark, dafür eher von Klischees geprägte Sprache sprechen läßt.

Ein Dialektstück ist *Die Wupper* aber keineswegs. Der Übersetzung »ins Hochdeutsche« sind viele Dialektelemente zum Opfer gefallen, und aus manchen Ausdrücken kann man nur noch Anklänge an das wirkliche Platt heraushören. Auch wird durchgehend ›es‹ gebraucht statt ›et‹, und Formen wie ›brauchst de‹, ›hast de‹ etc. müßten als Dialektformen ›brauchßte‹, ›haßte‹ geschrieben werden.

Es ist wahrscheinlich als großer Verlust für das deutsche Theater zu betrachten, daß das erste Stück von Else Lasker-Schüler über zehn Jahre auf seine Uraufführung warten mußte. 1911 hat sie es, sicher wenigstens zum Teil im schönsten Wuppertaler Platt, Auszüge im »Neopathetischen Cabaret« vorgelesen. Aber erst nach dem Ersten Weltkrieg kam es in einer neuen Talenten gewidmeten Aufführungsserie, »Das junge Deutschland«, mit Stücken der wesentlich jüngeren Sorge, Goering, Hasenclever, Kokoschka und Unruh in der Regie von Heinz Herald am Deutschen Theater in Berlin heraus.

Wäre Else Lasker-Schülers sehnlicher Wunsch, *Die Wupper* auf der Bühne zu sehen, eher in Erfüllung gegangen, so hätte sie vielleicht bald ein anderes Theaterstück geschrieben. Ihr zweites Schauspiel, *Arthur Aronymus und seine Väter*, entstand fünfundzwanzig Jahre nach der *Wupper* und war die Bearbeitung einer Erzählung.

Die Wupper ist das meistgespielte Stück der Dichterin. Ihr letztes Drama, *IchundIch*, das sie am Ende ihres Lebens schrieb und nicht mehr ausarbeiten konnte, mag es allerdings an Bühnenwirksamkeit übertreffen.

Bereits die Uraufführung der *Wupper* trug der Dramatikerin das Lob der Berliner Theaterkritik ein, was sich 1927 wiederholte, als Jürgen Fehling das Stück am Staatlichen Schauspielhaus in Berlin mit den großen Schauspielern der Ära inszenierte: Else Wagner als Auguste, Lucie Höflich als Frau Sonntag, Lucie Mannheim als

Lieschen Puderbach, Albert Florath als Großvater Wallbrecker und Lothar Müthel als Eduard.

Die nächste Inszenierung durch Hans Bauer einunddreißig Jahre später an den Bühnen der Stadt Köln führte zu einem Theaterskandal, angeregt durch die *Kirchenzeitung für das Erzbistum Köln*, die das Stück der Pornographie zieh. Seither wurde *Die Wupper* zweimal in Berlin inszeniert, darunter in einer vielbeachteten Aufführung der Berliner Schaubühne 1976, in der Luc Bondy Regie führte. Außerdem kam sie in Wuppertal nach *Nathan der Weise* als zweite Premiere zur Eröffnung des neuen Schauspielhauses 1966 wieder in der Regie von Hans Bauer heraus, weiterhin an den Münchner Kammerspielen, den Staatstheatern von Darmstadt und Wiesbaden und den Frankfurter Städtischen Bühnen. Dabei sahen sich die Regisseure stets vor die Entscheidung gestellt, die traumhaften oder realistischen Elemente des Dramas zu betonen, ein detailreiches Zeitdokument, ein Milieustück oder ein Traumspiel zu inszenieren. Alle diese Möglichkeiten sind in der *Wupper* angelegt, und die Aufgabe, die eine oder andere oder sogar mehrere in einem so delikaten Gleichgewicht zu inszenieren, wie es Else Lasker-Schüler mit ihrer »schreitenden Lyrik« gelang, wird sich immer wieder als künstlerische Herausforderung stellen.

359 *Muckerköppe*: Im Wuppertal wurden die dort ansässigen Pietisten Mucker genannt.

360 *molz*: Das Wort hat eine sehr vielfältige Bedeutung: Hier könnte es ›sozusagen‹, ›eben‹, ›wohl‹, aber auch ›mal‹, ›manchmal‹ heißen.

361 *molz*: hier im Sinn von ›ätsch!‹ oder ›von wegen‹, aber auch ›na!‹.

363 *kallen*: sprechen, reden. In manchen Zusammenhängen auch im Sinn von ›schwafeln‹, ›Unsinn reden‹.

365 *Bange Hippe!*: ängstliche Ziege (Angsthase). Die Betonung liegt auf ›bange‹, und die gebräuchliche Schreibweise ist ›Bangehippe‹.

366 *Kastemännekens*: Im Singular eigentlich ›Kastenmännekes‹, kleines Geldstück (Dreier oder Fünfer). Die Bedeutung im medizinischen Bereich ist unbekannt. Hier könnte sie eventuell im Sinn von ›Kastenteufelchen‹ (schnell gesund machen) gemeint sein.

368 *mit üblicher Warnung*: Dem Dialog zwischen Amadeus und

Langer Anna am Ende des zweiten Aktes ist zu entnehmen, daß es sich dabei um ein Verbotsschild handelt, hier sein Bedürfnis zu verrichten.

370 *molz*: inzwischen.

372 *träkken*: ziehen.

Titichens: Diminutiv des gebräuchlicheren ›Titis‹ für Babies, Kleinkinder.

Johanni: Das Fest Johannes' des Täufers ist am 24. Juni. Der Begriff ›Messe‹ wird im Bergischen nur für den katholischen Gottesdienst benutzt. Die Belustigung ist ›Kirmes‹.

375 *»Mein Spaziergang«*: Anspielung auf Schillers Elegie »Der Spaziergang«.

388 *Puppenhangri*: Verballhornung von ›-Henri‹ (Heinrich), der seine ›kleinen Mädchen‹ ›Puppel‹ nennt.

389 *Blagen*: Kinder, manchmal im Sinn von ungezogene Kinder.

395 *Marze*: wahrscheinlich Kurzform von ›Maritzebill‹ oder ›Marzebill‹, einer Zusammenziehung von Maria und Sibylla. Im Rheinisch-Bergischen wird der Name überall und in verschiedenen Formen als Neckname, unabhängig vom Taufnamen gebraucht.

398 *Molz*: aus Spaß, na ja!

401 *Köppken*: Täßchen.

402 *... hol noch wacker was Zucker aus die Blas*: ... nimm schnell noch etwas Zucker aus der Tüte.

403 *seit von Tag*: wenn damit ›vandaag‹, also ›heute‹ gemeint ist, müßte das ›seit‹ eigentlich entfallen, wie es später auch gebraucht wird.

405 *Schluffen*: Pantoffeln oder heruntergetretene alte Schuhe.

406 *Pointgtskrägen*: Spitzenkrägen.

408 *Die Olschen*: Die (weiblichen) Alten. Manchmal, vor allem im Singular, auch die böse Alte.

Leckers: Leckereien wie Bonbons und Backwerk.

409 *muckerig*: pietistisch.

414 *krauchen*: kriechen.

Auf folgende Literatur zu Else Lasker-Schüler wurde verwiesen:

Sigrid Bauschinger, *Else Lasker-Schüler. Ihr Werk und ihre Zeit. Heidelberg 1980*.

Dieter Bänsch, *Else Lasker-Schüler. Zur Kritik eines etablierten Bildes*. Stuttgart 1971.

Jakob Hessing, *Else Lasker-Schüler. Biographie einer Dichterin.* Karlsruhe 1985.
Erika Klüsener, *Else Lasker-Schüler dargestellt in Selbstzeugnissen und Bilddokumenten.* Hamburg 1980.

Für die Erklärungen zur Sprache der *Wupper* danke ich Inge Sträßer. Außerdem bin ich Wolfgang Paulsen sowie Rahel und Konrad Feilchenfeldt für viele hilfreiche Hinweise und Auskünfte zum Kommentar herzlich dankbar.

ZEITTAFEL

1869 11. Februar: Elisabeth Schüler wird als sechstes und jüngstes Kind von Jeanette (geb. Kissing) und Aron Schüler in Elberfeld geboren.

1880 Eintritt in das »Lyceum West An der Aue« in Elberfeld. Erkrankung an »Veitstanz« (chorea minor). Ende des Schulbesuchs und Beginn des Privatunterrichts.

1882 2. Februar: Tod des jüngsten Bruders Paul (geb. 1861).

1890 27. Juli: Tod der Mutter (geb. 1838).

1894 15. Januar: Heirat mit Dr. Jonathan Berthold Lasker (geb. 1860) in Elberfeld. Übersiedlung nach Berlin.

1896 Zeichen- und Malunterricht bei Simon Goldberg. Künstlerische und fotografische Arbeiten im eigenen Atelier.

1897 März: Tod des Vaters (geb. 1825).

1899 24. August: Geburt des Sohnes Paul in Berlin.
Erste Gedichtveröffentlichungen in der von Ludwig Jacobowski redigierten Zeitschrift »Die Gesellschaft«. Verbindung zu der literarischen Vereinigung »Die Kommenden«.
Gedichtveröffentlichungen im »Magazin für Litteratur«, herausgegeben von Rudolf Steiner und Otto Erich Hartleben. Enge Freundschaft mit dem Förderer Peter Hille. Zu seinem Freundeskreis gehören Georg Levin (Herwarth Walden) und Erich Mühsam. Teilnahme an den Treffen und Feiern der von den Brüdern Heinrich und Julius Hart gegründeten »Neuen Gemeinschaft«. Dort Bekanntschaft mit Martin Buber und Gustav Landauer.

1902 Das erste Buch, *Styx, Gedichte*, erscheint im Axel Juncker Verlag, Berlin. Liest Gedichte im »Cabaret zum Peter Hille« in Dalbellis Weinrestaurant, Berlin.

1903 11. April: Scheidung von Berthold Lasker.
30. November: Heirat mit Herwarth Walden (geb. 1878) in Berlin.

1904 Tod Peter Hilles.
Gründung des Vereins für Kunst durch Herwarth Walden. Dort lesen u. a. Peter Altenberg, Richard Dehmel, Alfred Döblin, Karl Kraus, Else Lasker-Schüler, Heinrich und Thomas Mann, Rainer Maria Rilke und Frank Wedekind.

1905 *Der Siebente Tag. Gedichte* erscheint im Verlag des Vereins für Kunst.

1906 *Das Peter Hille-Buch* erscheint bei Axel Juncker in Berlin.

1907 Tod des Bruders Moritz (geb. 1859). *Die Nächte Tino von Bagdads* erscheint bei Axel Juncker, Berlin.

1908 Liest Ausschnitte aus ihrem Schauspiel *Die Wupper* im »Neopathetischen Cabaret«.

1909 *Die Wupper. Schauspiel* erscheint bei Oesterheld & Co. in Berlin.

1910 Gründung der Zeitschrift »Der Sturm« durch Herwarth Walden. Lernt viele Künstler kennen, u. a. Oskar Kokoschka, Emilio Marinetti und Karl Schmidt-Rottluff. Außerdem Max Brod und Karl Kraus.
Trennung von Herwarth Walden.

1911 Die Gedichtsammlung *Meine Wunder* erscheint im Dreililien Verlag, Karlsruhe.
Die »Briefe nach Norwegen« erscheinen zwischen September 1911 und Juni 1912 im »Sturm«.

1912 27. Januar: Tod der Schwester Anna (geb. 1863).
Else Lasker-Schüler lernt Gottfried Benn und Franz Marc kennen.
1. November: Scheidung von Herwarth Walden.
Die »Briefe nach Norwegen« erscheinen unter dem Titel *Mein Herz. Ein Liebesroman mit Bildern und wirklich lebenden Menschen* bei F. S. H. Bachmair in München.

1913 *Hebräische Balladen. Gedichte* erscheinen bei A. R.

Meyer, Berlin und die Essays *Gesichte* im Kurt Wolff Verlag, Leipzig.
November: Rußlandreise zu dem gefangenen Johannes Holzmann in die Nähe von Moskau.

1914 Lernt Georg Trakl kennen.
Die Erzählungen *Der Prinz von Theben* erscheinen im Verlag der Weißen Bücher in Leipzig.

1916 Ausstellung von Zeichnungen bei Karl-Ernst Osthaus in Hagen.

1917 *Die Gesammelten Gedichte* erscheinen im Verlag der Weißen Bücher in Leipzig.

1919 *Der Malik. Eine Kaisergeschichte* erscheint im Rahmen einer zehnbändigen Ausgabe (1919/1920) bei Paul Cassirer in Berlin.
Uraufführung der *Wupper* im Deutschen Theater in der Regie von Heinz Herald.

1921 Die Erzählung *Der Wunderrabbiner von Barcelona* erscheint bei Paul Cassirer in Berlin.

1923 In der Mappe *Theben* erscheinen Gedichte und Lithographien als bibliophile Ausgabe im Querschnitt Verlag, Frankfurt am Main.

1924 Mehrtägiger Aufenthalt in Venedig.

1925 *Ich räume auf! Meine Anklage gegen meine Verleger* erscheint im Lago Verlag, Zürich.

1927 *Die Wupper* wird im Schauspielhaus, Berlin von Jürgen Fehling inszeniert.
14. Dezember: Tod des Sohnes Paul.

1932 Der Sammelband *Konzert* und *Arthur Aronymus. Die Geschichte meines Vaters* erscheinen im Rowohlt Verlag in Berlin.
Das Schauspiel *Arthur Aronymus und seine Väter* (Aus meines geliebten Vaters Kinderjahren) wird als Bühnenmanuskript von S. Fischer angenommen.
Verleihung des Kleistpreises (zusammen mit Richard Billinger).

1933 19. April: Flucht in die Schweiz. Bezieht ein Zimmer

der »Bollerei« in Zürich. Sommer in Ascona. Lesungen im Theatro Materna von Charlotte Bara.

1934 März: Reise nach Alexandrien. Im April Weiterreise nach Jerusalem. Zweimonatiger Aufenthalt in Palästina. Lernt Gershom Scholem und S. J. Agnon kennen.

Nach der Rückkehr in Zürich und Ascona Arbeit an dem Buch *Das Hebräerland*.

1935 ab Juli bis September des nächsten Jahres in Ascona.

1936 19. Dezember: Uraufführung von *Arthur Aronymus und seine Väter* am Schauspielhaus Zürich in der Regie von Leopold Lindtberg.

1937 *Das Hebräerland* erscheint bei Emil Oprecht in Zürich.

Juni: Zweite Palästinareise.

1939 April: dritte Palästinareise, von der ohne Schweizer Aufenthaltsgenehmigung und nach Kriegsausbruch keine Rückkehr mehr möglich war. Ständiger Aufenthalt in Jerusalem. Lernt Salman Schocken kennen, der ihr bis zu ihrem Lebensende eine monatliche Unterstützung zukommen läßt.

Ausstellung von Zeichnungen bei Matthiesen in London.

1940 Ab September Arbeit an dem Schauspiel *IchundIch*.

1941 20. Juli: Liest im Berger Club in Jerusalem *IchundIch*. Lernt Ernst Simon kennen.

1942 Gründet den Vortragsverein »Der Kraal«.

1943 Moritz Spitzer veröffentlicht die Gedichtsammlung *Mein blaues Klavier* in der Jerusalem Press.

1945 16. Januar: schwerer Herzanfall.

22. Januar: Tod im Hadassah Hospital auf dem Mount Skopus.

23. Januar: Beisetzung auf dem Ölberg.

ALPHABETISCHES VERZEICHNIS DER GEDICHTÜBERSCHRIFTEN UND -ANFÄNGE

INHALT

LYRIK

PROSA

DRAMATISCHES

ANHANG

Die Deutsche Bibliothek – CIP-Einheitsaufnahme

Lasker-Schüler, Else:
Werke : Lyrik, Prosa, Dramatisches ; [in einem Band] / Else-Lasker-Schüler. [Hrsg., mit Nachw., Anm. und Zeittaf. von Sigrid Bauschinger]. – München : Artemis und Winkler, 1991
(Winkler-Weltliteratur : Dünndruck-Ausgabe)
ISBN 3-538-05131-3 Gewebe
ISBN 3-538-05631-5 Ldr.
NE: Bauschinger, Sigrid [Hrsg.]; Lasker-Schüler, Else: [Sammlung]